묵점 기세춘 선생과 함께 하는

동양고전 산책

1

묵점 기세춘 선생과 함께 하는

동양
고전
산책
1

초판 1쇄 발행_ 2006년 2월 20일
초판 2쇄 발행_ 2008년 3월 29일

지은이_ 기세춘

펴낸곳_ 바이북스
펴낸이_ 윤옥초

책임편집_ 정세희, 임종민
편집팀_ 이성현, 김주범
표지디자인_ 최승협
책임디자인_ 황성실
디자인팀_ 이지현, 방유선, 원선경, 최윤희

ISBN_ 89-957444-3-X 04820
          89-957444-2-1 (전2권)

등록_ 2005. 06. 30 | 105-90-92811호
서울시 마포구 서교동 395-166 서교빌딩 703호
편집 02) 333-0812 | 마케팅 02) 333-9077 | 팩스 02) 333-9960
이메일 postmaster@bybooks.co.kr
홈페이지 www.bybooks.co.kr

바이북스는 책을 사랑하는 여러분 곁에 있습니다.
독자들이 반기는 벗 – 바이북스

묵점 기세춘 선생과 함께하는

동양
고전
산책

1

기세춘 지음

바이북스
ByBooks

이 책은 처세훈이나 도덕교과서가 아니다.
새로움은 이단의 괴이함이 아니라 정통의 복원이다.

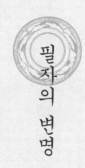

필자의 변명

　누군지는 모르지만 이 책을 집어든 당신이 아름답다. 문학도일까? 사학도일까? 철학도일까? 문사철이 다 죽었다고 하는데 당신은 아직도 인문학을 사랑하고 있으니 말이다.

　『장자』에 이런 우화가 있다. 어떤 이가 고담준론이 밥 먹여주나 한탄하며 기술을 배우기로 했다. 그는 가산을 탕진하면서 수년 동안 정진하여 기술자가 되었다. 그런데 그가 배운 것은 공교롭게도 용을 잡는 기술이었다. 그러니 소·돼지나 닭 잡는 기술이면 몰라도 쓸모가 없었다. 지금 생각하면 용 잡는 기술이라면 반도체 생산기술이나 배아줄기세포 복제기술 정도로 우대받을 수도 있었을 것이다. 과학사가인 쿤(T. S. Kuhn, 1922~1996)은 과학의 발전이 패러다임의 전환에서 이루어진다고 했다. 이런 점에서 문사철은 과학과 밀접하게 관련되어 있다. 인문학의 중요성에 대해서는 각설하고 다시 한 번 독자 여러분을 환영한다.

여러분도 그렇겠지만 나에게도 같은 땅에서 같은 시대를 살아오면서 마음으로 사모하며 스승으로 존경하는 어르신들이 계시다. 더구나 그분들을 가까이서 뵙고 가르침을 받을 수 있었던 것은 특별한 행운이었다. 노촌 이구영 선생님, 늦봄 문익환 목사님, 도원 서영훈 선생님이 그분들이다. 노촌 선생님은 『중국역대시가선집』을 내도록 도와주셨고, 늦봄 선생님은 『예수와 묵자』를 공저로 출간하는 영광을 주셨다. 도원 선생님은 광복 직후 신생활운동을 주도한 계몽운동 일세대이시고 흥사단 일을 오랫동안 맡아오셨기에 우리 4 · 19세대에게는 존경을 받아오신 분이다. 한학에도 조예가 깊으신 선생께서는 졸저 『동양사상 새로 읽기』 시리즈를 읽으시고 격려해 주셨으며 월간《우리 길벗》을 창간하시면서 '동양고전 산책' 이라는 꼭지로 연재토록 배려해 주셨다. 이 책은 《우리 길벗》에 연재된 글들을 중심으로 《신동아》등 여타 잡지에 기고한 글들을 정리하고 보충한 것이다.

아마 나는 서당교육과 근대교육을 아울러 받은 마지막 세대일 것이다. 서당에서 귀에 박히도록 들어 지금까지도 나를 규제하는 말이 있다면 '너는 양반의 후손으로 소인배가 되지 말고 군자君子가 되어야 한다' 는 말이다. 2,400년 전 순자는 전국시대라는 난세를 살아오면서 영욕의 갈림에 대한 생각을 말했는데 서당 훈장님의 말씀과 판박이처럼 같다. 박학하면서도 곤궁한 것은 방자하기 때문이며, 맑고 싶으나 더욱 흐려지는 것은 입 때문이며, 변론을 하지만 설복되지 않는 것은 논쟁 때문이며, 바르게 세우려고 하지만 드러나지 않는 것은 남을 이기려 하기 때문이며, 신실하지만 공경받지 못하는 것은 독단을 좋아하기 때문이니, 이것은 소인小人이 힘쓰는 일로 군자는 하지 않는 일이라고……

이 말대로라면 나는 소인이 틀림없다. 너무 독선적이고 방자하며, 남을 비판하는 험구가이고, 남들이 가지 않는 길을 고집했고, 관장官長(군자)으로 출세하지 못하고 곤궁하게 살고 있으니 순자가 말한 소인의 조건에 딱 들어맞는 것 같다. 그런 의미에서 나에 대한 서당훈육은 실패한 셈이다.

원래 '군자'는 관장이 된 대인大人을 가리키는 말로 노심자勞心者를 대표하고, 소인은 노력자勞力者인 민民을 말하는 것이었다. 그런데 공자가 인정仁政과 균분均分을 지향하는 왕도주의 왕당파를 군자유君子儒로, 부국강병富國强兵을 지향하는 패도주의 관료파를 소인유小人儒로 구분하여 노선투쟁을 벌였던 것이다.

하지만 순자는 공자와 달리 소인유를 지지했으므로 공자의 군자관을 바꾸어 영화로운 지도자는 군자요, 욕된 지도자는 소인이라고 말했으며, 이러한 기풍이 이사 · 한비 같은 마키아벨리즘적인 제자를 배출한 것이다.

이처럼 고전은 짧은 훈화에도 철학, 정치 · 경제사상 등의 가치관이 터잡고 있다. 그러므로 소양이 부족하면 수박을 겉으로 핥고 호초를 통째로 삼키는 꼴이 되어 매운 맛인지 단 맛인지 알 턱이 없다. 그 정도는 못해도 고전 읽기는 우선 정명正名이 기초가 된다. 방금 인용한 순자의 글도 군자와 소인이란 명칭의 바른 뜻을 모르고는 이해할 수 없다. 특히 『논어』의 주인공들인 인人-민民, 군자-소인, 대인-성인 등 계급적 명칭은 후대로 갈수록 대체로 그 뜻이 변화하며 확장된다는 사실을 놓치면 고전의 본뜻을 바로 읽어낼 수 없다. 또한 어떤 글자가 아예 뜻이 바뀌어버린 경우도 있다. 예컨대 '사寺'라는 글자가 지금은 '절집'을 의미하지만 후한後漢 이전에는 호텔이나 관청을 뜻하는 글자였다. 불행히도 우리의 고전 번역은 2,500년 전 글자를 오늘날의 뜻으로 해석하는 오류를 범함으로써 왜곡 변질된 것이 거의 대부분이다.

어떻든 나는 공자의 군자관을 수긍하지 않는다. 공자가 말하는 군자유의 균분均分 경리輕利도 중요하고, 소인유의 부국富國 중리重利도 유용하기 때문이다. 더욱이 순자의 군자관은 수용할 수 없다. 순자가 말하는 군자의 처신술은 정치가나 관료에게 필요한 것일 뿐 민중에게는 해당되지 않으며, 게다가 권력에 초연한 학자에게는 아세阿世를 부추기는 말로 들리기 때문이다. 학자의 의무인 창신創新을 위해서는 선인先人을 넘어야 하므로 비판과 논쟁, 방자하다는 비난을 감수해야 한다.

무엇보다 공자나 순자는 모두 윗사람의 입장에서 말할 뿐 아랫사람들을 대변하지 않는다. 윗사람은 효율적으로 지배할 방도를 생각하고, 가진 것도 없고 잃을 것도 없는 아랫사람들은 해방과 저항을 생각하기 마련이다. 나의 글쓰기는 아랫사람들의 해방을 위한 것이므로 비판적이어야 마땅하다고 믿는다.

물론 비판은 상하좌우에 똑같이 적용되어야 한다. 따라서 어느 쪽도 편들어 주지 않으므로 더욱 어렵고 외롭다. 남들의 무지를 일깨운 소크라테스는 오히려 민주당파의 고발로 사형을 받았고, 장자는 정언正言으로는 말할 수 없었기에 광인의 입을 빌린 우언寓言으로 선인들을 비판했다. 다만 노동자 출신의 사회운동가였던 묵자는 악은 밝혀져야 한다는 신념으로 비판을 옹호하고 직설적으로 공자를 비난했다. 하지만 훗날, 법고法古하면서 창신하려던 선비들의 글쓰기조차도 숨어서 읽고 감추라는 뜻으로 '잠서潛書' 또는 '장서藏書', 읽고 불태워 버리라고 '분서焚書', 훗날 보라고 '유서遺書', 잘 숨겨두라고 '부부고覆瓿藁'라 했으니 비판이란 이처럼 어려운 것이다.

오늘날 소인이란 본래의 의미에서 크게 변했다. 즉 소아를 위하여 대아를 버리고 물욕과 출세욕에 매달리는 속물근성의, 이른바 소인배를 뜻한다. 그런 의미에서 본다면 나는 대의를 위해 자기를 희생했다고 자부할 수는 없으나 적어도 자기를 위해 대의를 굽히는 삶을 살지 않았고, 명성을 위해 시대에 영합하거나 대중을 추수하지 않았으니 최소한 선비의 삶에서 일탈하지는 않았다고 믿고 싶다. 그런 점에서는 내가 받은 서당교육은 일면 성공한 셈이다.

나는 진실로 서당공부를 할 때부터, 대학을 다니고 재야운동을 하고 글을 쓴답시고 은둔의 삶을 살아오는 오늘까지 한 번도 출세나 영화를 바란 적이 없다. 오히려 자기를 버리는 삶이 선비의 길이라는 조선 선비들의 신념을 존경해 왔다. 난세에 소신을 굽히지 않는 삶이 얼마나 고난으로 가득한지는 수많은 고고한 선비들은 물론이거니와 직접 조부와 선친을 통해 통감했으나 불초하지만 그 길에서 차마 멀리 달아날 수는 없었다. 그렇지만 칠십 평생에 가난하고 외로운 삶을 후회한 적은 없다.

이처럼 최소한의 선비로 산다는 것도 나에게는 외로운 길이었다. 외로운 길은 남들이 가지 않는 길이라서 쓸쓸하고, 남들이 몰라주어서 서럽고, 가난하고 배고파서 괴롭다. 깊은 산속 암자에서 장좌불와 면벽십년의 수행자는 얼마나 외로울까? 속된 나로서는 짐작도 가지 않는다. 그들은 정작 자신의 깨달음과 중생 구원의 비원이 있어 희열에 잠기는 것일까? 그러나 나는 희열은커녕 항상 고뇌에서 벗어날 수 없었다.

속세에서 소요하는 자유인으로 살고자 했던 장자는 "내가 세상을 잊기는 쉬우나 세상이 나를 잊게 하기는 어렵다"고 토로했다. 그러나 나는 세상을 잊기는커녕 세상살이를 항상 주시했고, 세상이 나를 잊게 하기는커녕 세상이 나를 부르고 질책하는 소리를 항상 경청하려 했다. 그렇다면 나는 깨달음이나 도인과는 거리가 먼 속인俗人일 것이다.

나의 글쓰기도 마찬가지다. 그동안 10여 권의 책을 냈지만 도인道人인 척, 깨달은 척 말재주를 부리려고 하지는 않는다. 더구나 성공하지도 못한 주제에 무슨 처세술과 교훈담을 늘어놓겠는가? 오직 과거와 현재의 역사적 진실에 정직하고 민족과 민중을 사랑하기에 봉건성을 지나치지 않고 논쟁 비판하며 새로운 해석을 제시하려고 애썼다.《우리 길벗》에 연재한 글들은 바로 그 흔적들이다.

나는 가끔 울고 싶을 때가 있다. 연암 박지원 선생은 요동 벌을 바라보며 참으로 울 만한 자리라고 말했다. 그 울음은 태아가 태중에 갇혀 있다가 세상에 나오면서 내는 목소리라고 했다. 그러므로 연암의 울음은 통쾌한 해방의 울음이었을 것이다. 그러나 나는 선인들의 글을 읽다가 감동하여 눈물을 흘릴 때도 있지만, 그보다는 갑갑해서 울고 싶은 때가 더 많았다. 우리가 선인들의 글을 읽는 것은 그분들의 깊은 사색과 고민, 그리고 그 속에서 들리는 울음소리에 동참하고자 하는 것이다. 그러기에 선인들과 스승들은 우리를 갇힘에서 풀어주고 위로가 될 수 있는 것이다.

이 책에는 2,000년 전 동양의 성인들로부터 근세의 사상가들까지 수많은 울음꾼이 등장한다. 그들은 저마다 갇힘에서 풀려나 소리치는 것이다. 독자 여러분이 이 책에서 그들을 만나 함께 울기를 바란다. 그래서 갇혀 있는 그 무엇에서 풀려나 소리쳐야 한다.

지금껏 나의 외로운 글쓰기를 격려해 주신 애독자들에게 머리 숙여 감사드린다. 진정한 한국인이 되기 위해서는 동양사상을 바로 알아야

함을 여러분도 이미 잘 알고 있을 터이다. 여러분의 주변 사람들에게
도 권해 주길 바란다. 그리고 독자와 더불어, 이 책을 출간해 주신 바
이북스 대표 윤옥초 님과, 나와 공감하며 원고에 숨을 불어넣는 작업
을 함께 해나간 이혜경 작가와, 6개월 가까운 시간 동안 까다로운 일
임에도 불구하고 성실히 해준 바이북스 식구들께 감사드린다. 특히
정세희 씨와 임종민 씨는 원고를 온전하게 요해了解하지 못하면 할 수
없는 꼼꼼한 교정으로 이만한 모습의 책으로 만들어주어 특별히 감사
드린다.

　끝으로 외람되고 불초한 이 글이 스승님께 누가 되지 않기를 바라
며 독자 제현의 거침없는 비판을 학수고대한다.

60번째 광복절에 진정한 해방을 기원하며
기세춘奇世春

목차

제1부

고전의 왜곡

공자의 경학經學은 수천 년 동안 종교적, 정치적 필요에 의해 왜곡 윤색되었다.

한나라 때는 동중서에 의해 음양오행과 미신을 붙인 위학緯學이 되었고, 남북조시대에는 하안 왕필에 의해 노자를 끌어다 붙인 현학玄學이 되었고, 송나라 때는 주자에 의해 불로佛老와 결합해 이학理學이 되었고, 명나라 때는 선종禪宗을 덧붙여 심학心學이 되었던 것이다.

노장도 경학과 매우 비슷한 과정을 거쳐 왜곡 윤색되었다.

한말 '홍건적의 난'의 수령이며 도교의 창시자인 장각과 장수에 의해 주술과 결합해 윤색되었고, 위진시대에는 하안과 왕필에 의해 공자와 결합해 귀무론貴無論으로 왜곡되었다.

이처럼 공자와 노자, 장자는 시대에 따라 그 가치의 부침이 심했고 정치적 또는 종교적 필요에 따라 수없이 변질되었다.

그러므로 오늘날 우리가 고전을 읽는 것은 이러한 가면을 벗겨내고 본래의 옛 모습을 비판적으로 읽어냄으로써 반면교사로 삼고자 하는 것이어야 한다.

이 작업은 이미 청대 고증학자들에 의해 시작되었다. 명말 청초의 삼대 유로遺老 가운데 한 사람인 고염무顧炎武는 학문을 권력에서 독립시킨 고증학을 창도하여 도참圖讖과 청담淸談과 선학禪學으로 변질된 가면을 벗겨내고 공자 본래의 경세치용經世致用의 실학實學으로 복원시키고자 했다. 특히 그는 『논어』와 『노자』를 왜곡하고 변질시킨 하안과 왕필의 죄악을 폭군인 걸·주보다 심하다고 비난한 바 있다. 다만 그 비난은 원문의 변질 왜곡일 뿐 새로운 해설을 말한 것은 아니다. 불가나 유가의 수많은 경전이 있으나 모두 공자와 석가의 말이라고는 할 수 없다. 어느 날 부처의 말을 자기 뜻으로 해석하고 전파하던 오백나한五百羅漢들이 "누가 부처님의 뜻을 제대로 터득했습니까?" 하고 물었을 때, 부처는 "비록 모두가 내 뜻은 아니지만 논지가 모두 착하여 교훈으로 삼을 만하니 죄라고는 할 수 없다"라고 대답했다 한다.

그러나 오늘날 서점에 진열된 번역서들은 왕필의 왜곡을 답습한 현학적 청담이자, 역사와 시대의 고민은 외면한 봉건적 교훈담일 뿐 아니라 형편없는 오역이 덧칠되어 번역자의 천박한 삼류소설이 되어버렸다.

고전을 번역한다는 것은 다른 문화와 언어 간의 소통이며 시대를 뛰어넘어 고대 사상가들과 번역자 간의 소통이기도 하다. 그래서 원어原語와 번역어飜譯語의 이질성 때문에 번역만으로는 원저자의 뜻을 온전히 전달할 수 없기에, 역자의 의견을 개진하기 위해 해설을 붙이는 것이 관례처럼 되어 있다.

그러나 해설은 번역어의 해석일 뿐 원어를 해석한 것이 아니다. 해설은 번역이 잘못되면 따라서 잘못되기 마련이므로 번역과 해설은 분명하게 구분되어야 한다.

그렇지 않으면 저자와 독자 간에 교감이 이루어지지 않고 번역자가 끼어들어 저자 행세를 하게 된다. 지금 우리 학자들의 저서들은 이런 경우가 태반이다. 우리의 『논어』·『노자』·『장자』 번역서는 오역에 더하여 엉터리 해설을 붙여 경전의 본뜻은 사라지고 번역자들의 치졸한 처세훈으로 전락하고 말았다.

여기서는 경전 해석에 가장 기본이 되는 개념들에 대한 오역을 살펴보기로 하겠다.

1 인·민·백성에 대한 오해

주의 봉건제는 농노제 신분계급사회

공자가 부흥시키려고 했던 주周나라의 통치헌장인 주례周禮에 의하면 지배계층으로 왕王·공경公卿·제후諸侯·경대부卿大夫 등 귀족계급과 그들을 보좌하는 하대부下大夫·상사上士·중사中士·하사下士 등 사관士官이 있다. 피지배계층으로는 서인庶人(몰락귀족)·사민四民(사농공상)·천민賤民·노예가 있었으며, 이들 신분은 엄격히 차별되고 세습되었음을 알 수 있다. 이처럼 공자가 지향한 사회구성체는 봉건농노제 사회였다.

좌전左傳/소공昭公7년(BC 535)
하늘에는 10개의 간지가 있고, 　　　　　　　　　　　　天有十日[1]

---

1) 十日(십일)=十干支.

사람에겐 열 가지 등급이 있다.

人有十等.

이로써 아랫것들은 윗사람을 섬기고,

下所以事上

윗사람은 제사 때 귀신을 받들 수 있다.

上所以共神也.

왕은 제후를 신하로 삼고,

故王臣公

제후는 대부를 신하로 삼고,

公臣大夫

대부는 사士를 신하로 삼고,

大夫臣士

사는 무사武士인 조卑를 신하로 삼고,

士臣卑[2]

조는 수레를 만드는 여輿를 신하로 삼고,

卑臣輿

여는 오예五隷[3]를 관장하는 예隷를 신하로 삼고,

輿臣隷

예는 공역共役을 담당하는 요僚를 신하로 삼고,

隷臣僚

요는 마차를 모는 복僕을 신하로 삼고,

僚臣僕

복은 도망한 노예를 체포하는 대臺를 신하로 삼는다.

僕臣臺.

좌전左傳/소공昭公29년(BC 513)

공자가 진晉 문공이 주형정을 만든 것에 대해 비판했다.

仲尼曰

"진나라는 망할 것이다.

晉其亡乎.

옛 법도를 잃었기 때문이다.

失其度矣.

진나라는 시조인 당숙이 천자天子에게서 받은 법도로써

夫晉國將受唐叔之所受法度

사민四民을 다스렸고

以經緯其民

공경대부들은 귀족 작위를 받았다.

卿大夫以序受之.

이로써 사민은 귀족을 존숭하였고,

民是以能尊其貴

---

2) 卑(조) = 黑也. 養馬之官下士也(史記/魯仲連鄒陽列傳 注).

3) 五隷(오예) = 罪隷, 蠻隷, 閩隷, 夷隷, 貉隷(周禮/夏官).

귀족은 땅을 분봉分封 받았으며,

귀천이 어그러지지 않게 하였으니 이를 법法이라 한다."

貴是以能受其業

貴賤不愆 所謂度也.

그런데도 우리 학자들은 공자가 지향한 사회구성체를 바로 알지 못하고, 2,500년 전 봉건농노시대의 『논어』를 오늘날 자유민주시대의 글로 착각하는 오류를 범하고 있다. 예컨대 도올은 2,500년 전 공자 시대가 계급사회가 아니라고 주장한다(『도올논어』 권1 99쪽). 그러나 그의 주장은 신분에 귀천이 있다고 누누이 강조하는 공자의 말과 배치된다. 공자의 캐치프레이즈는 신분차별의 종법질서를 규정한 주례를 부흥시키는 것(復禮)과 여기에 규정된 신분의 명칭과 이에 따른 직분을 바르게 하는 것(正名)이었다. 그래서 유교儒教를 '예교禮教', '명교名教'라고 부르는 것이다. 그런데도 도올은 공자의 말과 배치되는 신학설을 주장할 뿐 아니라 그에 관한 아무런 증거도 제시하지 않는다.

물론 도올의 주장처럼 마르크스(K. Marx, 1818~1883)의 역사발전단계설을 적실하다고 말할 수 없다. 더구나 마르크스 스스로 예외로 유보한 아시아적 생산양식에 해당하는 주나라의 봉건제를 서구 봉건사회와 같다고 말할 수도 없을 것이다. 그렇다 해도 주의 봉건제를 신분계급사회라고 말하는 것은 마르크스와는 별개의 문제이다. 2,500년 전 제자백가로부터 지금까지 수많은 학자들이 다 같이 주의 봉건제와 신분차별을 의심하지 않았기 때문이다.

『예기禮記』「곡례曲禮」편과 『순자荀子』「부국富國」편에 의하면

"예禮는 서민에게는 적용되지 않고, 법法은 사대부 이상에게는 적용되지 않는다"고 적시하고 있다. 또한 모든 경전經傳과 사서史書의 기록뿐 아니라 우화인 『장자』에서조차도 삼대三代 이전의 요순시대를 원시공산사회로 보았고, 삼대 이후를 신분계급사회로 보는 것에 대체로 일치한다. 그리고 춘추전국시대는 물론이고 중세까지 신분차별은 지속되었고, 신분계급이 철폐된 것은 동서양을 막론하고 근세 이후였다.

예기禮記/곡례曲禮 상

예는 서인에게까지 미치지 않고,　　　　　　　　　　　禮不下庶人

형벌은 대부에게까지 올라가지 않는다.　　　　　　　　刑不上大夫.

순자荀子/부국富國

예라는 것은 귀천의 계급을 차등하고, 장유를 차별하고,　　禮者貴賤有等 長幼有差

빈부와 경중을 모두 알맞게 한다.　　　　　　　　　　　貧富輕重 皆有稱[4]者也.

사士 이상에게는 반드시 예악으로 절제하고,　　　　　　　由士以上 則必以禮樂節之

일반 백성들에게는　　　　　　　　　　　　　　　　　　衆庶百姓

반드시 법으로 죄를 물어 제재한다.　　　　　　　　　　則必以法數[5]制之.

　우선 공자의 처지를 보자. 공자는 말단관리로 시작하여 대부까지 승진했으나 사민四民의 하나인 사민士民계급이었으므로

---

4) 稱(칭)=알맞다.
5) 數(수)=責也.

가문家門을 갖지 못했다. 그는 귀족이 아니므로 하대부에 그쳤고 경대부는 될 수 없었던 것이다. 공자는 죽은 지 1,000여 년이 지난 당나라 때 문선왕文宣王으로 추증되어 곡부 땅을 영지로 받았으므로 비로소 가신家臣을 거느린 가문의 대인이 될 수 있는 신분이 되었던 것이다(736년).

조선의 경우는 20세기 일본에 의해 멸망하기 전까지 양반과 상놈, 상민과 종놈이 국법으로 엄격히 구분되는 신분계급사회였다. 그 잔재가 일제시대까지 남아 있었다. 지금 칠십 노인들은 양반과 상놈이 엄연히 차별되는 세상을 살아왔다. 현재 유교의 가장 큰 죄악으로 봉건제적 신분차별과 남녀차별을 지목하는 데 누구도 이의를 달지 않는다. 그래서 한국의 민족민주운동가들은 반봉건투쟁을 반독재투쟁과 함께 해방운동으로 생각했던 것이다.

논어論語/자한子罕 11

공자의 병이 위독해지자,
자로가 문인들을 가신으로 삼아 장례 준비를 했다.
병이 좀 뜸해지자 공자가 말했다.
"자로의 거짓 행동은 오랜 병통이구나!
가신이 없는데 있는 것처럼 꾸민들 누구를 속일 것이며,
하늘을 속일 수 있겠는가?"

子疾病
子路使門人爲臣.
疾間 曰
久矣哉 由之行詐也.
無臣而爲有臣 吾誰欺
欺天乎.

논어論語/자장子張 25

자공이 말했다.

子貢曰

"만약 우리 선생이 나라(邦)와 가문(家)을 얻게 된다면   夫子之得邦家者
세우면 세워지고, 인도하면 따르고,   所謂立之斯立[6] 道之斯行
어루만지면 모여들고, 움직이면 화합할 것이다."   綏[7]之斯來 動之斯和.

정명正名

공자가 활동했던 춘추전국시대에는 수백 년의 전란으로 신
분계급질서가 문란해졌다. 공자는 이를 회복하고자 주례의 부
흥을 주장했고 이를 위해 정명正名을 강조했던 것이다. 자로子
路(BC 543~480)가 어느 날 공자에게, 정사를 맡으면 제일 먼저
무엇을 하겠는가 물었을 때, 공자는 "정명正名"이라고 대답했
다. 정명은 '명분名分을 바로 잡는다'는 뜻이다. '명名'이란 왕,
대인, 사민(사농공상), 군君 · 신臣, 부父 · 자子, 부夫 · 부婦 등 신
분의 명칭이며, '분分'이란 그 명칭에 따른 직분職分과 분수分數
(직분에 대한 책임)를 말한다. 즉 아비는 아비답고, 자식은 자식
답고, 아내는 아내다워야 하며, 군주는 군주답고, 인人은 인답
고, 민은 민답고, 백성은 백성답고, 천민은 천민답고, 노예는
노예다운 것이 바로 정명이다.

유교를 창립한 동중서董仲舒(BC 170?~120?)는 "신분과 직분

---

6) 立(립)=成也.
7) 綏(수)=撫也, 庀也.

의 명칭名稱은 천명이므로 정명이란 명칭에 따른 분수를 지킨
다는 뜻"이라고 풀이했다(『춘추번로春秋繁露』권10 「심찰명호深察
名號」). 이처럼 정명이란 주례에서 정한 신분身分과 이에 따른
직분을 바르게 한다는 뜻이다. 그러므로 명분은 예禮의 요체이
다. 다시 말하면 '예'란 관직과 인민들에게 세세한 명칭을 주
고 그 명칭에 부합되는 행동을 요구하는 것이다. 조선의 성호
이익李瀷(1629~1690)이 "법은 예를 근본으로 삼고, 예는 정명
을 위주로 한다"고 한 것이 바로 이를 말한 것이다(『성호사설유
선星湖僿說類選』권4 하「솔예정명率禮定名」). 결국 복례와 정명은 근
본이 같은 것이며, 모두 신분계급질서를 수호하려는 공자학의
핵심이다.

논어論語/자로子路 3

자로가 물었다.　　　　　　　　　　　　　　　　　　　　　子路曰
"위나라 군주가 선생님을 초대하여 정치를 맡긴다면　　　　衛君待子而爲政
선생은 무엇을 제일 먼저 하겠습니까?"　　　　　　　　　　子將奚先.
공자가 답했다. "반드시 명분을 바르게 할 것이다(정명)."　子曰 必也正名乎.

논어論語/안연顏淵 11

제나라 경공이 공자에게 정치를 물었다.　　　　　　　　　　齊景公問政於孔子.
공자가 답했다. "군주는 군주답고, 신하는 신하답고,　　　　孔子對曰 君君 臣臣.
아비는 아비답고, 자식은 자식답게 하는 것이다."　　　　　父父 子子.

인人은 지배계급, 민民은 피지배계급

그러므로『논어』는 각자 분수를 지켜 인人은 인답고, 민民은 민답고, 백성은 백성답도록 훈계한 공자의 말씀이다. 따라서『논어』를 이해하기 위해서는 먼저 인과 민과 백성이란 명칭이 왜 각각 다른가를 알아야 한다. 인은 '사람'에 대한 대표 명사이다. 그러나 '인'은 '타인'을 말한 경우도 있으며, '인계급人階級'을 말한 경우도 있다. 특히 선진先秦시대의 경전을 해석하는 경우에는 인·민·백성은 계급적 개념으로 구별된다는 것을 명심해야 한다.『논어』에서는 대체로 인은 지배계급인 귀족을 지칭하며, 민은 피지배계급인 무산자를 지칭하고, 백성은 영지를 소유한 인과 민 중에서 성씨를 하사받은 유산계급을 지칭한다. 오늘날 '백성'은 천하만민을 지칭하지만 당시에는 토호세력을 말했던 것이다.

그러므로『논어』를 읽는 데 인과 민을 구별하지 않으면 뜻이 통하지 않거나, 신분차별이 없는 근대민주시대의 글로 왜곡되어 버린다. 그런데도 우리 학자들은 대부분이 인과 민을 똑같이 '백성'으로 번역함으로써 본래 뜻을 왜곡하고 있다.

논어論語/학이學而 5

공자가 말했다. "제후국을 다스리는 데는   子曰 道千乘之國

정사를 공경히 하여 신뢰를 얻고,   敬事而信

절용하여 인(귀족계급)을 아끼고,   節用而愛人[8]

　　남만성 : 재정을 절약하여 백성을 아껴야 하며

김동길 : 쓰기를 절약하고서 백성을 사랑하며

도올 : 쓰임을 절도 있게 하며 아랫사람을 사랑하고

김학주 : 쓰는 것을 절약하고 백성을 사랑해야 하며

민(무산자)을 부리는 것은 때를 가려야 한다."　　　　　　　　　使民[9]以時.

남만성 : 백성을 사역하는 일은 때를 가려서 해야 한다

김동길 : 백성을 부림에 때로써 하느니라

도올 : 백성을 부리는 데는 반드시 때에 맞추어야 한다

김학주 : 백성을 부림에 있어서는 철에 맞게 하여야 한다

위 글의 요점은 '애인愛人'과 '사민使民'을 대구로 비교한 데 있다. 즉 인人은 애愛하고 민民은 사使한다는 뜻이다. 맹자의 말로 풀이하면 '애인'은 거실巨室의 대인들을 아껴 보호하고 그들에게 책잡히지 말라는 뜻이다. 그리고 '사민'은 '민'이란 부리는 존재이므로 자비를 베풀되 친애親愛하지 말라는 뜻이다. 그러나 우리 학자들은 인과 민을 구별하지 않고 똑같이 백성으로 번역하고 있다. 다만 도올은 인과 민을 구분했으나 반대로 귀족계급인 인을 '아랫것들'로 오역하고 있다. 그러나 아랫것들은 인이 아니라 민이며, 또한 아랫것들인 민은 사使의 대상일 뿐 애愛의 대상이 아니다. 맹자가 말한 대로 민에게는 인자하게 대하되 친애하지 말아야 하는 것이다.

---

8) 人(인)=聖人, 大人, 庶人 등 귀족계급.

9) 民(민)=四民=士農工商.

맹자孟子/진심盡心 상

군자는 금수와 초목에 대해서는

아껴주지만(愛) 인자(仁)하게 하지 않는다.

민에 대해서는 인자하지만 친애하지 않는다.

어버이를 친애함으로써 민에 인자하고,

민에 인자함으로써 사물을 아낀다(愛).

君子之於物也

愛[10]之而不仁.

於民也 仁之而不親.

親親而仁民

仁民而愛物.

맹자孟子/이루장구離婁章句 상

맹자가 말했다. "정치를 다스림은 어려운 것이 없다.

세력이 큰 가문의 대인들에게 죄를 짓지 말라.

큰 가문이 따르면 일국이 따르고,

일국이 따르면 천하가 따르는 것이다."

孟子曰 爲政不難

不得罪於巨室.

居室之所慕 一國慕之.

一國之所慕 天下慕之.

『좌전左傳』에 의하면 '예란 민과 인을 차례지우는 것'이라고 말한다. 이는 인과 민이 분명히 다른 계급임을 말하고 있는 것이다. 아래 글들은 모두 인과 민을 엄격히 구별하여 사용했음을 보여주고 있다.

좌전左傳/은공隱公11년(BC 712)

예는 나라와 가문을 다스리고,

토지신과 곡식신을 안정시키며,

민과 인을 차례지우며, 후사를 이롭게 하는 것이다.

禮 經國家

定社稷

序民人 利後嗣者也.

---

10) 愛(애)=惠也, 惜也.

논어論語/선진先進 24

자로가 자고에게 비 땅의 읍장을 시키려 하자 공자가 나무랐다.　　子路使子羔 爲費宰.

"남의 아들을 해치려 하느냐?"　　子曰 賊夫人之子.

자로가 답했다.　　子路曰

"민民도 있고 인人도 있으며,　　有民人焉

사신社神도 있고 직신稷神도 있는데　　有社稷焉

　　　남만성 : 백성이 있으니 다스릴 수 있고,

　　　　　　　사직이 있으니 봉사할 수 있는데

　　　김동길 : 백성이 있으며 사직이 있으니

　　　김학주 : 백성들이 있고, 사직이 있는데

　　　시모무라 : 그곳에도 백성이 있으며 사직이 있습니다

어찌 반드시 독서를 해야만 배웠다고 하십니까?"　　何必讀書然後爲學.

공자는 "그래서 말 잘하는 자를 미워하는 것이다"라고 말했다.　　子曰 是故惡夫佞者.

논어論語/자로子路 29

공자가 말했다. "훌륭한 인(지도자)이 민을 7년 동안 교육시키면　　子曰 善人教民七年

역시 싸움터에 나가게 할 수 있을 것이다."　　亦可以卽戎矣.

논어論語/위령공衛靈公 25

공자가 말했다. "나의 처지에서 인계급(관장)에 대해　　子曰 吾之於人也

누구를 헐뜯고 누구를 기리겠느냐?　　誰毀誰譽.

만일 칭찬이 있었다면 시험한 바 있었기 때문이다.　　如有所譽者 其有所試矣.

그러나 민계급에 대해서는　　斯民也

삼대 이래 다만 인도하고 행하도록 할 뿐이다."　　三代之所以直道而行也.

다음 예문에서도 '인'은 분명 귀족이나 대인 등 지배계급을 지칭하고 있다. 만약 도올처럼 인을 '백성' 혹은 '아랫것들'로 번역하면 뜻이 통하지 않는다. 그러나 우리 번역서들은 한결같이 인을 모두 민으로 오역하거나 또는 백성으로 오역하고 있다. 그 결과 공자는 위대한 21세기 민주사상가로 둔갑한다.

논어論語/미자微子 6

걸익이 자로에게 말했다.
"그대는 인(귀족인 季康子)을 피해 떠도는 선비를 따르는 것보다
세상을 피해 사는 나 같은 선비를 따르는 것이 좋지 않겠는가?"

桀溺曰
且而與其從辟人之士也
豈若從辟世之士哉.

논어論語/미자微子 2

유하혜는 사사士師가 되었으나 세 번이나 파면을 당했다.
인(귀족)들이 말했다. "그대는 왜 떠나지 못하는가?"
유하혜가 답했다. 바른 도道로 인(귀족)을 섬기려면
어디 간들 세 번쯤 파면되지 않겠는가?

柳下惠爲士師 三黜.
人曰 子未可以去乎.
曰 直道而事人
焉往而不三黜.

논어論語/술이述而 31

공자는 인(귀족)과 더불어 노래를 부르고,
잘 부르면 반드시 재창을 청하고, 재창 후에는 이에 화답했다.

子與人歌
而善必使反之 而後和之.

논어論語/이인里仁 7

인(鄕大夫)이 잘못을 하면
그 마을 사람들도 같이 잘못을 한다.

子曰 人之過也
各於其黨.

마을 사람들의 과오를 보면   觀過

그 마을의 인(鄕大夫)이 인仁한지를 알 수 있다.   斯[11]知仁矣.

논어論語/팔일八佾 21

애공이 재아에게 사직단[12]에 대해 물었다.   哀公問社於宰我.

재아가 대답했다. "하나라 후왕侯王은 사직단에 소나무를 심었고,   宰我對曰 夏候氏以松

은나라 인(君王)은 측백나무를 심었고,   殷人以栢

주나라 인은 밤나무를 심었는데,   周人以栗

민으로 하여금 전율케 하기 위한 것이라고 말합니다."   曰 使民戰慄.

논어論語/향당鄕黨 11

타국의 인(귀족)을 문안할 때는 두 번 절하고 배웅했다.   問人於他邦 再拜而送之.

논어論語/선진先進 13

노나라 인(군주)이 창고를 새로 지었다.   魯人爲長府

민자건이 말했다.   閔子騫曰

"옛날대로 하면 어떻다고 하필 고쳐 짓는단 말인가?"   仍舊貫如之何 何必改作.

시경詩經/소아小雅/사월四月

우리 선조님은 인(귀족)이 아니던가?   先祖匪人

어찌 나에게 이런 재난을 감당하라 하는가?   胡寧忍予.

---

11) 斯(사)=此也.
12) 社稷壇은 왕과 제후만이 세울 수 있고, 庶人과 民은 세울 수 없다.

'인人'이 술어로 사용될 때도 마찬가지이다. 아래 글들에서 '인'은 '귀족다움' 또는 '군자다움'을 말한 것이 분명하다. 만약 도올처럼 '인仁은 아랫것다운 것이다', '인仁은 백성다운 것이다', '군자는 사람이다' '관중은 사람답다'로 번역한다면 웃음거리가 될 뿐이다.

논어論語/헌문憲問 10

혹자가 정나라 재상 자산에 대해 묻자,   或問子産

공자는 "자산은 은혜로운 지도자(惠人)"라고 대답했다.   子曰 惠人也

제나라 재상 관중에 대해 묻자,   問管仲

공자는 "관중은 지도자다웠다(人也)"고 말했다.   曰 人也.

논어論語/공야장公冶長 2

공자가 자천을 평하기를 "군자로다! 지도자답다(若人)"고 했다.   子謂子賤 君子哉 若人.

논어論語/헌문憲問 6

공자가 남궁괄을 칭찬했다. "군자로다! 귀족답구나!(若人)"   子稱南宮适 君子哉 若人.

논어論語/태백泰伯 7

군자는 지도자다워야(人也) 한다.   君子人也.

중용中庸/20장

애공이 정치를 물었을 때, 공자가 대답했다.   哀公問政. 子曰

"인仁이란 지도자다운 것이니(人也),   仁者人也

어버이를 친애하는 것이 중요한 일이다."

親親爲大.

예기禮記/표기表記

인仁은 지도자다운 것(人也)이요, 도道는 의로운 것이다.

인을 앞세우면 도의가 허술하여 친밀하지만 존경하지 않고,

의를 앞세우면 지도자다운 자애가 허술해져

존경하지만 친밀하지 않다.

仁者人也 道者義也.

厚於仁者 薄於義 親而不尊.

厚於義者 薄於仁

尊而不親.

맹자孟子/등문공滕文公 상

민이 할 수 있는 도는

항산이 있으면 항심이 있고,

항산이 없으면 항심이 없는 것이다.

어찌 어진 군자(仁人)가 지위에 앉아

민을 그물로 잡을 수 있겠느냐?

民之爲道也

有恒産者有恒心

無恒産者無恒心.

焉有仁人在位

罔民而可爲也.

여기서 잠시 '사람답다'는 표현의 속뜻을 생각해 보자. 지금부터 2,500년 전, 가부장적 봉건사회였던 춘추시대에는 국가 또는 가문이라는 공동체에 매몰된 도덕적이고 일반적인 인간만이 요구되었을 뿐이다. 노장을 제외한다면 그 누구도 독립된 인격주체로서 구체적이고 현상적이며 실존적인 개인을 발견하지 못하던 시대였다. 그러므로 설령 공자가 인간을 말했다 할지라도 일반적으로 도덕적인 인격을 의미할 뿐 오늘날 우리가 말하는 개인의 주체적이고 실존적인 사람다움을 말한 것은 아니었다.

그러므로 설사 '인仁은 사람다움'이라 해석할 수 있다 할지라도, 이것은 '귀족답다', '지도자답다', '군자답다', '관리답다', '아비답다'의 뜻일 뿐 오늘날의 '인간답다'는 뜻은 결코 아니다. 그러므로 경전에서 '인人'을 번역함에 있어 시대적 차이와 배경을 고려하지 않고 '사람답다'고 번역하는 것은 옳지 않다. 더구나 '인人', '민民', '백성'을 똑같이 백성으로 번역하는 것은 치명적인 오역이다.

백성은 백관과 호족

우리는 옛날부터 사람이면 누구나 성姓씨를 가져왔다고 알고 있다. 그러나 사실은 그렇지 않다. 우리의 경우 7세기경 신라 왕실과 귀족들이 당나라에서 성씨 제도를 수입했고, 10세기경 고려 태조가 지방 호족들에게 성씨를 하사하면서 성씨가 유행하기 시작했다. 조선 후기까지도 성씨를 가진 사람은 절반도 안 되었고, 20세기에 들어와서 일제가 호적을 만들면서 온 국민이 성씨를 갖게 되었던 것이다. 그러므로 2,500년 전 공자 당시의 '백성'과 오늘날 우리가 쓰는 '백성'은 그 뜻이 전혀 다르다는 것을 알아야 한다.

그리고 원래 성姓과 씨氏는 다른 것이다. 『좌전』에 의하면 성은 천자로부터 하사받는데 그 사람이 탄생한 고을 이름이나 관직의 명칭을 딴 것이며, 씨는 천자가 분봉한 영지의 이름을 따서 명명한 것이다. 그러므로 성씨는 중세까지만 해도 영지를 가진 유산계급만이 하사받을 수 있는 극소수 특권층의 전유물이었다.

좌전左傳/은공隱公8년(BC 715)

무해가 죽었다.	無駭卒.
우보가 시호諡號와 족명族名을 내려줄 것을 청했다.	羽父請諡與族.
은공은 중중衆仲에게 족명에 대해 물었다.	公問族於衆仲.
중중이 답했다.	衆仲對曰.
"천자께서는 덕 있는 자를 조정의 기율로 세우고자	天子建[13]德
태어난 곳 이름으로 성을 내려주시고,	因生以賜姓.
사직을 세울 영토 이름으로 씨를 명했습니다."	胙[14]之土而命之氏.

『사기』에 의하면 황제 헌원씨는 25명의 아들이 있었는데, 그 중에서 성을 얻은 자는 14명뿐이고 11명은 받지 못했다고 한다(黃帝二十五子 其得姓者十四人 : 『사기』 「오제본기五帝本紀」). 그러므로 기원전 5~4세기 춘추전국시대 문서인 고전에서의 '백성'이란 유산자계급을 지칭하며, 지금 우리가 쓰는 천하만민天下萬民이란 뜻의 백성과는 다르다.

그러므로 공자 당시에 쓰였던 '백성'이란 명칭은 성씨를 하사받은 인人계급 및 땅을 가진 한정된 호족들을 통칭하는 것일

---

13) 建(건)=立朝律, 立.
14) 胙(조)=祭福肉, 賜, 建置社稷.

뿐 인민人民 전체를 말한 것이 아님이 분명하다. 어찌되었든 공자는『논어』에서 '군자↔소인', '인↔민'을 대칭하여 말했을 뿐, '백성'이란 말은 거의 쓰지 않았다. 그러므로 인과 민을 모두 백성으로 번역하는 것은 공자의 의도를 왜곡하는 것이다.

백성이란 말이 처음 등장한 것은『서경』「우서虞書」요전堯典의 첫머리에서다. 내용인즉 "구족九族을 화목하게 하시니 백성이 밝게 다스려졌고, 백성이 밝게 다스려지니 모든 나라들이 화목했고, 이에 따라 여민黎民들도 착하게 되었다"는 것이다. 여기서 '백성'은 백관百官을 의미하고 여민은 서민庶民을 의미한다. 이로써 백성과 민은 다른 뜻임을 알 수 있다.

『중화대자전中華大字典』에서는『서경』「우서」요전의 전傳을 인용하여 백성을 '백관'으로 풀이하고 있으며,『강희자전康熙字典』의 경우 '민서民庶'로 쓰이고 있으나『서경』「우서」요전에서의 백성은 '백관족성百官族姓'이라고 풀이하고 있다. 그러므로 우리 학자들이 민과 백성을 같은 뜻으로 번역하는 과오를 범한 것은 중국의 자전字典을 찾아보는 성의조차 없었음을 증명하는 것이다.

서경書經/우서虞書/요전堯典

옛 황제이신 요임금에 대해 상고하면, 日若稽古帝堯

큰 덕을 밝히시어 구족을 화목하게 하셨고, …克明俊德 以親九族.

구족을 화목하게 하시니 九族旣睦

백관의 족속들(백성)이 밝게 다스려졌고, 平[15]章百姓.[16]

백성의 차례가 밝아지니 모든 나라들이 협력 화목했다.　　百姓昭[17]明 協和萬邦.

이에 서민들도 착하게 교화되어 시절이 태평했다.　　　黎民於變時雍.[18]

중화대자전中華大字典(중화서국中華書局 간행)

백성은 백관百官이다.　　　　　　　　　　　　　　　　　　百姓 百官也

(『서경』「우서」요전의 '평장백성' 전문 참조)　　　　　　(見書堯典平章百姓傳)

경전의 전문을 보면 백성은 대부분 '백관'으로 훈독하며,　　案經傳百姓 多訓百官.

간혹 '왕의 친속'으로 훈독하기도 한다.　　　　　　　　　或王之親屬.

후세 사람들이 마음대로 지어내 '서민庶民'으로 해석했다.　後世乃專作庶民解.

또한 일본에서는 농부를 일러 '백성'이라 말했다.　　　　又 日本謂農夫 曰百姓.

　『논어』에서는 '백성'이라는 단어가 세 번 나온다(예문 참조).
하나는 공자의 말이고, 하나는 유자有子의 말이며, 남은 하나는
탕임금의 말을 옮긴 것이다. 그런데 모두 '인' 또는 '민'과는
다른 뜻을 품고 있다. 그러므로 우리 학자들처럼 '인'을 '백
성' 또는 '아랫것들'로 번역하는 것은 왜곡이다.

논어論語/헌문憲問 44

자로가 군자에 대해 물었다.　　　　　　　　　　　　　　子路問君子

공자가 답했다. "군자는 자기를 수양하여 공경스럽고,　　子曰 修己以敬

---

15) 平(평)=治也.
16) 百姓(백성)=百官의 族姓.
17) 昭(소)=宗廟之在左爲次也.
18) 雍(옹)=和也.

자기를 수양하여 인계급을 편안하게 해야 한다(安人)."   修己以安人.

자로는 "그렇게 하면 끝납니까?"라고 물었다.   曰 如斯而已乎.

공자가 답했다. "아니다. 자기를 수양하여   曰 修己

백성까지 편안하게 해야 한다(安百姓)."   以安百姓.

논어論語/안연顏淵 9

애공이 유약에게 물었다.   哀公問於有若曰

"흉년으로 양식이 부족하니 어쩌면 좋겠습니까?"   年饑用不足 如之何.

유약이 대답했다. "백성(땅을 가진 인민)이 풍족하면   對曰 百姓足

군주가 어찌 부족할 것이며,   君孰與不足.

(땅을 가진) 백성이 부족하면 군주가 어찌 풍족하겠습니까?"   百姓不足君孰與足.

논어論語/요왈堯曰 1

탕왕이 말했다. "소자는   曰 予小子履[19]

감히 검은 소를 재물로 올리며   敢用玄牛.

삼가 거룩하신 천제에게 밝게 고하나이다.   敢昭告于皇皇后帝

짐의 몸에 죄가 있다면 이는 제후들에게는 상관없고,   朕躬有罪 無以萬方[20]

제후들에게 죄가 있다면 그 죄는 짐에게 있습니다.   萬方有罪 罪在朕躬

주周나라는 큰 은혜를 입어 선한 인人들이 많습니다.   周有大賚 善人是富.

그러므로 백성에게 허물이 있다면   百姓有過

그 죄는 짐에게 있습니다."   在予一人.

---

19) 履(리)=湯의 名.

20) 方(방)=邦國也.

공자의 말씀은 온통 '백성'을 사랑하고 걱정한 것이 전부라고 생각했던 독자들은 정작 『논어』에 '백성'이란 말이 단 세 번밖에 나오지 않는다는 사실에 놀랐을 것이다. 공자의 주된 관심사가 '백성'이 아니라 '대인', '군주'였기 때문이기도 하지만, 무엇보다 공자 시대에는 '백성'이라는 말이 일반적으로 통용되지 않았기 때문일 것이다.

'백성'이란 말은, 귀족뿐 아니라 특별히 장원莊園을 가진 일부 민들까지도 성씨를 갖기 시작한 전국시대 초부터 유행한 듯하다. 전국시대 문서인 『순자』에는 '인백성人百姓'이란 말이 자주 보인다. 이것은 귀족계급인 인人 중에서도 성씨를 가진 인을 지칭한 말로 참정권을 가진 이른바 시민권자를 가리키는 말이다. 다만 이때는 인이 아닌 민에게도 성씨가 주어진 듯하며 그들은 '민백성民百姓'이라 불렸을 것이다.

『예기』에서는 대부 이상에게만 형벌이 적용되지 않는 특권이 있다고 했으나(刑不上大夫) 『순자』에서는 '사士'에게도 형벌을 적용하지 않는다고 말하고 있다. 이때는 이미 사민士民의 세력이 커졌다는 것을 의미한다. 사민들 중에도 영지를 소유하여 성씨를 하사받은 자들이 있었을 것이다. 그러므로 『순자』에 처음으로 등장하는 '인백성人百姓'이라는 용어는, 별도의 계급을 지칭한다기보다는 '민백성'과 구별하기 위한 것으로 보아야 할 것이다.

순자荀子/부국富國

예는 귀천의 계급을 차등하고, 장유를 차별하고,　　　　　　禮者貴賤有等 長幼有差

빈부를 가볍고 무겁게 하여 모든 것이 알맞게 된다.　　　　貧富輕重 皆有稱[21]者也.

사士(元士·上士·中士·下士 등의 관직) 이상에게는　　　　…由士以上

반드시 예악으로 절제하게 하고,　　　　則必以禮樂節之.

그 외의 일반 백성들에게는 반드시 법과 죄를 물어 제재한다.　　　　衆庶百姓 則必以法數[22]制之.

순자荀子/유효儒效

작위가 없는 시정의 인과 백성도　　　　塗之人百姓

누구나 선한 공적을 쌓아 온전히 하면 성인(왕)이 될 수 있다.　　　　積善而全盡 謂之聖人.

선을 구해야만 뜻을 얻고, 다스려야만 안민입정安民立政하고,　　　　彼求之而後得 爲之而後成

공덕을 쌓아야만 높아지는 것이다.　　　　積之而後高.

그러므로 성인도 사람이 쌓은 공적의 결과이다.　　　　故聖人也者 人之所積也.

순자荀子/왕패王霸

윗사람이 아랫사람을 아끼도록 예로써 제어하는 것이다.　　　　上莫不致愛其下 而制之以禮.

그래서 윗사람은 아랫사람을 적자赤子처럼 보살피는 것이다.　　　　上之於下 如保赤子.

정령과 제도는 아랫것들을 인백성에게 통합하기 위한 수단이다.　　　　政令制度 所以接下之人百姓.

　다만 공자로부터 1,000여 년 후에는 민과 백성이 혼용되어 쓰인 것 같다. 『중화자전』은 민을 백성으로 해석한 예로 기원후 502년에 편찬된 『문경文選』 「동경부東京賦」에 대한 설종薛綜의 주해를 들고 있다. 즉 「동경부」에 나오는 "민은 수고로움을

---

21) 稱(칭)=알맞다.

22) 數(수)=責也.

잊고 즐겁게 재물을 바친다(民忘其勞 樂輸其財)"에서 '민' 자를 백
성으로 해석한 것이다. 이 글에서 민은 '나라에 재물을 바치는
자(輸其財)' 이므로 '땅을 소유한 자' 를 지칭한 것이 분명하며,
땅을 소유했다면 성씨를 가진 백성일 가능성이 높다.

그러나 그보다 1,000여 년 전의 문서인 『논어』에서는 민은
무산계급이고 백성은 유산계급이었으므로 엄격히 구별하였
다. 즉 공자 당시에는 나라에 재물을 바치는 자가 백성이며,
민은 무산자이므로 재물을 바칠 수 없었고, 대신 부역을 부담
했던 것이다. 그러므로 『논어』의 인 · 민 · 백성을 같은 말로
번역하는 것은 큰 잘못이다.

사민四民의 분업과 정거정책

공자 당시에 인과 민의 신분계급은 세습되었으며, 사민四民
(사농공상)의 직분이 문란해지지 않고 세습되도록 거주지역을
한정했다. 특히 제나라 관자는 신분질서가 어지러워지자 사농
공상의 분업分業을 강제하기 위해 '사민의 분업과 정거定居정
책' 을 엄격히 실시하여 자기 직분 외에 다른 직업을 겸직할 수
없도록 거주지역을 제한했다.

국어國語/제어齊語

환공이 물었다.   桓公曰

"민民이 각자 자신의 직업을 이루려면 어떻게 해야 하겠소?" 成民之事若何.

관자가 답했다. "사농공상의 사민四民이 管子對曰 四民

섞여 살게 하지 말아야 합니다. 者勿使雜處.

섞여 살면 말이 어지러워지고 직업이 바뀝니다." 雜處則其言亂 事易.

환공이 물었다. "사농공상의 거주지를 어찌해야 합니까?" 公曰 處士農工商若何.

관자가 답했다. 管子對曰

"옛 성왕들은 사민士民은 한적한 곳에 살게 하고, 昔聖王之處士也 使就閑燕.

공민工民은 관부에 살고, 상민商民은 시정에 살고, 處工 就官府. 處商 就市井

농민農民은 전야에 살게 했습니다. 處農 就田野.

이런 까닭에 사士의 자제는 언제나 사민이 되며, 故士之子恒爲士.

공工의 자제는 언제나 공민이 되고, 工之子恒爲工.

상商의 자제는 언제나 상민이 되고, 商之子恒爲商.

농農의 자제는 언제나 농민이 되는 것입니다." 農之子恒爲農.

좌전左傳/소공昭公26년(BC 516)

안자가 말했다. 對曰

"주례에 의하면 가문의 베풂은 제후를 미치지 못하게 하고, 在禮 家施不及國

민들은 거주지를 옮기지 못하게 했다. 民不遷

그러므로 농민은 땅을 떠나지 못하며, 農不移

공민과 상민은 직분을 바꾸지 못하며, 工賈不變

사민士民은 직분을 일탈하지 못한다." 士不濫

논어論語/학이學而 11

공자가 말했다. 子曰

"아버지가 살아계실 때는 아버지의 뜻을 살피고,
돌아가신 후에도 그 행한 바를 살피며,
3년 복상 중에는 아버지의 길(道)을 결코 바꾸지 않아야만
효자라 할 수 있다."

父在 觀其志.
父沒 觀其行.
三年無改於父之道
可謂孝矣.

그러나 사민분업정거정책은 본래 의도와는 달리 폐해가 나타나기 시작했다.

첫 번째 폐해는 유사들이 지식을 파는 일 외에 다른 직업을 가질 수 없도록 겸직을 금지함으로써 발생했다. 그들은 굶지 않으려면 의義를 굽혀서라도 귀족들의 가문에 취직할 수밖에 없는 처지로 내몰렸다. 이것은 본래 취지와는 달리 왕도王道를 지켜야 할 유사들에게 지방 거실巨室들의 패도覇道에 동조하도록 강요하는 결과를 가져왔다. 그래서 공자는 왕도주의를 따르는 '군자유'와, 패도주의를 따르는 '소인유'로 구분하여 노선투쟁을 전개한 것이다.

맹자孟子/등문공滕文公 하

맹자가 말했다. "선비들은 벼슬살이를 해야 했다.
옛 기록에 의하면 '공자는 3개월 동안 섬길 군주가 없으면
안절부절 벼슬자리를 찾아 다른 고을로 떠나갔으며,
그때는 반드시 임용되면 바칠 선물을 싣고 갔다'고 한다.
공명의의 말에 의하면

孟子曰 仕.
傳曰 孔子三月無君則
皇皇如也 出疆
必載質.[23)]
公明儀曰

---

23) 質(질)=임용 시 바칠 禮物.

'옛날 사람들은 3개월 동안 섬길 군주가 없으면
굶어 죽은 것으로 알고 조문을 갔다' 고 한다."

古之人三月無君
則弔.

논어論語/위정爲政 14
공자가 말했다.
"군자는 보편적(王道)이고, 당파적(覇道)이지 않으며,
소인은 당파적이고 보편적이지 않다."

子曰
君子 周而不比.
小人 比而不周.

논어論語/옹야雍也 11
공자가 자하에게 말했다.
"그대는 군자파의 유사가 되라.
결코 소인파의 유사는 되지 말라."

子謂子夏曰
女爲君子儒
無爲小人儒.

　두 번째 폐해는 당시 관직은 너무 복잡하게 세분되어 있었는
데, 자기 직분이 아니면 서로 간섭하지 않았으므로 낭비를 초
래하게 된 것이다. 이러한 풍조는 거실(큰 가문의 宗室)의 대인
들이 권력과 부를 과시하는 수단으로 다투어 많은 가신들을 두
었으므로 사치를 조장하고 법도를 문란케 했던 것이다.『논어』
에서 공자가 '관사官事'의 겸직을 금지한 관자를 비난한 것은
'사민분업四民分業' 자체를 반대한 것이 아니라 다만 엄격한 시
행으로 낭비를 초래한 것을 비난한 것이다. 공자의 '정명론正名
論'은 신분과 직분의 차별을 엄격히 하자는 것이므로 관자의
'분업정책'과 별로 다른 것이 아니기 때문이다.

논어論語/자장子張 7

자하가 말했다.

"모든 공민工民은 공장 거리에 거주해야

사업을 성취할 수 있고

군자(官長)는 학문이 있어야 그들의 도리를 다할 수 있다."

子夏曰

百工居肆

以成其事.

君子學 而致其道.

논어論語/팔일八佾 22

공자가 "관중은 그릇이 작은 사람이다"라고 말했다.

혹자가 물었다. "관중이 검소하다는 말씀입니까?"

공자는 대답했다. "관중은 호사스런 누대樓臺를 소유했고

관직과 직업을 겸직하지 못하게 했으니

어찌 검약하다 하겠는가?"

子曰 管仲之器小哉.

或曰 管仲儉乎.

曰 管氏有三歸[24]

官事[25]不攝[26]

焉得儉.

한비자韓非子/이병二柄

옛날 한나라 소후가 취하여 잠이 들었다.

이때 관모 담당 관리가 추울까 염려하여

옷을 덮어주었다.

소후가 잠에서 깨어나 기뻐하며 물었다.

"누가 나에게 옷을 덮어주었느냐?"

시종들이 말하기를 관모를 맡은 관리라고 대답했다.

소후는 옷 담당 관리와 모자 담당 관리 모두에게 벌을 내렸다.

昔者韓昭候醉而寢.

典冠者見君之寒也. 故加衣

於君之上.

覺寢而悅 問左右曰. 誰加

衣者.

左右對曰 典官.

君因兼罪典衣與典冠.

---

24) 三歸(삼귀)=樓臺名.

25) 事(사)=職業.

26) 攝(섭)=兼也. 朱注 : 家臣不能具官 一人常兼數事 管仲不然 皆言其侈.

옷을 맡은 관리는 그 직무에 태만한 죄이며,　　　其罪典衣 以爲失其事也.

관을 맡은 관리는 그 직분의 범위를 넘었기 때문이다.　　　其罪典冠 以爲越其職也.

오역과 반성

　이처럼 우리 학자들의 왜곡의 결과는 심각하다. 이미 언급
한 것처럼 봉건적 사상가를 민주사상가로 둔갑시키는 것도,
'인人'들의 자치를 '민民'들의 자치로 오해하는 것도 모두 인
과 민을 구분하지 못한 폐단이다. 인들의 자치는 천자에 대한
제후국의 자치, 제후국에 대한 거대 가문의 자치일 뿐, 주민
자치를 말하는 것이 아니다. 봉건시대의 사민四民은 가문과 영
주 소유의 농노일 뿐 오늘날과 같은 시민市民이 아니었다. 반
면 당시 백성은 유산자였으므로 오늘날의 시민과 같다고 말할
수 있을 것이다.

　우리는 2,500년 전 봉건제의 신분차별을 살펴보았다. 그렇
다면 오늘날 신분계급의 세습이 없어진 자본주의사회의 또다
른 계급은 실제로 차별받지 않고 자유롭게 이동하고 있는가?
서울대학교 경제학과 김대일 교수는 2004년 6월 발표한 「빈곤
의 정의와 규모」라는 논문에서, 우리나라 빈곤층이 차상위 계
층으로 올라가 빈곤을 벗어날 수 있는 가능성이 6%에 불과하
다고 추정했다. 그렇다면 오늘날 무산계급의 처지는 봉건시대
의 신분차별과 다르지 않다는 것을 반성해야 한다. 물론 봉건

제에서 사민四民은 귀족가문의 대인들에 예속된 반半노예 상태에 있었다. 그렇지만 봉건제에서 민중은 사민분업정거정책에 따라 거주 이전의 자유가 제한되었을 뿐 명목상으로는 일정한 지대地貸를 내는 조건하에서 자기 책임으로 자영할 수 있었으므로 토지개혁 이전에 우리의 소작제도와 다를 것이 없었다. 그렇다면 오늘날 노동계급과 무산계급은 자본계급에 예속된 상태가 아니라고 말할 수 있겠는가?

다시 말하면 당시 전쟁비용과 가렴주구만 없었다면 2,500년 전의 농노들의 생활은, 오늘날 토지·점포·공장 등 생산수단이 전무한 무산자들이 지대와 점포임차료를 내는 생활과 별로 다르지 않다는 것이다. 어쩌면 봉건시대의 사민四民은 반노예 상태였으나 오늘날의 임금노동자보다는 더 자유로웠다고 말할 수도 있을 것이다. 임금노동자는 자기 책임하에 자기를 위해 노동을 하는 것이 아니라 타율적으로 자본을 위해 노동을 하는 생산요소에 불과하기 때문이다. 이러한 반성이야말로 고전에서 정치론을 읽는 참된 의미일 것이다.

이상 살펴본 바와 같이 2,500년 전 신분차별이 엄격했던 농노시대의 문헌인 『논어』를 해석하면서 민계급과 인계급을 구분하지 않는 것은, 공자를 오늘날 민주시대에도 비판받지 않는 영원한 성자로 둔갑시키기 위한 곡학아세이다. 따라서 지금 서점에 나와 있는 『논어』 번역서들을 모두 수거하고 재번역해야 마땅할 것이다.

2 군자와 성인에 대한 오해

군자는 관장의 존칭

『논어』는 첫머리를 '군자'로 시작하여 마지막도 군자로 끝내고, 중간에 70여 차례나 군자를 언급하고 있다. 이처럼 공자의 학문은 군왕의 좋은 신하가 되기 위한 '군자학'이다. 유가들 스스로 유학을 '자기를 수양하여 남을 다스리는 수기치인修己治人의 학學' 또는 군자학이라고 말한다. 공자가 말한 군자는 '대부大夫 이상의 관장官長'을 존칭한 것이다.

그런데도 도올은 군자를 '멋진 사내', '섹시한 남자'로 해석하고 있다. 이는 기원전 5세기의 『논어』를 자본주의 교과서로 변질시키는 큰 오류를 범하는 것이며 공자의 캐릭터를 상품광고의 모델로 둔갑시켜 버리는 망동이다.

공자의 소원은 군자가 되는 것이었다. 그는 사士계급 출신으로 세 살 때 아버지를 여의고 편모 슬하에서 가난하고 천하게 살았다. 그는 나이 들어 창고를 관리하는 위리委吏를 시작으로 목축을 관리하는 승전乘田, 공사工事를 관장하는 사공司空이 되었으며, 드디어 오랜 관직생활 끝에 56세의 나이로 하대부下大夫로 승진하여 형벌을 관장하는 대사구大司寇가 되었다. 죽은 지 500여 년 후에는 소왕素王(영토 없는 왕)으로 인정되어 성인聖人으로까지 추대되었고, 죽은 지 1,000여 년 후에는 문선왕文宣王으로 추증되어 명실상부한 성인이 되었다. 귀족도 아닌 유사 신분으로 명예로운 최고 지위의 귀족으로 출세했으니 공자야말로 출세주의자들에게 선망의 대상이 아닐 수 없을 것이다.

그러나 그가 훌륭한 것은 이러한 출세 때문만은 아니다. 공자의 훌륭함은 가문도 가질 수 없는 유사 신분의 처지에서 인류 최초로, 새로운 개념의 가문인 '학문의 가문'을 세웠다는 데 있다. 그는 영지도 없고 가신도 없었으나 대신 제자들이 있었고, 지식인 계급인 유사들에게 무인武人 귀족들과 어깨를 나란히 하고 정사에 참여할 수 있는 길을 열어주어 '지식인의 시조'가 되었다.

공자학이 군자학이라는 단순한 언명 속에는 이처럼 엄중한 뜻이 함의되어 있는 것이다. 오늘날로 말하자면 군자학의 교과서인 『논어』는 고위 공직자가 되어 출세하기 위한 정치학·행정학·출세학의 원조인 셈이다. 공자의 신론神論·도덕론도 이러한 군자학과 무관하지 않으며 오히려 군자학의 일부로 보아도 무방할 것이다. 어진 관장, 즉 군자가 되기 위해서는 하느님을 섬기고 수신 공경해야 함이 필요조건이기 때문이다.

또한 『논어』라는 책이 군자학의 교과서라는 것은 바로 구체제에 순응하고 복종할 것을 가르치는, 관리로 뽑히기 위한 수험생의 교재라는 것을 의미한다. 그러므로 『논어』는 처세술일 뿐 철학이 아니다. 다만 『논어』에서 철학과 인생관을 발견하려는 학자들의 노력은 마치 고등고시 참고서에 나오는 정치·경제·법학에서 그것이 전제로 하고 있는 철학적 기반을 찾아내는 일과 비슷한 것이다.

원래 '자子' 란 글자는 귀인에 대한 존칭이다. 『공양전公羊傳』 「선공宣公6년조」(BC 603)에 보면 진晉의 대부 조순趙盾을 '자대부야子大夫也' 로 호칭했는데 이에 대해 "자子는 사대부를 통칭한다(古者士大夫通曰子)"고 풀이하고 있다. 그것이 변하여 '자子' 는 귀인에 대한 존칭으로, 다시 선생의 존칭으로 의미가 낮추어졌던 것이다. 그러므로 '천자天子' 는 '천제天帝의 명을 받은 귀인' 이요 '군자' 는 '군주의 명을 받은 귀인' 이라는 뜻이다.

『서경書經』「주서周書」 무일無逸에서 "군자여! 어떤 자리에 있어도 안일함이 없도록 하라" 는 주공의 당부 말씀을 한漢의 정현鄭玄(127~200)은 "군자란 오직 관장의 지위에 있는 자"를 지칭한다고 풀이하고 있다. 또한 당唐의 공영달孔穎達(574~648)은 『시경詩經』을 해설하면서 정현을 인용하여 "군자는 귀족이나 통치자를 지칭한다"고 풀이하고 있다. 물론 선하지 못한 통치자까지도 군자로 호칭한 것은 아니다.

서경書經/주서周書/무일無逸

주공이 이르기를 "오! 군자여! 안일함이 없도록 하라!"고 했다.　　　周公曰 嗚呼 君子 所其無逸.

서경書經/주서周書/무일無逸(정현 전箋)

군자란 다만 관장의 지위에 있는 자만을 지칭한다.

君子止[1] 謂在官長者.

시경詩經/용풍鄘風/재치載馳

대부 군자여! 나에게 허물이 있다 하지 마소!

大夫君子 無我有尤.

시경詩經/용풍鄘風/재치載馳(공영달 소疏)

군자는 나라의 어진 자 중에서 특별히 귀족만을 지칭한다.
혹은 통치자를 지칭하기도 한다.

君子 國中賢者 別有指貴族.
或統治者.

『시경』, 『좌전』, 『국어』에서도 군자는 치자治者를 지칭하고 소인小人은 노동자를 지칭한다고 밝히고 있다. 그러므로 군자를 '멋진 사내' 혹은 '섹시한 사내'로 번역하는 것은 치졸한 오역이다.

시경詩經/소아小雅/백화白華

즐거워라 군자여! 나라와 가문의 기초라네!
즐거워라 군자여! 민民의 부모라네!

樂只君子 邦家之基.
樂只君子 民之父母.

좌전左傳/성공成公13년(BC 578)

군자는 예를 힘쓰고,
소인은 노동을 힘쓴다.

君子勤禮
小人盡力

---

1) 止(지)=只와 通用.

좌전左傳/양공襄公9년(BC 564)

군자는 마음으로 수고하고,

소인은 힘으로 수고하는 것이 선왕의 제도이다.

君子勞心

小人勞力 先王之制也.

국어國語/노어魯語 상

군자는 정치를 힘쓰는 자요,

소인은 노동을 힘쓰는 자이다.

君子務治

小人務力.

　『논어』, 『묵자』, 『맹자』, 『순자』에서도 군자는 치자임을 밝히고 있다. 그러므로 1,500여 년 후에 주자도 『논어』「선진先進」편을 주해하면서 "군자는 어진 사대부를 지칭한다(君子謂賢士大夫也)"고 풀이했다.

논어論語/선진先進 1

공자가 말했다. "선인들의 예악은 질박한 농부(野人) 같고,

후인들의 예악은 화려한 군자답다고 말하지만

선택하라고 한다면 나는 선인들의 질박함을 따를 것이다."

子曰 先進於禮樂野人也

後進於禮樂君子[2]也

如用之則吾從先進.

논어論語/위령공衛靈公 7

공자가 말했다. "위나라 대부 사어는 정직하구나!

나라에 도가 있어도 곧고, 도가 없어도 곧았다.

사어의 추천으로 대부가 된 거백옥도 관장(君子)답구나!"

子曰 直哉 史魚.

邦有道 如矢 邦無道 如矢.

君子哉 蘧伯玉.

---

2) 君子=賢士大夫(朱子의 註解).

논어論語/공야장公冶長 15

공자가 정나라 재상 자산에 대해 평했다.

"그에게는 군자(관장)다운 도리 네 가지가 있었다.

자기 뜻을 실행함이 공손했고, 윗사람을 섬김이 공경스러웠고,

민을 부양함이 은혜로웠으며, 민을 부림이 의로웠다."

子謂子産

有君子之道四焉.

其行己也恭 其事上也敬

其養民也惠 其使民也義.

논어論語/자장子張 10

자하가 말했다.

"군자(관장)는 민에게 신임을 얻은 다음에 사역시키고,

군주에게 신임을 얻은 후에 간언을 한다."

子夏曰

君子信而後勞其民

信而後諫.

묵자墨子/비악非樂 상

군자가 힘써 다스리지 않으면 정치가 어지럽고,

천인賤人이 힘써 일을 하지 않으면 재물이 부족하다.

君子不强聽治 卽刑政亂

賤人不强從事 卽財用不足.

묵자墨子/상현尙賢 하

천하의 하사下士·중사中士·상사上士·군자(대부)들은

대중에 군림하고 정령을 내려 민을 다스린다.

今天下之士君子

臨衆發政 而治民.

맹자孟子/등문공滕文公 상

군자(관장)가 없으면 야인野人(농부)을 다스릴 수 없고,

야인이 없으면 군자(관장)를 먹여 살릴 수 없다.

無君子莫治野人

無野人莫養君子.

순자荀子/왕제王制

천지는 생명의 비롯됨이요,

예의는 다스림의 비롯됨이며,

군자(관장)는 예의의 비롯됨이다.

天地者 生之始也

禮義者 治之始也

君子者 禮義之始也.

누누이 강조한 대로 『논어』는 도올이 주장한 것처럼 선학禪學이 아니고 군자학이다. 또한 성인과 대인들에게 충성스런 신하가 되고, 민들에게는 인자한 관장이 되기 위한 공직자 수양서이다. 공자는 군자의 덕목으로 삼계三戒, 삼외三畏, 구사九思를 제시했으며 군자다운 모습으로 오미五美와 삼락三樂을 말했다. 이는 모두 위엄 있고 자랑스런 공직자의 모습을 말한 것이다. 아무리 엉뚱하더라도 이 글을 읽었다면 어찌 군자를 '섹시하고 멋진 사내'라고 말할 수 있겠는가?

삼계三戒

논어論語/계씨季氏 7

공자가 말했다.

"군자는 세 가지 경계할 것이 있다.

젊을 때는 기혈이 불안정하므로 여색을 경계해야 하며,

장성해서는 혈기가 왕성하므로 싸움을 경계해야 하며,

늙어서는 혈기가 쇠퇴하므로 탐욕을 경계해야 한다."

孔子曰

君子有三戒.

少之時 血氣未定 戒之在色

及其壯也 血氣方剛 戒之在鬪

及其老也 血氣旣衰 戒之在得.

삼외三畏

논어論語/계씨季氏 8

공자가 말했다. "군자에겐 세 가지 두려워할 것이 있다.　　　孔子曰 君子有三畏.

천명을 두려워해야 하며,　　　畏天命

큰 가문의 대인들을 두려워해야 하며,　　　畏大人

역대 훌륭한 제왕(성인)들의 말씀을 두려워해야 한다."　　　畏聖人之言.

구사九思

논어論語/계씨季氏 10

공자가 말했다. "군자에겐 아홉 가지 소원이 있다.　　　孔子曰 君子有九思[3]

보는 것이 밝기를 원하고, 듣는 것이 총명하기를 원하고,　　　視思明 聽思聰

얼굴은 온화하기를 원하고, 용모는 공손하기를 원하고,　　　色思溫 貌思恭

언사는 충신하기를 바라고, 섬김은 공경스럽기를 바라고,　　　言思忠 事思敬

의심나면 묻기를 원하고, 성나면 고생스러움을 생각하고,　　　疑思問 忿思難

이득을 보면 의로움을 생각하는 것이다.　　　見得思義.

오미五美

논어論語/요왈堯曰 2

공자가 말했다. "오덕을 높이고 사악을 물리쳐야　　　子曰 尊五美屏四惡

정사에 종사할 수 있다."　　　斯可以從政矣.

자장은 "무엇을 다섯 가지 미덕이라 합니까?"라고 물었다.　　　子張曰 何謂五美.

공자는 답했다. "은혜롭지만 낭비하지 않고,　　　子曰 惠而不費

---

3) 思(사)=願也.

수고롭게 하되 원망을 사지 않으며,   勞而不怨

욕심이 있되 탐하지 않으며,   欲而不貪

따르게 하되 교만하지 않으며,   泰⁴⁾而不驕

위엄이 있되 사납지 않은 것이다."   威而不猛.

삼락三樂

논어論語/계씨季氏 5

공자가 말했다. "세 가지 유익한 즐거움과   孔子曰 益者三樂

세 가지 해로운 즐거움이 있다.   損者三樂.

예악을 절도 있게 하는 것을 즐거워하고   樂節禮樂

남의 착함을 말하는 것을 즐거워하고,   樂道人之善

어진 벗이 많은 것을 즐거워하는 것이 유익한 즐거움이다.   樂多賢友 益矣.

절도 없는 쾌락을 즐거워하고, 안일과 놀기를 즐거워하고   樂驕樂 樂佚遊

연락을 즐거워함은 해로운 즐거움이다."   樂宴樂 損矣.

위의 예문 외에도 『논어』 전체가 군자의 덕목을 가르친 글
이라고 해도 과언이 아니다. 그러나 그 어느 한 구절도 군자
를 '섹시한 사내'로 묘사하고 있지 않다. 『논어』에서는 군자
를 예의 바르고 위풍당당하고 엄정하나 온화한 모습으로 표
현하고 있다. 『논어』 「술이述而」편에서는 공자에 대해 "온화하
지만 엄정하며, 위엄 있지만 사납지 않으며, 공경스럽지만 편
안하다"고 설명했다. 이러한 공자의 모습은 군자의 전형적인

---

4) 泰(태)=縱也.

모습이다.

군자가 아니더라도 유사들이 지향하는 인간상은 멋지거나 섹시한 것이 아니었다. 그들은 지나침도 모자람도 없는 중용의 온화하고 절제된 인품을 지향했다. 조선시대나 오늘날 우리 할아버지들이 "그 사람 군자답구나!"라고 할 때, 꼭 관장 같다는 말이 아니라 어질고 위풍당당하고 근엄한 모습을 말하는 것이 분명하다. 우리 할아버지들이 말한 '군자답다'는 '멋지다'라는 표현과는 너무도 거리가 멀었다.

군자의 표상인 공자에게 "당신은 멋진 사내야!"라고 말한다면 모독이다. 선비의 표상인 퇴계에게 "당신은 섹시한 사내야!"라고 말하는 것도 그렇다. 이것은 마치 속세의 욕심과 번뇌를 잊은 수도사와 수도승에게 "당신은 멋진 사내요 섹시한 사내입니다"라고 말하는 것과 같기 때문이다.

논어論語/술이述而 37

공자는 온화하지만 엄정하며,

위엄 있지만 사납지 않으며, 공경스럽지만 편안하다.

子溫而厲[5]

威而不猛 恭[6]而安.

논어論語/자장子張 9

자하가 말하기를 "군자는 세 가지 변통함이 있다.

멀리서 보면 위풍당당하지만,

子夏日 君子有三變.

望之儼然.

---

5) 厲(려)＝嚴正也.
6) 恭(공)＝尊賢貴義, 執禮御賓, 敬順事上, 愛民長弟, 執事堅固.

가까이 대하면 온화하고, 그 말을 들으면 엄정하다"라고 했다.   卽之也溫 聽其言也厲.

도올은 공자가 시와 음악을 좋아한 것을 두고 군자를 "섹시
하고 멋진 사내"라고 말했는지도 모른다. 그러나 당시의 시와
음악은 오늘날의 시와 음악과는 달리 통치의 수단이었다. 『논
어』「학이學而」편에서 자공이 공자와 문답하면서 『시경詩經』
「위풍衛風」의 〈기오淇澳〉라는 시를 인용하는데, 도올은 이것을
군자의 섹시한 모습을 노래한 것으로 해석했다(『도올논어』권1
291쪽). 그러나 『대학大學』에서는 이 시를 도올과는 정반대로
엄숙한 위엄을 갖춘 도학자의 모습을 노래한 것으로 해석했다.
  혹자는 이 시를 무공武公을 노래한 것이라고 하지만 그것은
유가들의 억지 해석일 수도 있다. 설사 『대학』의 해석이 너무
도학적인 냄새가 짙다 할지라도 이 시는 결코 섹시한 사내를
노래한 것은 아니다. 오히려 물가의 깎아지른 절벽 위에서 아
름답고 무성하게 자라는 푸른 대나무의 모습은 수양이 깊고
신실하고 근엄하고 위풍당당한 군자에 어울리지, 섹시한 사내
와는 거리가 멀다.

시경詩經/위풍衛風/기오淇澳

기수 물가 깎아지른 절벽을 보라!   瞻彼淇澳[7]
푸르른 대가 바람에 흔들리누나!   綠竹猗猗[8]

---

7) 澳(오)=隈厓也, 水名.
8) 猗(의)=至順之貌, 美盛貌.

아름다운 군자의 모습이여!

그 학문은 뿔을 다듬고 새긴듯

그 수양은 옥을 쪼고 간 듯

의젓하고 위엄 있고 빛나고 드날리누나!

아름다워라 군자여! 끝내 잊을 수 없어라!

有匪[9]君子

如切[10]如磋[11]

如琢如磨

瑟[12]兮僩[13]兮 赫兮咺[14]兮.

有匪君子 終不可諼[15]兮.

대학大學/10장/전傳

『시경』〈기오〉에서 말한 "여절여차"는 도학의 모습이요,

"여탁여마"는 수양한 모습이요,

"슬혜한혜"는 높고 엄숙한 모습이요,

"혁혜훤혜"는 위의를 갖춘 모습이요,

"종불가훤혜"라고 한 것은

성대한 도와 지선한 덕을 민중이 잊지 못한다는 뜻이다.

詩云 如切如磋者 道學也

如琢如磨者 自修也.

瑟兮僩兮者 恂慄也.

赫兮咺兮者 威儀也.

終不可諼兮者

道盛德至善 民之不能忘也.

옛사람들은 이 시를 읽고, 군자의 엄격하고 단정한 모습에 옷깃을 여몄다고 한다. 그런데 도올은 이 시를 읽고 섹시한 사내를 연상한다. 시란 읽는 이에 따라 다른 의미를 준다는 점에서 볼 때 멋진 사내가 되는 것이 소망인 독자가 섹스를 연상했

---

9) 匪(비)=裴(長衣引伸之意)와 통용.

10) 切(절)=刻也, 治骨也.

11) 磋(차)=磨也, 治象也.

12) 瑟(슬)=矜莊貌.

13) 僩(한)=威嚴貌.

14) 咺(훤)=宣著貌.

15) 諼(훤)=忘也.

다고 해서 탓할 일은 아니다.

그런데 어느 지방의 민가民歌에서 '군자'를 '섹시하고 멋진 사내'로 표현한 것을 예로 들어 공자가 말한 '군자'도 섹시한 사내라고 해석하는 것은 학문을 연구하는 옳은 방법이 아니다. 상징성이 강한 시어詩語와, 내포와 외연이 고정된 경서經書의 학술어學術語는 구별되어야 한다.

설사 혹시 『시경』의 민가에서 섹시한 사내를 '군자'라고 호칭했다 할지라도 이것이 공자와 유가들이 소망하는 군자가 아님은 분명하다. 또한 민가의 작가가 근엄한 체하는 군자(관장)를 비꼬아 여색을 탐내는 음탕한 사내로 야유했는지도 알 수 없는 일이다. 그러므로 시에서 군자를 섹시한 사내라는 역설적 비유로 표현하는 것을 근거로 경서의 '군자'도 섹시한 사내로 번역할 수는 없는 것이다.

예를 들어보자. 어느 시인이 "한국의 국회의원은 도둑놈"이라고 말했다. 그리고 어느 정치평론가는 "국회의원이 나라를 망친다"고 말했다. 그런데 어느 외국 학자가 이 시인의 비유와 평론가의 말을 조합하여 "한국은 도둑놈이 나라를 망친다"고 번역했다면 옳은 번역인가?

나는 일제시대에 고을에서 마을 유지들이 서로를 '주사님'이라고 부르는 것을 듣고 의아해한 적이 있다. 나중에 알고 보니 '주사'란 면사무소의 서기보다 높은 계급의 공무원이었다. 그리고 점잖은 노인을 '영감님', 못된 노인네를 '영감탱이'라고 호칭하는 것을 듣고 그 뜻을 훈장님께 물었으나 대답을 듣지 못했다. 나중에 알고 보니 '영감'이란 관장을 존칭하는 말이었다. 서울에서는 1960년대까지도 새파랗게 젊은 판사, 검사, 군수를 '영감'이라고 불렀는데 시골에서 듣던 '영감탱이'란 말이 연상되어 어색하게 들렸다.

이처럼 말은 생물처럼 시대와 장소에 따라 변하기 마련이지만 공자가 『논어』에서 말한 군자는 결코 멋진 사내도 섹시한 사내도 아니다.

오히려 선비들은 금욕적인 수도사처럼 생활을 했다. 그리고 시와 노래를 좋아했지만 음탕하거나 감상적인 것은 극도로 삼가고 기피했던 것이다.

논어論語/팔일八佾 20

공자가 말했다. "『시경』 관저의 노래는
즐거우면서도 음탕하지 않고, 슬프면서도 감상적이지 않다."

子曰 關雎
樂而不淫 哀而不傷.

또한 공자는 여색을 탐하는 섹시한 사내가 아니었다. 공자는 음탕한 정鄭나라 음악을 경계했으며, 군자가 경계할 세 가지로 여색, 싸움, 탐욕을 들고 있다. 그러므로 공자와 유가들이 지향하는 군자를 섹시한 사내로 해석하는 것은 크게 잘못된 것이다.

논어論語/위령공衛靈公 11

공자가 말했다. "하나라의 달력을 쓰고, 은나라 수레를 타며,
주나라 면류관을 쓰고, 음악은 순임금의 춤과 노래여야 한다.
정나라 음악을 추방하고, 아첨하는 자를 멀리하라.

子曰 行夏之時 乘殷之輅
服周之冕 樂則韶舞.[16)]
放鄭聲 遠佞人.

정나라 음악은 음탕하고, 아첨하는 자는 위태롭기 때문이다."   鄭聲淫 佞人殆.

논어論語/양화陽貨 18

공자가 말했다.   子曰

"간색인 자줏빛이 정색인 붉은빛을 빼앗는 것을 미워하고,   惡紫之奪朱也

정나라의 음탕한 음악이 아악을 어지럽히는 것을 미워하며,   惡鄭聲之亂雅樂也

날카로운 입이 나라를 뒤엎는 것을 미워한다."   惡利口之覆邦家者.

　도올은 『논어』 「위정」편의 "군자는 도구가 아니다(君子不器)"를 설명하면서 일본 학자인 오규 소라이荻生徂徠(1666~1728)를 인용하고 있다(『도올논어』 권2 153쪽). 그런데 그는 "군자란 도덕적 인격체를 말하는 것이 아니라 민民의 장長이 되는 리더를 말하며, '기器'가 아닌 '기器를 부리는 자'이다. 그러므로 기器는 백관百官을 말하는 것이며 군자란 군주나 공경公卿을 말한다"고 설명하고 있다. 도올은 이처럼 오규 소라이를 장황하게 인용하면서도 그가 말한 '군자는 곧 관장'이라는 요점을 도저히 주목하지 못한다.

　주자는 위 '불기不器'를 "한 가지 재예才藝에만 국한하지 않는 것"이라고 해석했다. 그러나 이것은 너무 좁게 해석한 것이다. '군자불기君子不器'란 관장인 군자는 군왕의 명을 받은 자이지만 왕도에 충성할 뿐 군왕이 제멋대로 쓰는 도구가 아니라고 선언한 것이다. 즉 군자는 군왕·인·민 어느 편에도 치

---

16) 韶舞(소무)=순(舜)의 음악과 무용.

우치지 않고 중도를 지키며 천명을 따라 인정仁政과 균분均分의 왕도를 행할 뿐 군왕의 졸개가 아니라는 뜻이다. 『예기』「학기學記」의 '대도불기大道不器'라는 글도 같은 맥락이다. 어떻든 여기서 분명한 것은, 군자란 도덕적 인격을 갖춘 관장을 존칭하는 말이며 결코 멋진 사내라든지 섹시한 사내를 지칭한 것이 아니라는 사실이다.

성인은 왕의 존칭

공자는 이상적인 정치형태로 성인聖人정치를 표방했다. 난세를 종식시키기 위해서는 구제도를 개혁하기보다는 성인정치를 부활시키는 것만이 유일한 방도라고 생각했던 것이다. 성인이란 인人계급 중에서 최고의 인이며, 왕 중에서도 성스러운 왕을 지칭한다. 공자는 요堯 · 순舜 · 우禹 · 탕湯 · 문文 · 무武 · 주공周公 등 7명을 성인으로 추앙하고 이상정치의 표상으로 삼았다.

그로부터 모든 제왕을 성인이라 칭하던 것이 이제는 왕 중에서 성스러운 왕, 즉 내성외왕內聖外王만을 지칭하게 되었다. 성인 다음은 자신의 영지와 가문을 가진 인人으로 대인이라 칭한다. 한마디로 말하면 고문서에서 성인은 왕 중에서도 훌륭한 왕에게만 붙일 수 있는 존칭이다.

그런데 요 · 순 · 우 · 탕 · 문 · 무 여섯 임금 외에도 성인이라 존칭된 사람들이 있다. 공자는 주공을, 묵자는 순舜의 어진 신하들인 고요皋陶 · 우禹 · 후직后稷을 성인이라 지칭했다. 고요는 법전을 만들었고, 우는 물을 다스려 산하를 정리했고, 후직은 씨 뿌리고 가꾸는 법을 가르쳤으며, 주공은 조카인 성왕을 도와 7년 동안 섭정을 맡아 주나라의 제도와 예악을 정비했다. 이처럼 이들이 모두 성왕은 아니지만 천하를 다스려 인민을 번성하게 했으므로 성인이라고 존칭한 것이다.

묵자墨子/천지天志 하

옛 삼대 성왕들인	故昔也三大聖王
요 · 순 · 우 · 탕 · 문 · 무는	堯舜禹湯文武
천하를 두루 평등하게 사랑하였다.	之兼愛天下也.

묵자墨子/상현尚賢 중

그러면 하늘이 부린 유능한 자는 누구인가?	然則天之所使能者誰也.
옛날 우 · 직 · 고요가 이들이다.	曰若昔者禹稷皋陶是也.
이들 삼공三公은 공을 이루어 백성들을 번성하게 하였으므로	三后[17]成功 維假[18]於民.
곧 이들 세 분을 성인이라 말한 것이다.	則此言三聖人者.

여기서 특히 주목해야 할 점이 있다. 『논어』는 성인에 대해 직접적으로 설명하는 글이 단 한 구절도 없다. 『논어』에서 성

---

17) 三后(삼후)=三公.
18) 假(가)=殷의 誤.

인이라는 말은 단 세 번 나오지만, 모두 성인에 대해 직접적으로 언급한 것이 아니다. 그것은 『논어』라는 책이 공자와 제자들의 문답이므로 관리가 되기 위한 '군자학'일 뿐, 성스런 왕이 되기 위한 '성학'이 아니었기 때문이며, 또한 당시로는 성인이란 왕을 지칭하는 것이 너무도 자명했으므로 따로 설명이 불필요했기 때문일 것이다. 그러나 묵자와 순자는 성인이란 군왕의 존칭이라고 분명하게 밝히고 있다.

논어論語/술이述而 25

공자가 말하기를 "내가 성인(왕)을 볼 수 없으니,
군자(대부)라도 보았으면 좋겠다"라고 했다.

子曰 聖人吾不得已見之矣
得見君子者 斯可矣.

논어論語/자한子罕 6

자공이 말하기를 "선생은 천성을 따라 성聖스러움을 길렀고
또한 재능이 많습니다"라고 했다.

子貢曰 固天縱之將聖
又多能也.

논어論語/자장子張 12

자하가 말하기를 "처음과 끝을 다 갖춘 사람만이
오직 성인이라 할 것이다"라고 했다.

有時有卒者
其惟聖人乎.

묵자墨子/겸애兼愛 상

성인이란 천하를 다스리는 것을 직책으로 하는 인人이다.

聖人 以治天下爲事者也.

순자荀子/정론正論

국가는 작은 도구이므로 소인도 소유할 수는 있으나	國者 小具也 小人可以有之
천하는 지극히 큰 것이므로 ·	天下者至大也
성인이 아니고는 소유할 수 없는 것이다.	非聖人莫之能有也.

그렇다면 공자는 제왕이 아닌데 어째서 성인이라 하는가? 과연 공자는 언제 성인으로 추대되었는가? 정확한 시기는 고증할 수 없으나 유교가 국교로 된 기원전 136년 한대漢代 이후라고 보아야 할 것이다. 그 이래로 200여 년이 지나자 종교적 권위가 쇠퇴했고 드디어 서기 7년 전한前漢이 멸망했다. 그 16년 뒤인 서기 23년에 후한後漢이 재건되었고, 서기 79년 왕을 비롯한 천하의 장수·대부·박사 등이 모두 백호관白虎館에 소집되어 오경五經의 동이同異에 대해 강의를 하고 참위유학讖緯儒學을 재정립했다. 이때 요·순·우·탕·문·무·주공 외에 복희伏羲·신농神農·황제黃帝·고요皐陶·공자 등 5명을 추가하여 성인은 12명으로 늘어났던 것이다. 이때 비로소 만 곱의 걸웅을 성인이라 한다는 정의가 확정되었다. 이로 볼 때 공자는 죽은 지 500여 년 후에 성인으로 추앙된 것이다.

백호통의白虎通義/성인聖人

예에서 명칭을 구별한 기록에 이르기를	禮別名記曰
다섯 사람이면 선인善人(茂)이라 하고,	五人曰茂
열 사람이면 선택된 사람(選)이라 하고	十人曰選
백 사람이면 준재(俊)라 하고, 천 사람이면 영재(英)라 하고	百人曰俊 千人曰英

곱절의 영재를 현재(賢)라 하고, 만인이면 걸웅(傑)이라 하고 만 곱의 걸웅을 성인이라 한다.

倍英曰賢 萬人曰傑
萬傑曰聖.

제왕을 성인이라 부르는 것을 어찌 아는가?
『주역』에서 이르기를 옛날 복희씨는 천하의 왕이었고,
이때 처음으로 팔괘를 만들었는데,
이에 대해 "성인이 『주역』을 지었다"고 말한 것을 보면 알 수 있다.
어찌하여 문왕·무왕·주공을 모두 성인이라 하는가?
『시경』에 이르기를 문왕이 천명을 받았다고 했는데
성인이 아니면 천명을 받을 수 없기 때문이다.

何以知帝王聖人也.
易曰 古者伏羲氏之王天下也
於是始作八卦
又曰 聖人之作易也.
何以言文王武王周公皆聖人.
詩曰 文王受命
非聖不能受命.

무슨 까닭으로 고요를 성인이라 하는가?
『묵자』의 「상현尙賢」편에 이르기를
옛 고요를 상고해 보면 성인이었기에,
그는 능히 순임금에게 도를 펴게 했고
짐의 말이 은혜롭고 시행될 수 있게 했으며
또한 문자를 널리 펴 형벌을 밝게 했기 때문이다.

何以言皐陶聖人也.
以目篇[19]曰
若稽古皐陶聖人
而能爲舜陳道
朕言惠可底行
又旁施象刑維明.

　　맹자는 '폭군방벌론暴君放伐論'을 말한 것으로 유명하다. 그러나 그의 방벌론은 역성혁명도 아니고, 오늘날 말하는 시민혁명도 아니다. 방벌론의 논리는 대충 이렇다. 인민들은 천자에게 성인이 되기를 요구한다. 그러므로 왕은 내성외왕이어야

---

19) 目篇(목편)=不詳. 『묵자』에서 고요를 성인이라 칭함.

한다. 즉 왕은 안으로는 성스럽고 밖으로는 왕천하王天下한 성인이어야 한다는 것이다. 천인天人은 서로 감응하므로 천제는 성인이 아닌 왕의 하늘제사를 흠향하지 않고 천명天命을 거두어버린다. 또한 그런 왕은 인심이 떠나고 천하를 지탱할 수 없으므로 퇴출된다. 다만 이는 역성혁명이 아니고 같은 성씨 중에서 다른 사람을 추대할 뿐이다.

맹자孟子/진심盡心 하

민이 귀하고	孟子曰 民爲貴
사직은 다음이며 군주는 가볍다.	社稷次之 君爲輕.
그러므로 언덕 밑에서 농사 짓는 민을 얻으면 천자가 되고,	是故 得乎丘民而爲天子
천자를 얻으면 제후가 되며,	得乎天子爲諸侯
제후를 얻으면 대부가 된다.	得乎諸侯爲大夫.
제후가 사직을 위태롭게 하면 자리를 바꾼다.	諸侯危稷社則變置.
희생도 훌륭했고 젯밥도 정결하며	犧牲旣成粢盛旣潔
제사도 때에 맞게 드렸는데도	祭祀以時
가뭄과 수해가 나면 사직의 신神을 갈아 치운다.	然而旱乾水溢 則變置社稷.

맹자孟子/만장萬章 하

제나라 선왕이 경대부에 대해서 물었다.	齊宣王問卿.
맹자가 "왕께서는 어느 경을 물었습니까?"라고 묻자,	孟子曰 王何卿之問也
선왕은 "귀족 친척의 경을 묻고자 합니다"라고 답했다.	王曰 請問貴戚之卿.
맹자가 "군주가 크게 과오가 있으면 간하고,	曰 君有大過則諫
반복해도 듣지 않으면 왕위를 바꾸어버립니다"라고 하자,	反覆之不聽則易位

선왕이 "딴 성씨의 경은 어떻습니까?"라고 하니,

맹자는 "군주가 과오가 있으면 간하고,

반복해도 듣지 않으면 떠나버립니다"라고 말했다.

王請問異姓之卿

曰 君有過則諫

反覆之而不聽則去.

이러한 성인정치聖人政治는 플라톤의 철인정치哲人政治와 비슷하다. 다만 성인은 철인과는 달리 천명을 받은 천자로서 하늘제사를 올리는 제사장이었다는 점이 다를 것이다. 그러므로 왕을 천자라 하고 성인이라 하는데, 이 세 가지 명칭은 모두 제사장을 뜻한다. 천자天子란 하늘의 명을 받은 귀인을 뜻하고, 왕王이란 글자는 천지인天地人의 삼재三才를 하나로 관통(丨 = 곤)하는 뜻이고, 성聖이란 글자는 천명을 듣고 말하는 제사장이란 뜻이다. 그러므로 성인정치는 제정일치의 유산인 것이다.

예기禮記/곡례曲禮 상

거북으로 점을 치고, 산대로 점을 치는, 이른바 복서卜筮란

옛 성왕들이 민중으로 하여금

점친 기일을 믿도록 하고

귀신을 공경하게 하며,

법령을 두려워 하게 하기 위한 수단이며,

민중들이 혐의를 해결하고

머뭇거림을 결정토록 하는 수단이다.

龜爲卜 筴爲筮. 卜筮者

先聖王之所以使民

信時日

敬鬼神

畏法令也.

所以使民決嫌疑

定猶與也.

춘추번로春秋繁露/권11/왕도통삼王道通三

옛날 문자를 만든 사람이 3획을 긋고 그 중앙을 연결해

古之造文者 三畫而連其中

왕王이라 했다.

3획은 천天·지地·인人을 의미하고

그 중앙을 연결한 것은 그 도를 관통시킨다는 뜻이다.

謂之王.

三畫者天地與人也

而連其中者通其道也.

백호통의白虎通義/성인聖人

성인이란 누구인가?

성聖이란 통(通)함이요 도리道理요 들음(聲)이다.

도는 통하지 않는 곳이 없고, 밝음은 비추지 않는 곳이 없고,

하늘 소리를 듣고, 인정을 안다.

천지와 같이 덕성스럽고, 일월과 같이 밝으며,

사시와 질서를 나란히 하고, 귀신과 길흉을 같이한다.

聖人者何.

聖者 通也 道也 聲也.

道無所不通 明無所不照

聞聲知情.

與天地合德 日月合明

四時合序 鬼神合吉凶.

예기禮記/왕제王制

천자가 행차할 때는

상제上帝에게 유類제사를 올리고, 사직社稷에 의宜제사를 올리며,

조묘祖廟에 조造제사를 올린다.

제후가 행차할 때는

사직에게 의제사를 올리고 조묘에 조제사를 올린다.

天子將出

類乎上帝 宜乎社

造乎禰.

諸侯將出

宜乎社. 造乎禰.

성인이 제사장이라는 말에 엉뚱한 연상을 하는 사람도 있다. 도올은 "성인은 무당에서 비롯되었다"고 말하고, "공자는 어려서부터 예禮를 좋아했는데 예란 무당굿을 말하며, 따라서 공자는 당골의 아들로서 굿의 달인인 '개비'가 분명하며, 개비들은 모두 성인이다"라고 주장한다(『도올논어』권1 71~73

쪽). 그러나 그것은 아무 근거 없는 공상일 뿐이다. 예나 지금
이나 성인은 왕을 말하고 무당은 천민을 말한다. 또한 만약
그의 말대로 성인이 무당이라면 우리 선조들이 말하는 성학聖
學이란 무당학이란 말인가?

논어論語/자로子路 22

공자는 말했다. "남쪽 사람들의 속담이 이르기를	子曰 南人有言曰
사람이 항심이 없으면	人而無恒
천한 무당도 의사도 될 수 없다고 했는데 옳은 말이다."	不可作巫醫 善夫.
『주역』「항괘恒卦」에서 "덕이 한결같지 않으면	不恒其德
수치를 당할 것"이라 했는데,	或承之羞
공자는 "이는 점을 치지 않아도 알 수 있는 일"이라고 말했다.	子曰 不占而已矣.

논어집주論語集註/자로子路 22(주자 주)

무당은 귀신과 접신을 수단으로 삼고	巫所以交鬼神也,
의사는 생사를 수단으로 삼는 것이므로	醫所以寄死生故
비록 천한 일이지만 더욱 한결같은 마음이 있어야 한다.	雖賤役 而尤不可以無常.

고대에는 중요한 국사를 결정할 때 천제天帝의 신탁을 받기
위해 거북점(卜)을 치는 것이 예사였으며 때로는 역점易占(筮)
을 치기도 했다. 이때 점의 주인은 물론 성왕聖王이었으나, 점
치는 관리가 따로 있었다. 거북점을 치도록 명령받은 관리를
복인卜人이라 했고, 역점 치는 관리를 태사太史라 했고, 제사를
관장하는 관리를 태축太祝과 종백宗伯이라 했다. 이들은 모두

명문귀족의 관리였다. 그러므로 왕을 위해 점치고 제사를 집
행하는 관리들과 민을 위해 점치는 천민인 무巫는 전혀 다르
며, 더구나 왕과 개비들은 하늘과 땅 차이만큼이나 전혀 다른
것이다.

복서卜筮

서경書經/주서周書/홍범洪範

재난에 대해 묻는다 함은 거북점과 시초점을 치는 관리를 골라	稽疑 擇建立卜筮人
의심에 대해 복서卜筮를 하라고 명하는 것이다.	乃命卜筮.
때에 알맞은 사람을 세워 복서를 했을 때	立時人作卜筮
세 사람의 점 중에서 두 사람이 친 점이 일치하면 왕은 따른다.	三人占 則從二人之言.
그대(武王)가 큰 난관에 봉착했을 때는	汝則有大疑[20]
그대의 마음에 물어보고, 귀족과 관리들에게 물어보고,	謀[21]及乃心 謀及庶人
그래도 풀리지 않으면 거북점이나 역점에 물어보라.	謀及卜筮.
그대가 좋고 거북점과 역점도 좋다 하고 또한 서민들이 좋다 하면	汝則從[22] 龜從 筮從 庶民從
이것을 일러 대동이라 한다.	是之謂大同.
그리하면 자신도 평안하고 자손들도 길조를 만날 것이다.	身其康彊 子孫其逢吉.

무격巫覡

국어國語/초어楚語 하

초나라 소왕昭王이 물었다.	昭王問于觀射父曰

---

20) 疑(의)=難也.
21) 謀(모)=議也, 察也.
22) 從(종)=隨也, 合也.

"「주서周書」여형呂刑에 의하면

중려重黎가 천지에 빌지 못하게 했다고 하였는데

그렇지 않다면 민이 하늘을 제사할 수 있었는가?"

대부 관사부觀射父가 답했다.

"「주서」에서 말한 것은 그런 것이 아닙니다.

옛날에는 민중과 신명神命이 서로 구별되어 나뉘어 있었습니다.

그래서 민民 가운데 정신이 맑으며 마음을 집중하는 힘이 뛰어나고,

엄숙 바르게 신명을 공경할 수 있는 사람이 있어서,

그의 지혜는 위아래가 바른 자리를 얻도록 할 수 있고,

그의 성덕은 넓은 곳을 밝게 비출 수 있고,

그의 밝은 안목은 사물을 뚜렷이 통찰할 수 있고,

그의 귀는 모든 것을 들을 수 있는 사람에게

신명이 강림했습니다.

이들을 남자는 격覡, 여자는 무巫라 했습니다."

태축太祝과 종백宗伯

국어國語/초어楚語 하

이들로 하여금 신들의 제위祭位와 차례를 정하고,

희생과 제기와 제복을 만들게 한 후에

선대 성인의 후손들 가운데 훌륭한 사람을 뽑아서

산천의 이름과,

	周書所謂
	重黎實使天地不通[23]者何也.
	若無然 民將能登[24]天乎
	對曰
	非此之謂也
	古者民神不雜
	民之精爽不携貳者
	而又能齊肅衷情
	其智能上下比義
	其聖能光遠宣朗
	其明能光照之
	其聰能聽徹之
	如是則明神降之
	在男曰覡 在女曰巫.

是使制神之處位次主

而爲之牲器時服 而后

使先聖之后之有光烈

而能知山川之号

---

23) 通(통)=開也, 傳達也.
24) 登(등)=尊之也.

조묘의 신주와,　　　　　　　　　　　　　　　高祖之主

종묘의 소목을 알고　　　　　　　　　　　　　宗廟之事 昭穆之世

근면한 공경, 알맞은 예절, 법도에 맞는 위의,　　齊敬之勤 禮節之宜 威儀之則

단정한 용모, 질박한 충신, 정결한 제복으로,　　容貌之崇 忠信之質 禋洁之服

신을 공경하고 밝힐 수 있는 사람을 골라　　　　而敬恭明神者

태축太祝으로 삼았다.　　　　　　　　　　　　以爲之祝.

또한 저명한 성씨의 후손 중에서　　　　　　　使名姓之后

계절에 따라 자라는 작물, 희생에 쓰이는 동물의 종류,　　能知 四時之生 犧牲之物

옥과 비단의 종류, 제복 등 의례의 법도, 제기의 수량,　　玉帛之類 采服之儀 彝器之量

신위의 순서와 법도, 신명의 존비와 위치,　　　次主之途 屛攝之位

제단을 설치할 장소,　　　　　　　　　　　　壇場之所

천지의 신명과 성씨의 내력 등을 잘 알면서,　　上下之神 氏姓之出

옛 전제典制를 잘 따르는 사람을 골라서　　　　而心率舊典者

'종백宗伯'으로 삼았다.　　　　　　　　　　　爲之宗.

고구려의 무격巫覡

국어國語/초어楚語 하

그런데 소호씨가 쇠해지자 구려(고구려)가 덕을 어지럽혀　　及少皞[25]之衰也 九黎[26]亂德

민民과 신神이 뒤섞여 서로 구별할 수 없게 되었다.　　民神雜糅 不可方物

사람마다 제사를 올리고, 가문마다 무사巫史가 생겨　　夫人作享 家爲巫史

---

25) 少皞氏(소호씨)=黃帝의 후예로 金天氏, 東夷의 수령이라 전하고 지금의 山東 曲阜에 거주했다고 함.

26) 九黎(구려)=炎帝의 후손으로 東夷의 군장. 黃帝에게 패하여 흡수됨. 지금의 山東 壽張 일대에 분포함.

절제 있고 질박한 제사는 없어져버렸다.

민이 제사를 부실하니, 그 갖춤을 알지 못하고,

제사의 법도가 없어지니

민과 신명이 동등한 자리에 서게 되었다.

저마다 제멋대로 신전에 맹세를 하니,

장엄함 권위는 없어져버렸다.

無有要[27] 質

民匱于祀 而不知其福[28]

烝享無度

民神同位

民瀆齊盟

無有嚴威

　다만 유의할 것은 성인이란 말은 시대의 변천에 따라 변하기 때문에 공자가 말한 성인과 우리가 일반적으로 알고 있는 성인은 다르다는 것이다. 전국시대에 이르면 성인이라는 말은, 노장이 말하는 진인眞人, 신인神人, 천인天人, 지인至人 등과 결합하여 왕이라는 의미보다는 신비적이고 초월적인 색채가 짙어진다. 이때의 성인은 대체로 천도天道와 인도人道에 통달한 초인超人을 표상하게 된다. 전국시대 후기의 『순자』와 『주역』에서는 문자, 기물, 제도 등 최초로 문명을 창조한 사람들도 성인으로 불리게 된다. 북송 이후에는 불교에 영향을 받으면서 기존의 이미지가 더욱 내면화된다. 그래서 길거리의 보통 인간도 학문과 수양에 의해 도를 깨달으면 성인이 될 수 있다고 생각했다. 이것이 오늘날의 성인 개념이다. 따라서 성인이란 말이 시대의 변천에 따라 그 지칭하는 대상의 지위가 점차 낮아졌으며 이것은 공자가 말하는 성인과는 다르다는 것을

---

27) 要(요)=約也.
28) 福(복)=備也.

유념해야 한다. 더구나 성인을 무당으로 해석하는 것은 '황당무계' 한 오류이다.

군자를 섹시한 사내라느니, 성인을 무당이라느니 주장하며 황당하고 괴이한 말로 남의 이목을 끌려는 것은 자기를 팔려는 행동이다. 그런데 이 사회는 그러한 행위를 나무라지 않을 뿐 아니라 오히려 그런 사람을 재주꾼 또는 잘나가는 사람이라며 부러워한다. 오늘날 자본주의사회에서는 자본을 갖지 못한 절대다수의 사람들이 굶어 죽지 않고 살아가려면 취직을 하든 다른 계약을 맺든 자신의 노동력을 팔아야 한다. 다시 말하면 이 사회는 자기를 팔아야 먹고살 수 있는 세상이다. 따라서 자기를 팔기 위해서는 어떤 방법으로든 남들의 눈길을 끌어야 한다. 특히 인기 직업은 더더욱 그렇다.

2005년, 어느 젊은 밴드가 방송무대에서 성기를 노출한 사건으로 떠들썩했던 적이 있다. 그들의 행동은 대중의 주목을 받고 인기를 끌기 위한 하나의 수단이었을 것이다. 그러나 학자들에게는 그러한 상업적인 돌출행동은 용서받지 못할 타락이다. 어떻게든 남들의 이목을 집중시키려는 지식상인들은 외롭고 가난한 학자가 되기보다 돈 잘 버는 연예인이 되어야 할 것이다. 더구나 공자를 무당 혹은 섹시한 사내로 왜곡하는 돌출행위는 성기노출사건보다도 더 치졸한 인기전술이다. 어쨌든 도올은 이제 인기 있는 연예인이 되었으므로 목적을 달성한 셈이다.

그러나 이것은 개인의 문제로 끝나는 것이 아니라 우리 모두에게 치욕을 주는 중대한 문제이다. 만약 도올의 말대로라

면 우리 선조들은 천여 년 동안 섹시한 사내학이요 무당학을
신봉해 온 얼간이들이 되어버린다. 또한 공자의 캐릭터를 상
업적으로 왜곡하는 것은 일회적인 해프닝으로 끝나는 것이 아
니라 1,000여 년 동안 조선의 문화를 지배한 유학 내지 동양사
상 전체를 왜곡시키고 변질시키는 중대한 문제이다. 내가 장
황하게 도올을 비판하는 이유는 바로 이 때문이다. 다시 강조
하거니와 유학은 봉건적인 한계가 있지만 나라에 충성하고 백
성을 아끼는 훌륭한 치자가 되기 위한 근엄한 군자학이요 성
학이다. 독자들의 분발을 기대한다.

3 소인에 대한 오해

소인과 소인배

일반적으로 군자는 도덕군자요 소인小人은 부도덕한 소인배로 인식되어 왔고 우리 학자들도 그런 뜻으로 『논어』를 번역해석하고 있다. 그러나 공자가 말한 군자와 소인은 그런 뜻이 아니었다. 이미 살펴본 것처럼 원래 군자는 노심자勞心者를 대표하는 관장을 지칭하고 소인은 노력자勞力者를 대표하는 농민을 지칭하는 말이었다. 그러므로 군자와 소인은 신분계급에 따른 분별分別이었던 것이다. 그러나 공자가 군자 중에서 패도覇道파를 소인유小人儒로 비난하면서부터 군자는 정치적 파당에 따라 분열되었다.

이와 관련된 중요한 사건이 있다. 공자가 대사구가 되어 섭정을 맡자 곧바로 소인의 결웅이었던 대부 소정묘少正卯(?~BC 496)를 주살한 것이다. 공자는 왜 소인파의 지도자를 죽였을까? 그가 설사 도덕적으로 흠결이 있는 부도덕한 사람이었다 해도 그것만으로 대부의 지위에 있는 명망가를 죽일 수는 없었을 것이다. 그것은 군자유와 소인유의 정치투쟁이었던 것이다. 다시 말하면 군자파의 대표인 공자가 소인파의 두목을 처형한 것이다. 그러나 우리 학자들은 군자와 소인에 대한 올바른 이해가 없으므로 이를 잘못 해석하고 있다.

예치의 왕도와 법치의 패도

공자는 겸병전쟁을 반대하고 문치文治, 예치禮治를 강조했다. 그러므로 군자의 조건은 귀족의 신분, 즉 인人계급이면 그것으로 충분할 수가 없는 것이다. 이에 공자는 군왕과 군자들에게 새로운 조건으로 학문과 도덕성을 요구했다. 즉 군자의 조건으로 신분적 혈통 외에 박문博文과 약례約禮을 추가한 것이다. 박문이란 선왕의 제도와 말씀을 널리 익히는 것이며, 약례란 『주례』를 따라 자기를 제약하여 순종함으로써 왕도를 배반하지 않는 것을 말한다.

또한 공자는 군왕을 성왕聖王과 폭군暴君으로 구분하고 성왕의 조건으로 문장文章(문화의 啓明)을 강조한다. 요·순·우·탕·문·무·주공 등 역대 훌륭한 통치자는 부국강병의 무치武治 또는 역치力治가 아니라 문치 또는 예치를 했기 때문에 성왕으로 칭송되었다는 것이다. 따라서 성왕을 보좌하는 군자는 문장이 필수 조건이 된다.

논어論語/태백泰伯 19

공자가 말했다. "위대하구나!

순과 우는 천하를 소유했으나

그것을 자손에게 물려주지 않았다."

> 주자 : 관여하지 아니했다(與=不相關)
>
> 남만성 : 그것을 마음에 두지 않았다
>
> 김학주 : 그 직위에 대한 관심은 없었다

子曰 巍巍乎

舜禹之有天下也

不與[1]焉.[2]

논어論語/태백泰伯 20

크도다! 요의 임금 노릇함이여!

산처럼 높구나! 요임금은 하늘의 위대함을 본받았도다!

넓고 멀도다! 민은 이름조차 붙일 수 없구나!

산처럼 높구나! 공업을 이룸이여!

빛나도다! 시서예악 등 문화를 밝게 엮이여!

子曰 大哉. 堯之爲君也.

巍巍乎 唯天爲大 唯堯則之.

蕩蕩乎 民無能名焉

巍巍乎 其有成功也.

渙乎 其有文[3]章.[4]

논어論語/태백泰伯 22

우임금은 내 보기에 나무랄 데 없구나.

식사는 간소했으나 귀신에게는 효를 다하고,

子曰 禹吾無間然矣

菲飮食 而致孝乎鬼神.

---

1) 與(여)=謂予人物也, 賜也.

2) 焉(언)=之於.

3) 文(문)=六藝之泛稱也.

4) 章(장)=明也, 禮文也.

의복은 검소했으나 예복은 아름다웠고,

惡衣服 而致美乎黻冕.

궁실은 낮았으나 수로 건설은 진력했다.

卑宮室 而盡力乎溝洫.

이처럼 공자가 문치를 강조하고 문장을 제후와 군자의 필요 조건으로 내걸자, 그때까지 부국강병을 내걸고 겸병전쟁을 일삼으며 무력밖에 모르던 제후와 대부들은 공자의 무리들을 백안시하게 되었다. 그래서 공자는 14년 동안 유세했으나 귀족들의 반발로 끝내 벼슬을 얻지 못했다. 이로써 알 수 있듯이 공자가 균분의 문치文治를 주장하고 부국강병의 역치力治를 비난함으로써 유사계급은 공자를 지지하는 균분파와 그에 반대하는 부국파로 분열되었던 것이다. 훗날 맹자는 문치를 왕도주의, 역치를 패도주의로 규정했다. 대체로 법가들은 역치, 패도에 동조했다.

논어論語/옹야雍也 25, 안연顔淵 15

공자 말하길, "군자(관장)는 모름지기 선왕의 육례를 널리 배우고 주례로써 몸을 묶어야만

子曰 君子博學於文
約5)之以禮

장차 왕도를 배반하지 않을 것이다"라고 했다.

亦可以弗畔矣6)夫.7)

논어論語/선진先進 19

자장이 좋은 지도자가 되는 길을 물었다.

子張問善人之道

---

5) 約(약)=노끈으로 묶음.
6) 矣(의)=이미 그렇다.
7) 夫(부)=장차 그렇다.

남만성 : 자장이 선인 되는 길을 묻자

김동길 : 자장이 선인의 길을 물었는데

김학주 : 선한 사람의 도에 대하여 여쭙자

공자가 답했다. "선왕의 육례를 실천하지 않고는   子曰 不踐迹

남만성 : 옛 성인의 발자취를 따라가지 않고서는

김동길 : 자취를 밟지 아니하니

김학주 : 옛 분들의 발자취를 따르지 않으면

역시 공실公室과 종실宗室에 관리로 들어갈 수 없다."   亦不入於室.

남만성 : 역시 성인의 방 안에는 들어가지 못한 것이다

김동길 : 또한 성인의 방에 들어가지 못한다

김학주 : 역시 훌륭한 경지에는 이르지 못한다

이에 대해 증자曾子(BC 506~436)는 군자의 새로운 조건인
'박문약례'란 막연한 의리가 아니고 "구체제에 의식화됨으로
써 존왕과 종법을 배반하지 않는 의리", 즉 왕도주의적 의리임
을 강조한다. 공자와 증자가 말하고자 한 의도는 대인이나 유
사들 중에서도 왕도주의자들만이 군자(官長)의 자격이 있고,
패도주의자들은 군자(官長)가 되어서는 안 된다는 뜻이다.

이후부터 공자를 따르는 왕도파는 경제제일주의와 부국강
병을 주장하는 유사들을 '성인聖人(선왕)의 도인 주례를 배반
한 패도주의자'로 낙인 찍고 군자의 대열에서 배척하려 했다.
그리고 이들 패도주의자들을 '소인유'라 부르게 된 것이다.

논어論語/태백泰伯 7

증자가 말했다. "가히 왕자나 공자를 맡길 만하고,
가히 제후국의 천명을 기탁할 만하고,
큰 변란에도 충성심이 꺾이지 않아야
군자(관장)가 될 만한 귀족이라 할 것이다.
군자(관장)는 귀족다워야 한다."

曾子曰 可以託六尺之孤
可以寄百里之命
臨大節而不可奪也
君子人與.
君子人也.

이처럼 공자가 군자의 새로운 조건으로 '박문'을 추가한 것
은 혈통과 신분을 앞세우는 기득권자인 귀족들에게는 불리했
지만, 문文을 팔아 먹고살아가는 유사들에게는 득세할 수 있는
기회가 되었으며 제후와 귀족들을 견제하는 수단이 되었다.
『논어』「안연顔淵」편에는 이에 대한 논쟁을 소개하고 있다.

논어論語/옹야雍也 16

공자가 말했다. "혈통적 품성이 문文을 이기면 조야하고,
문이 품성을 이기면 군자가 아니라 서기書記일 뿐이다.
문과 품성을 다 갖춘 연후에야 군자라 할 것이다."

子曰 質8) 勝文則野
文勝質則史9)
文質彬彬10) 然後君子.

논어論語/안연顔淵 8

위衛나라 대부 극자성이 반론했다.
"군자는 바탕이 이미 혈통이면 그만이지

棘子成曰
君子 質而已矣

---

8) 質(질)=性也, 本也. 여기서는 선천적 혈통을 말함.
9) 史(사)=國家記事書也, 筮人也.
10) 彬(빈)=文采明也. 古字는 份(빈)=文質備也.

어찌 학문으로 군자가 될 수 있다는 말인가?"

자공이 공자를 옹호하여 반박했다.

"애석하다! 그대의 군자에 대한 설명은

빠른 마차도 그대의 혓바닥은 따라갈 수 없을 정도다.

학문은 바탕을 구비해야 하고, 바탕은 학문을 구비해야 한다.

털을 뽑아버린 범가죽, 표범가죽은

개나 양의 가죽과 같을 뿐이다."

何以文[11]爲

子貢曰

惜乎 夫子之說君子也

駟不及舌

文猶[12]質也 質猶文也

虎豹之鞹

猶犬羊之鞹.

그러나 도덕적 조건만이 군자의 충분조건이라는 것은 아니다. 공자는 여전히 신분차별을 불가피한 것으로 옹호했으며, 아직도 인人계급이나 특수한 사士계급만이 군자가 될 수 있을 뿐 농공상의 민은 아무리 도덕적 조건을 갖추었다고 해도 군자가 될 수 없었다. 다만 조상은 인계급이었지만 사민四民으로 전락한 경우에는 큰 공로를 세우면 인계급으로 복귀시켜 군자가 될 수 있게 했다.

어찌되었든 혈통과 신분 외에 학문이 새로운 조건으로 추가되었다는 것은 유사들에게는 사대부로 승진할 수 있는 기회를 마련한 것이었다. 이것이야말로 지식인에게 역사의 전면에 등장할 수 있는 기회가 주어진 획기적인 사건이라고 평가할 수 있을 것이다. 그러므로 공자는 지식인의 시조로 추앙받는 것이다.

그러나 당시 춘추전국시대는 패도파가 천하대세를 장악하

---

11) 文(문)=여기서는 후천적 학문을 말함.

12) 猶(유)=由와 통용. 俱當也.

고 있었다. 그런데 공자는 왕도주의를 제창하여 제후들의 예악 제정권과 군사권을 반대했으므로 그들의 비위를 거슬렀고, 한편으로는 정사를 제후에게 되돌려주어야 한다고 주장함으로써 경대부들의 비위를 거슬렀다. 그래서 14년간 천하를 떠돌며 벼슬을 구했지만 이들의 반대로 뜻을 이루지 못했다. 이들이 바로 공자가 소인파로 비난했던 실세들인 것이다.

논어論語/계씨季氏 3

공자가 말했다. "작록의 권한이 공실을 떠난 지 150년이요, 정치가 대부에게 돌아간 지가 120년이다. 환공의 자손인 계손季孫, 숙손叔孫, 맹손孟孫 세 경대부도 권력에 취해 명성이 미약해졌구나!"

孔子曰 祿之去公室 五世矣.
政逮於大夫 四世矣.
故夫三桓之子孫
微矣.

논어論語/자로子路 20

자공이 "지금 정치인들은 어떻습니까?"라고 묻자 공자는 "오! 하잘것없는 자들을 말해 무얼 하겠느냐?" 하고 답했다.

曰 今之從政者何如
子曰 噫 斗筲之人 何足算也.

논어論語/자한子罕 8

공자가 말했다. "봉황도 오지 않고, 하도도 나타나지 않으니 나는 끝났는가 보구나!"

子曰 鳳凰[13]不至
河圖[14]不出 吾已矣夫.

---

13) 鳳凰(봉황)=靈鳥로 舜 때 내려왔고, 文王 때도 울었다고 한다.
14) 河圖(하도)=伏羲氏 때 황허에서 나타난 龍馬 등의 八卦圖.

그런데 왜 공자는 그들과 타협하지 않고 그들을 소인파라고 극렬하게 비난했을까? 그들에게 양보할 수 없는 그 무엇이 있었기에 소신을 굽히지 않고 투쟁했을까?

첫째, 공자는 춘추오패春秋五覇로 불리는 몇 사람의 공족公族이 천하를 좌지우지하는 것은 옳지 않다고 보았고, 수많은 대소 제후국들의 연합제인 왕도를 지키는 것이 대다수 귀족들의 이익에 부합된다고 보았으며, 몇몇 경대부들의 손아귀에서 놀아나는 정사를 제후에게 되돌려주는 것만이 민중들의 생업을 안정시키는 길이라고 믿었기 때문이다. 그러나 토지겸병 쟁탈전에서 패배한 수많은 몰락귀족들은 이미 권토중래의 의지도 힘도 잃었으므로 그는 실패할 수밖에 없었다.

논어論語/계씨季氏 2

공자가 말했다.

"천하에 도가 있으면

예악과 정벌이 천자로부터 나오고,

천하에 도가 없으면

예악과 정벌이 제후로부터 나온다.

제후로부터 나오면 10대 안에 나라가 망하지 않는 예가 드물고,

대부로부터 나오면 5대 안에 나라가 망하지 않는 예가 드물고,

가신이 국권을 잡으면 3대 안에 나라가 망하지 않는 예가 드물다.

천하에 도가 있으면 정사가 대부의 손에 있지 않고,

천하에 도가 있으면 서인이 정사를 논하지 않는다."

孔子曰

天下有道

則禮樂征伐 自天子出.

天下無道

則禮樂征伐 自諸侯出.

自諸侯出 盖十世希不失矣.

自大夫出 五世希不失矣.

陪臣執國命 三世希不失矣.

天下有道 則政不在大夫.

天下有道 則庶人不議.

둘째, 공자에게 소인파들은 중앙 집중의 왕도주의를 부정하고 제후국의 부국강병주의를 지향함으로써 영토 겸병전쟁을 부추기는 파당주의로 보았다. 그러나 훗날 역설적으로 변법變法을 주장하는 소인파들이 천하통일의 대업을 이루었다.

논어論語/위정爲政 14

공자가 말했다.	子曰
"군자는 보편적(전체적)이고, 당파적(계급적)이지 않으며,	君子 周[15]而不比
소인은 당파적(계급적)이고 보편적(전체적)이지 않다."	小人 比[16]而不周.

셋째, 소인파들이 법 적용의 평등을 주장하고 실적주의를 지향함으로써 신분차별을 문란케 하여 나라를 혼란에 빠뜨린다고 보았기 때문이다.

논어論語/자로子路 23

왕도주의 관장(군자)은 화합하지만 평등하게 하지 않으며,	子曰 君子 和而不同[17]
남만성 : 군자는 화합하나 뇌동하지 않고	
김동길 : 군자는 화합하나 동조하지 아니하고	
김학주 : 군자는 화합하나 뇌동하지 않고	
패도주의 관료(소인)는 평등하게 하지만 화합하지 못한다.	小人 同而不和.

---

15) 周(주)=合, 遍也.
16) 比(비)=類, 輩也, 齊等也.
17) 同(동)=平, 齊, 等也. 주자는 '有阿比之意'라 해석했다. 그러나 同이란 글자는 원래 '부화뇌동'이라는 뜻이 없다. 이것은 군자를 도덕군자로, 소인을 부도덕자로 해석하기 위한 왜곡이다. 우리 학자들은 모두 주자를 따른다.

남만성 : 소인은 뇌동할 뿐 화합하지 못한다

김동길 : 소인은 동조하나 화합하지 아니하니라

김학주 : 소인은 뇌동하나 화합하지 않는다

넷째, 군자파들은 소인파들이 경제제일주의를 표방함으로 써 개인주의적 사리 추구를 조장하여 귀족이 이익을 독점하는 체제인 봉건경제를 문란케 한다고 생각한 것이다.

관자管子/권1/목민牧民

창고가 차야 예절을 알고,   倉廩實則知禮節

의식이 족해야 영욕을 안다.   衣食足則知榮辱.

논어論語/헌문憲問 24

군자는 왕도의 인의에 밝고,   子曰 君子上[18]達[19]

　　남만성 : 군자는 위(인격 향상)로 통달하고

　　김동길 : 군자는 위(道義)로 통달하고

　　김학주 : 군자는 위(고명한 덕)로 발전하고

소인은 패도의 민리民利에 밝다.   小人下[20]達.

　　남만성 : 소인은 아래(인격 퇴보)로 통달한다

　　김동길 : 소인은 아래(私慾)로 통달하니라

　　김학주 : 소인은 아래(私利)로 발전한다

---

18) 上(상)=天, 君, 貴也. 즉 王道 仁義.

19) 達(달)=曉也.

20) 下(하)=地, 臣, 賤也. 즉 패도 民利.

논어論語/자한子罕 1

공자는 이利와 천명天命과 인仁을 말하는 일이 드물었다.

子罕言利與命與仁.

맹자孟子/양혜왕梁惠王 상

양혜왕이 물었다. "노인께서 불원천리 오셨으니
역시 우리나라를 이롭게 할 계책이 있겠지요?"
맹자가 답했다. "하필 이利를 말하십니까?
오직 인의가 있을 따름입니다."

王曰 叟不遠千里而來
亦將有以利吾國乎.
孟子對曰 何必曰利
亦有仁義而已矣.

그런데 순자는 공자가 그렇게도 비난하던 법가들을 옹호하
면서도 공자가 군자의 새로운 조건으로 추가한 것이 유사의
신분 상승을 가져올 것이므로 이를 환영했다. 공자의 기준에
의하면 맹자는 '군자유'에 해당되고, 순자는 '소인유'에 해당
할 것이다. 그런데 맹자보다도 순자가 학문에 의한 신분 이동
을 더욱 주장한 것이다. 이것은 전국시대에 이르러 오히려 몰
락하는 귀족이 많아지고 관료계급의 진출이 뚜렷해지는 계급
변동을 패도파들이 더욱 환영했기 때문이다.

좌전左傳/소공昭公32년(BC 510)

사묵이 말했다. "『시경』에 이르기를
'높은 언덕은 골짜기가 되고
깊은 계곡은 언덕이 된다'고 했습니다.
우순虞舜, 하우夏禹, 상탕商湯의 자손들이 지금은 서민이 된 것을
주군도 잘 알고 계실 것입니다.

史墨曰 詩曰
高岸爲谷
深谷爲陵.
三后之姓 於今爲庶
主所知也.

『주역』의 괘에서는 우레가 하늘을 탄 것을 대장이라 합니다. 이것이 하늘의 도입니다."

在易卦 雷乘乾曰大壯
天之道也.

순자荀子/유효儒效

성품이란 우리가 다스릴 수는 없지만
교화는 가능하며,
마음이란 우리가 풍부하게 할 수는 없지만
다스릴 수는 있다.
그러므로 흙이 쌓이면 산이 되고, 물이 쌓이면 바다가 되며,
아침저녁이 쌓이면 한 해가 된다.
지극히 높아지면 하늘이 되고, 지극히 낮아지면 땅이 되듯이
길거리 백성들도 선을 쌓기를 온전히 다하면
성인이라 말한다.
그러므로 성인이란 사람이 쌓은 결과인 것이다.
사람이 농사일을 쌓으면 농부가 되고
다듬고 깎는 일을 쌓으면 목수가 되고,
물건 파는 일을 쌓으면 장사꾼이 되며,
예의를 쌓으면 군자가 된다.
목수의 자식이 그 사업을 잇지 않음이 없고,
도시와 시골사람은 자기 풍습대로 옷을 입어야 편안하며,
초나라에 살면 초나라 사람이 되고
월나라에 살면 월나라 사람이 되며
중화에 살면 중화 사람이 되는 것은
천성 때문이 아니라 쌓은 것에 따라 그렇게 되는 것이다.

性也者 吾所不能爲也
然而可化也.
情也者 非吾所有也
然而可爲也.
故積土而爲山 積水而爲海
旦暮積爲之歲
至高謂之天 至下謂之地.
之人百姓 積善而全盡
謂之聖人.
故聖人也者 人之所積也.
人積耨耕而爲農夫
積斵削而爲工匠
積販貨而爲商賈
積禮義而爲君子.
工匠之子 莫不繼事
而都國之民安習其服.
居楚而楚
居越而越
居夏而夏.
是非天性也 積靡[21]使然也

군자유와 소인유의 분열

　그러면 소인이란 원래부터 패도주의 유사를 말했는가? 그렇지 않다. 앞의 제2장에서 언급한 것처럼 원래 소인은 노력자인 민民을 지칭하는 말이었다. 그러므로『좌전』「성공成公13년조」(BC 578)에서는 '소인진력小人盡力'이라고 했고,『좌전』「양공襄公9년조」(BC 564)에서는 '소인노력小人勞力'이라고 했고,『국어國語』「노어魯語」 상편에서는 '소인무력小人務力'이라고 말했다. 이처럼 소인은 노동으로 먹고사는 민을 지칭하는 말이었다.

좌전左傳/양공襄公13년(BC 560)

세상이 다스려지려면	世之治也
군자는 능한 자를 존중하여 아랫사람에게 사양하고	君子尙能而讓其下.
소인은 능력을 키워 윗사람을 섬긴다.	小人農[22]力以事其上
그리하여 상하 모두 예의가 있다.	是以上下有禮
그러나 나라가 어지러워지면	及其亂也.
군자는 공을 자랑하며 소인을 능멸하고	君子稱其功 以加[23]小人
소인은 기능을 뽐내며 군자를 넘본다.	小人伐其技 以馮君子.
그리하여 상하에 예의가 없고	是以上下無禮

---

21) 靡(미)=順也.
22) 農(농)=勉也, 厚也.
23) 加(가)=陵也, 蹸也.

혼란과 잔학함이 한꺼번에 일어난다.　　　　　　　　　亂虐幷生.

　다음 『논어』의 글에서도 소인은 민을 지칭하고 있다. 그러
나 『논어』에서 이런 경우는 예외적인 경우이고, 대체로는 소
인은 패도파의 관리를 지칭하고 민은 노동자를 지칭한다.

논어論語/양화陽貨 4
공자가 말했다. "군자가 도를 배우면 대인을 아끼고,　　　子曰 君子學道則愛人.
소인(民)이 도를 배우면 부리기 쉽다."　　　　　　　　　小人學道則易使也.

　그러나 공자가 '군자유'와 '소인유'를 구분하고 부국강병을
주장하는 패도파에 대해 '왕도'를 배반한 소인이라 비난한 뒤
로부터 소인은 민이 아니라 못된 유사를 가르키게 되었다. 공
자가 유사들에게 소인유가 되지 말고 군자유가 되라고 말한
것이 바로 그것을 뜻한다. 다시 말하면 공자는 패도파를 소인
이라 비난하고 그들과 정치투쟁을 벌였던 것이다. 이러한 정
치투쟁을 상징하는 사건이 공자가 소인파의 두목인 소정묘를
법살法殺한 사건이다.

논어論語/옹야雍也 11
공자께서 처음 가르침을 받는 자하에게 말했다.　　　　子謂子夏曰
"그대는 군자파의 유사가 되라.　　　　　　　　　　　女爲君子儒
결코 소인파의 유사는 되지 말라."　　　　　　　　　　無爲小人儒.

다음 글들은 공자가 소인을 비판한 것인데, 여기서 공자가 말한 소인은 민을 말한 것이 아니라 부국강병과 경제제일주의를 주장하는 '패도의 관료'를 지칭하고 있음을 알 수 있다. 원래 인仁이란 글자는 인人(귀족)에서 나왔으며, 인人들 사이에 원만한 관계를 뜻한다. 반면 민民이란 글자는 '맹맹(田民)' 또는 '맹맹(亡民)'에서 나왔으며 인仁과는 물과 불처럼 상극이므로 아예 인仁의 주체가 될 수 없었다.

논어論語/헌문憲問 7

군자(대부 이상의 관장)라도 불인자가 있을 수 있지만,
소인(패도주의 유사)으로서 인자가 있을 수 없다.

子曰 君子而不仁者有矣夫.
未有小人而仁者也.

논어論語/자로子路 25

군자(왕도주의 유사)는 섬기기는 쉬워도 기쁘게 하기는 어렵다.
기쁘게 하려면 도道로써 하지 않으면 기뻐하지 않으며,
사람 부리는 것은 그릇에 알맞게 한다.
소인(패도주의 유사)은 섬기는 것은 어려우나 기쁘게 하기는 쉽다.
기쁘게 하려면 도로써 하지 않아도 기뻐하며
사람 부리는 것은 따르기만을 요구한다.

子曰 君子 易事而難說也
說之 不以道不說也
及其使人也 器之
小人 難事而易說也.
說之 不以道說也.
及其使人也 求備焉.

논어論語/자로子路 26

공자가 말하길, "군자(왕도파 관장)는 태연하고 교만하지 않으며,
소인(패도파 관리)은 교만하고 태연하지 못하다"라고 했다.

子曰 君子 泰而不驕
小人 驕而不泰.

논어論語/위령공衛靈公 34

공자가 말했다. "군자(왕도주의)는 작은 지혜는 능하지 못하나,

큰일(정치, 외교 등)을 맡기면 잘하고,

소인(패도주의)은 큰일을 맡는 것은 잘하지 못하나,

작은 지혜(경제, 기술 등)는 잘한다."

子曰 君子 不可小知

而可[24]大受也

小人 不可大受

而可小知[25]也.

이로부터 유사들은 패도파를 따르는 무리와 왕도파를 따르는 무리들로 분열되어 투쟁한다. 즉 군자유와 소인유로 갈라진 것이다. 그러나 공자는 소인유를 부도덕한 사람이라고 말하지는 않는다. 소인을 부도덕한 사람으로 매도한 것은 공자가 아니라 맹자 이후부터 과격해진 것 같다.

논어論語/자로子路 20

자공이 "어찌해야 사士라고 불릴 만합니까?"라고 묻자,

공자가 "자기 뜻대로 행하는 것을 부끄럽게 생각하고

사신으로 파견되어 군주의 명을 욕되지 않게 한다면

가히 선비라 할 수 있을 것이다"라고 대답했다.

자공이 물었다. "그 다음 등급의 선비에 대해 묻습니다."

공자가 답했다. "종족들이 그의 효孝를 칭찬하고

향당이 그의 제悌를 칭찬하는 사람이다."

자공이 "그보다 하급은 누구입니까?" 하고 물었다.

子貢曰 何如斯可謂之士矣.

子曰 行己有恥

使於四方 不辱君命

可謂士矣.

曰 敢問其次.

曰 宗族稱孝焉

鄕薰稱弟焉.

曰 敢問其次.

---

24) 可(가)=能, 善과 같음.

25) 小知(소지)= 농공상의 기술.

공자가 말했다. "말은 반드시 신뢰가 있고, 행실은 과감하지만 융통성이 없는 소인이야말로

아마 그 다음이라고 생각한다."

曰 言必信行必果

硜硜然小人哉

抑亦可以爲次矣.

다음 글은 공자가 노나라 대부 맹공작孟公綽을 비난한 내용이다. 맹공작은 노나라 대부였으나 패도를 지향했으므로 소인파라는 비판을 받은 것이다.

논어論語/헌문憲問 12

공자께서 노나라 대부 맹공작을 (소인으로) 비난했다.

"(패도를 지향하는) 조씨 위씨 같은 큰 가문의 가신이 되기에는 우수하지만

(왕도를 지향하는) 등나라, 설나라 등 작은 나라의 대부는 될 수 없다."

子曰 孟公綽

爲趙魏26)之老則優

不可以爲滕薛大夫

소인은 패도주의 정파

이처럼 우리가 일반적으로 알고 있는 것과는 달리『논어』에서 공자가 말한 소인은 패도를 지향하는 소인유를 지칭한 것

---

26) 趙魏(조위)= 晉의 家門이었던 조씨와 위씨. 훗날 天子의 허락도 없이 晉國을 쪼개어 차지하고 스스로 제후가 됨. 이때부터를 전국시대라고 말한다.

이다. 이처럼 군자와 소인이 정치적 당파라는 주장은 『논어』 해석에 있어 중대한 문제를 제기한다. 소인을 도덕적 흠결이 있는 사람으로 해석하면 『논어』는 수양서가 되고, 군자와 소인을 정치적 당파로 해석하면 『논어』는 통치학이 되기 때문이다. 혹자는 군자당파, 소인당파라는 말에 거부감을 느끼고 괴이한 주장으로 오해할 수도 있을 것이다.

그러나 이처럼 군자는 도덕적인 사람이요 소인은 재물을 탐하는 부도덕한 사람이라고 인식하게 된 이유는 이미 설명한 바와 같이 군자파에서 소인파를 일방적으로 비난하는 선전에 익숙해져 있기 때문이다. 나는 과문하지만 중국과 일본에서도 몇몇 학자는 나와 같은 의견을 주장하고 있는 것으로 알고 있다. 중국의 자오지빈趙紀彬(1905~1982)은 자신의 저서 『논어신탐論語新探』에서 다음과 같이 군자와 소인을 정치적 파당이라고 말하고 있다.

반논어反論語[27)]
군자와 소인은 서주西周시대에 이미 역사의 무대에 등장한
두 종류의 인계급이었다.
그렇지만 춘추시대에 이르자
비로소 그들 사이에 문제가 발생하고
심각한 양상으로 전개되어 갔다.
즉 춘추시대의 개막과 더불어 군자와 소인은 서로 분열되어

---

27) 자오지빈 저, 조남호 · 신정근 옮김(예문서원) 203쪽.

두 개의 대립되는 정치 파벌이 되었다.
또 이러한 그들 사이의 투쟁이
사회변혁의 중요한 문제로 대두되었다.

그러나 도올은 여전히 군자와 소인은 도덕적 차이로 구분될 뿐 정치적 이해관계의 대립이 아니라고 주장한다. 도올뿐 아니라 우리 학자들은 대체로 소인을 나쁜 사람 또는 비천한 민중으로 착각하고 있다. 그것은 마치 옛 유가들이 군자(관장)를 도덕적으로 완전한 사람으로 각색하여 봉건체제에 순응하도록 가르치고 관존민비사상을 조장한 것에 동조하는 것이 된다. 그러므로 우리 학자들은 『논어』를 올바로 해석하지 못한다.

논어論語/이인里仁 11

군자는 왕도를 지향하므로 덕을 (키울 것을) 생각하고 　　　　　子曰 君子懷德

　　남만성 : 군자는 덕을 생각하고

　　김동길 : 군자는 덕을 생각하고

　　도올 : 군자는 큰 덕을 생각하고

　　김학주 : 군자는 덕을 생각하나

소인은 패도를 지향하므로 영지領地를 (키울 것을) 생각한다. 　　　小人懷土[28]

　　남만성 : 소인은 살 땅을 생각하며

　　김동길 : 소인은 살 곳을 생각하며

　　도올 : 소인은 안온한 삶터를 생각한다

---

28) 懷土(회토)=『대학』 10장의 長國家(나라와 가문을 키운다)와 같은 뜻이다.

김학주 : 소인은 편히 살 곳을 생각하며

군자는 법도를 세울 것을 생각하고

君子懷刑

남만성 : 군자는 형법을 생각하고

김동길 : 군자는 법을 생각하고

도올 : 군자는 보편적 법칙을 생각하고

김학주 : 군자는 법을 생각하나

소인은 구휼하는 것만 생각한다.

小人懷惠.[29]

남만성 : 소인은 은혜를 생각한다

김동길 : 소인은 은혜를 생각하니라

도올 : 소인은 작은 혜택을 생각한다

김학주 : 소인은 혜택이나 생각한다

이처럼 엉뚱한 해석이 나오는 이유는 무엇인가?

첫째, 군자와 소인의 참뜻을 모르기 때문에 엉뚱한 상상을 한 것이다. 공자가 위 글에서 말하고자 하는 것은 왕도파(군자)의 인정仁政과 이에 대립적인 패도파(소인)의 부국강병을 대비시킨 것이다. 다음 글도 같은 맥락이다. 그러나 도올은 이 글을 스님의 선방禪房 공부로 해석한다.

논어論語/이인里仁 16

군자는 의를 밝히고,

君子喻[30]於義

남만성 : 군자는 정의에 밝고 ○

---

29) 惠(혜)=恤其不足也. 懷惠는 『대학』 10장의 務財用(재물과 이용을 힘쓴다)과 같은 뜻이다.
30) 喻(유)=告, 曉, 明也.

김동길 : 군자는 의에서 깨닫고 ×

도올 : 군자는 의에서 깨닫고 ×

김학주 : 군자는 의로움에 밝고 ○

소인은 이利를 밝힌다. 小人喩於利.

남만성 : 소인은 이익에 밝다 ○

김동길 : 소인은 이에서 깨닫는다 ×

도올 : 소인은 이에서 깨닫는다 ×

김학주 : 소인은 이익에 밝다 ○

둘째, 무당 같은 엉터리 목사가 성경을 이용하듯 『논어』를 온통 아포리즘으로 이용하기 때문이다. 그래서 '영토'라는 의미의 '토土'를 '아늑한 삶터'로 풀이한 것이다. 그러나 고문古文에 그런 용례는 결코 없다. '회토懷土'의 바른 뜻은 가문과 제후국들끼리 '토지의 겸병과 쟁탈'을 말한 것이다. 이것을 『논어』에서는 "크고 많기를 바라므로 초조하다(長戚戚)"고 표현했고, 『대학』에서는 "나라와 가문을 키우려 한다(長國家)"고 표현했다. 즉 『논어』의 회토와 『대학』의 '장국가長國家'는 같은 내용으로, '패도覇道'의 부국강병주의를 말한 것이다.

논어論語/술이述而 36

공자가 말했다. "군자는 평안하므로 관대하고 넓으며, 子曰 君子坦[31])蕩蕩[32])

정이 : 군자는 이를 따르므로 늘 태평하고

---

31) 坦(탄)=安也, 平也.

32) 蕩(탕)=寬廣貌.

남만성 : 군자는 마음이 평정하여 너그러우며

김동길 : 군자는 태평하면서 너그럽고

김학주 : 군자는 마음이 평탄하고 너그러우며

소인은 키우려고 하므로 초조하고 근심한다."

小人長[33] 戚戚[34]

정이 : 소인은 사물에 사역되므로 걱정근심이 많다

남만성 : 소인은 항상 근심에 싸여 마음이 초조하다

김동길 : 소인은 영원히 근심걱정이니라

김학주 : 소인은 늘 근심하고 두려워한다

대학大學/10장

공자가 말했다. "나라와 가문을 키우려 하고

子曰 長國家[35]

차상원 : 국가의 우두머리가 되어

이백순 : 국가의 장상長上이 되어

재화와 이용후생을 힘쓰는 것은

而務財用者

차상원 : 재물을 긁어모아 쓰기만 힘쓰는 것은

이백순 : 재물을 쓰기만 힘쓰는 것은

반드시 패도를 지향하는 소인이기 때문이다."

必自小人矣.

차상원 : 반드시 소인들 때문이다

이백순 : 반드시 소인으로부터 그렇게 된 것이다

---

33) 長(장)=多也, 大也.

34) 戚(척)=促也, 憂也.

35) 國家(국가) : 춘추전국시대에는 천자의 天下와 제후의 國과 大人의 家門만 있었지, 오늘날과 같은 國家라는 개념은 없었다.
在禮 家施不及國(주례에 의하면 가문의 베푸는 혜택은 나라보다 못 미치게 한다 : 左傳/昭公26년).
修身 齊家 治國 平天下(몸을 닦고, 가문을 다스리고, 나라를 다스리며, 천하를 평안하게 한다 : 大學/1장).
國之本在家(나라의 기본은 가문에 있다 : 孟子/離婁 상).

셋째, 앞에 『논어』「이인」11장에서 소인회혜小人悔惠의 '혜惠'는 부족한 것을 구휼한다(恤其不足也)는 '은혜 베풂'의 뜻인데 도올은 이를 '작은 혜택을 받음'으로 잘못 번역하고 엉뚱하게 '법망의 구멍' 혹은 '봐줌'으로 풀이한다. 그리고 이 글을 마치 오늘날 소시민의 '연줄 대기'로 해석했다. 다음 글은 혜惠란 글자의 용례이다.

서경書經/주서周書/채중지명蔡仲之命

하느님은 사사로이 친함이 없어 오직 덕 있는 자를 도와주며, 皇天無親 惟德是輔.
민중은 항심이 없어 오직 구휼하는 자를 흠모한다. 民心無常 惟惠之懷.

백성 구휼은 목민관의 당연한 직분일 터인데 어찌 소인의 일로 비난한 것일까? 공자는 예를 벗어나면 구휼도 불인不仁이라고 생각했기 때문이다. 이에 대해 패도주의자인 한비韓非(BC 280?~BC 233)는 다음과 같이 설명해 주고 있다.

한비자韓非子/외저설우外儲說右 상

계로는 계손씨가 노나라 재상일 때 후 지방의 현령이 되었다. 季孫相魯 子路爲郈令.
계로가 성난 얼굴로 팔을 걷어붙이고 들어와 뵙기를 청했다. 子路怫然怒 攘肱而入 請曰
"대체 선생은 내가 인의를 행했더니 질투하는 것이오? 夫子疾由之爲仁義乎.
선생은 나에게 인의를 행하라고 가르쳤는데, 所學於夫子者仁義也
인의란 천하와 더불어 그 소유를 같이하고 仁義者 與天下共其所有
그 이로움을 같이하는 것이 아닙니까? 而同其利者也.
지금 내가 내 봉급을 털어 今以由之秩粟

백성들에게 밥을 먹였는데 무엇이 잘못입니까?"

공자가 말했다. "대저 예란 천자는 천하를 사랑하고,

제후는 자기 경내를 사랑하고,

대부는 자기 소속 관직자들을 사랑하고,

선비는 자기가 섬기는 가문을 사랑할 뿐이오.

그 사랑이 지나치면 침범이 되는 것이오.

지금 그대는 군주의 소유인 백성을 제멋대로 사랑했으니

이것은 그대가 예를 침범한 것이오."

而飡民不可何也.

孔子曰 夫禮 天子愛天下

諸侯愛境內

大夫愛官職

士愛其家

過其所愛 曰 侵.

今魯君有民 而子擅愛之

是子侵也.

이상 설명에서 밝혀졌듯이 군자와 소인이 도덕적 차이로 구분될 뿐 정치적 이해관계의 대립이 아니라고 말한 도올의 해석은 전혀 잘못이다. 이는 인人계급이 왕도파인 군자와 패도파인 소인으로 분열하여 피나는 정치투쟁을 한 역사적 사실을 모르고 하는 말이다. 공자가 소인파의 두목 소정묘를 죽인 것도 이러한 정치투쟁의 산물이었던 것이다. 그러므로 군자와 소인을 잘못 알면 소정묘 사건뿐 아니라 『논어』 전체를 잘못 이해할 수밖에 없는 것이다.

소인파 두목 소정묘의 법살 사건

우리는 공자를 자비로운 성자로 알고 있다. 그래서 공자가 정치적 반대파를 법살했다는 사건은 충격적이다. 이에 대해 중국의 여러 학자들은 그것이 사실이 아닐 것이라고 변증하였으나 명확한 반증을 대지는 못했다. 한편 도올은 공자의 소정묘 법살 사건은 설화일 가능성이 많고 엄격한 법의 집행으로 공자의 법가적인 면모를 보여준 사건이라고 말한다(『도올논어』 권1 122쪽).

소정묘란 인물은 한때 공자의 문하생들이 안연顔淵(BC 521~490)을 제외하고는 모두 소정묘의 사학으로 옮겨가기도 할 정도로 공자의 경쟁자였다고 한다(왕충의 『논형論衡』「강서講瑞」, 유협의 『신론新論』「심은心隱」). 그런데 공자가 기원전 496년 56세가 되던 해에 노나라 대사구로 승진되어 섭정을 맡자마자 곧바로 소인파인 대부 소정묘를 죽였다는 것이다(『순자荀子』「유좌宥坐」, 『윤문자尹文子』「대도大道」하, 『사기史記』「공자세가孔子世家」, 『백호통의白虎通義』「주벌誅伐」, 『공자가어孔子家語』「시주始誅」).

공자가 그를 죽인 명분은 무엇이었을까? 그것은 소정묘가 무도자無道者여서가 아니라 군자의 도를 비난하고 소인의 도를 주장한 난도자亂道者였기 때문이다.

『사기』와 『백호통의』에서는 망령(妄佞)된 도 혹은 궤변의 도를 행하여(佞道已行) 국정을 어지럽힌(亂國政也) 죄라는 간단한 죄목만 기록하고 있으나, 『순자』와 『공자가어』는 그 내용이 상세하고 일치한다. 요약하면 소정묘의 죄는 군자의 도를 버리고, 신흥지주 계급과 패도주의자들의 부국강병과 이利를 쫓는 소인의 도를 세우려고 한 소인파의 두목이라는 것이다.

순자荀子/유좌宥坐

공자가 노나라 대사구가 되어 섭정을 함에,	孔子爲魯攝政
조정을 다스린 지 7일 만에 소정묘를 죽였다.	朝七日而誅少正卯.
자공이 알현하여 물었다.	門人[36]進問日.
"대부 소정묘는 노나라의 유명한 지도자입니다.	夫少正卯 魯之聞人也.
선생께서 정치를 맡자마자 먼저 그를 죽인 것은	夫子爲政而始誅之
잘못이라는 소리를 듣지 않을까요?"	得無失乎.
공자가 답했다.	孔子日
"걱정 마라. 너에게 그를 죽인 까닭을 말해 주겠다.	居 吾語女其故.
군자에게 다섯 가지 악이 있으면 도둑들도 그를 벗을 삼지 않는다.	人有惡者五 而盜竊不與焉.
하나는 역심逆心을 품고 험악한 것이며,	一日 心達[37]而險
둘은 행실이 편벽되고 완고한 것이며,	二日 行辟而堅.
셋은 언사가 거짓되고 변론하는 것이며,	三日 言僞而辯.
넷은 괴이한 일을 잘 알고 박식한 것이며,	四日 記醜而博.
다섯은 그른 일을 따르고 경계하는 것이다.	五日 順非而澤.[38]
군자(人)로서 이 다섯 가지 중에서 하나만 있어도	此五者有一於人
군주의 주벌을 면할 수 없는 것이다.	則不得免於君子之誅.
그런데 소정묘는 그것을 아울러 가지고 있었다.	而少正卯兼有之.
그러므로 그의 지위는 족히 도당을 모으고 당파를 이룰 것이며,	故居處足以聚徒成群
그의 담론은 족히 거짓을 꾸미고 무리를 미혹시킬 것이며,	言談也足以飾邪營衆
그의 통솔력은 족히 옳은 것을 거역하여	强足以反是

---

36) 門人(문인)=『공자가어』에서는 子貢으로 명시하고 있음.
37) 心達(심달)=『공자가어』에는 心逆으로 됨.
38) 澤(택)=『공자가어』에 飭(칙)으로 됨.

군자와 다른 도를 세울 것이다.

소정묘는 소인의 걸출한 패웅覇雄이었다."

윤문자尹文子/대도大道 하

공자가 노나라 재상을 섭정한 지 7일 만에

소정묘를 주살했다.

(이하 내용은 『순자』 「유좌」편과 같다).

사기史記/공자세가孔子世家

정공14년

공자는 56세의 나이로 대사구가 되어

재상의 일을 맞게 되자 얼굴에 화색이 돌았다. 제자가 물었다.

"제가 듣기에 군자는 화가 닥쳐도 두려워하지 않고,

복이 찾아와도 기뻐하지 않는다고 했습니다."

공자가 말했다. "그런 말이 있다.

허나 귀인이 남을 공손하게 대하는 것을 즐거워한다고 하지 않

았느냐?"

그리고 얼마 후

노나라 정사를 문란케 한 대부 소정묘를 주살하였다.

獨[39]立

此小人之傑雄[40]也.

孔丘攝魯相七日

而誅少正卯.

定公十四年

孔子年五十六上 由大司寇

行攝相事. 有喜色門人曰

聞君子禍至不懼

福至不喜

孔子曰 有是言也

不曰 樂其以貴下人乎

於時

誅魯大夫亂政者少正卯.

---

39) 獨(독)=與人異也, 自專也.
40) 傑雄(걸웅)=『공자가어』에는 奸雄으로 됨.

백호통의白虎通義/권2/주벌誅伐

공자가 노나라 사구가 되자 먼저 소정묘를 주살했다.

망령된 도를 함부로 행하고 국정을 어지럽혔기 때문이라 했다.

孔子爲魯司寇 先誅少正卯

謂佞道已[41]行 亂國政也.

이 사건이 진실이든 아니든 이것을 도올처럼 법치와 덕치의 문제로 보아서는 안 된다. 덕법德法논쟁에 대해서는 뒤에서 다시 설명하겠지만 이것은 덕치와 법치의 문제와는 관련이 없다. 이 사건은 군자파와 소인파의 이념과 권력투쟁으로 다루어야 옳다. 도올의 해석은 덕치주의자인 공자를 법치주의자로 보는 오류를 범한 것이다.

공자는 덕치와 예치를 주장했을 뿐, 무도자를 엄벌에 처할 것을 주장한 바도 없고 그렇게 하지도 않았다. 오히려 공자는 다음과 같이 엄벌주의가 아니라 관용주의자였다.

논어論語/안연顏淵 19

계강자가 공자에게 정사를 물었다.

"무도無道한 자를 죽여 도로 나아가게 하면 어떻습니까?"

공자께서 대답해 말했다.

"그대만한 분이 정사를 다스리는데 어찌 죽이려 하오?

그대가 선하고자 하면 민民도 선하게 될 것이오.

군자의 덕은 바람이요 소인의 덕은 풀과 같소.

풀은 위에서 바람이 불면 바람에 따라 쏠리게 마련이오."

季康子問政於孔子曰

如殺無道 以就有道何如.

孔子對曰

子爲政焉用殺

子欲善而民善矣

君子之德風 小人之德草

草上之風 必偃.

---

41) 已(이)=甚也, 太也.

『논어』는 왕도주의 기치를 내세우는 군자파를 옹호하기 위해 패도주의의 기치를 내건 소인파를 비난하는 글이 전부라 해도 과언이 아니다. 그러므로『논어』는 소인파와의 정치투쟁을 위한 학습서라고 해도 무방할 것이다. 그래서 공자는 소인파에 대해 감정적이고 혹독한 비난을 퍼붓고 있는 것이다.

논어論語/양화陽貨 12

공자가 말했다. "얼굴은 엄격하지만 속은 비겁한 자들을
소인에게 비유하는데
정말 그들은 담장을 뚫는 좀도둑과 같지 않은가?"

子曰 色厲[42]而內荏[43]
譬諸小人.
其猶穿窬之盜也與.

소정묘 사건은 이러한 왕도주의 군자파와 패도주의 소인파의 정치투쟁에서 군자파가 승리했다고 볼 수 있다. 다만 군자파의 승리는 노나라에 국한된 특별한 예외에 불과했다. 당시 천하 대세는 이미 소인파가 장악하고 있었고 천하를 제패한 것도, 통일한 것도 소인파였다. 그러나 진秦나라가 멸망하고 한漢나라가 등장하자 소인파는 패퇴하고 군자파가 다시 득세하게 되었던 것이다. 그러므로 이 사건을 공자의 법가적 엄형嚴刑주의를 보여준 특이한 사건으로 해석한 것은 왜곡이다. 도올은 이 사건을 엉뚱한 공상소설처럼 해설하고 있다.

첫째, 도올은 이 사건을 순자가 공자의 이미지를 자기의 신념

---

42) 厲(려)=嚴也.
43) 荏(임)=屈橈也.

인 법치주의로 형상화하기 위해 지어낸 설화로 본다(『도올논어』 권2 50~60쪽). 이는 일부 중국학자들의 반론을 따른 것일 뿐이다. 그러나 이 사건을 기록한 『순자』와 『사기』라는 책은 『장자』나 『노자』처럼 설화가 아니다. 수많은 기록을 부인하려면 확실한 반증을 제시해야 함에도 불구하고 아무런 반증도 없다.

『공자가어』라는 책은 위魏나라 때 왕숙王肅(195~256)이 『좌전』, 『국어』, 『맹자』, 『순자』, 『예기』 등에서 공자에 관련된 여러 사실을 뽑아 엮은 책이므로, 공자를 미화하기 위한 윤색이 많아 크게 신뢰하지 않는 것이 학계의 일반적인 경향이다. 그런데 여기에서도 공자가 소정묘를 법살한 사건을 기록하고 그 정당성을 변호하고 있다. 그렇다면 이 사건을 아무 증거도 없이 설화로 보는 것은 도리어 공자를 미화하기 위한 억지라고 보아야 할 것이다.

둘째, 도올이 『순자』의 기록을 설화라고 하면서도 이 사건에서의 공자의 모습을 참모습으로 인정한다. 다만 공자가 실제로 소정묘를 죽였다면 공자의 일반적인 이미지인 덕치주의와는 다른 법가적 엄형주의의 모습으로 해석될 수밖에 없다는 것이다.

그러나 공자의 진정한 캐릭터가 반反패도 반反법가의 덕치주의자인 것은 천하에 공인된 사실이다. 정鄭나라 자산子産(? BC 522)의 주형정鑄刑鼎(법률을 새겨 넣은 청동 솥)에 이어 진晉나라에서도 주형정을 주조하자 공자는 이를 극력 반대한 반법가의 대표자였다. 그런데 어찌 이런 모습과는 반대로 법가적 모습을 보여준 사건이라 말할 수 있단 말인가?

오히려 이 사건은 공자의 법가적 모습을 보여준 사건이 아니라, 반대로 법가를 싫어한 공자가 법가이며 패도주의자인 소인파 두목인 소정묘를 죽인 것이다.

셋째, 도올은 공자가 대부를 지낸 적이 없다는 허무맹랑한 자기 추측의 최면에 걸려 있으므로, "대사구인 공자가 대부 소정묘를 죽였다"는 사건의 기록에서 '대사구'라는 직책이 허구이기에 따라서 이 사건도 허구라고 추측하는 것 같다. 그렇다면 공자 스스로 자기를 대부라고 자칭하고 있는 『논어』「헌문」편과 『좌전』의 기록이 거짓이란 논거를 제시해야 한다.

넷째, 도올은 소정묘 주살 사건을 장황하게 다루면서도 정작 그를 죽인 이유는 말하지 않는다. 소정묘는 재물을 갈취했거나 사람을 상하고 죽였거나 불륜을 저지른 파렴치범이 아니다. 이러한 범법만으로는 소정묘를 죽일 수도 없다. 소정묘는 대부의 신분이기 때문에 주례의 '형불상대부刑不上大夫'의 원칙에 따라 체형을 가할 수 없기 때문이다.

그런데 이 사건의 기록은 분명하게 소정묘는 '소인의 걸웅傑雄'이라고 비난하고 있다. 공자와 소정묘는 정치노선이 달랐던 것이다. 그러므로 군자의 도를 주장하는 공자는 소인의 도를 주장하는 소정묘와는 서로 도모할 수 없었던 것이라고 보아야 옳은 것이다. 다시 말하면 소정묘는 대사구가 재판을 열지 않고 죽일 수 있는 사상범이요 정치범으로 다루어졌던 것이다.

논어論語/위령공衛靈公 40

공자가 말했다. "도道가 같지 않으면 서로 도모할 수 없다." 子曰 道不同 不相爲謀.

예기禮記/왕제王制

첫째, 교언으로 율법을 파괴하거나, 析[44]言破律

명칭을 어지럽혀 바꾸고 짓거나, 亂名改作

사도를 고집하여 정사를 어지럽힌 자는 죽인다. 執左[45]道 以亂政殺.

둘째, 음란한 음악과 이상한 의복을 짓거나, 作淫聲異服

기이한 방술과 기구로 민중을 의혹시키는 자는 죽인다. 奇技[46]奇器 以疑衆殺.

셋째, 행동은 거짓되나 강경하고, 行僞而堅[47]

언사는 거짓되나 논쟁적이고, 言僞而辯

배움은 그릇되나 박학하고, 그름을 따라 은택을 내려 學非而博 順非以澤

민중을 의혹시키는 자는 죽인다. 以疑衆殺.

넷째, 귀신에게 의탁하여 때를 점치고 복서卜筮를 하여 假於鬼神 時日[48]卜筮

민중을 의혹시킨 자는 죽인다. 以疑衆殺.

이들 네 가지 죽을 죄는 옥송을 듣지 않는다. 此四誅者不以聽.[49]

다섯째, 앞에서 지적한 대로 도올은 군자는 도덕적으로 수양된 멋진 사내이고, 소인은 도덕적으로 수양이 덜 된 사람이

---

44) 析(석)=欺也.
45) 左(좌)=邪也.
46) 技(기)=方術也.
47) 堅(견)=强也. 通賢字.
48) 日(일)=所卜筮之吉日也.
49) 聽(청)=獄訟을 들어 결단함.

라고 억지를 부린다. 그렇다면 군자인 공자가 소인인 소정묘를 죽인 이 사건은 도덕적으로 수양이 잘된 사람이 수양이 덜된 사람을 죽인 사건이 된다. 그러나 어찌 수양이 덜 되었다고 사람을 죽여야 한다는 말인가?

그러므로 이 사건의 핵심은 군자와 소인이라고 하는 왕도파와 패도파의 정치투쟁이었던 것이다. 이 사건은 대부로 승진되어 군자가 된 공자가 왕도주의 군자파의 선두에 서서 패도주의 소인파의 사상적 두목을 처형한 사건이다. 이로써 공자는 군자파의 사상적 영수가 될 수 있었던 것이다.

도올은 이 사건을 공자의 엄형주의를 보여준 사건으로 해석하는 근거로 다음과 같이 순자의 글을 제시했다. 그러나 그는 정반대로 오역하고 있다. 만약 도올처럼 해석하면 다음의 순자의 글과 서로 모순되는 것이 되어버린다.

순자荀子/왕제王制

민民의 큰 죄는 교화를 기다리지 않고 죽이며(민에 대한 엄형주의),　　元惡50) 不待敎而誅
　　도올 : 극악한 원흉(부패한 고급관리)은 가르치지 말고 즉시 죽여버리
　　　　 며(인人에 대한 엄형주의)

민의 평범한 잘못은 형벌을 가하지 않고 교화한다.　　　　　　　　中庸民51) 不待政而化
　　도올 : 평범한 일반 민중은 정령이나 형벌로 다스리지 말고 감화가 되
　　　　 도록 이끌어나간다

---

50) 元惡(원악)=大惡.
51) 中庸民(중용민)=元惡과 대칭. 韓詩外傳에는 民자 없음.

이것이 왕도주의 정치이다.

　　도올 : 이것이 곧 왕자의 정치다

是王者之政也.

순자荀子/부국富國

예는 귀천의 계급을 차등하고, 장유를 차별함으로써,

빈부와 경중이 모두 알맞게 된다.

선비 이상에게는 반드시 예악으로 절제하고,

일반 백성들에게는 반드시 법으로 죄를 물어 제재한다.

禮者貴賤有等 長幼有差

貧富輕重 皆有稱[52]者也.

由士以上 則必以禮樂節之.

衆庶百姓 則必以法數[53]制之.

　이처럼 앞뒤가 모순된 해석을 하는 것은 법치가 무엇이고 덕치가 무엇인지 모르고 있음을 반증하는 것이다. 위 순자의 글에서도 증언하고 있는 것처럼 당시 주례에 의하면 고급관리에게는 법이 적용되지 않는 특권이 있었으며(刑不上大夫 : 『예기』「곡례曲禮」 상편), 또한 일반 민중은 농노에 불과한 존재였으므로 예로 교화되지 않고 엄형주의가 적용되고 있었던 것이다. 그런데 도올은 이러한 사실을 모르고 순자의 글을 거꾸로 번역하고 제멋대로 왜곡 해설한 것이다.

　이상과 같이 군자와 소인은 도덕적 품성을 말한 것이 아니라 관장과 민을 말한 신분계급이었으며 나중에는 공자에 의해 군자유와 소인유로 분열하여 투쟁한 정파였던 것이다.

---

52) 稱(칭)=알맞다.

53) 數(수)=責也.

4 예禮와 악樂에 대한 오해

예악은 치도이다

주周의 봉건시대에 예악禮樂은 통치의 두 수레바퀴였다. 예와 악은 둘이지만 항상 같이하므로 수레바퀴로 비유한 것이다. 유교를 '예교禮敎'라고 부르는 것도 공자가 치도治道로서의 예악을 중시했기 때문이다. 반대로 묵자는 '비악론非樂論'을 지어 악을 반대했고, 노장도 예악을 배척했는데, 그것은 바로 당시 유가의 예악이 통치도구였기 때문이다. 잘라 말하면 묵자와 노장은 유가의 치도로서의 예악을 반대했을 뿐 자연의 음악과 민중의 음악을 반대한 것이 아니다.

우리는 흔히 예란 오늘날 에티켓(etiquette)으로, 악은 민간이 즐기는 음악이라고 착각하기 쉽다. 그러나 공자가 말한 예악은 그런 것이 아니다. 그가 말한 예악은 민民의 예의범절을 넘어, 민을 부리고 인人들의 관계를 차례지워 조화시키는 권력관계인 통치제도였던 것이다. 공자는 오랑캐 나라에는 군주는 있으나 군주가 없는 중국만 못하다고 생각했다(『논어』「팔일八佾」5장). 오랑캐는 예악이 없으므로 미개하다고 본 것이다. 즉 오랑캐의 음악은 즐기는 음악일 뿐, 예법에 맞는 통치제도로서의 음악이 아니라고 생각한 것이다. 이처럼 예악은 문화와 제도인 동시에 정치였던 것이다.

논어論語/양화陽貨 11

공자가 물었다. "모두들 예를 말하지만,　　　　　　　子曰 禮云禮云

옥이나 폐백을 선사하는 것이 예란 말인가?　　　　　玉帛云乎哉.

모두들 악樂을 말하지만 북 치고 종 치는 것이 악이란 말인가?"　樂云樂云 鐘鼓云乎哉.

논어論語/팔일八佾 5

오랑캐 나라에도 군주가 있으나,　　　　　　　　　子曰 夷狄之有君

군주가 없어 어지러운 중화만은 못하다.　　　　　　不如諸夏之亡也.

좌전左傳/소공昭公25년(BC 517)

정나라 공자公子 대숙이　　　　　　　　　　　　　子大叔

진晉나라 대부인 간자簡子 조앙趙鞅을 알현하니,　　見趙簡子

조앙은 인사법과 행동거지의 예를 물었다.　　　　　簡子問 揖讓周旋之禮焉.

대숙은 "그것은 의식일 뿐, 예가 아닙니다"라고 답했다.　對曰 是儀也 非禮也.

예기禮記/악기樂記

그러므로 예로써 그 뜻을 인도하고,　　　　　　　　故禮以道其志

악樂으로써 그 소리를 화평케 하고,

법으로써 그 행동을 합일시키고, 형벌로써 그 간사함을 막았다.

그러므로 예·악·형刑·정政은 그 목적이 하나이니,

민심을 화동和同케 하여 치도를 행하는 수단이었던 것이다.

樂以和其聲

政以一其行 刑以防其姦.

禮樂刑政其極一也.

所以同民心 而出[1]治道也.

예기禮記/예운禮運

그러므로 예란 군주의 중요한 권력이다.

혐의를 분별하고 분명치 않은 것을 밝히며,

귀신을 모시고 제도를 고안하며, 인의를 분별하는 도구로서

정사를 다스리고 군주를 편안케 하는 방도인 것이다.

是故 禮者君之大柄也

所以別嫌明微

儐鬼神考制度 別仁義

所以治政安君也.

순자荀子/악론樂論

음악은 천하가 대동하고

중화하는 벼리이며,

인정이 벗어날 수 없는 것이다.

이것이 선왕께서 세운 음악의 통치술이다.

故樂者 天下之大齊[2]也.

中和之紀也.

人情之所必不免也.

是先王立樂之術也.

　　공자는 시詩로써 뜻을 일으키고, 예로써 표준과 차별을 세우고, 악으로 화합시키는 안민입정安民立政이야말로 유사들의 의무라고 말했다. 이처럼 그에게 시·예·악은 모두 정치였던 것이다. 그러나 우리 학자들은 예악이 통치제도임을 모르

---

1) 出(출)=行也, 成也.
2) 齊(제)=同也, 同力也.

고 개인의 도덕적 수양으로만 알았으므로 다음과 같이 오역을
하고 있다.

논어論語/태백泰伯 9

시로써 인의仁義의 뜻을 일으키고,　　　　　　　　　　　　子曰興³⁾於詩

    남만성 : 시로써 일어나서(정신적 감화)

    김동길 : 시에서 일어나며(선악의 마음?)

    김학주 : 시에서 흥취를 일으키고

주례로써 표준을 세우고,　　　　　　　　　　　　　　　　立⁴⁾於禮⁵⁾

    남만성 : 예로써 서며(도덕적 인간)

    김동길 : 예에서 서며(자립)

    김학주 : 예로써 자립하게 하고

악으로 민을 편안하게 하는 정치를 편다.　　　　　　　　　成⁶⁾於樂.

    남만성 : 악으로 완성한다(인격완성)

    김동길 : 악에서 이루어지느니라(도덕에 화순)

    김학주 : 악으로써 자기를 완성한다

---

3) 興(흥)=發謀出慮也.
4) 立(입)=見, 建, 行也.
5) 禮(예)=周禮.
6) 成(성)=安民立政也.

예는 이理와 별別이다

예란 무엇인가?

첫째, 예는 천리天理다. 하늘의 분별分別과 조리條理라는 뜻
이다. 공자는 예란 통치규범을 넘어 만물을 조리 있게 다스리
는 천리로 생각했다. 이는 또한 천자의 통치규범인 주례는 절
대불가침의 성스러운 천명天命임을 선언하는 정치적 의미도
있다.

좌전左傳/소공昭公25년(BC 517)

자산子産이 말했다. "예란 하늘의 경經(분계)이요,　　日 夫禮 天之經[7]也.

땅의 의義(의리)요, 민의 행行(차례)이라 했다.　　地之義[8]也. 民之行[9]也.

이처럼 예는 천지의 경經(분계)이니 민은 그것을 본받아야 한다."　　天地之經 而民實則之.

예기禮記/예기禮器

공자가 말했다. "예란 천시天時에 합하고,　　子曰 禮也者 合於天時

지재地財를 베풀고, 귀신을 따르고,　　設於地財 順於鬼神

인심을 합하고, 만물을 조리 있게 다스리는 것이다."　　合於人心 理萬物者也.

순자荀子/예론禮論

예에는 세 가지 근본이 있으니　　禮有三本

---

7) 經(경)=道理, 制分界也.
8) 義(의)=理也, 法也, 廣德也.
9) 行(행)=道也, 奉也, 次第也.

천지는 생명의 근본이요,　　　　　　　　　　　天地者生之本也.

선조는 인류의 근본이며,　　　　　　　　　　　先祖者類之本也.

군주와 스승은 치도治道의 근본이다.　　　　　　君師者治之本也

그러므로 위로 하늘을 섬기고, 아래로 땅을 섬기며,　故禮上事天 下事地.

가운데로 선조를 존숭하고 군주와 스승을 높이는 것이니　尊先祖 而隆君師

이것을 예의 삼본三本이라고 말한다.　　　　　　是禮之三本也.

둘째, 예는 인간생활의 법도 즉, 인륜이다. 그러므로 공자는 법도와 문화가 모두 예에 있다고 말한다. 따라서 부자 간의 효 또한 예를 벗어나서는 효가 아니다.

예기禮記/중니연거仲尼燕居

공자는 말했다. "예는 분별의 조리요,　　　　　　子曰 禮也者理也

악樂은 화락의 절제이다.　　　　　　　　　　樂也者節也.

또한 이르기를 법도를 마련하는 것도 예에 있고　　子曰 制度在禮

문화로 꾸미는 것도 예에 있다.　　　　　　　　文爲在禮

다만 그것을 실행하는 것은 인人(지도자)에 달려 있다."　行之其在人乎.

논어論語/위정爲政 5

맹의자가 효를 묻자,　　　　　　　　　　　孟懿子問孝

공자는 "효란 예에 어긋나지 않는 것이다"라고 답했다.　子曰 無違.

번지가 "그것이 무슨 말씀입니까?"라고 묻자,　　　樊遲曰 何違也.

공자가 답하기를 "살아서는 예로써 섬기고　　　　子曰 生事之以禮

죽어서는 예로써 장사하고 제사 지내는 것이다"라고 했다.　死葬之以禮 祭之以禮.

셋째, 예는 표表다. 공자는 예뿐만 아니라 인仁까지도 천하에 대한 표지標識라고 말한다. 그러므로 위 예문에서 "입어례立於禮"는 예로써 표준을 세운다는 뜻으로 해석해야 한다. 순자는 예가 표지임을 구체적으로 설명한다. 즉 예는 길 안내의 표지요, 집단생활과 욕구 공급의 표준이며, 직분을 정하고 차별과 등급을 정하는 표준이며, 법의 큰 분별이다.

예기禮記/표기表記

공자가 말한 인仁이란 천하의 표지이며,	子言之仁者 天下之表也
의는 천하의 절제이다.	義者 天下之制也.

순자荀子/천론天論

물을 건너는 사람은 깊은 웅덩이에 표지를 세워둔다.	水行者表深.
그 표지가 명확하지 않으면 물에 빠질 위험이 있다.	表不明則陷.
민을 다스리는 자는 도의 표지를 세워둔다.	治民者表道
그 표지가 명확하지 않으면 어지럽다.	表不明則亂.
이처럼 예는 표지이므로	禮者表也.
예가 아니면 세상이 어두워지고 어두운 세상은 크게 어지럽다.	非禮昏世也 昏世大亂也.
그러므로 도는 명쾌하지 않으면 안되고,	故道無不明
관혼冠婚과 조빙朝聘의 표지가 다르며,	外10)內11)異表
숨고 나타남이 상도가 있어야	隱顯有常
민이 어지러움에 빠지지 않을 것이다.	民陷乃去.

---

10) 外(외)=朝聘.
11) 內(내)=冠婚.

넷째, 예는 양養이다. 순자는 예란 만물을 기르는 양이라고 말한다. 『예기』「제통祭統」에서는 예의 대표적인 제례를 민을 구휼하는 "혜하지도惠下之道"라고 말한다.

예기禮記/제통祭統

제사는 갖바치, 백정, 무당(樂吏를 겸함), 문지기 등에게	夫祭 有畀[12]胞翟[13]閽者
제수를 먹이는 은혜를 내리는 도리이다.	惠下之道也.
신주가 지존이라면 이미 지존을 제사한 마무리는	…尸又至尊 以至尊旣祭之末
천민을 잊지 않고 제수를 그들에게 내리는 것이다.	而不忘至賤 而以其餘畀[14]之
그래서 예에 밝은 군주가 다스리면	是故明君在上則
경내의 백성들은 헐벗고 굶주리는 자가 없는 것이다.	竟內之民無凍餒者矣.

좌전左傳/희공僖公5년(BC 655)

옛 주서周書에 이르기를	故周書曰
하느님은 사사로움이 없고 오직 사람의 덕을 보우한다.	皇天無親 惟德是輔.
또 이르기를 잿밥은 흠향하는 것이 아니고 밝은 덕을 흠향한다.	又曰 黍稷非馨 明德惟馨.

묵자墨子/명귀明鬼 하

묵자가 말했다. "지금 우리가 제사를 지내는 것은	子墨子曰 今吾爲祭祀也
음식을 그냥 구덩이에 버리는 것이 아니라,	非直注之汙壑而棄之也.
위로는 귀신과 사귀는 복을 얻고,	上以交鬼神之福

---

12) 畀(휘)=韠.
13) 翟(적)=敎羽舞者.
14) 畀(비)=賜也.

아래로는 마을 사람들에게 먹고 마시게 함으로써   下以合驩聚衆
친해지는 것이다."   取親乎鄕里.

순자荀子/예론禮論

예는 어째서 생겼는가?   禮起於何也 曰
사람이 살아가려면 욕망이 있기 마련이며,   人生而有欲
욕망을 채우지 못하면 추구하지 않을 수 없으며,   欲而不得 則不能無求
추구하는 데 도량과 분계가 없으면   求而無度量分界
싸우지 않을 수 없다.   則不能不爭.
싸우면 어지럽고 어지러우면 궁해진다.   爭則亂 亂則窮.
성인은 그 어지러움을 싫어하여   先王惡其亂也
예의를 마련하여 그것을 분별(分)함으로써,   故制禮義以分之
사람의 욕망을 기르고 사람의 추구하는 바를 공급했다.   以養人之欲 給人之求.
욕망이 반드시 물자를 궁하지 않게 하고,   使欲必不窮乎物
물자가 반드시 욕망을 고갈시키지 않게 하여   物必不屈[15]於欲
양자가 서로 북돋고 커지도록 하는 것이   兩者相待而長
예를 만든 목적이다.   是禮之所起也.
그러므로 예란 입과 눈과 귀와 몸을 부양하는 것이다.   故禮者 養[16]也.
또한 군자(관장)가 부양을 했으면   君子旣得其養
또한 그것을 별別하여 마땅하게 한다.   又好[17]其別.
무엇을 별이라 하는가?   曷謂別 曰

---

15) 屈(굴)=竭也.
16) 養(양)=養口, 養目, 養耳, 養體.
17) 好(호)=善也, 宜也, 與也.

귀천의 신분에 등급이 있고, 장유의 차별이 있고   貴賤有等 長幼有差
천하면 가난하고, 귀하면 부하게 함으로써,   貧富輕[18]重[19]
모두가 각각 마땅함을 얻게 하고자 함이다.   皆有稱[20]者也.

　다섯째, 예禮는 신하뿐 아니라 군왕君王도 따라야 하는 최고
규범이다. 그러므로 공자는 예를 강조했으며, 따라서 예치주
의禮治主義는 예를 해석할 수 있는 유사들의 지위를 격상시켜
신권臣權의 강화를 가져왔다.

좌전左傳/소공昭公26년(BC 516)

제나라 경공景公이 말했다. "좋은 말씀입니다.   公曰 善哉.
과인은 공의 가르침을 받고서야   寡人令[21]而後
예를 숭상해야 함을 알았습니다."   聞[22]此禮之上也
경공이 또 이르기를, "예는 성왕께서 천지를 본받아   對曰 先王所稟於天地
민을 다스렸던 것입니다.   以爲其民也.
그러므로 선왕들께서는 예를 숭상한 것입니다."   是以先王上之.

논어論語/팔일八佾 19

공자가 말했다. "군주는 예로써 신하를 부려야 하며,   孔子對曰 君使臣以禮
신하는 충忠으로써 군주를 섬겨야 한다."   臣事君以忠.

---

18) 輕(경)=賤.
19) 重(중)=貴.
20) 稱(칭)=各當其宜.
21) 令(령)=告也, 敎也.
22) 聞(문)=知, 達也.

이상과 같이, 공자 당시 예는 천리이며 가장 중요한 치도였다. 그럼에도 불구하고 우리 학자들은 이러한 엄중한 의미를 가진 예를 '에티켓'으로 번역하고 장광설을 늘어놓는다. 이것은 무지의 폭로에 그치는 것이 아니라, 봉건시대의 통치제도인 예를 현대 자본시대의 인간관계로 곡학아세하는 범죄인 것이다.

악樂은 화和와 절節이다

악은 예로써 분열된 것을 화합시키는 치도의 한 축이다. 그러나 악의 화합작용도 어디까지나 쾌락에 빠지는 것이 아니라 예에 의한 절제가 요구된다. 그래서 순자는 예와 악의 통합을 강조했다. 즉 예악은 둘이 아니라 하나인 것이다.

논어論語/학이學而 12

유자가 이르기를, "예의 실제 행함은 조화가 귀한 것이니,　　　有子曰 禮之用 和爲貴

선왕의 도는 이를 좋게 여겨 대소사를 이에 따랐다.　　　先王之道 斯爲美 大小由之.

그러나 행하지 않아야 할 것이 있으니,　　　有所不行

화합이 조화인 줄만 알고, 예로써 절제하지 않는 것은　　　知和而和 不以禮節之

역시 옳은 행함이 아닌 것이다"라고 했다.　　　亦不可行.

논어論語/팔일八佾 1

공자가 계씨 가문을 비판했다.　　　孔子謂季氏

"천자의 춤인 팔일무八佾舞를 자기 집안에서 추게 했으니
이렇게 할진대 무슨 일인들 못하겠느냐?"

八佾武於庭 是可忍也
孰不可忍也.

순자荀子/악론樂論

그러므로 이르기를 악樂(음악)은 낙(즐거움)이라 한다.

故曰 樂者樂也.

군자는 도를 얻는 것을 즐거워하고

君子樂得其道

소인은 욕구를 얻는 것을 즐거워한다.

小人樂得其欲.

도로써 욕구를 제약하면 즐거워도 어지럽지 않고,

以道制欲 則樂而不亂.

욕구로써 도를 잃으면 미혹되고 즐거울 수 없다.

以欲忘道 則惑而不樂.

그러므로 악(음악)은 도락道樂(도의 즐거움)이라 한다.

故樂者所以道樂也.

또한 악에 있어 화합은 불변의 조건이며,

且樂也者 和之不可變者也.

예에 있어 조리는 바꿀 수 없는 조건이 된다.

禮也者 理之不可易者也.

음악은 같은 것을 통합하고, 예는 다른 것을 분별하는 것이다.

樂合同 禮別異.

예와 악의 통합은 인심을 관리하는 관건이다.

禮樂之統 管乎人心矣.

『서경書經』「우서虞書」순전舜典에 의하면, 순임금은 기夔를
음악장관에 임명하고 태자와 경대부들의 자제들을 가르쳐줄
것을 당부한다. 여기서 우리는 이미 기원전 2200년에 음악을
관장하는 장관을 두었다는 사실에 감탄을 금할 수 없다. 특히
여기서 주목할 것은 당시의 음악은 오늘날과 같은 욕망을 즐
기는 음악이 아니라 도리어 욕망을 절제라는 음악이라는 것
이다.

서경書經/우서虞書/순전舜典(순舜의 재위기간은 BC 2255~2205)

순舜임금이 말했다. "기夔여! 그대를 음악장관에 임명하노니   帝曰 夔 命汝典樂

태자와 경대부들의 자제들을 가르쳐주시오.   教冑子.

곧되 온화하며, 너그럽되 위엄 있으며,   直而溫 寬而栗

강하되 포악하지 않으며,   剛而無虐

단순 간명하되 오만하지 않게 해주시오."   簡而無傲.

좌전左傳/소공昭公20년(주周 경왕景王23년, BC 522)

선왕들이 오미五味를 고르게 하고,   先王濟五味

오성(宮商角徵羽)을 조화롭게 한 것은   和五聲也.

사람의 마음을 평온하게 하여 안민입정安民立政하기 위함이니   以平其心成其政也.

군자는 이것을 듣고 마음을 평온하게 하고   子聽之 以平其心.

마음이 평온하면 인품이 온화하게 됩니다.   心平德和.

그래서 『시경』에 '덕 있는 음악은 티가 없다'고 노래한 것입니다.   故詩曰 德音不瑕.

이처럼 공자 당시의 예와 악은 통치의 두 축이었다. 여기서
악은 절제된 화락和樂을 의미한다. 그러므로 악은 좋아한다는
'요樂'나, 즐긴다는 '낙樂'이 아니다. 그래서 예는 차별하여
차례지우는 천지의 질서이며, 악은 이것을 절제하여 즐겁게
하는 화동和同이므로 예와 악은 서로를 보완하는 것이다.

예기禮記/악기樂記

악은 천지의 조화요,   樂者天地之和也

예는 천지의 질서이다.   禮者天地之序也.

악은 인민을 화동하게 함이요, 예는 귀천을 분별하는 것이다.

화동하면 서로 친하고, 차별하면 서로 공경한다.

악이 승하면 무절제하고, 예가 승하면 서로 이탈한다.

樂者爲同 禮者爲異. [23]

同則相親 異則相敬

樂勝則流 [24] 禮勝則離.

즐기는 악樂, 치도의 악樂

옛사람이 말하는 악樂이란 율시 · 성악 · 기악 · 무용을 모두 포함하며, 사람의 마음을 감동시킨다는 점에서 오늘날의 음악과 다를 바 없다. 또한 사람의 마음을 감동시키려면 즐겁게 해야 하는 것도 당연하다. 특히 공자는 "나물 먹고 물 마시고 팔을 베고 누었으되 즐거움이 그 안에 있다"고 말하는 안빈낙도安貧樂道의 낙천가였다. 그러므로 악樂이 낙樂인 것은 동서고금을 막론하고 정론이다. 그러나 그것은 악의 한 측면만을 강조한 것이다. 그것만으로는 음악을 다 설명할 수 없다. 묵자는 이미 2,400년 전에 이 점을 다음과 같이 지적했다.

묵자墨子/공맹公孟

묵자가 어느 유가에게 물었다.

子墨子問於儒者曰

---

23) 異(이)=別貴賤也.

24) 流(류)=漫無節制也.

"무엇 때문에 음악을 하는가?"

유가가 대답했다. "악樂(음악)은 낙樂(즐겁게)하기 위한 것입니다."

이에 묵자가 말했다. "그대는 아직 나에게 대답을 하지 않았다.

지금 내가 무엇 때문에 집을 짓는가라고 물었을 때,

겨울에 추위를 피하고, 여름에 더위를 피하기 위함이라든가,

또는 집을 지어 남녀를 분별하기 위함이라고 대답한다면

그대는 집 짓는 까닭을 대답했다고 말할 수 있지만,

그러나 지금 내가 무엇 때문에 악을 하느냐고 물었는데

그대는 '악樂은 낙樂하기 위해 한다'고 대답하였으니,

마치 '집을 지으려고 집을 짓는다'고 대답하는 것과 같다."

何故爲樂.

曰 樂以爲樂也.

子墨子曰 子未我應也.

今我問曰 何故爲室 曰

冬避寒焉 夏避暑焉

室以爲男女之別也

子告我爲室之故矣

今我問曰 何故爲樂 曰

樂以爲樂也. 是猶曰

何故爲室 曰 實以爲室也.

묵자墨子/삼변三辯

옛날부터 제후가 정사에 지치면

종과 북으로 음악을 즐기며 쉬었고,

사대부가 정사에 지치면

생황과 거문고로 음악을 즐기며 쉬었고,

농부들은 봄에 밭 갈고 여름에 김매고

가을에 거두고 겨울에 갈무리하면서

물병과 장군으로 음악을 즐기며 쉬었다.

昔諸侯倦於聽治

息於鐘鼓之樂.

士大夫倦於聽治

息於竽瑟之樂.

農夫春耕夏耘

秋斂冬藏

息於聆缶之樂.

이처럼 원래 음악은 필요에 따라 의례음악인 아악雅樂, 제례
음악인 송악頌樂, 민중음악인 풍악風樂의 갈래로 발달되었다.
그래서 인류 최초의 음악 가사집인 『시경』에도 아雅·송頌·풍
風을 골고루 나누어 실었던 것이다. 묵자가 '비악론'을 쓰고

음악을 비난함으로써 촉발된 묵가와 유가들의 음악논쟁도 민중음악론과 제왕음악론의 투쟁이었던 것이다. 공자는 악을 불가결의 치도라고 생각했으며, 묵자는 민중에게 이로운 안식의 음악을 생각했고, 장자는 마음을 순실하게 하는 자연의 음악을 생각했다. 그러므로 옛날의 음악은 오늘날처럼 쾌락을 위한 것이 아니었다.

논어論語/계씨季氏 5

공자가 말했다.
"세 가지 유익한 즐거움과 세 가지 해로운 즐거움이 있다.
세 가지 이로운 즐거움이란 절도 있는 예악을 즐거워하고,
남의 착함을 말하기 즐거워하고,
어진 벗이 많은 것을 즐거워하는 것이다.
세 가지 해로운 즐거움이란 절도 없는 음악을 즐거워하고,
안일하게 놀기를 즐거워하고, 연락을 즐거워하는 것이다."

孔子曰
益者三樂 損者三樂.
樂節禮樂
樂道人之善
樂多賢友 益矣.
樂驕樂 樂佚遊
樂宴樂 損矣.

또한 옛사람이 말하는 '즐겁다'는 말과 오늘날 '즐긴다'는 말은 그 내용이 다르며, 즐겁다는 것은 음악의 필요조건일 뿐 충분조건은 되지 못한다. 옛사람은 조화로운 소리로 마음을 화평하게 하는 것을 즐거워했고, 현대인은 소음과 불협화음으로 사람의 본능을 자극하여 마음을 흥분시키고 어지럽게 하는 것을 즐거워한다. 공자는 위 예문처럼 세 가지 유익한 즐거움과 세 가지 해로운 즐거움을 구분하여 설명하고 있으며, 「악기樂記」에서 "음악의 즐거움은 오감의 쾌락이 아니라 민民의

교화를 위한 절제된 화락和樂"이라고 말하고 있다. 순자는 「악론」에서, 악은 즐거운 것이므로 일탈하기 마련이므로 절제토록 인도하는 것이 요구된다 하여 예와 악의 통합을 강조한다.

예기禮記/악기樂記

그러므로 선왕이 예악을 만든 것은	是故先王之制禮樂也
입·배·귀·눈의 욕망을 다하려는 것이 아니라	非以極口腹耳目之欲也.
민을 교화하여 좋고 싫은 감정을 평화롭게 하여	將以教民平好惡
인도人道의 바름을 회복하게 하려는 것이다.	而反人道之正也.

예기禮記/악기樂記

그러므로 음악은 즐거움이라 말한다.	故曰 樂者樂也.
군자는 그 도를 즐거워하고, 소인은 욕망을 즐거워하니,	君子樂其道 小人樂其欲.
도로써 욕망을 절제하면 즐거워도 어지럽지 않고,	以道制欲則樂而不亂.
욕망으로써 도를 잊으면 미혹되어서 즐겁지 않다.	以欲忘道則惑而不樂.

순자荀子/악론樂論

대저 음악은 즐거운 것이니,	夫樂者樂也.
인정으로써는 떼어버릴 수 없는 까닭이다.	人情之所以不免也.
그러므로 사람은 즐거움이 없을 수 없으며,	故人不能無樂
즐거우면 반드시 소리로 표현하며, 동정으로 형상화한다.	樂則必發於聲音 形於動靜.
사람은 소리와 동정을 인도하여	而人之道 聲音動靜
심술의 변화를 다하게 하는 것이다.	性術之變 盡是也.
그러므로 사람은 음악을 하지 않을 수 없으며,	故人不能不樂

음악을 하자면 형상화가 없을 수 없으며, 樂則不能無形
형상화는 인도하지 않으면 어지럽지 않을 수 없는 것이다. 形而不爲道則不能無亂.
선왕은 이러한 어지러움을 싫어하여 先王惡其亂也.
아雅와 송頌의 음악을 제정하여 바르게 인도했던 것이다. 故制雅頌之聲 以道之.
그런데 묵자가 이를 비난하는 것은 어쩐 일인가? 而墨子非之奈何.

부자의 예와 빈자의 악樂

악樂은 4,000년 전부터 인심을 즐겁게 하기 위한 통치수단으로 사용되었으므로, 오늘날의 '즐긴다'는 말로 번역하면 바른 뜻을 전달할 수 없다. 다음 글은 치도로서의 예악을 말한 것인데, 우리 학자들은 이것을 모르고 예악을 오락과 에티켓으로만 알고 있기 때문에 오역하고 있는 것이다(『도올논어』 권1 283쪽).

다음 글의 취지는 '가난할 때는 천인화락의 악을 함으로써 안민입정安民立政하고, 부할 때는 혜하지도의 예를 행하여 안민입정하라'는 뜻이다. 그러나 우리 학자들은 "가난할 때도 즐길 줄 알고, 부할 때도 예절을 좋아한다"고 해석하고 있다. 이러한 안빈낙도는 봉건시대의 군자에게도 해당되는 것이지만, 이 글은 그런 교훈담으로 끝나는 것이 아니고 더 깊은 뜻을 담고 있는 것이다.

논어論語/학이學而 15

자공이 말했다. "가난할 때 아첨하지 않고,

부할 때 교만하지 않으면 어떻습니까?"

공자가 대답했다. "좋은 말이다.

그러나 가난할 때는 (安民 天人和樂의) 음악을 하고,

> 김동길 : 가난하면서 즐거워하며
>
> 도올 : 그러나 가난하면서도 즐길 줄 알고
>
> 김학주 : 가난하면서도 낙도樂道하고

부할 때는 (제례, 향음주례 등 惠下之道의) 예로 베푸는 것만은 못
하다."

> 김동길 : 부하면서 예를 좋아하는 자와 같지 아니하니라
>
> 도올 : 부하면서도 예를 좋아하는 것만 같지는 못해
>
> 김학주 : 부유하면서도 예를 좋아하는 것만은 못하다
>
> 시모무라 : 부유하여도 예를 좋아함만 같지 못하지

子貢曰 貧而無諂

富而無驕 何如.

子曰 可也.

未若貧而樂

富而好²⁵⁾禮者也.

　

'빈이악貧而樂'은 무슨 뜻인가? 그것은 도올처럼 '가난해도
즐거워하라'는 노예적 운명론을 찬양하는 반동적인 뜻이 아니
라, 군자가 관직을 얻지 못해 '가난할 때는 음악으로 정치를
한다'는 뜻이다. 원래 유사들의 소망은 군자(관장)가 되는 것
이지만, 군자가 되지 못하고 초야에 묻혀 있어도 효도와 예악
으로 정치를 하는 것이 선비의 직분이었다.

그러므로 여기서 '가난한 악'이란 오늘날의 즐기는 음악이

---

25) 好(호)=善也, 宜也, 與也.

아니라 치도로서의 안민의 음악을 말한 것이다.

'부이호례富而好禮'는 무슨 뜻인가? 왜 부와 예를 연결했는가? 여기서 예는 재물이 필요한 상례喪禮, 제례, 관례, 향음주례鄉飲酒禮 등 '혜하지도'로서의 예를 말한 것이다. 그러므로 '부이호례'는 군자가 벼슬자리에 나아가 부하게 되면 천한 민을 구휼하는 '혜하지도'인 제례 등을 자주 함으로써 헐벗고 굶주리는 민을 구휼하라는 뜻이 담겨 있는 것이다. 앞서 말한 것처럼 "예禮는 양羞"이므로 제례의 제수祭羞는 이웃들에게 음식을 먹여주기 위한 것이며, 귀신은 그 덕을 흠향할 뿐이다.

연로한 독자들이라면 누구나 이런 풍속을 기억할 것이다. 마을에 제사가 있는 날이면 서당이나 사랑방에는 평소보다 많은 사람들이 모였고, 늦은 시각에 제사를 마치면 그 제수를 한 상 가득히 선물 받아 함께 나누어 먹었으며 또 이튿날 아침에는 집집마다 제수를 돌려 함께 먹음으로써 고인을 추억했던 것이다.

그리고 제사 때 쓴 고기나 기타 제수를 제사에 참석하지 못한 먼 친척들에게도 고루 나누어주었는데 이것을 선물膳物이라 했다. 선膳이란 글자는 '제사 지낸 음식'이란 뜻이다. 지금도 '선물'이라는 말은 남아 있지만 그 어원의 본뜻은 잊혀지고 있다.

음악 논쟁

　주나라 경왕(BC 521년)이 음악을 위해 대종大鐘을 주조하려
하자 주위에서 이를 극력 만류했다. 이 사건에 대해 『좌전』에
는 악관 주구州鳩가 진언하는 내용이 기록되어 있고, 『국어』에
는 목공穆公 선單이 비판하는 내용이 기록되어 있다. 이처럼 당
시 지배계급의 쾌락적 음악이 민중으로부터 비난을 받으면서
정치적 문제로 부각되었음을 말해주고 있다.

좌전左傳/소공昭公21년(경왕景王24년, BC 521)

21년 봄에 경왕이	二十一年春 天王
무역(無射)의 음률을 맞추는 대종을 주조하려 하자	將鑄無射
악관 주구가 다음과 같이 말했다.	伶26)州鳩曰
"왕께서는 마음의 병을 얻어 돌아가실 것입니다.	王其以心疾死乎.
작은 소리가 희미하지 않고, 큰 소리가 시끄럽지 않으면	小者不窕 大者不摦
사물을 조화롭게 하고	則和於物
사물이 조화로우면 좋은 음악이 이루어집니다.	物和則嘉成.
그러므로 조화된 음악이 사람의 귀에 들어가	故和聲入於耳
마음에 저장되는 것이니,	而藏於心
마음이 편안하면 즐거운 것입니다.	心億則樂.
희미하면 느끼지 못하고	窕則不咸
너무 시끄러우면 마음에 용납되지 않을 것이니,	摦則不容

---

26) 伶(령)=樂官.

마음이 이로써 감응하되 그것이 실하면 병이 들게 됩니다.　　　心是以感 感實生疾.

이제 종을 만들어 시끄러운 음악을 한다면　　　今鍾撫矣

천자의 마음은 견디지 못할 것이니　　　王心不堪

어찌 오래 살 수 있겠습니까?"　　　其能久乎.[27)]

국어國語/주어周語 하(경왕景王23년, BC 522)

왕의 물음에 악관 주구가 다음과 같이 대답했다.　　　王問之伶州鳩 對曰

"성인은 음악을 지키되 재물을 아꼈으니,　　　聖人保樂而愛財

재물로써 악기를 준비하고 음악으로 재화를 번성케 했습니다.　　　財以備器 樂以殖財.

고로 금석金石 같은 무거운 악기들은 높은 세음細音을 연주하고,　　　故樂器重者終細

금슬琴瑟 같은 가벼운 악기는 낮은 중음重音을 연주합니다.　　　輕者從大.

이런 까닭에 종鍾은 우羽조에 맞고,　　　是以金尙羽

석石은 각角조에 맞고, 와瓦와 사絲는 궁宮조에 맞고,　　　石尙角 瓦絲尙宮

생황(匏)과 피리(竹)는 절제節制에 맞고,　　　匏竹尙議

혁革과 목木은 소리를 일치시킵니다."　　　革木一聲.

무릇 정치는 음악과 비슷하다.　　　夫政象樂

좋은 음악은 조화로움(和)에서 나오고,　　　樂從和.

조화로움은 악기들이 서로 침범치 않는 평화로움에서 나온다.　　　和從平.

오성五聲으로 음악을 조화시키고,　　　聲以和樂

율려律呂로써 오성을 평화롭게(平) 한다.　　　律以平聲

금석金石 악기로 동動하게 하고, 사죽絲竹 악기로 연주하고,　　　金石以動之 絲竹以行之

---

27) 樂官의 예언대로 경왕은 이듬해 4월에 心疾로 붕어했다.

시詩로 뜻을 말하고, 노래로 시를 읊고,

생황으로 노래를 펴며, 옹기(瓦)로 연주를 이끌고,

가죽과 나무(革木)로 절주를 맞춘다.

왕은 주위의 만류에도 기어코 대종을 만들었다.

악공이 말했다.

"위에서 악기를 제작하여 민民이 그것을 즐길 마음이 되면

그것이 화和가 되지만

지금은 재화도 없고 민은 피폐하여 원망이 없지 않으니

신은 그것이 화和가 되는지 알 수 없습니다.

그러므로 속담에 이르기를

민중의 마음은 성을 이루고,

민중의 입은 쇠를 녹인다고 했습니다."

詩以道之 歌以詠之.

匏以宣之 瓦以贊之

革木以節之.

王不聽 卒鑄大鍾.

伶人曰

上作器 民備樂之

則爲和

今財亡民罷 莫不怨恨

臣不知其和也.

故諺曰

衆心成城

衆口鑠金.

이 무렵 묵자는 비악론非樂論을 쓰고 지배자들의 쾌락적 음악을 비난함으로써 음악 논쟁이 일어났다. 본래 안민安民의 방법이었던 악樂이 민民을 돌보지 않고 폭군들의 질탕한 놀이인 낙樂으로 타락하자 이를 반대하는 운동을 펼친 것이다. 앞서 말했듯이 이 음악 논쟁은 묵가의 민중음악론과 유가의 제왕음악론의 투쟁이었다.

묵자墨子/공맹公孟

유가인 공맹자가 주장했다.

"나라가 어지러우면 다스리고, 나라가 태평하면 예악을 하며,

나라가 가난하면 일을 하고, 나라가 부해지면 예악을 한다."

公孟子曰

國亂則治之 國治則爲禮樂

國貧則從事 國富則爲禮樂

묵자는 이를 반박했다.

"나라가 다스려지는 것은 정치를 잘했기 때문이요,
나라가 부한 것은
일을 열심히 했기 때문일 뿐, 음악과는 상관이 없다.
지금 그대가 말한 것은

마치 목이 탄 후에 우물을 파고,
죽은 후에 의사를 부르는 것과 같다.
옛날 걸왕 · 주왕 · 유왕 · 여왕 등 삼대 폭군들은
음악을 성대히 하면서 백성을 돌보지 않았다.
그 결과 몸은 형틀에서 죽고 나라는 멸망했다.
이들은 모두 이같은 유가儒家의 도를 따랐던 것이다."

子墨子曰

國之治也 聽治故治也

國之富也

從事故富也

今子曰 國治則爲禮樂 亂則

治之

是譬猶噎而穿井也

死而求醫也

古者三代暴王 桀紂幽厲

蕭爲聲樂 不顧其民.

是以身爲刑僇 國爲虛戾者.

皆從此道也.

묵자墨子/비악非樂 상

음악은 위로 상고해 보면 성왕의 일에 맞지 않고,
아래로 헤아려보면 만민의 이익에 맞지 않는다.
배는 물에서 이용하고, 수레는 뭍에서 이용하면
군자는 발을 쉴 수 있고
소인은 등과 어깨를 쉴 수 있다.
그러므로 만민이 재물을 지출하여
그 비용을 기꺼이 바치면서도
감히 원망하지 않는다. 그 이유는 무엇인가?

上考之 不中聖王之事.

下度之 不中萬民之利.

舟用之水 車用之陸

君子息其足焉

小人休其肩背焉.

故萬民出財

齎[28] 而予之

不敢爲慼恨者 何也.

---

28) 齎(재)=給市財用之直.

그것이 도리어 민중의 이익이 되기 때문이다.

그런즉 악기가 배와 수레처럼 민중의 이익에 맞다면

내 어찌 감히 음악을 비난하겠는가?"

以其反中民之利也.

然則 樂器反中民之利

亦若此 卽我不敢非也.

장자莊子/외편外篇/선성繕性

마음을 순수 진실하게 하여 진정으로 되돌아가는 것이 음악이다.

용체를 신실하게 행동하여 '선왕의 문물을 따르는 것'이 예이다.

그러므로 예악이 널리 행해지면 곧 천하가 어지러워진 것이다.

中純實而反乎情 樂也.

信行容體而順乎文 禮也.

禮樂徧行 則天下亂矣.

그러나 묵자의 비악론은 유가, 도가들로부터 강력한 비난에 직면해야 했다. 맹자는 민중이 음악을 비난하는 것은 민중과 함께 즐기는 음악이 아니었기 때문이라고 변명했다. 장자는 인정에 반하는 것이라고 비난했고, 순자는 실용에 가려 문화를 모른다고 비난했다.

맹자孟子/양혜왕梁惠王 하

맹자가 말하길, "왕께서 음악을 연주하는데

백성들이 머리를 흔들고 콧날을 찌푸리면서

서로 이르기를 '우리 임금은 음악을 즐기면서

어찌하여 우리는 이 지경에 빠뜨리는가?

부자간에 서로 만나지 못하고

형제 처자는 뿔뿔이 흩어진다'고 한탄한다면

이것은 다른 것이 아니고 민중과 함께 즐기지 않기 때문이다."

今王鼓樂於此

百姓聞 舉疾首蹙頞

而相告曰 吾王之好鼓樂

夫何使我至於此極也.

父子相不見

兄弟妻子離散.

此無他 不與民同樂也.

장자莊子/잡편雜篇/천하天下

묵자의 도를 일부러 파괴하려는 것은 아니다.　　　　未敗墨子道

그렇지만 노래할 때 노래하지 않고, 곡할 때 곡하지 않고,　雖然 歌而非歌 哭而非哭

즐거울 때 음악을 않는 것이 과연 인정에 맞는 법도인가?　樂而非樂 是果類乎.

그들은 살아서는 근면하라 하고 죽어서는 야박하니　其生也勤 其死也薄

그들의 도는 크게 각박한 것이며,　其道大觳.[29]

사람을 근심스럽게 하고 슬프게 하는 것이니　使人憂 使人悲

실행하기 어려운 것이며　其行難爲也

성인의 도라고 할 수는 없을 것이다.　恐其不可以爲聖人之道.

또한 천하의 인심에 반하고 천하가 감당할 수 없으니　反天下之心 天下不堪

왕도王道와는 거리가 먼 것이다.　其去王也遠矣.

순자荀子/부국富國

내 생각에 묵자의 비악론非樂論은　我以墨子之非樂也

천하를 혼란시키는 것이며,　則使天下亂

묵자의 절용론節用論은 천하를 가난하게 만드는 것이니　墨子之節用也 則使天下貧.

천하를 뒤엎는 것은 아닐지라도 비난을 면치 못할 것이다.　非將墮之也 說不免焉.

순자荀子/해폐解蔽

묵자는 실용實用에 가려 문화文化를 모른다.　墨子蔽於用 而不知文.

이처럼 예악은 2,500년 전부터 치열한 논쟁을 불러일으켰

---

29) 觳(곡)=觳薄.

던 엄중한 뜻을 가진 통치문제였다. 그런데 우리 학자들은 '에티켓'이나 '즐긴다'는 뜻으로 번역하고 만다. 이것은 예교禮敎의 참뜻을 모르는 곡학아세이며 공자와 『논어』를 모독하는 것이다.

5 왕필의 『노자도덕경』 왜곡

『노자도덕경』의 원전

　서점에서는 『노자도덕경老子道德經』(이하 『노자』)의 원본을 두 가지 만날 수 있다. 1973년 마왕퇴馬王堆의 한묘漢墓에서 『노자』의 백서帛書(비단에 쓴 책)가 발굴되었는데 이것은 지금 우리가 읽고 있는 것과 같은 책이다. 그런데 1993년 곽점촌郭店村의 초묘楚墓에서 죽간본竹簡本(대나무 조각에 새긴 책)이 발견되었다. 이 죽간본은 백서본과는 그 기조가 완전히 다른 책이다. 죽간본은 36장이고 백서본은 81장으로 되어 있으며, 양 본에 공통된 36장도 중요한 부분이 서로 다르다. 그런데 최근 우리가 읽고 있는 『노자』는 원본이 아니라고 주장하는 이들이 있어 독자들에게 혼란을 주고 있다. 그러나 미리 결론을 말하면 이는 잘못된 주장이다.

　『노자』의 저자에 관한 기록은 『사기』 이외에는 없다(『사기』

「노자한비열전老子韓非列傳」). 기원전 97년에 완성된『태사공서太史公書』, 일명『사기』의 저자 사마천司馬遷(BC 145?~186?)은『노자』의 저자를 춘추말 주周나라의 사관史官인 노담老聃으로 추측하면서도, 전국시대 주나라 사관인 노담老儋이라는 설, 혹은 초楚나라의 은사隱士 노래자老萊子라는 설도 있다고 소개하고 있다.

이처럼 '노자'라는 인물은 세 사람이 있고 그들이 각각 책을 지었다면『노자』는 원래 3종이 있었다고 보아야 한다. 그렇다면 죽간본과 백서본은 서로 다른 사람이 지은 것인지, 아니면 한 사람의 저작인데 훗날 누군가에 의해 개작된 것인지 알 수 없다.

나의 소견으로는 반인예反仁禮의 글이 없는 죽간본의 기록자는 춘추중기 인물이며 예에 밝은 노담老聃이고, 반인예를 표방한 백서본의 기록자는 춘추말기 사람으로 인예仁禮를 반대한 초나라 은사로서 15권의 책을 저술했다고 전해지는 노래자老萊子일 가능성이 높다.『장자』에 나오는 노래자는 노담과는 달리 반인예의 민중주의를 표방하기 때문이다(『장자』「잡편雜篇」외물外物 6장).

어찌되었든 노장사상의 원전이 장자 이래 2,400여 년 동안 전해 내려오며 인류사에 영향을 끼친 백서본임에는 변함이 없다. 노자를 계승한 장자가 인용한『노자』도 백서본이고, 전국시대『한비자韓非子』의「해로解老」편에서 인용한『노자』도 백서본이며, 전한시대 유안劉安(BC 179~122)이 편찬한『회남자』「도응道應」편에서 인용한『노자』도 백서본이며,『사기』「화식

열전貨殖列傳」에서 인용한 『노자』도 백서본이다. 또한 오늘날 우리가 읽는 위진시대의 왕필본王弼本도 백서본을 원본으로 해설했다.

　죽간본은 전국시대 이래 지금까지 2,000여 년 동안 알려진 바 없으나 백서본은 장자에게 전해져 노장학파의 원전이 되어 2,000여 년 동안 인류사에 사상적 영향을 끼쳐온 것이다. 그러므로 죽간본을 원본이라 말하는 것은 큰 잘못이다.

절망한 민중의 저항

　『노자』는 민중들의 집단 창작으로 추정되며, 춘추말에 정형화되었고 전국시대에 장자가 이를 노자의 저작으로 인정하고 계승하여 크게 유행한 듯하다. 이러한 노장사상의 기본적 특징은 신神을 부인한 것은 아닐지라도 인격적 주재신主宰神으로서 천제天帝를 인정하지 않는다는 점과 기존의 도덕질서를 전면 부정한다는 데 있다. 노장사상가들은 보편적이고 절대적인 천신天神을 거부하고 범신론적 신들마저 정미精美한 기운氣運의 작용 즉 도깨비 정도로 보았다. 또한 기존 체제의 근거인 주례를 거부하며 이를 기본으로 하는 공자의 인의仁義를 '거짓된 노예도덕'으로 비판한다. 그러므로 노자의 무위자연無爲自然사상은 공자의 천명天命과 묵자의 해방신解放神 등 희망의 사상과는 전혀 다른 것이다. 이는 『노자』가 당시 난세에 지친 민중들의 저항적 담론이기 때문이다. 그들은 만약 천제가 정말로 주재한다면 세상이 이처럼 아수라장이 될 수 없을 것이라고 생각했을 것이다.

사기史記/백이열전伯夷列傳

혹자는 말한다.   或曰

천도天道는 사사로움이 없어 항상 착한 사람 편이라고. 그러나   天道無親 常與善人.

도척은 날마다 죄 없는 사람을 죽이고 사람의 간을 씹으며   盜跖日殺不辜 肝人之肉

대낮에 포악함을 자행하며 수천 명씩 도적 떼를 몰고   暴戾恣睢 聚黨數千人

천하를 횡행하였으나, 필경 제 수명을 다 살았다.   橫行天下. 竟以壽終

과연 그는 무슨 덕으로 그랬단 말인가?   是遵何德哉.

비주류의 저항

노장의 또 다른 특징은 주류사상이 아니라 아웃사이더의 사상이라는 것이다. 중국의 고대문화는 황허黃河를 젖줄로 하는 북방의 주류 문화와 양쯔강揚子江을 젖줄로 하는 남방 비주류 문화가 대립 · 공존 · 융합된 것으로 보아야 한다. 북방문화는 천신天神하강신화를 기본으로 하는 인격신 천신문화이고, 남방문화는 난생卵生설화를 기본으로 하는 범신론汎神論적 용신龍神문화이다. 『시경』, 『공자』, 『묵자』, 『맹자』는 북방의 문화유산이고, 『초사楚辭』『노자』, 『장자』는 남방의 문화유산이다. 이른바 『노자』는 노자라는 한 사람의 저서가 아니고 민중의 집단적 창작물로 비주류 남방문화이며, 장자는 당시 직하학궁稷下學宮이라는 관립 학술원과 기타 사립 학술원의 수많은 세련된 유명학자들 사이에 끼지도 못한 비주류의 저항적인 광인狂人이었음을 주목해야 한다.

『논어』를 읽으면 제자들과의 문답 내용이 왕공王公, 대부大夫 등 지배계급들의 정치와 처신에 대한 담론임을 알 수 있다. 『묵자』를 읽으면 가난과 전쟁으로 고통받는 민중의 사회적 민생문제가 중심을 이룸을 알 수 있다. 반면 『노자』와 『장자』를 읽으면 천하고 추한 병자들과 세상을 등진 은자들의 인생론이 우리에게 허무와 비관, 냉소와 저항을 불러일으킨다.

이들의 초상화를 그린다면 공자는 뿔관에 관복을 입고 근엄한 고관대작의 모습일 것이며, 묵자는 검은 노동복을 입고 민중해방을 위해 투쟁하는 운동가의 모습일 것이다. 그리고 노자는 허름한 옷을 입고 자연에 숨어 사는 광인의 모습일 것이다. 이처럼 노장사상의 겉모습은 염세厭世·탈속脫俗·은둔隱遁이며, 본모습은 아웃사이더의 절망과 저항이다.

노자老子/75장

백성이 굶주린다.

윗사람의 봉록과 세금이 많기 때문이다.

백성이 다스리기 어렵다.

民之飢.

以其上食1)稅之多 是以飢.

民之難治

---

1) 食(식)=祿也.

윗사람이 반자연적 작위作爲를 하기 때문이다.　　　　　以其上之有爲²⁾ 是以難治.

백성이 죽음을 가벼이 한다.　　　　　　　　　　　　民之輕死

풍요로운 삶을 추구하기 때문이다.　　　　　　　　　以其求生之厚 是以輕死.

삶을 작위하지 않는 것이　　　　　　　　　　　　　夫唯無以生爲者

삶을 귀히 하는 것보다 현명한 일이다.　　　　　　　是賢於貴生.

장자莊子/잡편雜篇/칙양則陽

노담의 제자 백구柏矩가 제나라에 도착하자　　　　　柏矩學於老聃

형벌을 받아 기시棄市된 시체를 보았다.　　　　　　至齊 見辜³⁾人焉

시체를 밀어 바로 누이고 조복을 벗어 덮어주었다.　　推而强之 解朝服而幕之.

그리고 하늘을 우러러 곡하며 말했다.　　　　　　　號天而哭之 曰.

"오! 그대여! 천하에 피살자가 많지만　　　　　　　子乎子乎 天下有大菑

그대가 먼저 당했구려!　　　　　　　　　　　　　　子獨先離之.

말끝마다 '도둑질하지 말라! 살인하지 말라!' 하지만,　曰 莫爲盜 莫爲殺人.

영욕으로 다그치니 이런 병통이 나타났고　　　　　　榮辱立⁴⁾ 然後覩所病

재화가 한곳으로 모이니 이런 쟁투가 나타났구나.　　貨財聚 然後覩所爭

지금은 사람을 몰아세워 병들게 하고, 사람을 모아 싸우게 하고,　今立人之所病 聚人之所爭

사람의 몸을 곤궁하게 하여 한시도 쉬지 못하게 하니　困窮人之身.

이런 지경에 이르지 않을 수 있겠는가?　　　　　　欲無至此得乎.

재물을 위해 숨기고, 알지 못한 자를 어리석다 하고,　匿⁵⁾ 爲物 而愚不知.

---

2) 爲(위)=僞也.
3) 辜(고)=磔刑(시체를 棄市하는 형벌).
4) 立(입)=行也, 逼也.
5) 匿(익)=避也, 隱也, 陰姦也.

어려운 일을 시키고 감내하지 못하면 죄를 주고,　　　大爲難 而罪不敢.

무거운 임무를 맡기고 다하지 못하면 벌을 주고,　　重爲任 而罰不勝.

먼 길을 가게 하고 이르지 못하면 죽인다.　　　　　遠其塗 而誅不至.

그러므로 민은 온갖 수단을 다해 거짓으로 모면하려 한다.　民知力竭 則以僞繼[6] 之.

해만 뜨면 거짓이 다반사니　　　　　　　　　　　日出多僞

선비든 민이든 어찌 꾀를 쓰지 않겠는가?　　　　士[7]民安取不僞.

무릇 힘이 부치면 꾀를 쓰고, 지혜가 부족하면 속이고,　夫力不足則僞 知不足則欺

재물이 부족하면 도둑질을 하는 것이다.　　　　　財不足則盜

도둑이 횡행하는 것은 누구에게 책임을 물어야 옳은가?"　盜竊之行 於誰責而可乎.

장자莊子/외편外篇/천지天地

길 가는 세 명 중에 한 사람이 미혹되었다 해도　　　三人行而一人惑

목적지를 갈 수 있을 것이다.　　　　　　　　　所適者猶可致也

미혹된 자가 적기 때문이다.　　　　　　　　　惑者少矣.

그러나 두 사람이 미혹되면 아무리 노력해도 다다를 수 없다.　二人惑則勞而不至

미혹된 자가 많기 때문이다.　　　　　　　　　惑者勝也.

지금은 온 세상이 미혹되었으니,　　　　　　　而今也 以天下惑

내가 인도하려 하지만 어쩔 수가 없다.　　　　　予雖有祈嚮 不可得也

슬픈 일이 아닌가?　　　　　　　　　　　　不亦悲乎.

훌륭한 음악은 속인의 귀엔 들리지 않고,　　　　大聲不入於里耳.

절양과 황화 같은 부화한 속악에는 환호한다.　　折楊皇華[8] 則嗑[9]然而笑.

---

6) 繼(계)=續(屬과 통용)也.
7) 士(사)=四民(士農工商)의 하나.
8) 折楊(절양)·皇華(황화)=俗曲.

이처럼 고상한 담론은 대중의 마음에 와 닿지 않으니
참된 말은 나타나지 않고 속된 말만 기승을 부린다.
옹기 소리와 종소리가 엇갈리니 갈 곳을 모른다.
지금은 온 천하가 미혹되었으니
내가 향도한들 어찌할 수 있겠는가?
불가능한 줄 알면서도 힘쓰는 것
또한 하나의 미혹이다.
그러므로 포기하고 추구하지 않는 것만 못하다.
그러나 추구하지 않으면 누가 진실로 더불어 걱정할 것인가?
문둥이가 야밤에 아기를 낳으면
황급히 등불을 들고 바라본다.
자기를 닮았을까 두려운 것이다.

是故高言不止於衆人之心
至言不出 俗言勝也.
以二[10]缶鐘惑 而所適不得矣.
而今也 以天下惑
予雖有祈嚮 其豈可得邪.
知其不可得也 而强之
又一惑也.
故莫若釋之而不推.
不推 誰其比[11]憂.
厲[12]之人 夜半其生子
遽取火而視之汲汲然
唯恐其似己也.

이러한 허무와 저항은 약자와 패자의 생존방식이며 동전의 양면처럼 항상 따라다닌다. 뒤로 물러나 움츠러들다가 폭발하면 저항이 되고, 저항하다가 좌절하면 허무주의로 빠지는 것이 민중성이라고 보아야 할 것이다.

현실에서 좌절하면 도피하고 싶은 욕구가 생겨 권력과 도덕과 문화를 거부하기 마련이다. 이런 심리는 부성父性을 미워하고 모태母胎로 회귀하려는 무의식적 욕구로 나타난다. 신의 구

---

9) 嗑(합)=笑聲.
10) 二(이)=並也.
11) 比(비)=與也.
12) 厲(려)=癩病也.

원도 가치체계도 무너져버린 난세에 민중들의 삶과 희망을 버린 모태로의 회귀본능은 무위의 자연에 유유자적 노닐며 불로장생하는 신선을 꿈꾸는 것이다. 하늘도 성인도 믿지 못하는 그들은 부성으로 상징되는 위대한 해방신이나 전쟁신을 믿는 대신 고통과 투쟁과 시비 분별이 없는 모태의 평화를 소망한 것이다.

『노자』의 기록자들은 자연의 신비한 생식현상에 주목하여 암컷과 생식기를 숭상하고, 그것을 도道의 표상으로 삼았다. 이는 부성을 미워하고 모태로 회귀하려는 무의식적 욕구가 인간이 만들어낸 문명을 거부하고 자연으로 돌아가려는 욕구로 변형된 것이다. 이러한 문명과 자연의 대칭 구조는 『노자』의 기본 골격이다. 강함보다 부드러움을, 밝음보다 어둠을, 봉우리보다 계곡을, 남성보다 여성을 선호한다. 노자에게 강함은 죽음이요 약함은 삶이다. 노자에게 삶은 항상 죽음을 이긴다. 물렁한 물은 단단한 바위를 뚫고, 보드라운 보지의 수줍음은 빳빳한 자지의 자만심을 굴복시킨다. 자연과 생명의 승리는 바로 약자와 패자의 승리가 되는 것이다.

노자老子/6장

골짜기의 신은 죽지 않으니 이를 일러 신비스런 암컷이라 말하고, 谷神不死 是謂玄牝

암컷의 문은 천지의 뿌리라고 말하니 玄牝之門 是謂天地根

끊임없이 이어져 아무리 써도 닳지 않는다. 綿綿若存 用之不勤.[13]

---

13) 勤(근)=厪.

노자老子/8장

최고의 선善은 물과 같다.

물이 선함은 만물을 이롭게 하지만 다투지 않으며,

사람들이 싫어하는 자리에 처한다. 그러므로 도道에 가깝다.

上善若水

水善利萬物而不爭

處衆人之所惡 故幾於道.

노자老子/28장

수컷을 알면서 암컷을 지키면 천하의 계곡이 되겠지!

천하의 계곡이 되어 상도를 잃지 않으면

다시 영아로 돌아가겠지!

知其雄 守其雌 爲天下谿

爲天下谿 上德不離

復歸於嬰兒.

장자莊子/잡편雜篇/천하天下

노담이 말했다. "수컷을 알고 암컷을 지키면

천하의 계곡이 된다.

명예로움을 알고 오욕을 받아들이면

천하의 골짜기가 된다.

사람은 모두 앞서기를 취하는데

나만 홀로 뒤처지는 것을 취하니

천하의 오욕을 감수한다고 말한다."

老聃曰 知其雄守其雌

爲天下谿.

知其白[14] 守[15]其辱

爲天下谷.

人皆取先

己獨取後

曰 受天下之垢.

열자列子/주목왕周穆王

노성자老成子가 윤문尹文 선생에게 환술을 배우려고 했으나

老成子學幻於尹文先生

---

14) 白(백)=彰明也.

15) 守(수)=收也.

3년이 되도록 가르쳐주지 않았다.

노성자는 자신의 과오이니 물러가게 해줄 것을 요청했다.

윤문 선생은 읍을 하고 그를 방으로 끌고 가서

좌우를 물리치고 그에게 들려주었다.

"옛날 노담老聃께서 서쪽으로 가시면서

특별히 나에게 말해 주었소.

생명은 기氣이며 형체는 현상이나 이 모두 환상이며,

조화의 비롯됨은 음양의 변화이니

삶이라고도 하고 죽음이라고도 말한다.

그 이치를 궁구하고 그 변화를 통달하여

형체를 바꾸는 것을 조화라고도 하고 환술이라고도 한다.

그러므로 생기生起와 소멸을 따르고,

환상과 조화는 생과 사가 다르지 않다는 것을 알아야만

비로소 더불어 환술을 배울 수 있다고 하셨소.

나와 그대 역시 환술인 것을 어찌 배움을 구하겠소?"

三年不告.

老成子請其過而求退.

尹文先生揖 而進之於室

屏左右 而與之言曰.

昔老聃徂西也

顧而告予曰.

有生之氣 有形之狀 盡幻也.

造化之所始 陰陽之所變者

謂之生 謂之死.

窮數達變

因形移易者 謂之化 謂之幻.

故隨起隨滅

知幻化之不異生死也

始可與學幻矣.

吾與汝亦幻也 奚須學哉.

왕필의 왜곡

주류의 지배 담론은 노장의 민중적 담론을 거세하려 한다. 그 도살자로 선택된 사람이 바로 천재소년 왕필王弼(226~249) 이며 그 방식은 저항정신을 퇴영 속에 숨어 잠들게 하는 것이 다. 위왕魏王 조조曹操(155~220)와 그의 사위 하안何晏(190

~249)의 사주를 받은 왕필은 『노자』를 구제불능의 허무주의로 타락시켰다. 그래서 『노자』는 민중성이 탈색되고 몰락 귀족의 냉소로 가득 차 패자들의 아편이 되었다. 그것은 너무도 효과적이어서 위진魏晉 이래 오늘날까지 『노자』는 왕필의 주석본을 따르고 있다.

그러므로 왕필의 『노자』는 친유가적으로 왜곡, 변질된 것이다. 노장의 유가화는 지배문화에 자연스럽게 녹아들어 합쳐졌다기보다는 지배자들의 권력에 의해 계획적으로 왜곡된 것이다. 그 이후 계속적으로 권력에 편승한 유가들은 노장을 허무·은둔·순종의 허무주의로 변질시켰다. 왕필의 '귀무론貴無論'은 소극적 저항과 신선에 대한 소망마저 앗아버리는 대표적인 허무주의 이론이다. 무無를 숭상하는 귀무론은 노자를 무욕과 자아 포기의 교주로 만들어버리고 현실적인 것은 자연적이라는 체념을 일상화한다. 그러나 노자는 딱 한 번 무無를 말했을 뿐, 무를 숭상한 것이 아니라 무위無爲를 숭상했을 뿐이다. 무위는 무치無治의 자연이다.

『노자』의 왜곡에 대해 조선의 허균許筠(1569~1618)과 중국의 고염무顧炎武(1613~1682)는 다음과 같이 말했다. 특히 유명한 고증학자인 고염무는 하안과 왕필의 죄악을 걸주桀紂보다 더하다고 비판했다.

성소부부고惺所覆瓿藁/권13/독노자讀老子(허균 저)

『노자』를 장으로 나눈 것은 누구에게서 나왔는지 모르지만, 본래 글의 뜻은 끊어지지 않았을 것인데

老子分章 未知出自何人.

其意本不斷

억지로 끊은 곳이 있어 대단히 잘못되었다.

그러므로 마땅히 전체를 연결하여 읽어야만

비로소 통할 수 있게 되었다.

후세에 그들을 따르는 무리들이 노자의 학술을

신비학으로 바꾸어버렸고,

그것이 유행하여 선약仙藥, 양생술, 부적, 푸닥거리 등 신선술과

미신의 법으로 만들어

괴이하고 황당하여 바르지 못하게 됨으로써

세상을 현혹시키고 사람을 속이는 일이 많게 되었다.

而有强斷處 殊爲紕繆.[16]

但當全讀之

乃可通也.

後世其從

轉神其學

流而爲修煉[17]服食[18]

符籙[19] 齋醮[20] 等法

愧誕不經

而惑世誣人多矣.

일지록日知錄/권18/주자만년정론조朱子晚年定論條(고염무 저)

위진시대의 범무자范武子는

"왕필하안죄심우걸주론王弼何晏罪深于桀紂論"을 쓰고

하안과 왕필 두 사람의 죄가 폭군 걸주보다 심하다고 말했다.

일세에 끼친 해악은 가벼웠으나,

후대에 끼친 재해는 무거우며,

자기를 해친 악은 작으나 대중을 미혹한 죄는 크다.

昔范武子[21]

論王弼何晏

二人之罪 深於桀紂.

以爲一世之患輕

歷代之害重.

自喪之惡小 迷衆之罪大.

거기에 더하여 도교道敎라는 종교집단의 정치적 필요로 인

---

16) 紕繆(비류)=어그러짐.
17) 修煉(수련)=仙藥.
18) 服食(복식)=養生.
19) 符籙(부록)=부적.
20) 齋醮(재초)=무꾸리.
21) 武子(무자)=范宁(339~401)의 字(出典 : 王弼何晏罪深于桀紂論).

해 또다시 왜곡되었다. 도교 세력이 중심이 된 황건적黃巾賊의 난이 평정되고 이 세력이 체제 내로 편입되면서 교단의 정치적 필요에 따라 『노자』의 민중성과 저항성은 거세되고 변질되었다. 그러므로 우리가 일반적으로 알고 있는 『노자』는 2,400년 전 본래의 『노자』가 결코 아니다. 그러므로 주자는 도사道士들이 그들 가문의 노장설은 이해하지 못하고 오히려 불가佛家의 껍질을 주워 모았다고 비웃었고, 서포西浦 김만중金萬重(1637~1692)은 이른바 도사란 노장의 제자들이 아니라 석가의 서자庶子들이라고 비판했다. 다시 말하면 『노자』를 불교식으로 왜곡 해석한다는 뜻이다.

서포만필西浦漫筆/하 2

주자는 일찍이 도사들을 비웃었으니 朱子嘗笑道士

그들은 자기 가문의 노장학설은 이해하지 못하고 不解渠家老莊說

도리어 불가의 껍질을 주워모았다는 것이다. 却拾佛家糟粕.

이것은 정말로 옳은 말이다. 此固然矣.

후세에 이른바 도사라는 자들은 所謂道士者

실은 석가의 서자이며 노자의 책을 빙자하는 자들이니, 實瞿曇之孽 而冒玄元之籍者

불가의 학설을 주워 모은 것이 바로 그들의 본색이다. 掇拾佛說 乃其本色也.

이를 어찌 이상하다 할 것이 있겠는가? 又安足怪哉.

다음 글은 해방을 구속으로, 저항을 순종으로 변질시킨 왕필의 곡학아세를 적나라하게 보여주는 전형적인 사례이다. 우리 학자들은 모두 왕필의 왜곡을 그대로 묵수하고 있다.

노자老子/53장(죽간본에는 없음)

만일 나에게 조그만 지혜가 있다면 　　　　　　　　　　使我介²²⁾然有知

　　왕필 : 나에게 확고한(介然) 지혜가 있다면

무위자연의 대도大道를 실행하여 　　　　　　　　　　　行於大道²³⁾

　　왕필 : 대도를 행할 뿐

오직 (묶인 것들을) 풀어주는 해방을 공경할 것이다. 　　唯施²⁴⁾是畏.²⁵⁾

　　왕필 : 수완을 발휘하여 공로를 과시하려는 것(施爲)을 경계할 것이다

　　　　　("唯施爲之是畏也"로 고쳐 읽고, '施'를 과장誇張으로 풀이)

무위자연의 대도는 심히 평이한 길인데도 　　　　　　　大道²⁶⁾甚夷²⁷⁾

사람들은 공자의 거짓된 인예仁禮를 좋아한다. 　　　　　而民好徑.²⁸⁾

조정은 백성을 심히 닦달하니 농토는 황폐하고 창고는 비었다 　朝甚除²⁹⁾ 田甚蕪 倉甚虛.

　　왕필 : 궁실은 심히 깨끗한 것을 좋아하니 농토는 황폐하고 창고는 비었다

의복은 아름다운 수를 놓고, 허리엔 날카로운 칼을 차고, 　　服文綵 帶利劍

실컷 먹고 마셔도 재화는 남아돈다. 　　　　　　　　厭飮食 財貨有餘.

이것을 도둑놈의 사치라고 하는 것이니 도道가 아니지 않는가? 　是謂盜夸 非道也哉.

　　위 글의 핵심은 '시施'와 '제除'자에 있다. '시'자는 원래
'풀어주다' 또는 '방임한다'는 뜻이다. 그런데 왕필은 '과장

---

22) 介(개)=小也, 微也.
23) 大道(대도)=無爲自然의 道. 공자의 仁義는 小道이다.
24) 施(시)=舍也, 赦也, 백서본에는 迤(이=迻 靡→緩).
25) 畏(외)=恐也, 心服也, 敬也.
26) 大道(대도)=大同社會의 통치이념(禮記/禮運篇 참조).
27) 夷(이)=平易也.
28) 徑(경)=邪 道也. 仁禮(인예)=小康社會의 통치이념(禮記/禮運篇 참조).
29) 除(제)=驅逐也, 誅也(왕필의 주 : 除=潔好也).

한다' 는 뜻으로 왜곡했다.

논어論語/미자微子 10

주공이 노공에 대해 말했다.

"군자는 그 친척을 버려두지 않는다."

周公謂魯公曰

君子不施[30]其親.

대학大學/10장

덕은 근본이고 재물은 말단이다.

근본을 외면하고 말단을 중시하면,

민중을 쟁탈케 하고 약탈을 방임하는 것이다.

그러므로 재화가 모이면 백성은 흩어지고

재화가 흩어지면 백성이 모이는 것이다.

德者本也 財者末也.

外本內末

爭民施[31]奪.

是故 財聚則民散

財散則民聚.

초사楚辭/천문天問

요임금은 '곤' 을 우산에 영원히 유폐시킬 것인가?

어찌 3년 동안 풀어주지 않는가?

永遏在羽山

夫何三年不施[32]

'제除' 자는 본래 '닦달한다', '제거한다', '벌준다' 는 뜻이
다. 그런데 왕필은 '깨끗한 것을 좋아한다' 는 뜻으로 왜곡했다.

---

30) 施(시)=放, 舍, 遺棄也. 陸氏本은 弛로 됨.

31) 施(시)=放也, 緩也.

32) 施(시)=弛=放, 解也(주해 : 堯放鯀於羽山 三年不舍其罪也).

주례周禮/동관冬官

이로써 간특한 자에게 벌주어 행실을 바꾸게 하였다.

以除[33]慝 以易行.

순자荀子/의병議兵

군주와 윗사람이

백성을 대함에 있어

예의와 충신이 없이

어찌 상벌과 위세와 거짓을 써서

아랫것들을 몰아붙여 핍박하고

공적만 세우려 하는가?

적이 쳐들어오면 반드시 배반할 것이다.

爲人主上者也.

其所以接下之百姓者

無禮義忠信

焉慮率用賞慶 刑罰勢詐.

除[34]阨[35]其下.

獲其功用而已矣

大寇則至 必畔.

아래의 『노자』10장도 '제除' 자를 잘못 해석하고 있다. 왕 필은 '제' 자를 앞에서는 '결호潔好'로 해석했으나, 여기서는 '사식邪飾의 제거除去'로 해석한다. 또한 '현람玄覽'을 '원람元 覽'으로 고쳐 읽고 '극람極覽'으로 해석한다. 우리 학자들도 다음과 같이 엉뚱한 뜻으로 오역하고 있다.

노자老子/10장

혼백을 싣고 태일太一(太極)을 품었으니

載營[36]魄抱

---

33) 除(제)=誅也.
34) 除(제)=驅逐也.
35) 阨(액)=困也, 危迫也.
36) 營(영)=魂也.

자연의 도道를 떠나지 않을 수 있을까?　　　　　　　　　　　能無離乎

> 왕필 : 사람이 일상 거처에서 전일한 정신을 품어야, 상도를 이탈하지
>
> 　　　 않을 것이다
>
> 도올 : 하늘과 땅의 기운을 한 몸에 싣고, 하나를 껴안는다. 능히 떠남
>
> 　　　 이 없을 수 있겠는가?
>
> 오강남 : 혼백을 하나로 감싸안고 떨어져 나가지 않도록 할 수 있겠습
>
> 　　　　니까?

닦달하는 민폐를 없애고 규찰을 어둡게 하면,　　　　　　　 滌除[37]玄[38]覽[39]

허물을 없앨 수 있을까?　　　　　　　　　　　　　　　　　 能無疵乎.

> 왕필 : 거짓된 꾸밈을 제거하여 지극한 살핌에 이르면, 외물이 밝음을
>
> 　　　 가리지 못할 것이다
>
> 도올 : 가믈한 거울을 깨끗이 씻어 능히 흠이 없게 할 수 있겠는가?
>
> 오강남 : 마음의 거울을 깨끗이 닦아, 티가 없게 할 수 있겠습니까?

만물을 낳고 기르며, 생산해도 소유하지 않으며,　　　　　　 生之畜之 生而不有

위해주어도 기대지 않으며, 길러주어도 주재하지 않는다.　　 爲而不恃 長而不宰

이러한 자연이야말로 으뜸된 덕이라고 말하는 것이다.　　　 是謂玄德.

　다음 글은 국가권력의 상징인 상벌을 거부하라는 내용으로
생명주의와 불복종운동, 그리고 노자사상의 핵심인 무정부주
의를 표방한 것이다. 그러나 우리나라 학자들은 왕필을 따라

---

37) 除(제)=驅逐也, 誅也.

38) 玄(현)=黑也, 幽遠也. '眩(어둡다)' 과 통용됨(上周密則 下疑眩也 : 荀子/正論). 왕필은 元으로 고쳐 읽고 '極覽' 으로 해석했다. 노장
　과 순자는 윗사람은 周密하지 말라고 했으나, 왕필은 주밀하라고 해석했다.

39) 覽(람)=省視也.

지배자들이 내리는 상벌에 놀라워하며 감지덕지 복종하는 것이 참된 삶이라고 가르친다. 이것은 패배주의와 허무주의를 고취하는 것으로 오히려 왕필의 해석보다 더 반동적이다.

노자老子/13장(죽간본 25장)

(권력자들이) 총애를 하거나(賞) 욕되게 하는 것(罰)은 무력시위 와 같고,   寵辱若驚[40]

      도올 : (아랫것들은) 총애를 받거나 욕을 받으나 다 같이 놀란 것같이 하라

귀인이 크게 해를 당하는 것은 출신出身(입신출세)했기 때문이다.   貴大患若身.[41]

      도올 : 큰 걱정을 귀하게 여기되 내 몸과 같이 하라

총애와 욕됨이 무력시위와 같다는 것은 무엇을 말하는 것인가?   何謂寵辱若[42]驚.

총애는 아랫것들을 다스리는 수단이니   寵爲[43]下(也)

      도올 : 총애는 항상 욕이 되기 마련이니

공경을 얻는 것도 잃는 것도 무력시위로 위협하는 것과 같다.   得之若驚 失之若驚.

귀인의 큰 해악이 출신出身 때문이란 무엇을 말하는가?   何謂貴大患若[44]身.

내가 큰 해악을 당하는 까닭은 나를 위해 출신했기 때문이니,   吾所以有大患者 爲吾有身

      도올 : 나에게 큰 걱정이 있는 까닭은 내가 몸을 가지고 있기 때문이다

내가 출신하지 않는다면 내 어찌 환난을 당하겠는가?   及吾無身 吾有何患.

      도올 : 내가 몸이 없는 데 이르면 나에게 무슨 걱정이 있겠는가?

천하를 다스리는 것보다 생명을 귀하게 여긴다면   故貴以身 於爲天下

---

40) 驚(경)=耀武示威也.
41) 身(신)= 告身, 可屈伸也, 立身, 出仕.
42) 若(약)=順也, 故也.
43) 爲(위)=治也.
44) 若(약)=順也, 故也.

천하를 맡길 만하고(생명>천하),　　　　　　　　　　　　　　若可寄天下.[45]

　　도올 : 몸을 귀히 여기는 것처럼 천하를 귀히 여기는 자에겐 천하를
　　　　　맡길 수 있고(생명<천하)

천하를 다스리는 것보다 생명을 아낀다면　　　　　　　　　　愛以身 於爲天下
천하를 맡길 만할 것이다(생명>천하)　　　　　　　　　　　　若可[46] 託天下.

　　도올: 몸을 아끼는 것처럼 천하를 아끼는 자에겐 천하를 맡길 수 있을
　　　　　것이다(생명<천하)

　같은 내용이 이처럼 전혀 다른 뜻으로 왜곡된 이유는 무엇
인가?
　첫째, '경驚'이란 글자를 잘못 해석했기 때문이다. '경' 자
는 수동적으로 '놀라다'는 뜻과 능동적으로 '놀라게 하다'는
뜻이 있는데 여기서는 무력으로 위엄을 과시해(耀武示威也) 두
렵게 한다는 능동태로 쓰인 것이다. 즉 '민중'이 놀라는 것이
아니라 '지배자'가 겁준다는 뜻이다. 장군이 한 손에 당근을,
다른 손에는 채찍을 들고 위세를 과시하더라도 이에 굴복하
지 말아야 한다는 내용이다. 다음 예문은 '경' 자의 용례이다.

관자管子/권15/정正

다섯 가지 형벌을 제단制斷하여　　　　　　　　　　　　　　制斷五刑
각기 그 명분(名)에 합당하게 함으로써　　　　　　　　　　　各當其名.

---

45) 백서본에서는 以身→爲身, 爲天下→於爲天下, 若可→若可以로 됨.
46) 백서본에서는 若可→若何以로 됨.

죄인은 원망하지 못하고   罪人不怨

선인이 두려워하지 않게 하는 것을 형벌이라 한다.   善人不驚 曰刑.

관자管子/권10/삼환三患

무릇 용병의 계책은   故凡用兵之計

세 번 무력과시로 겁을 준 다음 한 번은 행동으로 보여주고,   三驚[47]當[48]一至.[49]

세 번 의지를 보여준 다음에 한 번은 군사를 일으키고,   三至當一軍

세 번 군사를 일으키면 마땅히 일전을 단행한다.   三軍當一戰.

    둘째, '신身'자에는 대체로 두 가지 뜻이 있는 것을 몰랐기 때문이다. '신'자는 '몸(軀)→생명'이라는 뜻과 '몸(軀)→굴신屈伸→처신處身→입신立身→출신出身'의 뜻으로 확장된다. 그런데 우리 학자들은 이 두 가지 뜻을 구분하지 못함으로써 앞에서는 "내 몸을 없애라(無身)"고 하고, 뒤에서는 "내 몸을 귀히 여기라(貴以身)"고 말하는 모순된 해석을 한다. 어찌 내 몸을 없앴는데 아낄 수 있단 말인가? 다음은 '신'자의 용례이다.

논어論語/미자微子 8

우중과 이일 두 사람에 대해 말한다면,   謂虞仲夷逸

은거하여 함부로 말했으나   隱居放言

입신立身했을 때는 청렴한 이도吏道에 맞았고,   身[50]中淸

---

47) 驚(경)=耀武示威也.
48) 當(당)=處斷.
49) 至(지)=行也, 動也.

은퇴 후에는 권도權道에 맞았다.   廢⁵¹⁾中權.

셋째, 다음의 『노자』 72장 및 74장은 '상벌의 구속을 버리
라!' 는 취지인데, 도올처럼 위 『노자』 13장을 "상벌에 놀라워
하며 감지덕지하라"고 해석하면 서로 모순된다.

노자老子/72장
백성이 지배자들의 상벌의 권위(威)를 두려워하지 않게 되면	民不畏威
그제야 진정 위대한 권위를 이룬 것이다.	則大威至.
그리하면 세속의 생활을 홀대하지도 않고	無狎⁵²⁾其所居.
생령을 억압하지도 않을 것이다.	無厭⁵³⁾其所生.
억압하지 않으므로 억압을 받지도 않는다.	夫唯不厭 是以不厭.
그러므로 무위자연의 성인은 자기를 알고	是以聖人 自知
스스로를 드러내지 않으며(反立身)	不自見.
자기를 아끼고 스스로를 높이지 않는다(反權威).	自愛不自貴.
그러므로 상벌의 구속을 버리고, 자유로운 생명을 취하는 것이다.	故去彼取此.

노자老子/74장
민民이 죽음을 두려워하지 않으면,	民不畏死
어찌 죽임으로 그들을 두렵게 하겠는가?	奈何以死懼之.

---

50) 身(신)=處身, 立身.
51) 廢(폐)=退出.
52) 狎(압)=輕也.
53) 厭(염)=迫也.

넷째, 이러한 왜곡은 노자를 계승한 열자列子, 장자의 글과 모순된다. 열자는 권력의 상징인 상벌이라는 위세를 두려워하고 따르는 '둔민遯民'이 되지 말고, 자연을 따르는 '순민順民'이 되라고 말한다. 장자는 천하를 잊으라고, 나아가 천하로 하여금 나를 잊게 하라고 말한다. 그런데 우리 학자들은 권력에 충성스런 '둔민'이 되라는 노예도덕으로 가르치고, 생명을 바쳐 천하를 위해 봉사하라는 국가주의로 왜곡한다.

열자列子/양주楊朱

양주가 말했다. "백성이 휴식을 얻지 못하는 것은	楊朱曰 生民之不得休息
다음 네 가지 때문이니,	爲四事故.
수명壽命, 명예名譽, 지위地位, 재물財物이 이것이다.	一爲壽 二爲名 三爲位 四爲貨.
이것들에 얽매인 사람은 귀신과 대인과	有此四者 畏鬼 畏人
위세와 형벌을 두려워한다.	畏威 畏刑
이를 일러 '둔민(거짓된 사람)'이라 한다.	此謂之遁54)民也.
이 둔민에게는 죽고 사는 운명을 제어하는 것이 자기 밖에 있다.	可殺可活 制命在外.
그러나 운명을 바꾸려 하지 않으면	不逆命
어찌 오래 사는 것을 부러워할 것이며,	何羨壽
귀貴를 좋아하지 않으면 어찌 명성을 부러워할 것이며,	不矜貴 何羨名
권세를 추구하지 않으면 어찌 지위를 부러워할 것이며,	不要勢 何羨位
부富를 탐하지 않으면 어찌 재화를 부러워하겠는가?	不貪富何羨貨
이러한 사람을 일러 '순민(자연인)'이라고 한다.	此之謂順55)民也.

---

54) 遁(둔)=避也, 欺也.

순민은 천하에 당할 자 없으니   天下無對
운명을 제어하는 것이 밖에 있지 않고 내 안에 있기 때문이다."   制命在內.

장자莊子/외편外篇/천운天運
가까운 이를 잊기는 쉬우나 나를 잊게 하기는 어렵고,   忘親易 使親忘我難
가까운 이가 나를 잊게 하기 쉬우나 천하를 두루 잊기는 어렵고,   使親忘我易 兼忘天下難
천하를 두루 잊기는 쉬우나   兼忘天下易
천하로 하여금 나를 잊게 하기는 어렵구나.   使天下兼忘我難.

　이처럼 '출신出身하지 말라'는 글을 '자기 몸을 없애라'로 왜곡하고, '상벌에 굴복하지 말라'는 글을 '영예와 치욕을 놀라워하며 감수하라'고 왜곡한 목적은 무엇인가? 그것은 무위無爲 무치無治 · 반문명反文明 반권력反權力 · 반공자反孔子 반인의反仁義의 담론인 노장을 공자의 왕도王道 · 인의仁義와 같은 부류로 변질시켜 민중성과 혁명성을 거세하기 위한 것이다. 지금 서점에 나와 있는 노장 번역은 모두 한결같이 이처럼 왜곡 · 변질된 것들이다.
　다만 '노장시대의 노장'보다는 '오늘날 21세기의 노장'이야말로 우리에게 필요한 것이 아닌가라는 반문은 정당하다. 왜곡 윤색된 것도 또 다른 하나의 문화이므로, 오히려 이러한 메타언어(meta-language)를 비교하면 문화의 굴절과 변이의 역사를 알 수 있을 것이기 때문이다. 마찬가지로 노장 이후 역

---

55) 順(순)=理也, 不逆也.

사 속에서 굴절된 노장을 알아야만 인류사상사에 영향을 끼친 노장의 역사성을 파악할 수 있으며 더 나아가 오늘날 우리에게 필요한 21세기의 노장을 해석해낼 수 있을 것이다. 그러나 그것도 노장 본래의 사상을 알아야만 가능한 일이다. 만약 본래의 모습을 모른다면 비교할 수 있는 원형이 없으니 변이의 역사를 알 수 없을 뿐 아니라, 왜곡된 돌연변이를 진짜 원본이라고 착각하고 이것만이 시대를 초월한 불변의 진리라고 믿는 항존주의恒存主義에 빠지고 말 것이다.

18세기에 루소(J. J. Rousseau, 1712~1778)는 2,000년 전 노장의 자연회귀 테제(these)를 다시 제창한 바 있다. 그는 사회악과 불평등의 원인이 인간의 자연성을 왜곡한 문명의 인위성에 있음을 간파한 것이다. 이로 촉발된 프랑스혁명은 문명의 물줄기를 바꾸어놓았다. 이제 우리는 근대문명을 반성하면서 다시 자연을 말하고 있다. 그러므로 노예적 담론으로 왜곡된 노장을 해방하여 황건적의 난이라는 농민봉기의 불씨가 되었던 그의 자연회귀사상을 복원하는 것이 필요하다.

6 우리 학자들의 노장 왜곡

반反성인, 반反공자, 반反인의를 희석

노장은 천명을 받은 성왕을 부인함으로써 유가들의 왕도주의에 대항한다. 자연주의자요 무정부주의자에게 어찌 왕과 신하의 지배복종 관계가 존재하겠는가? 이처럼 노장은 공자의 가치표준인 성왕을 부정함으로써 반공자를 분명하게 표방한다. 누누이 강조하지만 춘추전국시대에 성인은 훌륭한 왕을 지칭할 뿐 오늘날처럼 간디, 슈바이처, 테레사 같은 성스러운 인간을 말했던 것이 아니다. 그러므로 노자가 말한 '절성絶聖'은 군왕을 부정하라는 뜻이다.

그러함에도 하안과 왕필 등 현학가들은 노자와 공자를 결합시키기 위해 이를 희석시킨다. 그들은 공자의 왕도·균분을 패도·부국강병주의로 변질시키고, 무정부주의적인 노장을 은둔·청담으로 왜곡하여 친유가적으로 변질시켰다. 그런데 우리 학자들은 뭣도 모르고 그들을 추종한다. 대부분의 우리 학자들은 다음과 같이 반성인, 반인의의 글을 정치성을 탈색시켜 처세훈으로 왜곡한다.

노자老子/19장

성왕을 없애고 지자를 버려라.　　　　　　　　　　　　　　　　　　絶聖棄智

 김경탁 : 성자를 끊고 지자를 버리면 ○

 노태준 : 국가통치의 제도와 규범을 제정하는 성인현자의 지혜를 버려야

   만 ○

 도올 : 성스러움을 끊어라, 슬기로움을 버려라 ✕

 오강남 : 성스런 체함을 그만두고 아는 체를 버리면 ✕

민중의 이로움이 백배할 것이다.　　　　　　　　　　　　　　　　　　民利百倍.

공자의 인의를 끊어버려라.　　　　　　　　　　　　　　　　　　　　絶仁棄義

 김경탁 : 앤仁을 끊고 의를 버리면 ○

 노태준 : 인이다 의다 하는 도덕규범을 끊어버려야만 ○

 도올 : 인자함을 끊어라, 의로움을 버려라 ✕

 오강남 : 인을 그만두고, 의를 버리면 ○

백성이 효제로 돌아올 것이다.　　　　　　　　　　　　　　　　　　民復孝慈.

장자莊子/외편外篇/재유在宥

나는 성인의 지혜가　　　　　　　　　　　　　　　　　　　　　　吾未知聖智之

사람을 구속하는 형틀의 고리가 되고　　　　　　　　　　　　　　不爲桁楊接槢也

인의가 손발을 묶는 질곡의 자물쇠가 되지 않는다고 말할 수 없다.　仁義之不爲桎梏鑿枘也.

유가들이 걸주와 도척의 효시가 되지 않는다고　　　　　　　　　　焉知曾史[1]之

어찌 말할 수 있겠는가?

그러므로 노자께서 이르시기를

"군왕을 없애고 지혜를 버려야만 천하가 태평할 것"이라고 했다.

> 김동성 : 그러므로 지혜와 지식을 내던지면 천하는 태평하다는 것이다 ✕
>
> 김학주 : 그러므로 "성인을 내치고 지혜를 버리면 천하가 크게 다스려
> 진다"고 한 것이다 ○
>
> 김달진 : 그러므로 성인을 없애고 지혜를 버려야만 천하가 크게 다스
> 려진다고 하는 것이다 ○
>
> 안동림 : 그래서 성인을 근절하고 지혜를 버리면 천하가 잘 다스려진
> 다고 한다 ○

不爲桀跖嚆矢也.

故曰

絶聖棄知 而天下大治.

장자莊子/외편外篇/거협胠篋

경험으로 비추어 볼 때 세상에 지혜 있다는 선비들이란

큰 도둑을 위해 재물을 쌓아 두는 자들이 분명하다.

이른바 성인이란 큰 도둑을 위한 문지기가 아닌가?

嘗試論之 世俗之所謂至知者

有不爲大盜積者乎

所謂聖者 有不爲大盜守者乎.

이처럼 노장의 특징은 공맹의 인예를 반대한다는 데 있다. 심지어 장자는 인의란 반란자에게도 도둑에게도 유용한 것이니 난세를 종식시키는 데 아무런 도움이 되지 않는 것이라고 비판한다. 그러므로 노장은 공자의 인예에 적대적이었다.

장자莊子/외편外篇/천도天道

도에 통하고 덕에 부합하며,

通於道 合乎德

---

1) 曾史(증사)=曾參과 史鰌.

인의를 물리치고 예악을 배척한다.　　　　　　　　退仁義 賓[2]禮樂.

장자莊子/외편外篇/천도天道

공자가 말했다. "군자는 인仁이 없으면 안민할 수 없고,　　　　君子不仁則不成

의가 없으면 살릴 수 없으니,　　　　　　　　　　　不義則不生.

인의는 참으로 사람의 본성입니다.　　　　　　　　仁義眞人之性也.

또한 인의가 아니면 장차 어찌 다스리겠습니까?"　　又將奚爲矣.

노담이 "묻겠는데 무엇을 인의라고 하는가?" 하자,　老聃曰 請問何謂仁義耶.

공자가 "마음속으로 만물과 함께 즐거워하고,　　　孔子曰 中心物愷

겸애하고 무사無私하면　　　　　　　　　　　　兼愛無私

이것이 인의의 진실한 모습입니다"라 답했다.　　　此仁義之情也.

노담이 말했다. "일월은 본래부터 밝음이 있고,　　　日月固有明矣

성신은 본래부터 질서가 있으며,　　　　　　　　星辰固有列矣.

금수는 본래부터 무리를 짓고　　　　　　　　　禽獸固有群矣

수목은 본래부터 서 있는 것이다.　　　　　　　樹木固有立矣.

그대는 덕을 본받아 행하고,　　　　　　　　　夫子亦放德而行

도를 따라 나가면 지극할 것을,　　　　　　　　循道而趨 已至矣

또다시 어찌 애써 인의를 들고 다닌단 말인가?　又何偈偈乎揭仁義.

마치 북을 치며 잃어버린 자식을 찾는 것처럼　若擊敲而求亡子焉.

그대는 사람의 본성을 어지럽히고 있다네!"　　夫子亂人之性也.

---

2) 賓(빈)=擯의 착간.

장자莊子/외편外篇/거협胠篋

옛날 도둑의 시조 도척의 무리들이 도척에게 물었다.

"공구의 무리들은 도가 있는데 우리들도 도가 있습니까?"

도척이 말했다. "어디를 간들 도가 없겠느냐?

남의 집안에 감추어진 재물을 짐작하여 알아내는 것은 성聖이요,

먼저 들어가는 것은 용勇이요, 뒤에 나오는 것은 의義요,

가부를 아는 것은 지知요, 장물을 고르게 나누는 것은 인仁이다.

천하에 이 다섯 가지 도를 갖추지 않고

대도大盜가 된 자가 없었다.

이로 볼 때 선인善人은

성인의 도를 얻지 못하면 입신할 수 없고,

도척도 성인의 도를 얻지 못하면 도적질을 할 수 없다.

천하에 선인은 적고 선하지 않은 사람은 많으니

성인이 천하를 이롭게 한 것은 적고,

천하를 해롭게 한 것은 많다.

그러므로 이르기를 입술이 없어지면 이가 시리고,

노나라 술이 묽었는데 조나라 서울이 포위되었다는 고사처럼

성인이 생기니 도둑이 일어난다고 말한 것이다.

그러므로 성인을 없애면 도둑도 따라서 사라질 것이며,

천하는 비로소 다스려질 것이다."

故盜跖之徒 問於跖曰

盜亦有道乎

跖曰 何適而無有道邪.

夫妄意³⁾室中之藏 聖也

入先勇也. 出後義也.

知可否知也. 分均仁也.

五者不備 而能成大盜者天

下未之有也.

由是觀之 善人

不得聖人之道不立.⁴⁾

跖不得聖人之道不行.

天下之善人少 而不善人多.

則聖人之利天下也少

而害天下也多.

故曰 脣竭則齒寒

魯酒薄而邯鄲圍.

聖人生而大盜起.

掊擊聖人 縱舍盜賊

而天下始治矣.

---

3) 妄意(망의)=斟量商度.

4) 立(립)=成也, 行也.

그런데도 왕필을 추종하는 도올은 "노자는 유가의 인의에 전혀 대립적이 아니었다"고 주장하며(『노자와 21세기』권2 236쪽), 그 근거로 죽간본의 다음 예문을 들고 있다.

물론 죽간본은 백서본과는 달리 공자의 인의를 적극적으로 반대한 글이 없다. 그렇다고 인의를 적극 찬양했다고 해석할 수도 없다. 오히려 아래 예문의 취지는 노자의 대도大道와 공자의 인의는 다른 것임을 지적하고 근본인 대도가 없으면 말절末節인 인의도 있을 수 없다고 말한 것뿐이다. 그러므로 도올이 근거로 제시한 예문은 자신의 주장을 증명해 주지 못한다.

노자老子/18장(죽간본)

대도(無爲自然)가 폐했으니 어찌 인의가 있을 수 있겠는가?   故大道廢 安有仁義.

　도올 : 대도가 폐했으니 어찌 인의가 작용할 수 있으리오?

무명無名을 정명正名으로 왜곡

노장은 진리와 가치의 최고 담보자인 천제와 성왕을 부정하는 대신 자연으로 대체한다. 그 자연은 국가 제도를 부정하는 '무위'이며, 인의도덕을 부정하는 '무명'을 의미한다. 무위는 공자의 '왕도王道'에 대한 반테제이며, 무명은 공자의 '명교名敎'에 대한 반테제이다. 유교를 명교라고 하는 것은 명名에 따른 직분을 바르게 한다는 명분론을 의미한다. 공자는 인仁을

극기복례라고 했는데, 여기서 예는 명분을 바르게 한다는 정
명正名과 다른 것이 아니다. 그러나 우리 학자들은 모두가 노
장의 이러한 반反왕도, 반反인예의 무위와 무명을 공자의 '복
례復禮', '정명正名'과 다를 바 없는 것으로 왜곡했다. 다음 예
문을 대조해 보면 우리 학자들이 '무명'의 참뜻을 놓치고 애
매한 말로 얼버무리고 있음을 알 수 있을 것이다(『동양고전 산
책』 제2권 29장 '노장의 인식론' 참조).

노자老子/1장(죽간본에는 없음)

도를 가르쳐 말할 수는 있지만,   道5)可道6)

그 말해진 도는 '상자연常自然의 도'가 아니다.   非常道.

> 김경탁 : 말할 수 있는 도는 상도가 아니다
>
> 노태준 : 도로서 도(유교의 인륜의 도)라고 할 것은 참 도가 아니고
>
> 윤재근 : 도라고 말할 수 있는 도는 변함없는 도가 아니다
>
> 도올 : 도를 도라고 말하면 그것은 '늘 그러한 도'가 아니다
>
> 오강남 : 도라고 할 수 있는 도는 영원한 도가 아닙니다
>
> 임채우 : 도라 할 수 있는 도는 항상된 도가 아니다
>
> 이석명 : 도라고 말할 수 있는 도는 늘 그러한 도가 아니다
>
> 이경숙 : 도를 도라고 할 수 있지만 언제나 참 도는 아니다

호명呼名되면 분별(名分)할 수는 있으나,   名可名7)

그것이 상자연의 명분은 아니다.   非常名.

---

5) 道(도)=路也.

6) 可道(가도)=論說教令也, 言也, 訓也.

7) 名(명)=事物之號也, 分也, 夕+口.

김경탁 : 부를 수 있는 이름은 상명常名이 아니다

노태준 : 이름으로서 이름이라 할 것은 참 이름이 아니다

김형효 : 말할 수 있는 이름은 상명이 아니다

도올 : 이름을 이름 지으면, 그것은 늘 그러한 이름이 아니다

오강남 : 이름 지을 수 있는 이름은 영원한 이름이 아니다

이름으로 분별되지 않는 무명(혼돈)이야말로 천지의 비롯됨이요, 無名天地之始.

김경탁 : 이름이 없을 때에는 만물의 모체다

노태준 : 무명은 천지의 시작이다

김형효 : 무명은 천지의 시작이다

도올 : 이름 없는 것을 천지의 처음이라 하고

이름으로 분별하는 유명(차별성)은 만물이 드러나는 모태이다. 有名萬物之母.

김경탁 : 부를 수 있는 이름은 상명이 아니다

노태준 : 유명은 만물의 어머니다

김형효 : 유명은 만물의 어머니다

도올 : 이름 있는 것을 만물의 어미라 한다

오강남 : 이름 붙일 수 있는 것은 온갖 것의 어머니

도상무명道常無名

노자老子/32장

도는 자연의 상도常道이므로 (명분이 없는) 무명이다. 道常無名.

김경탁 : 도는 항상 이름이 없다

노태준 : 참된 도에는 이름이 없다

도올 : 도는 늘 이름이 없다

오강남 : 도는 영원한 실재, 이름 붙일 수 없는 그 무엇

선왕이 법을 만들자 비로소 차별의 명분이 있게 되었다.   始制⁸⁾有名.

    김경탁 : 처음으로 제한되어 있고 이름도 이미 있으면

    노태준 : 소박한 통나무를 잘라 여러 가지 이름이 붙는 그릇을 만들듯

               이 무위자연의 도를 세상에 전개하면 이름이 붙는다

    도올 : 통나무에 제한을 가해서 비로소 이름이 생겨나게 되는 것이니

    오강남 : 다듬지 않은 통나무가 마름질당하면 이름이 생깁니다

    임채우 : (세상의 일들을) 짓기 시작하면 이름(혹 명예)이 생기고

    이석명 : 재단하기 시작하면 이름이 생겨나네

    이경숙 : 법도가 시작될 때 이름이 만들어졌고

명분이 있게 되면 역시 그쳐야 할 곳을 알고,   名亦旣有 夫亦將知止

그쳐야 할 곳을 알면 위태롭지 않게 된다고 주장한다.   知之所以不殆.

그러나 무위자연의 도가 하늘에 있다는 말은 (명분이 없어도)   譬道之在天

냇물과 골짜기가 강과 바다로 흘러가는 것과 같다.   猶川谷之於江海.

도은무명道隱無名

노자老子/41장

위대한 그릇은 늦게 이루고,   大器晚成

위대한 음악은 소리가 없고,   大音希聲

위대한 대상大象(天象=이데아)은 형체가 없는 무형無形이고   大象無形

    김경탁 : 매우 큰 형상은 무형하다

    노태준 : 매우 큰 형상을 가진 자는 도리어 그 형상이 눈에 띄지 않는다

    도올 : 큰 모습은 모습이 없다

---

8) 制(제)=法度也, 先王之成法.

오강남 : 큰 모습에는 형체가 없다

도는 은미하여 (명분이 없는) 무명이다.　　　　　　　　　道隱無名.

김경탁 : 도는 은폐되어 이름이 없다(긍정도 부정도 할 수 없다)

노태준 : 도는 숨겨져 있어서 보이지 않고 말로는 이름 붙일 수 없다

도올 : 길이란 늘 숨어 있어 이름이 없다

오강남 : 도는 숨어 있어서 이름도 없는 것

장자莊子/외편外篇/마제馬蹄

이에 성인(군왕)이 나타나 절름발이가 뛰듯 인仁을 만들고　　　　及至聖人 蹩躠9)爲仁

발꿈치를 들고 달리듯 의義를 만들어　　　　　　　　　　　　　踶跂10)爲義.

천하에 갈등이 시작된 것이다.　　　　　　　　　　　　　　　　而天下始疑也

방종하게 악樂을 만들고, 번쇄하게 예禮를 만들고부터　　　　　澶漫11)爲樂 摘僻12)爲禮

김동성 : 음악으로 즐기고 예식으로 구별하니

김학주 : 번거로운 예의를 제정하게 되자

김달진 : 음탕한 마음으로 음악을 만들고, 손발을 굽혀 예의를 정하니

안동림 : 제멋대로 음악을 연주하고, 번잡하게 예의를 만들어

천하에 비로소 명분이 생긴 것이다.　　　　　　　　　　　　　而天下始分矣.

김동성 : 천하는 스스로 갈라졌다

김학주 : 천하 사람들이 비로소 분열되게 되었다

김달진 : 천하는 여기서 구별이 생기기 시작했다

안동림 : 천하에 비로소 구별이 생기게 되었다

---

9) 蹩躠(별설)=절름발이 뜀.

10) 踶跂(제기)=强用心力貌(발꿈치를 들고 뜀).

11) 澶漫(단만)=猶放縱.

12) 摘僻(적벽)=摘取分析.

도덕을 파괴하고 인의를 만들어 대체한 것은 성인의 잘못이다. 　　　　毁道德以爲仁義 聖人之過也.

　　김동성 : 도덕을 파괴하여 인의를 소개하니 이는 성인의 잘못이다

　　김학주 : 도덕을 무너뜨리고서 인의를 내세운 것은 성인의 잘못이다

　　김달진 : 도덕을 헐어 인의를 만듦은 성인의 허물이다

　　안동림 : 참된 도덕을 망쳐가며 인의를 만든 것은 성인의 잘못이다

　　우리 학자들은 노자의 도덕과 공자의 도덕은 명칭이 같으므
로 실재도 같다고 생각한다. 그러므로 도덕과 인의는 같은 것
으로 착각한다. 이처럼 현학玄學의 주술에 걸린 그들은 오히려
"『노자』에 도덕이 없다는 말인가?"라고 힐문한다. 이것은 잘
못된 질문이다. "『노자』에는 인의가 없는가?"라고 물어야 옳
은 질문이다. 그리고 "『노자』에는 공맹의 인의도덕은 없고 노
자의 자연도덕만 있다"고 말해야 옳은 대답이다. 공자의 인의
예지의 사덕四德을 한마디로 말하면 인仁인데, 인은 극기하여
복례하라는 것이므로 주나라 제도를 부흥하자는 것이다. 반면
노자의 자애 · 검박 · 불위선不爲先(남보다 앞서지 않는다)의 삼
덕三德은 자연의 특성인 '무위'와 생명의 특징인 '유약柔弱'을
구체화한 것이다. '불위선'과 '검박'은 자연의 삶이며, '자애'
는 생명의 삶이다.

노자老子/67장

나에게는 세 가지 보배가 있어 지키고 보존해 왔다. 　　　　我有三寶 持而保之.

첫째는 자비요(慈), 　　　　一曰 慈.[13]

둘째는 검박이요(儉), 　　　　二曰 儉.[14]

셋째는 천하에 앞장서지 않는 것이다(不爲先).[15]   三曰 不敢爲天下先.

장자莊子/외편外篇/변무騈拇

내가 말하는 선善이란 인의를 말하는 것이 아니라,   吾所謂臧者 非仁義之謂也

각자 자기의 덕성을 선하게 하는 것뿐이다.   臧於其德而已矣.

내가 말하는 선이란   吾所謂臧者

인의를 말하는 것이 아니라,   非所謂仁義之謂也

자기의 본성과 천명대로 방임하는 것뿐이다.   任其性命之情而已矣.

장자에게 도덕은 천도天道이며, 인의와 예악은 천도에 반하
거나 부차적인 것이었다. 그는 노자의 삼덕三德에 대해 허정虛
靜·염담恬淡·적막寂漠·무위無爲의 '사본四本'으로 설명하면
서 이것만이 도덕의 지극함이요 만물의 근본이라고 말한다.
이처럼 유가의 도덕은 세세히 분별하고 떠들썩하게 화합하는
것이지만, 노장의 도덕은 분별이 없고 한가롭다. 그러므로 도
와 덕을 취하고 이에 반하는 인의와 예악을 배척한다. 이처럼
도덕과 인의는 같은 것이 아니라 배타적인 것이다.

장자莊子/외편外篇/천도天道

대저 '허정'·'염담'·'적막'·'무위'는   夫虛靜 恬淡 寂漠 無爲者

---

13) 慈(자)=부처의 慈悲, 묵자의 兼愛와 같다. 공자의 仁愛는 혈연적, 차별적 사랑이다. 도올은 慈를 '부드러움'으로 해석한다.

14) 儉(검)=묵자의 節用과 비슷하다. 노자는 儉과 素을 공동체와 反戰의 요체로 보았다. 도올은 儉을 '아낌'으로 해석한다.

15) 不爲先(불위선)=남보다 앞서지 않는 것은 경쟁을 부정한 무경쟁사회를 지향하는 것으로 국가를 부인한 공산사회의 인간상을 말한
것이다.

천지의 화평이요 도덕의 지극함이다.

그러므로 제왕이신 성인은 한가할 뿐이다.

한가하면 허虛하고, 허하면 실實하고, 실하면 서로 화락한다.

허하면 고요하고, 고요하면 동動하고, 동하면 얻는다.

고요한 것은 무위함이요.

무위하면 일을 맡아 책무를 다한다.

무위하면 용모 화공和恭하고,

화공하면 우환이 처할 수 없고,

장수할 수 있다.

대저 '허정' · '염담' · '적막' · '무위'는

만물의 근본이다.

天地之平 而道德之至.

故帝王聖人休焉.

休則虛 虛則實 實則倫16)矣.

虛則靜 靜則動 動則得矣.

靜則無爲

無爲也則任事者責矣.

無爲則兪兪

兪兪者憂患不能處

年壽長矣.

夫虛靜 恬淡 寂漠 無爲者

萬物之本也.

장자莊子/외편外篇/재유在宥

인仁을 좋아함은 덕德을 어지럽히는 것이요,

의義를 좋아함은 이理를 어긋나게 하는 것이요,

예禮를 좋아함은 기교를 돕는 것이요,

악樂을 좋아함은 음란함을 돕는 것이요,

성인聖人을 좋아함은 그들의 꾀를 돕는 것이요

지식을 좋아함은 험담을 돕는 것이다.

천하가 천성 그대로 평안하면

이것들은 있어도 그만 없어도 그만이며,

천하를 천성 그대로 편안케 하지 못하는 것이라면

說仁邪 是亂於德也.

說義邪 是悖於理也.

說禮邪 是相於技也.

說樂邪 是相於淫也.

說聖邪 是相於藝也.

說知邪 是相於疵也.

天下將安其性命之情

之八者 存可也 亡可也.

天下將不安其性命之情

---

16) 倫(륜)=比(親輔)也, 類也.

이 여덟 가지는 본성을 병들게 하고
천하를 어지럽힐 것이다.

之八者 乃始臠卷[17]獪囊[18]
而亂天下也.

반문명 무정부주의를 패도주의로 왜곡

고대 인류에게 신비롭던 자연이 오늘날처럼 친근하게 된 것은 불을 발명한 제1차 문명혁신 이후부터였지만, 청동기와 철기를 발명한 제2차 문명혁신을 거치면서 자연을 개발의 대상으로 생각하게 되었다. 그리고 증기기관과 방적기를 발명한 제3차 문명혁신인 18세기 산업혁명 이후부터는 자연을 파괴하고 변형하는 과학의 대상으로 삼게 되었다.

『노자』가 지어지고 장자가 활동하던 기원전 4세기[19]는 제2차 문명혁신 시기에 해당된다. 그러므로 "자연으로 돌아가라!"는 노장의 반문명反文明·복자연復自然의 테제는 제2차 문명혁신을 거부하는 것이었다. 왜 그들은 청동기문명을 거부했을까? 청동기문명에 대한 거부는 곧 청동기문명이 탄생시킨 계급과 국가에 대한 반대였고, 지배복종의 차별과 억압에 맞선 저항이었다.

---

17) 臠卷(연권)=오그라붙는 병.
18) 獪囊(창낭)=亂貌, 搶囊인 듯하다.
19) 『노자』는 춘추시대 말기 노자의 저작으로 전해지고 있으나 지금은 전국시대 중기에 정형화된 것으로 보는 것이 통설이다.

이러한 저항적인 노장의 원시회귀사상은 '기계거부운동'으로 표현된다. 이것은 18세기에 제3차 문명혁신인 산업혁명이 일어나자 이에 항거하여 일어난 19세기 초의 이른바 '기계파괴운동(Luddite Movement)'과 같은 맥락이다. 그런데도 우리 학자들은 모두 기계거부운동을 기교를 버리라는 교양론으로 왜곡, 변질시켰다.

노자老子/57장

천하에 통제가 많으면 민民이 가난해지고	天下多忌諱 而民彌貧.
민에게 날카로운 도구가 많아지면 국가는 점점 혼란해진다.	民多利器 國家滋昏.
기술이 발전하면 기이한 물건들이 쏟아지고,	人多伎巧 奇物滋起.
법령이 밝아질수록 도둑이 많아진다.	法令滋彰 盜賊多有.

장자莊子/외편外篇/거협胠篋

옥을 버리고 주옥을 부숴버려야만 좀도둑이 생기지 않는다.	擿[20]玉毁珠 小盜不起.
부절을 불태우고 왕의 옥새를 파괴해 버리면	焚符破璽
민중은 소박해질 것이다(군왕 부정).	而民朴鄙.
말과 되를 쪼개버리고 저울을 꺾어버리면	掊斗折衡
민중은 다투지 않을 것이다(문명 부정).	而民不爭.
천하에 성인의 법을 완전히 파괴해 버려야만(인의 부정)	殫殘天下之聖法
민중은 비로소 더불어 공평한 표준을 선택할 수 있을 것이다.	而民始可與論議.
굽힘 쇠와 먹줄을 부숴버리고	毁絶鉤繩

---

20) 擿(적)=擲也.

그림쇠와 곡자를 내다버리고(기계 거부),

기술자의 손가락을 부러뜨려버리면

천하는 비로소 진실한 재주를 소유할 것이다.

그러므로 큰 기술은 졸렬한 것 같다고 말하는 것이다.

而棄規矩

攦工倕[21]之指

而天下人有其巧矣.

故曰 大巧若拙.

장자莊子/외편外篇/천지天地

기계가 있으면 반드시 기계의 일이 생기고,

기계의 일이 생기면 반드시 기계의 마음이 생기고,

가슴속에 기계의 마음이 생기면 순백의 바탕이 없어지고,

순백의 바탕이 없어지면 정신과 성품이 안정되지 못하고,

정신과 성품이 불안정하면 도가 깃들 곳이 없다고 한다.

내가 두레박을 몰라서가 아니라 부끄러워서 쓰지 않는 것이다.

有機械者 必有機事.

有機事者 必有機心.

機心存於胸中 則純白不備.

純白不備 則神生不定.

神生不定者 道之所不載也.

吾非不知 羞而不爲也.

　　이러한 반문명 자연주의는 국가를 부정하고 소규모 지역생활공동체를 지향한다. 그런데도 우리 학자들은 모두가 노자의 이상인 국가가 없는 소국과민小國寡民의 '공동체연합'을 소국병탄小國倂呑의 '패도주의'로 왜곡했다. 어찌 이처럼 독자를 눈먼 봉사로 무시하는 곡학아세가 있을 수 있단 말인가?

노자老子/80장

나라는 작고 백성도 적어야 한다.

그러므로 여러 가지 기물이 있으나 쓸 필요가 없고,

小國寡民.

使有什佰之器而不用.

---

21) 工倕(공수)=무기 제조기술자인 魯般公, 公輸.

백성들은 죽을 때까지	使民重²²⁾死
공동체에서 멀리 쫓겨나 유랑하지 않도록 한다.	而不遠徙.²³⁾

노자老子/60장

연합국을 다스린다는 것은 소국을 보존하는 것이다.	治大國²⁴⁾ 若²⁵⁾烹²⁶⁾小鮮.²⁷⁾

도올 : 큰 나라 다스리기를 작은 생선 조리기같이 하라

무위자연의 도로써 천하에 군림하면	以道莅²⁸⁾天下
귀신도 신통력을 부리지 못한다.	其鬼不神.
귀신이 신통하지 않아서가 아니라	非其鬼不神
귀신이 사람을 상해하지 못하는 것이다.	其神不傷人.
귀신이 사람을 상해하지 못한 것이 아니라	非其神不傷人
성왕聖王이 사람을 상해하지 못한다.	聖人亦不傷人.²⁹⁾
대저 귀신도 성왕도 서로 상해하지 않으므로	夫兩不相傷
덕이 서로에게 돌아간다.	故德交歸焉.

노자老子/61장

대국은 (상류上流의 소국이 모이는) 하류(연합)이며,	大國者下流.³⁰⁾

---

22) 重(중)=附也.
23) 徙(사)=백서본에는 途으로 되어 있다.
24) 大國(대국)=독립주권의 소규모 공동체들의 연합제 국가.
25) 若(약)=而也, 故也.
26) 烹(팽)=享=獻也, 保有也. 烹은 원래 백서본에는 享으로 되어 있으나 왕필이 변조함.
27) 小鮮(소선)=앞의 『노자』 80장의 小國寡民을 말함. 小=小國. 鮮=少也, 罕也, 寡民.
28) 莅(리)=臨也.
29) 無爲無治의 무정부주의.
30) 下流(하류)=上流의 조그만 支流가 모여드는 곳.

도올 : 큰 나라는 아랫물이다

천하만민의 교류장이요, 천하만민의 암컷이다.

天下[31] 之交 天下之牝.

    도올 : 하늘 아래의 모든 윗물이 흘러 들어오는 곳이며,
          하늘 아래의 모든 수컷이 모여드는 암컷이다

암컷은 항상 고요함으로 수컷을 이긴다.

牝常以靜勝牡

고요함으로써 겸양하기 때문이다.

以靜爲下.[32]

그처럼 대국은 소국에 겸양함으로써 소국을 연합하고,

故大國以下小國 則取[33]小國.

    도올 : 그러므로 큰 나라는 소국에 낮추면 소국에 믿음을 주고

소국은 대국의 아래가 됨으로써 대국을 연합한다.

小國以下大國 則取大國.

    도올 : 소국은 대국에 낮추면 대국의 믿음을 얻는다

그러므로 혹은 겸양함으로써 연합하고(대국),

故或下以取

혹은 아래가 되어 연합한다(소국).

或下而取.

    도올 : 자기를 낮춤으로 취할 수 있고, 하나는 자기를 낮춤으로 취하여
          질 수 있다

그러므로 대국은 타국을 겸병하려 해서는 안 되며(겸병 반대),

大國不過欲兼[34]畜人

    도올 : 큰 나라는 사람들을 밑에 두고 거느리기를 좋아할 뿐이며

소국은 타국에 편입되어 섬기려하지 말아야 한다(독립주권의
소국 보존).

小國不過[35]欲入事人.

    도올 : 작은 나라는 사람 밑에 들어가 섬기기를 바랄 뿐이다

---

31) 天下(천하)=萬百姓.
32) 이 구절이 백서본에는 "爲其靜也 故宜爲下也"로 됨.
33) 取(취)=聚와 통용.
34) 백서본에는 兼이 幷으로 됨.
35) 不過(불과)=不遇(不得, 不當)의 착간인 듯함.

무지와 동심을 우민주의로 왜곡

노장은 반문명의 물아일체物我一體적 자연의 삶을 지향하며, 군주도 없고 법도 없는 무정부적 원시공산사회를 소망한다. 그러므로 노장은 기존 문명의 질곡에서 해방되어야 한다는 뜻으로 무지無知와 절학絶學을 말했다(『노자』20장). 절학에서 말하는 '학學'은 오늘날의 학문學問이 아니라 기원전 5~4세기의 학문學文이다. '학문學問'은 자연과 진리에 대해 '묻고 배운다'는 뜻이고, '학문學文'은 '문文을 배운다'는 뜻이다. 당시 문자는 지배자들의 독점물이었고, 문文이란 선왕의 말씀과 제도이다. 그러므로 무지와 절학은 선왕의 말씀을 거부하는 반유가적인 역설이다.

노장과 거의 같은 시기에 소크라테스(BC 470~399)는 아테네 시민들의 '무지'를 일깨우려 했으므로 그들로부터 미움을 사서 민주당파의 고발로 사형을 당한다. 이처럼 무지는 기존의 지식을 거부하는 것이었으므로, 혁명적인 담론이다.

그런데 왕필과 그를 따르는 우리 학자들은 한결같이 무지와 절학을 '간교한 지혜를 버리라'는 수양론으로 해석함으로써 교묘하게 저항성을 탈색시켜 버린다.

노자老子/20장

성인의 학문을 단절하니 근심이 없다.   絶學無憂.
'예!', '예?' 하는 차이는 얼마나 미미한가?   唯之與阿 相去幾何.
선과 악의 차이는 얼마나 같은가?   善之與惡 相去何若.

남들이 외경畏敬하는 것을 나도 외경하지 않을 수 없으니,

헛되다! 혼돈의 중앙(무위자연의 도)에 이르기는 멀었구나!

남들은 모두 넉넉한데 나만 녹이 없고,

속인들은 모두 똑똑한데 나만 바보 같구나!

내가 남들과 다른 것은 젖을 물린 어미를 귀하게 여길 뿐이라네.

人之所畏 不可不畏.

荒兮 其未央³⁶⁾哉.

衆人皆有餘 而我獨若遺.

俗人昭昭 我獨昏昏

我獨異於人 而貴食母.

동심童心이란 모든 기존 가치의 부재不在를 의미한다. 그러므로 동심론童心論은 문명의 때를 씻고 자연 그대로의 마음을 회복하라는 뜻이다. 특히 노장의 동심설童心說은 무지·절학과 같은 맥락으로, 기존의 모든 가치체계를 전면 부정하는 반문명적인 혁명적 담론이었다. 또한 동심론은 원시공산사회의 인간상을 말하는 것이기도 하다. 즉, 문명과 지배 이데올로기로 물들면 새로운 사회의 주인공이 될 수 없다는 뜻이다.

노자보다 약 5세기 후에 나타난 예수도 "어린아이가 되어야 천국에 들어갈 수 있다"고 말했다(「마태복음」 18장 3절). 이 말은 노장의 동심과 같은 맥락이다. 이처럼 노장과 예수의 동심론은 저항적이면서 이상사회의 소망을 담고 있는 것이다.

그러나 우리 학자들은 모두가 왕필을 묵수하여 이러한 저항적인 '동심'을 지배자들의 가르침에 순종하는 어리석은 백성이 되어야 한다는 뜻으로 왜곡한다. 도올은 한술 더 떠서 동심론을 기공술氣功術로 해석하고, 어린아이처럼 부드러운 피부를 가꾸어 젊음을 되찾자고 열변을 토한다(『노자와 21세기』 권2

---

36) 央(앙)=중앙의 帝=混沌=暗黑=道(莊子/內扁/應帝王).

101~102쪽). 혁명적 담론을 피부미용술로 해석하다니 기가 막힐 노릇이다. 노장의 동심론과 기공술은 아무런 관련이 없다. 특히 노장은 결코 신선술을 말한 바 없다는 것을 알아야 한다. 다만 노장을 추앙하는 도교에서 신선술을 말하고 교파에 따라서는 장생불사의 방술로 기공술을 말하기도 하지만, 그것은 본래 노장학이 아니다.

노자老子/10장

혼백을 싣고 태일太一(太極＝天理)을 품었으니	載營魄抱一
도를 떠나지 않을 수 있을까?	能無離乎.
자연의 기氣에 맡기고 지극히 유약하면 어린아이처럼 될까?	專氣致柔 能如嬰兒乎.
닦달하는 민폐를 없애고 규찰을 어둡게 하면	滌除[37]玄[38]覽[39]
허물을 없앨 수 있을까?	能無疵乎.
민을 사랑하고 나라를 다스리면 인위를 없앨 수 있을까?	愛民治國 能無爲乎.[40]

노자老子/55장

덕을 품어 돈후하면 어린아이와 비슷하다.	含德之厚 比於赤子
조화를 아는 것을 자연의 상도라 하고.	…知和曰常.
자연의 상도를 아는 것을 현명하다고 한다.	知常曰明.
생명을 연장하려는 것을 흉하다고 하며,	益生曰祥.[41]

---

37) 除(제)=逐也.
38) 玄(현)=遠也.
39) 覽(람)=省視也.
40) 上周密則下疑玄矣(荀子/正論) 참고.
41) 祥(상)=福, 吉也, 妖怪, 凶也.

마음이 기氣를 부리면 강포함이라 한다.

心使氣曰强[42]

장자莊子/잡편雜篇/경상초庚桑楚

장자가 말했다. "지인至人은 땅에서는 서로 먹여주고,

夫至人者 相與交食乎地

하늘에서는 서로 즐겁게 하며,

而交樂乎天.

사람과 사물과 이해利害로 서로 얽히지 않으며,

不以人物利害相攖

더불어 괴이한 짓을 하지 않으며,

不相與爲怪

서로 더불어 꾀하지 않으며, 서로 더불어 사업을 하지 않으며,

不相與爲謀 不相與爲事.

훨훨 날개 치듯 갔다가 무심히 오나니

儵然而往 侗然而來.

이것을 일러 위생衛生의 도라고 한다."

是謂衛生之經已.

경상초가 물었다. "정말 그렇게 되면 지극한 것입니까?"

曰 然則是至乎.

장자가 대답했다. "아직은 부족하다.

曰 未也.

진실로 너희에게 이르나니 어린아이가 되어야 한다."

吾固告汝曰 能兒子乎.

이처럼 노장의 무지·절학·동심은 혁명적 담론이었으나, 지배적 담론은 이것을 무욕·자포자기·순종 등 노예도덕론으로 왜곡하고 달콤하며 현학적인 은둔 허무주의 철학으로 윤색하여 무력화시켰다.

그러나 명대明代의 탁오卓吾 이지李贄(1527~1602)는 동심론을 다시 복원시켰다. 그의 동심론은 공맹孔孟과 노불老佛의 권위를 무시하고 성리학을 부정하는 혁명적 담론이었기에, 그는 이단교리(敢倡亂道)와 혹세무민의 죄로 체포되어 옥중에서 자살했다.

---

42) 强(강)=氣不和順也.

이지의 동심론은 우리나라 허균과 박지원朴趾源(1737~1805)
의 글쓰기에 커다란 영향을 끼쳤다. 이덕무李德懋(1741~1793)
가 쓴 『영처고嬰處稿』는 영아와 처녀를 뜻한다. 그들의 동심론
도 노장과 예수의 동심론과 마찬가지로 구체제를 거부하는 혁
명적 담론이었다. 이들 조선의 북학파들이 도올의 해석처럼
처녀와 어린이처럼 보드라운 피부와 몸매를 되찾아 늙지 말자
고 말한 것은 결코 아니었다.

제2부

종교사상

고대와 중세까지만 해도 철학은 형이상학을 의미했다. 형이상학은 알다시피 우주의 근원을 밝히는 것을 목적으로 한다. 사람들은 종교인이 아니라도 대체로 우주의 근원은 천제 또는 신이라는 믿음을 버리지 않고 있다.

따라서 형이상학은 신을 믿는 사람들에게는 신의 존재를 증명하는 것이 되고, 신을 창조주로 믿지 않는 사람들에게는 신의 대용을 제시하고 설명하는 것이 된다.

그러나 형이상학은 너무 방대하고 논리적이고 난해하여 접근하기가 쉽지 않다. 다만 사상가들이 천제를 어떻게 보았는지를 알기만 하면 간접적이더라도 형이상학을 대체로 이해할 수 있다. 특히 동양사상은 천天을 모르면 그 사상의 근본을 이해할 수 없다고 해도 과언이 아닐 것이다.

예컨대 공자의 사상적 근원은 주례周禮에 있고 주례는 제정祭政이 기본이므로 신들에 대한 제사로 정치를 하는 제정을 모르면 공자를 이해할 수 없다.

묵자 사상의 기본은 겸애와 교리인데 그것은 하느님의 뜻이므로 천을 모르면 묵자를 이해할 수 없다.

노장 사상의 핵심은 무위자연인데 그것은 인격신과 문명의 부정이므로 천을 모르면 노장을 이해할 수 없다. 우리는 흔히 '인심은 천심'이라고 말한다. 누구도 이를 과학적으로 검증하려 하지 않은 채 믿고 있다. 이 말은 누가 가르쳐준 말인가? 그것은 바로 성리학의 기본 강령이다.

　　이처럼 성리학은 인격신 천제를 천리로 형이상학화했고 다시 이를 인간의 본성으로 내면화했으므로 천을 모르면 성리학을 이해할 수 없다.

　　여기에는 신과 제사, 그리고 태극론에 대한 글들을 모았다.

7 동양의 하느님과 제사

하느님과 하느님의 아들

고전이란 우리 선조들이 아끼고 즐겨 읽던 책을 말한다. 우리는 고려시대부터 유교를 수입해 유학을 통치철학으로 삼았고 조선 이후부터는 성리학을 국교로 삼았다. 그래서 지식인들은 모두 유사가 되었으며 사서삼경四書三經은 반드시 읽어야할 책이 되었다.

삼경三經 중 『시경』은 궁중과 지배층의 노래인 아악雅樂, 제사의식의 노래인 송악頌樂, 민중의 노래인 풍악風樂으로 구성된 시가집詩歌集이다. 『서경書經』은 요순 이래의 정사를 기록한 역사책이며, 『주역周易』은 하늘의 뜻을 살피는 점서占書이다.

사서 중 『논어』는 공자와 그 제자들의 담화집이고, 『맹자』는 맹자가 군왕 사대부들과 문답한 기록이다. 그리고 『중용』은 천명天命과 인성人性에 대한 자사子思(BC 483?~402?)의 글이며,

『대학』은 공자가 말한 대인大人의 수신제가치국평천하修身齊家治國平天下의 도리를 증자曾子가 편집한 책이다.

　　그런데 이 모두가 천제天帝와 천명을 최고의 가치표준으로 삼고 있다. 특히 유학을 종교화한 유교는 하느님과 조상을 섬기는 효를 기본으로 하는 종교이다. 다시 말하면 유교는 '하느님'과 조상에게 효도를 하기 위한 '제사의식'을 기본으로 삼는 종교인 것이다. 그러므로 고전과 유교를 이해하기 위해서는 가장 먼저 천天을 알아야 한다. 천을 알지 못하면 고전의 바른 이해가 불가능하다.

논어論語/태백泰伯 22

공자가 말했다. "우임금은 내 보기에 나무랄 데 없구나.　　　　子曰 禹 吾無間然矣

식사는 간소했으나 귀신鬼神에게는 효를 다하고,　　　　　菲飮食 而致孝乎鬼神.

의복은 검소했으나 예복은 아름다웠고,　　　　　　　　惡衣服 而致美乎黻冕.

궁실은 낮았으나 수로水路 건설에는 진력했다."　　　　　卑宮室 而盡力乎溝洫.

중용中庸/1장

하늘이 명한 것을 성性이라 하고,　　　　　　　　　　天命之謂性

성을 따르는 것을 도道라 하고,　　　　　　　　　　率性之謂道

도를 닦는 것을 교화教化라 한다.　　　　　　　　　　修道之謂教.

　　고대 인류가 자연의 힘을 신격화하는 경향은 그 특성이 조금씩 다르지만 대체로 동서양이 비슷하다. 특히 동양에서는 일찍이 일월성신日月星辰, 풍우뇌전風雨雷電, 산천초목山川草木

등 자연의 위력에 공포감과 경외감을 품고 자연현상의 배후에
는 영혼, 즉 신이 있어 인간의 운명을 결정한다고 믿으며 제사
의식을 공동체의 중요한 행사로 지켜왔다.

그리스인들은 태양과 달, 행성들을 신이라고 생각하고 찬미
했다. 철학자들은 그것들의 지혜와 미덕이 인간보다 얼마나 우
수한가를 설명했다. 아낙사고라스는 그렇지 않다고 가르쳤기
때문에 불경죄로 기소되어 아테네에서 도망칠 수밖에 없었다.

이러한 자연숭배 신앙은 채집경제시대에 유행하다가, 농경
시대에 와서는 점차로 인간을 닮은 신을 만들어내기 시작한
다. 또한 유목민들은 농경의 신 대신에 동물 모양을 한 반인반
수半人半獸의 유목의 신을 만들어 풍요를 기원하는 한편, 전쟁
의 신을 만들어 전쟁의 승리를 기원했다.

이처럼 신들의 모습은 민족마다 지역에 따라 다종다양했다.
일찍이 그리스의 제논은 인간이 자신의 형상대로 신을 만들었
다고 말했다. 그에 의하면 이집트인들은 뭉툭한 코에 검은 얼
굴의 신을 만들었고, 트라키아(Thracia)인들은 푸른 눈에 붉은
머리를 한 신을 만들었다.

인도에서는 신이 결혼하여 여러 신들을 낳으므로 여신들이
많다. 인도의 고대 신화집인 『베다(Veda)』에 의하면 만신전萬
神殿이 무색할 정도로 신들이 너무도 많아서 그 수가 3억이 넘
는다고 한다. 그중에서도 천둥과 비의 신 인드라(Indra), 우주
질서를 담당하는 바루나(Varuna), 식물의 신 소마(Soma), 불
의 신 아그니(Agni)가 특히 유명하다.

『베다』 이후에는 수많은 고대 신들이 창조의 신 브라만

(Brahman), 질서와 정의의 신 비슈누(Visnu), 죽음과 파괴의 신 시바(Shiva)의 삼신일체로 정리되었다. 이 신들은 연꽃 위에 앉아 있거나 뱀을 감고 있는 형상으로 그려지는데, 연꽃과 뱀은 물의 화신化神을 의미한다. 여기서 연꽃은 생명의 원천인 물의 발현과 깨어남을, 뱀은 물의 잠재와 휴식을 표현한다. 인도인들에게 가장 인기 있는 풍요와 부富의 여신 락슈미(Lakshmi)는 연꽃 위에 앉아 두 손에는 연꽃을 들고 있고 두 손으로는 황금을 쏟아 붓는 형상이다. 뿐만 아니라 부처의 좌대와 탑들도 연꽃 모양을 하고 있다. 인류는 물이야말로 생명의 원천임을 일찍부터 잘 알고 있었던 것이다.

또한 인도인들은 강을 신성하게 보았으므로 강의 여신 강가(Ganga)를 숭상한다. 그들에게 강은 생명과 정화의 신성물이다. 인도에서는 힌두교도들이 강에서 목욕 의례를 하는 쿰바 멜라(Kumbha Mela) 축제가 12년마다 거행되는데, 2001년에는 8,000만 명이 모여들었다고 한다. 이처럼 인도인들이 물을 생명수로 여기는 것은 마치 중국인들이 하늘과 땅을 연결하는 물의 화신인 용龍을 숭배하는 것과 비슷하다.

또한 지중해 연안 가나안 지방에서는 극소수 민족인 유대인과 계약을 맺은 전쟁의 신 야훼(Yahweh)보다도, 바알(Baal)이 널리 퍼진 토착신이다. 바람과 비의 신 바알은 바다와 강의 신 얌-나하르(Yam-Nahar)와 우물과 샘의 신 아스달(Ashtart)과 죽음의 신인 모트(Mot)를 물리치고 왕이 된, 만신전의 주신主神이었다. 여기서 의미 있는 것은 이 가운데 하늘에서 내리는 비의 신이 인공과 문명의 신보다 우월하다는 것이다. 바알은 유목의 신인 야훼와는 달리 농경민족의 풍요의 신이라는 점에서 헬라인의 포도와 풍요의 신 디오니소스(Dionysos, 일명 바카스)와 상통한다.

바알에 적대적인 바빌론의 신 마르두크(Marduk)는 티아마트(Tiamat)를 물리친 후 그의 몸에서 천지를 만들어냈다고 하는데, 여기서 티아마트는 용과 비슷한 물의 신이므로 이 신화는 홍수를 물리친다는 것에 대한 암시로 해석된다. 이들 비와 물의 신들은 풍요의 신이란 점에서 농경민족의 농신과 유사하다.

서양에서는 풍요의 신으로 여신女神을 숭배했지만, 동양에서는 여신이 일반적인 현상이 아니었다. 중국에서는 여왜女媧가 대표적인 여신이지만 풍요의 신은 아니다.

중국 고대신화에 나오는 여왜는 성씨가 풍風인 여신으로 태양신 복희씨의 아내인데, 달(月)을 주관하며 인면사신人面蛇身(사람의 얼굴에 뱀의 몸)의 음제陰帝로서 가뭄과 홍수를 주관한다.

여왜신화는 굴원屈原(BC 343?~277?)의 시 〈천문天問〉, 유안의 『회남자』, 곽박郭璞(276~324)의 『산해경山海經』, 사마천의 『사기』 그리고 『자전字典』 등에 나타나는데, 그 내용은 대체로 『구약성서』 「창세기」의 인간 창조 설화와 비슷하다.

여왜는 만물을 지었는데, 그것만으로는 너무 쓸쓸하여 흙으로 사람의 형상을 만들고 여기에 혼을 불어넣어 7일 만에 사람을 짓고 혼인 제도를 만들어 이들을 번성하게 했다. 그러나 수신水神 공공共工과 화신火神 축융祝融이 서로 싸워 하늘이 무너지자, 산에는 불이 나고 들에는 대홍수가 나 사람이 살 수 없게 되었다. 이에 여왜가 옥돌 기둥을 만들어 하늘을 기워 수

리함으로써 사람이 살 수 있게 되었다는 내용이다.

　이와 같은 자연신앙의 범신론汎神論으로부터 발전하여 다신
多神을 지배하는 상신上神인 천제天帝 또는 상제上帝가 나타난
다. 그리고 이 천신天神은 인격신이므로 인간과 서로 감응한다
는 천인감응설天人感應說이 만들어진다. 이러한 천신은 부족신
과는 달리 지배자의 신이 아니라 민중의 신으로 출발한다는
특징을 지닌다. 또 비·물·산천의 신이나 부족과 조상의 신
과 달리, 천신은 만물과 인류의 보편신이므로 특정한 이름이
없다는 점이 유별나다. 그러나 천신의 아들에게는 특정한 이
름이 붙는다.

서경書經/우서虞書/고요모皐陶謨

하느님이 총명함은 우리 민중이 총명하기 때문이며,　　　　天聰明自我民聰明.

하느님이 밝고 두려운 것은 민중이 밝고 두려운 것이다.　　天明畏自我民明威.

하느님은 상하를 두루 살피시니 공경하라! 땅을 가진 자들이여!　達于上下 敬哉有土.

서경書經/주서周書/태서泰誓 중

하늘은 우리 민중이 본 것을 통해서 보며,　　　　　　　　天視自我民視

하늘은 우리 민중이 들은 것을 통해서 듣는다.　　　　　　天聽自我民聽.

주례周禮/태종백소太宗伯疏

하늘은 다섯 가지 호칭이 있다.　　　　　　　　　　　　天有五號

각각 효용에 따라 마땅한 이름을 부른다.　　　　　　　　各用所宜稱之.

존경스럽고 군주 같을 때는 황천皇天이라 하고,　　　　　尊而君之則曰皇天.

원기 광대함은 호천昊天이라 부르고,

불쌍한 백성을 사랑으로 덮어주는 것은 민천旻天이라 부르고,

위에서 아래를 감시함은 상천上天이라 부르고,

멀리 보면 푸르니 창천蒼天이라고 부른다.

元氣廣大則稱昊天.

仁覆愍下則稱旻天.

自上監下則稱上天.

據遠視蒼蒼然則稱蒼天 云云.

　하느님을 한문으로는 천제天帝라고 표기하는데, 천天은 그 공용功用을 표현한 말이고, 제帝는 주재자主宰者임을 표현한 말이다. 『이아爾雅』에 의하면 제는 본래 천을 뜻하는 글자였으나 나중에는 왕王에게도 붙여졌다고 한다. 이로 볼 때 천은 국가가 탄생되기 이전부터 인격신이었던 것이다.[1]

　원래 천이라는 글자는 대大 위에 점이 있는 모습이므로 꼭대기라는 뜻이었다. 천은 더 없이 높고 유일하고 크다는 뜻이다. 그리고 제라는 글자는 체諦, 즉 심審의 뜻에서 유래되었다. 즉 천은 꼭대기에서 천하를 두루 살피고 다스리는 것으로 이해한 것이다. 이러한 문자가 만들어졌다는 것은 문자가 있기 이전부터 천을 최고의 인격신으로 믿고 있었음을 의미한다.[2]

　한편 부족들이 서로 쟁탈하면서 자기 부족이 특별히 위대한 종족임을 나타내기 위해 상신上神을 자기 부족의 시조신始祖神으로 모시기 시작한다. 예컨대 수렵민족이나 유목민족은 천신을, 어렵민족이나 농경민족은 수신을 자기들의 조상신으로 삼

---

1) 帝本天之號, 又爲王者之稱(爾雅疏/郝懿行 著).

2) 天 顚也. 至高無上 從一大. 帝 諦也 王天下之號 從上聲(說文解字注).
帝 諟(審)也(廣雅/疏證).
言帝者天之一名, 所以名帝 帝者諦也. 言天蕩然無心 忘於物我 言公平通遠 擧事審諦 故謂之帝也. 五帝道同於此 亦能審諦 故取其名(尙書疏/孔穎達 著).

왔다. 천신하강설天神下降說과 난생설화卵生說話는 이때 만들어
진 것으로 추정할 수 있다. 조선의 단군신화와 주周나라의 후
직신화도 자기 시조가 하느님의 아들(天子)이라는 천신하강신
화의 대표적인 사례이다. 이것은 예수가 하느님의 아들이라는
신앙의 원형일 것이다.

삼국유사三國遺事/고조선古朝鮮

고기古記에는 이런 말이 있다. 　　　　　　　　　　古記[3]云

옛날에 하느님 나라가 있었는데 　　　　　　　　　昔有桓國

그에게는 서자인 환웅이 있었다. 　　　　　　　　庶子桓雄

환웅은 항상 천하에 뜻을 두고 인간 세상을 다스리고자 했다. 數意天下 貪求人世

하느님은 아들의 뜻을 알고 삼위태백三危太白을 내려다본즉 父知子意 視三危太伯

그것이 과연 인간 세상을 널리 이롭게 할 만한 곳이라 可以弘益人間

천부인 세 개를 주어서 인간 세상에 내려가 이를 다스리게 하였다. 乃授天符印三箇 遣往理之

시경詩經/대아大雅/생민生民

맨 처음 주나라 시조를 낳으신 분은 바로 '강원' 님이라네! 厥初生民[4] 時[5]有姜嫄.

어떻게 낳으셨던가? 　　　　　　　　　　　　　生民如何

정성껏 치성을 드려 자식을 빌었더니 　　　　　　克禋克祀 以弗[6] 無子.

하느님 발자국을 밟고 　　　　　　　　　　　　履帝武[7]敏[8]歆[9]攸介攸止

---

3) 古記(고기)=『帝王韻紀』(李承休 著)에서는 이 古記를 『檀君本記』라고 했으나, 이는 『桓檀古記』로 추측됨.
4) 民(민)=周人.
5) 時(시)=是.
6) 弗(불)=祓
7) 武(무)=迹.

큰 은총을 받아 잉태하시고,

몰래 낳아 기르신 분이 바로 후직 님이라네!

이윽고 달이 차서, 이린양처럼 머리부터 나오니,

어미 몸을 찢지 않고 태를 끊지 않고 고통도 아픔도 없이

성령으로 태어나셨으니, 상제님의 보살핌인가?

치성을 흠향하심인가? 아들을 순산하셨다네.

載震[10] 載夙[11]

載生載育 時維后稷.

誕[12]彌厥月. 先生[13]如達[14]

不坼不副 無菑無害.

以赫[15]厥靈 上帝不寧

不康[16]禋祀 居然生子.

이처럼 태양신太陽神, 수신水神, 화신火神 등 자연신과 부족신에서 나아가 하느님이라는 인류 보편신인 천제의 발견은 인류사에 획기적인 사건이었다. 이로써 인류는 천하天下 혹은 국가라는 정치제도를 발전시킬 수 있었다. 이것은 인류 보편 가치의 근원과 표준이 확보됨으로써 천하가 공유하는 보편적인 도덕률과 법체계가 나타날 수 있었기 때문이다.

그런데 위 기록으로 볼 때 이러한 하느님의 발견은 '동이족'이 서양보다 앞선 듯 보여 주목된다. 동이족이라고 말하는 것은 한족漢族의 근원은 수신을 숭상하는 난생설화이며, 고대 북방문화는 천신하강 신화를 가진 수렵민족이 주도했다고 보

---

8) 敏(민)=梅.

9) 歆(흠)=動也.

10) 震(진)=娠.

11) 夙(숙)=肅

12) 誕(탄)=發語詞.

13) 先生=首生.

14) 達(달)=小羊.

15) 赫(혁)=顯.

16) 不康(불강)=康也.

기 때문이다. 이때는 예수가 등장하기 2,000년 내지 3,000년 전으로 기독교의 야훼도 유대민족의 부족신으로 머물러 있을 때였다. 왜냐하면 야훼가 인류 보편의 신이 된 것은 예수가 와서 유대교를 개혁한 이후부터라고 보아야 하기 때문이다. 오늘날 예수가 믿은 하느님이나 예수보다 수천 년 앞서 우리 조상이 믿어온 하느님은 다 같은 하느님이었던 것이다.

서경書經/우서虞書/대우모大禹謨[17]

준동한 삼묘三苗족은 혼미하여 공경하지 않고   蠢玆有苗 昏迷不恭

백성을 돌보지 않아 하느님이 벌을 내렸으므로   民棄不保 天降之咎.

이에 내(禹)가 너희 병사들과 함께   肆予以爾衆士

명을 받들어 그들의 죄를 주벌하고자 하노라!   奉辭伐罪.

서경書經/주서周書/태서泰誓 상

(무왕은 13년 봄에 맹진에 모인 제후들과 장병들에게

다음과 같이 훈시하였다 : BC 1033년)

"천지는 만물의 부모요   惟天地萬物父母.

사람은 만물의 영장이니,   惟人萬物之靈.

진실로 총명하면 천자가 될 수 있고   亶聰明作元后

천자는 백성들의 부모입니다.   元后作民父母.

지금 상나라 임금 수는 위로 하늘을 공경하지 않음으로써   今商王受 不敬上天

아래로 백성에게 재앙을 내리게 하고 있습니다.   降災下民.

---

17) 『書經』「虞書」는 BC 2220년경 虞氏 舜임금의 기록이다.

이것은 상나라의 죄가 넘치고 있어 商罪貫盈

하늘이 그에게 벌을 주라고 명하는 것입니다. 天命誅之

내가 하늘의 명을 따르지 않는다면 予不順天

나도 상나라의 죄와 똑같이 천명을 어기는 것입니다. 厥罪惟鈞.

나는 하느님께 제사하고 토지 신에게도 제사를 드려 予小子 類于上帝 宜于冡土

여러분들과 함께 하늘의 벌을 내리기로 맹세했습니다. 以爾有衆 底天之罰.

하늘은 백성을 긍휼히 여기시니 天矜于民

백성이 하고자 하면 하늘은 반드시 따를 것입니다. 民之所欲 天必從之.

그대들에게 바라노니 나를 도와 爾尚弼予一人

온 세상을 영원히 맑은 세상으로 만듭시다. 永淸四海.

때는 왔습니다. 때를 놓치지 맙시다." 時哉 不可失.

천명론과 제정일치

원래 '왕王'이라는 글자는 천天 · 지地 · 인人 삼위三位를 하나
의 천도天道로 소통시키는 존재임을 형상화한 것이다. 그러므
로 왕은 하늘제사를 지내는 제사장이었으며 천명天命을 받은
천자天子라고 불리었다. 동서양을 막론하고 고대는 제정일치
시대였다. 2,500년 전 공자가 활동하던 춘추시대는 물론 그 이
전부터 예와 법이 있었지만, 제사라는 종교적 의식이 가장 중
요한 통치 수단이었다.

그러므로 『예기』에서는 "무릇 인人을 다스리는 도는 예보다

긴요한 것이 없으며, 예에 오경이 있으나 제사보다 중요한 것은 없다"고 말한 것이다. 『서경』의 「주서周書」를 보면 무왕이 힘쓴 세 가지는 첫째가 민民을 중히 여기는 것, 둘째가 먹이는 것, 셋째가 상례와 제례라고 했다.

이런 전통은 근세 이전까지 2,000년 동안 이어져왔다. 따라서 중세까지는 서양이나 중국이나 조선 모두가 제사는 예와 법보다도 더 중요한 정치 행위였다. 제사와 정치, 종교와 정치가 분리된 것은 근세 이후부터였음을 상기해야 한다.

요의堯義 천명天命

논어論語/요왈堯曰 1

요임금이 말했다. "아! 순이여.

하늘의 운수가 네 몸에 있으니 삼가 중도中道를 취하라.

천하의 백성을 곤궁하게 하면 하늘의 녹이 영원히 끊어지리라."

순임금도 역시 우임금에게 이 말을 전했다.

堯曰 咨爾舜

天之曆數在爾躬 允執厥中

四海困窮 天祿永終.

舜亦以命禹.

서경書經/주서周書/홍범洪範

기자箕子 가로되,

"제가 듣건대 옛날에 곤이 홍수를 막아

오행의 질서를 어지럽히니

하느님이 진노하여 천도인 홍범구주를 내려주지 않아

箕子乃言曰

我聞 在昔鯀陻[18]洪水

汩[19]陳其五行

帝乃震怒 不畀[20]洪範九疇

---

18) 陻(인)=塞.
19) 汩(골)=亂.
20) 畀(비)=與.

인륜이 끊어지게 되었습니다.   彝倫攸斁.

곤이 죽고 우禹임금이 이어 일어나니   鯀則殛死 禹乃嗣興

하느님이 우에게 홍범구주를 하사하시어   天乃錫禹洪範九疇

인륜이 베풀어지게 되었습니다"라고 했다.   彝[21]倫攸敍.

탕湯의 하느님 제사祭祀

논어論語/요왈堯曰 1

저 소자 이(湯王)가 감히 검은 황소를 제물로 바치고   予小子履 敢用玄牡

감히 거룩하신 하느님께 밝히 고하나이다.   敢昭告于皇皇后帝

하늘에 죄지은 자를 감히 용서하지 않았고,   有罪不敢赦

하느님의 신하를 버리지 않았으니   帝臣不蔽

가려 선택하심은 하느님의 마음에 달려 있습니다.   簡在帝心.

짐이 지은 죄는 만백성에 있지 않고   朕躬有罪 無以萬方

만백성이 지은 죄는 짐에게 있습니다.   萬方有罪 罪在朕躬.

서경書經/주서周書/무성武成

무왕은 작위를 공公 · 후侯 · 백伯 · 자子 · 남男으로 배열하고,   列爵惟五

공작과 후작에게는 사방 100리의 땅을,   分土惟三.

백작에게는 사방 70리의 땅을,   建官惟賢

자작과 남작에게는 사방 50리의 땅을 분봉해 주었으며,   位事惟能.

관리는 오직 어진 자를 임용하고,   重民五教[22]

---

21) 彝(이)=常.
22) 五教(오교)=五常 혹은 五倫.

직위 직무는 오직 능력에 따라 배열했다.

민중을 중히 여겨 금목수화토金木水火土 자연이용법을 가르쳤고,

오직 식량과 장례와 제사를 중히 여겼다.

惟食喪祭.

惇信明義 崇德報功

垂拱而天下治.

예기禮記/제통祭統

무릇 인人을 다스리는 도는 예보다 긴요한 것이 없으며,

예에 오경이 있으나 제사보다 중요한 것은 없다.

凡治人之道 莫急於禮

禮有五經 莫重於祭.

국어國語/주어周語 상

선왕의 제도는 서울 안은 전복甸服,

서울 밖은 후복侯服이라 하며

후를 둘러싸며 방위하는 곳을 빈복賓服이라 하고,

만과 이는 요복要服, 융과 적은 황복荒服이라 했다.

전복에서는 천자에게 매일 지내는 제祭에 필요한 물품을 바치고,

후복에서는 매월 지내는 사祀에 필요한 물품을 바치고,

빈복에서는 계절마다 지내는 시향時享에 필요한 물품을 바치고,

요복에서는 매년 조공朝貢을 바치고,

황복에서는 그들의 군주가 바뀔 때마다 알현하도록 했다,

일제日祭, 월사月祀, 시향, 세공歲貢, 종왕終王은

선왕의 가르침이다.

夫先王之制 邦內甸服

邦外侯服.

侯衛賓服.

蠻夷要服. 戎狄荒服,

甸服者祭

侯服者祀

賓服者享

要服者貢

荒服者王

日祭 月祀 時享 歲貢 終王

先王之訓也.

노나라의 대부 유하계柳下季는 제사가 통치행위임을 다음과 같이 말했다.

국어國語/노어魯語 상

원거라는 바닷새가	海鳥曰 爰居
삼일 동안 노나라 동문 밖에 날아들었다.	止于魯東門之外三日
장문중은 사람들로 하여금 새에게 제사를 올리도록 하였다.	臧文中 使國人祭之
이에 전금이 말했다.	展禽曰
"장문중의 정사를 다스림은 잘못되었다.	越哉 臧孫之爲政也.
무릇 제사란 나라의 가장 중요한 제도(節)이고	夫祀 國之大節也
이 제도를 통해서 정사가 이루어지는 것이다.	而節政之所成也.
그러므로 제사를 신중히 제정하여 국법으로 삼았다.	故愼制祀以爲國典
이유 없이 제사를 보태는 것은 옳은 정사가 아니다.	今無故而加典 非政之宜也.
성왕께서 제사를 마련하신 경우는	夫聖王之制祀也.
백성에게 법을 만들어준 분께 제사하고,	法施于民 則祀之
나랏일을 힘쓰다가 돌아가신 분께 제사하고,	以死勤事 則祀之
나라를 안정시키려고 노력하신 분께 제사하고,	以勞定國 則祀之
큰 재해를 막은 분께 제사하고,	能御大災 則祀之
큰 환란을 막은 분께 제사를 올렸다.	能扞大患 則祀之
(황제 · 전욱 · 요 · 순 · 우 · 탕 · 문 · 무가 이들이다)	
이에 해당되지 않은 분께 제사하는 법은 없었다.	非是族也 不在祀典
염제炎帝 신농씨神農氏가 천하를 소유했을 때,	昔烈山[23]氏之有天下
그 아들 주柱가 농관農官이 되어	其子曰柱[24]
온갖 곡식과 채소를 번창하게 하셨고,	能殖百穀百蔬.

---

23) 烈山(열산)=『禮記』「祭法」에는 厲山氏로 됨. 다같이 神農氏를 지칭함.
24) 柱(주)=『禮記』「祭法」에는 農으로 됨. 柱는 本名이고 農은 관명.

하夏나라 때는 주周의 후직后稷이 그 사업을 계승하였다. 夏之興也 周棄[25]繼之

그래서 사람들은 그들을 곡식의 신으로(稷神) 제사를 모셨다. 故祀以爲稷.

공공씨工共氏 때는 工共氏之伯九有也

그 아들 후토后土가 천하의 땅을 고르게 하였다. 其子曰后土 能平九土.

그래서 사람들은 그를 토지의 신으로 삼아(社神) 제사를 모셨다. 故祀以爲社.

이들에게 올리는 체禘 · 교郊 · 조祖 · 종宗 · 보報는 凡禘郊祖宗報[26]此五者

나라에서 올리는 제사이다. 國之典祀也.

또 사직社稷과 산천山川의 신들을 더하는 것은 加之以山川之神

이것은 모두 민民에게 베푼 공적이 크기 때문이다. 皆有功烈于民者也.

옛 성현과 덕인들은 及前哲令德之人

모두 이들을 밝은 신주信主로 삼았다. 所以爲明質也.

하늘의 삼신은 백성이 우러르는 것이고, 及天之三辰 民所以瞻仰也.

땅의 오행은 생명을 번성하게 하는 것이고, 及地之五行 所以生殖也.

천하의 명산대천은 及九州名山川

재물을 내는 것이다. 所以出財用也.

이것들 외에는 제사를 올리는 법이 없다." 非是不在祀典.

환단고기桓檀古記/삼성기三聖記 상

후에 환웅씨가 이어 일어나 천신天神의 명을 받들고 後桓雄氏繼興 奉天神之詔

백산과 흑수 사이에 내려와 降于白山黑水之間

---

25) 棄(기)=周의 시조 后稷氏를 지칭함.

26) 禘는 시조의 조상들과 그 조상의 시조인 天帝를 合祭하는 大祭, 祖는 나라를 개창한 왕에게 올리는 祭祀, 郊는 조상은 아니나 공이
   있는 분을 郊에서 天地에 祭祀할 때 합제하는 祭祀, 宗은 종묘에서 조상에게 올리는 廟祭, 報는 전사자의 경우처럼 報德의 祭祀를
   말한다.

청구 땅에 정전井田을 구획하였고,　　　　　　　　　劃井地於青邱

하늘의 신표를 가지고 오사五事를 주관하였으며,　　　持天符印主五事

세상에 주재하여 도리로 교화함으로써　　　　　　　在世理化

인간을 널리 이롭게 하였다.　　　　　　　　　　　弘益人間.

도읍을 세우고 신시라 했고 나라를 배달이라 했다.　立都神市 國稱倍達

삼칠일을 택하여 천신께 제사를 드렸다.　　　　　擇三七日 祭天神.

왕의 하늘제사 독점

　『예기』에 의하면 왕은 천명을 받은 천자이므로 유일하게 천
제를 지낼 수 있는 특권이 있었다. 이른바 왕권신수설이 바로
이것이다. 그러므로 제후는 천제를 지낼 수 없고 사직신社稷神
과 조상신祖上神의 제사만 지낼 수 있었다. 특히 천자는 자기
시조의 묘당제사에 천제를 합사合祀하는 대제大祭 즉 체禘를 올
렸다. 이때 천제의 위패는 서남방에 동향으로, 시조의 위패는
동북방에 남향으로 안치한다. 이것은 자기 시조가 천제의 자
손이라는 뜻이다.

예기禮記/왕제王制

천자가 순수할 때는　　　　　　　　　　　　　　　　　　天子將出

상제上帝에게 제사하고 사직에 제사하고 조상의 묘당에 제사한다.　類 乎上帝 宜乎社 造乎禰.27)

제후가 순수할 때는 사직과 조상의 묘에만 제사할 수 있다.　　　諸侯將出 宜乎社 造乎禰.28)

예기禮記/대전大傳

예에 따르면 왕王이 아니면 천제天帝에 제사하지 못한다.

왕은 조상이 나온 하늘에 제사하는 것이므로 제 조상을 합사한다.

조상제사의 경우

제후는 태조까지 거슬러 올라간다.

대부와 사士는 큰일에 공이 있어 군주로부터 보살핌을 받았을 때,

고조까지 거슬러 올라가되 특별히 제후의 조상을 합사할 수 있다.

禮不王不禘.

王者禘[29]其祖之所自出

以其祖配之

諸侯及其太祖.

大夫士有大事 省[30]於其君

干[31]祫[32]及其高祖.

이러한 왕의 천제 독점은 제후국들에게는 큰 불만이었다. 그런데 조선의 경우는 그 반대로 갔다. 고려를 멸하고 새 나라를 세운 조선은 중국을 범하지 않고 섬겨야 한다는 명분으로 스스로 제후국임을 인정하고 천제를 폐지했다. 그때부터 조선은 하늘제사를 지내지 않게 되었으니 얼마나 부끄러운 일인가?

그러다가 서양 선교사들이 야훼 하느님을 들고 들어오자 일부 백성들은 이에 자극을 받아 하느님 제사를 다시 부활하려고 했고 또 일부는 야훼를 제사하기도 했다. 이에 조선 정부는 이들 서교西敎가 조상제사를 폐지한다는 이유를 들어 이를 탄압하게 된 것이다. 당시 유교는 조상제사를 기본으로 하는 종교였으며 또한 이것이 왕권을 지지해 주는 유일한 이념이었으

---

27) 類, 宜, 造=祭名.
28) 禰(니)=父祖의 祠堂.
29) 禘(체)=天子의 大祭. 왕의 시조를 제사할 때 天祭를 合祀한다.
30) 省(성)=특혜를 받는 것.
31) 干(간)=禮를 犯하는 것.
32) 祫(협)=제후의 조상을 合祀하는 것.

므로 조상제사의 폐지는 왕권에 대한 도전으로 간주되었던 것이다.

조상제사

앞에서 말한 것처럼 기원전 4000년경 환웅이 최초의 부족 국가인 배달국을 열고 몸소 처음으로 '개천開天' 했다는 기록(桓雄天王肇自開天 : 『환단고기桓檀古記』「삼성기三聖記」하)에서 개천은 하늘과 통한다는 통천通天의 뜻으로 '하늘제사(天祭)'를 의미한다. 오늘날 '개천절開天節'은 처음으로 하늘에 제사를 지낸 것을 기념하는 '제천절祭天節'인 것이다. 그러므로 제사는 부족국가의 발생과 동시에 시작되었고 통치의 중요한 수단이었음을 짐작할 수 있다.

그러나 조상제사는 하늘제사보다는 늦게 시작된 듯하다. 수렵 또는 유목을 위주로 하고 농업은 화전火田 정도의 보조수단에 불과했던 부족국가 초기에는 천제天祭만 지냈으나 본격적인 농업시대로 접어들면서 조상제사가 시작되었다.

"요임금(BC 2357~2258)은 희씨羲氏와 화씨和氏에게 천지天地 사시四時를 관장하는 관직을 내리고 그들에게 하늘을 경외하고 일월성신의 운행을 관찰하여 역상曆象을 만들게 하여 파종과 추수의 시기를 가르치도록 하였다"는 기록으로 보아, 이때부터 본격적인 농업시대가 시작된 듯하다. 그리고 순임금이 천天을

상제上帝로서 제사하고 조상과 산천에 제사를 했다는 기록이
『서경』의「우서虞書」순전舜典에 보인다. 이 기록으로 보면 조제
사가 국가적 행사로 거행된 것은 순임금(BC 2255~2208) 때부
터일 것이다. 그런데『맹자』에 의하면 순임금은 동이족이었다.
그러므로 수렵족인 동이족이 최초로 조상제사를 드린 셈이다.

서경書經/우서虞書/요전堯典

이에 희씨와 화씨에게 명하여 하늘을 공경하고 순종하며   乃命羲和 欽若[33]昊天

일월성신의 천문을 관찰하고 삼가 사람들에게 농사철을 가르쳤다.   曆象日月星辰 敬授人時.

서경書經/우서虞書/순전舜典

정월 초하룻날에   正月上日

순임금은 요임금으로부터 태조의 묘당에서 임금 자리를 받았다.   受終于文祖.

일월성신을 관찰하여 칠정七政을 가지런히 한 후   在璇璣玉衡 以齊七政

드디어 상제上帝에게 제사(類)를 올리고,   肆類于上帝

육대 조상祖上에 제사(禋)를 올리고,   禋于六宗[34]

산천에 제사(望)를 올리고, 뭇 신들에게 두루 제사를 올렸다.   望于山川 徧于群神.

예기禮記/제법祭法

천지간에 생명을 가진 모든 것은   大凡 生於天地之間者

모두 명命을 받았다고 말한다.   皆曰命

---

33) 欽若(흠약)= 敬順.

34) 六宗(육종)=三昭三穆, 或 天地, 四時.

그리고 만물이 죽는 것을 명이 단절했다고 말한다.

사람이 죽으면 귀신이라 말하는 것은

오대五代 이래 불변이다.

천하에 왕이 되면

땅을 나누어 제후를 세워 도읍을 설치하고,

묘와 조와 단과 선을 만들어

조상祖上을 제사함으로써

친소 다소를 헤아린다.

其萬物死 皆曰折.

人死曰鬼

此五代之所不變也.

天下有王

分之建國 置都立邑

設廟[35]祧[36]壇[37]墠[38]

而祭之

乃爲親疏多少之數.

고수레

　유목민족은 대체로 전쟁의 신을 숭배하는 데 비해 농경사회
는 비와 풍요의 신을 숭배했다. 또한 서양에서는 풍요의 신으
로 여신을 숭배하고, 아랍 지역에서는 비와 물의 신을 숭배하
는 데 비해 중국과 조선에서는 농사를 가르쳤다는 농신이 따
로 있었다. 신농씨와 고시씨는 농신으로 추앙되는데 모두 남
신男神이다. 그리고 이들 농신에게 제사를 올리는 '고수레'라

---

35) 廟(묘)= 조상위 祠堂. 왕은 부모로부터 7대까지, 제후는 5대까지, 대부는 3대까지, 適士는 2대까지, 官師는 1대. 庶士와 庶人은 묘당
　　을 세울 수 없다.
36) 祧(조)=묘를 떠난 조상의 사당.
37) 壇(단)=조를 떠난 조상의 제단(흙을 쌓아 만든다).
38) 墠(선)=단을 떠난 조상의 제선(흙을 파서 만든다).

고 하는 독특한 제사가 있다.

고수레란 우리 고유의 풍습으로 밥을 먹기 전에 그 일부를
덜어 농신에게 제祭를 올려 고마움을 표시하는 것을 말한다.
마치 밥을 먹기 전에 기도를 하는 서양 기독교인들의 풍습과
비슷하다. 그런데 그 기도의 대상이 다르다. 서양에서는 천신
께 감사하는 기도지만 고수레는 농신인 고시씨 단군에게 감사
하는 의식이다.

『논어』「향당鄕黨」을 보면 공자는 평소 식사할 때면 비록 나
물국뿐이라도 반드시 재계하듯 고수레(瓜祭)를 한 후에 먹었다
고 한다. 그런데 그 과제瓜祭의 대상이 누구인지는 분명하지
않다. 아마 농신인 신농씨가 아닌가 추측할 뿐이다.

논어論語/향당鄕黨 8

공자께서는 비록 간소한 식사와 나물국뿐이라도
고수레를 하여 반드시 재계하듯 했다.

雖疏食菜羹
瓜[39]祭 必齋如也.

논어論語/향당鄕黨 13

군주를 모시고 식사를 할 때는
군주가 고수레를 한 후 먼저 시식을 했다.

侍食於君
君祭先飯.

조선시대는 중국을 따라서 왕의 주관으로 농신인 신농씨를
제사했다. 그 장소는 지금도 전농동典農洞이라 부르는데 서울

---

39) 瓜(과)=魯論에서는 必로 됨.

청량리 밖에 있다. 그러나 농촌에서는 여전히 '고수레'를 행하고 있었다. 『환단고기』에 의하면 고수레는 환웅 천황의 곡식을 담당하는 신하였다가 후에 단군이 되었으며, 염제 신농씨와 황제 헌원씨는 모두 그의 방계 자손이라고 한다. 그리고 단군왕검의 곡식 담당 신하도 그 이름이 고시高矢라고 기록되어 있다. 다만 지금은 고수레 제사의 대상인 고시씨 단군은 잊어버리고 그냥 풍년을 기원하며 새들과 들짐승에게 먹이를 주는 풍습으로 남아 있다.

환단고기桓檀古記/신시본기神市本紀 3

『진역유기』의 「신시기」편에서 이르기를	震域留記神市紀云
환웅 천황이 사람들의 거처가 거의 완성되고	桓雄天皇 見人居已完
만물이 각각 자기의 처소를 얻음에	萬物各得其所
고수레로 하여금 먹여 살리는 임무를 관장하게 하시고	乃使高矢禮專掌饒養之務
그 직분을 주곡이라 했다.	是爲主穀.
『대변경』에 이르기를 신농씨는 열산에서 일어났는데	大辯經曰 神農起於列山
그 열산에서 열수가 나온다고 했다.	列山列水所出也.
신농씨는 소전少典의 아들이며	神農少典之子
소전은 소호와 더불어 모두 고시씨의 방계라고 한다.	少典與少皥 皆高矢氏傍支也.

사기史記/오제본기五帝本紀

중국의 시조 황제 헌원씨는 소전의 아들이다.	黃帝者 少典之子.

환단고기桓檀古記/삼성기三聖記 상

단군께서는 공수拱手하시고 단정히 앉아	檀君端拱
무위로써 세계를 안정케 하시고,	無爲坐定世界
현묘한 덕으로 모든 생명을 교화하셨다.	玄妙得道 接化群生.
팽우彭虞씨에게 명하여 땅을 개간하게 하고,	命彭虞闢土地
성조成造씨에게 궁실을 짓게 하고,	成造起宮室
고시高矢씨에게 농사를 주관하게 하고,	高矢主種稼
신지臣智씨에게 글자를 만들게 하고,	臣智造書契
기성奇省씨에게 의약을 베풀게 하고,	奇省設醫藥
나을那乙씨에게 호적을 관리하게 하고,	奇省設醫藥 那乙管版籍
복희伏羲씨에게 점치는 일을 관장하게 하고,	羲典卦筮
치우蚩尤씨에게는 병마를 만들게 하고,	蚩尤作兵馬
비서갑 하백녀河伯女를 황후로 삼고	菲西岬河伯女
누에 치는 일을 다스리게 하였다.	爲后治蠶.
이처럼 인정이 도타운 다스림은 사해를 밝고 흡족하게 하였다.	淳厖之治 熙洽四表.

우리 조상들은 기원전 수천 년 전부터 하늘제사와 조상제사, 농신에 대한 제사를 받들어왔다. 그러나 로마 가톨릭이 전래되어 우리의 제사를 미신이라 매도하고 그들의 예배와 미사만이 참된 제사라고 가르침으로써 우리 조상들의 전통을 훼손하고 모독했다. 이제 천주교에서는 이를 공식적으로 사죄하였다. 그러나 이것은 조상제사를 모독한 것에 대한 사죄일 뿐 하늘제사에 대한 것은 아니다. 이제 기독교는 한걸음 더 나아가 우리의 개천절을 명절로 인정하고 기념미사를 드림으로써 하

느님은 한 분뿐이며 다 같은 하느님이라는 것을 보여주어야
할 것이다.

이처럼 민족전통과 화합하는 토착화만이, 이 땅의 기독교가
제국주의의 첨병이라는 오명을 벗고 진정한 하느님의 아들 예
수의 종교가 되어 이 민족에 기여하는 유일한 방법이다. 이 땅
의 기독교는 미국의 영향력에 의존하여 세력을 확장해 왔고,
오늘날 미국과 자본주의를 우상화하는 종교로 타락해 가고 있
다. 그러나 이 땅에서 미국의 영향력은 점점 줄어들 것이다.
그리고 외세에 영합하는 종교는 언젠가는 명예롭지 못한 날을
맞을 것이다. 또 자본주의는 인간주의로 바뀔 것이다.

그렇다면 기독교는 미국 자본주의와 운명을 같이할 것인
가? 과연 기독교는 이 땅의 민족을 위해 봉사하는 종교로 거
듭날 수 없을까? 이런 점을 고민하는 뜻있는 기독교인들에게
우리 선조들의 하느님 신앙이 좋은 참고가 될 것으로 믿는다.

8 공자의 하느님과 제사

공자는 제사 도중에 왜 퇴장했는가?

『논어』의 다음 글은 공자가 노魯나라의 체제禘祭에 참관했다가 중간에 퇴장한 사건을 간략히 기록하고 있다. 간단한 글이지만 공자의 신관神觀과 시국관을 보여주는 중대한 내용이 숨겨져 있다.

논어論語/팔일八佾 10

공자가 말했다. "체禘에서 이미 강신의 예가 끝날 무렵
내가 퇴장한 것은 그것을 더 이상 보고 싶지 않기 때문이다."

子曰 禘[1]自旣灌.[2]
而往者 吾不欲觀之矣.

---

1) 禘(체)=天帝와 노나라 시조 周公을 합사하는 大祭.
2) 灌(관)=降神禮.

기록에 의하면 체제褅祭라는 대제大祭는 중대한 정치적 행사였다. 공자가 『논어』, 『중용』, 『예기』 등 여러 곳에서 체를 알면 천하를 다스리는 것은 손바닥 뒤집듯 할 수 있을 것이라고 말하고 있기 때문이다. 이로 볼 때 공자에게 체가 얼마나 중요한 행사였던가를 짐작할 수 있다.

논어論語/팔일八佾 11

혹자가 체제褅祭 제사의 뜻을 물었다.	或問褅之說.
공자는 "나도 모른다.	子曰 不知也.
그 뜻을 아는 사람은 천하를 다스리는 것이	知其說者 之於天下也
이것을 보는 것과 같으리라" 하면서 손바닥을 가리켰다.	其如示諸斯乎. 指其掌.

중용中庸/19장

공자가 말했다. "교제郊祭와 사제社祭의 예는	子曰 郊[3]社[4]之禮
천제天帝와 지신地神을 섬기는 것이요,	所以事上帝也.
종묘의 예는 선조를 제사하는 것이다.	宗廟之禮 所以祀乎其先也.
교제와 사제의 예와	明乎郊社之禮
체제褅祭와 상상賞嘗의 뜻에 밝다면	褅嘗[5]之義
나라를 다스리는 것은 손바닥 들여다보듯 쉬우리라."	治國其如示諸掌乎.

---

3) 郊(교)=天神祭.
4) 社(사)=地神祭.
5) 嘗(상)=秋祭로 四時祭를 總稱함.

예기禮記/중니연거仲尼燕居

공자가 말했다. "교제, 사제의 뜻과

체제, 상嘗의 예를 밝게 안다면

나라를 다스리기는 손바닥 뒤집듯 쉬우리라."

子曰 明乎郊社之義

禘嘗之禮

治國 其如指諸掌而已乎.

그런데 공자는 왜 이처럼 중대한 제사 도중에 퇴장했을까? 이에 대해 우리나라 『논어』 번역자들의 대부분은 그 이유를 알지 못하고 엉뚱한 해설을 하고 있다. 도올은 이 글에 대해 구체적인 내용을 알 길이 없다고 말하면서도, 다만 옛 예禮의 본래 의미가 상실되어 가면서 그때 제사의 격식이 본래 모습에서 변질되었기 때문에 공자께서 노한 것이라고 추측했을 뿐이다.

그러나 이 추측은 너무도 치졸하다. 공자는 시시콜콜한 의식의 사소한 절차 때문에 제사 도중에 퇴장할 정도로 왜소한 인격이 아니었다. 공자는 대범하고 융통성 있는 학자요 정치가였기 때문이다.

이처럼 우리 학자들은 이 글의 참뜻을 모른다. 그것은 공자의 신관과 제정祭政을 모르는 것이고 『논어』를 해석할 능력이 없다는 것을 의미한다. 다만 『논어』의 글만으로는 왜 공자가 제사 도중에 퇴장했는가를 알 수 없다. 그러므로 여러 고전을 통해 살펴보기로 하겠다.

논어論語/자한子罕 3

공자가 말했다. "마사로 만든 제관이 예법이지만

오늘은 명주로 만든 것이어서 검소하다.

子曰 麻冕 禮也

今也純儉

8장 공자의 하느님과 제사 221

그러나 나는 여러분을 따르겠다.   吾從衆.

임금에게는 당 아래서 절하는 것이 예인데   拜下 禮也

지금은 당 위에서 하니 불경하다.   今拜乎上 泰[6]也.

비록 대중과는 어긋나지만 나는 당 아래서 하겠다."   雖違衆 吾從下.

소박한 유물론 등장

이처럼 공자 당시의 기록에서는 천天이 대체로 천제天帝, 상제上帝로 표기되거나 그냥 천으로만 표기되어도 천제를 의미하는 경우가 태반이다. 그러나 소박한 유물론은 공자 이전부터 널리 퍼져 있었다. 기원전 11세기 서주西周 초부터 산의 숲에 불을 놓아 쟁기로 밭을 갈고 물을 주어 농사를 짓는 목木·화火·토土·금金·수水 오사五事를 5원소론五元素論인 '오행론五行論'으로 이론화하기 시작했고 서주 말에 이르자 세상이 어지러워지면서 천제론에 회의를 품기 시작하면서 '천기론天氣論'이 대두하였고 춘추시대에는 천제론을 위협할 정도로 관민에 널리 유포되었던 것이다.

좌전左傳/희공僖公16년(BC 644)

송나라에 5개의 별이 떨어졌는데   十六年春 隕石于宋五

---

6) 泰(태)=不恭.

이것은 운석隕石이었다.

또 이상한 새 6마리가 거꾸로 날아 송의 도읍을 지나갔는데

이것은 바람 때문이었다.

그때 주나라 내사인 숙흥이 송나라를 방문하고 있었다.

양공이 그에게 물었다. "이것은 무슨 징조요?

길흉이 어느 나라에 있겠소?"

숙흥이 대답했다. "근자에 노나라는 큰 상사喪事가 많을 것이며,

명년에는 제나라에 난리가 있을 것이오.

군주께서는 장차 제후를 거느릴 것이나

오래 가지는 못할 것입니다."

그러나 숙흥은 귀국하여 보고하기를

"송나라 군주는 실없는 질문을 했다.

이것은 음양의 일일 뿐 길흉이 생기는 것은 아니다.

길흉은 사람에 달린 것이다.

나는 군주를 감히 거역할 수 없었기 때문에

그렇게 말한 것뿐이다"라고 했다.

隕星也.

六鶂[7]退飛過宋都

風也.

周內史叔興聘于宋.

宋襄公問焉曰 是何祥也.

吉凶焉在.

對曰 今玆魯多大喪.

明年齊有亂.

君將得諸侯

而不終.

退而告人曰

君失問.

是陰陽之事 非吉凶所生也.

吉凶由人

吾不敢逆君

故也.

관자管子/권1/승마乘馬

춘하추동 사시는 음양의 추이이며,

시절의 장단은 음양의 이용이며,

낮과 밤이 바뀌는 것은 음양의 조화이다.

春秋冬夏 陰陽之推移也

時之短長 陰陽之利用也

日夜之易 陰陽之化也.

---

7) 鶂(역)=눈을 맞추어 새끼를 밴다는 물새.

관자管子/권2/칠법七法

천지의 기운氣運을 뿌리로 하여,　　　　　　　　　　　根天地之氣

추위와 더위의 조화와 물과 흙의 성품과　　　　　　　寒暑之和 水土之性

인민, 조수, 초목 등의 만물을 낳는다.　　　　　　　　人民鳥獸草木之生物.

비록 심히 아름답다고 할 수는 없어도　　　　　　　　雖不甚多

모두가 평등하게 보유하여　　　　　　　　　　　　　皆均有焉.

변함이 없는 것을 일러 자연의 법칙이라 말한다.　　　而未嘗變也 謂之則.

관자管子/권16/내업內業

무릇 물질의 정기精氣란 이것이 곧 생명을 낳는 것이다.　　凡物之精 此則爲生.

아래로 오곡을 낳고 위로 별들을 벌여 놓으며　　　　　　下生五穀 上爲列星

천지간에 흐르면 귀신이라 하고　　　　　　　　　　　流於天地之間 謂之鬼神

흉중에 간직하면 성인이라 한다.　　　　　　　　　　　藏於胸中 謂之聖人.

　유가들이 경전으로 존숭하는 『주역』도 대체로 인격신을 부정하는 유물론적인 경향이 강하다.

주역周易/설괘說卦

신이란 무엇인가?　　　　　　　　　　　　　　　　　神也者

만물의 생성작용을 이름 붙인 것이다.　　　　　　　　妙[8]萬物而爲言者也.

---

8) 妙(묘)=成也. 생명의 탄생.

주역周易/건괘乾卦

맑고 가벼운 것이 올라가 하늘이 된다.

淸輕者 爲天.

주역周易/계사繫辭 상/5장

음양은 측정할 수 없어 신이라 말하게 된 것이다.

陰陽不測之謂神.

주역周易/계사繫辭 상/1장

하늘과 땅은 음양과 형기形氣의 실체이다.

天地者 陰陽形氣之實體也.

일찍이 정나라 자산子産은 "천도天道는 멀고 인도人道는 가까운 것이며 소급하는 것이 아니다"라고 말했다. 이처럼 천天과 인人은 서로 감응하거나 간섭하지 않는다는 주장을 '천인분이설天人分異說'이라고 말한다. 즉 천은 자연법칙일 뿐 역사歷史에 관여하지 않는다는 것이다. 이것은 공자의 천명론天命論과 정면으로 배치된다. 이러한 천인분이설은 노자-장자-순자로 계속 이어지고 있었다.

좌전左傳/소공昭公18년(BC 524)

정나라 자산이 말했다.

子産曰

"천도天道는 멀고 인도人道는 가까운 것이며

天道遠人道邇

소급하는 것이 아니다.

非所及也.

어찌 그것을 아는가? 거북이를 구워서 천도를 안다고 하지만,

何以知之 龜焉知天道

이 역시 말이 많다 보면 혹시 맞을 때도 있지 않겠느냐?"

是亦多言矣 豈不或信.

장자莊子/내편內篇/대종사大宗師

하늘은 사사로이 덮어주지 않고, 땅은 사사로이 실어주지 않는다.

천지가 어찌 사사로이 나를 가난하게 하겠는가?

天無私覆 地無私載.

天地豈使貧我哉.

천天은 자연법自然法

순자荀子/천론天論

하늘은 사람이 추위를 싫어한다고 겨울을 거두지 않으며,

땅은 사람이 먼 것을 싫어한다고 넓이를 줄이지 않는다.

하늘은 변함없는 도를 운행하고,

땅은 변함없는 도리를 행하고,

군자는 변함없이 그것을 체현할 뿐이다.

天不爲人之惡寒也輟冬.

地不爲人之惡遠也輟廣.

天有常道矣

地有常數矣

君子有常體矣.

순자荀子/천론天論

하늘의 운행은 상도가 있을 뿐,

요임금을 존속케 하고 걸임금을 멸망케 하지 않는다.

상도에 따라 다스리면 흥하고 상도를 어지럽히면 흉하다.

산업을 힘쓰고 소비를 절검하면 하늘도 가난하게 할 수 없고,

순리로 양생하고 때에 알맞게 행동하면 하늘도 병들게 할 수 없고,

도를 구비하여 어긋나지 않으면 하늘도 재앙을 내릴 수 없다.

그러므로 하늘과 사람의 분수를 밝히면

지인至人이라고 하는 것이다.

天行有常

不爲堯存 不爲桀亡.

應之以治則吉 應之以亂則凶.

彊本而節用 則天不能貧.

養備而動時 則天不能病

修道而不貳 則天不能禍.

故明於天人之分

則可謂至人矣.

순자荀子/천론天論

기우제를 지내면 비가 오는 것은 무슨 까닭인가?

雩而雨何也.

아무런 까닭이 없다.

기우제를 지내지 않아도 비가 오는 것과 같다.

일식, 월식을 하면 회복되기를 빌고,

가뭄이 들면 기우제를 지내고, 점친 연후에 큰일을 결정하는 것은

그것으로 해결된다고 생각해서가 아니라

그것을 문화로 꾸미는 것뿐이다.

그러므로 군자는 그것들을 문화로 생각하고

백성들은 귀신의 신통력이라 생각한다.

曰 無何也

猶不雩9)而雨也.

日月食而救之

天旱而雩卜筮然後決大事

非以爲得求也.

以文之也.

故君子以爲文

而百姓以爲神.

인본주의

주나라가 망하고 춘추시대에 이르자 확고한 중앙이었던 천자天子의 권위가 추락하면서 더불어 천신天神의 권위마저 무력해진다. 이제 유물론적 경향과 더불어 신을 인정하되 역사의 주인은 인간이라는 인본주의적인 경향이 나타나기 시작한다. 기원전 706년(『좌전』「환공6년조」) 수隨나라의 명신 계량季梁은 제후가 초나라를 공격하려 하자 충고를 하면서, '민民은 신神의 주인'이라고 주장한다. 기원전 662년에 주나라 태사 은嚚은 "민을 따르면 나라가 흥하고, 신을 따르면 나라가 망한다"고 말했다.

---

9) 雩(우)=夏祭樂於赤帝 以祈甘雨也.

좌전左傳/환공桓公6년(BC 706)

계량이 말했다. "소신이 말하는 도란	所謂道
민民에게 충실하고, 신神에게 신실한 것을 말합니다.	忠於民 而信於神也.
윗사람이 백성을 이롭게 하려고 고심하는 것이 충忠이고,	上思利民 忠也.
제관과 접관이 바르게 말하는 것이 신信입니다.	祝史正辭 信也.
그런데 지금 민은 굶주리는데 군주는 욕심만 채우려 하고	今民餒而君逞10)欲
제관은 거짓으로 제사를 올리니	祝史矯擧以祭.
소신은 그것이 옳은지 알 수 없습니다."	臣不知其可也.
군주가 말했다. "희생물은 완전하고 살쪘으며 젯밥은 풍성한데	公曰 吾牲牷肥腯 粢盛豊備
무엇 때문에 믿지 않는 것이오?"	何則不信.
계량이 대답했다. "무릇 민중은 신神의 주인입니다.	對曰 夫民 神之主也
그러므로 성인은 먼저 민중을 고르게 살게 한 연후에	是以聖王先成11)民
신에게 치성을 드리는 것입니다."	而後致力於神.

좌전左傳/장공莊公32년(BC 662)

신神이 내려와 신莘이라는 땅에 머문 지가 6개월이었다.	神居莘六月
괵虢나라 군주가 대축大祝 응應과 대종大宗 구區와,	虢公使祝應 宗區
태사 은을 시켜 신탁神託을 청했다.	史囂享焉 (而請於神).
토지를 내려준다는 신탁을 받았다.	神賜之土田.
태사 은은 물러나서 말했다. "괵나라는 망할 것이다.	史虢曰 虢其亡乎.
내 들건대 나라가 흥하려면 민에게 듣고,	吾聞之 國將興 聽於民.

---

10) 逞(령)=盡, 縱也.
11) 成(성)=平也.

망하려면 신에게 듣는다고 했다.   將亡 聽於神.

신은 총명하고 정직하며 한결같으니   神聰明正直而壹者也

사람에 의지하여 행한다.   依人而行.

곽나라는 너무 덕이 박한데 어찌 땅을 얻을 수 있겠는가?"   虢多凉[12]德 其何土之能得.

유신론有神論이라 해도 신神 중심이기보다는 인人 중심이었다. 『서경』의 기록을 보면 순임금 때나 주周초에도 '경신敬神'을 하면서도 그 신은 천인감응설에 의해 민의 소리를 듣는다고 말한다. 이처럼 공자 이전부터 제사는 이미 신을 위한 것이 아니라 민을 위한 것이 되어 있었다.

서경書經/우서虞書/고요모皐陶謨

하느님이 총명함은 우리 민중이 총명하기 때문이며,   天聰明自我民聰明.

하느님이 밝고 두려운 것은 민중이 밝고 두려운 것이다.   天明畏自我民明威.

하느님은 상하를 두루 살피시니 공경하라!   達于上下

땅을 가진 자들이여!   敬哉有土.

서경書經/주서周書/태서泰誓 중

무왕은 군사를 순시한 후 다음과 같이 훈시하였다.   嗚呼

"오! 서방의 무리들이여!   西土有衆.

지금 상나라 왕 수는 무도한 일에만 힘쓰니   今商王受力行無度

음탕한 술주정과 방종한 포악을 일삼고 있소.   淫酗肆虐.

---

12) 凉(량)=薄也.

……이에 무고한 사람들이 울부짖으니

하느님께서 그 추악한 행동을 알게 되었소.

하늘은 백성에게 은혜로우시니 임금은 하늘을 받들어야 하오.

……하늘이 보는 것은 민중을 통하여 보는 것이며,

하늘이 듣는 것은 민중을 통하여 듣는 것이오."

…無辜籲天

穢德彰聞.

惟天惠民 惟辟奉天

…天視自我民視

天聽自我民聽.

제정祭政의 문란

서주가 망하고 동주東周가 들어서면서 춘추시대의 패도정치
가 등장하자 왕권은 쇠미해지기 시작했다. 따라서 천자의 통
치권의 상징인 제정祭政도 문란해졌다.

이에 대한 상징적인 사건이 있다. 서주가 망하고 동주가 들
어서 왕권이 불안했던 때인 기원전 635년 왕실의 난이 일어나
자 진晉나라 문공文公이 이를 평정하고 양왕襄王을 복위시킨 사
건이 있었다. 사건 직후 실권을 장악한 문공은 왕에게 자기가
죽으면 '수장隧葬'을 할 수 있도록 윤허해 줄 것을 요구했다.

그러나 이것은 제후가 왕의 장례를 치르려는 것이므로 반역
적인 도발 행위이다. 수장이란 땅을 파서 길을 만드는 형식의
무덤으로 천자만이 할 수 있는 것이기 때문이다. 그러므로 양
왕은 왕위를 내줄지언정 수장은 허락할 수 없다고 거부했
다.(『좌전』「희공25년조」, 『국어』「주어」) 이것은 제정의 중요성
과 왕권의 추락을 상징적으로 보여준 사건이다.

좌전左傳/희공僖公25년(BC 635)

그해 여름 왕자의 난이 평정되어 양왕이 서울에 입성했다.　夏四月丁巳 王入于王城

진 문공이 왕을 배알하고　晉候朝王

자기가 죽으면 수장을 할 수 있도록 요청했다.　請隧.

왕은 허락하지 않고 다음과 같이 말했다.　不許曰

"그것은 왕만이 할 수 있는 장례법도입니다.　王章也.

아직 주나라를 대신할 유덕자가 나오지 않았는데,　未有代德

천하에 두 왕이 있는 것은 숙부께서도 원하지 않을 것이오."　而有二王 亦叔父之所惡也.

이처럼 중앙의 제정이 문란해지자 지방에서도 제후만이 지낼 수 있는 사제社祭를 대부가 함부로 지내는 등 역시 제정이 문란해졌다. 다음은 공자가 이를 개탄한 글로서 제후만이 지낼 수 있는 태산의 산신제를 경대부인 계손씨가 올리자 이를 분수에 넘치는 행동이라고 비난한 내용이다.

논어論語/팔일八佾 6

노나라 경대부 계손씨가 태산에 산신제를 올렸다.　季氏旅[13]於泰山

공자께서 계씨의 가신으로 있던 제자 염유를 꾸짖어 말했다.　子謂冉有

"네가 말릴 수 없었느냐?"　曰 女不能救與

염유는 "말릴 수 없었습니다"라고 답했다.　對曰 不能.

공자는 말했다. "오호 슬프다. 태산의 산신령이　子曰 嗚呼 曾謂泰山

예를 묻는 임방만도 못하다고 생각했단 말이냐(태산의 신령이 그　不如林放乎.

---

13) 旅(려)=山神祭.

처럼 어긋난 제사를 어찌 꾸짖지 않겠는가)?"

신불가지론

이러한 사태에 공자는 어떻게 대응했는가? 그는 신불가지
론神不可知論을 말했다. 이는 천신에 관한 일은 함부로 용훼容喙
하지 말라는 경고였다. 그렇다고 공자가 무신론자는 아니다.
공자는 우禹임금의 제정祭政에 대해 귀신에게 효를 다했다고
찬양한다. 또한 그는 주례의 최고 권위자였으며, 당연히 제정
에 대해 깊이 연구한 전문가였다.

논어論語/팔일八佾 9

공자가 말했다. "하례夏禮에 대해서 내가 말할 수는 있으나   子曰 夏禮 吾能言之

하를 계승한 기杞나라로는 그것을 밝히는 데 부족하다.   杞不足徵也.

은례殷禮는 내가 말할 수는 있으나   殷禮 吾能言之

은을 계승한 송나라로는 그것을 밝히는 데 부족하다.   宋不足徵也.

문헌이 부족하기 때문이다.   文獻不足故也.

문헌만 충분하다면 내가 밝혀 보여줄 수 있다."   足則吾能徵之矣.

이처럼 공자는 귀신과 천도와 제정에 대한 전문가인데도 말
하려 하지 않았다. 어느 날 자공이 "사람이 죽으면 지각(영혼)
이 있습니까?"라고 물었을 때 공자는 다음과 같이 대답한다.

"내가 만약 죽어서도 지각이 있다고 말하면 사람이 죽는 것을 내버려둘까 걱정이고, 만약 지각이 없다고 말하면 장례도 치르지 않고 그냥 내버릴까 두렵다. 네가 정말 알고 싶다면 네가 죽은 후에 알아도 늦지 않을 것이다(『설원說苑』「변물辨物」)." 이처럼 공자는 신神을 말하려 하지 않았으므로 『논어』에서도 천天을 제帝로 표기한 적이 없고 '천명天命'으로 쓸 뿐이다. 이러한 공자의 태도를 일단 '신불가지론'이라고 정리한다.

논어論語/술이述而 20

공자는 괴이한 힘이나 어지러운 귀신에 대해 말하지 않았다.

子不語怪力亂神.

논어論語/공야장公冶長 12

자공은 말했다.

"선생님에게 학문에 대한 말씀은 들었지만

인간의 본성과 천도에 대해서는

들은 적이 없다."

子貢曰

夫子之文[14]章 可得而聞也.

夫子之言性與天道

不可得而聞也.

논어論語/선진先進 11

자로가 귀신 섬기는 일을 묻자 공자가 말했다.

"사람도 섬기지 못하면서 어찌 귀신을 섬길 수 있겠느냐?"

자로가 죽음을 묻자 공자는 말했다.

"삶도 모르면서 어찌 죽음을 알 수 있겠느냐?"

季路問事鬼神 子曰

未能事人 焉能事鬼.

敢問死 曰

未知生 焉知死.

---

14) 文(문)= 先王의 遺文=禮.

논어論語/자한子罕 1

공자는 이利와 천명과 인仁에 대해서 말하는 일이 드물었다.

子罕言利與命與仁.

반면 묵자는 진보적이었지만 하느님을 설교하고 다녔다. 그가 말한 천제는 민중해방의 신이었다. 그러므로 그는 공자의 신불가지론에 대해 "무신론을 주장하면서도 제사를 중시한다"고 비난했다. 이것은 당시의 미묘한 사정을 짐작하게 한다.

묵자墨子/공맹公孟

공맹자公孟子는 귀신이 없다고 하면서도
제사법을 배워야 한다고 말한다.
묵자가 이르되,
"이것은 마치 손님은 없어도 접대법을 배워야 하고
물고기는 없어도 어망을 만들라고 하는 것과 같다."

公孟子曰 無鬼神.
又曰 君子必學祭禮.
子墨子曰
是猶無客而學客禮也.
是猶無語而爲魚罟也.

이처럼 공자는 하느님과 신을 인정하고 제사를 중시하면서도 왜 하늘제사에 대해서 모른다고 말하고, 왜 천신불가지론의 입장을 취했는가?

첫째, 공자의 상고주의尙古主義적인 기본입장 때문이었다. 그가 정치가들을 비판하고 세상이 변해야 한다고 주장한 것도 사실은 서주 초에 정립한 주공의 주례를 보수保守하기 위한 것이었다. 그가 인자仁者가 되기 위한 조건으로 '극기복례克己復禮(자기를 초월하여 주례로 돌아가라)'와 '박문약례博文約禮(선왕의 글을 읽고 예로써 자신을 제약하라)'를 내세운 것도 같은 맥락이다. 자신을 예에 구속한다는 것은 천명을 받은 천자의 말씀을 따르라는 뜻이므로, 천자만이 천제에 가까이할 수 있고, 천제의 말씀을 해석할 수 있다는 말이다. 유일 절대의 권력적 담론을 절대자만이 해석할 수 있는 것은 옛날이나 지금이나 마찬가지이다. 그러므로 공자가 강조하는 '술이부작述而不作(선왕을 조술할 뿐 지어내지 않는다)'은 이것을 말하는 것이다.

비유하자면 공자는 『구약성서』를 따를 뿐 신약을 만들지 않았던 것이다. 공자는 당시 하느님 종교를 개혁하려 하지 않았고 예수는 개혁하려 한 것이다. 이 점에서 공자와 예수는 현저히 다른 것이다.

둘째, 공자의 중도주의적인 기본입장 때문이었다. 당시 천제天祭의 문제는 유신론과 무신론의 사상투쟁에 관련된 문제임과 동시에 왕권신수설에 관련된 첨예한 중앙권력의 문제이기도 했다. 그러므로 공자는 신과 천도天道에 대해서는 『주례』가 정한 대로 따를 뿐 논쟁이 확대되는 것을 경계했다. 이로써 그는 수백 년간의 전란으로 당시 지배체제와 그것을 재가裁可하던 하느님 종교가 무력해지고 유물론적 사조가 팽배해 가던 상황에서 유신론과 무신론의 대립을 중립적으로 종합함으로써 종교적 측면에까지 투쟁전선을 넓히지 않을 수 있었다.

셋째, 무엇보다 명분론 때문에 신을 모른다고 한 것이다. 공자의 가장 중요한 특징은 명분론이다. 공자가 말하는 명분론이란 군자는 자기 직위와 직책이 아니면 간여하거나 참견하지 말아야 한다는 것이다. 증자는 한걸음 더 나아가 군자는 말뿐이 아니라 그 생각조차 자신의 지위를 벗어나지 말아야 한다고 했다. 더구나 천제天帝에 대한 제사 문제는 천자와 제후들 간의 예민한 권력관계로서 제후와 재상도 함부로 말할 수 없는 중대한 문제이며 한낱 제후국의 대부 신분인 공자로서는 정치적으로 예민한 부분을 언급할 수 없었기 때문이다. 그래서 혹자가 하늘제사에 대해 물었을 때도 공자는 모른다고 대답을 회피한 것이다.

논어論語/태백泰伯 15, 논어論語/헌문憲問 27

공자가 말했다.   子曰
"그런 지위에 있지 않으면 그 정사를 논의하지 말아야 한다."   不在其位 不謀其政.

논어論語/헌문憲問 28

증자가 말했다. "군자는 그 생각이 자기 직위를 벗어나지 않는다."   曾子曰 君子思不出其位.

경신敬神과 원신遠神

그렇다면 공자는 이처럼 소극적인 태도로 일관했는가? 그는 천제天祭와 조상신의 제사 등 당시 가장 중대한 통치행위에 대해 어떤 정책적 대안을 가지고 있었는가? 이에 대해 『논어』에서는 공자의 제정祭政을 한마디로 '경신, 원신'이라고 요약하고 있다.

논어論語/옹야雍也 20

번지가 지혜에 대해 물었다.

공자가 말하길 "민의 뜻을 이루고자 힘쓰고

귀신을 공경하되 멀리하면

가히 지혜롭다고 할 것이다"라고 했다.

樊遲問知.

子曰 務民之義.

敬鬼神 而遠之

可謂知矣.

그런데 『논어』에서는 번지의 똑같은 질문에 공자는 각기 대답을 달리하고 있다. 「옹야」편에서는 '경신, 원신'을 지혜라 했고, 「안연」편에서는 '사람을 아는 것(知人)'을 지혜라고 대답했다. 그러나 공자에게 '지인'과 '원신'은 같은 것이었다. 즉 귀신을 공경하되 백성을 위해야 한다는 뜻이었다. 다시 말하면 '경신'도 '지인'을 위한 것이어야 한다는 뜻이다. 이것이 바로 공자의 종교정책이었다.

논어論語/안연顏淵 22

번지가 인仁을 묻자,

공자는 "사람을 사랑하는 것"이라 답했다.

번지가 지혜에 대해 묻자,

공자는 "사람을 아는 것"이라 답했다.

樊遲問仁.

子曰 愛人.

問知.

子曰 知人.

그러나 『논어』의 글만으로는 경신, 원신의 참뜻을 잘 알 수 없다. 이에 대해서는 『예기』에서 그 이론적 근거를 자세히 설명하고 있으므로 같이 읽어야 그 뜻이 확연해진다.

앞에서 언급한 것처럼 공자는 하례夏禮, 은례殷禮, 주례周禮를 깊이 연구했고 그 장단점을 면밀히 고찰했다. 그리고 공자는 춘추시대의 사상적 혼돈 속에서 선왕들의 천인감응설과 당시에 새로 일어나는 유물론적 경향과 인본주의적 주장들을 종합하여 '경신이원지敬神而遠之'로 표현되는 인본주의적 제정론祭政論을 사서史書로 산정刪定하여 드러내고 예학禮學으로 정립했던 것이다.

그의 결론은 하 · 은 · 주 3대의 정치가 존명尊命→존신尊神→존례尊禮로 변천되었다는 것이다. 그리고 은의 '신 중심적 예'는 신에 치우쳐 인애仁愛가 부족했으며, 주의 '인 중심적 예'는 예에 치우쳐 신을 널리 창달하지 못한 폐단이 있었다고 진단했다. 공자는 그 대안으로 신을 공경하되 민을 우선하며, 신神과 예禮와 문文을 조화롭게 창달해야 한다고 주장한 것이다. 그러므로 『예기』에서는 『논어』에서 말한 '경신이원지'라는 강령적 언명을 다시 반복 설명하고 그 이유를 자세히 설명하고 있다.

예기禮記/표기表記

공자가 말했다.　　　　　　　　　　　　　　　　　　　　　子曰

"하夏나라의 도는 천명을 존중하고 귀신을 섬겼으니,　　　夏道 尊命事鬼

신을 공경하되 멀리했고　　　　　　　　　　　　　　　　敬神而遠之

사람을 가까이 하고 충실했다.　　　　　　　　　　　　　近人而忠焉.

그러나 녹을 앞세우고 위엄을 뒤로했고,　　　　　　　　先祿而後威

상을 앞세우고 벌을 뒤로했다.　　　　　　　　　　　　先賞而後罰

이처럼 백성을 사랑했으나 신을 높일 줄 몰랐으므로,　　親而不尊. 其民之敝

백성들이 교화되지 못하여 어리석고 교만하고 조야하여
소박하기만 했지 문체가 없었다."

惷而愚 喬而野
朴而不文.

예기禮記/표기表記

은殷나라 지배자들은 신을 높이기만 하여,
백성을 통솔하여 신을 섬기도록 했다.
귀신을 앞세우고 예를 뒤로했고, 벌을 앞세우고 상을 뒤로하였다.
이처럼 신을 높일 줄만 알고 백성을 사랑하지 않았으므로
백성들이 교화되지 못하여 방탕해도 안정시킬 수 없었고
형벌을 면하려 할 뿐 부끄러워하지 않게 되었다.

殷人 尊神
率民以事神
先鬼而後禮 先罰而後賞
尊而不親.
其民之敝 蕩而不靜
勝而無恥.

예기禮記/표기表記

주周나라 지배자들은 예를 높이고,
베푸는 것을 숭상하며 귀신을 섬겼다.
신을 공경하되 멀리했으며,
사람을 가까이하고 충실했다.
그러나 상벌로 작위와 서열을 정하고,
민을 사랑했지만 신을 존중하지 않았으므로
백성들이 교화되지 못하여 이利를 좇고 거짓되며,
꾸미는 것만 알고 부끄러운 줄 몰랐으며 서로 해치고 미개했다.

周人 尊禮
尙施事鬼
敬神而遠之
近人而忠焉.
其賞罰用爵列
親而不尊.
其民之敝 利而巧.
文而不慚 賊而蔽.

예기禮記/표기表記

하夏나라 도는 문체를 장려하지 않았으므로
도에 순종을 요구하지 않고 백성에게 크게 요구하지 않았으므로

子曰 夏道未瀆辭
不求備. 不大望於民

백성들이 친애함을 싫어하지 않았다.

은나라는 예를 훤히 알리지 않으면서

백성들에게 도에 순종하기를 요구했다.

주나라는 백성들에게 힘써 신을 훤히 알리지 않았으므로

상작과 형벌이 궁해진 것이다.

民未厭其親.

殷人未瀆禮

而求備於民.

周人 强民未瀆15)神.

공자에게 있어 천은 천자에게 천명을 내려주는 최고의 신이었다. 묵자의 경우 천은 민중의 수호신이었지만 공자에게 천은 천자에게 천명을 내려주는 수호신이었던 것이다. 그래서 공자는 "군자에게 세 가지 두려운 것이 있으니 그것은 천명과 대인과 성인의 말씀"이라고 말했던 것이다. 그러므로 '경신敬神'은 천자주권인 천명에 순종할 뿐 다른 말을 해서는 안 된다는 경고의 뜻을 포함한다.

이처럼 공자의 제정祭政의 요점은 천자만이 '근신近神' 해야 하며, 제후와 사대부는 물론이고 민중은 '원신遠神' 해야 한다는 것이다. 그러므로 '원신'은 '신불가지론'의 다른 표현이었던 것이다.

그러므로 '원신'은 두 가지 상반된 의미를 내포하고 있다.

첫째는 신을 공경하되 인간을 우선하라는 인본주의를 말한 것이다. 둘째는 신을 공경하되 제후와 사대부는 물론이고 민중은 함부로 가까이해서는 안 된다는 뜻이다. 즉 천신天神은 천자만이 가까이할 수 있고, 사직신社稷神은 제후만이 가까이

---

15) 瀆(독)= 溝→注瀆→通也.

모실 수 있고, 조상신祖上神은 계급에 따라 분수에 맞게 제사해
야 한다는 것이다.

예기禮記/제법祭法

　왕은 칠묘七廟 일단一壇 일선一墠을 세우는데, 고묘考廟(父)·왕고　　　王立七廟一壇一墠.
묘王考廟(祖父)·황고묘皇考廟(曾祖)·현고묘顯考廟(高祖)·조고묘祖
考廟(始祖)에 매월 제사하고, 5대조·7대조의 두 조묘祧廟에는 사철
제사하고, 그 이상의 조상은 제단(一壇)과 제터(一墠)를 만들어 기
도할 일이 있을 때 제사한다.

　제후는 오묘五廟 일단一壇 일선一墠을 세우는데, 부父·조부·증　　　諸侯立五廟一壇一墠.
조를 매월 제사하고, 고조와 시조는 사철 제사한다.

　대부大夫는 삼묘三廟 이단二壇을 세우는데, 부父·조부·증조를　　　大夫立三廟二壇.
사철 제사하고, 고조와 시조는 기도할 일이 있을 때 단을 만들어 제
사한다.

　적사適士(천자의 上士·中士·下士와 제후의 上士)는 이묘二廟 일단一　　　適士二廟一壇.
壇을 세우는데, 부와 조부를 철마다 제사하고, 증조는 기도할 일이
있을 때 단을 만들어 제사한다.

　관사官士(제후의 中士·下士)는 일묘一廟를 세울 뿐인데, 부묘父廟　　　官士一廟.
에서 부와 조부를 철마다 제사할 뿐이다.

서사庶士(下士 이하의 속관)와 서인庶人은 묘당을 세울 수 없다.　　　庶士庶人無廟 死曰鬼.

　　이처럼 공자 당시에 하느님은 민중은 물론 제후까지도 제사를 지낼 수 없는 금기의 대상이었다. 그러므로 민중은 하느님에게 예배를 드릴 수 없었던 것이다. 지금으로서는 신분차별이라고 탓할지 모르나 이것을 지키려는 것이 공자의 '원신' 테제이다.

　　그는 이렇게 함으로써 천자의 중앙을 굳건히 하는 것만이 난세를 종식시킬 수 있는 유일한 길이라고 믿은 것이다. 만약 최고 절대의 가치 표준인 천신을 아무나 가까이하여 천명을 받았다고 떠벌린다면 천신은 가치 표준으로서의 역할을 다할 수 없다고 생각한 것이다. 예컨대 요즘처럼 거리마다 골목마다 십자가를 세워놓고 수만 명의 사제와 목사들이 저마다 천제天祭를 지내며 저마다 제 말을 천신의 말씀으로 팔아먹어 하느님이 세속화됨으로써 가치 표준으로서의 기능을 상실한 것을 보면 공자의 염려가 선견지명이었다고 생각된다.

공자의 분노

　　다시 처음으로 돌아가자. 왜 공자는 중대한 국가적 행사인 대제大祭를 지내는데 중도에 퇴장했을까? 이 문제를 그 '체禘'라고 하는 대제가 어떤 제사인가를 알아야 한다. 『예기』 「대전

大傳」편에 의하면 천자가 아니면 천제天祭에 조상신을 배제配祭하는 체를 지낼 수 없다고 한다. 체는 천자만의 특권이며 특별한 제사인 것이다. 천자가 천제天祭에 조상신을 합사合祀하는 대제인 체를 올리는 것은 하느님이 자기 조상이 나온 곳임을 천명하는 것이다. 그러므로 제후가 체를 지낸다는 것은 반역에 해당된다. 그런데도 제후국인 노나라가 체를 거행한 것은 무슨 연유일까? 그것은 주周 성왕이 숙부인 주공을 노나라에 봉하면서 천자의 예를 써도 좋다는 특별한 허락이 있었기 때문이다.

예기禮記/대전大傳

주례에 의하면 천자가 아니면 체禘를 올리지 못한다.

왕이 시조와 천제天帝를 합사하는 대제인 체를 올리는 것은

하느님은 그 조상이 나온 곳이므로

왕의 조상제사에 합사하는 것이다.

禮不王不禘.

王者禘

其祖之所自出

以其祖配之.

이처럼 체禘라는 제사는 제사 중에서도 특별히 중대한 의미를 갖는 대제였다. 왕에게는 천자의 권위를 확인하는 가장 큰 국가적인 행사였으며, 노나라로서는 다른 제후국들과는 달리 왕과 대등하며 특수한 제후국임을 만천하에 과시하는 가장 큰 국가행사였던 것이다.

그러나 공자는 제후국인 노나라가 체를 거행하는 것은 주례를 범하는 특례이며 제정祭政을 문란케 하는 행위라고 생각했다. 그리고 이것은 자신의 소신인 '경신이원지'에 배반되는

일이었기에 못마땅하게 생각한 것이다. 다만 하대부의 신분인 자기가 나서서 따지는 것도 지나치다고 생각하여 참고 있었으나 끝까지 제사를 참관하는 것은 천하를 어지럽히는 이런 무례를 묵과하는 것이 되므로 참을 수 없었던 것이다. 그래서 무언의 항의로 중간에 퇴장한 것이다.

특히 주자는 이 사건을 중시했다. 그래서 『효경孝經』에서 주공을 천자天子와 나란히 배열한 것을 보고 이것은 공자의 뜻에 어긋난다고 비판하고 『효경』을 배척하고, 대신 『대학』을 사서四書로 격상시켰던 것이다. 즉 주자가 『효경』을 배척한 이유는 공자가 노나라 체제禘祭 도중에 퇴장한 뜻과 배치된다는 것 때문이었다. 이처럼 이 사건은 경학사經學史에 중요한 의미를 갖는 중대 사건이었던 것이다. 다음은 이를 설명해 주는 서포 김만중의 글이다.

서포만필西浦漫筆/상 51

『효경』은 공자의 유서로서	孝經孔氏之遺書
한漢나라 때부터 『논어』와 함께 경전으로 존숭되었고	自漢以來 與論語竝尊爲經
부녀자들과 아이들로부터 하급관리까지	婦孺卒伍
외우고 익히지 않음이 없었으니	無不誦習
그 담겨진 뜻이 몹시 훌륭했기 때문이다.	其意甚好.
그런데 주자가 이를 거짓 글이라고 지목한 것은	自朱子目之以僞書
『효경』의 전문傳文에서 주공을 제왕과 나란히 배열한 것이	又以周公配帝一語
인신人臣으로 하여금	謂之啓人臣
참란한 마음을 일으키게 한다는 이유 때문이었다.	僭亂之心

그래서 『효경』을 배척하고
이를 『대학』으로 대신했던 것이다.

其書遂絀
而代以大學.

    2005년 여름, 우리나라에 태풍이 온다는 예보가 있었는데
도 국무총리가 골프를 쳤다는 뉴스에 온 국민이 실망하고 분
노했다. 그해 9월에는 미국 뉴올리언스에 밀어닥친 허리케인
에 늑장 대처했다는 이유로 부시 대통령이 국민의 지탄을 받
고 자리가 위태할 정도가 되었다. 2,500년 전 장관급에 해당
하는 관리였던 공자가 국가적 중대행사 도중에 퇴장했으니
온 국민의 비난을 받았을 것이며 군주는 그를 파면하고 참형
에 처할 수도 있었을 것이다. 이처럼 이 사건은 보통 사건이
아니다. 공자의 돌출 행동은 죽음을 무릅쓴 항의였던 것이다.
공자는 노나라의 체禘야말로 국헌을 문란케 하는 중대 사건으
로 간주했기 때문에 이런 모험을 감행했던 것이다. 그런데 우
리 학자들은 엉뚱한 소리를 하고 있다. 이러한 공자의 고뇌를
모르면서 어떻게 『논어』를 말할 수 있겠는가?

9 제사의 의의

제사는 우리의 전통문화

의식은 집단생활의 필수 요소

최근 서울 향린교회의 교회갱신운동을 시작으로 진보적인 기독교계에서 교회의 예배와 문화는 민족정서를 담아내야 한다는 운동이 확산되고 있다. 그러나 우리 주변을 살펴보면 고학력일수록 전통의례는 물론이고 의식儀式 일반을 쓸데없는 허례허식으로 생각하거나 비과학적이고 비실용적인 것으로 매도하며 인정하려 하지 않는 경향이 의외로 강하다. 그들은 서양 종교와 의례는 과학적이지만 동양 종교와 의식은 비과학적이라고 생각하는 것이, 근대적이며 합리적인 태도라고 착각하는 것 같다. 그러나 서양이든 동양이든 종교와 의식은 본래 과학적이거나 합리적인 것이 아니다. 마치 쓴 약의 겉표면에 설탕을 입힌 당의정처럼 종교와 의식에는 처음부터 미신적인 기복이 필요조건인 것 같다.

오늘날 혈연공동체마저 해체되어 가는 현대사회에서조차도 사람이 많이 모이는 곳에는 어김없이 의식이 거행되기 마련이다. 국경일, 영결식, 추도식, 기념식 그리고 개업식, 결단식, 해단식, 성인식, 결혼식 등 오늘날 시민사회는 의식으로 둘러싸여 있다. 국기를 게양하고 국가를 부르고 묵념을 하는 것은 모두 의식이며 하나의 제사의식이기도 한 것이다.

또한 아침저녁의 TV프로그램도 그 끝은 애국가를 부르는 의식으로 마친다. 그것뿐이 아니다. 축구장과 야구장 등 운동장에서 국기를 게양하고 애국가를 부르는 것도 의식이다. 어쩌면 현대사회에서 가장 중요하고 큰 의식은 올림픽, 월드컵 등 운동경기장에서의 의식일 것이다. 이처럼 현대인은 미개사회나 전통사회보다도 더 많은 의식을 거행하고 있는 것이다. 오히려 문명이 발달할수록 의식은 더 많아진다고 볼 수 있다.

그러므로 종교와 전통은 과학이나 실용적인 기준으로 판단될 수 없는 것이다. 특히 그것들을 표현하는 의식은 종교적이든 정치적이든 원래부터 합리적인 기준으로는 판단할 수 없는 생활양식으로서, 인간의 공동체 생활에 필수 불가결한 요소다. 개신교의 예배도 천주교의 미사나 우리의 제사보다는 의식이 간소화되고 기도와 말이 많아진 것 뿐 제천의식인 것은 다를 바 없다.

그런데 어째서 그들은 전통의식, 특히 조상제사의식만은 허례허식이고 미신이고 나쁜 것이라고 말할까? 누가 그렇게 생각하도록 했을까? 기념식을 미국식으로 하면 미신이 아니고

전통식으로 하면 미신이라고 누가 가르쳐주었을까? 축구장의
기념식은 좋은 것이고 부모님 기일을 기념하는 제사의식은 나
쁜 것이므로 없애야 한다고 누가 말했을까? 그들은 누구인가?
혹시 유대 나라 조상들을 줄줄 외우고 기억하며 신으로 받들
고 미사를 올리면서 우리의 선조는 알려고도 하지 않고 야만
인으로 생각하는 기독교인들이 아닐까? 특히 개신교 신자들
이 전통적인 제천의식이나 조상제사를 미신으로 매도하는 경
향이 더욱 강한 것은 무엇 때문일까? 그러한 경향은 중세 로
마 가톨릭의 의례 중시 경향, 즉 천주에 대한 미사의 형식화에
반발하는 종교개혁으로부터 나온 기독교의 세속화라는 측면
도 있겠지만, 그것보다는 동양은 미개하다는 서양 제국주의의
담론에 세뇌된 탓이 아닌가?

  서양식은 좋고 우리 것은 나쁘다는 선입견을 버리고 곰곰이
생각해 보자. TV도 없고 라디오도 없고 인쇄술이 발달되지 않
아 책도 광고도 찍어내지 못했던 옛 시절, 공동체 성원들이 자
기들의 귀속감과 일체감을 위해서 거행한 제천의식과 조상제
사는 얼마나 훌륭한 발명품인가? 오늘은 모든 선입견을 접어
두고 전통제례에 대해 생각해 보기로 하자.

제사는 부족사회 때부터 공동체 의식

  인류는 동서양을 막론하고 상고시대로부터 어느 민족이나
일월성신日月星辰·풍우뇌전風雨雷電, 산천초목山川草木 등 자연
의 위력에 공포심과 경외감을 품고, 자연현상의 배후에는 영
혼 또는 신이 있어 인간의 운명을 좌우한다고 믿으며 제사라

는 의식을 발명하여 공동체의 중요한 행사로 지켜왔다. 그리고 자연 신앙의 범신론으로부터 다신多神을 지배하는 상신上神인 천제天帝라는 개념으로 발전하여 신앙시되기 시작했다.

미국의 역사는 200여 년에 불과하지만 우리는 5,000년의 역사를 가진 문화민족이다. 또한 우리는 구석기시대부터 수만 년의 선사시대를 이 땅에서 살아온 유구한 민족이다. 또한 우리는 건국신화를 가지고 있는 민족이다. 그러므로 천신에 대한 제사는 상고시대부터 시작되었다고 보아야 한다.

그러나 우리는 흔히 제사뿐 아니라 우리의 전통문화는 모두 중국의 전통이고, 우리의 역사와 문화는 한글을 창제한 이후 500년뿐이라고 착각하고 있다. 우리가 스스로 5,000년 역사를 부끄러운 미신의 역사로 오해하고, 우리 선조를 미개한 민족으로 폄하하고 있는 것이다. 그래서 무의식적으로 우리 역사를 500년으로 단축하고 있다.

왜 그럴까? 그것은 일본 식민사관의 탓도 있겠지만, 그것보다는 서양숭배주의가 더 큰 원인일 것이다. 요즘 기독교인들은 자신들의 조상을 아브라함과 다윗과 솔로몬으로 착각하고 있다. 그래서 밤중에 몰래 단군 조상彫像의 목을 자르고, 대낮에는 이를 철거하라고 시위를 한다. 일본인들이 전국 곳곳에 있는 신사를 헐기는커녕 전통으로 가꾸고 있는 것과는 너무도 대조적이다.

우리는, 신라가 한족의 숙적인 동이족을 멸망시키려는 당나라에 의부함으로써 고구려와 백제가 멸망한 이래, 고려와 조선을 거치는 동안 한족을 대국으로 섬겨야 했던 부끄러운 모화사대주의慕華事大主義 역사를 외면할 수 없다. 그러나 본래 한족문화의 뿌리가 동이문화였다는 사실, 그리고 외래문화에 예속된 지배계급의 역사와는 달리 민족 정체성을 지키고 보존한 끈질긴 민중의 역사를 외면해서는 안 될 것이다.

하늘제사는 동이족 문화

동양 고대사를 보면 수렵 · 유목계통의 북방계인 동이 조선족이 어렵 · 농업계통의 남방계인 한족을 문화적으로 지배한 것으로 보인다. 원래 한족은 남방 어렵민족으로 난생설화를 가지고 있는 용신龍神문화이며, 반면 동이족은 북방 수렵민족으로 천신하강신화를 가지고 있다. 그러므로 천신에 대한 제사는 원래 동이문화에서 나온 것이다.

여기서 한족이라고 표현하는 것은, 중국민족이란 이 지구상에 존재하지 않는다는 것을 암시하기 위한 것이다. 오늘날 다민족 국가인 '중국'은 20세기 초에 쑨원孫文(1866~1925)이 처음 건국한 것이므로 고대사를 말할 때는 부적절하다.

학자에 따라서는 태호 복희씨 · 염제 신농씨 · 황제黃帝 유웅씨有熊氏 등 삼황三皇은 모두 환웅桓雄 천황의 신시神市이자 단국壇國 후예들이며, 소호少昊 · 전욱顓頊 · 제곡帝嚳 · 당요唐堯 · 우순虞舜 등 오제五帝와 우禹 · 탕湯도 모두 동이조선의 단군왕검이었다고 주장한다. 여기서 단군은 제사장을, 왕검은 통치자를 칭한다.

이 학자들은 오늘날 중국인이 자기들의 역사상 최초의 임금이라고 주장하는 황제黃帝 헌원씨軒轅氏가 동이족인 동방 청구

국靑邱國의 자부선생紫府先生에게서 삼황내문三皇內文을 받아 만신萬神을 마음대로 부리는 지배자가 되었다는 『포박자抱朴子』의 기록이나, 황허 남쪽의 탁록涿鹿에서 동이족의 단군 치우蚩尤 천황과 전쟁을 하여 승리함으로써 서쪽의 지배자가 되었다는 『사기』의 기록으로 볼 때, 황제는 동이족의 한 부족장이 분명하다고 주장한다. 한편, 고려시대에 저술된 야사野史인 『환단고기』에서도 헌원씨와 치우의 전쟁을 기록하고 있는데, 승패를 정반대로 말하고 있어 흥미롭다.

포박자抱朴子/내편內篇/지진地眞

옛적에 황제 헌원씨가 동쪽으로 청구에 이르러 풍산을 지나
昔黃帝東到靑丘 過風山

자부선생을 찾아뵙고 삼황내문을 받아
見紫府先生 受三皇內文

만신을 마음대로 부리게 되었다.
以劾[1]召萬神.

사기史記/오제본기五帝本紀

황제 헌원씨는 염제 신농씨와 판천의 들에서 전쟁을 하여
以與炎帝 戰於阪泉之野.

승리함으로써 천하를 차지하게 되었다.
戰然後得其志.

이때 조선의 단군 치우가 난을 일으키고
蚩尤作亂

황제의 명을 따르지 않았다.
不用帝命 於是黃帝

이에 황제는 군사와 제후를 징집하여
乃徵師諸侯

치우와 탁록의 들에서 싸워 치우를 잡아 죽였다.
與蚩尤戰於涿鹿之野.

그러자 제후들은 모두 헌원씨를 존숭하여
遂禽殺蚩尤 而諸侯咸尊軒

---

1) 劾(핵)=覈=驗也.

천자로 삼아 신농씨의 대를 잇게 하였다.

轅爲天子 代神農氏.

환단고기桓檀古記/삼성기三聖記 상

치우 천왕은 염제 신농씨가 쇠한 것을 보고
큰 뜻을 품고 여러 번 병사를 일으켰다.
헌원씨가 일어서자 곧바로 탁록의 평야로 나가
그를 사로잡아 신하로 삼았다.

蚩尤天王見炎帝之衰.
遂抱雄圖屢起天兵.
及軒候之立也 直赴涿鹿之
野 擒軒轅而臣之.

또 어떤 학자는 『산해경山海經』과 『열자列子』의 기록을 근거
로, 제帝 소호와 제 전욱이 백두산 천지에서 태어났고, 이들이
모두 동이족의 단군이었다고 주장한다. 특히 『맹자』에서는
순舜임금이 동이족이라고 분명하게 기록하고 있는데, 이에 대
한 학계의 반론은 아직 들어보지 못했다. 『맹자』의 기록이 사
실이라면 순의 조상인 황제黃帝도 동이족일 것이다.

고려시대에 씌어진 것으로 추정되는 『환단고기』에 의하면,
한님(桓因)이 백산白山에 내려와 불을 일으켜 음식을 익혀 먹도
록 가르치고 한국(桓國)을 열었으며, 뒤를 이어 환웅桓雄이 백
산 천평天坪의 청구靑邱 땅에 우물을 팠는데 이곳에 도읍을 하
여 신시神市라 부르고 배달국倍達國을 열었다(BC 4000?). 이때
천신 한님에게 제사를 드렸으며, 천부인天符印을 가지고 곡
식·질병·형벌 등 오사五事를 주관하고 세상을 이치로 교화
하고 인간을 널리 이롭게 하였다는 '재세리화在世理化 홍익인
간弘益人間'의 개천開天 신화를 설명하고 있다.

환단고기桓檀古記/삼성기三聖記 상

후에 환웅씨가 이어 일어나 천신의 부름을 받들고	後桓雄氏繼興 奉天神之詔
백산과 흑수 사이에 내려와	降于白山黑水之間
청구 땅에 정전井田을 구획하시었고,	劃井地於靑邱
천부의 신표를 가지고 오사를 주관하였으며,	持天符印主五事[2]
세상에 주재하여 도리로 교화함으로써 인간을 널리 이롭게 하였다.	在世理化 弘益人間.
도읍을 세우고 신시라 했고 나라를 배달이라 했다.	立都神市 國稱倍達
삼칠일을 택하여 한울님께 제사를 드렸다.	擇三七日 祭天神.

산해경山海經/대황동경大荒東經

동해 밖에 커다란 물구렁이 있는데 소호의 나라이다.	東海之外有大壑 小昊之國
소호는 여기에서 황제 전욱을 키웠고	小昊孺顓頊于此
그의 거문고와 비파를 버렸다고 한다.	棄其琴瑟.
여기에는 감산이 있는데 감수가 여기서 흘러나오고	有甘山者 甘水出焉
감연甘淵이 생겼다.	生甘淵.

열자列子/탕문湯問

발해의 동쪽에 몇 억만 리인지 알 수 없는 큰 물구렁이 있다.	渤海之東 不知其幾億萬里
실로 바닥이 없는 골짜기로 아무리 내려가도 바닥이 없어	有大壑焉. 實惟無底之谷
그 이름을 땅으로 돌아간다는 뜻으로 '귀허歸墟'라고 부른다.	其下無底 名曰歸墟.
온 천하의 물과 은하의 물까지 다 흘러 들어왔으나	八紘九野之水 天漢之流
늘지도 줄지도 않는다.	莫不注之 而無增減焉.

---

2) 五事(오사)=五行=金木水火土.

산해경山海經/해내동경海内東經

요수는 위의 언덕 동쪽에서 나와 동남에서 발해로 흘러 들어간다.　　潦水出衛皐東 東南注渤海.

맹자孟子/이루장구離婁章句 하

순임금은 제풍에서 태어나 부하로 이사했고　　　　　　　　　　舜生於諸馮 遷於負夏

명조에서 죽었으니 동이 사람이다.　　　　　　　　　　　　　卒於鳴條 東夷之人也.

제사의식과 절의 의미

제사의식

예의 의식은 시時(천시)·순順(차례)·체體(의식)·의宜(마땅함)·칭稱(輕重)을 중시한다. 그러나 제사의 예로서의 기본정신은 오직 공경하는 마음 하나뿐이다. 그러므로 조상제사의 첫째 요령은 살아 있을 때 어버이를 모시는 것과 똑같이 하는 것이다.

제사 전 3일간은 어버이를 생각하며 재계齋戒하고, 제삿날은 다른 일을 하지 않으며, 사당에 들어갈 때는 어버이가 엄연히 앉아 계시는 것처럼 진퇴를 공경스럽게 몸소 부모님의 명을 듣는 것같이 하는 것이다. 효란 어버이가 살아 계실 때나 돌아가셨을 때나 한결같이 자기 몸이 다할 때까지 공경하는 것이기 때문이다.

다만 제사에는 근본과 함께 무늬가 구비되어야 한다. 아무리 뿌리가 중요할지라도 줄기와 가지로 꾸미지 않으면 나타낼 수 없기 때문이다. 근본은 충심과 신의며 무늬는 의식과 조리다. 아무리 근본이 중요할지라도 꾸미는 의식이 없으면 근본은 표현되지 않는다. 그러나 꾸미는 것이 지나치면 예에 어긋난다. 그러므로 제사는 빈번해서는 안 되며 소홀해서도 안 된다. 빈번하면 공경심이 사라지고 소홀하면 잊기 쉽기 때문이다.

그래서 천도에 알맞게 계절에 따라 제사를 지내게 했던 것이다. 봄 제사(禘)는 따뜻하고 비와 이슬이 내리므로 어버이의 신령이 왕림함을 즐겁게 맞이하고, 가을 제사(嘗)는 서늘하여 서리·이슬이 내리므로 어버이의 신령이 돌아감을 슬피 전송한다. 그러므로 봄 제사에는 음악이 있고 가을 제사에는 음악이 없다. 이것이 조리다.

하늘제사에는 검은 고구羔裘를 입었고 제물은 송아지를 썼으며 사직의 제사는 소를 썼다(『예기』「교특생郊特牲」). 그릇과 폐백은 큰 것을 좋아하지 않으며, 희생은 반드시 살찌고 큰 것을 바라지 않으며, 제물은 수가 많은 것을 아름답게 여기지 않는다(『예기』「예기禮器」). 흉년에 많은 제수를 장만하는 것은 예의 원칙인 때를 잃는 것이다. 또 가난한 자가 제수를 많이 하는 것은 마땅함을 잃는 것이다.

조상의 제사는 반드시 부부가 함께 지내며, 제물은 하늘이 낳고 땅이 기르는 정결한 음식이면 아무것이나 정성껏 드렸으나, 주로 채소·김치 종류, 누리와 개미의 알 같은 육산陸産의 젓갈, 세 가지 고기(소·양·돼지), 여덟 그릇의 곡식, 곤충 요리, 과일 등을 올렸다.

제사는 온화한 얼굴과 공손한 모습으로 지내야 한다. 위엄
있고 근엄한 모습은 어버이를 섬기는 모습이 아니다.

예기禮記/예기禮器

예의 의식은 천시天時를 큰 것으로, 차례를 다음으로,　　　　禮時爲大 順次之
의식을 다음으로, 마땅함을 다음으로, 경중輕重을 다음으로 본다.　禮次之 宜次之 稱次之.

예기禮記/예기禮器

예禮란 본원인 뿌리를 되돌아보고 옛사람을 공경하고　　　　禮也者 反本修³⁾古
그 비롯됨을 잊지 않는 것이다.　　　　不忘其初者也.
그러므로 예의 줄기는 삼백이며 가지는 삼천이나　　　　故經禮三百 曲禮三千
그것은 하나로 일치되는 것이다.　　　　其致一也.

예기禮記/제의祭義

문왕의 제사는 사자死者 섬기기를 산 사람 섬기는 것같이 하고,　文王之祭也 事死者如事生.
사자 사모하기를 살고 싶지 않은 듯이 했다.　　思死者如不欲生.

예기禮記/예기禮器

선왕이 예를 세움에는 근본도 있고 무늬도 있다.　　先王之立禮也 有本有文.
충신은 예의 근본이고,　　忠信禮之本也
의리는 예의 꾸밈이다.　　義理禮之文也.
근본이 없으면 세울 수 없고 꾸밈이 없으면 행할 수 없다.　　無本不立 無文不行.

---

3) 修(수)=飾也, 敬也.

예기禮記/제의祭義

제사는 자주 지내지 않는다. 번거로우면 공경스럽지 않다.

제사는 드문 것을 바라지 않는다. 태만하면 잊어버린다.

그러므로 군자는 천도에 합당하도록

봄 제사와 가을 제사를 지낸다.

祭不欲數 煩則不敬.

祭不欲疎 怠則忘.

是故君子合諸天道

春禘秋嘗.[4]

예기禮記/제통祭統

대저 제사는 반드시 부부가 몸소 지내며,

채소와 김치 등 수초, 누리와 개미알 등 육산陸産의 젓갈은

작은 물건을 갖춘 것이며,

세 가지 고기(소·양·돼지), 여덟 그릇의 곡식 등은

아름다운 물건을 갖춘 것이며,

곤충의 색다른 요리와 초목의 과실 등은

음양의 물건을 갖춘 것이다.

무릇 하늘이 낳고 땅이 기른 것 중에서

제물로 바칠 수 있는 것은

다 갖추어 제물을 다했음을 보여주는 것이다.

이처럼 밖으로 제물을 다하고,

안으로 마음을 다하는 것이 제사의 마음이다.

夫祭也者 必夫婦親之.

水草之菹[5] 陸産之醢[6]

小物備矣.

三牲之俎 八簋之實

美物備矣.

昆蟲之異 草木之實

陰陽之物備矣.

凡天之所生 地之所長

苟可薦者莫不咸在

示盡物也.

外則盡物

內則盡志 此祭之心也.

---

4) 春祭曰禘 夏祭曰礿 秋祭曰嘗 冬祭曰烝 (禮記/祭統).

5) 菹(저)=채소절임.

6) 醢(해)=젓갈.

우리 절의 의미

한번은 친구 자제의 혼례식에서 주례 목사가 다섯 번이나 기도하는 것을 본 적이 있다. 그렇게 자주 기도하고 온갖 것을 빌면서도 미안한 기색이 전혀 없고 도리어 의기양양했다. 나는 하느님에게 너무 송구했다.

항상 느끼는 것이지만 우리 결혼식은 교회예식과 비슷한데 잡탕이다. 신혼부부는 봉건시대의 서양 귀족이 된 것처럼 예복을 차려입고, 절은 일본식으로 한다. 허리를 45도 굽히는 일본식 인사보다 우리식 절을 했으면 얼마나 좋을까? 그것도 싫다면 모든 것이 서양식이니 차라리 인사까지 키스로 했으면 덜 어색할 것 같았다. 이 결혼식에서 김치 이외에 우리의 것이라곤 아무것도 없음을 발견하고 쓸쓸한 생각이 들었다.

우리의 절은 중국과도 다른 독특한 것이다. 우리의 절은 상대편에게 존경을 표하는 외에, 먼저 우주 생명의 근원인 하늘과 땅에 경외감을 표현하는 독특한 것으로 우리 민족 고유의 문화전통이다. 그러므로 나는 제사를 비롯한 종교의식에서 우리의 절을 부활시키는 것은 중요한 의미가 있다고 생각한다.

소도경蘇塗經/본훈本訓

엄지손가락을 교차시켜 오른손을 얹고
삼육대례를 행한다.
엄지를 교차시키는 것은, 오른 엄지는 시초인 자子(A)를 의미하고,

檀君世紀曰 交拇加右手
行三六大禮.[7]

交拇者 右拇點子

---

7) 大禮는 한 번에 두 번 절하고 세 번으로 끝내니 여섯 번 헌신함.

왼 엄지는 끝인 해亥(Ω)를 의미하므로 처음과 끝을 합하는 것이다.	左揖點亥
오른손을 얹는 것은 태극을 만드는 것이다.	而加右手作太極形也.
옛날부터 궤를 하기 전에 먼저 읍揖을 했다.	古者跪8)必先揖也
절은 먼저 상대를 공경하는 읍을 하는 것이	拜必先揖而跪也
예의 상도이기 때문이다.	乃禮之常也.
읍은 모은다는 뜻이니,	揖之爲言聚也.
마음을 모아 두 손을 맞잡고 하늘을 생각하는 것이다.	聚心拱手而念天也.
궤는 순순을 의미하니,	跪者順也
기氣를 순하게 하여 무릎을 합해 땅에 감사하는 것이다.	順氣合膝而謝地也.
절은 헌신을 의미하니,	拜者獻也
몸을 굽히고 머리를 조아려 선조에게 고하는 것이다.	獻身叩頭而報先也.

제사의 의의

인류의 실현

동양의 천제天帝는 유일신이지만 단일신이 아니다. 천신天神 외에 산천신山川神도 있고 조상신祖上神도 있다. 그러므로 단일 신인 야훼처럼 "내 앞에 다른 신을 두지 말라"고 말하지 않는 다. 이처럼 한울님은 단일신이 아니므로 다른 신들을 배타하지 않는다. 그러므로 천하를 자기만의 소유로 하려는 신들의 전쟁

---

8) 跪(궤)=무릎을 꿇는 것.

도 없었다. 오히려 만신萬神의 우두머리인 유일신이므로 만신
을 부릴 뿐 배타하지 않는다. 특히 동이족은 한울님을 시조신
으로 모신다. 그러므로 동이족은 모두가 천손天孫이다. 이것은
예수만이 하느님의 외아들이라는 기독교와 차별된다.

춘추번로春秋繁露/권17/천지지행天地之行

하느님은 모든 신들의 임금이며, 만물의 조상이다.

天者百神之君 萬物之祖.

춘추번로春秋繁露/권11/위인자천爲人者天

사람이 사람인 것은 하늘을 본받았기 때문이다.

하느님은 사람의 먼 조상이다.

그러므로 사람들은 하느님을 숭상하고 제사하는 것이다.

人之爲人本于天

天亦人之曾祖父也

此人之所以乃上類[9]天也.

　　그런데 앞서 말한 것처럼 하늘제사는 천자만이 지낼 수 있
다고 하는 중국의 위세에 눌려, 조선은 제후국의 신분으로 자
족하였으므로 하늘제사를 지내지 않았다. 이것은 너무도 치욕
적인 것이었다. 이때 서양의 야훼가 수입되자 우리는 야훼를
하느님으로 제사 지내게 되었다. 그러나 먼 옛날부터 지내오
던 조상신에 대한 제사는 버리지 않았다. 다만 그 조상신에 대
한 제사는 무당의 무꾸리와는 전혀 다른 것이었다. 그것은 무
꾸리가 아니라 '제례祭禮'라고 말했다.

　　이처럼 주검을 장사하고 제사하는 것을 '예禮'라고 말하는

---

9) 類(류)=祭名.

것은 중대한 의미를 갖는다. 즉 산 자를 대하거나 죽은 자를 대하거나 모두 예로 대한다는 것이다. 『예기』에 의하면 예란 굽은 마음을 바로잡고 아름다운 마음을 높이는 것이다. 그러므로 예는 죽음과 삶을 불문하고 친척의 원망을 없애고 나아가 소원한 이웃과 친해지는 것이어야 한다. 따라서 제사 역시 죽은 자뿐 아니라 산 자도 고려하는 인간 중심적 또는 세속 중심적인 예의 정신이 표현되어야 한다. 그러므로 제사란 "만물은 하늘을 근본으로 삼고 사람은 조상을 근본으로 삼는다"는 천리天理의 표현이며, 인간의 근본에 보답하고 시원始原을 돌이켜보는 의식이었던 것이다. 이처럼 제사는 복을 빌기 위한 것이 아니라 인간의 도리를 다하는 인륜의 행사였던 것이다.

공자는 특히 예를 통치제도의 근본으로 보았으므로 그것을 체현하는 제사도 당연히 치도治道의 의식이었다. 어버이에 대한 사랑은 백성의 화목을 가르치는 최선의 치도이며, 형과 어른을 공경하는 것은 백성을 순종하도록 가르치는 최선의 치도였던 것이다. 제사로써 어버이에 대한 사랑을 보여주는 것은 민民을 화목하게 하기 위한 인륜의 의식儀式이었다.

예기禮記/교특생郊特牲

만물은 하늘을 근본으로 하고, 사람은 조상을 근본으로 한다.	萬物本乎天 人本乎祖
이것이 시조신을 제사하면서 하느님을 배향하는 까닭이다.	此所以配上帝也
교외에서 하늘제사를 지내는 것은	郊之祭也
근본에 크게 보답하고 비롯됨을 되돌아보는 것이다.	大報本反始也.

제사는 기복이 아니다

 그러므로 제사는 자기를 위해 복을 비는 의식이 아니다. 공자가 이르기를, 삼대 성왕들은 모두 천지신명을 섬기고 점을 쳤지만 감히 자기의 사사로움을 위해 함부로 하느님을 섬긴 것이 아니라고 말한다. 요즘 목사, 신부만이 아니라 기독교 신자라면 모두가 앉으나 서나 아무 곳에서나 하느님을 찾고 오만 가지 복을 비는 것과는 전혀 다르다.

좌전左傳/ 희공僖公5년(BC 655)

우공이 말했다. "나는 젯밥을 풍성히 하여 제사를 드렸으니	虞公曰 吾享祀豊潔
신은 반드시 나를 도울 것이다."	神必據[10]我.
이에 궁지기가 말했다. "제가 듣건대	宮之奇對曰 臣聞之
귀신은 사람의 몸을 친애하지 않고 사람의 덕을 도울 뿐이니,	鬼神非人實親 惟德是依.[11]
주서周書가 이르기를, 하늘은 사사로움이 없고	故 周書曰 皇天無親
오직 사람의 덕을 보우한다고 했습니다.	惟德是輔.
또한 젯밥을 흠향하는 것이 아니고	又曰 黍稷非馨
밝은 덕을 흠향한다고 했습니다.	明德惟馨.
이처럼 덕이 아니면 백성이 불화하고	如是則 非德 民不和
신도 제사를 받지 않습니다."	神不享矣.

---

10) 據(거)=安也.
11) 依(의)=保也, 助也, 愛也.

예기禮記/표기表記

공자는 삼대 성왕에 대해 말하기를,　　　　　　　　　子言之昔三代明王

"이들은 모두 천지신명을 섬기고　　　　　　　　　　皆事天地之神明

점치는 것을 비난하지 않았지만　　　　　　　　　　無非卜筮之用

감히 사사롭고 무람없이 하느님을 섬기지는 않았다"라고 하였다.　不敢以其私褻[12]事上帝.

묵자墨子/경주耕柱

옛날 우임금께서 아들 계와 백익의 아들 비렴을 시켜　　　昔者夏候開[13] 使蜚廉

구주의 산과 들에서 금을 캐어 곤오에서 황금 솥을 만들었다.　折金於山 以鑄鼎於昆吾

그리고 백익에게 닭을 잡아 그 피로 신령한 거북점을 치게 했다.　是使翁難雉乙卜於白若之龜

그때 다음과 같이 축문을 읽고 빌었다.　　　　　　　　曰

"솥은 발이 셋(天地人)이며 바르옵니다.　　　　　　　鼎成四足而方

청컨대 인민들이 밥을 짓지 못하거든　　　　　　　　不炊

신께서 이 솥으로 끓여주시고,　　　　　　　　　　而自烹

제가 이 솥을 채우지 못하거든 신께서 저장해 주시고,　　不舉而自藏

제가 이 솥을 어진 자에게 물려주지 않거든 신께서 옮겨주소서!　不遷而自行

우禹가 곤오의 제단에서 제사를 올리오니 흠향하소서!"　　以祭於昆吾之虛 上饗.

　다만 제사의 보답으로 복을 받지만 그것은 세상이 말하는 복이 아니라 비備라고 말한다. 비란 인륜과 도리를 따른다는 뜻이다(循於道之謂備 : 『장자』 「외편外篇」 천지天地). 안으로 마음을

---

12) 褻(설)=무람없다.
13) 開(개)= '啓'인데 忌諱하였음.

다하고 밖으로 도리를 다해 천리를 따른다는 의미이다.

예기禮記/제통祭統

어진 이의 제사는 반드시 복을 받는다.	賢者之祭也 必受其福
그러나 그것은 세상에서 말하는 복이 아니라 '비備'라고 말한다.	非世所謂福也. 福者備也.
비란 매사에 도리를 따른다는 말이다.	備者百順之名也.
안으로 정성을 다하고 밖으로 도에 순종하는 것을 뜻한다.	言內盡於已 而外順於道也.
그러므로 현자의 제사는	…是故賢者之祭也
성신과 충심과 공경을 다하여	致其誠信與其忠敬.
물건으로 받들고, 예로써 인도하고	奉之以物 道之以禮
음악으로 편안케 하고, 시절에 알맞게 했다.	安之以樂 參14)之以時
다만 제물을 올리는 것을 아뢸 뿐,	明15)薦之而已矣
무엇이 되게 해달라고 요구하지 않는다.	不求其爲.
이것이 효자의 마음이다.	此孝子之心也.16)

묵자墨子/노문魯問

노나라 제관이 돼지 머리를 놓고 제사를 지내면서	魯祝以一豚祭
백 가지 복을 빌었다.	而求百福於鬼神.
묵자가 듣고 말하였다. "그것은 옳지 않다.	子墨子聞之日 是不可.
남에게 베풀기는 야박하고 남에게 바라는 것은 많다면	今施人薄而望人厚
사람들은 그런 사람의 베풂을 오히려 두려워할 것이다.	則人唯恐其有賜於己也.

---

14) 參(참)=宜也, 驗也, 不齊貌.
15) 明(명)=神明也, 酌也.
16) 만인은 하느님의 아들이므로 하느님께 孝를 해야 한다.

지금 귀신에게 돼지 머리를 놓고 백 가지 복을 빈다면   今以一豚祭 而求百福於鬼神

귀신은 그가 장차 소와 양을 놓고 제사를 지낼까 두려워할 것이다.   鬼神唯恐其以牛羊祀也.

옛 성왕들은 귀신을 섬겼지만   古者聖王事鬼神

제사를 올리는 것으로 그칠 뿐이다.   祭而已矣.

지금 돼지 제사로 백복을 빈다면 그가 부자가 되었을 때는   今以豚祭而求百福

소와 양을 놓고 더 많은 것을 빌 것이므로

귀신은 오히려 그가 부해지기보다 가난한 것이 나을 것이다.”   則其富不如其貧也.

이웃과 나눔의 행사

또한 『예기』에서는 제사란 빈천한 자에게 제물을 나누어주는 '은혜를 베푸는 도리(惠下之道)'라고 말한다. 그러므로 현명한 군주는 제사가 많았고, 제사가 많으면 빈천한 자가 헐벗고 굶주리지 않는다고 했다.

고려와 조선에서는 동대문 밖 보제원普濟院의 전농단典農壇에서 풍년을 기원하는 제사를 지낼 때 농사를 처음 가르쳤다는 신농씨에게 제를 올렸는데, 이때 희생으로 쓴 소를 삶아 회중들이 나누어 먹은 것이 선농탕膳農湯 즉 오늘날의 '설렁탕'이다.

그리고 제사 때 쓴 고기나 기타 제수祭羞를 친척들과 이웃에 고루 나누어 주었는데, 이것을 '선물膳物'이라 했다. 여기서 '선膳'자는 '제사 지낸 음식'이란 뜻으로, 희생으로 바친 고기를 말한다. 지금도 선물이라는 말은 남아 있지만, 그 어원의 본뜻은 잊혀지고 뇌물이 되어버렸다.

또한 신농씨에 대한 제사 이외에 '고수레'라는 제사가 있다.

지금도 우리나라 시골에서는 모두 하고 있다. 이것은 단군의
곡식 담당관 고시씨를 기리는 제사라고 하지만, 실은 거지와
날짐승, 들짐승에게 음식을 세공하는 의식이다. 이로 미루어보
면 제사는 이웃과 음식을 나누는 의식이었던 것이 분명하다.

예기禮記/제통祭統

대저 제사는 갖바치, 백정, 무당, 문지기 등에게 제수를 주어	夫祭有畀煇[17]胞[18]翟[19]
은혜를 내리는 도리이다.	閽[20]者 惠下之道也.
주검이 지존이라면 지존을 이미 제사했으므로	尸又至尊 以至尊既祭之末
끝마무리는 천민을 잊지 않고	而不忘至賤
그 나머지를 그들에게 내리는 것이다.	而以其餘 畀之.
그러므로 명철한 군주가 위에 있는 한	是故明君在上則
경내의 백성들은 헐벗고 굶주리는 일이 없는 것이다.	竟內之民無凍餒者矣.

묵자墨子/노문魯問

대저 귀신이 어찌 젯밥을 위해 기장의 싹을 뽑으며	夫鬼神豈唯擢黍
희생을 위해 간을 도려내려 하겠느냐?	拑肺爲欲哉.
지금 그대는 높은 작록을 받고	今子處高爵祿
어진 이에게 사양하지 않았으니	而不以讓賢
첫 번째로 신에게 상서롭지 못한 일이요,	一不祥也.

17) 煇(휘)=韗. 甲吏之 賤者也.
18) 胞(포)=肉吏之 賤者也.
19) 翟(적)=敎羽舞者, 樂吏之 賤者也.
20) 閽(혼)=守門之 賤者也.

재물이 많은데 가난한 자에게 나누어주지 않았으니   多財而不以分貧

두 번째로 귀신에게 상서롭지 못한 일이다.   二不祥也.

묵자墨子/명귀明鬼 하

묵자가 말했다. "제사를 지내는 것은   子墨子曰 今吾爲祭祀也

음식을 그냥 구덩이에 버리는 것이 아니다.   非直注之汙壑而棄之也.

위로는 귀신과 사귀는 복을 얻고,   上以交鬼神之福

아래로는 마을 사람에게 먹고 마시게 함으로써 친해지는 것이다.   下以合驩聚衆 取親乎鄕里.

만약 귀신이 있다면   若鬼神有

우리 부모형제에게 대접하는 것이니   則是得吾父母弟兄而食之也.

어찌 천하에 이로운 일이 아니겠는가?"   則此豈非天下利事也哉.

생명존중 의식

성리학에서는 생명을 성性이라 하고, 그것을 천리天理라고 말함으로써 생명을 천인天人관계로 파악했다. 이보다 앞서 중국과 조선의 역易사상은 생명을 천지天地의 관계로 파악했다. 역은 원래 '변한다', '바뀐다' 는 뜻인데, 『주역』에서는 역을 "온갖 생명을 낳고 기르는 살림운동"이라고 말한다(生生之謂易 : 『주역』). 이처럼 『주역』은 낳고 죽고, 흥하고 망하고, 기울고 차는 천지운동과 생명운동을 설명한 책이다.

생명운동인 역은 동動만이 아니다. 정靜도 역이다. 천天의 정역靜易은 모으는 것이고 동역動易은 펴는 것이며, 지地의 정역은 닫음이고 동역은 열림이라 한다.[21]

그러므로 삶과 죽음은 모두 생명운동이며, 삶은 동역이고 죽음은 정역이다. 역에서는 삶과 죽음을 본질적으로 서로 다른 세계로 갈라놓지 않는다. 그래서 죽음은 이 세상에서 저 세상으로 이사를 가는 것이라고 말한다.

묵자는 생명을 우주宇宙 관계로 파악했다. 우宇는 공간 개념이고 주宙는 시간 개념이다. 『천자문』 첫머리에 나오는 "천지현황天地玄黃"은 『주역』에서 따온 말이며, "우주홍황宇宙洪荒"은 『묵자』에서 따온 말로서, '천天은 현묘하여 검푸르며 땅은 곡식을 실어 누렇고, 공간적인 우주는 넓고 시간적인 우주는 비어 있다'는 뜻이다. 그래서 우리는 태어나서 처음으로 글자를 대할 때 천지와 우주라는 말부터 배우는 것이다.

묵자는 생명이란 물질적인 형체와 정신적인 지각이 머문 곳이며, 시간적인 우주(宙)와 공간적인 우주(宇)가 분리되지 않고 충만하려는 운동이라고 말했다.[22]

그는 생명을 공간과 시간, 즉 우주의 운동으로 파악한 것이다. 이처럼 존재란 시간과 공간이라는 인연(因)이 있어 물物이 될 수 있는 것이다. 그는 "우주 공간은 이동하는 것이며, 시간은 그 우주의 운동이다"라고 말한다. 따라서 공간이 없으면 시간도 없다.

그러므로 묵자에게 존재의 비롯됨, 즉 생명의 탄생은 시간과의 마주침이며, 그 시간은 이미 충만되어 있는 시간이 아니

21) 夫乾其靜也專 其動也伸 夫坤其靜也翕 其靜也闢 是以廣生焉(周易).

22) 生 刑與知處也. 生 盈久 生商不可必也(商=字의 誤, 必=分極 : 墨子/經說上).
久彌異時也 宇彌異所也. 久合古今旦暮 宇覆東西南北(墨子/經說上).
四方上下謂之宇 往古來今謂之宙(淮南子/齊俗訓).

라 미리 주어져 있지 않은 미지의 시간과의 마주침이라고 말한다. 묵자에게 죽음은 공간과 시간이 분리되어 운동이 정지된 것이다.[23]

이러한 동양적 생명 본질론의 관점에서 보면, 제사는 정靜을 동動으로, 과거의 공간과 시간을 현재의 공간과 시간으로 재현하는 것이다. 그러므로 제사는 역사의 부활 또는 생명의 부활의식이라고도 해석할 수 있을 것이다.

기독교 신학자 안병무는 "생명은 관계 맺음"이라고 말했다. 그러므로 부모와 형제와 이웃과 관계가 끊어지는 것은 죽음이며, 하느님과의 관계가 계속 연결되는 것은 영생이다. 또한 과거와의 단절은 죽음이며, 미래와의 관계가 끊어지지 않는 것은 영생이다. 예수가 "너희가 내 안에 있으면 영생한다"고 말한 것도 이런 맥락에서 이해할 수 있을 것이다.

생명의 관계 맺음이란 사람과 사람, 사람과 자연 사이의 교통이며 의사소통을 말한다. 『구약성서』「창세기」는 "태초에 로고스(Logos, 이성과 말씀)가 있었다. 이것이 곧 하느님이다"라고 하였다. 이것은 또한 '의사소통이 생명이다'라는 의미를 내포하고 있다. '말씀'이란 다름 아닌 '말의 쓰임', 즉 '의사소통'을 의미하기 때문이다. 그러므로 결국 생명은 하느님과의 의사소통이라고 말할 수도 있는 것이다. 또한 그것은 역으로 인간은 하느님을 통해서만 의사소통을 할 수 있고, 의사소통을 통해서만 삶이 있다는 의미이기도 하다. 여기에서도 제사는 하느님

---

23) 始 當時也 時或有久或無久 始當無久. 盡 但止動(墨子/經說上).

또는 영혼과의 의사소통과 관계 맺음이며 생명부활의식이라고
해석될 수 있다.

우리 문화를 모독하지 말라!

　이처럼 제사는 종교적 의식이면서도 하나의 예이므로 봉건
시대는 당연히 봉건시대의 질서가 반영되어 있다. 그러므로
옛 제사에는 신분차별이라는 부정적 요인이 숨어 있다. 예컨
대 신주神主와 제주祭主의 신분에 따라 제사도 달라야 한다는
것이다. 죽은 자가 대부이면 대부의 예로 제사하고, 그 아들이
대부이면 죽은 자가 서민庶民이라도 대부의 예로 제사했던 것
이다. 오늘날 제사는 대체로 이러한 신분차별이 사라졌지만
아직도 봉건적 잔재가 남아 있다면 시정되어야 할 것이다. 특
히 여자의 제사 참여를 금하는 것은 옛 법도에도 없는 봉건적
잔재이다. 그러므로 오늘의 제사의식은 남녀가 나란히 참여해
야 한다.

제주의 신분차별

국어國語/초어楚語 상

초나라 경대부 자석子夕 굴도屈到는	屈到
평소 마름(菱)을 즐겨 먹었는데, 병이 들자,	嗜菱 有疾
집사를 불러	召其宗老而屬之曰
자기 제사에는 마름을 놓도록 부탁했다.	祭我必以菱.
그러나 그의 아들 굴건屈建이 마름을 치우도록 명하고 말했다.	屈建命去之曰
"제사를 올리는 법도에 이르기를,	其祭典有之曰

군주에 대한 제사는 소를 잡고,　　　　　　　　　　　國君有牛享

대부에게는 양을 올리며,　　　　　　　　　　　　　　大夫有羊饋

사士에게는 개와 돼지로 제사를 올리고　　　　　　　士有豚犬之奠

서인에게는 생선전으로 제사를 올리며,　　　　　　　庶人有魚炙之薦

다만 제기와 포脯와 해醢는 상하 모두 공양한다.　　籩豆脯醢則上下共之

다만 진기하고 이상한 것을 올리지 않고　　　　　　不羞珍異

잡다하게 진설하지 않는다.　　　　　　　　　　　　不陳庶侈.

선친께서는 사사로움으로　　　　　　　　　　　　　夫子不以其私

나라의 전례를 어기려하지 않을 것이다."　　　　　欲干國之典.

남녀 동등한 참여

예기禮記/제의祭義

효자가 제사를 올림에 군주는 희생을 올리고,　　　君牽牲

부인은 술을 올리며　　　　　　　　　　　　　　　夫人奠盎

군주는 신주에게 술잔을 바치고,　　　　　　　　　君獻尸

부인은 제수를 올린다.　　　　　　　　　　　　　　夫人薦豆

군주는 경대부가 집사로 돕고,　　　　　　　　　　卿大夫相君

부인은 명부가 집사로 돕는다.　　　　　　　　　　命婦相夫人.

예기禮記/제통祭統

제후가 부인을 취할 때 혼약을 하는 말에 이르기를,　　國君取夫人之辭日

"청컨대 그대 옥녀와 내가 함께 영지를 공동소유하여,　請君之玉女與寡人 共有敝邑

우리 종묘사직의 신령을 섬기려 한다"고 말한다.　　事宗廟社稷

이것이 조력을 구하는 근본이다.　　　　　　　　　此求助之本也

대저 제사란 반드시 부부가 함께 친히 해야 하되,
내외의 관리를 두어 돕게 하는 까닭은
관리를 갖추는 것이 정성을 다 갖추는 것이 되기 때문이다.

夫祭也者 必夫婦親之
所以備內外之官也.
官備則具備.

부부 사이엔 존비 없음

예기禮記/교특생郊特牲

혼례식에서 쇠고기와 돼지고기를 함께 먹는 것은
존비를 동등하게 함이다.
그러므로 부인은 작위가 없어도 남편의 작위를 따른다.
앉는 차례도 부인은 나이 어려도 남편의 나이에 따른다.

共牢而食
同尊卑也.
故婦人無爵 從夫之爵.
坐以夫之齒.

　　그러나 제례가 봉건시대의 유산이라는 이유만으로 아무 의
미 없는 것으로 부정되어야 한다는 것은 아니다. 세계 각국의
제례도 모두 봉건시대의 유물이지만 그것을 모두 버리지는 않
는다.

　　한때 일본은 북한에서 반환받은 일본인 납치 유골이 진짜냐
가짜냐로 시끄러웠다. 이보다 앞서 미국은 6·25전쟁 중 북한
에서 전사한 미군 유해를 공동 발굴하여 미국으로 송환하는
작업을 계속하고 있는데 아직 가짜 진짜를 가리는 시비는 없
었다. 한편 우리나라는 태평양전쟁 때 일본으로 끌려간 조선
인 유골의 반환소송을 제기하고 있다. 유골을 가족에게 돌려
주어 추모하고 정중히 장례를 치르게 하는 것이 인류 공통의
도리라고 믿고 있기 때문이다. 이것은 바로 인류의 생명존중
사상의 발로인 것이다.

이처럼 장례와 무덤, 제사는 인류가 수천 년 동안 지켜온 생명존중의 인류적 행사이다. 그리고 그것들은 민족마다 각각 고유한 형식의 문화로 지켜져오고 있다. 그러므로 그 누구도 이집트 왕의 피라미드나, 중국 진시황의 무덤이나, 백제 무령왕릉의 조성과 장례를 기독교식으로 하지 않았다고 시비를 걸지 않는다. 산 자의 생명이나 죽은 자의 생명을 모독할 권리는 그 누구에게도 없기 때문이다.

그런데 유독 한국의 기독교는 수천 년 내려온 우리 조상들의 장례의식과 무덤, 제사를 미개한 짓이라고 모독해 왔다. 다행히 천주교에서는 최근 그 부분에 대해 공식적으로 사죄했다. 그러나 지금도 대부분의 예배당에서는 주일마다 우리 조상을 모독하고 있다. 이제 이런 모독은 중단되어야 한다. 이 땅의 기독교 역사는 5,000년 우리 역사에 비하면 한순간이다. 승리에 도취하면 안 된다. 기독교는 우리 조상들의 하느님과 제사를 전통문화로 인정하고 받아들여야 한다.

10 묵자의 하느님

묵자는 예수의 선지자

『묵자』를 한 번이라도 읽은 독자라면 묵자의 말과 예수의 말이 너무도 닮은 것에 놀랐을 것이다. 묵자는 유일한 그의 어록 『묵자』에서 300여 차례나 하느님에 대하여 말하고 있다. 공자의 말은 모두가 훌륭한 옛 왕의 말씀을 전하는 것이고, 묵자의 말은 모두가 하느님의 뜻을 전하는 것이다. 그가 말하고 행동한 것은 하느님의 뜻을 이 땅에 실현하기 위한 것이었다. 그러므로 그는 사람이 본받을 표준은 유가들이 말하는 군君(성인)·사師(스승)·부父(부모)가 아니고 오직 하느님의 뜻이라고 말한다. 이는 성경에서 "하느님의 뜻이 이 땅에 이루어지소서!"라는 기도문과 똑같은 것이다.

묵자墨子/천지天志 상

묵자가 가로되, 나는 하느님의 뜻을 품고 있다.

그것은 마치 목수에게 그림쇠와 곡자와 같은 것이다.

목수는 그림쇠와 곡자를 들고

천하의 모난 것과 둥근 것을 재어보고

맞으면 옳다 하고, 맞지 않으면 그르다고 말한다.

지금 천하의 사군자들은

수많은 글과 이론을 가지고

위로는 제후들에게 유세하고

아래로는 선비들에게 유세하지만

어짊과 이로움과는 너무 어긋나는 것이다.

무엇으로 그것을 알 수 있는가?

나는 천하의 밝은 법도인 하느님의 뜻으로 재어보기 때문이다.

子墨子言曰 我有天志

譬若輪人之有規 匠人之有矩.

輪匠執其規矩

以度天下之方圜

曰中者是也 不中者非也.

今天下之士君子之書

不可勝載 言語不可勝計

上說諸侯

下說列士

其於仁義 則大相遠也.

何以知之

曰 我得天下之明法以度之.

묵자墨子/천지天志 중

묵자는 하늘의 뜻을 가지고,

위로는 천하 왕공대인들의

형벌과 제도를 헤아려보고,

아래로는 만민의

학문과 담론을 헤아렸다.

子墨子之有天之意也

上將以度 天下之王公大人

爲刑政也.

下將以量 天下之萬民

爲文學 出言談也.

『묵자』 53편은 모두 일관되게 겸애와 교리라는 하느님의 뜻을 진술한 글이다. 뿐만 아니라 그 내용에서 『신약성서』와 똑같은 말이 너무도 많다. 일찍이 중국의 국부 쑨원孫文은 "고대에 사랑을 말한 사람으로 묵자를 능가할 사람은 없다. 묵자가 말한 겸애는 예수의 박애와 같은 것"이라고 말했으며, 한국의 유명한 성서학자 늦봄 문익환文益煥(1918~1994) 목사는 "묵자의 하느님은 예수의 하느님과 쌍둥이같이 닮았으며 석가, 묵자, 예수는 한 뿌리에서 나온 세 가지"라고 말했다. 나 역시 동방의 묵자는 예수의 선지자요, 동방의 예수는 묵자의 법제자이며, 성경에서 말하는 '동방박사'는 묵자의 제자들일 것이라고 생각한다.

묵자墨子/경설經說 하

그가 있는 곳을 몰라도 그를 사랑하지 않을 수 없다.	不知其所處 不害愛之.
잃어버린 자식에 대해 말하는 것이다.	說在喪子者.

묵자墨子/대취大取

무릇 남을 사랑하는 것을 배운 사람은	凡學愛人
삼천대천세계를 사랑하는 것과	愛衆衆世[1]
사바세계를 사랑하는 것이 한결같다.	與愛寡世[2] 相若.
겸애도 이와 같다.	兼愛之有相若.
상세上世를 사랑하고 후세後世를 사랑하는 것이	愛尚世 與後世
금세今世를 사랑하는 것과 하나처럼 같다.	一若今之世.

---

1) 三千大天世界.
2) 娑婆世界.

묵자墨子/비악非樂 상

하늘을 나는 새들과 들에 뛰노는 짐승들과

물 위를 날고 땅속에 숨은 벌레들을 보라!

날개와 털로 의복을 삼고,

발굽으로 신발을 삼고,

물풀로 음식을 삼는구나!

그러므로 그들은 수놈이 밭 갈고 씨 뿌리지 않고

암놈이 실 잣고 길쌈을 하지 않아도,

먹고 입을 것을 모두 하늘이 이미 마련해 주었다.

그러나 사람은 다른 짐승들과는 달리

노동을 해야만 살아갈 수 있으며

노동을 하지 않으면 살아갈 수 없는 존재인 것이다.

今之禽獸麋鹿

蜚鳥貞蟲

因其羽毛以爲衣裘

因其蹄蚤以爲絝屨

因其水草以爲飮食.

故唯使雄不耕稼樹藝

雌亦不紡績織紝

衣食之財固已具矣.

今人與此異者也

賴其力者生

不賴其力者不生.

묵자墨子/귀의貴義

너희에게 천하를 주겠으니

그 대신 네 목숨을 바치라고 한다면 그렇게 하겠는가?

너희는 반드시 하지 않을 것이다. 왜 그럴까?

아무리 천하가 귀해도 목숨보다는 귀하지 않기 때문이다.

그러나 사람들은 한마디 말로 다투며 서로를 죽인다.

이것은 목숨보다도 의義가 귀하기 때문이다.

그러므로 만사는

(하느님의) 의보다 귀한 것은 없다고 말하는 것이다.

又曰 予子天下

而殺子之身 子爲之乎.

必不爲. 何故

則天下不若身之貴也.

爭一言以相殺

是貴義於其身也

故曰 萬事

莫貴於義也.

묵자墨子/귀의貴義

내 말은 언젠가 반드시 쓰일 것이다.
내 말을 버리고 생각을 바꾸는 것은
추숫감을 버리고 이삭을 줍는 것과 같고,
다른 말로 내 말을 비난하는 것은
달걀로 바위를 치는 격이다.
천하의 달걀을 다 던진다 해도 내 말은 반석과 같으니
깨뜨릴 수 없을 것이다.

子墨子曰 吾言足用矣
舍吾言革思者
是猶舍獲而攈粟也
以他言非吾言者
是猶以卵投石也
盡天下之卵 其石猶是也
不可毁也.

겸애와 교리의 하느님

묵자에게 하느님의 뜻은 평등한 사랑(兼愛)과 서로를 이롭게
하는 것(交利)이다. 내 이웃을 내 몸처럼 돌보고, 남의 나라는
내 나라처럼 돌보는 것이 겸애와 교리의 하느님 뜻을 따르는
길이다.

묵자墨子/겸애兼愛 중

그러므로 묵자가 말했다.
"남의 나라 돌보기를 내 나라같이 하고,
남의 가문 돌보기를 내 가문처럼 하며,

子墨子言.
視3)人之國 若視其國.
視人之家 若視其家.

---

3) 視(시)=活也.

남의 몸을 돌보기를 내 몸처럼 하라."

視人之身 若視其身.

묵자墨子/천지天志 중

"하늘은 천하를 평등하게 아우르고 사랑하시므로
만물을 자라게 하여 이롭게 하신다.
털끝 하나라도 하느님이 하지 않은 것이 없다.
인민이 그것을 얻어 이롭게 쓰도록 하시니
받들어야 한다고 말한다.
그런데도 하느님에게 보답하지 않는다면
어질지 못하고 상서롭지 못한 일이다."

今夫天兼天下而愛之
邀遂萬物以利之.
若豪之末 莫非天之所爲也
而民得而利之
則可謂丕矣.
然獨無報夫天
而不知其爲不仁不祥也.

묵자墨子/법의法儀

하느님은 무엇을 바라고 무엇을 미워하는가?
하늘은 반드시 사람들이 서로 사랑하고 이롭게 하기를 바라고,
사람들이 서로 미워하고 해치는 것을 미워하신다.

天何欲何惡者也.
天必欲 人之相愛相利.
而不欲人之相惡相賊也.

묵자墨子/소취小取

사람을 사랑한다는 것은 모든 사람을 두루 사랑한 연후에야
사람을 사랑한다고 말할 수 있다.
그러나 사람을 사랑하지 않는 것은
모든 사람을 두루 사랑하지 않는다는 것을 의미하지 않는다.
한 사람이라도 사랑하지 않으면
사람을 사랑한 것이라고 말할 수 없다.

愛人 待周愛人
而後爲愛人.
不愛人
不待周不愛人
不周愛
因爲不愛人矣.

민중해방의 하느님

묵자의 해방투쟁은 당시 민중이 신앙하고 있던 민중의 해방신解放神 하느님을 어느 한 사람이 독점하여 자기 수호신으로 변질시킨 것을 폭로하고, 천제天帝를 본래의 해방신으로 복원시키는 일이었다. 묵자의 하느님은 천하고, 여리고, 어리석고, 가난하고, 힘없고, 배우지 못하고, 굶주리고, 헐벗고, 피로하고, 억압받는 자들을 해방하고, 장님·귀머거리·외팔이·절뚝발이·처자식 없는 늙은이·부모 없는 고아 등 보잘것없는 자들을 사랑하는 하느님이었다.

묵자墨子/법의法儀

천하 대소 국가는	今天下無大小國
모두 하느님의 고을이며,	皆天之邑也
사람은 어른과 아이, 귀와 천을 불문하고	人無幼長貴賤
모두 하느님의 백성이다.	皆天之臣也.

묵자墨子/법의法儀

하느님은 반드시 사람들이 서로 사랑하고 이롭게 하기를 바라고	天必欲人之相愛相利
서로 미워하고 해롭게 하는 것을 바라지 않는다.	而不欲人之相惡相賊也.
성왕이신 우·탕·문·무는	聖王禹湯文武
천하백성을 두루 사랑했기에	兼愛天下之百姓.
하느님은 그에게 복을 주셨고,	故天福之.
폭왕인 걸·주·유·여는	暴王桀紂幽厲

천하백성을 두루 미워했기에

하느님은 그에게 재앙을 내리셨다.

兼惡天下之百姓.

故天禍之.

묵자墨子/천지天志 중

묵자가 말했다. "하느님의 뜻은

대국이 소국을 침략하지 않고,

강자가 약자를 겁탈하지 않고.

귀한 자가 천한 자를 능멸하지 않고,

다수가 소수를 해치지 않고,

지혜로운 자가 어리석은 자를 속이지 않고,

부자가 가난한 자에게 교만하지 않기를 바라며,

더 나아가 힘이 있는 자는 서로 도와주고,

배움이 있는 자는 서로 가르쳐주고,

재산이 있는 자는 서로 나누어주기를 바라신다."

子墨子曰 天之意

不欲大國之攻小國

強之劫弱

貴之傲賤

衆之賊寡

詐之欺愚

富之驕貧.

不止此而已 欲人之有力相營

有道相教

有財相分也.

묵자墨子/겸애兼愛 하

묵자는 말했다.

"이로써 귀 밝은 장님들과 눈 밝은 귀머거리들이 서로 협동하여

장님도 볼 수 있고 귀머거리도 들을 수 있을 것이며,

이로써 팔 없는 사람들과 다리 없는 사람들도 서로 협동하여

모두가 온전하게 움직이며 살아갈 것이다.

이로써 처자식 없는 늙은이도

죽을 때까지 봉양받고,

부모 없는 고아들도

子墨子曰

是以 聰耳明目

相爲視聽乎.

是以股肱異

相爲動宰乎.

是以 老而無妻子者

有所侍養以終其壽

有弱孤童之無父母者

무럭무럭 자랄 수 있는 것이다."   有所放依以長其身.

묵자墨子/상현尙賢 하

어진 자가 되려면 어떻게 해야 하냐는 물음에 묵자는 답했다.   爲賢之道 將奈何 曰.

"힘이 있으면 달려가 남을 돕고,   有力者疾以助人

재물이 있으면 힘써 남에게 나누어주고,   有財者勉以分人

도리를 알면 열심히 남을 가르쳐야 한다.   有道者勸以教人.

그래서 굶주린 자는 밥을 얻고,   若此則 飢者得食

헐벗은 자는 옷을 얻고,   寒者得衣

피로한 자는 쉴 수 있고,   勞者得息

어지러운 것을 태평하게 다스릴 수 있는 것이다.   亂者得治.

이것을 편안한 삶을 살아가는 '안생생安生生 사회'라고 말한다."   此安生生.

반전평화의 하느님

　제자백가들이 활동하던 기원전 8세기부터 3세기까지 약
500년 동안의 춘추전국시대는 주周나라가 지향한 천하일가 혈
연공동체 질서가 급속히 해체되면서 군웅이 할거하며 쟁패하
던 전란시대였다. 그러므로 제자백가들의 공통된 목표는 전란
이 없는 태평성세를 이루는 것이었다.

　그러나 공자와 맹자는 묵자와는 달리 전쟁을 거부하지 않았
다. 다만 그들은 천자만이 전쟁을 할 수 있다는 이른바 '의전

론義戰論'을 주장했다. 공자는 오직 왕만이 전쟁을 할 수 있고 여러 제후들은 전쟁 권한이 없다고 주장했다. 이러한 천자중심주의만이 전란을 종식시킬 수 있다고 믿은 것이다. 그래서 맹자는 춘추전국시대의 전쟁을 의로운 전쟁(義戰)이 아니라고 반대했다.

논어論語/계씨季氏 2

공자가 말했다.

"천하에 도가 있으면

예악과 정벌이 천자로부터 나오고,

천하에 도가 없으면

예악과 정벌이 제후로부터 나온다."

孔子曰

天下有道

則禮樂征伐 自天子出

天下無道

則禮樂征伐 自諸侯出

맹자孟子/진심盡心 하

맹자가 말했다.

"춘추시대에는 의로운 전쟁이 없었다.

전쟁이란 위에서 아래를 주벌하는 것이다.

적대하는 제후국끼리는 서로 전쟁을 할 수 없는 것이다."

孟子曰

春秋無義戰

征者上伐下也

敵國不相征也.

묵자의 하느님은 평화의 하느님이었다. 그러므로 그에게 전쟁이란 하느님의 뜻인 겸애와 교리에 반하고, 사람이 사람을 죽이는 것이므로 인류에 반하고, 인민의 이용후생에 도움이 되지 않는 '초과소비'이므로 노동자가 재화를 만든 본래 목적에 반하는 식인종의 풍습에 지나지 않았다.

공자는 말단으로부터 대부까지 승진한 관료 출신으로 귀족주의적이었다. 벼슬에서 쫓겨난 후에는 14년 동안 벼슬을 구하려고 천하를 주유하였다. 반면 묵자는 벼슬을 할 수 없는 공민工民 출신이었지만 제후들이 땅을 떼어주겠다는 제의도 거절하고(『묵자』「귀의貴義」) 민중의 편에 서서 죽음을 무릅쓰고 반전운동을 한 투쟁가였다.

묵자는 전쟁이 일어나려 하면 제자들을 공격받는 나라로 미리 보내 방어에 임하게 하고 자신은 침략하려는 나라로 달려가서 왕을 만나 담판했다. 만약 공격을 한다 해도 자신의 300명의 제자들이 우수한 방어무기를 가지고 지키고 있으므로 절대로 이길 수 없다는 것을 설득했다. 그래서 묵자는 송宋나라를 공격하려던 초楚나라를 설득하여 전쟁을 사전에 막았으며(『묵자』「공수公輸」), 초나라가 정鄭나라를 공격하려는 것을 막았고, 노魯나라를 공격하려던 제齊나라를 저지시킨 일도 있었다(『묵자』「노문魯問」).

2,500년 전 목수 출신의 재야 운동가일 뿐인 묵자의 행적은 얼마나 놀라운가?

묵자墨子/비공非攻 하

전쟁을 좋아하는 자는
천하만민의 멸망을 즐기는 자들이다.

則此樂賊滅
天下之萬民也 豈不悖哉.

묵자墨子/비공非攻 하

전쟁은 하느님에게 이로운가?

意將以爲利天乎.

전쟁이란 하느님의 백성을 시켜 하느님의 고을을 공격하고,　　夫取天之人 以攻天之邑

하느님의 백성을 죽이는 것이므로　　此刺殺天民.

하느님에게 이롭지 않다.　　則此上不中天之利矣.

그러면 사람에게 이로운가?　　意將以爲利人乎

대저 사람을 죽이는 것이 사람에게 이롭다고 말한다면 야박하다.　　夫殺人之爲利人也薄矣.

또한 전쟁비용을 따져보라!　　又計其費

백성의 생업을 해치고,　　此爲害生之本

백성의 재물을 고갈시키는 것이 얼마인가?　　竭天下百姓之財用 不可勝

그런즉 결코 사람에게 이롭지 않은 것이다.　　數也. 則此下不中人之利矣.

묵자墨子/비공非攻 상

한 사람을 죽이면 불의라고 말하고　　殺一人謂之不義.

반드시 한 번 죽을죄가 있다고 말한다.　　必有一死之罪矣.

만약 이런 논리로 말한다면　　若以此說往

열 사람을 죽이면 열 배 무거운 불의니　　殺十人十重不義

열 번 죽을죄를 물어야 하고,　　必有十死之罪矣.

백 사람을 죽이면 백 배 무거운 불의니　　殺百人百重不義

백 번 죽을죄를 물어야 한다.　　必有百死之罪矣.

그러나 크게 나라를 침공하여 수천수만을 죽이는 불의는　　今至大爲不義攻國

그 잘못을 알지 못하고, 도리어 예찬하고 의롭다고 말한다.　　則不知非 從而譽之 謂之義

이것은 진정 불의를 알지 못한 것이다.　　情不知其不義也.

묵자墨子/노문魯問

노나라 문군이 묵자에게 말했다.　　魯陽文君語子墨子日

"초나라 남쪽에 식인국이 있는데

그 나라에서는 첫 아들을 낳으면 잡아먹으면서

이것이 다음에 태어날 동생에게 좋은 일이라고 말합니다.

그리고 맛이 있으면 군주에게 바치고

군주는 그 아비에게 상을 줍니다.

이 얼마나 몹쓸 풍속입니까?"

묵자가 말했다.

"중국의 풍속도 역시 이와 같습니다.

아버지를 전쟁에 보내 죽이고 아들이 포상을 받는 중국의 풍속은

식인종의 풍속과 무엇이 다릅니까?

인의를 저버린 것은 마찬가지인데

어찌 식인종만을 비난할 수 있습니까?"

楚之南有啖人之國者.

其國之長子生

則解而食之 謂之宜弟.

美則以遺其君

君喜則賞其父.

豈不惡俗哉.

子墨子曰

雖中國之俗 亦猶是也.

殺其父而賞其子 何以異食

其子而賞其父哉.

苟不用仁義

何以非夷人食其子也.

묵자墨子/절용節用 상

갑옷과 병기를 만드는 목적은 무엇인가?

도적과 외구의 침입을 막기 위한 것이다.

그러므로 병기를 만드는 도리道理는

가볍고 날카롭고 견고하여 꺾이지 않으면 그것으로 그치며

그 목적에 보탬이 되지 않는 것은 버려야 한다.

성왕들은 비용을 지출함에 있어

민의 이용利用에 보탬이 되지 않는 것은 만들지 않았다.

其爲甲盾五兵何以爲

以圉寇亂盜賊

凡爲甲盾五兵

加輕以利堅而難折者

則止不加者去之.

是故諸加費

不加於民利者 聖王不爲.

인류의 역사는 어쩌면 불행하게도 전쟁의 역사라고 해도 과
언이 아닐 것이다. 기원전 3000년경 『구약성서』의 '에덴동산

추방사건'도, 기원전 750~550년경 호메로스의 『일리아스(Ilias)』·『오디세이아(Odysseia)』도 전쟁의 역사이며, 중국의 만리장성도 조선의 팔만대장경도 전쟁을 막으려는 비원의 유물이다. 그러나 『구약성서』에서도 고대 그리스의 사상가들에게서도 묵자와 같은 평화사상은 발견되지 않는다. 전쟁을 인간의 한계상황이라고 체념하고 받아들였던 것일까? 헤라클레이토스는 역사를 만드는 것은 전쟁이라고 예찬했으며, 아리스토텔레스는 그리스인들 간의 전쟁은 반대했으나 노예와 야만인에 대한 전쟁은 정당한 것으로 생각했다.

러셀(B. Russell, 1872~1970)은 수상록에서 그리스의 유명한 과학자 아르키메데스가 수학과 물리학을 이용하여 수많은 병기를 발명한 것에 대해 이는 로마로부터 자기 고향인 시칠리아 섬의 시라큐스를 방어하려고 그의 수학 지식을 이용했다고 증언했지만 아무도 아르키메데스를 반전사상가라거나 반전운동가라고 말하지 않는다. 그러므로 인류 최초의 반전운동가는 백이숙제伯夷叔齊와 그 후손인 묵자였다. 또한 그들은 모두 동이족이었다.

헤라클레이토스의 만물유전설

서양철학사(러셀 저)

만물은 불이며 불처럼 유전한다.

불은 공기의 죽음으로 살고, 공기는 불의 죽음으로 살며,

물은 흙의 죽음으로 살고, 흙은 물의 죽음으로 산다.

모든 가축은 매질을 함으로써 목장으로 몰아갈 수 있다.

나귀는 금보다 짚을 좋아한다. 싸움은 만물의 아버지요 왕이다.
싸움이 어떤 것은 신으로 만들었고, 또 어떤 것은 사람으로,
또 어떤 것은 노예로, 또 어떤 것은 자유인으로 만들었다.
싸움은 보편적이요 정의라는 것을 알아야 하고,
모든 것이 싸움으로 인하여 이루어진다는 것을 알아야 한다.

유가의 비판과 외면

　묵자의 사상적 뿌리는 그의 선조인 백이숙제의 비폭력주의
를 계승했고 평화의 하느님을 기본으로 하고 있다. 백이숙제
는 동이족의 나라인 고죽국孤竹國의 두 왕자로서 주나라 무왕
의 정복전쟁에 대해 "폭력을 폭력으로 제압한 것"이라고 비판
하고 수양산에 숨어 굶어 죽은 인류 최초의 반전평화주의자였
다. 묵자는 바로 백이숙제의 후손이므로 동이족이었다.

　그러나 지배자들은 그들의 반전평화사상을 철저하게 은폐
했다. 묵자의 저서는 2,000여 년 동안 금서로 숨어 있어야 했
고 유가들의 일방적인 비판을 받았다. 그러나 유가들의 비판
은 묵자의 '평등사상', '노동주의', '절용주의'를 표적으로 삼
았을 뿐 반전평화사상은 거론조차 하지 않았다. 이것은 무엇
을 시사하는 것일까? 그것은 논쟁의 초점을 흐리게 하고 비켜
가기 위함이 아니었을까?

맹자孟子/등문공滕文公 하

양주는 개인주의니 이는 군주가 없는 것이요,

묵자는 평등주의니 이는 아비가 없는 것이다.

양자, 묵자의 도를 그치게 하지 않는다면

공자의 도는 드러나지 않을 것이며

거짓 학설이 민중을 속여 인의를 막아버릴 것이다.

인의가 막히면 짐승을 몰아 사람을 잡아먹게 하고

사람이 사람을 잡아먹게 될 것이다.

楊氏爲我 是無君也.

墨氏兼愛 是無父也.

楊墨之道不息

孔子之道不著

是邪說誣民 充塞仁義

仁義充塞 則率獸食人

人將相食.

순자荀子/왕패王覇

만약 천자나 제후가

반드시 스스로 일을 해야 다스릴 수 있다면

정신적, 육체적 수고가 너무도 심할 것이니,

노예라도 농사 짓는 일을

천자의 지위와 바꾸려 하지 않을 것이다.

이처럼 천하를 돌보고 사해를 통일하는 일을

어찌 자기 스스로 해야 한단 말인가?

그렇게 하려는 것은 노동자의 도道요

묵자의 학설일 뿐이다.

大有天下 小有一國

必自爲之然後可

則勞苦耗顇莫甚焉.

如是則 雖臧獲

不肯與天子易執業.

以是縣天下一四海

何故必自爲之.

爲之者役夫之道也

墨子之說也.

순자荀子/비십이자非十二子

묵자는 천하를 통일하고 국가를 세우는 관건을 모른다.

공적과 실용을 숭상하고 검약을 장려하며 차등을 가볍게 보니,

분별과 차이를 포용하고 군신을 저울질하기에는 부족할 것이다.

不知一天下建國家之權稱.

上功用大儉約 而優差等

曾不足 以容辨異 縣[4]君臣.

이것이 묵자와 송견宋鈃이다.   是墨翟宋鈃.

　　그러나 당나라 때 유가의 도통을 이은 한유韓愈(768~824)는
"묵자를 알아야 공자를 바로 알 수 있다"고 말하고 묵자의 포
용을 주장했다. 당시 유가는 쇠락하고 도교가 국교가 되어 성
행하던 시절이었으므로 유가의 부흥을 위해 묵가의 응원이 필
요했었다. 그러나 송나라 주자朱子는 이를 일단 긍정하면서도
여전히 묵자를 수용하지 않았다.

한창려문집韓昌黎文集/독묵자讀墨子(한유韓愈 저)

내 생각으로는 변론은 말학에서 생긴 것이며,   余以爲辯生於末學
각각 자기 스승의 학설을 팔려고 힘썼기 때문일 뿐,   名務售其師之說.
두 분 스승의 도리 본연은 아니라고 생각한다.   非二師之道本然也.
공자는 반드시 묵자를 써야 하고,   孔子必用墨子
묵자는 반드시 공자를 써야 한다.   墨子必用孔子.
서로 통용하지 않으면   不相用
공자와 묵자의 제자가 되기에는 부족할 것이다.   不足爲孔墨.

성리대전性理大全/권58/한자韓子

주자가 가로되,   朱子曰
공묵을 통용하자는 한유의 주장은 사소한 면을 제외하면   韓退之却有些
본령은 공평公平과 균등均等만을 주장한 것이 아니다.   本領非歐公[5]比.[6]

---

4) 縣(현)=稱也, 錘也.

「원도原道」에서 한유가 한 말은 비록 정밀한 것은 아니나
모두 진실한 것이며 큰 벼리는 옳다.

原道其言 雖不精
然皆實 大綱是.

조선에서의 묵자의 영향

조선에서는 퇴계 이황李滉(1501~1570)이 묵자를 거론했지만
묵자의 공동체주의를 극단주의로 비판하고 유가의 천하일가天
下一家, 만물일체론만이 묵자의 단점을 극복할 수 있다고 주장
했다. 그 후로 담헌 홍대용洪大容(1731~1783)은 조선에서는 유
일하게 묵자에 심취하여 입문하고자 했음을 고백하고 있다.

성학십도聖學十圖/제2서명도설第二西銘圖說

이理는 하나로 통일되나 만 가지로 달라지니,
비록 천하가 한 집안이요 나라가 한 사람 같지만,
묵자처럼 겸애의 폐단에 흐르지 않으며,
이理는 만 가지로 달라지나 하나로 관통되니,
비록 친소에 따라 정이 다르고 귀천의 등급이 다르지만,
양주楊朱처럼 위아爲我의 사사로움에 묶이지 않는다.

一統而萬殊
則雖天下一家中國一人
而不流於兼愛之弊.
萬殊而一貫
則雖親疏異情 貴賤異等
而不梏於爲我之私.

---

5) 公(공)=平也, 共也.
6) 比(비)=齊等也.

담헌서湛軒書/여손용주서與孫容洲書

양주의 위아주의爲我主義는	楊氏爲我
소부巢父, 허유許由, 장저長沮, 걸익桀溺의 취향이니	巢許沮溺之流也.
청고淸高하여 세속을 끊은 것은	淸高絶俗
완악한 자를 족히 염치 있게 할 것이며,	足以廉頑.
묵자의 겸애와 근면과 절용은	墨氏兼愛勤儉節用
세상의 위급한 상황에 대비하고,	備世之急
위로는 시속을 구제하고	上可以救俗
아래로는 사사로움을 잊을 수 있게 하였으니	下可以忘私.
역시 현명함이 남들보다 월등한 것이다.	亦賢於人遠矣.
다만 양자楊子와 묵자의 도가 지나치면	且二氏之道爲之太過
개인주의와 노동주의로 빠질 수도 있어	或獨行或勞形
사람들이 이를 감내하지 못할 것이지만,	人必不堪
그것이 천하를 변혁할 걱정은 없다 할 것이니	無慮其易天下也.
이를 금수라고 공격하며 배척한 것은	禽獸之斥無乃
혹시 지나친 것이 아닐까?	或過耶.

담헌서湛軒書/여인서이수與人書二首

오! 공자의 칠십 제자가 죽고 대의가 무너지자	嗚呼 七十子喪 而大義乖
장자는 세상을 통분해 '양생養生', '제물齊物'을 말했고	莊周憤世 養生齊物.
주자의 말학末學들이 스승의 말씀에 골몰하자	朱門末學汨其師說
양명은 속된 유가를 미워하여 '치양지致良知'를 말했다.	陽明[7]嫉俗乃致良知.

---

7) 陽明(양명)=人名. 王陽明.

나처럼 용렬하고 비루한 자는 말할 것도 없겠지만
타고난 성품이 급하고 어리석어
세상에 아첨하면서 옛것만 좇는 것은 참을 수 없다.
더구나 오늘날은 통분과 미움이 더욱 커서
망령되게 장자와 양명의 잘못된 논의가 내 마음을 빼앗고
슬프게도 나는 한때
유가를 버리고 묵가에 입문하고자 했다.

如某庸陋 雖無足言
賦性狂戇[8]
不堪媚世將[9]古.
況今時有憤嫉
妄以爲二者橫議 實獲我心.
怵[10]然環顧.
幾欲逃儒而入墨.

그런데 놀랍게도 200여 년 전 연암 박지원朴趾源은 『열하일기熱河日記』 「호질虎叱」에서 전쟁과 인간의 잔학함을 고발하고 있다. 연암은 묵자를 거론하지 않았지만 「호질」의 반전사상은 묵자의 반전사상과 너무도 일치한다. 아마 묵자에 심취했던 그의 절친한 벗 홍대용을 통해 묵자를 알았기 때문일 것이다. 내가 과문한 탓인지 모르나 「호질」이야말로 묵자와 예수 이후 유일한, 20세기의 간디와 러셀보다 앞선 비폭력 반전사상의 압권일 것이라 말하고 싶다.

다음 글은 「호질」에서 지식인을 상징하는 북곽선생을 호랑이가 꾸짖는 대목이다. 우리는 이 글을 읽으면서 묵자의 평화의 하느님을 회상하고 전쟁이라는 인간의 문명과 제도에 대해 반성하지 않을 수 없다.

---

8) 戇(당)=愚直也.
9) 將(장)=奉承也.
10) 怵(출)=懷憎也, 恐也.

범은 사람보다 착하다

열하일기熱河日記/호질虎叱(원문 생략)

너희 인간은 날마다 온갖 형벌을 가해도 악행을 그치지 않는다.
그러나 범의 가문에는 본래 그런 형벌의 제도가 없으니
이로 본다면 범의 성품은 사람보다 착한 것이 아니겠느냐?
범은 초목을 먹지 않고 벌레와 물고기를 먹지 않으며,
술과 차 같은 패란悖亂의 기호품을 좋아하지 않고
알을 품은 것이나 자질구레한 물건은 차마 먹지 않는다.
산에 들어가면 사슴을 사냥하고 들에서는 우마를 사냥하지만,
입맛과 배부름에 매이거나 음식으로 인한 송사가 없으니
범의 도道가 어찌 광명정대한 것이 아니겠느냐?

인간은 화폐를 형님이라고 부른다

무릇 제 것이 아닌 것을 취하는 것을 도둑이라 하고
살아 있는 것을 괴롭히고 물건을 해치는 것을 도적이라 한다.
너희는 밤낮으로 쏘다니며 팔을 휘두르고 눈을 부릅뜨며
함부로 남의 것을 빼앗고 훔쳐도 부끄러운 줄 모르며,
심한 자는 화폐를 형님이라 부르고,[11]
장수가 되기 위해서는 처자까지 죽이니
이러고도 다시 인륜의 도리를 논할 수 있겠는가?
또 너는 누리에게서 밥을 빼앗고 누에한테서 옷을 빼앗으며
벌에게서 단것을 빼앗아 먹는다.

---

11) 『동양고전 산책』 제2권 22장 '조선 선비의 경제사상' 노포의 錢神論 참조.

심지어 개미알 젓을 담가 자기 조상 제사를 지내니
그 잔인하고 박덕함이 너희 인간보다 심한 것이 어디 있겠느냐?

인간은 인간을 잡아먹는다

또한 선악으로 따진다면
공공연히 벌과 개미의 집을 표독스럽게 겁탈하는
너희 인간들이야말로 천지의 거대한 도적이 아닌가?
예사롭게 누리와 누에의 물건을 훔치는 인간이야말로
인의仁義의 큰 도적이 아닌가?
우리 범이 일찍이 표범을 잡아먹지 않은 것은
실로 동류끼리 차마 할 수 없는 인仁이 있기 때문이다.
그리고 범이 노루나 사슴을 잡아먹는 것을 계산해 보면
너희들 사람이 잡아먹는 것보다 많지 않을 것이며,
말과 소를 잡아먹는 것을 비교해도
사람이 잡아먹는 것보다는 적을 것이다.
특히 범이 사람을 잡아먹는 것은 드문 일이지만
사람이 사람을 잡아먹는 것보다는 많지 않을 것이다.

유혈이 천리요 시체가 백만이었다

지난해 관중關中에 큰 가뭄이 들어
사람들이 서로 잡아먹은 것이 수만 명이었고,
재작년에 산둥지방에 큰 홍수가 나서
사람들이 서로 잡아먹은 것이 수만 명이었다.
그러나 사람이 서로 잡아먹은 것을 말하자면

어찌 춘추시대와 비교되겠는가?
춘추시대에는 명색이 덕을 세운다는 전쟁이 열일곱 번이요,
원수를 갚는다는 전쟁이 서른 번이었는데
유혈이 천리요 시체가 백만이었다.

물신의 전쟁과 반성

어쩌면 인류 역사는 전쟁의 역사일지도 모른다. 전쟁의 역
사는 먹거리를 위한 약탈 전쟁에서 시작된 듯하다. 그것이 부
족신의 영광을 위한 종교 전쟁으로, 다시 신성한 국가의 영토
전쟁으로 발전했다. 오늘날 전쟁은 명분이야 뭐가 됐든 실질
은 '물신物神'의 전쟁이다. 십자군 전쟁과 제국주의 전쟁에 더
하여 오로지 무기라는 상품을 소비하기 위한 전쟁이 되었다는
뜻이다. 이미 묵자는 기원전 5세기에 전쟁을 "재물의 초과소
비문화"로 진단한 바 있다. 그러나 이제 국경만이 아니라 우리
의 온 생활세계가 전쟁터로 변했다. 가정과 이웃, 학교와 사
회, 일터와 교회가 모두 시장바닥이 되었고 치열한 물신의 전
쟁터로 편입되었다. 그 어느 지역, 그 어느 장소이건 물신의
법칙이 지배하지 않는 곳이 없다.

이처럼 오늘날의 세계는 물신이 지배한다. 인류가 수천년 믿
어오던 하느님까지도 물신의 종이 되었다. 마르크스와 루카치
(G. Lukács, 1885~1971)가 지적한 것처럼 상품경제사회에서의

인간관계는 상품 교환관계에 은폐되고 물신화된다.

그러므로 전쟁에서 해방되기 위해서는 물신의 영토를 가정이나 우리 마음속까지 넓혀서는 안 된다는 것이다. 2,500년 전에 묵자가 말한 '초과소비론'은 그래서 더욱 주목할 가치가 있다. 그가 벌인 절용문화운동이야말로 물신의 영토확장을 저지하고 물신의 전쟁을 막는 데 유효한 방법이 될 것이다.

정말 인류는 점점 '전쟁광'이 되어가는 것인가? 예수는 묵자를 계승하여 평화의 하느님을 설파했는데도 왜 예수교인들은 전쟁을 예찬하면서 예수를 배반하는 것일까? 그들도 물신에 굴복하지 않으면 살아남을 수 없기 때문일 것이다.

그러므로 더더욱 묵자의 '평화와 해방의 하느님'은 귀하고 귀한 인류의 복음이 아닐 수 없다. 묵자의 평화의 하느님은 예수가 나기 이전의 우리의 먼 조상들과, 예수가 수입되기 전에 우리 할아버지들이 믿었던 하느님이 아니었을까? 설령 똑같지는 않을지라도 우리 조상들의 하느님을 알기 위해서는 같은 동이족인 묵자의 하느님을 돌아보는 것이 반드시 필요하다. 또한 묵자의 하느님은 본래 예수의 하느님을 바로 알기 위해서도 필요하다. 로마화, 서구화, 미국화된 기독교의 내재적 접근만으로는 나사렛 마을에 살던 동방 예수가 믿던 본래의 하느님의 참모습을 밝히는 데 한계가 있다고 보이기 때문이다.

묵자의 하느님 말씀은 2,000여 년 동안 무덤 속에 묻혀 있었고, 그를 신성불가침의 교주로 받들던 교파도 없었으므로 그를 팔기 위해 윤색할 필요도 없었으니 순수성을 간직하고 있다. 2,000년 전 예수의 본래 하느님의 모습과 오늘날 교회의 하느님은 어떻게 다른가? 그것을 알면 우리를 돌아보는 거울이 되지 않을까?

　오늘날 우리가 믿는 하느님의 모습은 어떤가? 예배당에 등록한 자에게 탐욕하는 것을 선물해 주는 산타클로스가 아닐까? 오늘날 우리가 소망하는 천당과 극락의 모습은 어떤 것인가? 온갖 재화가 넘쳐나는 백화점이거나 색육色肉을 맘대로 골라 살 수 있는 윤락가의 모습이 아닐까? 오늘날 우리 교회의 모습은, 장사치들로 어지러워 예수가 실망했던 당시 유대 신전 앞의 모습과 다른가? 오늘날 성직자의 모습은 어떤가? 무당처럼 축복을 파는 장사치가 아닌가?

　솔직히 말하자면 나는 하느님이 있는지 없는지 어떻게 생겼는지 잘 모른다. 그러나 고대 성현들의 하느님에 대한 '기록'과 오늘날 하느님에 관련된 '사업'은 눈으로 보고 귀로 들을 수 있다. 그러므로 그 범위 안에서만 하느님에 대해 한 가지는 분명하게 말할 수 있을 것 같다. 오늘날은 신을 믿는 종교인이거나 신을 믿지 않는 유물론자거나 심리적으로나 생활과 행동에 있어서나 아무런 차이를 발견할 수 없다는 점이다. 그들이 진짜 하느님이 아니라 똑같이 물신을 믿기 때문일 것이다. 오늘날 물신을 믿는 것은 그가 신 대신 자본을 믿는 자본주의자거나, 신 대신 인간을 믿는 인본주의자거나, 신을 부인하는 사회주의자거나 모두 마찬가지이다. 그렇다면 그들의 잡다한 교리와 이념들은 입에 발린 공리공론이며 신당神堂은 무당집에 불과한 것이 아닐까?

　그러므로 오늘날 인간은 물신의 익명의 권위를 자기 동일시하고 자기 도취하는 자동인형(Golem)에 지나지 않는다. 그들은 다만 나만을 위하는 위아주의爲我主義 내지 개인주의에 불과할 뿐 최소한 노예는 아니라고 스스로를 변명할지 모르지만 사실은 자기에 대한 소유권을 물신에게 팔아먹은 종에 불과하다. 우리는 모두 물신의 작동 기제인 기업, 기술, 시장이라는 프로그램에 자기도 모르게 예속되어 있기 때문이다. 우리는 물신의 법칙대로 살지 않으면 정신병원과 감옥에 갇히거나 굶주리거나 왕따를 당해야 하며, 그렇지 않으려면 물신이 요구하는 대로 순종하고 그들이 무엇을 만들든 남김없이 소비해야 하고 더욱 많은 소비창출을 위해 대량파괴를 하고 전쟁까지도 예찬해야 한다.

　오늘도 지구 곳곳에서는 전쟁이 그치지 않고 있으며 온 인류를 전멸시키고도 남을 원자탄, 화학탄, 세균탄이 생산되어 창고에 쌓여가고 있다. 그리고 우리는 그 폭탄 위에서 춤을 추고 있다. 인류가 전쟁에 미치지 않고서야 이럴 수 있겠는가? 하느님이 정말 평화와 사랑의 신이라면 폭탄을 장난감으로 삼는 인간들을 외면하지 않을까?

11 노장의 무신론과 자연주의

신화에서 자연으로

인류는 대체로 존재의 근원에 대한 사유를 신화에서 자연으로, 자연에서 이성으로 발전시킨 것으로 볼 수 있다. 노장이 천天을 신神이 아니라 자연으로 본 것은 놀라운 전환이다. 노장도 신을 부인한 것으로 볼 수는 없다. 다만 그들의 신은 생성과 주재의 권능을 박탈당하고 자연인 물(水), 암컷(玄牝), 곡신谷神 같은 자연의 신비로운 기운일 뿐이다. 그리고 이러한 자연의 생명력인 기氣를 도道라고 말한 것이다.

인류 최초의 철학자라고 일컬어지는 탈레스는 물을 만유의 근원이라고 말했다. 이것은 고대로부터 수만 년 동안 인류가 신앙했던 비와 물의 신을 자연화한 것이다. 그러나 노자는 물을 '상선上善'에 비유하면서도 물보다 더 보편적인 자연을 말했고, 자연보다 더 형이상학적인 도를 만유의 근원이라고 말한 것이다.

노자老子/6장

골짜기의 신은 죽지 않는다. 이것을 현묘한 암컷이라 한다.
현묘한 암컷의 문은 이를 천지의 뿌리라고 말한다.
면면히 존재하고 아무리 써도 마르지 않는다.

谷神不死. 是謂玄牝.
玄牝之門 是謂天地根
綿綿若存 用之不勤.

노자老子/25장

사람은 땅을 본받고, 땅은 하늘을 본받고,
하늘은 도를 본받고, 도는 자연을 본받은 것이다.

人法地 地法天
天法道 道法自然.

장자莊子/외편外篇/천지天地

함이 없이 다스리는 것(無爲自然)을 천天이라 하고,
함이 없이 선양되는 것을 덕德이라 하며,
사람을 사랑하고 만물을 이롭게 하는 것을 인仁이라 한다.

無爲爲之之謂天.
無爲言之之謂德.
愛人利物之謂仁.

노자가 물과 민중을 상선이라 말한 것은 혁명적인 것이다. 춘추전국시대의 제자백가 중에서 가장 대표적인 사상가는 공자와 묵자라고 하지만, 이단적 존재인 노자를 빼놓을 수 없다. 여기서 노자를 이단적 존재라고 하는 이유가 공묵은 모두 정치도덕적인 반면, 노자는 자연주의(naturalism)의 원조라는 데 있다. 학자에 따라서는 노자를 소박한 유물론이라고 말하지만 이는 자연주의를 표현하는 말이다.

공자는 옛 임금이 가르친 인륜도덕은 하늘에서 나온 것이라고 말한다. 묵자는 하느님이 민중을 평등하게 사랑한다고 말한다. 그러나 노자는 하늘과 땅과 성인은 어진 존재가 아니라고 말한다. 하늘은 천지자연일 뿐이며 성인은 지배자일 뿐이니 만물을 사랑할 리 없다는 뜻이다. 또한 이는 그들이 말하는 인류도덕이 자연과 배치된다는 뜻이기도 하다.

노자老子/8장

최고의 선善은 물과 같다.	上善若水
물이 선함은 만물을 이롭게 하지만 다투지 않으며,	水善利萬物而不爭
사람들이 싫어하는 자리에 처한다. 그러므로 도에 가깝다.	處衆人之所惡 故幾於道.

노자老子/5장

하늘과 땅은 어질지 않아 만물을 추구芻狗처럼 여긴다.	天地不仁 以萬物爲芻狗.[1]
성인은 어질지 않아 백성을 추구처럼 생각한다.	聖人不仁 以百姓爲芻狗.

인류가 자연을 보는 입장은 두 가지 상반된 입장으로 갈린다. 한쪽은 자연을 부정적으로 보는 반면 다른 한쪽은 긍정적으로 본다. 예컨대 기원전 5세기의 묵자와 기원후 17세기의 홉스는 자연을 만인 대 만인이 투쟁하는 불행한 상태로 인식하는 반면, 기원전 5~4세기의 노장과 기원후 18세기의 루소는 자연을 행복한 것으로 인식한다. 노장의 무위자연과 원시 공산사회는 후자의 대표적인 경우이다. 공자는 대체로 묵자

---

1) 芻狗(추구)=허수아비.

와 노장의 절충점에 있고, 성리학은 자연을 긍정하는 쪽으로
기운다.

　자연주의란 자연만이 존재와 가치의 원천이라고 보는 입장
을 말한다. 그들에게 자연은 근원적이고 자기 완결적인 것이
며, 따라서 분석적인 설명이 불가능하다. 이런 점에서 유물론
은 자연주의 중에서도 하나의 극단적인 입장이다.

　이러한 자연주의의 문화적 의의는 진리의 세속화에 있다.
진리의 세속화란 진리가 높은 데 있는 것이 아니라 낮은 데 있
다는 것이다. 즉 진리는 신성한 신의 영역이 아닌, 저속한 인
간과 자연의 영역이 된 것이다. 그 결과 이제 신성체神聖體였던
천제天帝와 천자天子는 진리의 독점자로서의 지위를 상실하며,
이것은 18세기의 근대화로 완성된다.

　공자의 천제는 높은 꼭대기에 있어 굽어 살피는 권력의 상
징이었다. 묵자에게 정의는 어리석고 천한 것에서 나오지 않
고 반드시 귀하고 지혜로운 것에서 나온다. 그리고 하느님만
이 고귀하고 지혜로운 존재였다. 그러나 노장의 도는 반대로
낮고 천한 자리에 있다. 그것은 낮고 천하고 연약한 민중의 생
활 속에 있다. 그러므로 높은 것은 낮은 것을 시원으로 삼아야
한다.

　이것은 패러다임의 혁명적인 뒤집기였다. 하늘보다 땅을(天
→地), 수컷보다 암컷을(雌→雄), 봉우리보다 골짜기를(峰→
谷), 광명보다 흑암을(白→黑), 지자知者보다 영아를(知→無知),
강자보다 약자를(强→弱), 강경함보다 유약함을(剛→柔), 꽃의
아름다움보다 뿌리의 곤욕을(榮→根), 무늬보다 소박함을(文

→樸) 중시하는 것도 이와 같은 맥락이다.

노자老子/39장

귀한 것은 천한 것을 근본으로 하고,　　　　　　　　　　故貴以賤爲本.

높은 것은 낮은 것을 기초로 한다.　　　　　　　　　　高以下爲基.

장자莊子/외편外篇/지북유知北遊

동곽자가 장자에게 물었다.　　　　　　　　　　　　　東郭子問於莊子曰

"도道는 어디에 있습니까?"　　　　　　　　　　　　　所謂道惡乎在.

장자가 말했다. "없는 곳이 없소."　　　　　　　　　　莊子曰 無所不在.

"요약해 주시면 좋겠습니다." 동곽자가 말했다.　　　　東郭子曰 期而後可.

장자가 답하길, "도는 땅강아지와 개미에게 있습니다."　莊子曰 在螻蟻

"어찌 그처럼 낮은 것에 있단 말이요?" 동곽자가 물었다.　曰 何其下邪

장자 이르길, "도는 돌피와 참피에 있습니다."　　　　　曰 在稊稗

이에 동곽자가 물었다. "어찌 더욱 낮아지는 것이요?"　曰 何愈其下邪

장자가 답했다. "도는 기와와 벽돌에도 있습니다."　　　曰 在瓦甓.

"어찌 더욱 심해지십니까?" 동곽자가 물었다.　　　　　曰. 何愈甚邪

장자는 대답했다. "도는 똥과 오줌에도 있습니다."　　　曰 在屎溺.

동곽자는 아예 입을 다물어버렸다.　　　　　　　　　　東郭子不應.

인격신 부정과 자연의 도

노장은 공자의 주례周禮를 거부하는 것으로 그치지 않고 하느님의 천명天命까지도 부정한다. 하늘은 천지자연일 뿐이며, 성인은 지배자일 뿐이니 만물을 사랑할 까닭도 없다고 생각했다. 그들에게는 성인 · 인의仁義 · 국가 · 천제天帝까지도 반자연反自然으로 치부되었다.

그러므로 노장은 천天을 인격신이 아닌 자연自然으로 본다. 따라서 가치의 표준이었던 천제는 자연의 '도道'로 대체된다. 그 도는 '혼돈混沌' · '기氣' · '형상形相'으로 설명되는 비인격적인 자연법칙일 뿐이다. 그리하여 천과 인간人間은 자연으로 합일合—된다.

노자老子/34장

위대한 도는 무소부재한 물과 같아 좌우로 넘쳐흐른다.   大道氾[2]兮 其可左右.
만물은 이 도를 어미로 의지하여 생성되지만 말할 수 없다.   萬物恃[3]之 而生而不辭.

노자老子/51장

도道는 낳고, 덕德은 기르며,   道生之 德畜之.
물상物象은 형태를 지우고, 추세趨勢는 그것을 이룬다.   物形之 勢成之.
도는 낳지만 소유하지 않으며, 생성하지만 자랑하지 않고,   生而不有 爲而不恃

---

2) 氾(범)=廣也, 無所不在.
3) 恃(시)=依也, 母也.

키우지만 주재하지 않는다.   長而不宰.

장자莊子/내편內篇/대종사大宗師

하늘은 사사로이 덮어주지 않고 땅은 사사로이 실어주지 않는다.   天無私覆 地無私載

천지天地가 어찌 사사로이 나를 가난하게 하겠는가?   天地豈使貧我哉.

대저 도는 스스로 근본이요 스스로 뿌리이며,   夫道 自本自根

천지가 있기 전에 예부터 진실로 존재하여,   未有天地 自古以固存.

귀신과 천제天帝를 신령스럽게 하고, 천지를 낳았다.   神鬼神帝 生天生地.

장자莊子/외편外篇/천지天地

태초에 무無도 없었고 명名도 없었다.   泰初 有無無 有無名.[4]

여기에서 하나가 생겼으며(太極)   一之所起

하나만 있으므로 아직 형체가 없었다(混沌).   有一而未形.

이 하나를 얻어 만물이 삶을 영위하니 그것을 덕이라 한다.   物得以生 謂之德.

노장의 기론氣論

　노자에게 자연은 구체적 개물에서 형이상形而上의 개념으로
발전한다. 즉 자연의 도를 기氣라고 말한 것이다. 노장은 도道

---

4) '太初有無 無有無名(태초는 無이고, 無는 無名이다)' 으로 읽는 이도 있다.

는 음양을 낳고 음양의 조화로 만물을 낳는다고 말한다. 여기
서 알 수 있는 것처럼 노자가 말하는 자연 또는 음양의 기는
물物의 질료만을 말하는 것이 아니라 그 속의 생명까지를 포함
하는 것이다. 예컨대 사람으로 말하면 '살아 있는 신체'를 자
연이라 말한 것이다. 살아 있다는 것을 표현하기 위해 기氣라
고 말했고 신체라는 면을 강조한 것이 자연이라는 말이다. 그
러므로 노장의 자연은 영혼과 신체, 생명과 물질을 모두 포괄
하는 개념이다.

　이것은 기원전 8세기경부터 논의되던 전통적 정기론精氣論
을 계승한 것이며, 훗날 성리학의 이기론理氣論으로 발전된다.
정기론이란 물질의 정미한 것은 기운이며 이러한 정기가 운행
하는 것을 정신精神이라고 말하는 유물론이다.

노자老子/42장

도道는 하나(太極)를 낳고, 하나는 둘(陰陽)을 낳고,　　　　道生一.[5] 一生二.

둘은 셋(天地人)을 낳고, 셋은 만물을 낳는다.　　　　　　二生三. 三生萬物.

만물은 음기陰氣와 양기陽氣를 품어　　　　　　　　　　萬物負陰而抱陽

혼륜한 기氣가 조화를 이룬 것이다.　　　　　　　　　　冲[6]氣以爲和.

장자莊子/외편外篇/지북유知北遊

삶은 죽음의 징역살이며, 죽음은 삶의 시작이니,　　　　生也死之徒 死也生之始

---

5) 一(일)=無極 또는 太極. 왕필은 無로 해석한다.

6) 冲(충)=虛也, 涌也.

누가 그 실마리를 알겠는가?

사람이 태어남은 기氣가 모인 것이다.

기가 모이면 태어나고 흩어지면 죽게 된다.

마치 사생이 징역이라면 또 무엇을 걱정하랴!

그러므로 만물은 하나(氣)이니

이것이 신기하면 아름답다 하고,

냄새나고 썩으면 밉다 한다.

그러나 썩은 것은 다시 신기해지고

신기한 것은 다시 썩는다.

그러므로 이르기를 천하란 통틀어 하나의 기일 뿐이라고 말한다.

孰知其紀.

人之生氣之聚也.

聚則爲生 散則爲死.

若死生爲徒 吾又何患.

故萬物一也.

是其所美者爲神奇.

其所惡者爲臭腐.

臭腐復化爲神奇

神奇復化爲臭腐.

故曰 通[7]天下一氣耳.

노자 당시에 기론이 있었던가?

그러나 왕필의 귀무론貴無論을 따르는 자들은 도道가 곧 무無라고 주장한다. 이것은 도를 기氣라고 말하는 노장의 말과 배치된다. 기는 무가 아니기 때문이다. 그런데도 이들은 마치 노장이 귀무론을 주장한 것처럼 왜곡한다. 도올은 왕필을 따르기 때문에, 본격적인 기론적氣論的 세계관은 전국 말기에서 한초漢初에 걸쳐 형성되었으나, 『노자』는 그 이전에 쓰인 것이므로 노자에게서 기론적 세계관이 정착되었다고 말하기는 어렵

---

7) 通(통)=總也.

다고 주장한다(『노자와 21세기』 권1 232쪽). 그러나 이는 귀무론을 지키기 위한 억지 주장이다.

사실 『노자』에서는 기에 대한 언급이 한 번뿐이다. 그러나 『주역』의 괘卦를 언급한 구절은 여러 차례 나온다. 다만 현학자들이 노장을 불교의 공空으로 해석하는 귀무론을 들고 나오면서 왜곡함으로써 우리 학자들의 번역에는 드러나지 않았을 뿐이다. 그런데 『주역』은 기론적 세계관에서 쓰인 것이다. 그러므로 『노자』의 기록자들도 이러한 기론적 세계관을 가지고 있었던 것이다. 따라서 『노자』에서 기를 말한 것은 우연이라기보다 무신론적 자연주의 세계관으로서는 당연한 것이다.

동양인들은 일찍부터 인간의 사유 기능의 신비로움에 관심이 많았다. 그래서 마음의 작용을 신神이나 신과 비슷한 것으로 생각한다. 그 마음의 작용을 기의 정미한 작용이며 신의 내재성이라고 보고 이를 '정신精神'이라고 말하기 시작한 것은 훨씬 후대의 일인데, 이것을 정리한 것이 성리학이다. 다만 성리학의 심心은 사유 기능인 정신과 판단 기능인 의지意志를 모두 포함하는 것이다.

그러나 우주의 근원과 본질을 기라고 말한 기론적 세계관은 기원전 8세기로 거슬러 올라간다. 이기음양二氣陰陽을 조합하여 팔괘八卦가 되고, 다시 64괘로 정리되어 『주역』을 낳았고, 또 그것이 발전하여 『황제내경黃帝內經』이라는 의학서로 종합될 정도로 기론이 일반화되었던 것이다. 그리고 전국 말에는 추연鄒衍(BC 355?~265?)이 이것을 인간의 역사에 적용하여 오덕종시설五德終始說이라는 역사발전법칙을 주장한 것이다.

다만 『노자』의 기록자들은 공자와 그의 제자들처럼 우주의 존재를 묻는 형이상학자들이 아니었다. 그들의 관심은 현실의 고달픈 삶과 인간의 운명이었을 뿐이다. 더구나 『노자』의 원작자인 민중들이나 이를 기록한 지식인들은 기를 논할 만한 저명한 학자들이 아니었다고 보아야 할 것이다.

그러므로 기론이 전국 말기에서 한초에 걸쳐 형성되었고 『노자』는 그 이전에 기록되었으므로, 『노자』가 기론적 세계관에서 쓴 것이 아니라는 도올의 주장은 잘못이다. 왜냐하면『노자』라는 책은 아무리 일러도 전국시대 초에 정형화되었고, 기론적 세계관은 이보다 훨씬 앞서 이미 춘추시대 이전부터 일반화되어 있었기 때문이다.

국어國語/주어周語 상(BC 780)

주유왕周幽王 2년에 — 幽王二年

경수涇水, 위수渭水, 낙수洛水의 기내畿內 지역에 지진이 났다. — 西周三川皆震

대부 백양보伯陽父는 다음과 같이 말했다. — 伯陽父曰

"대저 천지의 기氣는 그 질서를 잃지 않는다. — 夫天地之氣 不失其序.

만약 그 질서를 경륜으로 삼으면 백성이 살아난다. — 若過[8]其序 民活之也.

다만 양기陽氣가 엎드려 출현하지 못하거나 — 陽伏而不能出

음기陰氣가 눌려 김을 품지 못하면 이때 지진이 일어나는 것이다." — 陰迫而不能烝 于是有地震.

---

8) 過(과)=經也, 度也.

좌전左傳/희공僖公16년(BC 644)

희공 16년 봄에 송나라에 5개의 운석이 떨어졌는데

이것은 별똥별(운성)이었다.

양공이 물었다. "이것은 무슨 징조요?

길흉이 어느 나라에 있겠소?"

숙흥이 답했다. "이것은 음양의 일일 뿐 길흉이 생기는 것은 아니다.

길흉은 사람에 달린 것이다."

十六年春 隕石于宋五.

隕星也

宋襄公問焉日 是何祥也.

吉凶焉在.

日是陰陽之事 非吉凶所生也.

吉凶由人

관자管子/권1/승마乘馬[9]

춘하추동 사시는 음양의 추이이며,

시절의 장단은 음양의 이용이며,

낮과 밤이 바뀌는 것은 음양의 조화이다.

그런즉 음양은 바른 것이다.

비록 바르지 않다 해도

남는 것을 덜어낼 수 없고 모자란 것을 더할 수 없다.

이처럼 천지는 음양을 덜고 더할 수 없는 것이다.

그런즉 정사로 바르게 다스릴 수 있는 것은 오직 땅뿐이니,

토지의 경계를 바르게 하지 않을 수 없는 것이다.

春秋冬夏 陰陽之推移也.

時之短長 陰陽之利用也.

日夜之易 陰陽之化也.

然則陰陽正矣.

雖不正

有餘不可損 不足不可益也.

天地莫之能 損益也.

然則可以正政者地也.

故不可不正也.

관자管子/권2/칠법七法

천지의 기氣를 뿌리로 하여,

추위와 더위의 조화와 물과 흙의 성품과

根天地之氣

寒暑之和 水土之性

---

9) 『管子』는 戰國時代 齊國 稷下學者들의 著作總集,「乘馬」篇은 管仲의 遺說이라는 것이 통설이다.

인민, 조수, 초목 등의 만물을 낳는다.

비록 심히 아름답다고 할 수는 없어도 모두가 평등하게 보유하여

변함이 없는 것을 일러 자연의 법칙이라 말한다.

人民鳥獸草木之生物.

雖不甚多 皆均有焉.

而未嘗變也 謂之則.

관자管子/권16/내업內業

무릇 물질의 정기精氣란 이것이 곧 생명을 낳는다.

아래로 오곡을 낳고 위로 별들을 벌여놓으며

천지간에 흐르면 귀신이라 하고

흉중에 간직하면 성인이라 한다.

凡物之精 此則爲生.

下生五穀 上爲列星 流於

天地之間 謂之鬼神

藏於胸中 謂之聖人.

좌전左傳/소공원년昭公元年(BC 541)

정자산鄭子産이 말했다. "하늘에는 육기六氣가 있으니,

음陰·양陽·풍風·우雨·회晦·명明이며,

구분하면 사시四時가 되고, 정리하면 오행五行이 된다."

天有六氣.

六氣曰陰 陽風雨晦明也.

分爲四時 序爲五節.

좌전左傳/소공昭公25년(BC 517)

정자산이 말했다. "대저 예란 하늘의 경륜이며

땅의 의리이며 사민四民이 행할 바이다.

하늘과 땅의 경륜이므로 백성은 그것을 본받는 것이다.

하늘의 밝음을 본받고 땅의 성품을 의지하면

육기六氣(陰陽風雨晦明)를 낳고

오행五行(金木水火土)을 운행하는 것이다."

子産曰 夫禮天之經也

地之義也 民之行也.

天地之經而民實則之.

則天之明 因地之性

生其六氣 用其五行.

生其六氣 用其五行.

순자荀子/왕제王制(전국시대戰國時代)

물과 불은 기氣는 있으나 생명이 없고,

풀과 나무는 생명은 있으나 지각知覺이 없고,

새와 짐승은 지각은 있으나 의義가 없고,

사람은 기·생명·지각·의가 모두 있으니

천하에 가장 귀한 존재라고 한다.

水火有氣而無生.

草木有生而無知.

禽獸有知而無義

人有氣有生有知亦且有義.

故崔爲天下貴也.

순자荀子/예론禮論

천지가 합하여 만물을 낳고,

음양이 접촉하여 변화가 일어나며,

천성과 인위가 합하여 천하가 다스려진다.

天地合而萬物生

陰陽接而變化起.

性僞10)合而天下治.

순자荀子/천론天論

별이 떨어지고 나무가 울면 나라님과 사람들은 모두 놀란다.

이것은 무엇인가? 아무것도 아니다.

이것은 천지의 변화요 음양의 조화로서

사물에 가끔 있는 일이다.

星墜木鳴 國人皆恐.

曰 是何也. 曰 無何也.

是天地之變 陰陽之化

物之罕至者也.

그러나 도올이 말한 '기론적 세계관'이란 것이 굳이 기氣를 철학적 개념으로 사용한 것을 의미했다면 그 시기가 다소 늦는다고 말할 수도 있을 것이다. 그러나 『국어』에 의하면 기원전 780년에 이미 기를 도道라고 말했으며, 관중(BC ?~645)과

---

10) 僞(위)=人爲.

묵자(BC 479~381)도 음양이기陰陽二氣를 도道라고 말했다.

그보다 늦은 시기겠지만 『주역』 「계사전」에서는 음양의 운동을 도라고 규정했다. 또한 설사 「계사전」이 공자의 저술이 아니고 후대의 저술이라 해도, 『노자』에서는 『주역』의 괘를 여러 곳에서 언급하고 있는 점으로 볼 때, 『노자』는 『주역』 이후의 기록이 분명하며 『주역』의 기에 대한 철학적 개념을 기초로 저술되었음을 짐작할 수 있다. 이로 볼 때 도올의 말은 근거 없는 거짓말에 불과하다.

관자管子/권4/추언樞言

관자가 이르길 "도가 하늘에 있으면 태양이요,

사람에게 있으면 마음이니,

그러므로 기氣가 있으면 살고 기가 없으면 죽는다" 하였다.

管子曰 道之在天者日也.

其在人者心也.

故曰有氣則生 無氣則死.

묵자墨子/사과辭過

무릇 천지와

사해를 둘러보아도

하늘과 땅의 본성과

음양陰陽의 조화가 있지 않은 곳이 없으니,

비록 성인이라도 바꿀 수 없는 것이다.

무엇으로 그것을 알 수 있는가?

성인이 이르기를

凡回於天地之間

包於四海之內

天壤之情[11]

陰陽之和 莫不有也.

雖至聖不能更也.

何以知其然

聖人有傳

---

11) 情(정)=本性, 理也.

"천지란 법칙은 상하上下라 하고,

사시의 법칙은 음양이라 하고,

인정의 법칙은 남녀라 하고,

금수의 법칙은 암수라 말하는 것"이니,

진실로 천지의 본성은

비록 선왕들도 바꿀 수 없는 것이다.

天地也則曰上下

四時也則[12]曰陰陽

人情也則曰男女

禽獸也則曰牡牝雌雄也.

眞天壤之情

雖有先王不能更也.

주역周易/계사繫辭 상/5장(춘추말기)

한번은 음陰이고 한번은 양陽인 것을 도道라고 한다.

一陰一陽之謂道.

주역周易/설괘說卦

그러므로 하늘의 도道를 세워 음양이라 하고,

땅의 도를 세워 강유剛柔라 하고,

사람의 도를 세워 인의라 한다.

是以 立天之道 曰陰與陽.

立地之道 曰柔與剛.

立人之道 曰仁與義.

---

12) 則(칙)=天理不差忒者.

12 성리학과 하느님

유교의 종교개혁은 신유학이다

대체로 공맹孔孟을 대표로 하는 유사儒士들의 통치철학을 '유학'이라 한다. 이처럼 유학은 유사들의 경세치학經世治學(세상을 경륜하여 태평하게 다스리는 학문)이므로 '경학經學'이라고도 말한다. 기원전 136년 동중서董仲舒의 건의를 받은 한무제漢武帝가 유학을 국교로 삼았으므로 이를 '유교'라고 한다. 유교는 경학에 참위설讖緯說을 끌어들였으므로 이를 '위학緯學'이라고도 말한다. 그러나 한말漢末에 이르면 유교는 쇠퇴하고 도교가 흥성한다. 한나라를 뒤이은 위진남북조시대에는 유교와 도교를 결합한 '현학玄學'이 나타났다.

당나라 때는 노장과 공맹을 결합한 도교가 국교가 됨으로써 유학은 '도학道學'으로 변질되었고 극도로 쇠미해져 도교의 보조 역할에 머물고 있었다. 당시 유가를 조롱한 이백李白(701~

762)의 시를 읽으면 그 시절 공자의 초라한 권위를 짐작할 수 있다.

이백李白의 〈노유魯儒〉

성호사설星湖僿說/권13/노유魯儒

노나라 늙은이(孔子) 오경五經을 담론하고	魯叟談五經
백발로 장구章句를 읊조리다 죽었으니,	白髮死章句.
경국제민經國濟民의 계책을 물으면 오리무중 망연할 뿐이라네!	問以經濟策 茫然墜烟霧.
두드러진 족적은 벼슬 구하러 천하를 주유한 것과	足著遠遊履
머리에 쓴 모난 뿔관뿐이라.	首戴方山巾.
느린 걸음으로 곧은 길 따르려 했으나,	緩步從直道
가기도 전에 먼지만 일으켰다네!	未行先起塵.
진나라 승상 이사는 넓은 도포 입은 자를 중히 여기지 않았으니	秦家丞相府 不重褒衣人.
그대는 복례復禮의 불가不可함을 알았던 숙손통이 아니므로	君非叔孫通[1]
나와 경륜이 근본부터 다르다네!	與我本殊倫.
세상 일도 모르는 그대여! 문수 물가에 돌아가 농사나 짓게나!	時事且未達 歸耕汝水濱.

당이 망하고 송宋이 일어나자 유교는 활로를 찾고자 불교를 흡수하여 새로운 유학을 세우려고 했다. 그러나 때는 늦어 북송이 여진족인 금金나라에 망했고, 남쪽으로 쫓겨난 한족들이 남송을 부흥시켰으나(1127년) 금나라에 조공을 바치며 겨우

---

1) 叔孫通(?~BC 188)은 秦의 博士. 漢고조 유방에게 儒術을 설득하되 공자의 '復禮'를 반대했다. 五帝는 樂을 달리했고 三王은 禮를 함께하지 않았다. 그러므로 夏殷周禮는 회복할 수 없다고 주장하였다.

잔명을 유지하는 형편이 되었다.

이때 주자가 나타나 이구李覯(1009~1059) · 왕안석王安石(1021~1086) · 장횡거張橫渠(1020~1077) 등 개혁파들의 기학氣學과, 소옹邵雍(1011~1077) · 주돈이周敦頤(1017~1073) · 사마광司馬光(1019~1086) · 정이程頤(1033~1107) 등 보수파들의 이학理學을 종합하여 북송의 신유학 운동을 집대성한 것이 이른바 '성리학性理學'이다. 그러므로 성리학은 신유학이라지만 태생부터 보수적이었다.

동중서董仲舒의 수구논리

한서漢書/동중서전董仲舒傳/현량대책賢良對策

삼강三綱의 도는 하늘에서 나왔다.	道大原出于天
그러므로 천이 불변이듯 삼강의 도는 불변이다.	天不變 道亦不變.
제왕帝王은 제도의 명칭은 바꿀 수 있으나,	故王者有改制之名
도의 실질은 바꿀 수 없다.	無易道之實.

왕안석王安石의 개혁논리

임천집臨川集/주관신의周官新義/자설字說

양이 있으면 음이 있고,	有陽有陰
새것과 옛것이 서로 밀어내고 열어주는 것이 자연(天)이다.	新古相除[2]者 天也.
안정되면 변하고	有處有辨[3]

---

2) 除(제)=驅逐也, 開通也.
3) 辨(변)=變也.

새것과 옛것이 서로 밀어내고 열어주는 것이 사람이다.

新古相除者 人也.

사마문정공집司馬文正公集/권74/우서변용迂書變庸

천지는 옛날과 지금이 다른가?

古之天地有以異於今乎.

만물은 옛날과 지금이 다른가?

古之萬物有以異於今乎.

성정은 옛날과 지금이 다른가?

古之性情有以異於今乎.

천지는 달라지지 않았고,

天地不異也.

일월은 변함이 없으며, 만물을 그대로이며,

日月無變也 萬物自若也.

성정은 옛날과 같은데

性情如故也.

도道만이 어찌 변해야 하는가?

道何爲而獨變哉.

성리학을 '신유학新儒學'이라고 하는 이유는 공자학에 노장과 불교의 선종을 흡수하여 유儒·불佛·선仙을 통합한 것이기 때문이다. 신유학은 노장의 객관주의적인 도道 개념을 우주론의 이론적 기초로 삼고, 불교의 주관주의적인 심론心論을 인성론의 토대로 삼아, 공자의 경세치학을 이론적으로 뒷받침하도록 한 것이다.

이성학理性學

이처럼 성리학은 유교를 종교개혁한 신유학이다. 그러므로

공자의 '신神불가지론'과 경신敬神과 원신遠神을 기본으로 하
는 제정祭政의 기본구조는 그대로 유지된다. 다만 신유학은
유·불·선을 종합하였으므로 공자의 천명설天命說은 후퇴하
여 천리天理로 비인격화되었다. 그리고 그 천리가 인간에 품부
된 것을 이성理性이라고 말한다. 즉 천제天帝가 천명天命으로 발
전하고, 천명이 다시 천리로 발전하고, 천리가 이성으로 인간
에 내면화된 것이다.

이정전서二程全書/이천어록伊川語錄(정호·정이 저)

하늘에서는 명命이 되고, 사물에서는 이理가 되고,   在天爲命 在物爲理
사람에게는 성性이 되고, 몸에서 주재하면 심心이라 하지만   在人爲性 主於身爲心
그 실은 모두 하나이다.   其實一也.

주자어류朱子語類/권5/성리性理 2

천天은 스스로 그렇게 되는 것(자연)을 말하고,   天則就其自然者言之.
명命은 천이 유행하여 만물에 부여된 것을   命則就其流行而賦於物者
말하는 것이며,   言之.
성性은 만물이 그것을 온전하게 받아   性則就其全體以萬物所得
태어난 것을 말하고,   以爲生者言之.
이理는 사물마다 각각 법칙을 갖는 것을   理則就其事事物物 各有其
말하는 것이다.   則者言之.
총괄하여 말하면 천은 곧 이理며,   到得合而言之則 天卽理也
명은 곧 성이며, 성은 곧 이理다.   命卽性也 性卽理也.

우리는 흔히 "모든 것은 마음에 달렸다"는 말이나 스님들이 '마음공부'를 강조하는 것을 아무 거부감 없이 수용한다. 그런데 유독 마음과 본성에 대한 공부가 전부라고 할 수 있는 성리학에 대해서는 공리공담空理空談이라고 비난한다. 대체로 성리학은 너무도 도덕적이고 현학적이며 당파적이고 고루하다는 선입견 때문이다.

우리에게 '이성'은 무엇인가? 왜 '머리'라고 하지 않고 '마음'이라고 하는가? 마음과 정신은 다른가? 영혼이란 마음인가, 정신인가? 이것들을 모두 포함하는 것이 '성性'이라면 여기에 왜 이理가 붙어야 하는가? 성은 인성人性이고 이는 천리天理라고 한다면 인人과 천天은 어떤 관계인가? 바로 이러한 물음들에 대한 답변이 '성리학'인 것이다.

'마음(心)'이란 '정신'과 별도의 것은 아니다. 다만 정신은 인식의 측면이 강조되고, 마음은 실천적 의지의 측면이 강조되는 것뿐이다. 즉 마음이란 인식과 의지를 모두 포함한다. 그러므로 서양에서 말하는 '오성悟性'은 인식의 측면만을 말하는 것이므로 이성보다는 내포와 외연이 좁다. 그러나 성性이란 점에서는 같다. 이때 마음은 성性이지만, 성은 전체적인 반면 심은 구체적이고 개별적이라는 점이 다르다.

그런데 왜 천리가 붙어야 하는가? 성이란 만물이 품부받은 천리이기 때문이다. 즉 인성이 곧 천리라는 것이다. 그래서 성리학 또는 이성학이라 하는 것이다. 이것이 핵심이다.

마음은 뇌腦, 심心, 간肝의 작용을 모두 포함하는 개념이다. '정신 나간 놈'이라고 하면 뇌가 혼란하여 인식능력이 잘못된 것이다. 잠을 잘 때는 정신이 없는데 숨소리는 들린다. '간을 빼준 놈'이라고 하면 호불호의 소신과 감정을 버린 것이다. 그러나 정신 나간 놈이나 간을 빼준 놈이 죽은 것은 아니다. 숨이 끊어져야 죽은 것이다. 그 숨을 '기氣'라고 말한다.

그 숨은 심의 작용이며 심이 멈추면 영혼이 떠난다. 그래서 죽음을 "숨이 끊어졌다", "혼이 나갔다"고 말하는 것이다. 그리고 그 숨과 혼은 태어날 때 하늘의 이理를 받은 것이므로 이를 '생生＋심心', 즉 성性이라고 말하는 것이다.

정신을 알기 위해서는 신神을 먼저 생각해야 한다. 인간은 신을 수만 년 동안 인간 밖에 존재하는 실재로 믿어왔다. 그리고 천신天神을 가치의 최고 담지자로 믿어왔다. 그런데 그 신이 우리의 오성과 너무도 닮았다는 것을 알게 되었다. 그래서 우리 가슴속에 신이 깃들어 있다고 생각했다. 이것은 인간의 위대한 발견이었다. 보이지도 않고, 무소부재하며, 무소부지한 신이 우리의 마음과 너무도 비슷한 것이다. 우리의 마음은 수천리 밖의 부모를 제 옆에 있는 것처럼 그릴 수 있고, 천당과 지옥 그리고 우주를 날아갈 수 있다. 그래서 인간의 오성을 '정기精氣의 신령神靈스러움', 즉 정신精神이라고 이름 지은 것이다. 그리고 그것은 천리天理와 같으며 태어날 때 하늘에서 품부받은 본성本性이라고 생각했다. 그래서 '이성理性'이라고 이름 지은 것이다.

그러므로 '이성' 또는 '성리性理'란 우리의 본마음이 곧 천리라는 뜻이다. 천신이 우리 마음에 들어와 있는 것이다. 그리고 그것은 우주의 조리(理)이고 기운(氣)이라고 생각했다. 그래서 성리학을 '이기론理氣論'이라고도 말하는 것이다. 이것을 종합하면 천제天帝를 인격신으로 인정한 유교에서 '인간은 작은 하늘 또는 작은 우주'라고 말하는 천인합일설天人合一說과 인간 소우주론人間小宇宙論을 다시 해석하여 태극이기론太極理氣論으로 체계화한 것이 성리학이다. 이것은 인간이 하느님의 형상대로 지음받았다는 구약성경의 천지창조설과도 비슷하다고 말할 수 있다. 다만 그 하느님은 외재적 신이 아니라 내재적 신일 뿐이다.

동중서董仲舒의 천인감응설天人感應說

춘추번로春秋繁露/권12/음양의陰陽義

천天은 만물처럼 기쁘고 분노하는 기운이 있고   天亦有喜怒之氣
슬프고 즐거운 마음이 있다.   哀樂之心.
천과 사람은 쪼개어 나누어진 것이므로 동류로서 부합한다.   與人相副 以類合之
천과 인人은 하나인 것이다.   天人一也.

춘추번로春秋繁露/권13/인부천수人副天數

하늘은 세월의 이치를 따라 사람의 몸을 만들었다.   天以從歲之數 成人之身.
그러므로 작은 골절이 366개인 것은   故小節三百六十六
1년 366일의 이치와 부합하고,   副日數也.
큰 골절을 12개로 나눈 것은 1년 12달의 이치와 부합하고,   大節十二分 副月數也.
속에 오장이 있는 것은 오행五行의 이치와 부합하고,   內有五臟副五行數也.
밖에 사지가 있는 것은 사계절의 이치와 부합한다.   外有四肢副四時數也.

주자어류朱子語類/권53/맹자孟子 3

인간은 작은 태반이며 천지는 큰 태반이다.   人便是小胞 天地是大胞.
사람 머리가 둥근 것은 천의 표상이요,   人首圓象天
발이 모난 것은 지의 표상이다.   足方象地.

이성理性은 마음속의 하느님

유교는 천제天帝를 천명天命으로 대체했고, 성리학은 천명을 천리天理로 대체한다. 그리고 그 천리의 본체를 '태극太極'이라고 말한다. 태극은 『주역』 「계사전」에서, 무극無極은 『노자』 28장에서 처음 나온 말인데, 이것을 성리학에서 천리의 본체를 설명하기 위해 빌려 쓴 것이다.

그런데 천제 또는 천명이라 하면, 천제의 아들인 천자天子가 천명을 받았으므로 제사를 지내고 거북점과 시초점을 쳐서 신탁神託을 받을 수도 있겠으나, 태극이라고 하면 너무도 형이상학적이어서 도리어 아리송할 뿐이다. 원래 태극이란 태초에 만물의 근원이며 표준인 중앙中央을 뜻하는 말이며 원圓 'O'으로 형상화된다. 이는 플라톤이 우주를 구球로 표상한 것이나, 원불교에서 일원상一圓相을 부처로 표상한 것과 비슷하다. 구나 원은 쪼개고 또 쪼개도 본모습은 변함이 없으면서 새로운 원을 수없이 생산할 수 있으므로 원동자原動者·능산자能産者로서의 창조주를 표상하기에 알맞다고 생각한 것이다.

당초 태극은 일원상 'O' 속에 천지인天地人 삼재三才를 그려넣은 '삼태극三太極'으로 출발했다. 이것을 황극皇極이라고도 말하는데, 황皇이란 천제天帝·황제皇帝·왕王이란 뜻이다. '왕王'이란 글자는 천·지·인 삼재를 하나의 'ㅣ(곤)'으로 관통한 모습을 상형한 글자이다. 'ㅣ'은 상하上下 상통相通의 뜻이다. 그러다가 이기理氣 음양陰陽이라는 형이상학적 개념이 발전하면서 이태극二太極 ☯으로 정립된 것이다.

주역周易/계사繫辭 상/11장

역에는 태극이 있으니, 이것이 두 표준(— --)을 낳고,	是故易有太極 是生兩儀.
두 표준은 사상四象을 낳고, 사상은 팔괘를 낳고,	兩儀生四象. 四象生八卦.
팔괘는 길흉을 정하고, 길흉은 대업을 낳는다.	八卦定吉凶. 吉凶生大業.

주돈이周敦頤의 태극변증법(일원사상—圓思想)

태극도설太極圖說

무극이 곧 태극이다.	無極而太極
태극이 동動하면 양陽을 낳고, 동動이 극하면 정靜하고,	太極動而生陽 動極而靜.
정靜하면 음陰을 낳는다.	靜而生陰
정이 극하면 다시 동한다.	靜極而復動.
한 번 동하고 한 번 정하며 서로 뿌리가 되어	一動一靜 互爲其根.
음양으로 나뉘어 두 표준이 선다.	分陰分陽 兩儀立焉.
양이 변하고 음이 합하여 오행五行을 낳는다.	陽變陰合而生水火木金土.
이 오기五氣가 순리대로 펴니 사시四時가 운행된다.	五氣順布 四時行焉.
오행은 하나의 음양이며 음양은 태극이다.	五行一陰陽也 陰陽一太極也.

무극無極 = 태극太極

주자대전朱子大全/권78/융흥부학렴계선생사기隆興府學濂溪先生祠記

대저 이른바 태극이린

천지만물의 이理를 통합하여 하나로 이름 붙인 것이다.

그것은 그릇과 형체가 없으나,

천지 만물의 이理는 있지 않은 곳이 없으므로,

"무극(형체 없는 극)이 곧 태극(큰 극)"이라고 말한다.

또 그것은 만물의 이理를 갖추고 있으나

그릇과 형체가 없으므로,

"태극이 곧 무극"이라고 말한다.

蓋其所謂太極者

合天地萬物之理 而一名耳.

以其無器與形

而天地萬物之理無不在

是故曰 無極而太極.

以其具天地萬物之理

而無器與形

故曰太極本無極也.

그러므로 태극은 만물의 근원이다. 태극은 이理이며 음양이 기陰陽二氣를 낳는다. 다만 태극은 음양을 낳지만 음양陰陽의 합습이 태극은 아니다. 태극은 이理인데 음양은 기氣이기 때문이다. 다시 말하면 태극과 음양은 환원 불가능한 것이다. 이 점이 '성리학'의 주리主理적 또는 이신론理神論적 특징이며, 성리학을 비판 대체하려던 명말明末의 '성기학性氣學' 및 청대清代의 '기철학氣哲學'과 대립되는 분기점이다.

기철학은 대체로 태극과 음양은 환원 가능한 것으로 본다. 즉 기철학에서는 '태극은 음양의 합' 이상의 것이 아니라는 유물론적 견해가 대체적인 경향이다. 그러므로 성기학은 성리학과는 달리 음양 그 자체를 원동자인 태극으로 보고 그 밖의 보편자를 인정하지 않는다. 성기학에서 이理는 기氣의 조리條理일 뿐이다. 조선에서는 녹문 임성주任聖周(1711~1788)와 혜강

최한기崔漢綺(1803~1875)가 이러한 입장이다. 그러나 기철학
은 조선 문화에 영향을 끼치지 못했고 주류는 성리학이었다.

주돈이周敦頤의 태극도설

통서通書/이성명장理性命章

이기二氣와 오행五行은 변화하여 만물을 낳는다.	二氣五行化生萬物.
다섯 가지로 다르고 2개의 실체지만 2개의 뿌리는 곧 하나다.	五殊二實 二本則一.
그러므로 만 가지는 하나가 되고,	是萬爲一
하나의 실체가 만 가지로 나뉘지만,	一實萬分
만 가지와 하나는 각자 바르고,	萬一各正
작거나 크거나 다 태극太極을 이룬다.	小大有定.

주자朱子의 주리론朱理論

주자어류朱子語類/권1/이기理氣 상

태극은 단지 하나의 이理라는 글자이다.	朱子曰 太極只是一箇理字.
태극은 단지 천지만물의 이理이다.	太極只是天地萬物之理.
천지에 있으면 천지 가운데 태극이 있다고 말하고,	在天地言則 天地中有太極.
만물에 있으면	在萬物
만물 가운데 각각 태극이 있다고 말한다.	言則萬物中各有太極.

주자朱子의 주기론主氣論

주자어류朱子語類/권1/이기理氣 상

이理는 도리어 뜻도 없고	理却無情意
헤아림도 지음도 없다.	無計度 無造作.

하나의 으뜸인 기氣가

끊임없이 운행하여

만물을 낳을 뿐이다.

천하에 이理 없는 기氣가 없고

기氣 없는 이理도 없다.

一元之氣

運轉流通 略無停間

只是生出許多萬物而已.

天下未有無理之氣

亦未有無氣之理.

이신론理神論

이처럼 '성리학'이란 인격신 천제天帝를 태극, 곧 이理로 해석하고 더 나아가 그 이理를 인성에 내재한 것으로 본다. 그것은 신성神性이 곧 인성이라는 뜻이며 신神이 곧 이理라는 뜻이다. 그런데 퇴계는 그 '이理의 체體'는 동정動靜이 없는 죽은 물건 같지만, '이理의 용用'은 동정과 정의情意가 있다고 말한다. 반면 율곡 이이李珥(1536~1584)는 기氣만이 동정할 뿐 이理는 동정이 없다고 보았다. 그래서 퇴계는 '이발理發'을 말하고 율곡은 '기발氣發'을 말한 것이다. 이발은 주리론主理論이요 기발은 주기론主氣論이라고 말한다. 주리론에서는 기氣를 '이理의 질료質料'에 불과하다고 말하고, 주기론에서는 이理를 '기氣의 조리條理'에 불과한 것으로 파악한다. 주리론은 이성理性을 존중하고 원시유교의 천제론天帝論으로 회귀하려 하고, 주기론은 감성感性을 존중하고 유물론으로 발전한다.

퇴계선생문집退溪先生文集/권18/답기명언별지答奇明彦別紙/
논물격리도서論物格理到書

주자가 "이理는 감정도 의지도 없고 창조 능력도 없다"고 말한 것은 이理의 본연의 체體를 말한 것이며,

"그것이 때에 따라 발현되고 이르지 않는 데가 없다"고 말한 것은 이理의 지극히 신묘한 생성작용生成作用을 말한 것이다.

다만 본체本體의 무위無爲만을 보고

생성 작용이 드러나는 운행運行을 알지 못하여

이理를 죽은 물건으로 인정한다면

도리에 너무도 거리가 먼 것이 아닌가?

이처럼 이理는 스스로 작용하는 것이므로

스스로 존재하며 양陽을 낳고 음陰을 낳는 것이다.

朱子曰 理無情意無造作者

此理本然之體也.

其隨寓發見 而無不到者

此理至神之妙用也.

但有見於本體之無爲

而不知妙用之能顯行

殆[4]若認理爲死物

其去道不亦遠甚矣乎.

…理自有用故

自然而生陽生陰也.

'이신론理神論(deism)'이란 이理에 신神적 효용을 인정하는 우주론이다. 본래 이신론은 성리학의 개념이 아니고, 성리학보다 뒤늦게 서양에서 사용된 개념이다. 학계에서는 퇴계의 이기론을 '주리론'이라고 통칭하고 있으나, 나는 '이신론'으로 설명한다. 서양에서는 17~18세기에 처음으로 로크(J. Locke, 1632~1704), 뉴턴(I. Newton, 1642~1727), 볼테르(Voltaire, 1694~1778) 등 계몽철학자들이 이신론을 주장했다. 이때 서양에서는 중국학이 성행했으므로 이신론은 주자朱子의 영향을 받은 것이며, 중세의 신본주의神本主義에서 근세의 인

---

4) 殆(태)=將也.

본주의人本主義로 넘어가는 계몽적인 우주론이다.

이신론을 자연신론自然神論이라고도 말하지만 그렇게 말하면 앞서 말한 노장의 범신론汎神論과 혼동할 수 있다. 서양 계몽주의자들이 말하는 이신론은 범신론과는 달리 일신을 세계의 창조자로 인정한다. 다만 그 일신一神은 스콜라 철학에서와는 달리 인격신이 아니며, 세계는 신이 주재主宰하는 것이 아니라 자연법칙 즉 이理에 따라 운동한다는 것이다.

다만 성리학의 '이理'는 노자의 '자연의 도道' 뿐 아니라 공맹의 '인간의 도리道理'까지를 포괄한다. 즉 서양의 이理는 존재법칙이었으나 성리학의 이理는 당위법칙까지를 모두 내포한다는 점에서 서양의 이신론과 약간 다른 면이 있다. 이처럼 존재법칙과 당위법칙을 통합하는 것은, 인도人道와 천도天道는 같아야 한다는 천인합일天人合一 사상에서 연유된 것으로 동양사상의 특징이다.

그러므로 성리학적 이신론을 요약하면 세계를 움직이는 것은 천리天理＝인성人性＝이성理性＝심心이라는 결론을 도출할 수 있다. 이것은 또한 "태초에 로고스(이성 또는 말씀)가 있으니 이가 곧 하느님"이라는 성경 말씀과도 같은 맥락이며, 인간 개개인은 전체이성全體理性인 천제天帝를 통해서만 서로 교통할 수 있다는 기독교 신학과 비슷하다.

그러나 이신론은 천제를 인격적 주재의 신神으로 인정하지 않는다. 마찬가지로 조선의 퇴계도 이理는 스스로 정의情意도 동정動靜도 갖는다는 이른바 이동설理動說을 지지하면서도 기본적으로는 외재적 인격신으로서 천제天帝를 인정하지 않는다.

퇴계서절요退溪書節要/답이달答李達 이천기李天機

태극이 동정이 있다는 것은	太極之有動靜
태극 스스로 동정한다는 것이다.	太極自動靜也.
천명이 유행한다는 것은	天命之流行
천명 스스로 유행한다는 것이다.	天命之自流行也
어찌 다시 그것을 시키는 자가 있을 것인가?	豈復有使之者歟.
다만 무극無極에 대해 말한다면,	但就無極[5]
음양오행이 신묘하게 합하여 조화로 엉켜	二五妙合而凝化
만물을 낳는 것을 보면,	生萬物處看
마치 누군가 주재 운용하는 것 같고	若有主宰運用
이와 같이 시키는 자가 있는 것 같다.	而使其如此者.
곧 『서경』의 "상제께서	卽書所謂惟皇上帝
아래 백성에게 마음을 내린"는 말이나,	降衷于下民.
정자가 이른바 주재하는 것은	程子所謂以主宰
천제天帝라고 말한 것이 이것이다.	謂之帝是也.
그러나 이기理氣가 합하여 만물에 명을 내리는 것이	蓋理氣合而命物
천제처럼 신묘한 작용이라는 것일 뿐,	其神用自如此耳
천명이 유행하는 바가 별도로 있어	不可謂天命流行處
그렇게 시키는 것이라고 말할 수는 없다.	亦別有使之者也.
이리는 상대가 없는 극히 높은 것으로	此理極尊無對
사물에 명령할 뿐 사물의 명령을 받는 것이 아니기 때문이다.	命物而不命於物故也.

---

5) 極(극)=窮極+標準.

그러나 한편으로 천제의 인격성人格性을 인정하는 언급도 있다. 퇴계의 「무진육조소」를 보면, 동중서의 '천인감응설'을 인용하고 직접 천제의 주재主宰를 인정하는 것처럼 말한다. 이것은 조선의 오래된 천제신앙을 반영한 것으로 보아야 한다.

퇴계집退溪集/서書2/답기명언答奇明彦

높으신 하느님의 운행은 소리도 없고 냄새도 없지만	上天之載[6] 無聲無臭
실로 조화의 축이며	而實造化之樞[7]紐[8]
품성이 흘러나오는 근원이다.	品匯[9]之根柢.
대개 이理는 비록 형체가 없으나	蓋理雖無形
허허로운 곳에 이르면 알찬 실체에 이른다.	而至虛之中 有至實之體.
그런즉 생물의 바탕이요	…則非生物之本
만사의 뿌리가 아니고 무엇이겠는가?	萬事之根柢而何.

퇴계집退溪集/소疏2/무진육조소戊辰六條疏/6조

진실로 군주 된 자는	…誠使爲人君者
하느님이 자기를 인애仁愛하심을 안다면	知天之所以仁愛我者
이처럼 진실로 도로에 그치게 되지 않을 것이다.	如此其不徒[10]然也.
이미 인애의 책무를 엄중히 위임받았다면	旣以仁愛之責 委重於此
스스로 인애로 보답함이 마땅하며 그것을 정성스럽게 할 것이다.	自當有仁愛之報 惓惓於此也.

---

6) 載(재)=運也.
7) 樞(추)=主運轉者. 要也.
8) 紐(뉴)=系 本.
9) 匯(회)=器.
10) 徒(도)=空也.

그런즉 상제上帝는 높은 곳에서

날마다 나를 감시한다는 것을 알아야 하며,

털끝 하나도 속이는 것은 용납하지 않는다는 것을 알아야 한다.

其必能知高高在上

而日監於玆

不容有毫髮之可欺矣.

훗날 다산茶山 정약용丁若鏞(1762~1836)은 퇴계의 이런 점을 계승하여 천제의 인격성을 인정할 필요가 있다고 주장한다. 이것은 천제의 인격성을 인정한 공자로 돌아가자는 것이지만, 서양의 천주교를 접하면서 우리의 오랜 전통인 하느님 신앙의 긍정적인 유용성에 주목했던 것으로 추측된다. 그러므로 다산은 천주교의 하느님을 믿은 것이 아니라 전통적인 유교의 하느님을 믿은 것으로 보아야 할 것이다. 동양은 예수가 태어나기 전부터 하느님을 모셔왔고, 조선은 천주교가 이 땅에 들어오기 전부터 수천 년 동안 하느님을 섬겨왔다. 공자는 경신敬神하되 원신遠神하라고 말했고, 성리학은 천신天神이 인간의 마음속에 내재해 있다고 말했을 뿐 하느님을 부인하지 않는다.

다산전서茶山全書/중용강의보中庸講義補

천지귀신이 삼대처럼 밝게 포열布列해 있으나,

지극히 존귀하고 지극히 큰 것은 하느님이다.

문왕이 소심하여 삼가고 공경한 것은

하느님을 밝히고 섬긴 것이다.

『중용』에서 "삼가 경계하며 두렵고 송구함(戒愼恐懼)"이라 한 말은

어찌 하느님을 섬긴 학문(昭事之學)이 아니겠는가?

천명을 도참에서 구하는 것은

天地鬼神 昭布森列

而其至尊至大者 上帝是已.

文王小心翼翼

昭事上帝.

中庸之戒愼恐懼

豈非昭事之學乎.

求天命於圖籙[11]者

이단 황탄의 학술이요

본심에서 천명을 구함은

성인이 천제를 섬겼던 학문(昭事之學)이다.

異端荒誕之術也.

求天命於本心者

聖人昭事之學也.

다산전서茶山全書/중용자잠中庸自箴

계신공구戒愼恐懼하며 소사상제昭事上帝해야만

가히 인仁을 행할 수 있는 것이다.

태극을 헛되이 존숭하고 이理를 하늘로 삼는 것으로는

인仁을 행하게 할 수 없을 것이다.

돌아갈 곳은 하늘을 섬기는 소사상제뿐이다.

恐懼戒愼 昭事上帝

則可以爲仁.

虛尊太極 以理爲天

則不可爲仁.

歸事天而已.

보이지 않는다고 한 것은 무엇인가? 하늘의 몸이다.

들리지 않는다고 한 것은 무엇인가? 하늘의 소리이다.

어찌 그것을 알 수 있는가?

『중용』16장에서 다음과 같이 말한 것으로 알 수 있다.

"귀신의 덕은 진실로 성대하구나!"

보아도 보이지 않고, 들어도 들을 수 없지만

만물에 체현되지 않은 것이 없으며,

천하만민으로 하여금 제계하고 받들어 모시게 하니

바닷물처럼 가득하여

위아래도 좌우에도 임재하신 듯하구나!

그러니 보이지 않고 들리지 않는 것은

所不睹者 何也 天之體也.

所不聞者何也 天之聲也.

何以知其然也.

經曰

鬼神之爲德 其盛矣乎.

視之而不見 聽之而不聞

體物而不可遺.

使天下之人 齊明承服

洋洋乎

如在其上下 如在其左右.

不睹不聞者

---

11) 籙(록)=秘記, 戶籍.

주재하는 하늘이 아니고 무엇이겠는가?　　　　　　　　　　　　非天而何.

다산시문집茶山詩文集/자찬묘지명집중본自撰墓誌銘集中本

『중용장구』에서 "보이지 않는다" 함은　　　　　　　　　　　　曰 不睹

내가 하늘의 몸체를 보지 못하는 것이며,　　　　　　　　　　是我所不睹

"들리지 않는다" 함은　　　　　　　　　　　　　　　　　　　不聞

내가 하늘의 소리를 듣지 못하는 것이니,　　　　　　　　　　是我所不聞

그것은 하늘의 일이다.　　　　　　　　　　　　　　　　　　天之載也

은隱은 하늘의 본체이고, 미微는 하늘의 자취이다.　　　　隱者天之體也 微者天之跡也

은밀하지만 그보다 더 잘 드러나는 것이 없고,　　　　　　隱而莫見乎隱

미세하지만 그보다 더 잘 드러나는 것이 없으므로　　　　微而莫顯乎微

이로써 두려워하고 경계하는 것이다.　　　　　　　　　　　是以恐懼戒愼

하늘은 아무것도 모른다고 생각하기 때문에　　　　　　　謂天無知

거리낌이 없는 것이다.　　　　　　　　　　　　　　　　　是以無忌憚也.

인심이 천심

우리는 흔히 '천심天心이 곧 인심人心'이요, '인심이 곧 천심'이라고 말한다. 이것이 바로 성리학의 교리인 것이다. 이미 말한 것처럼 성리학의 '성性'자는 인성人性이고, '이理'자는 천리天理이다. 그러므로 인간의 심心은 하느님의 심心이고 하나의 태극이다. 이것은 결국 불교에서 신神을 내면화하여 불심佛

心이라고 말하는 것처럼 성리학은 신을 내면화하여 이성理性이라 말한 것이다. 우리의 사고의 틀인 만물일체萬物一體, 천인합일天人合一, 상생조화相生調和, 태평성세太平盛世 등은 모두 유교와 성리학의 우주론적 담론구조에서 나온 것이다. 그러므로 성리학의 기본적 인식은 천리天理, 인사人事, 인심人心이 근본적으로 둘이 아니라는 데 있다. 따라서 천리를 보전하는 길은 내 본성을 회복하는 길뿐이다(復性說).

천天은 이理요 성性이다

주자어류朱子語類/권5/성리性理 2

천天은 스스로 그렇게 되는 것(자연)을 말하고,	天則就其自然者言之.
명命은 천天이 유행하여	命則就其流行
만물에 부여된 것을 말하고,	而賦於物者言之.
성性은 만물이 그것을 온전하게 받아	性則就其全體以萬物所得
태어난 것을 말하고,	以爲生者言之.
이理는 모든 사물이	理則就其事事物物
각각 법칙을 갖는 것을 말하는 것이다.	各有其則者言之.
총괄하여 말하면 천天은 곧 이理며,	到得合而言之則 天卽理也
명命은 곧 성性이며, 성性은 곧 이理다.	命卽性也 性卽理也.

퇴계집退溪集/소疏2/무진육조소戊辰六條疏/6조

진실로 몸을 닦고 반성하여	誠修省
하늘의 사랑을 마음속에 맞아들여야 합니다.	以承天愛.
살피건대 천지의 큰 덕을 일러 생명이라고 말합니다.	…竊謂天地之大德曰生.

무릇 천지간에 생명의 종류는 동물과 식물,

큰 것 작은 것 등 수없이 많습니다.

이들 모든 생명을 하늘이 말없이 덮어주고 사랑합니다.

하물며 우리 인간은 하늘을 닮았으며

천지의 마음을 가진 가장 신령스런 존재입니다.

凡天地之間 含生之類 總總

林林 若動若植 若洪若纖

皆天所悶覆而仁愛

而況於吾民之肖像

而最靈爲天地之心者乎.

퇴계집退溪集/서書4/답정자중서答鄭子中書

마음(心)이 곧 태극이라는 말은 곧 사람의 태극을 말한 것이다.

이처럼 이理는 사물과 내가 따로 없고 안과 밖,

나눔과 단락, 공간과 형체가 따로 없다.

고요하면 혼연하여 온전히 갖추어져 있어

마음에 있거나 사물에 있거나 차별이 없다.

동動하면 인사에 응하고 물체에 접하여

사事마다 물物마다 이理이다.

그런즉 나의 마음에도 본래부터 천리天理가 갖추어져 있다.

心爲太極 卽所謂人極也.

此理無物我 無內外

無分段 無方體.

方其靜也 渾然全具

固無在心在物之別.

及其動而應事接物

事事物物之理

卽吾心本具之理.

자성록自省錄/답남시보언경答南時甫彦經 1

보내준 편지에서 말한 것은 학식을 넓혀 신성을 기르는 것(涵養)과

체험을 통해 살피는 것(體察)을

유가의 으뜸으로 치는 취지입니다.

하늘의 이치와 사람의 일이

본래 두 가지가 아니라는 말은 옳습니다.

見喩涵養

體察

吾家宗旨.

天理人事

本非二 致善矣.

그렇지만 천성天性과 인성人性은 약간의 차이가 있다. 천심天

心인 원형이정元亨利貞과 이를 선천적으로 타고난 인성인 인의
예지仁義禮智는 본성이며 선善하지만, 인간은 육체를 가지고 있
으므로 인성人性이 발하여 칠정七情이 되면 반드시 사덕四德에
과불급過不及이 생길 수 있기 때문이다. 그러므로 칠정이 과불
급의 악惡에 흐르는 것을 막아 천성을 회복하려는 것이 성리학
의 목표이다. 이것을 '존천리存天理'라 표현하고, '복성설復性
說'이라고도 말한다. 결국 공자의 극기복례克己復禮라는 테제는
성리학에서는 '멸인욕滅人欲 존천리'로 발전한다. 그러므로 인
仁은 '주례로 돌아가는 것(復禮)'이 아니라, 하늘마음인 만물을
낳고 기르는 '생생지심生生之心'을 보존하는 것이 된다.

주문공전집朱文公全集/권70/독대기讀大紀

우주 사이는 하나의 이理가 있을 뿐이다.	宇宙之間 一理而已.
하늘이 그것을 얻어 하늘이 되고, 땅이 그것을 얻어 땅이 되고,	天得之爲天 地得之爲地.
무릇 우주 안의 생명체는	而凡生于天地之間者
각각 그것을 얻어 성품이 된다.	又各得之以爲性.
그것을 펴면 삼강三綱이 되며	其張之爲三綱
그것을 벼리로 하면 오상五常(仁義禮智信)이 된다.	其紀之爲五常.
모두가 이理의 운동이니	蓋皆此理之流行
없는 곳이 없다.	無所適而不在.

주문공전집朱文公全集/권67/인설仁說

천지의 마음에 네 가지 덕이 있으니	蓋天地之心 其德有四曰
원형이정元亨利貞이라 하며,	元亨利貞

원元은 통괄하지 않음이 없다.　　　　　　　　而元無不統.

그러므로 사람의 마음에도　　　　　　　　　　故人之爲心

역시 네 가지 덕이 있으니 인의예지라고 하며,　　其德亦有四曰 仁義禮智

인仁은 포괄하지 않음이 없다.　　　　　　　　而仁無不包.

주문공전집朱文公全集/권67/인설仁說

대저 인仁의 도道는　　　　　　　　　　　　　盖仁之爲道

천지天地가 만물을 낳는 마음이니 만물에 이미 존재한다.　乃天地生物之心 旣物在位.

공자가 "극기복례위인克己復禮 爲仁"이라고 한 말은　…其言有曰 克己復禮爲仁

자기 사사로움을 극복하여 천리天理로 돌아가면　言能克去其私復乎天理

이 심心의 작용이 실천되지 않음이 없음을 말한 것이다.　則此心之用無不行也.

북계자의北溪字義/인의예지신仁義禮智信(진순陳淳 저)

원元은 하나의 생명의지生命意志이며　　　　　　蓋元是箇生意.

형亨은 이 생명의지의 형통함이며　　　　　　　亨只是此生意之通.

이利는 이 생명의지의 이룸이며,　　　　　　　利只是此生意之遂.

정貞은 생명의지의 저장함이다.　　　　　　　　貞只是此生意之藏.

　유교는 하늘의 생생지심生生之心을 보존하는 것이 목표이며 그 방법은 성誠과 경敬과 서恕의 실천이다. 퇴계는 경을, 율곡은 성을, 다산은 서를 강조했다. '성'이란 하늘처럼 진실 무망한 것을 말하고, '경'은 한결같이 마음이 주인이 되도록 하여 하늘이 준 성誠한 마음을 보존하는 것이며, '서'는 자신의 진실한 마음이 남에게 미치는 것으로, 내가 원하지 않는 것을 남

에게 하지 않으며 내가 원하는 것을 남에게도 베푸는 것을 말
한다. 성경誠敬은 모두 심학心學과 궁행躬行을 중시하지만 그래
도 성誠은 천지 군신 관계와 객관적인 행行을 강조하고, 경敬은
인간관계와 주관적인 심心을 강조한다. 요약하면 각자의 인격
이 공경스러우면 행동이 생명살림(生生)의 하늘마음처럼 성실
해지고 인간관계에 신뢰가 생기고 남을 이해하고 존중하는 추
서推恕가 되며 나아가 공존 상생의 공동체를 이룰 수 있다고
생각한 것이다.

퇴계문집退溪文集/무진육조소戊辰六條疏/6조

내 생각으로는 천지의 큰 덕은 생명이라고 말할 수 있다.	竊謂天地之大德曰生.
천지간에 생명生命을 가진 부류는	凡天地之間 含生之類
동물이건 식물이건,	總總林林 若動若植
크든 작든	若洪若纖
모두 하늘이 덮어주고 아껴준다.	皆天所閔覆 而仁愛
하물며 우리 민중은 하늘을 닮았으며 가장 영장한 존재이니	而況於吾民之肖像而最靈
하늘마음을 가진 자가 아니겠는가?	爲天地之心者乎.

퇴계문집退溪文集/답노이재答盧伊齋 별지別紙

생생지심生生之心이 하늘에 있으면 성誠이요,	在天曰誠
사람에 있으면 경敬이다.	在人曰敬.
스스로 노력하여 성誠으로 나아가려면	欲自强而進於誠
어찌 다른 것이 있겠는가.	豈有他哉
역시 오직 공경함(敬)을 힘쓸 뿐이다.	亦惟用力於敬而已.

성학집요聖學輯要/수기修己 중/성실誠實(율곡 저)

성誠이란 하늘의 진실한 이理요 마음의 본체다.　　誠者 天之實理 心之本體.

사람이 그 본심을 회복할 수 없는 것은　　人不能復其本心者

사사로움과 사특함으로 말미암아 가려지기 때문이다.　　由有私邪爲之蔽也.

그러므로 경敬으로 주재하여 사특함을 제거하면　　以敬爲主 盡去私邪

본체가 온전할 수 있다.　　則本體乃全

경敬은 노력하는 요체이며　　敬是用功之要

성誠은 노력을 거두어들이는 바탕이므로　　誠是收功之地

경敬함으로써 성誠에 이를 수 있는 것이다.　　由敬而至於誠矣.

율곡전서栗谷全書/습유拾遺/권6/사자언성의四字言誠疑

성誠이란 진실하고 거짓이 없음을 말하며　　誠者 眞實无妄之謂

실리實理의 성誠이 있음으로써　　而有實理之誠

실심實心의 성誠이 있다.　　有實其心之誠.

저절로 그런 것은 천도天道며,　　自然而然者 天道也.

함이 있어 그런 것은 인도人道다.　　有爲而然者 人道也.

진실 무망한 것은 천도며　　眞實無妄者 天道也.

진실 무망하려고 하는 것은 인도다.　　欲其眞實無妄者 人道也.

성이 물에 체현되니 하늘은 높고 땅은 두터우며,　　體於物 則天高地厚

해와 달은 번갈아 밝고, 사시四時는 갈마들며 운행한다.　　日月代明 四時錯行.

성誠이 사람에게 체현되니 아비는 자애롭고 아들은 효도하며,　　體於人則 父慈子孝

군주는 의롭고 신하는 충직하다.　　君義臣忠.

율곡전서栗谷全書/습유拾遺/권6/성책誠策

하늘은 실實한 이理로써 화육의 공적이 생기고,	天以實理 而有化育之功.
사람은 실實한 마음으로써 감정이 통하는 효험을 이룬다.	人以實心 而致感通之效.
이른바 실리實理와 실심實心이란	所謂實理實心者
성誠을 말하는 것뿐이다.	不過曰誠而已矣.
천리에 순종해	純乎天理
성의 온전함을 얻은 자는 성인이며,	而得誠之全者 聖人也.
그 일단을 성실히 하여 한편의 성을 얻으면	實其一端 而得誠之偏者
현자이다.	賢者也.
오호라! 성誠의 본체는 지극히 미묘하고,	嗚呼 誠之爲體 至微而至妙
성의 작용은 지극히 높고 넓어,	誠之爲用 至顯而至廣
만물을 모양 지우니 만물의 시작과 끝이구나.	體乎萬物 而爲物之終始.
그러므로 원형이정은 하늘의 성誠이며,	故元亨利貞 天之誠也.
인의예지는 성품의 성이다.	仁義禮智 性之誠也.

논어고금주論語古今注(다산茶山 저)

남의 마음 헤아리기를 내 마음같이 하는 것을 서恕라 한다.	忖他心如我心 謂之恕也.
서는 (공자가 말한 대로) 하나로써 만 가지를 꿰뚫는 것이다.	恕者以一而貫萬者也.
그러므로 충서忠恕라고 하는 것은	謂之忠恕者
'충심으로 서를 행하는 것'이다.	以中心行恕也.
서에는 두 가지 종류가 있는데,	恕有二種
하나는 추서推恕요 둘은 용서容恕다.	一是推恕 二是容恕.
옛 경전에는 추서만 있을 뿐,	其在古經 只有推恕
용서는 본래 없다.	本無容恕.

추서란 자수自修를 위주로 하는 말이며　　　　　　　　推恕者 主於自修

내가 선을 행하는 방도요,　　　　　　　　　　　　所以行己之善也.

용서란 치인治人을 위주로 하는 말이며　　　　　　　容恕者 主於治人

남의 악을 관용하는 것이다.　　　　　　　　　　　所以寬人之惡也.

공자가 "나의 도는 하나로 관통되어 있다"고 말한 것은　　古之謂一貫者

'서恕' 한 글자로써 육친과 오륜을 꿰뚫고,　　　　　　以一恕字 貫六親 貫五倫

경례삼백과 곡례삼천을 꿰뚫고 있어　　　　　　　　貫經禮三百 貫曲禮三千.

그 말은 간략하나 넓고 그 뜻은 종요로우나 원대하다.　其言約而博 其志要而遠.

서로써 아비를 섬기면 효요,　　　　　　　　　　　以恕事父則孝

서로써 임금을 섬기면 충이며,　　　　　　　　　　以恕事君則忠

서로써 백성을 기르면 자慈인 것이니　　　　　　　以恕牧民則慈

이른바 인仁의 방도인 것이다.　　　　　　　　　　所謂仁之方也.

제3부

정치 도덕 사상

소크라테스는 인간은 정치적 동물이라고 말했다. 그러나 노장은 반대로 인간은 자연이라고 말한다. 그들은 국가와 정치 등 속세의 올가미를 벗어던지고 자연인으로 소요하기를 바랐다.

그러므로 장자는 내가 세상을 잊기는 쉬우나 세상이 나를 잊게 하기는 어렵다고 한탄했다. 세상은 나를 자연인이 아니라 신민臣民 또는 국민으로 옭아놓고 풀어주지 않기 때문이다.

이렇듯 노장은 국가와 정치를 부정하고 자연으로 돌아가자고 말했지만, 국가를 부정한 것 자체가 정치론이다.

그래서 순자는, 모든 냇물이 근원은 달라도 바다로 흘러가듯이 제자백가가 각기 학업은 달라도 모두 정치에 복무하는 것이라고 말했다. 그러므로 공자, 묵자, 노자 등 제자백가의 사상은 한결같이 춘추전국의 난세 극복과 태평성세를 열망하는 경세치학經世治學이 아닌 것이 없다. 다만 고대에는 동서양을 막론하고 학문이 분화되지 않았으므로 종교, 도덕, 철학, 정치를 별개의 것으로 생각지 않았을 뿐이다.

그들의 철학 속에는 정치론이 담겨 있다. 그들이 소망하는 이상사회의 모습이 표현되어 있는 것이다. 그러므로 그들의 사상을 알려면 그들의 정치론을 먼저 알아야 한다. 그래야만 그들의 도덕론도 처세훈도 제대로 알 수 있다.

그러나 불행하게도 우리 학자들은 2,000년 전 사상가들을 오늘날 자본주의에 적합한 도덕론으로만 설명하고 있다. 그런 까닭에 오늘날 서점에 나와 있는 동양고전들은 한결같이 군주와 스승과 부모에게 복종하고 벗들에게 신의를 지켜야 출세할 수 있다는 격언집으로 왜곡되어

버렸다.

처세훈이란 봉건왕조시대건, 히틀러 독재시대건, 자본주의시대건 그 밥에 그 나물처럼 비슷비슷하기 마련이다. 그래서 공자, 묵자, 맹자, 노장뿐 아니라 서양의 성인들까지도 하나같이 닮은꼴이 되어버린다. 그러니 지금 서점의 번역서를 아무리 읽어도 공자와 노자의 본래 모습을 바로 알 수 없다.

이제 이러한 유교의 아포리즘(aphorism)에서 벗어나야 한다.

일찍이 연암 박지원은 성인의 글을 읽으면서도 성인의 고심을 알려고 하는 자는 드물다고 한탄했다.

인간에 대한 고민, 세상에 대한 고민이 없다면 어찌 성인이겠는가?

그들 성인의 고민을 모른다면 옛것을 본받되 외피의 묵수일 뿐 그 정신을 살려 발전시키는 법고창신法古創新이 될 수 없다. 독자들께서는 이 책을 통해 난세를 고민하는 사상가들의 생생한 모습을 보시기 바란다.

13 공자의 정치사상

왕도주의와 균분

공자의 정치론은 이미 살펴본 제정祭政 외에도 세상에서 회자되듯이 왕도王道, 중도中道, 덕치德治로 요약할 수 있을 것이다. 다만 이것은 공자의 사변적 창작이거나 불변의 진리가 아니라 당시 시행되던 정치헌장인 주공이 정비한 주례周禮를 그 당시 실정에 알맞게 해석한 것일 뿐이다. 그래서 공자 스스로 자기는 선왕을 조술했을 뿐 새로 지어낸 것이 없다(述而不作)고 말한 것이다.

그러나 그것이 우리에게는 공자의 말씀으로 숭앙되었으므로 수천 년 동안 시대마다 스승마다 필요에 따라 변용 설교되면서 그 본래의 뜻은 실종되었다.

왕도주의란 왕을 전쟁과 법제의 중앙으로 삼고, 왕의 혈연들을 자치적인 제후로 임명하여 다섯 겹 내지 아홉 겹으로 호위하게 하는 이른바 오복五服 또는 구복九服제도[1]를 말한다. 요순 이래 오복이었으나 주대周代에 구복으로 바뀌었다. 즉 왕도주의는 천자와 제후와 소국들을 혈연관계로 묶어 천하일가天下一家를 이루어 왕권을 보위하는 이른바 가부장적 '소국연방제'이다.

국어國語/주어周語 상

선왕의 제도는 서울 안은 전복,	夫先王之制 邦內甸服
서울 밖은 후복이라 하며	邦外侯服
후를 둘러싸며 방위하는 곳을 빈복이라 하고,	侯衛賓服
만과 이는 요복, 융과 적은 황복이라 했다.	蠻夷要服 戎狄荒服
전복 지역에서는 천자에게 매일 지내는	甸服
제祭에 필요한 물품을 바치고,	者祭
후복 지역에서는 매월 지내는 사祀에 필요한 물품을 바치고,	侯服者祀
빈복 지역에서는 계절마다 지내는	賓服
시향時享에 필요한 물품을 바치고,	者享
요복 지역에서는 매년 조공을 바치고,	要服者貢
황복 지역에서는 그들의 군주가 바뀔 때마다 알현하도록 했다.	荒服者王
일제日祭, 월사月祀, 시향時享, 세공歲貢, 종왕終王은	日祭 月祀 時享 歲貢 終王
선왕의 가르침이다.	先王之訓也.

---

1) 周나라 때는 九服제도였다. 왕기 1,000리를 중심으로 侯·甸·男·采·衛·蠻·鎭·蕃 등 차례로 각각 500리의 땅을 분봉했다.

예기禮記/왕제王制

무릇 사해는 구주九州가 있고,	凡四海之內九州
넓이는 사방 1,000리다.	州方千里
1주마다 100리의 나라 30국,	州建百里之國三十.
70리의 나라 60국,	七十里之國六十.
50리의 나라 120국을 세운다.	五十里之國 百有二十.
1주 안의 나라는 모두 210국이다.	凡二百一十國.[2]

중용中庸/28장

공자 이르길 "천자가 아니면 예를 만들 수 없으며,	子曰 非天子 不議[3]禮
법을 제정할 수 없으며, 선왕의 말씀을 해석할 수 없다.	不制度 不考文.[4]
또한 비록 그런 지위에 있다 할지라도	雖有其位
그럴 만한 덕이 없으면 감히 예악을 만들 수 없으며,	苟無其德 不敢作禮樂焉
또 비록 그럴 만한 덕이 있다 할지라도	雖有其德
지위가 없으면 감히 예악을 만들 수 없다" 하였다.	苟無其位 亦不敢作禮樂焉.

다시 말하면 왕도주의란 천하를 가부장적 씨족사회의 대연합으로 보고, 천자를 천명天命을 받은 대종중大宗中의 수장으로 생각하는, 이른바 주례의 종법宗法질서를 말하는 것이다.

천자는 천하 모든 씨족의 우두머리로서 모든 제후국을 통솔하는 왕이지만 천하의 모든 땅이 자기 소유가 아니었고 자기

---

2) 王畿 밖 8주에 각각 210국이므로 1,680개의 소국이 있었다.

3) 議(의)=作也.

4) 不考文=稽考遺文. 文(문)=書名也.

씨족의 본래 영지만 소유할 수 있었다.

　제후도 대종장大宗長인 천자의 명을 받들지만 경내의 모든 씨족의 우두머리로서 군사권과 외교권을 가진 군주였으나 국내의 모든 땅이 자기 소유가 아니었고 자기 씨족의 본래 영지만 자기 소유였다.

　대인大人은 제후의 통솔을 받지만 한 씨족 가문의 우두머리로서 자기 영지를 소유하고 군사와 가신을 거느린 영주였다.

예기禮記/제법祭法

임금이 모든 백성을 위해 사직을 세운 것을 '대사大社'라 한다.
王爲群姓立社 曰大社.

임금이 자기 씨족을 위해 사직을 세운 것을 '왕사王社'라 한다.
王自爲立社 曰王社.

제후가 경내의 백성을 위해 사직을 세운 것을 '국사國社'라 한다.
諸侯爲百姓立社 曰國社.

제후가 자기 씨족을 위해 사직을 세운 것을 '후사侯社'라 한다.
諸侯自爲立社 曰侯社.

대부 이하가 무리를 이루어 마을에 사직을 세운 것을 '이사里社'라 한다.
大夫以下成群立社 曰置社.[5]

　그러나 춘추전국이라는 난세를 당하여 왕의 권위는 실추되고 약육강식의 겸병전쟁으로 수많은 소국이 대국에 겸병되었으며 이른바 오패五霸와 칠웅七雄이 번갈아 천하를 지배하게 되었다. 이에 공자가 난세를 종식시키기 위해 겸병전쟁을 중지하고 주초周初의 소국연방제로 돌아갈 것을 호소한 것이 바로 '극기복례克己復禮'라는 캐치프레이즈였다. '극기복례'란 자기 씨

---

5) 置社(치사)＝里社.

족만의 사私를 극복하고 주례로 돌아가는 것이 인仁이라고 말
한 것으로 바로 왕도주의를 수호하기 위한 강령이었다.

논어論語/계씨季氏 1

먼 나라 사람들이 복종하지 않으면	遠人不服
문화와 도덕으로 교화시켜 그들이 따라오게 하고	則脩文德以來之
이미 따라왔으면 그들을 편안하게 해주어야 한다.	旣來之則安之.
자로와 염구는 계씨 가문의 가신으로서 그를 도와	今由與求也 相夫子
먼 나라가 복종하지 않는데도 귀복시키지 못했고	遠人不服 而不能來也.
자기 나라가 갈라져 무너지고 흩어져 조각나는데도	邦分崩離析
이를 지키지 못하면서,	而不能守也.
도리어 나라 안의 작은 자치국을 합병하려고 전쟁을 꾀했다.	而謀動干戈於邦內
내 생각으로는 계손씨 가문의 우환은	吾恐季孫氏之憂
작은 자치국인 동몽의 전유顓臾에게 있지 않고	不在顓臾
오히려 자기 가문의 담장 안에 있는 것 같다.	而在蕭墻之內也.

사기史記/태사공자서太史公自序

춘추 242년 동안 시해된 군주가 36명이고	春秋之中 弑君三十六
멸망한 나라가 52개국이며,	亡國五十二
쫓겨나거나 사직을 보전하지 못한 제후들은	諸侯奔走 不得保其社稷者
이루 다 셀 수 없이 많다.	不可勝數.
그 까닭을 살펴보면 모두가 그 근본을 잃었기 때문이다.	察其所以 皆失其本已.

춘추전국시대라는 약육강식의 전란에, 수많은 소국들은 대

국의 겸병전쟁으로부터 살아남는 것이 최대의 과제였다. 그러므로, 예악과 전쟁은 천자天子만의 통치권이기에 대국이 소국을 겸병하는 것은 불법이라고 주장하는 왕도주의를 환영하고 지지했다. 또한 토지와 물산이 부족하여 부국강병을 추구할 수 없었으므로 인정仁政과 균분均分을 추구했다. 공자는 이러한 소국의 입장을 지지한 대표자였다(『논어』「계씨季氏」). 반면 대국들은 관자管子와 자산子産의 부국강병의 패도覇道를 환영했으며, 법가들은 대체로 이를 지지했다.

당시는 농병일치農兵一致 제도였으므로 농토가 많아야 병사를 많이 둘 수 있다. 그러나 땅이 작은 소국들은 부국강병을 원해도 할 수 없으므로 생존을 위해서는 천자라는 중앙의 보호가 절실하게 필요했던 것이다. 맹자는 이것을 왕도주의라고 명명하고 패도주의와 대립시켰다. 특히 그는 제후끼리 연합하거나, 땅을 개간하여 넓히는 것은 패도주의이므로 큰 죄로 벌해야 한다고 주장했다(『맹자』「이루장구離婁章句」상). 땅을 개간하여 농토를 늘리고 생산을 증대하는 것은 소국의 백성을 끌어모아 병사를 늘리는 부국강병책이었기 때문이다.

논어論語/계씨季氏 2

공자가 말하길,	孔子曰
"천하에 도가 있으면	天下有道
예악과 정벌이 천자로부터 나오고,	則禮樂征伐 自天子出.
천하에 도가 없으면	天下無道
예악과 정벌이 제후로부터 나온다" 하였다.	則禮樂征伐 自諸侯出.

논어論語/계씨季氏 1

공자가 이르기를 "염유는 들어라! 나라와 가문을 소유한 자는
국토와 인구가 작은 것을 걱정하기보다
고르지 못한 것을 걱정하고,
가난한 것을 걱정하기보다
백성이 편안하지 못한 것을 걱정한다.
대개 균분하면 가난이 없고,
계급 간에 화목하면 인구가 적을 리 없고,
정사가 안정되면 나라가 기울지 않는다"고 하였다.

孔子曰 求也聞 有國有家者
不患寡
而患不均
不患貧
而患不安
蓋均無貧
和無寡
安無傾.

맹자孟子/이루장구離婁章句 상

맹자가 이르되, "전쟁을 좋아하는 자는 중형에 처해야 하며,
제후들과 합종연횡 하는 자는 그 다음이고,
풀밭을 개간하여 세금을 거두는 자는 그 다음이라" 하였다.

孟子曰 故善戰者 服上刑
連諸侯者次之
辟草萊任[6]土地者次之.

순자는 같은 유가지만 맹자와는 달리 부국강병을 지지하고,
공맹의 균분을 묵자의 절용節用, 균분과 같은 것이라고 비판한
다. 균분은 오히려 물산의 부족을 야기할 것이라고 경고하고,
능력에 따른 차등 배분이 생산을 증대할 것이라고 주장했다
(『순자』「부국」). 이들의 논쟁은 오늘날의 사회주의와 자본주의
의 논쟁과 별다를 바가 없다.

---

6) 任(임)=賦稅負擔也.

순자荀子/부국富國

묵자가 천하를 소유하거나 한 나라를 소유한다면	墨子大有天下 小有一國
부리는 자와 관리를 줄일 것이며,	將少人徒 省官職.
공적과 노동을 숭상하고, 백성들과 사업을 균등히 하고,	上功勞苦 與百姓均事業
공로를 똑같이 나눌 것이다.	齊功勞.
만약 그렇게 되면 권위가 없어질 것이며,	若是則不威
권위가 없으면 상벌을 시행할 수 없고,	不威則賞罰不行.
그렇게 되면 만물은 마땅함을 잃고	若是則 萬物失宜
일의 변화에 대응하지 못함으로써,	事變失應
위로는 천시天時를 잃고 아래로는 지리地利를 잃고,	上失天時 下失地利
그 가운데서 인화人和를 잃어	中失人和.
세상은 메말라 불에 탄 듯이 생산이 감소할 것이다.	天下熬然 若燒若焦.
그러므로 묵가의 정책을 시행하면	故墨術盛行
천하는 검소함을 숭상하여 더욱 가난해질 것이며,	則天下尚儉 而彌貧.
노력과 수고로 몸만 야윌 뿐 더욱 공적은 없을 것이다.	勞苦頓萃 而愈無功.

중도주의

요임금은 순임금에게 왕위를 선양하면서 "중中을 지키라"고
유언했다(『논어』「요왈堯曰」1). 순임금도 우임금에게 똑같은 유
언을 했다(『서경書經』「우서虞書」대우모大禹謨). 이러한 왕의 중
립주의가 유사들의 계급적 중립주의로 발전했으며, 나아가 일

반인의 생활철학으로 굳어졌으니 이를 중용中庸 또는 중화中和 철학이라고 말한다. 그래서 나라 이름도 중화中華 또는 중국中國이라 한 것이다.

중국이란 나라는 고대부터 진시황의 천하통일까지 그리고 그 후 근대 이전까지 모두 연합제 또는 연방제 국가였다. 천자는 제후국가의 연합체 수장이므로 수많은 제후들을 통합 조정하기 위해서는 중립을 표방하는 것이 중요하다. 또한 제후도 가문의 연합체 수장이므로 수많은 거실巨室의 대인大人들 사이의 분쟁을 조정하기 위해서는 중립을 표방해야 한다. 또 사士 계급도 가문 간, 제후 간에 중립을 지켜 불편불의不偏不倚, 무과불급無過不及을 표방했다(『한서漢書』「예문지藝文志」).

"천하에 도가 있으면 도로써 몸을 따르고, 천하에 도가 없으면 몸으로써 도를 따른다(天下有道 以道殉身. 天下無道 以身殉道 :『맹자』「진심盡心」상)는 맹자의 말은 중도주의를 말한 것으로 인구에 회자되는 명언이다. 특히 공자가 14년 동안이나 여러 나라를 주유하면서 자기를 등용해 줄 것을 유세한 것은 모든 군주들에게 중립적 태도를 취했던 본보기라 할 것이다. 이러한 연유로 동양의 지식인들은 중도주의를 자신들의 정체성으로 지켜왔던 것이다.

논어論語/요왈堯曰 1

요임금이 말했다.

"아! 순이여. 하늘의 운수가 네 몸에 있으니 삼가 중도中道를 취하라.

堯曰

咨爾舜 天之曆數在爾躬

允執厥中.

만약 천하의 백성을 곤궁하게 하면   四海困窮

하늘의 녹이 영원히 끊어지리라."   天祿永終.

순임금도 역시 우임금에게 이 말을 전했다.   舜亦以命禹.

서경書經/우서虞書/대우모大禹謨

순임금이 말했다. "오라! 우여!   帝曰 來 禹.

하늘의 운수가 네 몸에 있으니   天之曆數在汝躬

너는 장차 임금이 될 것이다.   汝終陟元后.

인심은 위태롭고 도심은 희미하니,   人心惟危 道心惟微

오직 정밀하고 한결같이 하여 진실로 중도를 지켜라."   惟精惟一 允執厥中.

논어論語/이인里仁 10

공자 말하길, "군자는 천하 만사에 임하여   子曰 君子之於天下也

추종함도 없고 배척함도 없으며,   無適[7]也. 無莫[8]也

오직 의義와 함께하여 돕는 것뿐"이라 하였다.   義之與比.[9]

논어論語/위령공衛靈公 28

공자가 말했다. "대중이 그것을 싫어해도 반드시 살피고,   子曰 衆惡之 必察焉.

대중이 그것을 좋아해도 반드시 살펴라."   衆好之 必察焉.

---

7) 適(적)=歸也. 朱子는 專主也로 해석했음.

8) 莫(막)=猶削也. 朱子는 不肯也로 해석했음.

9) 比(비)=輔也. 朱子는 從也로 해석했음.

논어論語/자로子路 21

공자는 "중도를 행하여 더불어 하지 못하면
반드시 급진적이거나 고루하게 될 것이며,
급진적인 자는 앞으로 나아가기만을 취하고
고루한 자는 새것을 지어내지 않을 것이다"라고 하였다.

子曰 不得中行.[10]
而與之 必也狂[11]狷[12]也.
狂者進取
狷者有不爲.

한서漢書/예문지藝文志

유가들은 거개가 사도司徒의 관직에서 나왔다.
귀족 가문과 군주를 돕고, 음양을 따르며
교화를 밝히는 자들이다.
이들은 예 · 악 · 인 · 의 · 충 · 서를 주장하고
불편부당 무과불급의 중도를 표방했다.

儒家流蓋出于司徒[13]之官
助人君順陰陽
明教化者也.
主張禮樂仁義忠恕
不偏不倚 無過不及.

덕치 · 법치의 논쟁

공자 당시 『주례』에 의하면 형벌은 얼굴에 먹물을 뜨는 묵
형墨刑, 코를 베는 의형劓刑, 불알을 거세하는 궁형宮刑, 발꿈치
를 자르는 월형刖刑, 목숨을 끊는 사형 등 오형五刑이 있고, 오

---

10) 行(행)=道也.
11) 狂(광)=志極高而行不掩.
12) 狷(견)=知未及而守有餘.
13) 司徒(사도)=掌邦教 敷五典 馴兆民.

형의 죄목은 각각 500가지로 도합 2,500가지의 죄목이 있었다
(『주례』「추관사구秋官司寇」36). 더구나 당시 예는 서인庶人에게
까지 미치지 않고, 형벌은 대부大夫에게까지 올라가지 않았다
(禮不下庶人. 刑不上大夫. :『예기』「곡례曲禮」상). 이처럼 치외법권
을 가진 대부들이 법을 집행했으므로 형벌이 자의적이고 가혹
하여 당시 시장과 길거리엔 형벌을 받아 장애인이 된 사람들
이 넘쳐나고 있었다. 그래서 장터에는 '구천용귀屨賤踊貴'라는
속담이 유행했다고 한다. 구천용귀란 온전한 신발은 싸고, 발
꿈치가 잘린 죄인들의 신발이 더 비싸다는 뜻이다(『좌전』「소
공昭公3년조」).

당시 봉건제는 연방제였기 때문에 제후국마다 군사 주권이
주어져, 제후는 천자보다 강력한 군사력을 보유하고 있었다.
이런 사정으로 패권군주는 강력한 부국강병주의와 엄격한 형
벌의 법치를 강화한 반면, 천자는 제례祭禮와 명분과 덕으로
제후를 따르게 할 수밖에 없었다. 따라서 왕도주의는 덕치 혹
은 예치를 강조했고, 패도주의는 법치를 강조했다.

다만 덕치주의라고 해서 법이 없는 것이 아니다. 덕치는 권
력이나 무력을 필요로 하는 법치보다 교화로 다스리는 예치를
중시했다는 것뿐이다. 예치 혹은 덕치는 종교적 의례와 도덕
적 권위로써 백성의 존경과 복종을 얻어낸다는 것이므로 제정
일치의 유습이라고 볼 수 있다.

논어論語/안연顏淵 19

공자 말하길, "그대가 선善하고자 하면 민民도 선하게 될 것이다. 子欲善而民善矣

군자의 덕은 바람이요 소인의 덕은 풀과 같으니,
풀은 위에서 바람이 불면 그에 따라 쏠리게 마련이다."

君子之德風 小人之德草
草上之風 必偃.

논어論語/위정爲政 1

공자 이르되, "덕으로 정치를 하는 것은
비유컨대 북극성이 제자리에 고요히 있어도
뭇 별이 그것을 받드는 것과 같다."

子曰 爲政以德
譬如北辰居其所
而衆星共之.

그런데 소공昭公6년 기원전 536년에 정鄭나라 자산子産이 중국 최초로 청동 솥에 성문법을 새겨넣은 '주형정鑄刑鼎'을 만들자 진나라 대부 숙향叔向이 이를 반대했고, 그 후 소공29년 기원전 513년에 진晉나라 조앙趙鞅이 다시 주형정을 주조하자 이번에는 공자가 이를 반대했다.

주형정이란 자의적인 법집행을 예방하고 범죄를 경계하기 위해 솥에 법을 새겨넣어 공시한 것을 말한다. 이것은 특별한 의미를 갖는 획기적인 사건이다. 중국에서 솥은 만백성이 굶주리지 않게 밥을 끓여 먹이는 것을 상징하는 것으로, 우임금이 대홍수를 막고 구주를 획정한 후, 각 주에서 금을 모아 솥을 만들고 제사를 올린 이후부터는 왕권의 상징이 되었다. 그러므로 여기에 법을 새겨 공시한 것은 중대한 사건이다.

더구나 법가들은 당시 치외법권을 가진 대부 이상의 귀족에게도 법을 적용하려는 경향이 있었기 때문에 이것은 주례의 '형불상대부刑不上大夫'의 원칙을 파기하려는 중대 사건이었다. 그래서 주례의 수호를 주장한 공자가 이를 반대한 것이다. 공자의 입장은, 귀족과 특권계급에게 형벌을 가하는 것은 최고의 헌법인 주례에 반하는 일로, 지식인인 그들에게는 형벌을 가하지 않고 덕德과 예禮로 다스려 염치를 알게 하고, 신神을 통창하여 경계하는 것으로 충분하다는 것이다. 그 대신 민民계급에게도 예를 적용하여 덕치를 넓혀 형벌을 관대하게 할 것을 주장했다.

숙향叔向이 주형정을 비난

좌전左傳/소공昭公6년(BC 536)

백성들이 법을 알고 있다면	民知有辟
윗사람과 거리낌 없이 더불어 다투려는 마음이 생기고,	則不忌於上. 竝有爭心.
법조문을 찾아	以徵[14]於書
요행을 바라고 꾀를 쓸 터이니 다스릴 수 없을 것이다.	而徵倖以成之 不可爲矣.
하나라 때는 정치가 어지러워 우왕이 법을 만들었고,	夏有亂政 而作禹刑
상나라 때는 정치가 어지러워 탕왕이 법을 만들었고,	商有亂政 而作湯刑
주나라 때는 정치가 어지러워 아홉 가지 형법을 만들었으나	周有亂政 而作九刑
이와 같은 법들이 일어난 것은 말세였기 때문이다.	三辟之興 皆叔世也.
지금 그대는 정나라 재상으로서 정전井田의 경계를 무너뜨리고	今吾子相鄭國 作封洫[15]
정치 논의를 개방하여 백성들이 비방하는 제도를 만들고	立謗政[16]
하·은·주를 참고해 형법을 제정하여	制參辟[17]

---

14) 徵(징)= 審也.
15) 洫(혁)= 壞敗也(괴패야), 封洫(봉혁)= 정전을 9호구에서 6호구로 고쳤다.
16) 謗政(방정)= 학교에서 정치논의를 개방했다.
17) 辟(벽)= 壞敗也, 溢(有餘, 益也, 過也).

그것을 솥에 새겨넣어 반포함으로써   鑄刑書

백성을 안정케 하려고 하지만   將以靖民

그것은 어려운 일이 아니겠는가?   不亦難乎.

백성들이 윗사람과 다툴 꼬투리를 알게 되었으므로   民知爭端矣

앞으로 예의는 버리고, 다만 형법의 조항만 대조하여   將棄禮 而徵於書

송곳 같은 작은 일도 다 법으로 따져 다투게 될 것이다.   錐刀之末 將盡爭之.

그래서 송사가 많아지고 뇌물이 성행될 것이니,   亂獄滋豐 賄賂竝行.

그대가 정치를 그만두면 정나라는 어지러워질 것이다.   終子之世 鄭其敗乎.

내 듣건대 장차 나라가 망하려면 반드시 법이 많아진다는데   肹[18]聞之 國將亡必多制

그 말은 그대의 정나라에 해당될 것이다.   其此之謂乎.

자산子産의 답

좌전左傳/소공昭公6년(BC 536)

자산은 숙향에게 답서를 보내 다음과 같이 말했다.   復書曰

"당신의 말이 맞습니다. 저는 재능이 부족하여   若吾子之言. 僑不才

자손의 대까지 생각할 여유가 없습니다.   不能及子孫

그러나 저는 오늘 이 세상을 구하고 싶습니다.   吾以救世也.

당신의 뜻을 받아들일 수는 없지만 충고는 잊지 않겠습니다."   旣不承命 敢忘大惠.

---

18) 肹(힐)=숙향의 이름.

공자가 주형정을 비난함

좌전左傳/소공昭公29년(BC 513)

진 문공이 주형정을 만들자 공자가 이를 비난했다.   仲尼曰

"진나라는 망할 것이다.   晉其亡乎.

옛 법도를 잃었기 때문이다.   失其度矣.

진나라는 시조인 당숙이 천자天子에게서 받은 법도로써   夫晉國將受唐叔之所受法度

사민四民을 다스렸고   以經緯其民

경대부들은 벼슬을 받았다.   卿大夫以序受之.

사민四民은 이로써 귀족을 존숭하였고,   民是以能尊其貴

귀족은 이로써 영지를 분봉받았으며,   貴是以能受其業

귀천이 어그러지지 않게 하였으니 이를 법이라 한다.   貴賤不愆 所謂度也.

그러나 지금 옛 법도를 버리고 주형정을 만들었으니,   今棄是度也 而爲刑鼎

사민四民은 솥에 달려 있게 되었다.   民在鼎矣.

무엇으로 귀족을 존숭하고   何以尊貴

귀족은 어찌 자신의 영지를 지킬 수 있으며,   貴何業之受.

귀천에 차별이 없으니 무엇으로 나라를 다스리겠는가?"   貴賤無序 何以爲國.

논어論語/위정爲政 3

정법政法으로 인도하고 형벌刑罰로 평등하게 한다면   子曰 道之以政 齊之以刑

사민四民은 법망을 모면하고 부끄러움을 모를 것이다.   民免而無恥.

덕으로 인도하고 예로 다스리면   道之以德 齊之以禮

사대부는 염치를 알고 바르게 고칠 것이다.   有恥且格.[19]

---

19) 格(격)=正也.

이러한 주장은 '형불상대부'라는 특권 조항을 존속시켜 지배자들의 기득권을 옹호하려는 것이므로 사대부들에게 환영을 받았고, '예불하서인禮不下庶人'의 불평등 조항을 수정하여 형벌을 완화하라는 것이므로 서인들에게도 환영을 받았다.

반면 법가들로부터는 비난을 받았다. 법가들은 법 집행에서 신분차별을 반대했기 때문이다. "법은 귀한 자에 아부하지 않고, 먹줄은 굽은 것에 굽히지 않는다(法不阿貴 繩不撓曲 :『한비자』「유도有度」)"는 한비의 말은 인구에 회자되는 법가들의 대표적인 명언이다.

한비자韓非子/유도有度

법은 귀족에게 아부하지 않고,	法不阿貴
먹줄은 굽은 것에 굽히지 않는다.	繩不撓曲.
법을 적용함에는 지혜 있는 자도 거부할 수 없고,	法之所加 知者不能辭
용감한 자도 다투지 못한다.	勇者不敢爭.
잘못을 벌하는 것은 대신도 피할 수 없고,	刑過不避大臣
선행을 표창하는 것에서는 필부도 제외되지 않는다.	賞善不遺匹夫.

법치와 덕치는 오늘날에도 유효한 담론이다. 다만 당시의 덕치는 오늘날 말하는 덕치와는 전혀 다르다는 점을 유의해야 한다. 오늘날 우리가 말하는 덕치는 덕성스런 통치자의 관대하고 민주적인 통치를 말하지만, 당시의 덕치는 귀족들에게는 형벌을 적용하지 않고 서민들에게는 귀족들의 관용과 온정을 기대한다는 뜻에 불과했다.

또한 오늘날 우리가 말하는 법치의 '법'은 권력으로부터 사인私人의 인권을 보호하는 인권의 보루로서의 법을 의미하지만, 당시의 예와 법은 노예제를 지탱해 주는 군주를 위한 법이었다. 그러므로 오늘 우리가 말하는 법치와는 전연 다른 것임을 알아야 한다.

그러므로 북송의 이구李覯는 "사대부 이상에게는 형벌을 적용하지 않는다(刑不上大夫)"는『예기』의 불평등 조항을 망령이라고 비난했고(『우강집旴江集』권2「예론禮論」6), 명말明末의 황종희黃宗羲(1610~1695)는 "요임금 때부터 주나라 문왕 때까지는 법이 있었으나, 그 이후에는 법이 없었다"고 말한다. 그에 의하면 공자 당시의 소위 법이란 왕가王家를 위한 법일 뿐 인민人民의 법이 아니라는 것이다.

왕법王法

좌전左傳/소공昭公29년(BC 513)

공자 말하길, "사민四民은 이로써 능히 귀족을 존숭하고, 民是以能尊其貴

귀족은 이로써 기업基業(영지)을 떼어 받아 貴是以能受其業[20]

귀천이 어그러지지 않게 하는 것을 이른바 법이다." 貴賤不愆 所謂度也.

우강집旴江集/권2/예론禮論 6

예란 민民을 살리는 근본이다. 禮 生民之本.

그런데『예기』「곡례曲禮」편에는 曲禮有述

---

20) 業(업)=基業. 여기서는 食邑 또는 領地.

"예는 서인에게 내려가지 않는다"는 기록이 있다.

이것을 조술한 사람은 망령된 자이다.

以禮不下庶人

而述曲禮者妄.

만민법萬民法

명이대방록明夷待訪錄/원법原法(황종희 저)

삼대三代 이전에는 법이 있었지만,

삼대 이후에는 법이 없다고 해야 할 것이다.

왜 그런가?

요 · 순 · 우 · 탕 · 문왕은 천하백성을

부양해야 함을 알았으므로

그들에게 땅을 주어 경작하게 했다.

그러므로 이들의 법은

자기 한 사람을 위한 것이 아니었다.

그러나 후대의 군주들은 천하를 얻으면

오직 자기 왕조가 오래가지 못할까,

자손이 그 자리를 유지하지 못할까만을 걱정했을 뿐이다.

그래서 그렇게 되지 않도록 고심 끝에 법을 만들었던 것이다.

그러므로 그들의 법이란

왕가를 위한 법일 뿐, 천하만민의 법이 아니다.

三代以上有法

三代以下無法.

何以言之.

二帝三王知天下之

不可無養也

爲之授田以耕之.

此三代以上之法也

固未嘗爲一己而立也.

後之人主 旣得天下

惟恐其祚命之不長也.

子孫之不能保有也.

思患於未然 以爲之法.

然則其所謂法者

一家之法 而非天下之法也.

공자의 좌절

춘추전국시대의 당면 현안 첫째는 영일寧日 없는 전쟁이요, 둘째는 지배계급의 착취요, 셋째는 서민의 굶주림이었다. 공자는 이러한 난세를 극복하려는 구세救世의 사명감으로 천하를 주유하며 유세한 정치가였다. 유세의 핵심적 담론은 왕도王道, 정명正名, 예악禮樂 등 안일하고 복고적이었다. 그는 난세의 근본 원인을 구체제의 모순과 지배계급의 착취가 아니라 왕권의 추락과 민심의 타락이라고 진단했기 때문이다. 그러므로 공자는 서주西周의 예악제도를 회복함으로써 왕권과 제후들의 정치적 권위를 회복하는 것만이 난세를 극복하는 길이라고 말한다.

그러나 그의 도덕적 담론은 세상이 안정된 평화시대에나 적합한 것이었을 뿐, 전쟁으로 죽고 굶어서 죽고 추위에 죽는 당면의 민생문제에는 너무도 우원한 것이었다. 이것은 지배계급을 옹호하고 그에 편승하려는 보수적인 지식인의 한계라 할 것이다. 그러므로 공자는 제후 · 공경 등 귀족을 대변했고, 묵자는 공민工民 · 농민農民 · 상민商民 등 민중을 대변했고, 노장은 한량계급인 몰락한 귀족을 대변했고, 법가는 관료를 대변했다고 말하는 것이다.

시경詩經/당풍唐風/보우鴇羽

너새는 열 지어 바쁘게 날아가,   肅肅鴇翼

뽕나무 떨기에 모여드는구나!   集于苞棘

공실의 노역에 끌려와 진력하자니 　王事靡盬

벼와 메조를 가꿀 겨를이 없으니 　不能蓺黍稷

부모님은 무엇을 잡숫고 계실까? 　父母何食

아득하다! 푸른 하늘이여! 　悠悠蒼天

언제나 노역이 끝나 집으로 돌아갈까? 　曷其有極

논어論語/자한子罕 30

'산아가위꽃 나부끼며 춤을 추네! 　唐棣之華 偏[21]其反而

어찌 그대 그립지 않으리오만 집이 너무나 멀구나!' 　豈不爾思 室是遠而

공자가 이 시를 읽고 평하였다. "그립지 않은 것이다. 　子曰 未之思也

어찌 먼 것이 이유가 되겠는가?" 　夫何遠之有.

논어論語/선진先進 25

공자가 물었다. 　子曰

"혹시 너희들을 알아주어 등용한다면 어찌하겠느냐?" 　如或知爾 則何以哉.

증석이 답했다. "늦은 봄에 봄옷이 마련되면 　點[22]曰莫春者 春服既成.

약관 대여섯 명과 동자 예닐곱 명과 더불어 　冠者五六人 童子六七人

기수에서 목욕하고, 무우에서 소풍하다가 　浴乎沂 風乎舞雩

시나 읊으며 돌아오겠습니다." 　詠而歸.

공자는 길게 한숨을 쉬더니 탄식하며 말했다. 　夫子喟然歎曰

"나도 너와 같은 생각이다." 　吾與點也.

---

21) 偏(편)=翩.
22) 點(점)=曾晳. 曾子의 父.

논어論語/양화陽貨 16

공자가 말했다. "옛날 민民들은 세 가지 병폐가 있었는데
지금은 그것마저 옛말인 것 같다.
옛날의 광기는 방종이었으나
지금의 광기는 방탕으로 변했고,
옛날의 긍지는 모남이었으나
지금의 긍지는 분노와 사나움으로 변했으며,
옛날의 어리석음은 우직함이었으나
지금의 어리석음은 속임수뿐인 것 같다."

子曰 古者 民有三疾
今也 或是之亡也.
古之狂也肆
今之狂也蕩.
古之矜也廉
今之矜也忿戾.
古之愚也直
今之愚也詐而已矣.

이처럼 공자는 현실 인식이 안이했으나 그렇다고 당시 천자와 군주들을 전적으로 신뢰한 수구주의守舊主義는 아니었다. 그는 오히려 천자나 제후들에게 실망했고 그들을 경멸했으며 사대부들에게도 강한 불신을 나타낸다. 공자는 천하의 기풍을 일변一變시키는 개혁을 역설했다(『논어』「자한子罕」23).

그러나 그는 역성혁명을 기대하지 않았다. 덕화德化란 일세에 이루질 수 없는 것이라고 생각했기 때문이다(『논어』「자한」12). 그러므로 그가 말한 '기풍 일변'의 개혁은 진보적인 것이 아니라 보수 회귀적인 것이었다. 그가 제시한 구세救世의 방책은 복례復禮(주례의 부흥)로, 구체제의 지배구조를 온존시키는 것이기 때문이다.

논어論語/자로子路 20

자공이 물었다. "지금 정치인들은 어떻습니까?"

曰 今之從政者何如

공자가 답했다.

"오! 삼등급도 못되는 하잘것없는 사람들을

어찌 기대하겠느냐?

子曰

噫 斗筲之人

何足算也.

논어論語/옹야雍也 22

공자 이르길, "제나라가 일신하면 노나라 정도는 될 것이며,

노나라가 일신하면 도에 이를 것이다"라고 하였다.

子曰 齊一變 至於魯.

魯一變 至於道.

논어論語/미자微子 6

걸익이 물었다. "천하의 도도한 물결을 모두가 옳다 하거늘

누가 그것을 바꿀 수 있겠는가?"

공자가 답했다. "천하에 도가 있다면

나도 더불어 바꾸려하지 않을 것이다."

桀溺曰 滔滔者 天下皆是也.

而誰以易之.

夫子憮然曰 天下有道

丘不與易也.

논어論語/자한子罕 23

공자는 말했다.

"예법禮法에서 한 말을 어찌 따르지 않을 것인가?

그러나 개과천선하는 것을 귀하다 한다.

부드럽고 동조하는 말이 어찌 즐겁지 않겠는가?

그러나 조리로 해석하는 것을 귀하다 한다.

즐거워만 하고 해석하지 못하며,

子曰

法語23)之言 能無從乎.

改之謂貴.

巽與24)之言 能無說乎

繹25)之爲貴.

說而不釋

---

23) 法語(법어)=禮法之言.

24) 與(여)=親善, 從也.

25) 繹(역)=解也, 理也.

따르기만 하고 개혁하지 못한다면,

나로서도 어쩔 도리가 없을 뿐이다."

從而不改

吾未如之何[26]也已矣.

　　그러므로 그는 당시의 군주들에게 옛 성인의 도를 깨우치는 일을 자기의 소임으로 생각했다(『논어』「자한」13). 어쩌면 공자는 스스로 구세의 천명을 받았다고 자부했는지도 모른다(『논어』「술이述而」22). 그는 오랑캐라도 자기가 다스리면 문명화시켜 그들의 나라를 태평성대로 만들 수 있다고 자신했다. 이처럼 그는 스스로 성인을 대신할, 일세의 사표를 자임한 거만한 정치가였다.

　　그러나 세상은 그를 알아주지 않았고(『논어』「헌문憲問」37), 그는 좌절했다(『논어』「자한」8,「공야장公冶長」). 결국 공자는 구세의 방책을 펴보지도 못하고 쓸쓸히 죽었다.

논어論語/자한子罕 13

공자는 동방 오랑캐 나라(九夷)에 가서 살고자 했다.

그러자 혹자가 만류했다. "야만족인데 어찌하려 하십니까?"

공자가 답했다. "군자가 산다면 어찌 야만이라 하겠는가?"

子欲居九夷

或曰 陋 如之何

子曰 君子居之 何陋之有.

논어論語/자한子罕 8

공자 말하길, "봉황도 오지 않고,

子曰 鳳凰[27]不至

---

26) 如之何(여지하)=어찌합니까?
27) 鳳凰은 靈鳥로 舜 때 내려왔고 文王 때 울었다 한다.

하도河圖도 나타나지 않으니   河不出圖[28]
나는 끝났는가 보다!" 하였다.   吾已矣夫.

사기史記/공자세가孔子世家
태산이 무너진단 말인가?   太山壞乎.
기둥이 꺾어진단 말인가?   梁柱摧乎.
철인이 죽어간단 말인가?   哲人萎乎.

---

28) 河圖는 伏羲氏 때 황허에서 나타난 龍馬 등위의 八卦圖.

14 묵자의 진보적 정치사상

묵자는 진보주의 시조

춘추전국시대의 제자백가를 총칭할 때는 '공묵 등 제자백가'라고 말할 정도로 당시의 현학顯學은 유가와 묵가였다. 그러나 묵가의 시조인 묵자는 아직까지 독자들에게 낯선 사상가로 남아 있다. 묵자의 특징을 요약하면 크게 네 가지로 말할 수 있을 것이다.

첫째, 묵자는 민중의 하느님, 평화의 하느님을 말했다. 동서양을 막론하고 신들은 자연신自然神 말고는 대체로 부족신部族神으로 출발했고, 전쟁영웅이거나 죽음·파괴·징벌 등 강력한 힘을 가진 무신武神이었다. 그리고 자기들의 부족신이 다른 부족신보다 우월하다고 믿었다. 아마도 인류적 보편신으로서 보잘것없는 자들의 해방과 평화의 하느님을 말한 것은 묵자가 처음이며, 그 다음은 예수라고 생각된다.

둘째, 그는 동이족의 목수 출신으로, 협객집단을 만들어 조직적으로 반전운동을 한 인류 최초의 평화운동가였다.

셋째, 그는 인간만이 노동을 하는 존재임을 천명하고 절용문화節用文化운동을 전개한 사회노동운동가였다.

넷째, 그는 과학과 논리학 그리고 가격론價格論을 말한 인류사적 선구자였다.

맹자孟子/등문공滕文公 하

양주와 묵자의 말이 가득하여	楊朱墨子之言盈
천하의 언론은 양주로 돌아가지 않으면 묵자로 돌아간다.	天下之言 不歸楊則歸墨.

장자莊子/잡편雜篇/도척盜跖

자장이 말했다. "공자와 묵자는	子張曰 仲尼墨翟
궁하기로는 필부에 지나지 않지만,	窮爲匹夫.
지금 어느 재상에게 이르기를	今謂宰相曰
그대의 행실은 공자와 묵자와 같다고 칭찬한다면,	子行如仲尼墨翟
그는 안색을 바꾸며	則變容易色
나는 그런 칭찬을 받기에는 부족하다고 말할 것이다.	稱不足者.
선비들이 진실로 그들을 귀하게 여기기 때문이다."	士誠貴也.

이처럼 묵자는 제자백가 중에서 보수적인 공자와 쌍벽을 이루는 진보적인 사상가였다. 정말 그는 동서양을 통틀어 유례가 없는 독특한 사상가였다. 그러나 묵자는 2,000년 동안 금기의 사상가였다.

회남왕淮南王 유안劉安이 기원전 122년 『회남자』를 발간할 당시에도 묵가들이 활발하게 활동하였으나, 사마천이 기원전 97년 『사기』를 완성했을 때는 묵가를 찾아볼 수 없었다고 한다. 이런 정황으로 볼 때, 기원전 136년 동중서의 건의를 받아 한무제漢武帝가 유교를 국교로 삼으면서 갑자기 묵가가 흩어지고 숨어버렸다는 주장은 신빙성이 있다.

그래서 『맹자』, 『장자』, 『순자』, 『한비자』 등 유가, 도가, 법가들의 책에서 수없이 묵자를 거론하지만 정작 그의 저서는 일실되어 버린 것이다. 그러다가 2,000여 년이 지난 1783년 다행히 도가들의 경전 속에서 묵자의 어록이 발견되었고, 19세기에 마르크스의 자본론이 출간된 후 묵자의 중요성이 부각되면서 묵자 주석서가 나오게 된 것이다. 2,000년 동안 금서로 숨어 있어야 했던 기구한 운명의 책은 아마 『묵자』가 세계에서 유일한 사례일 것이다.

백이숙제를 계승한 평화운동의 시조

또 한 가지 특이한 것은 그가 중국 사람이 아니고 동이족이라는 것이다. 이에 대해서는 학자들 사이에 이론이 있지만 묵자가 한족이 아니라는 데는 모두 동의한다. 남송南宋 때 정초鄭樵(1102~1162)가 지은 『통지通志』의 「씨족략氏族略」에는 "묵墨씨는 고죽군孤竹君의 후손으로 본래 묵태씨墨胎氏인데, 뒤에 묵씨로 고쳤으며, 전국시대에 송宋나라 묵적墨翟이 책을 짓고 『묵자』라 했다"는 기록이 있다. 고죽국의 두 왕자인 백이伯夷와 숙제叔齊에 대해서는 그 행적에 대한 기록들이 모두 일치하는 것은 아니지만, 성姓이 묵태씨墨胎氏였다는 점에서는 일치한다. 그렇다면 묵자는 동이족인 백이숙제의 후손이라고 보아야 할 것이다.

『사기』에 의하면 백이숙제는 주나라 무왕이 은나라 주紂왕을 치자 이를 "폭력으로 폭력을 바꾸는 것"이라고 비난하고, 주나라 곡식을 먹지 않겠다며 수양산에 들어가 굶주려 죽었다고 한다. 그래서 인류는 수천 년 동안 이 두 왕자를 추앙해 오고 있다. 이처럼 그들은 전쟁과 폭력을 반대한 평화사상가였으며, 묵자는 바로 백이숙제의 후손으로서 평화의 하느님 사상을 계승하여 평화운동을 전개한 평화의 사도가 된 것이다.

사기史記/백이열전伯夷列傳

전기傳記에 의하면 백이와 숙제는	其傳曰 伯夷叔齊
고죽군의 두 아들이라고 한다.	孤竹君之二子也[1]
무왕이 은나라를 평정하자(BC 1046)	武王已平殷亂
천하는 모두 주나라를 종주로 받들었으나	天下宗周
오직 백이와 숙제는 그것을 부끄럽게 생각했다.	而伯夷叔齊恥之.
그는 주나라의 곡식을 먹지 않으려고	義不食周粟
수양산에 숨어 고사리를 캐 먹었다.	隱於首陽山 采薇而食之..

---

1) 孤竹國 殷湯三月所封. 姓墨胎氏.

굶주려 죽을 지경에 이르자   及餓且死

그는 다음과 같이 노래를 지어 불렀다.   作歌其辭曰

"저 서산에 올라가 고사리를 캐자꾸나!   登彼西山兮 采其薇矣.

폭력으로 폭력을 바꾸었는데 그 잘못을 모르는구나!   以暴易暴兮 不知其非矣.

신농씨와 순임금과 우임금이 이미 죽었으니   神農虞夏忽焉沒兮

나는 어디로 돌아간단 말인가?   我安適歸矣.

오호! 죽음뿐이구나! 운명이 쇠잔한 것을!"   于嗟徂兮 命之衰矣.

드디어 그는 수양산에서 굶어 죽었다.   遂俄死於首陽山.

그를 원망할 것인가? 비난할 것인가?   由此觀之 怨邪非邪.

장자莊子/잡편雜篇/양왕讓王

주周나라가 일어날 때 진정한 두 선비가 있었는데   昔周之興 有士二人

은殷나라의 작은 봉국 고죽국의 두 왕자로서 이름은   處於孤竹 曰

백이숙제라 했다.   伯夷叔齊.

두 형제는 서로 일러 말하기를   二人相謂 曰

"우리가 듣기로는 서방에 지도자(문왕, 무왕)가 나타났는데   吾聞西方有人

도가 있는 것 같으니 시험 삼아 가서 보기로 하자!"라고 했다.   似有道者 試往觀焉.

기산의 북쪽에 이르렀을 때 무왕이 그들의 소문을 들었다.   至於岐陽 武王聞之.

무왕은 숙단을 파견하여 그들을 접견토록 하고,   使叔旦往見之 與盟曰

아울러 봉록을 2급으로 하고, 관직은 1품을 주겠다며   加富二登 就官一列

희생의 피로 맹약했다.   血牲而埋之.

두 사람은 서로 바라보며 웃으며 말했다.   二人相視以笑 曰. 嘻

"이상하다! 이것은 우리가 말하는 도가 아니다.   異哉 此非吾所謂道也.

옛 신농씨는 철마다   昔者神農之有天下也

제사에 공경을 다했으나 복을 빌지 않았다. 時祀盡敬 而不祈喜.[2]

사람들에게 충신忠信으로 다스림을 다했으나 其於人也 忠信盡治

요구하는 것이 없었다. 而無求焉.

즐겁게 정법을 폈으나 정사를 위함이고, 樂與政爲政

즐겁게 다스림을 폈으나 다스림을 위한 것일 뿐, 樂與治爲治

남의 실패로 자기를 이루지 않고, 不以人之壞自成也

남을 낮추어 자기를 높이지 않았다. 不以人之卑自高也.

때를 만났다고 자기 이익을 챙기지 않았다. 不以遭時自利也.

지금 주周는 은殷의 어지러움을 드러내 今周見殷之亂

두렵게 함으로써 정사를 다스리고, 以遽[3]爲政

위에서는 꾀로 하고 아래서는 뇌물로 하며, 上謀而下行貨

병력을 의지하여 위엄을 보존하고, 阻[4]兵而保威

희생을 갈라 피로써 맹약함으로써 믿게 하고, 割牲而盟以爲信

노래를 선양하여 대중을 달래고, 죽임과 정벌로 이익을 챙긴다. 揚行[5]以說衆 殺伐以要利.

이것은 어지러움을 밀어내고 폭력으로 바꾼 것에 불과하다." 是推亂以易暴也.

『논어』도 여러 곳에서 백이숙제를 언급하고 추앙하지만 『사기』와는 평가를 달리하고 있다. 공자는 백이숙제에 대해 "자기 뜻을 꺾지 않고 몸을 욕되게 하지 않은 사람", "인仁을 추구해 인仁을 실천한 현인賢人", "과거의 악을 괘념하지 않는 사

---

2) 喜(희)=禧也.
3) 遽(거)=懼也, 畏也.
4) 阻(조)=依也.
5) 行(행)=詩歌의 한 형태.

람"이라고 말했을 뿐, 무왕의 전쟁을 반대했다는 말은 없다. 심지어 『맹자』는 백이숙제가 굶어 죽은 것도 아니고 주나라 무왕의 전쟁을 반대한 것도 아니고, 오히려 은나라 주왕의 폭정을 반대하여 북해에 은거해 숨어 살다가 주나라 문왕에게 귀의했다고 기록하고 있다.

논어論語/계씨季氏 12

제나라 경공은 사두마차 1,000대가 있었으나	齊景公有馬千駟
죽는 날에는 민중들이 그의 덕을 칭송하는 자가 없었다.	死之日 民無德而稱焉
반면 백이와 숙제는 수양산 아래서 굶어 죽었으나	伯夷叔齊餓于首陽之下
민중들은 지금까지 그를 칭송하고 있다.	民到于今稱之.
진실로 부富 때문이 아니라 공경함이 다르다 함은	誠不以富 亦祇以異.
이런 사례를 말한 것이리라.	其斯之謂與.

논어論語/미자微子 8

은둔하여 민民이 된 사람은	逸民
백이, 숙제, 우중, 유하혜, 소련이다.	伯夷叔齊 虞仲 柳下惠 少連.
공자가 말했다. "자기 뜻을 꺾지 않고	子曰 不降其志
몸을 욕되게 하지 않는 사람은 백이와 숙제이다."	不辱其身 伯夷叔齊.

논어論語/술이述而 14

자공이 "백이와 숙제는 어떤 사람입니까?" 하고 묻자,	子貢入曰 伯夷叔齊 何人也.
공자가 "옛 현인이었다"라고 답했다.	曰 古之賢人也.
자공이 물었다. "원한이 많았겠지요?"	曰 怨乎.

공자가 말했다. "인仁을 추구해 인仁을 실천했으니
무슨 원한이 있겠느냐?"

日 求仁而得仁
又何怨.

논어論語/공야장公冶長 22

공자가 말했다. "백이와 숙제는 과거의 악을 괘념하지 않았다.
그래서 원망하는 자가 드물었다."

子曰 伯夷叔齊 不念舊惡.
怨是用希.

맹자孟子/이루장구離婁章句 상

백이는 폭군 주왕을 피해 북해의 바닷가에 살다가,
주나라 문왕이 일어났다는 소문을 듣고
"어찌 찾아가지 않겠는가?"라고 말했다.

孟子曰 伯夷辟紂 居北海之濱
聞文王作興
日 盍6)歸乎來.

그런데 왜 『사기』는 이러한 『논어』와 『맹자』의 기록을 무시
하고 다른 말을 할까? 『사기』의 저자가 역사가로서 『논어』의
기록이 사건의 본질을 변질시켰고, 『맹자』의 기록은 사실을
왜곡시켰다고 확신하지 않았다면 어찌 감히 공맹의 기록을 무
시할 수 있었겠는가?

공자는 의전義戰을 인정하고 무왕을 성인으로 추앙했으며
나아가 주나라 제도의 부흥을 주장했으므로, 그의 입장에서는
주나라를 거부한 백이숙제를 비난해야 마땅할 것이다. 그러나
민중들이 백이숙제를 흠모하므로 이를 거스를 수 없었고, 그
렇다고 반전反戰, 반주反周에 동조할 수도 없는 난처한 처지에

---

6) 盍(합)=何不也.

서 그들을 추앙하되 그 이유를 인자仁者·성인賢人으로 얼버무렸다고밖에 달리 설명할 수 없을 것이다.

나는 『논어』를 배우면서 스승으로부터 백이숙제는 만고에 불사이군不事二君의 충신이라는 가르침을 받았을 뿐, 그가 반전평화주의라는 말을 들어보지 못했다. 심지어 주자까지 비판하던 다산 정약용도 백이숙제에 대한 공자와 맹자의 기록을 철석같이 믿고, 이와 반하는 『사기』의 기록을 불신하고 그것이 허언임을 고증하려고 노력했다(정약전丁若銓의 『백이전해伯夷傳解』와 정약용丁若鏞의 『맹자요의孟子要義』「공손축公孫丑」 상편 백이유하혜伯夷柳下惠 장 참조). 그럴진대 우리들 중 누가 올바른 가르침을 받았겠는가? 나는 『묵자』와 『사기』를 읽고 나서야 『논어』가 본질을 왜곡했고, 이를 기초로 유가들이 아전인수로 변질시켰음을 믿게 되었다.

그렇기에 연암 박지원의 『열하일기』를 읽다가 '이제묘夷齊廟' 탐방기를 보고 군왕들과 고관대작들이 쓴 현판 내용에 씁쓸한 여운을 금할 수 없었다. 이제묘를 세운 지배계급들은 백이숙제를 반전反戰·반주反周의 평화사상가로서가 아니라 '현인賢人', '효자', '충신', '일민逸民', '강상綱常의 사표師表'라고 말하고 있었기 때문이다. 그런데 어느 뜻있는 선비가 쓴 하나의 주련에 "인을 행한 청풍淸風이요, 폭력을 반대한 고절孤節"이라는 글씨가 끼어 있어 조금 위안이 되었다. 앞 구절은 공자의 평가요, 뒤 구절은 『사기』의 평가이다. 참으로 '이제묘'야말로 사상과 역사 해석의 변이와 굴절을 보여주는 전시장과 같다는 생각이 들었다.

왜 중국에는 이제묘처럼 서로 모순된 다른 의견들이 복합적으로 한데 얼버무려져 있을까? 그것은 후인들이 유가와 도가를 복합적으로 수용한 때문이기도 하지만, 특히 중국문화는 이異 속에서 동同을 구하고(異中求同) 동同을 구하되 이異를 보존하는(求同存異) 특성이 강해 이질적인 것을 얼버무리는 경향이 일상화되어 있기 때문일 것이다. 하기는 인류문화란 원래부터 다양한 사상의 종합전시장이라고 말해야 하지 않을까?

열하일기熱河日記/**관내정사**關內程史/**이제묘기**夷齊廟記

난하灤河 기슭에 자그마한 언덕을 수양산이라 하고,	灤河之上 有小皁曰首陽山.
그 산 북쪽에 조그만 성이 있어 고죽성이라 한다.	山之北有小郭曰 孤竹城.
성문에는 "현인구리賢人舊里"(현인의 옛마을)라 써 붙였고,	城門之題曰 賢人舊里.
문 오른쪽 비석에는 "효자충신孝子忠臣"이라 썼으며	門之右碑曰 孝子忠臣
왼쪽 비석에는 "지금도 성인으로 칭송한다"고 썼으며	左碑曰 至今稱聖.
묘문 앞 비석에는 "천지의 벼리요 상도(天地綱常)"라 썼고,	廟門有碑曰 天地綱常
문 남쪽 비에는 "고금사표古今師表"라 썼으며,	門之南 有碑曰 古今師表.
문 위에는 "상고의 은거한 덕인(上古逸民)"이란 간판이 걸렸다.	門上有扁曰 上古逸[7]民.
문 안에 비석 셋, 뜰 가운데 비석 둘,	門內有三碑 庭中有二碑
섬돌 좌우에 비석 넷이 있는데	階上左右四碑.
이 모두가 명나라와 청나라 때의 임금들이 만든 것들이다.	皆明淸御製也.
뜰에는 고송 수십 그루가 서 있고,	庭有古松數十株
섬돌 가에는 흰 돌로 난간을 둘렀다.	繚階白石欄

---

7) 逸(일)=有德而隱處者.

가운데 큰 전각이 있어 이름을 "고현인전古賢人殿"이라 하고, 　中有大殿曰 古賢人殿.

전각 안에 곤룡포와 면류관을 갖추고 홀을 들고 서 있는 것이 　殿中袞冕 正圭而立者

백이伯夷와 숙제叔齊의 상이다. 　伯夷叔齊也.

전각문에는 "백세지사百世之師"라 써 붙였고, 　殿門題曰 百世之師.

전 안에 "만세표준萬世標準"이란 큰 글씨는 　殿內大書 萬世標準者

강희황제의 글씨이고 　康熙帝筆也.

또 "윤상사범倫常師範"이란 글씨는 　又曰 倫常師範者

옹정황제의 글씨이다. 　雍正帝筆也.

주련에는 다음과 같이 써 있다. 　柱聯曰

"인仁을 찾아 인仁을 행했으니 만고에 청풍淸風은 고죽국이요, 　求仁得仁萬古淸風孤竹國

폭력으로 폭력을 바꾸었을 때, 천추에 고절孤節은 수양산이로다." 　以暴易暴千秋孤節首陽山.

『관자管子』권8「소광小匡」편에 의하면 고죽국은 춘추시대인 기원전 650년경 제齊나라 환공桓公에 의해 멸망했다. 원래 고죽국은 은나라 탕왕 때부터 동이족의 제후국이었으며 그 위치는 지금의 베이징 근처라고 한다.

관자管子/권8/소광小匡

제후들의 침략과 반란이 허다했고 천자에 복종하지 않았다. 　諸侯多沈亂 不服於天子.

이에 제나라 환공은 북으로 산융을 정벌했고 　於是乎桓公 北伐山戎

영지를 제재했으며 고죽의 군주를 베었다. 　制令支 斬孤竹.

이에 아홉 오랑캐들도 말을 잘 듣기 시작했고 　而九夷始聽

바닷가 제후들도 복속하지 않는 자가 없었다. 　海濱諸侯莫不來服.

대명통지大明統誌/영평부永平府

군 명칭인 고죽은 옛날에는 북평北平이라 불렸고,

진나라 때는 북연의 평주 또는 낙랑군이라 불렸고,

북위 때는 낙랑군을 바꾸어 북평군이라 했다.

郡名孤竹 爲古名北平

爲秦名北燕平州及樂浪郡

北魏改樂浪爲北平郡.

사기史記/백이열전伯夷列傳

고죽성은 요서 영지현에 있다.

고죽이라는 옛 성은

노룡현 남쪽 120리에 있는데

은나라 때 제후인 고죽국이다.

孤竹城 在遼西令支縣.

孤竹古城

在盧龍縣 南十二里

殷時諸侯 孤竹國也.

　　연암은 『열하일기』에서 '고죽국'이 '고려高麗'로 계승되었다는 『당서唐書』의 기록을 소개하고 있다. 만약 이 기록이 사실이라면 백이숙제와 묵자는 고구려 사람이다. 우리 역사학자들은 이것을 어떻게 보는 것일까?

열하일기熱河日記/도강록渡江錄

『당서』「배구전裵矩傳」에 의하면

"고려(고구려를 칭함)는 본시 고죽국인데,

주周나라가 이곳에 기자箕子를 봉하였다.

한나라 때에 이르러 사군四郡으로 나뉘었으며,

고죽국은 지금의 영평부에 있었다고 한다.

광녕현에는 기자묘가 있어서

후관을 쓴 기자의 소상을 모셨으며,

唐書裵矩傳言

高麗本孤竹國

周以封箕子

漢分四郡.

所謂孤竹地 在今永平府

又廣寧縣 舊有箕子廟

戴冔冠[8]塑像

명明나라 가정嘉靖 연간에 병화로 불타버렸다고 하는데   明皇嘉靖時 燬於兵火

사람들은 광녕현을 평양平壤이라고 부른다.   廣寧人或稱平壤.

열하일기熱河日記/도강록渡江錄

『금사金史』와 『문헌통고文獻通考』에는   金史及文獻通考

광녕, 함평이 모두 기자箕子가 봉해졌던 땅이라 한다.   俱言廣寧咸平 皆箕子封地.

이로 미루어 본다면 영평과 광녕 사이가   以此推之 永平廣寧之間

한 개의 평양이 될 것이다.   爲一平壤也.

『요사遼史』에 의하면   遼史

발해의 현덕부는 본시 조선의 땅으로   渤海顯德府 本朝鮮地

기자를 봉했던 평양성이었는데   箕子所封平壤城.

요나라가 발해를 쳐부수고 동경東京이라 고쳤으며   遼破渤海 改爲東京

바로 지금의 요양현이다.   卽今之遼陽縣是也.

이로 미루어 본다면   以此推之

요양현도 또 한 개의 평양일 것이다.   遼陽縣爲一平壤也.

열하일기熱河日記/관내정사關内程史/이제묘기夷齊廟記

중국에는 수양산이 다섯 곳 있다.   中國之稱首陽山 有五處.

그러나 『맹자』에서는   而孟子曰

"백이가 주紂왕을 피해 북해로 가서 살았다"고 했다.   伯夷避紂 居北海之濱.

우리나라 해주에도 수양산이 있어   我國海州 亦有首陽山

백이숙제를 제사 지내고 있으니   而祠夷齊.

---

8) 畟冠(후관)=殷나라 제후의 冠.

천하 사람들은 정확히 알 수 없는 일이다.
나는 생각해 본다.
기자가 동으로 조선에 온 것은
오로지 주나라 땅에 살기 싫었기 때문이니
백이숙제도 주나라의 곡식을 먹을 수 없었다면
혹시 기자를 따라와서 기자는 평양에 도읍하고,
백이숙제는 해주에서 살지 않았을까?

而天下之所不識也.
余謂
箕子東出朝鮮者
不欲居周五服之內
而伯夷義不食周粟則
或隨箕子而來 箕子都平壤
夷齊居海州歟.

이처럼 지배담론과 민중담론이 추앙하는 이유는 달라도 인류는 수천 년 동안 백이숙제를 잊지 못하고 기리고 있다. 춘추전국시대 500년간의 영일寧日 없는 전쟁으로 거꾸로 매달린 듯 초근목피와 인육을 먹으며 살아남아야 했던 민중들에게 폭력정치에 항거해 순교를 택한 백이숙제는 이처럼 너무도 충격적이고 감동적이었던 것이다.

그런데 오늘의 우리들은 인류 최초의 반전평화주의자로 순교한 백이숙제와 그의 후손으로 인류 최초의 평화운동가인 묵자를 왜 잊었을까? 옛 사람들은 평화를 갈구했고 지금 사람들은 전쟁광이 되었기 때문일까?

공자의 왕권신수설 반대

묵자는 모든 인간을 천손天孫, 즉 하느님의 자손으로 생각한

다. 이 점에서 천자天子만이 하느님의 자손이라는 공자의 천명
론天命論과 다르며, 예수만이 하느님의 외아들이라는 기독교와
도 크게 다르다. 이 점에서 묵자의 사유의 틀은 동이족의 인내
천人乃天 및 홍익인간 사상과 맥을 같이한다고 생각한다. 이처
럼 묵자의 신관神觀이 우리의 신관과 같은 것은 같은 동이족이
기 때문일 것이다.

유가들의 천명론에 의하면 모든 가치(義)는 천자와 성인과
부모로부터 나온다. 그러나 묵자의 천손론天孫論에 의하면 모
든 민중이 하느님의 아들이므로 민중의 뜻이 하늘의 뜻이다.
그러므로 모든 가치는 민중으로부터 나온다(어록은 이 책의 10
장 '묵자의 하느님' 참조).

묵자墨子/법의法儀

부모와 학문과 군주는	故父母學君三者
다스리는 법도로 삼을 수 없다.	莫可以爲治法.
그러면 무엇을 치법治法으로 삼아야 옳은가?	然則奚以爲治法而可
하느님의 뜻을 법도로 삼는 길밖에 없다.	曰 莫若法天.

묵자墨子/비명非命 중

은나라와 주나라의 시서詩書에 의하면	在於商周之詩書 曰
운명론運命論은 폭군이 지어낸 것이다.	命者暴王作之.
옛 삼대의 폭군들은 반드시 말할 것이다.	昔者三代之暴王 必曰
망하는 것도 내 운명이요, 궁한 것도 내 운명이라고.	我命故且亡 我命故且窮.
이러한 운명론을 꾸며	番飾有命

민중을 가르쳐 순박한 사람들을 어리석게 만든 지가 오래다.　　　　以教衆愚樸人 久矣.

묵자墨子/비명非命 상

오늘날 운명론자들의 말은　　　　　　　　　　　　　　　　今用執有命者之言
천하의 정의를 뒤엎어버린다.　　　　　　　　　　　　　　是覆天下之義.
정의를 뒤엎는 자는 운명을 내세우고　　　　　　　　　　覆天下之義者 是立命者也
백성을 낙담시킨다.　　　　　　　　　　　　　　　　　　百姓之悴也.
백성을 낙담시키려는 목적은　　　　　　　　　　　　　　說百姓之悴者
천하의 어진 사람을 제거하기 위한 술책이다.　　　　　是滅天下之人也.
그렇다면 의인을 높은 자리에 앉히려는 노력은　　　　然則 所爲欲義人在上者
무엇이란 말인가?　　　　　　　　　　　　　　　　　　何也.

묵자墨子/비명非命 중

삼가라! 천명天命은 없다.　　　　　　　　　　　　　　敬哉 無天命.
너희는 사람을 갈라놓고 말을 지어내지 말라.　　　　惟予二人 而無造言.
나의 운명은 하늘에서 내려온 것이 아니라　　　　　不自天降
내 스스로 만들어내는 것이다.　　　　　　　　　　　自我得之.

노동자의 도

　앞에서 묵자의 '해방신관', '안생생安生生 대동사회', '반전
운동'은 이미 설명했다. 공자와 묵자가 살았던 춘추시대는 전

쟁과 굶주림으로 민중이 죽어가는 난세였다. 이때 묵자는 "천하에 남이란 없다(天下無人)"는 기치를 내걸고 일어나 반전운동을 주도했다. 그가 꿈꾸는 이상사회는 만민이 평등하고 전쟁이 없으며 생명이 안락하게 살아가는 '안생생 대동사회'였다. 안생생사회는 노동이 소외되지 않는 공유共有, 공산共産, 공생共生의 공동체사회였다. 묵자는 그것을 위해 유세했고 스스로 공동체를 조직하여 생활함으로써 실천했다. 그의 모토는 겸애, 절용, 평화였다. '겸애'의 '겸兼'은 공자의 '별別'에 대항하는 슬로건으로 평등을 의미한다. '절용'은 절약이라는 의미와는 다른 것으로, 노동의 결과물인 재화를 호화로운 장례나 음악으로 낭비하거나 전쟁으로 파괴하지 않고 재화 본래의 목적대로 절도 있게 소비하는 것을 말한다.

그는 공자와 더불어 제자백가들을 대표하는 쌍벽이며, 노심자勞心者를 대변하는 보수의 대표자인 공자에 대항하여 노력자勞力者를 대변하는 진보의 대표자였다. 그는 노동계급 출신으로 인간만이 노동을 하는 동물임을 발견하고 노동자집단을 만들어 절용문화운동과 반전운동을 전개한 진보주의의 시조이다. 그래서 순자는 묵자를 '노동자勞動者의 도道'라고 비판했다.

묵자墨子/비악非樂 상

사람은 다른 짐승들과는 달리	今人與此異者也
노동을 해야만 살아갈 수 있으며	賴其力者生
노동을 하지 않으면 살아갈 수 없는 존재이다.	不賴其力者不生.

순자荀子/왕패王覇

크게는 천하를 소유하고 작게는 일국을 소유한 군왕이   大有天下 小有一國

반드시 (남을 부리지 않고) 스스로 다스려야 옳다면   必自爲之然後可

그 노고와 소모가 너무도 심할 것이다.   則勞苦耗頓莫甚焉.

그렇다면 노비라도   如是 則雖臧獲 不肯與天子

천자의 권세와 바꾸려 하지 않을 것이다.   易勢業.

이처럼 천하를 돌보고 사해를 다스리는 일을   以是縣9)天下一10)四海

어찌 혼자 하겠는가?   何故必自爲之.

그렇게 하는 것은 노동자의 도이며   爲之者 役夫之道也

묵자의 학설이다.   墨子之說也.

장자莊子/잡편雜篇/천하天下

옛날 우임금이 홍수를 막기 위해   昔者禹之湮11)洪水.

장강과 황허를 다스려 사이四夷와 구주를 통하게 했다.   決12)江河 而通四夷九州也.

손수 삼태기와 따비를 들고   禹親自操橐耜

천하의 하천을 뚫어 대천으로 모이도록 했다.   而九13)雜14)天下之川.

정강이와 장딴지의 털이 다 닳았으며   腓無胈 脛無毛

소낙비에 목욕하고 사나운 바람에 빗질하며 만국을 안정시켰다.   沐甚雨櫛疾風 置萬國

위대한 성인이신 우임금도   禹大聖也

---

9) 縣(현)=稱也.
10) 一(일)=齊也.
11) 湮(인)=塞也, 沒水中也.
12) 決(결)=開也, 理也.
13) 九(구)=本作鳩, 聚也.
14) 雜(잡)=會也, 穿也.

이처럼 천하를 위해 육체노동을 했다. 而形勢天下也如此.

후세의 묵가들은 이에 고무되어 使後世之墨者多

털가죽과 칡 베옷을 입고 나막신과 짚신을 신고 以裘褐爲衣 以跂蹻爲服

밤낮으로 쉬지 않고 日夜不休

스스로 수고하는 것을 도道로 삼았다. 以自苦爲極

그들은 말하기를 "이처럼 할 수 없다면 曰 不能如此

우임금의 도가 아니며 묵가가 될 수 없다"라고 했다. 非禹之道也 不足爲墨.

반유가, 반보수

유가들은 대체로 교사(당시는 司徒라 했음) 출신이며, 묵가들
은 공민工民 출신들이다. 묵자는 목수 출신으로 철학자요 경제
학자요 과학자였지만 사회운동가이기도 했다. 묵자는 『묵자』
「비유非儒」편을 지어 구체제를 지지하는 공자와 유가들을 혹독
하게 비판했다.

묵자墨子/경주耕柱

지금의 사람을 버리고 옛 임금을 기리는 것은 舍今之人 而譽先王

해골을 기리는 것이다. 是譽枯骨也.

묵자墨子/공맹公孟

유가인 공맹자가 말했다. 公孟子曰

"군자는 반드시 옛 말을 하고 옛 의복을 입어야 인자仁者이다."

묵자가 이에 대해 비판했다.

"옛날 상나라 주왕과 경사인 비중은

천하의 폭인暴人이고,

기자와 미자는 천하의 성인聖人이다.

그들은 같은 말을 했으나 한쪽은 인仁하고 한쪽은 불인不仁했다.

주공 단은 천하의 성인이고,

관숙은 천하의 폭인이라고 한다.

그들은 같은 옷을 입었으나 한쪽은 인하고 한쪽은 불인했다.

그런즉 인仁은 옛 의복이나 옛 말에 달려 있는 것이 아니다.

또한 그대들 유가들은 주나라만 본받고

하나라는 본받지 않았으니,

그대들의 옛것은 진실로 옛것도 아니다."

君子必古言服然後仁.

子墨子曰

昔者商王紂 京士費仲

爲天下之暴人.

箕子微子 爲天下之聖人

此同言 而或仁 或不仁也.

周公旦爲天下之聖人

管叔爲天下之暴人

此同服 而或仁 或不仁.

然則 不在古服與古言矣.

且子法周

未法夏也.

子之古非古也.

묵자墨子/공맹公孟

그런즉 유가들의 지혜는

어찌 갓난아기보다 낫다고 하겠는가?

然則 儒者之知

豈有以賢於嬰兒子哉.

묵자墨子/비유非儒 하

유가의 학문은 아무리 박학해도 세상사를 의논할 수 없고,

아무리 노심초사해도 백성을 도울 수 없다.

목숨을 다해도 그 학문을 다할 수 없고,

1년이 걸려도 그 예禮를 다할 수 없고,

아무리 재산이 많다 해도 그 음악의 비용을 공급할 수 없다.

博學不可儀世

勞思不可以補民.

累壽不能盡其學

當年不能行其禮

積財不能瞻15)其樂.

사술로 번다하게 꾸며 세상과 군주를 속이고,　　　　繁飾邪術 以營[16]世君

음악을 성대하게 하여　　　　盛爲聲樂

어리석은 백성을 속이는 것이다.　　　　以淫愚民.

그러므로 그의 도는 세상을 교화할 수 없고,　　　　其道不可以期[17]世

그의 학문은 민중을 인도할 수 없다.　　　　其學不可以導衆.

묵가들은 노동자 출신들이므로 민중적이며 진보적이다. 그는 공자의 상고주의와 귀족주의를 반대하고 창신創新과 노동勞動을 숭상했다.

묵자墨子/공맹公孟

지금 그대는 말하기를 공자는 시서와　　　　今子曰 孔子博於詩書

예악과 만물에 밝으니　　　　察於禮樂 詳於萬物

천자가 될 만하다고 한다.　　　　而曰 可以爲天子.

이것은 남의 장부를 보고　　　　是數人之齒

자기를 부자로 착각하는 것과 같다.　　　　而以爲富.

묵자墨子/비유非儒 하

공자는 말하기를　　　　又曰

"군자란 고인古人을 따를 뿐, 새로 지어내지 않는다"고 한다.　　　　君子循而不作.

그렇다면 옛사람 예羿는 활을 만들었고,　　　　應之曰 古者羿作弓

---

15) 瞻(섬)=給.

16) 營(영)=惑.

17) 期(기)=示의 誤. 示=敎.

여仔는 갑옷을 만들었고, 仔[18]作甲

해중奚仲은 수레를 만들었고, 공수工倕는 배를 새로 만들었다. 奚仲作車 巧倕[19]作舟

그렇다면 然則

지금 옛날을 따라 갑옷과 수레를 만든 장인은 모두 군자이고, 今之鞄函車匠 皆君子也.

이것을 처음 만든 여와 해중은 모두 소인이란 말인가? 而羿 仔奚仲 工倕皆小人邪.

또한 그대가 조술한 것도 누군가 새로 지은 것이다. 且其所循 人必或作之.

그런즉 그대가 조술하는 것은 모두 소인의 도를 조술한 것이다. 然則其所循 皆小人道也.

묵자墨子/비유非儒 하

유가들은 남의 집에서 살찌고, 因人之家以爲翠.

남의 밭에서 술 취하는 자들이다. 恃人之野以爲尊.[20]

묵자墨子/비유非儒 하

또한 유가들은 예와 악을 번거롭게 꾸며 사람들을 사치하게 하고, 且夫繁飾禮樂以淫人

오랜 상례와 거짓 슬픔으로 어버이를 속이고, 久喪僞哀以謾親

운명론을 믿고 가난하면서도 거만하고 배부르며 立命緩貧而高浩居.

생산노동을 기피하고 태만과 안일에 젖어 있다. 倍本棄事而安怠傲.

먹고 마시는 것은 좋아하면서도 일하는 것은 싫어함으로써 貪於飮食 惰於作務

굶주리고 추위에 떨며 얼어 죽고 굶어 죽을 지경에 처해도 陷於飢寒 危於凍餒

벗어날 방법이 없다. 無以違之.

이는 마치 거지와 같아서 두더지처럼 감추고 是若乞人 鼶鼠藏

---

18) 仔(여)=人名 季杍.

19) 巧垂(교수)=人名 工倕.

20) 尊(존)=酒器.

숫양처럼 눈을 번득이며 멧돼지처럼 달려든다.　　　　　而羝羊視 賁彘起.

묵가들은 유가를 비난하여 장님과 같다고 말한다. 유가들은
관념으로는 인仁을 알지만, 인仁을 선택하라면 인仁을 모른다
는 것이다. 유가들의 관념론을 비판한 것이다.

묵자墨子/비공非攻 하

오늘날 천하 군자들은 다 같이	今天下之所同義者
성왕의 법을 옳다고 한다.	聖王之法也.
그러나 제후들은	今天下之諸侯
하나같이 정벌과 겸병을 일삼는다.	將猶皆攻伐幷兼
이것은 그들이 의義란 이름만 기릴 뿐	則是有譽義之名
의의 실체를 알지 못하기 때문이다.	而不察其實也.
비유하자면 장님은	此譬猶盲者之與仁.
흑백의 명칭은 알지만	同命白黑之名
실제로 흑백을 구분할 수 없는 것과 같다.	而不能分其物也.

묵자墨子/귀의貴義

지금 천하 군자들이 인仁이라고 말하는 것은	今天下君子之名仁也.
비록 우임금, 탕임금도 바꾸지 못할 것이다.	雖禹湯無以易之.
그러나 군자들에게 인仁과 불인不仁을	兼仁與不仁
함께 놓고 가려내라 한다면	而使天下之君子取焉
그들은 알 수 없을 것이다.	不能知也.
그러므로 유가들이	故我曰 天下之君子

인仁을 모른다고 말하는 까닭은   不知仁者

그 명칭이 아니라 그 선택을 말한 것이다.   非以其名也 以其取也.

평등사상

묵자 사상은 한마디로 겸애설兼愛說이라고 말한다. 여기서 겸兼은 '두루' 또는 '평등'이란 뜻으로 별別(신분차별)과 반대되는 글자이다. 이 테제는 공자의 인仁을 반대하고 그 대안을 말한 것이다. 그에 의하면 인仁은 차별적이고 혈연적인 '체애體愛'일 뿐이고 '겸애'가 되지 못한다고 비판한다. 2,500년 전의 묵자가 평등을 주장했고 나아가 신분세습을 반대한 것은 획기적인 것으로 인류사적 사건이다.

평등론

묵자墨子/천지天志 하

하느님의 뜻을 따르는 것은 겸兼(평등)이요,   順天之意者兼也

거역하는 것은 별別(차별)이다.   反天之意者別也.

겸을 도道로 하면 의로운 정치(義政)요,   兼之爲道也義正

별을 도로 하면 폭력의 정치(力政)이다.   別之爲道也力正.

묵자墨子/천지天志 중

삼대三代 성왕들은 무엇을 따라 정사를 했는가?   三代聖王焉所從事.

겸(평등)을 따르고 별(차별)을 따르지 않았다.　日 從事兼不從事別.

삼대 폭군들은 무엇을 따라 정사를 했는가?　三代暴王焉所從事.

별(차별)을 따르고 겸(평등)을 따르지 않았다.　日 從事別不從事兼.

묵자墨子/천지天志 중

옛날 문왕, 무왕이 정치를 할 때는 분배를 공평하게 했으며(均分),　古者文武爲正均分.

어진 자에게 상을 주고 포악한 자에게는 벌을 내려(賞罰),　賞賢罰暴

친척이나 형제에게 사사롭지 않았으니,　勿有親戚弟兄之所阿.

이것이 곧 문왕, 무왕의 평등(兼)이다.　卽此文武兼也.

비록 묵자가 겸兼을 말했지만　雖子墨子之所謂兼者

실은 문왕, 무왕을 취하여 본받은 것이다.　於文武取法焉.

묵자墨子/겸애兼愛 하

묵자가　是故子墨子曰

차별을 비난하고 평등을 옳다 한 것은,　別非而兼是者 出乎若方也.

이로써 귀 밝은 봉사와 눈 밝은 귀머거리가　是以聰耳明目.

협력하여 서로 보고 듣게 하며,　相爲視聽乎.

팔과 다리는 서로 다르지만　是以股肱異

서로 협력하여 잘 움직이게 하려는 것이다.　相爲動宰乎.

이로써 처자식 없는 늙은이도　是以老而無妻子者

수명이 다할 때까지 부양을 받을 수 있고,　有所侍養以終其壽

부모 없는 어린 고아들도　有弱孤童之無父母者

의지하여 무럭무럭 자라도록 한다.　有所放依以長其身.

신분세습 반대

묵자墨子/상현尙賢 상

옛 성왕의 정치는	故古者聖王之爲政
덕 있는 자에게 지위를 주고 어진 자를 숭상하였다.	列德而尙賢.
비록 농민, 노동자, 상인이라도	雖在農與工肆之人
유능하면 들어올리고 무능하면 아래로 내려,	有能則擧之 無能則下之
공을 헤아려 녹을 분별하였다.	量功而分祿.
그러므로 관료는 항상 귀한 것이 아니고,	故官無常貴
서민은 항상 천한 것이 아니다.	民無終賤.

묵자墨子/경설經說 하

높고 낮음은 선한가 불선한가를 헤아려 결정되어야 한다.	取高下以善不善爲度.
신분은 산과 연못과는 다르다.	不若山澤
아랫사람이 윗사람보다 선하면	處下善於處上
아랫사람이 윗사람이 되어야 한다.	下所請上也.

민주사상

『묵자』「상동尙同편」에서는 '인민의 뜻'을 겸애와 교리의 '하느님 뜻'에 조화調和 대동大同시키기 위해 군주君主를 선출했다고 한다. 그러므로 군주와 신민臣民은 계약관계라는 것이다. 이는 마치 홉스(T. Hobbes, 1588~1679)가 말한 '만인 대

만인의 투쟁'을 종식하기 위해 군주를 선출했다는 국가계약설과 비슷하다. 이처럼 2,500년 전의 목수 출신 동이족인 묵자는 인류 최초의 민주진보사상가였다.

인민주권론

묵자墨子/상동尚同 하

하느님이 처음 백성을 지으실 때는	古者天之始生民
정치와 군장이 없었으며 백성들이 주권자였다.	未有正長時 百姓爲主.
그러나 백성이 각각 주권자이므로	若苟百姓爲主
천 사람에 천 가지 의義가 있었다.	千人千義.
이에 서로 자기의 의는 옳다 하고 남의 의는 비난하며	此皆是其義 而非人之義
크게는 전쟁이 일어나거나 작게는 다투게 되었다.	是以厚者有鬪 而薄者有爭.
이에 천하의 의를 하나로 통일하고자	是故天下之欲同一天下之義也
어질고 훌륭한 사람을 선택하여 천자天子로 삼았다.	選擇賢者立以爲天子.

묵자墨子/상동尚同 중

윗사람이 선출되어 나라와 가문을 다스린다면	上唯毋立而爲政乎
백성을 위해 관장은 다음과 같이 말할 것이다.	國家爲民正長曰
"사람들이 상을 주는 것이 옳다고 하면 나는 상을 내릴 것이다!"	人可賞吾將賞之
만약 진실로 상하가 의義를 달리한다면	若苟上下不同義
위에서 상을 내리면 민중은 반대로 비난할 것이니	上之所賞則衆之所非
상으로써 선을 권면하지 못할 것이다.	未足以勸乎.
또한 다음과 같이 말할 것이다.	曰
"사람들이 벌을 내려야 한다고 하면 나는 벌을 내릴 것이다."	人可罰吾將罰之

만약 상하의 의義가 같지 않다면 若苟上下不同義

위에서 벌을 내리면 민중은 반대로 이를 기릴 것이니 上之所罰則衆之所譽

벌로써 악을 저지하지 못할 것이다. 未足以沮乎.

그러므로 성왕들은 오직 대동大同을 숭상하고 故聖王唯能審以尙同

관장을 임명하여 以爲正長

상하가 실정을 통하게 한 것이다. 是故上下情請爲通.

국가계약설

묵자墨子/경설經說 상

군주란 신하와 백성들의 일반적인 계약이다. 君 臣 萌通約也.

묵자墨子/상동尙同 중

옛날에 성왕들은 古者聖王

오직 인민의 뜻을 하느님의 뜻에 화동和同 일치할 수 있었기에 唯能審以尙同

군장이 되었다. 以爲正長

그러므로 상하의 실정이 통하여 是故上下之情爲通

아래에서 원망이 자라고 피해가 쌓이면 下有蓄怨積害

위에서 이것을 알고 제거할 수 있는 것이다. 上得而除之.

이로써 천자는 수천 리 밖의 是以數千萬里之外

선한 자에게 상을 주고 有爲善者 天子得而賞之

악한 자에게 벌을 줄 수 있다. 有爲不善者 天子得而罰之

이것을 보고 천하 백성들은 是以舉天下之人

감히 속이거나 포악한 짓을 할 수 없고 不敢爲淫暴

천자가 귀신처럼 보고 듣는다고 말한다. 曰天子之視聽也神

그러나 선왕의 말씀에 이르기를   先王之言曰

천자는 귀신이 아니라   非神也

인민들의 이목으로 보고 듣는 것을 돕게 한 것뿐이다.   夫唯能使人之耳目助己視聽.

이렇게 하면 상은 어진 자에게 돌아가고   是以賞當賢

벌은 포악한 자에게 돌아가며   罰當暴

무고한 자를 죽이지 않고, 죄 지은 자를 놓치지 않을 것이다.   不殺不辜 不失有罪

이것은 모두 화동을 숭상한 결과인 것이다.   則此尙同之功也.

묵자墨子/상현尙賢 중

옛 성왕들이 잘 살펴 어진 자를 높이고   古者聖王能審

능한 자를 부려 정치를 한 것은   以尙賢使能爲政

하느님을 본받은 것이다.   而取法於天.

비록 하느님은 빈부귀천   雖天亦不辯貧富貴賤

멀고 가까운 친소를 차별하지 않지만,   遠邇親疎

어진 자는 들어 높이고   賢者擧而尙之

불초한 자는 누르고 내친다.   不肖者抑而廢之.

언론과 비판

묵자墨子/상동尙同 중

천자는 법을 공표하고 교화를 펴 말해야 한다.   天子爲發政施敎曰

무릇 착한 것을 듣거나 보면 반드시 위에 고하고,   凡聞見善者必以告其上

착하지 않은 것을 보아도 반드시 위에 고해야 한다.   聞見不善者亦必以告其上.

윗사람이 옳으면 옳다고 말하고,   上之所是必亦是之

그르면 그르다고 말해야 하며,   上之所非必亦非之

윗사람의 잘못을 비판하고 간하며,

上有過規[21]諫之

서민이라도 선한 사람이 있으면 널리 물어 천거해야 한다.

民有善傍薦之.

묵자墨子/경설經說 상

비판은 악을 밝히는 것이다.

誹 明惡也.

묵자墨子/경설經說 하

비판은 패덕이 아니다.

非誹者諄.

비난하지 말라는 것에 대해 말한 것이다.

說在不非.

사회사상

묵자는 반전운동과 절용문화운동을 전개한 사회운동가였
다. 원래 '사회'라는 말은 19세기 서양에서 처음으로 개념화된
것으로, 국가와는 다른 '개인들이 주체로 참여하는 집합체'를
말한다. 또한 사회라는 개념은 사회주의라는 개념어에서처럼,
국가·민족 등 공적 문제와 대립되는 노동·전쟁·빈곤·질
병·여성 등 약자들의 민생문제를 의미하기도 한다. '사회운
동'이란 이러한 사회문제를 해결하려는 민중운동을 지칭한다.
그러므로 사회운동은 사회구성체를 변혁하려는 운동으로 발전

---

21) 規者所以圓萬物也 又以法正人曰規(淮南子/時則訓).

하는 것이 예사였다. 그래서 혁명운동으로 이해되기도 한다.

그렇다면 2,500년 전의 묵자가 사회운동가라는 주장은 어불성설이 아닐까? 그러나 묵자가 노동자집단을 만들고 전쟁반대운동·절용운동·안생생 공동체운동을 한 것은 분명히 오늘날 사회운동과 다를 바 없다. 그러므로 묵자는 인류사에 있어서 소외된 민중을 위해 투쟁한 최초의 사회운동가였던 것이다.

사회운동

묵자墨子/비악非樂 상

백성에겐 세 가지 근심이 있다.	民有三患
굶주린 자가 먹을 것이 없고,	飢者不得食
추위에 떠는 자가 옷이 없고,	寒者不得衣
피로한 자가 쉴 곳이 없는 것이다.	勞者不得息.

묵자墨子/상현尙賢 하

어진 사람이 되려면 어떻게 해야 하는가?	爲賢之道 將奈何 曰
힘이 있으면 달려가 남을 돕고,	有力者疾以助人
재물이 있으면 힘써 남에게 나누어주고,	有財者勉以分人
도리를 알면 열심히 남을 가르쳐야 한다.	有道者勸以敎人.
그래서 굶주린 자는 밥을 얻고, 헐벗은 자는 옷을 얻고,	若此則 飢者得食 寒者得衣
피로한 자는 쉴 수 있고,	勞者得息
어지러운 것을 태평하게 다스릴 수 있는 것이다.	亂者得治.
이것을 편안한 삶을 살아가는 '안생생' 사회라고 말한다.	此安生生.

노예제도 반대

묵자墨子/대취大取

노예를 사랑하는 것은 사람을 사랑한 것이다.

그러나 그것이 노예의 이로움을 고려한 것이라면

노예의 이익을 생각한 것이 아니다.

그러므로 노예를 사랑한 것이

사람을 사랑한 것이 되려면

그 노예에 대한 사랑을 버려 천하가 이롭다 해도

버릴 수 없는 것이다.

愛獲之愛人也.

生於慮獲之利

非慮臧之利也.

而愛臧之愛人也

乃愛獲之愛人也

去其愛而天下利

不能去也.

묵자墨子/대취大取

한 사람을 죽여 천하를 보존케 했다면

그 살인은 천하를 이롭게 한 것이 아니다.

다만 자기를 죽여 천하를 보존케 했다면

그것은 천하를 이롭게 한 것이라 말할 수 있을 것이다.

殺一人以存天下

非殺人以利天下.

殺己以存天下

是殺己以利天下也.

묵자는 월나라 왕이 사방 500리 땅을 떼어주겠다고 초빙하였으나, 사유私有를 반대하는 자기 신념에 반하였으므로 거절했다(『묵자』「노문魯問」). 묵가들은 협객집단을 만들고 실제로 사적소유가 없는 공동체 생활을 했다.

사유제도 반대

묵자墨子/대취大取

성인은 자기 집에 재물을 저장하지 않는다.

聖人不爲其室藏之

성인은 사유私有를 반대하기 때문이다.

재물을 사유하는 것은 자기를 사랑하는 것일 뿐

자기와 남을 동시에 사랑하는 것이 아니다.

사유제도를 없애지 않고는

도둑을 없애려고 해도 없앨 수 없는 것이다.

故聖人非於藏.

藏之愛己 非爲愛己之人也.

非爲愛己之人也.

非殺藏也

專殺盜 非殺盜也.

맹자와 순자의 비판

이처럼 유가와 묵가는 보수-진보로 대립했다. 맹자는 묵자의 평등사상을 비난했고, 순자는 묵가의 노동주의를 비판했다. 맹자는 양주楊朱(BC 440?~360?)의 개인주의와 묵자의 평등주의가 공자의 인의仁義의 도를 막고 있으니 장차 사람이 서로 잡아먹는 세상이 올 것이라고 극언했다. 양주의 개인주의에 대한 그의 예언적 비판은 적중했다고도 말할 수 있을 것이다. 오늘날 자본주의는 살인경쟁을 강요하여 인간이 실종되었기 때문이다.

특히 순자는 묵자가 공리功利와 노동勞動을 숭상하고 백성들과 사업을 균등히 하고 공로를 평등하게 분배하려는 것은 천하를 삭막하게 할 것이며, 검소를 숭상하고 절용을 숭상하는 것은 더욱 더 가난하게 할 것이며, 노력에 비해 공적이 없을 것이라고 비판했다. 이것은 2,400년 전의 논쟁이지만 마치 오늘날 사회주의와 자본주의의 논쟁 같다는 착각을 일으키게 한다.

맹자孟子/등문공滕文公 하

양주는 개인주의니 이는 군주가 없는 것이요,

묵자는 평등주의니 이는 아비가 없는 것이다.

양 · 묵의 도가 그치지 않는다면

공자의 도는 드러나지 않을 것이며

거짓된 말이 민중을 속여 인의를 막아버릴 것이다.

인의가 막히면 짐승을 몰아 사람을 잡아먹게 하고

사람이 서로 잡아먹게 될 것이다.

楊氏爲我 是無君也.

墨氏兼愛 是無父也.

楊墨之道不息

孔子之道不著

是邪說誣民 充塞仁義

仁義充塞 則率獸食人

人將相食.

순자荀子/부국富國

묵자는 공리를 숭상하고, 수고롭게 노동을 하고

백성과 함께 사업에 종사하며, 성과를 균등 분배할 것이다.

만약 이렇게 되면 만물이 마땅함을 잃어

일의 변화에 대응하지 못함으로써

천시天時와 지리地利와 인화人和를 잃게 되어

천하가 불타버린 듯 삭막해질 것이다.

그러므로 묵자의 주장을 시행하면

천하가 검소하면 할수록 더욱 가난해질 것이며,

전쟁을 비난하면서도 날마다 다툴 것이며,

죽도록 고생해도 더욱 공적은 없을 것이다.

墨子上功勞苦

與百姓均事業 齊功勞.

若是則 萬物失宜

事變失應

上失天時 下失地利 中失人和.

天下熬然 若燒若焦.

故墨術誠行

則天下尙儉而彌貧

非鬪而日爭

勞苦頓萃 而愈無功.

15 노장의 공산사회

격양가와 무정부주의

노장은 임금도 관리도 없는 문명 이전의 무위자연無爲自然을 선망한다. '무위'는 '무인위無人爲' 또는 '무치無治'를 뜻하며, '자연'은 문명 이전을 의미한다. 이러한 노장의 무위자연 사상은 정치론에서는 무정부주의·공산주의로 나타난다. 이에 대해서는 앞에서 이미 언급한 바 있으나 미진한 듯하여 장자를 중심으로 더 깊이 살펴보기로 한다. 과연 노장의 이상사회는 무엇이었을까? 전국시대의 민중들은 어떤 소망을 꿈꾸었을까?

당시 민중들은 수백 년간 지속된 전쟁과 착취로 유랑민이 되어 도둑이 되지 않으면 처자식을 노예로 팔아먹는 난세에 진저리를 내고 있었다. 이들이 바라는 것은 천하에 무엇을 요구하기보다는 자신들을 괴롭히지 말고 잊어달라는 것이었다.

그들의 소망은 자유와 해방이었다. 이것은 바로 이른바 〈격양
가擊壤歌〉의 소망이기도 하다. 그들의 소망이란 지극히 소박하
여 임금이 누구인지, 관장이 누구인지 모르고 아무 간섭 없이
농사를 짓고 우물을 파서 등 따뜻하게 먹고 마시는 것뿐이었
다. 인류는 수천 년이 지난 지금도 태평성세를 기원하며 〈격
양가〉를 부른다.

격양가擊壤歌

제왕세기帝王世紀/요堯

해가 뜨면 일어나 들에 나가고	日出而作
날이 저물면 들어와 쉰다	日入而息
우물을 파서 물을 마시고	鑿井而飮
농사를 지어 밥을 먹으니	耕田而食
임금의 수고로움이 나에게 무슨 필요가 있는가	帝力于我 何有哉

노자老子/17장

가장 훌륭한 정치는 그것이 있는 것조차 모르는 것이요,	太上不知有之.
그 다음은 친애하고 기리는 것이요,	其次親而譽之
그 다음은 두려워하는 것이요, 그 다음은 모욕하는 것이다.	其次畏之. 其下侮之.

장자莊子/외편外篇/천도天道

하늘이 만들지 않더라도(無爲) 만물은 스스로 조화하고,	天不産而萬物化
땅이 기르지 않더라도(無爲) 만물은 스스로 자란다.	地不長而萬物育
제왕이 다스리지 않더라도(無爲) 천하는 공적을 이룬다.	帝王無爲而天下功.

장자莊子/내편內篇/덕충부德充符

성인(성왕)은 꾀하지 않으니 지혜를 어다다 쓰며,　聖人不謀 惡用知.

쪼개어 갈라놓지 않으니 새끼줄을 어다다 쓰며,　不斲 惡用膠.

잃음이 없으니 덕德을 어다다 쓰며,　無喪 惡用德.

사고팔지 않으니 장사꾼을 어다다 쓸 것인가?　不貨 惡用商.

이 네 가지는 하늘이 양생養生하는 것이다.　四者天鬻[1]也.

하늘의 양생이란 자연이 먹여주는 것이다.　天鬻者 天食也.

이미 자연에서 먹을 것을 받았으니　旣受食於天

어찌 인군人君이 필요할 것인가?　又惡用人[2]

　그런데 〈격양가〉는 요임금의 무위정치를 찬양한 것으로 알려져 있다. 공자는 『논어』에서 요순을 무위정치로 보았다. 그러나 『장자』는 이와 다르다. 「내편內篇」에서는 요순을 국가시대로 보고 이를 비난했고, 「외편外篇」에서는 삼왕오제까지를 모두 국가시대로 보고 이를 비난했다. 어찌되었건 장자는 상벌賞罰이 없는 무국가의 공산사회를 지향하고 있음이 분명하다.

내편內篇에서는 요순을 인의人義의 시대로 비판

장자莊子/내편內篇/대종사大宗師

요임금은 이미 너에게 인의仁義로써 먹물 뜨는 형벌을 주었고,　夫堯旣已黥[3]汝以仁義

시비로써 코 베는 형벌을 내렸다.　而劓[4]汝以是非矣.

---

1) 鬻(국)=養也, 生也.

2) 人(인)=人君(人多技巧 : 老子).

3) 黥(경)=墨刑.

장자莊子/내편內篇/응제왕應帝王

순임금은

蒲衣子曰

태호 복희씨에게는 미치지 못한다.

有虞氏不及泰氏.[5]

순임금은 오히려 인의仁義의 마음으로 사람들을 구속했다.

有虞氏其猶藏仁而要[6]人.

외편外篇에서는 삼왕오제를 모두 국가시대로 비난

장자莊子/외편外篇/천운天運

자공이 물었다.

子貢曰

"삼왕오제의 천하를 다스림은 다르지만

夫三王五帝之治天下不同

예악禮樂을 이은 것은 한결같습니다.

其係聲名一也.

그런데 선생께서는 그들을 성인이 아니라고 하시니

而先生獨以爲非聖人

어인 까닭입니까?"

如何哉.

노담이 답했다. "내 너에게 이르노니

…老聃曰. 余語汝

삼왕오제의 다스림이란

三王五帝之治天下

명분은 다스림이라 하지만 실은 어지러움이 막심했다.

名曰治之 而亂莫甚焉.

삼왕(堯·舜·禹)의 지혜란

三皇[7]之知

위로 일월의 밝음을 어그러지게 하고,

上悖日月之明.

아래로 산천의 정기를 배반하고,

下睽山川之精

가운데로 사계절의 운행을 잃게 했다.

中墮四時之施.

그들의 지혜란 전갈과 독벌의 꼬리보다 혹독하여,

其知憯於蠆之尾.

눈에 띄지 않는 짐승들조차

鮮規之獸

---

4) 劓(의)=코를 베는 형벌.

5) 泰氏(태씨)=太昊伏羲氏.

6) 要(요)=結也.

7) 三皇(삼황)=堯舜禹.

타고난 본성을 유지할 수 없게 하였다.
그럼에도 도리어 스스로 성인이라 하니
부끄러운 일이 아닌가?"

莫得安其性命之情者.
而猶自以爲聖人
不可恥乎.

이처럼 공자는 요순을 찬양했고 노장은 비난했다. 여기서 우리는 공묵孔墨이 다 같이 성왕으로 존숭하는 요순을 노장이 비난했다는 사실을 특별히 주목해야 한다. 이처럼 성인을 부정한 것은 국가와 군왕을 부정했다는 증거이다. 즉 노장의 무위정치는 인간을 구속하고 위협하는 권력과 상벌이 없는 무치無治의 무정부주의였던 것이다. 따라서 당연히 공자의 인의예악仁義禮樂을 반대한다. 그 논거는 인간의 자연스런 천성을 어지럽혔다는 것이다. 이를 종합하면 노장은 복희씨·신농씨의 씨족사회를, 묵자는 요순의 부족국가를, 공자는 우·탕·문·무의 부족연방제적 왕도공화국王道共和國을 이상사회의 표상으로 삼았다고 말할 수 있을 것이다.

장자莊子/외편外篇/천도天道

도道에 통하고 덕德에 부합하며,
인의仁義를 물리치고 예악禮樂을 배척한다.

通於道 合乎德
退仁義 賓[8]禮樂.

장자莊子/외편外篇/재유在宥

옛말에 천하를 자연대로 풀어준다는 말은 들었어도

聞在宥[9]天下.

---

8) 賓(빈)=擯의 착간.

천하를 다스린다는 말은 들어보지 못했다.

자연대로 둔다는 것은(無爲自然)

천하가 천성을 어지럽힐까 염려한 것이고

풀어준다는 것은(解放)

천하가 천덕天德을 옮겨버릴까 염려한 것이다.

천하가 천성을 어지럽히지 않고 천덕을 잃지 않는다면

어찌 천하를 다스릴 필요가 있겠는가?

不聞治天下也.

在之也者

恐天下之淫其性也.

宥之也者

恐天下之遷其德也.

天下不淫其性 不遷其德

有治天下者哉.

장자莊子/외편外篇/재유在宥

나는 성인聖人의 지혜가

사람을 구속하는 형틀의 고리가 되지 않고

인의仁義가 손발을 묶는 질곡이 되지 않는다고 말할 수 없다.

유가儒家들이 걸주와 도척의 효시가 아니라고

어찌 말할 수 있겠는가?

그러므로 노자는 성왕聖王을 없애고 그들의 지혜를 버려야만

천하가 태평할 것이라고 말한 것이다.

吾未知聖智之

不爲桁楊接槢也

仁義之不爲桎梏鑿枘也.

焉知曾史[10]之

不爲桀跖嚆矢也.

故曰 絕聖棄知

而天下大治.

---

9) 宥(유)=寬也, 赦也.

10) 曾史(증사)=공자의 제자인 曾參과 史鰌.

공산 공동체

이처럼 노장은 수고로운 노동도 없고 국가도 없는 태호 복희씨와 염제 신농씨 시대의 원시씨족사회의 무치를 소망했다. 이것은 『예기』에서 말하는 대동사회보다 더 원시적이다. 또한 묵자의 '안생생安生生' 대동사회는 우禹왕 시대에 기계를 쓰는 협업 공동체인 공산국가共産國家를 지향한다는 점에서, 정부와 기계를 거부하는 원시공산사회를 지향한 노자와는 차이가 있다. 그러나 묵자와 노자는 다 같이 공산사회를 지향했으므로 공동체를 파괴하는 과욕過慾과 경쟁, 초과소비와 전쟁을 거부하고 과욕寡慾·협동과 절검節儉·평화를 강조한 점에서는 일치한다.

대체로 이러한 공동체사회를 원시공산사회라고 말한다. 공동체 또는 공산사회는 누구도 소외되지 않는 사회이며, 사적소유가 없는 무소유의 사회이며, 공공성과 개인성이 조화된 순진무구한 사람들의 사회를 말한다. 노장은 이를 무치·무소유·동심童心으로 표현했고, 마르크스는 공산사회를 무소외·무소유·유적본질類的本質(Gattungswesen)이 구현된 사회로 표현했으나 모두 같은 맥락이다.

그러므로 무치의 원시공동체는 공동소유제公共所有制가 필수조건이다. 국유제國有制나 사유제私有制는 공동체사회가 될 수 없다. 노자와 양자는 공동체를 지향했으므로 사적소유제를 반대하고 공동소유제를 주장했다. 이 점에서는 묵자와 같았다.

노자老子/81장

무위자연의 성인은 재물을 사유하지 않는다(虛而無有).	聖人不積.
남을 위할수록 자기는 더욱 부유하고,	旣以爲人 己愈有.[11]
남에게 덜어줄수록 자기는 더욱 많아진다.	旣以與人 己愈多.
자연의 도는 이롭게 할 뿐 해롭게 하지 않는 것이며,	天之道 利而不害
진인眞人의 도道는 (무위無爲의 위爲이므로)	聖人之道
인위人爲를 해도 다투지 않는다.	爲而不爭.

장자莊子/외편外篇/지북유知北遊

순임금이 그의 스승인 승에게 물었다.	舜問乎丞曰
"도를 터득하여 소유할 수 있을까요?"	道可得而有乎
승이 답했다. "네 몸도 네 소유가 아니거늘	曰 汝身非汝有也
어찌 도를 소유할 수 있겠는가?"	汝何得有夫道.
순임금이 "내 몸이 내 것이 아니라면	舜曰 吾身非吾有也
누구의 소유란 말입니까?"라고 묻자,	孰有之哉
승이 말했다. "이것은 천지가 너에게 맡겨놓은 형체이다.	曰 是天地之委形也.
생명도 너의 소유가 아니라, 천지가 맡겨놓은 음양의 화합이다.	生非汝有 是天地之委和也.
본성과 운명도 너의 소유가 아니라,	性命非汝有
천지가 맡겨놓은 순리順理이다.	是天地之委順也.
자손도 너의 소유가 아니라,	孫子非汝有
천지가 맡겨놓은 허물이다."	是天地之委蛻也.

---

11) 有(유)=富也, 保也.

장자莊子/외편外篇/산목山木

남월에 한 고을이 있는데	南越有邑焉
이름을 건덕健德이라 했다.	名爲建德[12]之國.
건덕의 백성은 어리석고 순박하며,	其民愚而朴
사심이 없고 욕심이 적었으며,	少私而寡欲
경작할 줄은 알지만 사유私有할 줄은 모르며,	知作而不知藏
남에게 주는 것은 알지만 보답을 구하지 않고,	與而不求其報.
의義에 따르는 것도,	不知義之所適
예禮에 순종하는 것도 모른다.	不知禮之所將.[13]
제멋대로 함부로 해도 결국은 대도大道로 나아갔다.	猖狂妄行 乃蹈[14]乎大方[15]
살아서는 즐겁고 죽으면 장사 지냈다.	其生可樂 其死可葬.
원컨대 군주께서도 나라를 버리고 세속을 털어버리고	吾願君 去國損俗
무위자연의 대도와 더불어 서로 손잡고 나아가기 바란다.	與道相輔而行.

장자莊子/외편外篇/재유在宥

천지사방에 드나들고 구주에 노닐며,	出入六合 遊乎九州
홀로 갔다가 홀로 오니,	獨往獨來
이를 일러 천지사방을 홀로 소유했다고 말한다(獨有).	是謂獨有.
안동림 : 이런 경지를 절대적 존재(獨有)라 하며	
홀로 육합六合을 소유한 자는 지극히 귀한 자라고 할 것이다.	獨有之人 是謂至貴.

---

12) 建德(건덕)=가상의 대동공동체.
13) 將(장)=順也, 從也.
14) 蹈(도)=行也.
15) 方(방)=道也.

대동세계大同世界에서는 사사로운 자기自己가 없다(無己).　　　　大同無己

자기가 없는데 어찌 소유所有(토지·재물)를 얻으려 하겠는가?　　無己惡乎得有有.

　　　안동림 : 자기가 없는데 사물이 있겠는가?

소유를 가르치는 자(覩有者)는 옛 군자요,　　　　　　　　　覩[16]有者昔之君子

　　　안동림 : 있다고 보는 것은 옛날의 군자이며

무소유를 가르치는 자(覩無者)는 천지의 벗이다.　　　　　　覩無者天地之友.

　　　안동림 : 없다고 보는 것은 천지자연의 벗이다

열자列子/양주楊朱

양자가 말했다. "이처럼 몸도 내 소유가 아니다.　　　　　　楊朱曰 然身非我有也.

이미 태어났으니 부득이 그것을 온전히 해야 한다.　　　　既生 不得不全之.

만물은 내 소유가 아니다.　　　　　　　　　　　　　　物非我有也

기왕에 소유했으니 부득이 그것을 버리지 않을 뿐이다.　　既有 不得而去之.

몸은 본래 생명의 주관자며, 만물은 역시 양생의 주관자다.　身固生之主. 物亦養之主.

비록 생명을 온전히 한다는 핑계로 그 몸을 소유해선 안 되며, 雖全生 不可有其身.

비록 만물을 버릴 수 없다는 핑계로 그 물건을 소유해선 안 된다. 雖不去物 不可有其物.

물건을 소유하고 몸을 소유하는 것은　　　　　　　　　有其物有其身

천하의 것인 몸과 만물을　　　　　　　　　　　　　　是橫私天下之身

제멋대로 사유私有하는 것이다.　　　　　　　　　　　橫私天下之物.

천하의 생명을 함부로 사유하지 않고　　　　　　　　　不橫私天下之身

천하의 물건을 함부로 사유하지 않는 자는　　　　　　　不橫私天下之物者

오직 성인聖人이 아니겠는가?　　　　　　　　　　　其唯聖人乎.

---

16) 覩(도)=睹=見也, 示也.

천하의 생명을 공유共有하고,

천하의 물건을 공유하는 자는 오직 지인至人임이 분명하다."

公天下之身.

公天下之物者 其唯至人矣.

소지역 공동체

특히 노장은 소규모 지역자치 공동체를 지향했다. 이 점에서 부국강병주의를 주장한 법가法家는 물론이거니와 소국연방제적인 왕도주의를 주장한 유가들과는 첨예하게 대립된다. 2,400년 전 노장의 무정부적 공동체는 너무도 혁명적인 것으로 19세기 서양의 아나키즘을 연상하게 한다. 이것은 19세기 푸리에(F. M. C. Fourier, 1772~1837)가 시험한 1,620명의 소규모 산업공동체인 팔랑주(Phalange)의 효시라고 말할 수도 있을 것이다. 특히 노장이 성인과 왕도를 부정하고 소규모 지역공동체의 자주독립을 주장한 것은 마치 국가는 인격이 없는 팔랑주의 '연합'이 되어야 한다고 주장한 아나키스트들과 너무도 유사하기 때문이다.

노자老子/80장

나라는 작고 백성도 적어야 한다.

그러므로 여러 가지 기물이 있으나 쓸 필요가 없고,

백성들은 죽을 때까지

공동체에서 멀리 쫓겨나지 않는다.

小國寡民

使有什佰之器而不用.

使民重[17]死

而不遠徙[18]

비록 배와 수레가 있으나 탈 곳이 없고,　　　　　　　雖有舟輿無所乘之

비록 무기가 있으나 쓸 일이 없다.　　　　　　　　　雖有甲兵無所陳之.

사람들은 옛날처럼 새끼줄로 의사표시를 하게 하고,　　　使人復結繩而用之

음식을 달게 먹고 옷을 아름답게 입고 거처를 안락하게 하며,　甘其食 美其服 安其居

법이 아니라 옛 풍속대로 즐거워한다.　　　　　　　　樂其俗.

이웃 나라는 서로 바라보이고　　　　　　　　　　　隣國相望

개 짖는 소리와 닭 울음소리를 듣지만　　　　　　　雞犬之聲相聞

민중들은 죽을 때까지 공동체를 왕래하지 않는다.　　　民至老死 不相往來.

장자莊子/외편外篇/거협胠篋

그대는 덕이 지극했던 시대를 모르는가?　　　　　　子獨不知至德之世乎.

옛날 제왕들인 용성(容成氏)　　　　　　　　　　　昔者 容成氏

대정(大庭氏)·백황(伯皇氏)·중앙(中央氏)　　　　　大庭氏 伯皇氏 中央氏

율륙(栗陸氏)·여축(驪畜氏)·헌원(軒轅氏)　　　　　栗陸氏 驪畜氏 軒轅氏

혁서(赫胥氏)·존노(尊盧氏)·축융(祝融氏)　　　　　赫胥氏 尊盧氏 祝融氏

복희(伏羲氏)·신농(神農氏) 시대에는　　　　　　　伏羲氏 神農氏 當是時也.

사람들은 새끼를 맺어 의사소통을 했지만　　　　　民結繩而用之

그들의 음식을 달게 먹었고, 그들의 의복을 아름답다 했고,　甘其食 美其服

그들의 풍속을 즐거워했고 그들의 거처를 편안하다고 했다.　樂其俗 安其居.

이웃 나라는 서로 바라보이고　　　　　　　　　　　隣國相望

개와 닭의 울음소리를 서로 듣는다.　　　　　　　　雞狗之音相聞

---

17) 重(중)=再也, 附也.

18) 不遠徙(불원사)= 토지를 빼앗기고 떠도는 유랑민 대책을 말한 것이다. 위 『노자』 19장의 令有所屬와 같은 뜻이다.

그러나 민중들은 늙어 죽을 때까지	民至老死
서로 왕래하지 않았다.	而不相往來.
이 시대야말로 지극한 다스림이 이루어진 것이다.	若此之時 則至治已.

　노장이 말하는 지역공동체의 단위는 '속屬'이었다. 속은 삼
향三鄕 또는 십향十縣을 묶어 그 경내의 백성들이 자급자족하는
공동체를 이루어 공산共産 · 공생共生함으로써 유랑하는 일이
없도록 한 것이다. 장자의 '연속기향連屬其鄕'은 『노자』 19장의
'영유소속令有所屬'과 같은 맥락으로 이것을 말한 글이다. 그러
나 우리 학자들은 이 글을 엉터리로 오역하여 의미 없는 글로
지나쳐버리거나 왜곡하여 속된 글로 전락시키고 있다.

노자老子/19장

기술과 단절하고 편리함을 버려라.	絶巧棄利
도올 : 교사스러움을 끊어라. 이로움을 버려라	
도적이 없어질 것이다.	盜賊無有
성인聖人 · 인의仁義 · 교리巧利는	此三者
생민生民의 제도制度로 삼기에는 부족한 것이다.	以爲文不足
유랑민들을 지역공동체에 귀속시켜 부양하고	令有所屬
도올 : 그러므로 돌아감이 있게 하라	
본바탕을 드러내고(反文明) 소박한 마음을 갖도록 하여,	見素抱撲
도올 : 흰바탕을 드러내고 통나무를 껴안을지니	
사유私有는 작게 하고 욕구를 적게 해야 한다.	少私寡欲
도올 : 사사로움을 줄이고 욕심을 적게 하라	

자연과 해방

장자莊子/외편外篇/마제馬蹄

저 민중에게는 자연의 변하지 않는 성품이 있다.	彼民有常性.
베 짜서 입고, 밭 갈아 먹으니,	織而衣 耕而食
이것을 '대동大同사회의 덕(同德)'이라고 말한다.	是謂同[19]德.

　　안동림 : 이것을 누구나가 다 갖춘 것(同德)이라 한다

하나같이 평등하고 구속되지 않으니,	一[20]而不黨[21]

　　안동림 : 백성은 각기 동떨어져 있으며 무리를 짓지 않는다

이것을 '자연의 해방(天放)'이라고 한다.	名曰天放.

　　안동림 : 이것을 아무 구속도 없는 것이라 한다

이처럼 덕이 지극한 세상에서는 거동이 편안했고	故至德之世 其行塡塡.[22]
생활이 순박하고 한결같았다.	其視顚顚.[23]
당시에는 산에는 길이 없었고	當是時也 山無蹊隧
못에는 배와 다리도 없었고	澤無舟梁.
각기 마을을 지역공동체인 속屬으로 결집하여 살았다.	萬物群生 連[24]屬其鄕

　　안동림 : 만물이 무리지어 생겨나 사는 곳에 경계를 두지 않았다

가족처럼 만물과 어울려 벗이 되었으니,	…族與萬物竝.
어찌 군자와 소인의 차별을 알겠는가?	惡乎知君子小人哉.
그러나 성인(군왕)이 나타나	…及至聖人

---

19) 同(동)=共同體인 大同社會.
20) 一(일)=同也.
21) 黨(당)=累也.
22) 塡(진)=편안하다.
23) 顚(전)=專一함.
24) 連(련)=結聚也.

절름발이가 뛰듯 인仁을 만들고
발꿈치를 들고 달리듯 의義를 만들어
천하에 갈등이 시작된 것이다.

鱉躄[25]爲仁.

跂蚑[26]爲義.

而天下始疑也.

위 문장의 요점은 속屬이라는 글자에 있다. 그런데 우리 학자들은 모두가 '속'의 참뜻을 모르고 지나쳐버린다. 속이란 원래 인구 5~10만의 오늘날 군郡 정도의 지역 자치단위를 말하는 것이다. 그리고 당시 군사 조직도 속 단위로 편성되었는데 한 소속所屬은 약 3,000명 정도였던 것 같다. 그리고 속에서 그 소속 군대의 인력과 군비를 모두 책임졌던 것이다. 그러므로 "네 소속이 어디냐?"고 물으면 어느 지방의 부대인가를 묻는 것이다. 예컨대 군대에서 소속을 묻는다면 지금은 '○○사단'이라고 대답하겠지만 옛날에는 '안동 부대'·'사천 부대'·'정읍 부대'라는 식으로 대답했던 것이다.

속屬의 인구

농촌의 경우

관자管子/권8/소광小匡

3개 향鄕을 묶어 1속屬으로 한다.

三鄕爲屬.

> 1향은 2,000~3,600호이므로 1호 5인 가족으로 치면
> 1향의 인구는 10,000~18,000명이 된다.
> 1속은 3향이므로 1속의 인구는 3~5만 명이 될 것이다.

---

25) 鱉躄(별설)=절름발이 뜀.
26) 跂蚑(제기)=强用心力貌.

도시의 경우

국어國語/제어齊語

10개 현을 묶어 1속으로 한다.   十縣爲屬.

주례周禮/소사도小司徒

1전甸은 64정井이며,   甸六十四井也

4전을 묶어 현縣으로 하고,   四甸爲縣

4현을 묶어 군郡으로 한다.   四縣爲郡.

> 1전은 64정이며 1정은 8호가 경작하므로 1호 5인으로 치면
> 1전의 인구는 2,560명이 된다(64정×8호×5인=2,560명).
> 1현은 4전이므로 현의 인구는 1만 명이 된다(2,560명×4전≒1만 명).
> 1속은 10현이므로 속의 인구는 10만 명이 될 것이다(1만 명×10현=10
> 만 명).

속屬의 병사[27]

한서漢書/형법지刑法志

옛날에는 정전을 따라 군의 편성이 부과되었다.   古者因井田 而制軍賦

4구를 전으로 하였으니 1전은 64정이 된다.   四丘爲甸 甸六十四井也

1전에서 전마 4필, 전차 1승,   有戎馬四匹 兵車一乘.

소 12두, 갑사 3인,   牛十二頭 甲士三人.

졸병 72인과 장비를 갖추어야 한다.   卒七十二人. 戈具備

이를 승마법이라 한다.   是謂乘馬之法.

---

27) 屬(속)=당시의 전투단위로 지금의 사단과 같다.

율곡전서栗谷全書/습유拾遺/권4/군정책軍政策/구승법丘乘法

1결結은 100무畝이고, 9결이 1정井이다.

1구丘는 64정이며, 4구를 1전甸이라 한다.

　　1전의 병사는 75인이며(갑사3인+졸72인=75인)

　　1현은 4전이므로 병사는 1현당 300명이며(75인×4전=300명)

　　1속은 10현이므로 1속의 병사는 3,000명이 된다(300인×10현=3,000명).

一結百畝. 九結一井.

一丘十六井. 四丘一甸.

　　이처럼 노자의 '영유소속'은 당시 수백 년간 지속되어 온 전란으로 땅을 잃고 유랑하는 백성이 넘쳐나는 실정에서 이들 유랑민을 속 단위의 지역공동체에 수용하여 부양을 책임지게 함으로써 구제하는 정책이었다. 이러한 정책은 백성들 각자가 소속 공동체를 떠나거나 다른 공동체로 유입되는 것을 통제할 필요에서 시행되었다. 앞에서 말한 '불원사不遠徙'·'불상왕래 不相往來'·'연속기향'은 바로 이러한 거주 이전의 통제를 말한 것이다.

　　그로부터 2,000년이 지난 17세기 영국에서 시행된 '구빈법 救貧法'도 이와 비슷한 사례에 속한다. 조선의 경우 18세기에 정약용이 주장한 '여전제閭田制'도 비슷한 맥락이다. 영국의 성군으로 칭송받는 엘리자베스 1세가 1601년 구빈법을 제정 했는데, 이것은 극빈자를 그들이 소속된 교구에서 책임지고 구제하도록 했으므로 타 지역 극빈자의 유입을 일정하게 제 한할 필요가 있었다. 그러나 이 법은 본래 취지와는 달리 거 주 이전의 자유를 막음으로써 노동자들이 평생 옥살이를 하 듯 자기가 태어난 고장에 묶여 살아야 하고 가난을 상속하게 되는 결과를 낳았던 것이다. 또한 그 법은 노동 인구의 이동을 막는 것이어서 자산가들에게도 불리했다. 그래서 애덤 스미스(A. Smith, 1723~1790)는 1776년에 출간된『국부론國富論』에서 이를 강력히 반대했던 것이다.

무국가의 공동체연합

이처럼 노장은 공맹의 왕도를 반대하고 무정부주의적 소국 연합 내지 연방제를 선호했다. 그러나 지금까지 우리 학자들은 다음 예문처럼『노자』의 글을 왜곡하여 대국이 소국을 병탄하여 패권을 이루는 전략으로 해석해 왔다. 이는 정반대로 해석한 것이다.

소국연합제

노자老子/60장

연합국을 잘 다스린다는 것은	治大國[28]
소국을 보존하는 것과 같다.	若[29] 烹[30] 小鮮.[31]

---

28) 大國(대국)=독립주권의 소규모 공동체들의 연합제.

29) 若(약)=似也, 乃也, 故也.

30) 烹(팽)=亨(형)=享(향)=祭, 獻也, 保有也. 원래 백서본은 享으로 되어 있었으나 왕필이 변조함.
例文 : 桓公之享國也(公羊傳/僖公10年/傳).

31) 小鮮(소선)=앞에서 나온 小國寡民을 말함. 小=少國. 鮮=罕也, 寡民.
例文 : 鮮不五稔(左傳/昭公元年). 詩日 不僭不賊 鮮不爲則(左傳/昭公元年). 民鮮能久矣(禮記/中庸).

> 김경탁 : 대국을 다스리는 것은 조그만 물고기를 끓이는 것 같다
>
> 노태준 : 대국을 다스리는 것은 잔물고기를 조리하는 것과 같다
>
> 도올 : 큰 나라 다스리기를 작은 생선 조리기같이 하라
>
> 오강남 : 큰 나라를 다스리는 것은 작은 생선을 요리하는 것과 같다
>
> 이석명 : 큰 나라를 다스릴 때는 작은 생선을 요리하듯 하라
>
> 이경숙 : 큰 나라를 다스리는 것은 작은 생선을 익히는 것과 같다

이러한 도道로써 천하에 군림하면	以道莅天下
귀신도 신통력을 부리지 못한다.	其鬼不神.
귀신이 신통하지 않아서가 아니라	非其鬼不神
귀신이 사람을 상해하지 못하는 것이다.	其神不傷人.
귀신이 남을 해치지 못한 것이 아니라	非其神不傷人
제왕(聖人)이 남을 해치지 못한다.	聖人亦不傷人.
대저 귀신도 제왕(聖人)도 서로 해치지 않으므로	夫兩不相傷
덕이 서로에게 돌아간다.	故德交歸焉.

노자老子/61장

대국은 소국들이 모여드는 하류이며,	大國者下流.[32]

> 김경탁 : 대국이란 천하 소국들이 모여드는 하류요
>
> 노태준 : 대국은 하류이며
>
> 도올 : 큰 나라는 아랫물이다
>
> 오강남 : 큰 나라는 강의 하류
>
> 이석명 : 큰 나라는 낮은 곳으로 흘러야 하네

---

32) 下流(하류)=조그만 支流가 모여드는 곳.

천하만민의 교류장이요, 천하만민의 암컷이다.　　　　　　　　　天下之交 天下之牝.

    김경탁 : 약소국들의 교류장이요, 약소국들의 암컷이다

    노태준 : 천하의 교交이며 빈牝이다

    도올 : 그래서 하늘 아래의 모든 윗물이 흘러 들어오는 곳이며, 하늘
              아래의 모든 수컷이 모여드는 암컷이다

    오강남 : 온 세상이 모여드는 곳, 세상의 여인

    이석명 : 그래야 천하의 암컷이 되고 사람들이 모여들게 되네

암컷은 항상 고요함으로 수컷을 이긴다.　　　　　　　　　　　　牝常以靜勝牡

고요함으로써 겸양하기 때문이다.　　　　　　　　　　　　　　　以靜爲下.

그러므로 대국은 소국에 겸양함으로써　　　　　　　　　　　　　故大國以下小國

소국을 연합하고,　　　　　　　　　　　　　　　　　　　　　　則取[33]小國.

    김경탁 : 그러므로 대국으로서 소국에 겸하면 소국에 취取하여지고

    노태준 : 그러므로 대국이 소국에 겸하면 곧 소국을 취하고

    도올 : 그러므로 큰 나라는 소국에 낮추면 소국에 믿음을 주고

    오강남 : 큰 나라는 작은 나라 아래로 스스로를 낮춤으로 작은 나라를
              얻고

    이석명 : 큰 나라가 작은 나라에 낮추면 작은 나라를 취할 수 있고

    이경숙 : 고로 대국은 소국의 아래가 됨으로써 소국을 취하고

소국은 대국의 아래가 됨으로써 대국에 연합한다.　　　　　　　小國以下大國 則取大國.

    김경탁 : 소국으로 대국에 겸하면 대국에 취하여지니

    노태준 : 소국이 대국에 겸하면 곧 대국을 취한다

    도올 : 소국은 대국에 낮추면 대국의 믿음을 얻는다

---

33) 取(취)=聚와 통용.

오강남 : 작은 나라는 큰 나라를 향해 내려감으로 큰 나라를 얻는다

이석명 : 작은 나라가 큰 나라에 낮추면 큰 나라에 받아들여지네

이경숙 : 소국 역시 대국의 아래에 듦으로써 대국을 취한다

(이는 노자의 소국과민小國寡民의 '공동체연합'을 왜곡하여 소국병탄
小國倂呑의 '패도주의'로 해석한 것이다)

그러므로 혹은 겸양함으로써 연합하고(大國),
혹은 아래가 되어 연합한다(小國).

故或下以取
或下而取.

　　김경탁 : 혹 겸하함으로써 취해지기도 하고, 혹 겸하하여서 취하여지기
　　　　　도 한다

　　노태준 : 혹은 겸하하여 취하기도 하고, 혹은 하위에 처함으로 취하기
　　　　　도 한다

　　오강남 : 한쪽은 스스로를 아래에 둠으로써 남을 얻고 한쪽은 스스로
　　　　　내려감으로 남을 얻는다

　　도올 : 하나는 자기를 낮춤으로 취할 수 있고, 하나는 자기를 낮춤으로
　　　　취하여질 수 있다

　　이석명 : 자신을 낮춤으로써 혹 남을 취하기도 하며 혹 남에게 받아들
　　　　　여지기도 하네

　　이경숙 : 그러므로 아래에 둠으로써 취하기도 하고, 아래가 되는 것을
　　　　　택하기도 한다

그러므로 대국은 타국을 겸병하려 해서는 안 되며,

大國不過欲兼畜人

　　김경탁 : 대국은 사람을 겸하여 양養하려 함에 불과하고

　　노태준 : 대국은 인민을 겸양兼養하려는 것이고

　　도올 : 큰 나라는 사람들을 밑에 두고 거느리기를 좋아할 뿐이며

　　오강남 : 큰 나라가 바랄 것은 사람을 모아 보양하는 것

　　이석명 : 큰 나라는 억지로 남을 병합하려 해선 안 되며

　　이경숙 : 큰 나라는 보다 많은 사람을 받아들이려는 욕심이고

소국은 타국에 편입되어 섬기려 하지 말아야 한다.   小國不過³⁴⁾欲入事人.

> 김경탁 : 소국은 들어가서 사람을 섬기려고 함에 불과하다
> 노태준 : 소국은 큰 데 들어가 남을 섬기려는 것이다
> 도올 : 작은 나라는 사람 밑에 들어가 섬기기를 바랄 뿐이다
> 오강남 : 작은 나라가 바랄 것은 들어가 남을 섬기는
> 이석명 : 작은 나라는 무리하게 남을 섬기려 해선 안 된다
> 이경숙 : 작은 나라는 큰 나라를 섬기려고 하는 것이니

장자의 유토피아는 신농시대

장자는 노자의 이상향을 계승한다. 장자는 출세간出世間의 신선을 포기하고 세속의 도인을 지향함으로써 노자의 무위자연을 세속화시켰으나 여전히 노자처럼 무릉도원의 이상사회를 지향했다. 도인의 무릉도원의 꿈은 무치無治의 원시공동체를 의미한다.

묵자가 요순堯舜시대를 겸애兼愛의 '대동大同시대'로 규정한 것과는 달리, 장자는 요순시대를 인의仁義로 다스리는 예치禮治의 '소강小康사회'로 규정하여 비판하고, 신농시대를 무치·무성인無聖人·무군주無君主 사회라고 찬양한다(『장자』「외편外篇」 병무駢拇편). 한편 재유在宥편에서는 순보다 앞선 황제黃帝시대부터 인의의 시대로 규정했다. 이로 볼 때 장자는 부족국가 시

---

34) 不過(불과)=不遇(不得, 不當)의 誤.

대인 황제 헌원씨 이전의 태호 복희씨와 염제 신농씨 등의 원
시씨족사회를 동경한 것이다. 그것은 인간이 문명과 사회 이
전의 자연으로 돌아가 시비 · 선악 · 미추도 모르고, 생산도 소
유도 없는, 칡을 캐 먹고 과일을 따 먹고 새알을 훔쳐 먹으며
짐승들과 어울려 살아가는 원시공산사회를 그리워한 것이다.

　노자의 삼덕三德인 자애慈愛 · 검박儉朴 · 불위선不爲先(남보다
앞서지 않음)은 바로 이런 사회의 도덕률을 말한 것이다. 특히
'불위선'은 남에게 이기려 하지 말라는 것이므로 경쟁이 없는
사회를 지향한 것이다. 장자는 이런 모습을 "백성들은 자유로
운 야생의 사슴"이었다고 말한다.

장자莊子/외편外篇/천지天地

지극한 다스림이 있었던 고대(원시공산사회)에는	至治之世
어진 자를 높이거나 능한 자를 부릴 필요도 없었고,	不尙賢不使能.
윗사람은 표준이었을 뿐, 백성은 야생의 사슴이었다.	上如標枝 民如野鹿.
단정했으나 의義를 행했다는 것을 깨닫지 못한다.	端正而不知以爲義.
서로 사랑했으나 자기가 인仁을 행했다는 것을 깨닫지 못한다.	相愛而不知以爲仁.
성실했으나 충忠을 행했다는 것을 알지 못한다.	實而不知以爲忠.
합당했으나 신의信義를 지켰다고 깨닫지 못한다.	當而不知以爲信.
도적이 준동하면 도와주되 은혜를 베풀었다고 생각하지 않는다.	蠢動而相使[35] 不以爲賜.
이런 까닭으로 행적도 자취가 없고 사업도 전해짐이 없었다.	是故行而無迹 事而無傳.

---

35) 使(사)=從也.

장자莊子/잡편雜篇/도척盜跖

신농씨 시대에는 누우면 편안하고,	神農之世 臥則居居
일어나면 유유자적했으며,	起則于于
백성들은 그의 어미는 알았으나 그 아비는 알지 못했고(모계사회),	民知其母 不知其父
사슴과 한곳에 거처했고, 밭을 갈아 먹고 옷을 짜서 입었다.	與麋鹿共處 耕而食 織而衣
서로 해치려는 마음이 없었으니	無有相害之心
지극한 덕이 융성할 때였다.	此至德之隆也.
그러나 황제 헌원은 덕을 이루지 못하고	然而黃帝不能致德
단군 치우와 탁록의 들에서 싸워	與蚩尤36) 戰於涿鹿之野
흘린 피가 백 리였다.	流血百里.
요와 순은 여러 신하들을 세워야 했고,	堯舜作 立群臣.
탕은 그 군주를 추방하고, 무왕은 주왕을 죽였다.	湯放其主 武王殺紂.
그 이후부터는 강자가 약자를 능멸하고	自是之後 以强陵弱
다수가 소수를 폭압했다.	以衆暴寡.
탕왕과 무왕 이후로는 모두가 세상을 어지럽힌 무리들이다.	湯武以來 皆亂人之徒也.

장자莊子/외편外篇/재유在宥

옛날 황제黃帝는 처음으로	昔者黃帝始
인의仁義로써 인심人心을 속박했다(국가 성립).	以仁義攖37)人之心.
황제가 천자가 된 지 19년이 지나	黃帝立爲天子十九年
천하에 정령을 시행했다.	令行天下.

---

36) 蚩尤(치우)=古朝鮮의 檀君.
37) 攖(영)=纓(고삐), 桔(수갑).

그 결과 요순은 넓적다리와 정강이의 털이 닳도록

천하 백성들을 부양해야 했고

오장을 근심스럽게 하는 것으로써 인의를 행했고,

혈기를 슬프게 하는 것으로써 법도를 규제했다.

그러나 오히려 실패했다.

결국 요임금은 환두를 숭산으로 추방했고,

삼묘를 삼위로 몰아냈고,

공공을 유도에 유배했으나,

이것으로도 천하를 어찌하지 못했다.

이어서 삼왕三王 때에 이르자 천하는 크게 소란스러웠으니,

아래로는 폭군 걸과 도척이, 위로는 증참과 사추史鰌,

유가儒家와 묵가墨家가 다같이 일어났던 것이다.

堯舜於是乎 股無胈脛無毛

以養天下之形.

愁其五臟以爲仁義

矜[38]其血氣 以規法度.

然猶有不勝也.

堯於是 放讙兜於崇山

投三苗於三峗

流共工於幽都.

此不勝天下也.

夫施及三王 而天下大駭矣.

下有桀跖 上有曾史

而儒墨畢起.

장자莊子/외편外篇/변무駢拇

순임금이 인의로써 천하를 순치한 이래

천하는 인의를 억지로 따르도록 교화되지 않은 이가 없었다.

이것은 인의로써 천성을 바꾸어놓은 것이 아니고 무엇인가?

경험한 것처럼 삼대三代 이후의 임금들은

사물로써 사람들의 본성을 변화시켜 놓지 않은 이가 없었다.

自虞氏 仁義以撓[39]天下

也 天下莫不奔命[40]於仁義.

是非以仁義易其性與.

故嘗試論之 自三代以下者

天下莫不以物易其性矣.

---

38) 矜(긍)=哀也.

39) 撓(뇨)=亂也, 馴也.

40) 奔命(분명)=逐敎(축교 : 억지로 교화하다).

그런데 어찌 요순을	庚桑子曰 且夫二子者
칭송할 수 있단 말이냐?	又何足以稱揚哉.
그의 분별의 결과는	是其於辯也
전쟁으로 남의 담장이나 뚫고 잡초만 자라게 한 것뿐이다.	將妄鑿垣墻 而殖蓬蒿也.
머리칼을 가려 빗질하고	簡髮而櫛
쌀 톨을 세어 밥을 짓듯 시시콜콜한 분별로	數米而炊 竊竊⁴¹⁾乎
어찌 세상을 구제할 수 있단 말인가?	又何足以濟世哉.
어진 사람을 등용함으로써 백성들끼리 서로 알력이 생기게 했고,	擧賢則民相軋
지혜로운 자를 임용하여 백성들이 서로 도둑질하게 만들었다.	任知則民相盜.
이처럼 사물을 셈하는 자는 백성을 행복하게 할 수 없는 것이다.	之⁴²⁾數物者 不足以厚⁴³⁾民.
다만 백성들에게 자기 이익을 위해 너무 힘쓰게 함으로써	民之於利甚勤
급기야 자식이 아비를 죽이고 신하가 군주를 죽이고	子有殺父 臣有殺君
한낮에 도둑질을 하고 남의 담장을 뚫는 지경에 이른 것이다.	正晝爲盜 日中穴坏.
내가 너희에게 말하노니 이와 같은 큰 혼란의 뿌리는	吾語汝大亂之本
요순시대에 생긴 것이다.	生於堯舜之間.
그 폐해는 천 대까지 남을 것이니,	其末存乎千世之後.
천 년 후에는	千歲之後
사람과 사람이 서로 잡아먹는 시대가 반드시 올 것이다.	其必有人與人相食者也.

---

41) 竊竊(절절)=察察也.
42) 之(지)=諸也. 若也.
43) 厚(후)=益也.

반성

이처럼 노장은 순박한 원시공동체사회를 말하고 있다. 우리는 노장을 읽으며 마치 영화에서 나오는 원시림의 타잔처럼 사는 것을 꿈꾸게 된다. 그리고 욕망과 갈증에 허덕이며 무엇에 홀리고 쫓기듯 살아가는 우리의 모습이 정말 자유로운가를 반성하게 된다.

오늘날의 우리에게 자연으로 돌아가라는 노장의 말은 무엇을 의미하는가? 자연은 평화롭고 행복한 세상인가?

현실을 보자면 지금 우리에게 자연회귀는 불가능한 일이다. 21세기를 사는 우리로서는 공동체를 동경할 수는 있으나 원시를 동경하는 것은 판타지일 뿐이다.

그런데 인류가 역사에서 공동체를 이루고 살았던 때는 원시사회 말고는 없지 않은가? 그렇다면 우리가 소망하는 공동체를 이루기 위해서 원시로 회귀하는 것 말고는 방법이 없는 것일까? 원시 자연으로 돌아가지 않는다면 공동체에 대한 소망을 포기해야 한단 말인가?

그런데 왜 루소(J. J. Rousseau, 1712~1778)는 2,000년이 지나서 다시 노장의 자연회귀를 되풀이했던가? 루소가 노장에게서 문명과 제도에 대한 반성을 느꼈기 때문은 아니었을까? 이런 관점에서 보면 자연회귀는 정작 인간이 짐승처럼 살자는 것이 아니라 당시 문명 체제의 억압과 착취 구조의 실상을 강력하게 경고하는 반어이며, 민중의 분노를 표출하는 역설임이 분명하다.

그렇다면 원시회귀를 공동체의 조건이라고 말할 수는 없지
않을까? 이것은 노장에게 물을 것이 아니라 우리들 모두가 대
답해야 할 몫으로 남겨두어야 한다.

16 대동사회와 소강사회

공자의 유토피아

공자는 늙어가면서 주공周公이 꿈에 나타나지 않는다고 한 탄할 정도로 그를 사모했고 그가 정비한 주례의 부흥을 위해 평생을 바친 사람이다. 그러므로 주공이 없는 공자는 상상할 수 없다. 그래서 그는 인仁을 '극기복례克己復禮'라고 주장한 것이다. 여기서 복례의 '예禮'는 주례를 말하는 것이며, 주례 는 하례夏禮·은례殷禮를 종합해 발전시킨 것이므로, 공자는 하·은·주 삼대三代의 정치모형을 모범으로 삼았다고 말할 수 있다.

여기서 공자가 그의 정치모범인 삼대와 더불어 그것과는 정 치적 모형이 다른 요堯와 순舜을 함께 성인聖人으로 추앙했다 는 점을 주목해야 한다. 이미 지적한 대로 인류에 회자되는 이 른바 〈격양가擊壤歌〉는 요순의 정치를 흠모하는 노래이다. 공자는 이를 '무위無爲' 정치라고 찬양했다(『논어』「위령공衛靈公」 5). 반면 삼대의 성군 정치는 인례仁禮로 다스리는 '유위有爲'의 정치이다. 결국 공자는 서로 모순되는 무위정치와 유위정치를 모두 칭송한 것이다. 이것을 어떻게 해석해야 할 것인가? 추론한다면 "이상理想은 요순이지만, 실천은 삼대였다"고 말할 수밖에 없을 것이다.

논어論語/위령공衛靈公 5

공자가 말했다. "무위로써 천하를 다스린 사람은 순임금이 아닐까?

대체 그는 어떻게 했던가?

다만 공손히 팔짱을 끼고 바르게 앉아 남면하고 있었을 뿐이다."

子曰 無爲而治者
其舜也與.
夫何爲哉
恭已正南面而已矣.

논어論語/팔일八佾 14

공자가 말했다. "주나라는 하·은 이대를 거울로 삼았으니 빛나도다! 그 문물이여! 나는 주나라를 따르겠다."

子曰 周監於二代
郁郁乎文哉. 吾從周.

후인들은 공자가 지향하는 요순의 정치와 삼대의 정치를 각각 한마디로 표현하는 개념을 만들어 이를 구분했는데, 『예기』에서 이것을 정리해 놓았다. 즉 삼대三代 이전의 요순시대를 '대동大同'이라 하고, 삼대를 '소강小康'이라고 명명한 것이다(『예기』「예운禮運」 및 『공자가어孔子家語』「예운禮運」). 다음은 『예기』「예운」편의 대동과 소강에 대해 설명한 글을 번역해 놓은 것이다.

대동과 소강

	대동사회(大同社會 : 요순)[1]	소강사회(小康社會 : 삼대)[2]
통치이념 대도(大道) ↓ 예의(禮義)	대도가 행해지니	대도(大道)가 이미 쇠미해지니, 대인(大人)은 세습을 예(禮)로 삼았으며, 성곽과 못을 만들어 굳게 지키고, 예의(禮義)를 만들어 기강을 세웠다.
정치체제 위공(爲公) ↓ 위가(爲家)	천하는 만민의 것이 되었고 어질고 유능한 자가 선출됨으로써, 신의 있고 화목하게 되었다.	천하는 한 가문을 위한 것 자기 부모와 자식만 사랑한다.
사회제도 공동체 ↓ 가족	자기 부모만 사랑하지 않고 자기 자식만 자애하지 않고, 늙은이는 수명을 다하고, 젊은이는 재능을 다하고 어린이는 무럭무럭 자랐으며 홀아비·과부·고아·늙은이·병자도 모두 편히 부양받았다. 남자는 직분이 있고 여자는 시집을 갈 수 있었다.	예(禮)로써 제도를 설정하고 정전제(井田制)가 수립되었다. 이로써 군신이 바르고, 부자가 돈독했다. 형제가 화목하고 부부가 화락했다. 우·탕·문·무·성왕·주공은 모두가 예에 힘써 오상(五常)의 도를 보여 주었다. 이를 따르지 않는 자는 제거되었다.
경제 공유(共有) ↓ 사유(私有)	재물을 낭비하는 것을 싫어하지만 자기만을 위하여 소유하지 않으며, 노동하지 않는 것을 싫어했으나 반드시 자기만을 위하지 않는다.	모두에게 큰 재앙이 되기 때문이다. 용기와 지혜를 어질다 칭송하니 자기만을 위하여 공을 세우려 하고, 재화와 노동은 자기만을 위했다.
전쟁 평화(平和) ↓ 모병(謀兵)	간특한 모의가 통하지 않고 도둑·변란·약탈이 일어나지 않으니, 대문을 닫지 않고 살았다. 이것을 일러 '대동'이라 말한다.	이에 세상에는 간특한 모의와 전쟁이 일어나기 시작했다. 이러한 어지러움을 수습하고 우·탕·문·무· 성왕·주공이 이로써 선택되었다. 이것을 일러 '소강'이라 말한다.

그런데『예기』의 저자는 대동은 대도大道가 행해지던 시대이
고 소강은 대도가 사라진 삼대라고 말할 뿐, 그 대도가 무엇인
가는 설명하지 않는다. 대동은 삼대 이전이므로 요순시대임을
알 수 있다. 그런데 공자는 앞의 예문처럼(『논어』「위령공」5)
순의 정치를 '무위無爲정치'라고 말했다. 그렇다면 대동의 대
도는 순의 무위정치임이 분명하다. 그런데 순의 무위정치는
노장의 무위정치와 같은가? 이 점에 대해서는 논란이 있다.

『예기』의 같은 글에서 공자는 "요순의 대도를 행하는 것과
대도가 사라진 삼대의 영걸英傑에는 미치지 못하지만 뜻은 가
지고 있다"고 말하고 있다. 문맥만으로 보면 공자는 요순의
대동과 삼대의 소강을 동시에 지향했다는 말이 된다. 이처럼
모순되는 듯한 이 기록을 과연 어떻게 해석해야 하는가?

예기禮記/예운禮運, 공자가어孔子家語/예운禮運

지난날 공자가 노魯나라 사제蜡祭에 빈객으로 참여하였다.	昔者仲尼與於蜡[3]賓.
일을 마치고 나와 누대에 올라 쉴 때	事畢 出遊於觀之上
한숨을 쉬며 탄식했다.	喟然而嘆.
공자가 탄식한 것은 속으로 노나라를 개탄한 것이다.	仲尼之嘆 蓋嘆魯也.

---

1) 大道之行也 天下爲公 選賢與能 故人不獨親其親 不獨子其子. 使老有所終 壯有所用 幼有所長 鰥寡孤獨疾者 皆有所養 男有分女有歸.
　 男有分女有歸. 貨惡其棄於地也 不必藏於己 力惡其不出於身也 不必爲己 是故謀閉而不興 盜竊亂賊而不作 故外戶而不閉 是謂大同
　 (禮記/禮運).
2) 今大道旣隱 天下爲家 各親其親 各子其子 貨力爲己 大人世及以爲禮 城郭溝池以爲固 禮義以爲紀. 以正君臣 以篤父子 以睦兄弟 以和
　 夫婦. 以設勇知 以功爲己, 以設制度 以立田里. 故謀用是作 而兵由此起. 禹湯文武成王周公 由此其選也. 此六君子者 未有不勤於禮者
　 也. 以著其宜 以考其信 著有過. 刑仁講讓 示民有常 如有不由此者在勢者去 衆以爲殃 是謂小康(禮記/禮運).
3) 蜡祭(사제)=年終祭名=夏曰淸祀, 殷曰嘉平, 周曰蜡, 秦於臘.

언언이 옆에서 모시고 있다가 물었다.

"군자께서는 어찌 탄식합니까?"

공자가 말했다. "대도를 행한 것(大同)과

삼대의 영걸(小康)에는 미치지 못하지만

나도 뜻만은 가지고 있다."

言偃在側曰

君子何嘆.

孔子曰 大道之行也

與三代之英 丘未之逮也

而有志焉.

한대漢代의 석량石梁 왕씨王氏는 『예기』의 위 글은 공자의 말이 아니라고 주장했다. 노자의 대동사회를 찬양하기 위해 공자의 소강사회를 비판하는 노장의 글이 우연히 『예기』에 끼어들었다는 것이다. 즉 '대동'은 노자의 이상정치요 '소강'은 공자의 이상정치라는 것이다.

예기禮記/예운禮運 주해註解

석량 왕씨는 말하기를

"오제五帝의 치세를 대동이라 하고

삼대(우·탕·문·무·성왕·주공)의 치세를

소강이라 한 것은

노자의 의견으로 조술한 것이다.

또 노자는 그것을 사실로 인정하고 부연하기를

'예禮라는 것은 충忠과

신信이 쇠한 후에 지어낸 것'이라고 말했다.

이것은 모두 유가를 비난하는 자들의 말이다.

공자의 말이라 한 것은

기록자가 지어낸 거짓으로 용납할 수 없다."

石梁王氏曰

以五帝之世爲大同

以禹湯文武成王周公

爲小康

有老氏意而注

又引以實之

且謂禮爲忠

信之薄

皆非儒者語

所謂孔子曰

記者爲之辭[4]也.

공자와 대동사회

앞에서 말한 '노장=대동', '공자=소강'이라는 이분법적 구별에는 석연치 않은 점이 있다.

첫째, 공자는 요순을 성인으로 추앙했고, 순임금의 정치를 '무위정치'라고 찬양했으며(『논어』「위령공」5), 앞 글에서도 공자는 순임금의 '대동'에 뜻을 가지고 있다고 했으므로 대동사회를 흠모한 것이 분명하기 때문이다.

둘째, 『예기』에 기록된 공자가 찬양한 순임금의 무위정치는 노장이 말한 무위정치와는 다르기 때문이다. 즉 노장의 '무위'는 황제 이전의 원시공산사회를 말하고(『노자』 80장, 『장자』「외편外篇」거협胠篋) 공자의 '무위'는 요순시대를 말한 것이므로 무위정치의 내용이 다르다.

예컨대 『장자』는 요순시대를 '인의仁義의 유위有爲정치'가 시작된 시대로 보았고(『장자』「외편外篇」병무騈拇), 반면 『논어』와 『예기』는 요순시대를 '대도가 시행되던 무위정치 시대'라고 보았으므로 서로 맞지 않는다. 그러므로 대동은 설사 공자의 말이 아닐지라도 반드시 노자의 말이라고는 단정할 수 없다.

따라서 왕씨王氏의 주장은 학계에서 받아들여지지 않았다. 당 태종 때 공영달孔穎達이 편찬한 주석서 『오경정의五經正義』이후부터 왕씨의 주해는 『예기』 책에서 삭제되었으며, 원대元代의 진호陳澔 같은 사람은 이를 공자의 제자인 자유子游학파의 기

---

4) 辭(사)=不受, 不從也.

록으로 보았다. 민국시대의 궈모뤄郭沫若(1892~1978)도 이에 동의한다. 최근 학계에서는『예기』의 대동소강론이 단순히 유가만의 사회사상이 아니라 선진先秦 제가諸家의 사회 이상을 총괄 종합한 것으로 이해하고 있다.

『예기』와 비슷한 시기의 기록인『육도六韜』에 의하면, 태공망太公望은 주나라 문왕에게 "천하인민은 운명공동체이며, 천하는 한 사람의 천하가 아니라 만인의 천하"라고 말했다. 이것은 대동사회의 강령인 '천하위공天下爲公'을 말한 것이다. 따라서 태공망은 무위無爲 · 대도大道의 대동사회를 지향했고, 반면 공자는 유위有爲 · 인의仁義의 소강사회를 현실적 대안으로 생각했다고 짐작할 수 있을 것이다. 이로 볼 때 대동소강론은 어느 한 사람의 창안이 아니라 선진 제가의 정치적 이상을 종합한 것이라는 주장이 설득력을 갖는다.

따라서 나는 공자의 정치사상을 대동이냐 소강이냐 하는 이분법적으로 재단할 수는 없다고 생각한다. 어떻든 대도와 인의는 서로 다르지만, 공자는 '이상理想은 대도의 대동으로, 실천은 인의의 소강으로' 절충하고 종합했다고 해석할 수 있을 것이다.

육도六韜 /무도武韜 /발계發啓[5]

주周 문왕이 풍에 있을 때 태공을 불러 말했다.　文王在酆 召太公曰

"오! 상나라 걸왕의 학정이 극에 달해　　　嗚呼 商王虐極

5)『六韜』는 太公望의 이름을 빌려 전국시대에 지은 병서.

죄 없는 사람을 죄를 주어 죽이는데,　　　　　　　　　　　　罪殺不辜

공께서는 오히려 짐을 책망하고 민民을 걱정합니다."　　　　公尚[6]脇[7]予憂民.

태공이 말했다.　　　　　　　　　　　　　　　　　　　　太公曰

"인人과 더불어 아픔을 같이하고 머물기를 함께하며,　　　與人同病相救[8]

마음을 함께하고 성공을 함께하며,　　　　　　　　　　　同情相成

싫은 것을 함께하고 도움을 함께하며,　　　　　　　　　同惡相助

좋은 것도 함께하고 성취함도 함께해야 합니다.　　　　同好相趨.

천하에 이로운 것은 천하 모든 사람이 문을 열고 맞으며,　利天下者天下啓之

천하에 해로운 것은 천하 모든 사람이 문을 닫고 막습니다.　害天下者天下閉之.

천하는 한 사람의 천하가 아니라,　　　　　　　　　　天下者非一人之天下

모든 사람의 천하입니다.　　　　　　　　　　　　　乃天下之天下也.

천하를 취하는 것은 들짐승을 사냥하는 일과 같으니,　取天下者 若逐野獸

천하의 모든 사람이 고기를 나누어 갖고 싶은 마음을 가집니다.　而天下皆有分肉之心.

그것은 같은 배를 타고 물을 건너는 것과 같습니다.　若同舟而濟

물을 건너면 다 함께 이롭고,　　　　　　　　　　　濟則皆同其利

실패하면 다 함께 해를 당합니다.　　　　　　　　　敗則皆同其害.

그런즉 모두에게 열려 있고　　　　　　　　　　　然則皆有以啓之

닫고 막는 일이 없어야 합니다."　　　　　　　　　無有以閉之.

---

6) 尙(상)=猶也, 嘉也.
7) 脇(협)=斂也, 責也.
8) 救(구)=止也, 護也.

『예기』의 '대동'과 『묵자』의 '안생생'

 나는 오히려『예기』의 '대동사회'는『묵자』의 '안생생安生生 사회'와 일치한다고 생각한다. 『예기』「예운禮運」편의 대동사 회에 대한 기록과 『묵자』의 안생생사회에 관한 어록을 비교해 보면 너무도 같다는 것을 쉽게 알 수 있을 것이다(이하 원문은 438쪽의 각주 1, 2 참조).

 첫째, 대동사회와 안생생사회는 정치적으로 '민주·평등사 회'라는 점에서 같다.

『예기』의 대동사회

대도가 행해지니 천하가 만민의 것이 되었고,

어질고 유능한 자가 선출됨으로써

모두가 신의를 중히 여기고 화목한 사회가 되었다.

『묵자』의 안생생사회

· 하느님이 처음 백성을 지으실 때는

 지도자가 없었으며 백성들이 주권자였다(百姓爲主).

 천하의 의義를 하나로 통일하고자

 어질고 훌륭한 사람을 선출하여 천자天子로 삼았다(選擇賢者
 立爲天子 : 「상동尙同」편).

· 그러므로 군주란 인민들의 일반적인 계약契約이다(君 臣萌通約 :
 「경설經說」편).

· 따라서 농사꾼이든 노동자든 장사치든 유능하면 등용되었으

므로 벼슬아치는 항상 귀한 것이 아니고 백성은 항상 천한 것이 아니다(「상현尚賢」편).

둘째, 두 사회는 도덕적으로 '겸애의 공동체' 사회라는 점에서 같다.

『예기』의 대동사회

그러므로 사람들은 자기 부모만 사랑하지 않고
자기 자식만 자애하지 않고 모두가 한 가족같이 사랑하였다.

『묵자』의 안생생사회

· 천하 만민은 하느님의 평등한 신민臣民이다.
· 하느님은 사람들이 서로 사랑하고 이롭게 하기를 바라고
  서로 미워하고 해치는 것을 싫어하신다(「법의法儀」편).
· 남의 나라를 내 나라 보듯이 하고,
  남의 집안 보기를 내 집같이 하고,
  남의 몸을 내 몸같이 보라!(「겸애兼愛」편)

셋째, 경제적으로 '완전고용의 복지사회' 라는 점에서 같다.

『예기』의 대동사회

그렇게 함으로써 늙은이는 수명을 다하고
젊은이는 재능을 다하고 어린이는 무럭무럭 자랐으며
홀아비와 과부, 고아와 자식 없는 늙은이, 병자들도

모두 편히 부양받게 되었다.

남자는 모두 직분이 있고 여자는 모두 시집을 갈 수 있었다.

묵자의 안생생사회

· 모든 노동자들로 하여금

  각각 자기의 소질에 따라 일에 종사하도록 하며(완전 고용),

  모든 백성들에게 필요한 대로 충분히 공급해 주고(필요공급)

  그 이상의 낭비는 그쳐야 한다(「절용節用」편).

· 하느님의 뜻을 따르는 평등의 정치는

  장님과 귀머거리가 서로 도와

  장님도 볼 수 있고 귀머거리도 들을 수 있게 하는 정치다.

  그렇게 함으로써 처자식이 없는 늙은이도

  부양을 받아 제 수명을 다할 수 있고

  부모 없는 고아들도 의지할 데가 있어

  무럭무럭 자랄 수 있는 것이다.

  그러므로 평등은 성왕의 도리인 것이다(「겸애」편).

· 어진 사람이 되려면 힘 있는 자는 서둘러 남을 돕고,

  재물이 있는 자는 힘써 남에게 나누어주고,

  도리를 아는 사람은 열심히 남을 가르쳐주어라.

  그러면 굶주린 자는 밥을 얻고, 헐벗은 자는 옷을 얻고,

  피로한 자는 쉴 수 있고, 어지러운 것이 다스려지리라.

  그것을 일러 편안하고 자연스런 삶이 이루어지는 '안생생사

  회'라고 말한다(「상현」편).

넷째, 사회적으로는 '공산共産·공유共有·공생共生사회'라는 점에서 같다.

『예기』의 대동사회

재물을 땅에 버리는 낭비를 싫어하지만
결코 자기만을 위하여 소유하지 않으며,
몸소 노동하지 않는 것을 부끄러워했으나
반드시 자기만을 위하지 않는다.

『묵자』의 안생생사회

· 성왕은 정치를 함에 있어 영을 내려 사업을 일으키되
  무기와 같은 실용이 아닌 것을 생산하지 않도록 했다.
  그러므로 재물을 낭비하는 풍조가 사라지고
  백성들은 피로하지 않고 크게 이롭게 했던 것이다.
  그러나 오늘날 군주들은 재화와 노동을 허비하여
  사람의 생활에 긴요하지 않은 무용한 일에 사용한다.
  그러므로 부유하고 높은 사람은 사치하고
  고아들과 과부들은 헐벗고 굶주린다(「사과辭過」편).
· 그래서 도둑이 들끓는 어지러운 세상이 되었다.
  그러나 사유를 없애지 않고는 결코 도둑을 없앨 수 없다.
  사유는 자기만을 위한 것일 뿐 자기와
  남을 동시에 사랑하는 것이 아니다(「대취大取」편).
· 유가들은 인간의 근본을 배반하여 노동을 기피하고
  게으르고 거드름을 피우면서도 먹기만을 탐하니

기한에 얼어 죽고 굶어 죽을 위험에 처해도

거기서 빠져나올 수가 없다.

그들은 남의 집에 의지해서 살찌고

남의 밭에 의지해서 술 취하는 자들이다(「비유非儒」편).

다섯째, 도둑과 전란이 없는 '평화사회'라는 점에서 같다.

『예기』의 대동사회

이처럼 풍습이 순화되어 간특한 모의가 통하지 않으니,

도둑과 변란과 약탈이 일어나지 않으니,

대문을 닫지 않고 살았다.

이것을 일러 '대동大同'이라 말한다.

『묵자』의 안생생사회

· 하느님의 뜻을 순종하는 '의로운 정치'는

대국이 소국을 공격하지 않고,

강자가 약자를 겁탈하지 않고,

귀한 자가 천한 자를 무시하지 않고,

다수가 소수를 해치지 않고,

지혜 있는 자가 어리석은 자를 속이지 않고,

부자가 빈자에게 교만하지 않고,

장정이 노인을 약탈하지 않는다.

이로써 천하의 모든 나라들은

불과 물과 화약과 병기로써

서로 살상하지 않게 되었다(「천지天志」편).

· 지배자들은 전쟁에 나가 남의 재물을 많이 빼앗고

  사람을 많이 죽일수록 의로운 사람이라고

  민중의 마음을 물들인다(「비공非攻」편).

· 전쟁에서 아버지를 죽이고

  그 아들이 상을 받는 중국의 풍습은

  아들을 잡아먹고

  그 아비가 상을 받는 식인종과 무엇이 다른가?

  인의를 저버린 것은 똑같은데

  어찌 식인종만을 비난할 수 있겠는가?(「노문魯問」편)

『예기』 이후의 대동론

『예기』와 『육도』 이후 '대동大同'에 대해 말한 사람은 진秦의 여불위呂不韋(?~BC 235)였다. 여불위는 진시황이 천하를 통일하는 데 결정적인 역할을 했던 진나라 재상으로 대부호이기도 했다. 그의 집안에는 가동家僮이 1만여 명이나 되었고 문하에 빈객이 3,000명이 넘었다고 한다. 그는 유가·묵가·명가·법가들을 모아 기원전 239년 『여씨춘추呂氏春秋』를 펴냈는데, 그는 이 책에서 "대동이란 천지만물이 일신동체一身同體"라는 뜻이며(『여씨춘추』「유시람有始覽」), "천하는 한 사람의 것이 아니라 천하 만인의 것(天下非一人之天下也 天下之天下也 : 『여씨춘추』

「귀공貴公」)"이라고 말했다. 이것도 '천하위공天下爲公'을 강령으로 삼는 '대동'을 말한 것이다. 여불위는 이러한 사상적 경향으로 진시황과 충돌하였고 급기야 촉蜀으로 귀양 도중 음독 자살했다.

이때부터 공자가 이상으로 삼았던 '대동'은 그의 후예들에게는 대역부도大逆不道한 말로 낙인 찍혔고, 학자들은 2,000여 년 동안 대동·소강의 정치론을 드러내놓고 말하지 못했다.

중국에서 대동사회에 대한 이상을 직접 고무하기 시작한 것은 19세기 청말淸末의 홍수전洪秀全(1814~1864), 캉유웨이康有爲(1858~1927), 쑨원 등 반봉건투쟁의 혁명가들이었다. 특히 '태평천국太平天國의 난'을 일으킨 농민혁명군의 영수인 홍수전은 기독교 평등사상과 대동사상을 결합하여 천하가 한 가족처럼 다 같이 형통하고 태평한(天下一家 共享太平) 태평천국의 건설을 외치며 이것이 바로 '천하위공'의 대동사회라고 선전했다. 그 후 대동을 학문적 개념으로 거론한 것은 근대화를 위해 개량주의적 혁명운동을 영도한 캉유웨이의 변법자강變法自强의 기본 방향을 제시한 『대동서大同書』가 최초이다.

그러나 이보다 앞서 여불위 이후 최초로 '천하위공'의 대동사상을 선전한 사람은 조선의 정여립鄭汝立(1546~1589)이었다. 그때의 조선은 봉건제도의 모순이 심화되어 위기에 처해 있었다. 그는 임꺽정 민란(1559~1562) 후 30년 뒤인 1589년 대동계大同契를 조직하고 대동사회를 설파하다가 역모로 몰려 죽음을 당했다. 그로 인해 동인東人이 몰락하고 정여립의 고향인 전라도는 반역의 땅이라는 누명을 쓰게 되었다.

인류 역사는 공동체사회를 꿈꾸고 그것을 구현하고자 끊임없이 모색해 온 여정이다. 유가들의 대동사회와 소강사회, 우주일가론, 만물동체론萬物同體論, 만물일체론萬物一體論 등은 모두 이러한 공동체를 지향하는 모색들이었다. 봉건적인 한계에도 불구하고 이 모색들에 담긴 정신은 묵자의 안생생사회, 노장의 원시공동체와 함께, 마르크스의 유적존재類的存在와도 맥을 같이한다.

이러한 공동체들은 공동생산, 공동소비를 특징으로 하기 때문에 공산사회라고도 말한다. 우리는 반세기를 냉전의 제일선에서 살아온 영향으로 공산주의라면 부정적으로만 생각하는 편견에 사로잡혀 있다. 그것은 지금까지 공산주의를 표방한 나라들이 진짜 공산사회가 아니라 레닌주의적 국가독점 자본주의로 타락했던 역사적 사실 때문이다. 원래 공산주의는 국가 자본 등 그 어떤 것으로부터도 개인이 소외되지 않는 사회를 말하지만 '국가독점주의'는 국가 또는 당黨이라는 집단에 의해 개인이 소외되는 사회이므로 전혀 다르다.

프랑스의 사회주의 사상가 생시몽(C. H. R. Saint-Simon, 1760~1825)보다 두 살 아래인 정약용이 주장한 것처럼 토지를 지역 공동의 소유로 하고 공동으로 생산하여 분배하자는 이른바 '여전제閭田制'도 공산주의적인 것이다. 또한 '경자유전耕者有田' 등 우리가 흔히 주장하는 토지균분土地均分도 공산주의적인 것이다.

경세유표經世遺表/전론田論 1

하늘이 백성을 낳음에 먼저 농토를 주어　　　天生斯民 先爲置田地

생명을 영위하며 먹고살도록 했다.　　　　　令生而就哺焉.

그러므로 그 산물을 고르게 얻을 수 있게 하는 것이　得均制其産

다 같이 살아갈 수 있는 길이다.　　　　　　而並活之.

경세유표經世遺表/전론田論 3

이제 농부만이 농토를 갖게 하고　　　　　　今欲使農者得田

농부가 아니면 갖지 못하도록 하려면　　　　不爲農者不得之

여전법을 시행하는 길밖에 없다.　　　　　　則行閭田之法.

무릇 한 마을의 땅은　　　　　　　　　　　凡一閭之田

그 마을 사람들이 공동소유로 경작하게 하되,　令一閭之人咸治.

농사일은 내 땅 네 땅의 구분이 없으며,　　　厥事無此疆爾界.

곡식의 분배는 각자가 일을 한 날수에 따라 배분한다.　分其粮 配之於日役之簿.

반성

　오늘날 우리가 시행하고 있는 자본주의 체제는 공산주의의 장점을 일부 수용하고 있음을 상기해야 한다. 이들 공동체 사상의 역사적인 실험들이 비록 실패했다 할지라도 그 정신까지도 실패한 것은 아니다. 그것들은 인류 정신문명의 유산이며 동시에 숙제이기도 하다. 그 정신의 싹은 새로운 시대와 환경에 적합한 새로운 공동체를 창출하는 데 없어서는 안 될 인류의 유산이다. 설사 그것이 현실에서 실현될 수 없는 꿈일지라도 인류는 항상 그것을 향하여 나가야 한다.

오늘날의 자본주의는 인간보다 물질이 존중되는 사회를 자유사회라고 강변하고 있다. 그러나 자본주의는 인간다운 삶이 보장되는, 인류가 꿈꾸어오던 공동체가 결코 아니다. 오히려 자본을 신으로 모시는 물신주의는, 인류 생존의 절대조건인 지구환경을 파괴하고 있다. 자본주의가 이대로 지속된다면 지구와 인류의 운명은 파멸되고 말 것이다. 그러므로 '자본주의'는 '인간주의'로 바뀌는 길목을 준비하는 것으로 끝나야 한다. 결코 오래 지속되어서는 안 되며 또한 오래갈 수도 없을 것이다. 200여 년의 자본주의 역사는 수천 년 인류문명의 역사에 비하면 짧은 순간이며 조만간 사라질 것이지만 그동안의 인간과 지구의 파괴는 너무도 심각하다. 늦기 전에 이를 공동체적인 새로운 제도로 지향 발전시키는 것은 21세기 인류의 과제이다. 요즘 대학생들이 대동굿을 벌이고 문인들이 모여 대동장승제를 열고 하는 것은 이러한 바람에서 비롯된 것일 테다.

성리학에서 말하는 자연과 인간, 공公과 사私가 공존하며 조화를 이루는 '만물일체사상'과 생명을 낳고 기르는 생생生生의 천심天心을 내 마음으로 하려는 우리의 전통인 천인합일天人合一의 경敬사상은 오늘날 지구가 파괴되고 인간이 실종된 살인 경쟁시대에 인류에게 하나의 등불이 될 것이다.

17 유교의 정치도덕사상

효와 정치

공자와 유교의 정치 이상은 한마디로 천하일가天下一家의 공동체였다. 공동체라는 점에서, 그리고 인류의 유토피아라는 점에서 긍정적이고 공유할 가치가 있음은 이미 지적하였으나, 천하일가의 성립 조건인 효孝에 대한 비판적 검토를 지나칠 순 없다.

우선 『예기』에서 말한 대동大同과 소강小康은 다 같은 공동체라는 점에서는 같지만, 대동사회는 지역자치의 공동체였으나 소강사회는 천하일가의 가부장적 혈연공동체라는 점을 주목해야 한다. 그리고 이것이 동중서董仲舒의 유교에서는 음양론陰陽論으로 해석되어 우주일가론宇宙一家論으로 확장되고 교리화되었다. 동중서의 음양 오상설五常說에 의하면 천天·인人은 하나이며 천지는 대우주大宇宙이고 인간은 소우주小宇宙이다

(『춘추번로春秋繁露』 권12 「음양의陰陽義」). 그러므로 우주는 하느님을 조상으로 하는 한 가족이 된다. 따라서 천자는 하느님에게 효도하고, 신하와 백성들은 군주에게 효도하고, 자식은 부모에게 효도해야 한다. 따라서 효는 인仁의 근본이며(『논어』「학이學而」 2), 효를 펴는 것이 진정한 정치政治라고 믿었다. 그러므로 유가들에게 효는 백행의 근본이고 동시에 통치의 근간이며, 효의 표현인 조상제사는 만법萬法의 기본이었다.

논어論語/위정爲政 21

어떤 사람이 공자에게 말했다.	或謂孔子曰
"선생은 어찌 정치를 하지 않는 것입니까?"	子奚不爲政.
공자가 답했다. "『서경』「주서」 군진君陳편에서 이르기를	子曰 書云
'효孝를 할 뿐' 이라고 했다.	孝乎.
효만이 형제간에 우애할 수 있고,	惟孝友于兄弟
그것을 정사에 연장하면 정치가 되는 것이다.	施於有政 是亦爲政.
어찌 그대가 말하는 것만을 정치라 하겠는가?"	奚其爲爲政.

춘추번로春秋繁露/권10/심찰명호深察名號

천명天命을 받은 군주란 천天의 뜻으로	受命之君 天意
왕권을 받은 왕이라는 뜻이다.	之所予也.
그러므로 천자天子라 호칭한 대로	故號爲天子者
하느님을 아비처럼 효로 섬기는 것이 도리이다.	宜視天如父 事天以孝道也.

예기禮記/대학大學

효란 군주를 섬기는 방법이며,

우애는 어른을 섬기는 방법이며,

자애는 민중을 부리는 방법이다.

孝者所以事君也.

悌者所以事長也.

慈者所以使衆也.

오늘날 국부國父라는 개념도 이러한 통치수단으로서의 효 개념에서 비롯되었다. 그러므로 소강사회에서의 충은 임금에 대한 효일 뿐 별도의 것이 아니었다. 중국 최후의 왕조인 청淸 조의 교육헌장인 「강희성유康熙聖諭」 16개조에서는 효를 강조 할 뿐 충이라는 글자가 보이지 않는 것도, 조선에서 나라를 종 묘사직宗廟社稷이라 한 것도, 모두 이 때문이다.

'종묘'는 군주의 조상 위패를 모시는 묘당이며 '사직'은 토 지신土地神을 제사하는 곳이다. 고대에는 왕위를 물려받거나 전쟁을 하거나 순수를 행하고 큰 상을 내릴 때 종묘에 보고하 여 재가를 받는 형식을 취했으며, 죄인을 죽이거나 벌을 내릴 때는 사직에 보고하여 재가를 받았다(『서경書經』 「우서虞書」 요 전堯典 및 대우모大禹謨). 심지어 전쟁이라는 중대한 정치행위를 할 때는 종묘의 위패를 수레에 싣고 다녔다(『서경書經』 「하서夏 書」 감서甘誓). 마치 유목민인 유대인들이 모세 율법을 새긴 돌 을 법궤에 넣어 싣고 다니며 예배하는 것과 비슷한 것이다. 그 런데 천주교는 남의 조상인 모세의 위패만을 모시고, 우리 조 상의 위패를 훼손하라고 가르친다. 이것은 조선왕조를 부정하 는 것과 다름없다. 천주교는 이처럼 조상제사가 중요한 통치 행위임을 모르고 이를 비난하여, 통치체제에 대한 도전으로 간주되어 탄압을 자초한 꼴이 되었다.

효와 인

  이처럼 유교에서 국가는 하나의 큰 가문이므로 도덕론과 정
치론이 분리되지 않는다. 따라서 권력으로 강제되는 역치力
治 · 법치法治가 아니라 도덕윤리로 지탱되는 덕치德治 · 예치禮
治이다. 다시 말하면 군주의 권력은 가부장적 종권宗權이었으
며, 왕은 천하의 가장家長이 된다. 따라서 유교의 강령인 인의
예지라는 교리도 그 실체는 효제일 뿐이며, 그러므로 효제는
백행의 근본이다.
  오늘날 북한의 수령이나 지도자가 법률상 선출된 권력자가
아니면서도 사실상 최고 통치권자인 어버이로 불리는 것은 바
로 이러한 천하일가론의 잔재이다. 부모를 선출할 수는 없기
때문이다. 그러므로 북한 사회에 있어서 최고 통치헌장은 법
률이 아니라 그 상위에 있는 어버이 수령의 말씀이다(이에 대
한 상론은 졸저『주체철학 노트』제9장 475쪽 참조).

논어論語/학이學而 2

유자有子가 말했다.

"효제孝悌는 인仁의 본본(근원) 아니겠는가?"

有子曰

孝悌也者 其爲仁之本與.

맹자孟子/이루장구離婁章句 상

인仁의 실체實는 어버이를 섬기는 효孝이며,

의義의 실체는 형을 따르는 제悌이며,

예禮의 실체는 효제孝悌를 절도 있게 꾸미는 것이며,

지智의 실체는 효제를 깨닫고 버리지 않게 하는 것이며,

악樂의 실체는 효제의 마음이 생기게 하는 것이다.

孟子曰 仁之實 事親是也.

義之實 從兄是也.

禮之實 節文斯二者是也.

智之實 知斯二者不去是也.

樂之實 樂斯二者 樂則生矣.

장자전서張子全書/경학이굴經學理窟/시서詩書(장횡거 저)

하늘의 질서는 개변할 수 없는 것이다.

맹자가 말한 것처럼 "요순의 도는 효제일 뿐"이라고 한 것은

하늘 질서의 근본 되는 것을 깨우쳐준 것이다.

天序天秩不能改變.

如孟子言 堯舜之道孝悌而

已 蓋知所本.

효와 충

사회가 분화 · 발전하면서 군사부일체나 효만으로는 통치가 어렵게 되었다. 원래 효란 국가보다는 가문을 중시하는 것이나, 봉건제도가 붕괴되면서 가문은 쇠퇴하고 국가가 인격화 · 권력화되면서 점점 효의 통치기능도 쇠퇴해 간다. 그래서 혈연적 효보다 군주에 대한 효를 더욱 강조하게 된다. 이것을 충忠이라 한다.

그러나 효와 충은 무엇을 우선하느냐로 서로 충돌하게 된다. 조선 후기의 이른바 '예송禮訟' 논쟁이 그 대표적인 사례라

고 할 수 있다. 논쟁의 핵심은 군신의 공公이 먼저냐 혈육의 사私가 먼저냐의 다툼이었다. 또한 이것을 인仁으로 말하면 후자는 "인의 실체는 효"라고 말한 맹맹에 충실한 쪽이고, 전자는 "효는 인을 실천하는 기초"일 뿐 인의 실체라고 하기에는 부족하다고 생각하는 주자에 충실한 쪽이다. 그들은 인의 실체는 예禮요, 예의 실체는 충이라고 말한다.

예컨대 왕이 죽은 뒤 대비가 입어야 할 상복에 대해 공과 충을 앞세우는 쪽은 모자母子의 예보다 군신君臣의 예를 우선해야 옳다고 생각했고, 반면 혈연과 효를 중시하는 쪽은 군신 간의 예보다 모자 간의 예를 우선해야 옳다고 생각했던 것이다. 이러한 예론禮論 논쟁은 종통宗統이냐 적통嫡統이냐로 비화하여 종사 존망의 왕통王統문제로 확대되어 반대파를 서로 죽이는 치열한 당쟁으로 비화되었다.

이 논쟁은 표면적으로는 왕가의 복상服喪문제에서 시작된 '예송'이지만 실제로는 사림파와 집권파의 권력투쟁이었다. 이처럼 소강사회에서의 효는 사사로운 가정의 문제에 그치지 않고 나라의 통치문제였던 것이다.

주자어류朱子語類/권20/논어論語/학이學而 상

효제는 인仁을 행하는 본本이다.　　　　　　只孝悌是行仁之本.[1]

인의예지의 기초는 모두 효제에 있다.　　　　義禮智之本皆在此.

어버이를 섬기고(事親) 형을 따르게 하여(從兄)　使其事親從兄得宜者

---

1) 本(본)=幹, 基, 模範.

마땅함을 알게 하는 것이 의義를 행하는 기초(本)이며, 　　　行義之本也.

어버이를 섬기고 형을 따르는 것(從兄)을 　　　　　　事親從兄有節文者

절도 있게 꾸미는 것이 예禮를 행하는 기초이다. 　　　行禮之本也.

사친事親 종형從兄의 까닭을 아는 것은 　　　　　　知事親從兄之所以然者

지智의 기초이다. 　　　　　　　　　　　　　　智之本也.

자기 아버지를 사랑하지 않고 　　　　　　　　　不愛其親

타인을 사랑하는 것은 패덕이다. 　　　　　　　而愛他人者 謂之悖德.

자기 부모를 공경하지 않고 　　　　　　　　　不敬其親

타인을 공경하는 것은 패례이다. 　　　　　　　而敬他人者 謂之悖禮.

효제를 버리면 기초가 없는 것이다. 　　　　　　舍孝悌則無以本之矣.

신권臣權의 강화

앞서 성리학은 유교를 개혁한 것이라고 말했다. 그러나 정치론에 있어서는 개혁한 것이 없을 듯싶다. 왜냐하면 유교의 왕권신수설을 기초로 하는 왕도王道정치사상은 그대로 유지되었기 때문이다. 다만 이것을 종교적인 천명天命으로서가 아니라 철학적인 이기론理氣論으로 설명할 뿐이다. 그렇지만 천天이 인격신 천제天帝를 천리天理로 내재화되면서 천자天子의 개념도 천명을 받은 천제의 대행자에서 천리의 구현자로 바뀌는, 다소 계몽적인 발전을 한다.

성리학은 공자가 말한 소강사회의 통치 질서인 구체적인 예

禮를 인성人性에 근거한 보편적인 천리로 절대화한다. 이로써 왕권신수설은 천제 없이도 이념적으로 정당화될 수 있었다. 다시 말하면 제정일치가 아니라도 왕은 천리인 예법禮法에 의해 천자天子의 권위를 유지할 수 있게 된 것이다. 다만 이제 최고의 통치규범은 천자의 명령이 아니라 예에 표현된 천리이다. 그러므로 이에 왕은 절대자가 아니라 천리天理인 예에 복종할 것이 요구된다. 따라서 천리인 예를 해석하는 직분인 귀족화한 유사들의 정치권력이 강화된다.

주자朱子

주문공문집朱文公文集/권12/기유의상봉사己酉擬上封事

신臣이 듣건대 천하만사는	臣聞天下之事
그 뿌리가 한 사람에게 달려 있고,	其本在於一人.
한 사람의 몸은 그 주재함이 한 마음에 있다고 한다.	而一人之身 其主在於一
그러므로 군주의 마음이 한 번 바르면	心. 故人主之心一正
천하만사가 바르지 않음이 없고,	則天下之事無有不正.
군주의 마음이 한 번 어긋나면	人主之心一邪
천하만사가 그르지 않음이 없는 것이다.	則天下之事無有不邪.
마치 푯말이 바르면 그림자도 곧고,	如表端而影直
근원이 흐리면 흐르는 물도	源濁而流汚.
더러운 것과 같은 것이다.	其理有必然者.

신분이동의 완화

유가들이 끝내 극복하지 못한 죄악은 신분차별이다. 공자는 인간을 상지上智 · 중지中智 · 하우下愚의 3등급으로 구분하고 이것은 불변不變이라고 말했다. 그리고 하우에게는 도道를 말하지 말라고 권고한다. 즉 신분계급의 이동을 차단한 것이다. 유교를 창시한 동중서도 성삼품설性三品說을 계승하여 오로지 선善한 천명天命을 받은 성인지성聖人之性과, 익힘에 따라 선할 수도 있고 악할 수도 있는 중민지성中民之性과, 어두워 깨닫지 못하고 오로지 악惡에 가까운 두소지성斗筲之性으로 구분했다. 공맹의 도통道統을 이은 한유와 주자에 이르기까지 모두 이 질곡을 벗어나지 못한다.

한창려문집韓昌黎文集/원성原性(한유 저)

사람의 성품은 세 등급이 있다.	人性有三.
상품은 선善한 데에 그칠 뿐이고,	上焉者[2] 善焉而已矣
중품은 인도하는 데 따라 상품도 하품도 될 수 있으나,	中焉者 可導而上下也.
하품은 악惡한 데 그칠 뿐이다.	下焉者 惡焉而已矣.
상품은 배울수록 더욱 밝아지며,	上之性就學而愈明
하품은 위엄을 두려워해야 죄를 적게 한다.	下之性畏威而寡罪.
그러므로 윗사람은 가르칠 수 있고	是故上者可敎
아랫것들은 제재할 수 있을 뿐이다.	而下者可制也.

---

2) 焉者(언자)=也者. 焉(언)=是也, 則也.

공자는 이러한 품계는 옮겨지지 않는다고 말했다.　　　　　其品則孔子謂不移也.

한창려문집韓昌黎文集/원도原道

군주는 영을 내리는 자이며,　　　　　　　　　　　　君者出令者也

신하는 군주의 영을 행하여 백성을 개전改悛시키는 자며,　　臣者行君之令 而改之民者

백성은 곡식과 옷감을 산출하고　　　　　　　　　　　民者出粟米麻絲

그릇을 만들고 재화를 유통시켜　　　　　　　　　　　作器皿 通貨財

그 상전을 섬기는 자이다.　　　　　　　　　　　　　以事其上者也.

사마문정공집司馬文正公集/태현주太玄注/현형玄衡(사마광 저)

성性은 천명天命이다.　　　　　　　　　　　　　　　性 天命也.

그러므로 한번 타고나면 바꿀 수 없는 것이 본성이다.　　成不可更 性也.

장자전서張子全書/경학이굴經學理窟/예악禮樂(장횡거 저)

천지가 만물을 낳을 때부터 존비 · 대소의 형상이 있었다.　　天地生物 便有尊卑大小之象.

주자어류朱子語類/권13/학學 7

사람은 기를 품부받고 태어난다.　　　　　　　　　　人稟氣而生

이때 품부받은 기는 청탁이 있다.　　　　　　　　　　所稟之氣有清濁.

그러므로 성현과 우불초愚不肖의 나뉨이 있게 되는 것이다.　　故有聖賢愚不肖之分.

　그러나 성삼품설은 성리론과 서로 모순된다. 성리론에 의하
면 만물은 하나의 천리를 똑같이 선천적으로 타고난 우주 가
족이다. 더구나 인간은 모두 하느님의 자손이므로 한 동포이

다. 이처럼 모순된 두 담론을 종합하기 위해서는 성삼품설을
부정하지 않으면서도 신분 이동을 완화할 수밖에 없었다.

성리대전性理大全/권31/기질지성氣質之性

공자께서 "상지上智와 하우下愚는 옮기지 않는다"고 한 것은	惟上智與下愚不移
옮길 수 없다고 말한 것이 아니라,	非謂不可移也.
옮기지 못하는 이유가 있다는 말이다.	而有不移之理.
옮기지 않는다고 말한 까닭은 양 측면이 있으니,	所以不移者 只有兩般
자포자기하여 배우려 하지 않는 자도	爲自暴自棄不肯學也.
배우게 하여 자포자기하지 않도록 한다면	使其肯學 不自暴自棄
어찌 옮기지 않겠는가?	安不可移哉.

맹자혹문孟子或問/권7(목판본 257쪽)

사람이 태어날 때 받은 인성人性은 균등하다.	人之生也均有是性.
인성이 균등하므로 윤리倫理도 균등하다.	均有是性故均有是倫.
윤리가 균등하므로 도리道理도 균등하다.	均有是倫故均有是道.

주자어류朱子語類/권4/성리性理 1

한유의 삼품설은	如退之說三品等
모두 기질의 성性으로 논하면 설득력이 있다.	皆是論氣質之性 說得盡好.
그러나 기질의 성으로 파악하여 설명하지 않고	只是不合不說把箇氣質之性
단지 본성本性으로만 간주하여 말할 때는 옳지 않은 점이 있다.	却只是做性說時 便不可.
사람의 등급을 나누어 나간다면	如三品之說 便分將來
어찌 삼품에 그치겠는가?	何止三品

오히려 수천 가지도 가능할 것이다.   雖千百可也.

묵자의 겸애설 포용

　북송의 정호程顥(1032~1085)·정이 형제와 주자朱子를 중심
으로 한 정주학程朱學은 묵자를 극력 반대한 맹자를 계승했지
만 역설적으로 겸애설兼愛說에 크게 영향을 받은 점은 다른 사
상들과 마찬가지인 것 같다. 정주학의 인성人性이 곧 천리天理
라는 사상은 인성평등론人性平等論으로 발전할 수 있는 토양이
었으므로 묵자의 인격평등론을 포용할 여지가 많았던 것이다.

한창려문집韓昌黎文集/독묵자讀墨子(한유 저)

나는 변론이 말학末學에서 생긴 것으로 생각한다.   余以爲辯生於末學

그리하여 각각 자기 스승의 학설을 팔기 위하여 힘쓴다.   各務售其師之說.

이것은 두 분 스승이 말한 도道의 본연의 모습이 아니라 생각한다. 非二師之道本然也.

공자는 반드시 묵자를 용납해야 하며   孔子必用墨子

묵자는 반드시 공자를 용납해야 한다.   墨子必用孔子.

서로 용납하지 않으면 공자·묵자라 하기에는 부족할 것이다.   不相用不足爲孔墨.

정몽正蒙/성명誠明(장횡거 저)

인간과 만물은 똑같이 천지의 소생이다.   人和萬物都是天地所生.

그러므로 인간과 인간의 관계 역시 당연히   故人與人之間亦應當

존립存立은 반드시 함께 존립하고,

사귐은 반드시 충신忠信해야 하며,

사랑은 반드시 겸애여야 하고, 화해는 홀로 화해할 수 없다.

立³⁾必俱立

知⁴⁾必周⁵⁾之

愛必兼愛 成⁶⁾不獨成.

성리대전性理大全/권57/묵자墨子

묵자의 덕은 지극하다.

그러나 군자가 배우지 않는 까닭은

정도를 버리고 다른 길로 갔기 때문이다.

"한유는 묵자를 인정했는데 어찌 생각합니까?" 하고 물었다.

정자가 답했다. "한유의 의도는 참으로 좋은 것이다.

다만 말이 엄격하지 못하여 옳지 않은 점이 있다.

또한 맹자께서 묵자에 대해 말하기를,

자기 조카와 이웃집 아들을 똑같이 사랑한다고 했으나

묵자의 책 속에 어찌 그 같은 말이 있겠는가?

다만 맹자가 본원을 추구해 보니 묵자의 경향이

반드시 그렇게 흐를 것을 미리 예견한 것뿐이다.

무릇 도를 배움에는

털끝의 차이가 천리를 어긋나게 하기 때문이다."

程子曰 墨子之德至矣.

而君子不學也

以其舍正道 而之他也.

問 韓退之讀墨篇如何.

曰. 此篇意亦甚好.

但言不謹嚴 便⁷⁾有不是處.

且孟子言墨子

愛其兄之子猶隣之子

墨子書中 何嘗有如此等言.

但孟子拔本塞源

知其流必至於此.

大凡儒者學道

差之毫釐 繆⁸⁾以千里.

---

3) 立(립)=存立(仁者 己欲立而立人 : 論語/雍也).

4) 知(지)=相交也.

5) 周(주)=忠信也.

6) 成(성)=解怨結好也(周禮/調人).

7) 便(편)=곧.

8) 繆(류)=錯也.

한유가 공묵의 통용을 주장한 것에 대해 말한다면	朱子曰 韓退之却有些
사소한 면은 있으나 본령은	本領
공평公平과 평등만을 주장한 것이 아니다.	非歐公9)比.10)
한유가 「원도原道」편에서 한 말은 비록 정밀한 것은 아니지만	原道其言 雖不精然
모두 진실한 것이며 큰 벼리는 옳다.	皆實 大綱是.
"인仁은 박애博愛"라는 그의 말에 대해 묻는다면	問博愛之謂仁
정자의 학설이 가장 분명하다.	曰 程先生之說最分明.
다만 자세한 것을 보지 못했을 뿐이다.	只是不子細看
그 요지는 "인仁은 애愛의 예體"요,	要之仁便是愛之體.
"애愛는 인仁의 용用"이니,	愛便是仁之用.
후단에서 말한 대로 "그로써 남을 위한 것인즉 애愛는 공公"이다.	後段云以之爲人 則愛而公.
애愛와 공公 두 글자는 참으로 큰 뜻이 있다.	愛公二字却甚有義.

만물공동체론

공자와 유교의 공동체론인 소강사회론과 우주일가론이 성
리학에서는 만물공동운명체론으로 계승된다. 장횡거가 말한
'민포물여民胞物與'란 천지생물의 대소와 존비는 자연 질서이

---

9) 公(공)=平地. 共也.
10) 比(비)=齊等也.

지만 근본은 인간을 포함한 만물이 모두 다 같이 하늘의 동포同胞라는 뜻이다. 주자의 '만물동체萬物同體'도 천지만물은 다 같은 운명공동체라는 뜻이다. 퇴계 역시 '만물일체론萬物一體論'을 강조한다. 유가의 이러한 만물공동체론은 묵자의 '천하무인天下無人(천하에 남이란 없다)'의 '안생생사회安生生社會(안락하고 자연스런 삶이 보장되는 대동사회)'와 같은 맥락이다.

서명西銘(장횡거 저)

천지를 가득 채운 기氣는 나의 육체요,	天地之塞 吾其體.
천지의 의지意志(氣의 將帥)는 나의 성性이다.	天地之帥[11] 吾其性.
민民은 나의 동포요, 만물은 더불어 살아가야 할 나의 동료이다.	民吾同胞[12] 物吾與也.

주자어류朱子語類/권53/맹자孟子 3

인간은 작은 태반이며 천지는 큰 태반이다.	人便是小胞 天地是大胞.
사람의 머리가 둥근 것은 천天의 표상이요,	人首圓象天
발이 모난 것은 지地의 표상이다.	足方象地.

주자어류朱子語類/권94/주자지서周子之書

사람은 곧 하나의 작은 천지天地이다.	蓋人便是一個小天地耳.

주자대전朱子大全/권79/무주사창기婺州社倉記

생명을 가진 부류는 모두 운명공동체이다.	有生之類 莫非同體

---

11) 帥(수)=志 氣之帥也(孟子).
12) 民吾同胞(민오동포)=聖人能以天下爲一家 以中國爲一人者(禮記/禮運).

군자는 유아唯我의 사私로 인해

다른 생명을 해치는 일이 없기를 바라는 것이다.

그러므로 사람을 사랑하고

만물을 이롭게 하는 마음이 끝이 없는 것이다.

惟君子爲無有我之

私以害之.

故其愛人

利物之心爲無窮.

성학십도聖學十圖/제2서명도설第二西銘圖說(퇴계 저)

무릇 성학의 목적은 인仁을 찾는 데 있다.

모름지기 이 뜻을 깊이 체득해야만

바야흐로 천지만물이 한 몸인 것을 알 수 있다.

또한 만물이 자기를 위한 것으로 오인하는 병통이 없어야

심덕心德이 온전하게 된다.

蓋聖學在於求仁.

須深體此意

方見得與天地萬物爲一體.

又無認物爲己之病

而心德全矣.

성학십도聖學十圖/제2서명도설第二西銘圖說

주자께서 장횡거의 『서명』에 대해 이르기를

"하나의 이理가 나뉘어 다양해지는 것을 밝힌 것"이라 말했다.

이理는 하나로 통일되나 만 가지로 달라지니,

비록 천하가 한 집안이요 중국이 한 사람 같지만,

묵자처럼 겸애의 폐단에 흐르지 않으며,

이理는 만 가지로 달라지나 하나로 관통되니,

비록 친소에 따라 정이 다르고 귀천의 등급이 다르지만,

양주楊朱처럼 위아爲我의 사사로움에 묶이지 않는다.

이것이 『서명』의 대의이다.

朱子曰 西銘程子以爲明理

一而分殊.

…一統而萬殊

則雖天下一家中國一人

而不流於兼愛之弊.

萬殊而一貫

則雖親疎異情 貴賤異等

而不梏於爲我之私.

此西銘之大旨也.

국가유기체론

원래 '만물일체론'은 생명체가 아닌 국가를 유기체로 보는 국가유기체론과는 다른 것이다. 그런데 퇴계는 국가를 사람과 똑같은 한 개의 유기체로 보는 것 같다. 이것은 유교 전통의 우주일가론과는 함의하는 바가 다르다. 국國과 가家는 유기체가 아니며, '일가一家'란 혈연공동체를 의미할 뿐 가족성원의 독립성이 본질적으로 부정되는 것이 아니다. 그러나 국가유기체론에는 개인의 독립성은 사라지고 전체주의로 흐르는 함정이 숨어 있다. 아리스토텔레스의 국가유기체론 이후 서양에서도 생물이 아닌, 인공물인 국國을 유기체로 보는 것은 대체적으로 부정적인 경향이다. 북한의 주체사상은 단체를 생명체로 보는데, 이 역시 국가유기체설을 기초로 하는 전체주의적인 함정에 빠져 있다는 사실도 이러한 경향을 말해 주고 있다.

또한 이것은 성리학 체계 내에서도 중대한 의미를 갖는다. 국을 유기체로 본다는 것은 국가 인격을 인정하는 것이며, 이는 국을 가문의 연합체로 보는 유교적 전통과도 다른 것이기 때문이다. 유교 전통의 가부장적 봉건제가 국을 인격적 집단으로 보지 않고 어느 왕조나 가문의 소유로 본다는 점에서, 국가유기체론은 유교 전통에 대해 이단적인 주장이 아닐 수 없는 것이다.

퇴계집退溪集/소소疏2/무진육조소戊辰六條疏

하늘에는 두 해가 없고 백성에게는 두 임금이 없다.　　　　天無二日 民無二王.

내가 듣기로는 나라의 몸은

사람의 몸과 같다고 한다.

군주란 한 나라의 으뜸이 되는 머리이며

대신은 그 복심이며

대간은 귀와 눈이다.

어느 군주가 대신을 믿지 않고

대간의 말을 듣지 않았다고 한다.

이것은 사람이 자기 배를 가르고

자기 눈과 귀를 호도해 버리는 것과 같은 것이다.

원래 으뜸이 되는 머리는

혼자로는 이룰 수 없는 것이 사람의 이치이다.

臣聞 一國之體

猶一人之身也.

…人主者 一國之元首也.

而大臣其腹心也.

臺諫其耳目也.

古之人君 有不信任大臣

不聽用臺諫者.

譬如人自決其腹心

自塗其耳目.

固無元首

獨成人之理.

가족이기주의 반성

이처럼 효와 혈연을 중시하는 유가들의 천하일가론은 봉건
제의 폐단이요, 동양사회의 고질병이라고 비판받는 가족이기
주의 · 연고주의 · 지역이기주의가 싹튼 온상이 되었음을 반성
해야 할 것이다. 이는 공자에서 연원된 것으로 신분차별과 함
께 혈연적 가문공동체를 지양하고 지역공동체로 발전하는 데
결정적인 장애가 되었다. 그래서 묵자는 공자의 인仁을 겸애兼
愛(평등한 사랑)가 아닌, 체애體愛(개인적 · 혈연적 · 차별적 사랑)라
고 비난한 것이다. 또한 이것은 부처의 '자비'와 예수의 '이웃

사랑'과도 배치된다. 그러므로 공자의 인은 묵자·석가·예수
의 이웃사랑과는 다르다는 것을 유념해야 한다.

논어論語/자로子路 18

섭공이 말했다. "우리 고을에 궁躬이라는 정직한 사람이 있는데   葉公語孔子曰 吾黨有直躬者
그 아비가 양을 훔치자 아비를 관아에 고발했습니다."   其父攘羊 而子證之.
공자가 답했다. "우리 마을의 정직한 자는 이와 다릅니다.   孔子曰 吾黨之直者 異於是
아비는 아들을 위해 숨겨주고, 아들은 아비를 숨겨줍니다.   父爲子隱 子爲父隱
정직은 그 가운데 있습니다."   直在其中.

논어論語/미자微子 10

주공이 그의 아들 노공에게 일러 말했다.   周公謂魯公 曰
"군자는 친척을 버려두지 않는다."   君子不施[13)其親.

논어論語/태백泰伯 3

관장이 친척에게 돈독히 하면,   君子篤於親
민民들도 인仁의 기풍이 일어날 것이요,   則民興於仁.
옛 벗을 버리지 않으면 민심도 야박해지지 않을 것이다.   故舊不遺 則民不偸.[14)

---

13) 施(시)=放. 舍. 棄也.
14) 偸(투)=薄也. 竊取也.

18 공맹의 도덕

도덕이란 무엇인가?

도의 발견

우선 성리학에서 말하는 도道는 원래 노자가 말한 도를 흡수한 것이지만, 공자의 도와 노장의 도는 전혀 다른 것임을 유의해야 한다. 보통 유가의 도를 '인륜의 도'라고 말하고, 노자의 도는 '자연의 도'라고 말한다. 다시 말하면 오늘날 도학道學의 도는 노자의 '진리로서의 도'를 빌려다가 '가치價値로서의 도'로 바꾸어놓은 것이다.

인류의 생각은 '신화에서 자연으로' 전화轉化 발전했다. 그러나 노자에게서 그 자연은 날것으로의 자연에 머물지 않고 '인간이 포함된 자연'으로 발전한다. 즉 신화를 극복한 자연은 기氣라고 하는 형이상학적 개념으로 발전하고, 성리학에서는 인간에게 내재화된 이理로 발전한다.

도는 사물의 본질이며 법칙이다. 그러나 우리가 일반적으로 알고 있는 인간의 본질은 의식적 가공의 단계를 거치면서 인간이 가공한 조형물일 뿐이다. 그러므로 인간은 오직 자신의 순수의식에 비친 '사상事象'을 통해 그것을 엿볼 수 있을 뿐이다. 노자는 그 사상事象을 통해서 드러난 도를 '대상大象'이라고도 말한다. 노자의 의도는 이미 조형화되고 규격화된 도의 선입견을 버리고 직관을 통한 자연의 도를 복원하려 한다. 구체적으로 말하면 유가들이 말하는 성왕들의 도를 백지화시키고 선험적인 사상事象 속에서 사물의 본질과 법칙 즉 '자연의 도'를 복원하려 한다. 이는 마치 20세기의 현상학에서 '형상形相적 환원'이니 '선험적 환원'이라고 말한 것과 흡사하다.

원래 도道라는 글자는 길(路)을 가는 모습의 상형문자이다. 길은 자연이면서도 문명이다. 이로부터 질서, 규율, 우주적 본원 등의 의미로 확장된 것이다.

『좌전』「소공昭公18년(BC 524)조」를 보면 정나라 재상 자산은 "천도는 멀고 인도는 가까우니 서로 미치지 않는다"고 말했다. 여기서 천도는 우주의 질서와 규율을 말하고, 인도는 인간의 운명을 의미한다. 이처럼 천도와 인도를 별개로 구분한 것은 그가 유물론적이고 법가였기 때문일 것이다.

『서경』「우서」를 보면 순임금이 우禹에게 이르기를 "인심은 위태롭고 도심道心은 희미하다. 정도正道를 따르면 길하고 역리逆理를 따르면 흉하니 그림자와 메아리 같다"고 말한다. 그러므로 여기서 도는 '바른 길'이라는 경經 자와 '길을 따라 간다'는 적迪 자를 아우른 의미로 사용된 것임을 알 수 있다.

서경書經/우서虞書/대우모大禹謨

인심은 위태롭고 도심은 희미하다.

정도를 따르면 길하고, 역도를 따르면 흉하다.

그림자와 메아리처럼 떨쳐버릴 수 없는 것이다.

人心惟危 道心惟微.

惠[1])迪[2])吉 從逆凶

惟影響.

　　공자 당시 '도道'라는 글자의 용례를 보면, 『좌전』에서는 법술法術 또는 전술戰術의 의미로 쓰였고, 『주역』에서는 음양의 운동법칙 즉 자연법이란 뜻으로 사용되고 있다. 『논어』에서는 '길(路)', '경經', 예법 등의 '인륜'이라는 뜻으로 사용되었다. 오늘날처럼 '도'를 행정구역 명칭으로 사용하기 시작한 것은 당唐나라 태종 때부터였으므로 먼 훗날의 일이다.

도道＝전술戰術

좌전左傳/정공定公5년(BC 505)

진나라 장수 자포가 말했다.

"나는 오나라의 전술(吳道)을 알지 못한다."

秦子蒲曰

吾未知吳道.

천도天道＝천제天帝의 경經

논어論語/공야장公冶長 12

공자께서 인성人性과 천도天道에 대해 말하는 것을 들어본 적이 없다.

夫子之言性與天道[3])

不可得而聞也.

---

1) 惠(혜)=順也.
2) 迪(적)=道也, 進也.
3) 天道(천도)=天帝의 經.

도道 = 노路

논어論語/양화陽貨 14

공자가 말했다.   子曰

"길에서 듣는 소리와 길가의 담론은   道[4]聽而塗說

덕을 파기하는 것이다."   德之棄也.

도道 = 예악禮樂

논어論語/양화陽貨 4

군자가 도를 배우면 인人을 사랑하고,   君子學道[5]則愛人

소인이 도를 배우면 부리기 쉽다.   小人學道則易使也.

도道 = 치도治道

논어論語/이인里仁 8

공자가 말했다.   子曰

"아침에 도를 깨달으면 저녁에 죽어도 좋으리라."   朝聞道 夕死可矣.

도道 = 인륜人倫

논어論語/자장子張 19

증자가 말했다.   曾子曰

"위에서 도를 잃어 민심이 흩어진 지 오래이니   上失其道 民散久矣.

백성의 잘못을 적발해도 불쌍히 여기고 기뻐하지 말라!"   如得其情 則哀矜而勿喜.

---

4) 道(도)=路也.

5) 道(도)=禮樂.

노자에서의 도는 『주역』과 같은 의미의 자연법을 의미한다. 즉 도는 시대와 필요에 따라 변하는 성왕의 법이 아니라 항상 변하지 않는 자연의 법을 말하는 것이므로 '상자연常自然'이라 고 표기한다. 그리고 장자에 이르러 도는 '이理'로 해석되기 시작한다. 이처럼 노자의 도는 인류의 법도라는 의미가 아니 라 신神을 대신하는 우주의 본원적 질서라는 의미로 사용한 것이다. 이처럼 노자가 말한 자연의 도는 공자가 말한 인류의 도와는 전혀 다른 것이다.

주역周易/계사繫辭 상/5장

한 번은 그늘지고(陰), 한 번은 햇볕이 드는 것(陽)을 '도'라 한다.　一陰一陽之謂道.[6]

노자老子/60장

도로써 천하에 군림하면 귀신도 신령스럽지 않다.　以道莅[7]天下 其鬼不神.

귀신이 신령스럽지 않은 것이 아니라　非其鬼不神

그 귀신이 사람을 상하지 않는다.　其神不傷人.

노자老子/25장

만물은 혼돈(道)이 이룬 것이며, 그 혼돈은 천지보다 먼저 생겼다.　有物混成 先天地生.

소리도 형체도 없으나 스스로 이루고 변하지 않으며　寂兮廖兮 獨[8]立[9]不改.

---

6) 道(도)=自然法.
7) 莅(리)=臨也.
8) 獨(독)=自專也.
9) 立(립)=成也.

두루 운행하여 쉬지 않으니 만물의 어미가 될 수 있다.　　　周行而不殆 可以爲天下母.

나는 그 이름을 몰라 그것을 글자로 써서 도道라 하고　　　吾不之其名 字之曰道.

억지로 그것을 해설하여 이름을 '큰 것'이라 했다.　　　强爲10)之 名曰大.

열자列子/중니仲尼

인연이 없이 늘 생성하는 것이 도이다.　　　無所由11)而常生者 道也.

생을 좇아 살았으되　　　由生而生

끝났는데 없어지지 않는 것을 상常이라 한다.　　　故雖終而不亡 常也.

생을 좇았으나 죽으면 불행不幸이라 한다.　　　由12)生而亡 不幸也.

인연이 있어 늘 죽는 것도 도이다.　　　有所由而常死者 亦道也.

죽음을 좇아 죽었으되　　　由死而死

끝나지 않았는데 저절로 없어지는 것도 상常이라 한다.　　　故雖未終而自亡者 亦常也.

죽음을 좇았으나 살아나면 다행多幸이라 한다.　　　由死而生 幸也.

그러므로 작용이 없이 생성되는 것을 도라고 말하고,　　　故無用而生 謂之道.

도의 작용으로 끝남을 얻는 것을 상常이라 한다.　　　用道得終 謂之常.

(역으로) 작용이 있어 죽는 것 역시 도라고 말하고,　　　有所用而死者 亦謂之道.

도의 작용으로 죽음을 얻는 것 역시 상常이라 한다.　　　用道而得死者 亦謂之常.

장자莊子/외편外篇/선성繕性

대저 덕德은 평화요, 도道는 이理이다.　　　夫德和也 道理也.

덕은 용납하지 않는 것이 없으니 인仁하며,　　　德無不容 仁也

---

10) 爲(위)=解說也.

11) 所由(소유)=因緣也.

12) 由(유)=從也, 於也.

도는 이치 아닌 것이 없으니 의義롭다.   道無不理 義也.

한비韓非는 노자의 도道를 '만물의 본체'이며 '이理의 주체'
로 설명한다. 즉 도는 체體(본체)요 이는 용用(작용)이라는 뜻이
다. 그러므로 도는 변화의 주체요, 이는 변화의 법칙이다. 변
화란 변하지 않는 주체를 상정하지 않으면 그 의미가 없다. 그
변하지 않는 주체가 바로 도이다.

도道와 이理

한비자韓非子/해로解老

도는 만물이 그렇게 된 주체이며,	道者 萬物之所然也
만 가지 이理가 모이고 머무는 곳이다.	萬理之所稽[13]也.
이理는 만물을 이루는 무늬이며,	理者 成物之文也
도는 만물이 이루는 원인이다.	道者萬物之所以成也.
그러므로 도는 만물을 조리 있게 하는 존재이다.	故曰 道 理之者也.
만물에는 이理가 있어 서로 침범하거나 덜 수 없으며	物有理不可以相薄[14]
이理는 서로 덜 수 없으므로,	物有理不可以相薄
이理는 만물을 조리 있게 하는 법도이다.	故理之爲物之制.[15]
만물은 각각 이理가 다르며, 각각 이理가 다르므로	萬物各異理 萬物各異理
도는 만물의 이理를 다 모이게 한다.	而道盡稽萬物之理.
그러므로 조화하지 않을 수 없는 것이다.	故不得不化.

---

13) 稽(계)=留止也. 合計也. 考也.
14) 薄(박)=侵也. 損也.
15) 制(제)=法度也.

이처럼 도를 인간이 만든 인륜이 아니라 자연의 질서로 이해한 것은 노자로부터 시작되었다고 보아야 한다. 그리고 그 자연법칙은 인간이 만든 인륜과는 달리 영원히 반복된다는 데에 그 특색이 있다. 그러므로 '상常'이라고 한다. 즉 자연의 법칙은 상도常道이다. 반면 인도人道는 시대 상황과 사람에 따라서 변해야 하는 것이니 권도權道이다. 그래서 『노자』에서는 인도는 상도가 아니므로 도가 아니라고 주장하고, 지배자들이 천리天理라고 말하는 성왕의 법은 권도일 뿐, 상도인 자연의 도에 위반되는 것이라고 주장한다.

물론 유가들은 반발한다. 공자가 말한 인도는 상도인 천도를 본받은 것이므로 이 역시 상도라고 변명한다.

도는 자연을 본받는다

노자老子/25장

도도 크고, 하늘도 크며, 땅도 크고, 사람도 크다.	故道大 天大. 地大 人亦大.
이처럼 우주에는 4개의 대大(道·天·地·人)가 있으니,	域中有四大
왕은 그것들을 하나로 관통하는 위치에 있다.	而王[16]居其一[17]焉.
사람은 땅을 본받고, 땅은 하늘을 본받고,	人法地 地法天
하늘은 도를 본받고, 도는 자연을 본받는다.	天法道 道法自然.

---

16) 王(왕)=三者天地人也. 而三通之者王也(說文/王部).
17) 一(일)=一以貫之也

노자老子/38장

도道를 잃은 후에 덕德이 나오고,　　　　　　故失道而後德

덕을 잃은 후에 (공자의) 인仁이 나왔고,　　　失德而後仁

인을 잃은 후에 의義가 나오고,　　　　　　失仁而後義

의를 잃은 후에 예禮가 나왔다.　　　　　　失義而後禮.

예는 충심과 신뢰를 손상하고,　　　　　　　夫禮者 忠信之薄[18]

어지러움의 괴수이다.　　　　　　　　　　而亂之首

옛 지식(구체제의 주제)은 도의 허식이요 어리석음의 시작이다.　前識者道之華 而愚之始.[19]

덕의 의미

　동서양을 막론하고 어느 시대나 개인의 수양을 위한 덕德의
강목綱目이 제시된다. 덕의 어원은 범어이며, 원뜻은 승색繩索
이며 속성, 특징 등으로 확장되었다. 덕을 의미하는 그리스어
'아레테(arete)'는 어떤 일을 처리하는 데 우수한 능력을 의미
하고, 라틴어의 '비르투스(virtus)'는 남성다운 용기, 즉 유능
함을 뜻한다. 소크라테스도 대체로 어떤 일을 선善하게 하려는
의지와 능력을 덕이라고 말한다.

　일반적으로 서양의 덕(virtue)은 정의를 행하려는 능력을 의
미하는 것으로 대체로 동양의 덕과 같으며, 다만 내면보다 외
면을 강조하는 것이 특징인 것 같다. 중세에는 지혜 · 용기 ·
절제 · 정의 등 4덕을 제시했으나, 근대에는 진 · 선 · 미 · 자

---

18) 薄(박)=損也, 止也, 侵也.
19) 始(시)=帛書本은 首로 됨.

유自由의 4강목을 추가한다.

중국에서는 주대周代에 '통치자 개인의 도덕적 행실', 즉 통치자의 우수한 품성을 의미했으며 일반적으로는 도덕·품덕을 지칭한다. 관자는 지知·인仁·성聖·의義·충忠·화和의 육덕을 말하고, "도가 구체적 사물에 표현된 것"이라 규정했으며, 그 특성은 '애민무사愛民無私'라고 말했다. 노자는 덕경德經을 썼고, 장자는 물론이고 법가인 순자와 한비까지도 덕을 중시했다.

주례周禮/지관사도地官司徒

향의 대부는 삼물三物(六德·六行·六藝)로 만민을 교화하며,	以鄉[20]三物敎萬民
향사鄉師로 하여금 그것을 진작게 했다.	而賓興之.
첫째는 여섯 가지 덕이니,	一曰六德
지혜·어짊·성스러움·의리·충심·화목이다.	知仁聖[21]義忠和.
둘째는 여섯 가지 행실이니,	二曰六行
효도·우애·화목·혼인·교우·진휼이다.	孝友睦姻任[22]恤.
셋째는 여섯 가지 학업이니,	三曰六禮
의례·음악·활쏘기·말타기·글쓰기·셈하기이다.	禮樂射御書數.

관자管子/권13/심술心術 상

덕은 도의 집이다.	德者 道之舍.

---

20) 鄉(향)=행정구역.
21) 聖(성)=通而先識, 凡一事精通 皆得謂之聖.
22) 任(임)=信於友道也.

덕은 득得이니,

득이란 뜻을 얻어 마땅하게 된 것을 말한다.

형刑은 다섯 가지 형벌을 제단하는 것이며,

각각 그 죄명을 합당하게 하여 죄인도 원망하지 않고

선인도 놀라지 않게 하는 것을 '형' 이라 한다.

정政은 중도中道에 그치게 하고, 기쁘게 따르게 하고,

성대히 하고 꾸미되 반드시 그 영을 엄하게 함으로써

백성이 그것을 본받게 하는 것을 '정' 이라 한다.

법은 사계절이 어긋나지 않는 것처럼,

별들이 변하지 않는 것처럼,

낮과 밤, 음과 양, 해와 달이 밝은 것처럼

마땅히 하지 않으면 안 되는 것을 '법' 이라 한다.

덕은 사랑하고 살리고 기르고 이루게 하여

백성을 이롭게 하지만 자랑하지 않으므로

천하가 그를 친애하는 것을 '덕' 이라 한다.

도는 덕도 원망도 없고, 좋아하고 싫어함도 없이

만물이 하나같이 따르고 음양이 함께 가는 것을 '도道' 라 한다.

그러므로 변하지 않는 것이 법法이고,

백성을 사랑하여 사사로움이 없는 것이 덕德이며,

백성을 회맹시켜 모이게 하는 것이 도道라 할 것이다.

德者得也.

得也者 謂其所得以然也.

制斷五刑

各當其名 罪人不怨

善人不驚 曰刑.

正23)之服之

勝之飾之 必嚴其令

而民則之 曰政.

如24)四時之不忒

如星辰之不變

如宵如晝 如陰如陽 如日

月之明 曰法.

愛之生之 養之成之

利民不德

天下親之 曰德.

無德無怨 無好無惡

萬物崇一 陰陽同途 曰道.

故不改曰法.

愛民無私曰德

會民所聚曰道.

---

23) 正(정)=止也, 中也.
24) 如(여)=隨也, 若也.

좌전左傳/문공원년文公元年(BC 626)

충심은 덕이 바른 것이며, 신의는 덕이 굳은 것이며, 忠 德之正也. 信 德之固也.

낮추고 사양함은 덕의 기초인 것이다. 卑讓 德之基也.

좌전左傳/문공文公18년(BC 609)

효도 · 공경 · 충성 · 신실은 길한 덕이요, 孝敬忠信 爲吉德.

훔치고 해치고 숨기고 음탕함은 흉한 덕이다. 盜賊藏奸 爲凶德.

노자老子/51장

도는 낳고, 덕은 기르고, 道生之 德畜之.

물상은 형태를 지우고, 세력은 그것을 이룬다. 物25)形之 勢成之.

그러므로 만물은 도와 덕을 존귀하게 여기지 않음이 없다. 是以萬物莫不尊道.

도가 존숭되고 덕이 귀하다 해도 而貴德. 道之尊而德之貴

그것은 천명天命이 아니라 夫莫之命

변함없는 자연일 뿐이다(신본주의→자연주의). 而常自然.

도는 낳지만 소유하지 않으며, 다스리지만 자랑하지 않고, 生而不有 爲而不恃

키우지만 주재하지 않는다(도는 인격신이 아니다). 長而不宰.

이를 일러 '현묘한 덕'이라 한다. 是謂玄德.

장자莊子/외편外篇/천지天地

만물이 그것을 얻어서 살아가는 것을 덕이라 한다. 物得以生 謂之德.

형체는 도가 아니면 태어나지 못하고, 形 非道不生.

---

25) 物(물)=物象.

생명은 덕이 아니면 발현되지 못한다.   生 非德不明. [26]

한비자韓非子/해로解老
도가 쌓여야만 덕이 공을 이룬다.   道有積 而德有功.
그러므로 덕은 도의 공적이다.   德者道之功.

  그런데 공자는 덕치를 말했을 뿐 도와 덕의 관계를 상론하
지 않았다. 다만 그의 어록에서 도는 사람이 가야 할 길을 말
하고, 덕은 그 길을 가기 위한 개개인의 품성으로 본 것은 당
시 일반적인 용례를 따른 것으로 보인다.

논어論語/안연顔淵 19
공자가 말했다. "그대가 선하고자 하면 민도 선하게 될 것이다.   子欲善而民善矣.
군자의 덕은 바람이요,   君子之德風
소인의 덕은 풀과 같소.   小人之德草.
풀은 위에서 바람이 불면 바람에 따라 쏠리게 마련이오."   草上之風 必偃.

논어論語/안연顔淵 21
공자가 말했다. "먼저 섬기고 나서 알아주기를 바란다면   子曰 先事後得
덕을 높이는 것이 아니겠느냐?"   非崇德與.

  진秦대부터는 인덕人德뿐 아니라 '물덕物德'을 말하기 시작

---

26) 明(명)= 顯, 盛, 發, 備也.

한다. 추연鄒衍과 동중서는 우주론인 오행五行(金木水火土)을 오덕(仁義禮智信)이라 말하고 도덕론을 오행의 덕으로 설명했다. 특히 추연은 오행의 덕이 상극상생하여 역사가 발전한다는 이른바 '오덕종시설五德終始說'을 주장했다. 유교는 물론이고, 성리학의 주돈이周敦頤와 주자朱子도 이를 계승했다.

사기史記/역서歷書

이때 오직 추연만이 오덕五德의 전이를 밝혀	是時獨有鄒衍 明於五德之
흥망성쇠를 분별할 수 있다는 소문이 퍼졌다.	傳 而散消息之分.
그는 제후들에게 역시 진나라에 의해	以顯諸侯
육국六國이 망할 것임을 제시해 주었다.	而亦因秦滅六國.
전쟁이 빈번한 것은 또한 지존至尊이 오를 때가	兵戈極煩
얼마 남지 않음을 말한다는 것이다.	又升至尊之日淺.
결국 그의 예언대로 숨 돌릴 틈도 없이	未暇遑也.
역시 오덕상승五德相勝의 추이에 따라 육국이 넘어졌다.	而亦頗推五勝
진시황은 수덕水德의 상서로움을 얻었기 때문이라고 생각하고	而自以爲獲水德之瑞
황허의 이름을 덕수德水로 고쳐 부르게 하고	更名河日德水
시월을 정월로 삼고, 흑색을 숭상하도록 했다.	而正以十月 色上黑.

백호통의白虎通義/오행五行

오행이 어째서 왕을 바꾸는 원인이 되는가?	五行所以更王何.
오행은 서로 돌아가며 상생하므로 시작과 끝이 있기 때문이다.	以其轉相生 故有終始也.
목은 화를 낳고, 화는 토를 낳고,	木生火 火生土
토는 금을 낳고, 금은 수를 낳고, 수는 목을 낳는다.	土生金 金生水 水生木.

오행이 서로 상극하는 까닭은	五行所以相害者
천지의 본성이, 많음이 적음을 이기기 때문이다.	天地之性 衆勝寡
그러므로 물은 불을 이긴다.	故水勝火也.
정밀함은 견고함을 이긴다. 그러므로 불이 쇠를 이긴다.	精勝堅 故火勝金.
강한 것은 약한 것을 이긴다. 그러므로 쇠가 나무를 이긴다.	剛勝柔 故金勝木.
전일한 것은 산만한 것을 이긴다. 그러므로 나무는 흙을 이긴다.	專勝散 故木勝土.
실한 것은 허한 것을 이긴다. 그러므로 흙은 물을 이긴다.	實勝虛 故土勝水也.
불은 양이며 군주의 상이고,	火陽 君之象也.
물은 음이고 신하의 상이다.	水陰 臣之義也.

유교의 도덕론

사유와 사덕

공자는 '도덕'이라는 합성어를 말하지는 않았으나 삼정三正은 그의 도론道論이며, 인의예지仁義禮智는 그의 덕론德論이라 할 수 있다. 즉 공자의 도덕률은 외적으로 국가와 가정의 행동 규범을 정한 삼정과 내적으로 인간품성을 말한 사덕四德으로 구성되어 있으며 이는 가부장적 천하일가의 관계론적 질서를 말하는 '책임윤리'였다. 공자의 삼정과 사덕을 한마디로 요약하면 어버이에 대한 효도이며, 그 효도가 사회와 국가에 확장되도록 하는 것이었다.

그런데 맹자에 이르면 개개인의 주관적인 동기가 강조되기 시작한다. 그것이 성리학에 이르면 심성을 중요하게 생각하는 '심정윤리'로 변한다. 그래서 인仁에 대한 설명도 인간관계로 해석하는 인외설仁外說에서 개인 심성으로 해석하는 인내설仁內說로 바뀐다. 인외설은 사덕四德을 도덕률로 본 것이고, 인내설은 사덕을 인성수양론으로 본 것이다.

이러한 공맹의 윤리도덕론의 핵심인 효제 개념도 유교라는 종교의 교리로 이행되면서 혈연적 공동체 윤리에서 우주적 윤리로 확장된다. '유학儒學'은 왕 중심의 가부장적 천하일가를 지향했으나, '유교'는 천天 중심의 우주일가宇宙一家를 지향했기 때문이다. 그러므로 유학에서 인륜의 기본은 군사부君師父에 대한 효였으나 유교의 인륜은 천지에 대한 효로 확장되어, 하늘에 대한 제사를 하늘에 대한 효도로 해석한다(이 책의 17장 '유교의 정치도덕사상' 참조).

그러나 성리학에 이르면 내 안에 내재한 천심을 보존하는 것이 바로 인仁이므로 윤리도덕은 그 중심이 내 생명에 대한 존중으로 옮겨진다. 그러나 이 경우에도 군주와 천제에 대한 효는 여전히 중요한 것이었으며 성리학의 개인적 인격존중은 가부장적 공동체의 틀을 벗어나지 않는다. 이런 점에서 서양의 개인주의적 윤리와는 다르다.

사유四維

관자管子/권1/목민牧民

나라에는 네 가지 벼리가 있으니
예 · 의 · 염 · 치가 그것이다.

國有四維
一曰禮 二曰義 三曰廉 四曰恥.

예는 절도를 넘지 않는 것이요(禮),	禮不踰節
의는 제멋대로 행동하지 않는 것이요(義),	義不自進
청렴은 악을 은폐하지 않는 것이요(廉),	廉不蔽惡
부끄러움은 굽은 것을 따르지 않는 것이다(恥).	恥不從枉.
그러므로 절도를 넘지 않으면 윗자리가 편안하고,	故不踰節則上位安
제멋대로 행동하지 않으면 백성들이 거짓됨이 없을 것이며,	不自進則民無巧詐
악을 은폐하지 않으면 스스로 온전하게 행동할 것이며,	不蔽惡則行自全
굽은 것을 따르지 않으면 사악한 일이 생기지 않을 것이다.	不從枉則邪事不生.

극기복례克己復禮

논어論語/안연顏淵 1

안연이 인을 물었다.	顏淵問仁.
공자가 답했다.	子曰
"사사로움을 이기고 예禮로 돌아가면 인이 된다.	克己復禮 爲仁也.
한결같이 날마다 '극기하여 복례' 하면	一日克己復禮
천하가 인자仁者에게 귀의할 것이다."	天下歸仁焉.
안연이 인의 목록을 물었다.	顏淵請問其目.
공자가 답했다. "예가 아니면 보지 말고,	子曰 非禮勿視
예가 아니면 듣지 말고,	非禮勿聽
예가 아니면 말하지 말고,	非禮勿言
예가 아니면 움직이지 말라."고 했다.	非禮勿動.

논어論語/양화陽貨 6

자장이 공자에게 인을 물었다.	子張問仁於孔子.

공자가 답했다.

"다섯 가지를 천하에 실천하면 인이라 할 것이다."

자장이 이에 대해 물었다.

공자가 답했다. "공손·관용·신뢰·근면·은혜로움이다.

공손하면 모멸을 받지 않고, 관용하면 대중을 얻을 것이요,

신의가 있으면 귀족들이 임용할 것이며,

근면하면 공적이 있을 것이며,

은혜로우면 족히 남을 부릴 것이다."

孔子曰

能行五者於天下 爲仁矣.

請問之.

曰 恭寬信敏惠

恭則不侮 寬則得衆

信則人任焉

敏則有功

惠則足以使人.

논어論語/학이學而 2

유자有子가 이르기를,

"효제야말로 인仁의 근본이 아니겠는가?"(仁外說)

有子曰

孝悌也者 其爲仁之本與.

맹자孟子/이루장구離婁章句 상

맹자가 말했다.

"인의 실체는 어버이를 섬기는 효孝이며,

의의 실체는 형을 따르는 제悌이며,

예의 실체는 효제를 절도 있게 꾸미는 것이며,

지의 실체는 효제를 깨닫고 버리지 않게 하는 것이며,

악의 실체는 효제를 즐겁게 하여

효제의 마음이 생기게 하는 것이다."

孟子曰

仁之實 事親是也.

義之實 從兄是也.

禮之實 節文斯二者是也.

智之實 知斯二者不去是也.

樂之實 樂斯二者

樂則生矣.

맹자孟子/고자告子 상

인仁은 인人의 마음이며, 의義는 인人의 길이다.

仁 人心也. 義 人路也.

| 학문의 도리는 다른 것이 아니라 | 學問之道無他 |
| 잃어버린 마음을 찾는 것일 뿐이다. | 求其放心而已矣. |

도道＝인仁

예기禮記/표기表記

공자가 말한 인이란 천하의 표지이며,	子言之 仁者 天下之表也
의란 천하의 절제이다.	義者 天下之制也.
제례祭禮는 천하의 이利이다.	報27)者天下之利也.

삼정, 삼강, 오륜

그러므로 유학이든 유교든 성리학이든 또는 주리론主理論이든 주기론主氣論이든 유가의 이상인 천인합일과 천하일가를 지향하는 것은 마찬가지다. 공자에게 인간은 아직 공동체에 매몰된 보편적인 도덕적 인간이었을 뿐, 피와 살을 가진 구체적이고 실존적 인간이 아니었다. 그에게 인간의 특성은 이러한 공동체적 도덕성이었으며 이것이야말로 인간이 되기 위한 충분하고 절대적인 조건이었다. 그는 가부장적 천하일가의 필요조건인 효를 인仁의 근본이라 말하고, 도덕적 강령으로 부부별夫婦別 · 부자친父子親 · 군신엄君臣嚴의 '삼정三正'을 제시한다. 순자는 이를 '삼사三事'로 해석했고 맹자는 이를 오덕五德과 '오륜五倫'으로 발전시켰다. 훗날 유교에서는 '삼강三綱'으로 강화된다.

---

27) 報(보)=察也.

예기禮記/애공문哀公問

애공이 물었다. "감히 묻사오니 정치는 어떻게 하는 것입니까?"　　公曰 敢問爲政如之何.

공자가 답했다.　　孔子曰

"부부는 분별하고, 부자는 사랑하고,　　夫婦別 父子親

군신은 엄하게 하는 것입니다.　　君臣嚴.

이 세 가지를 바르게 하면 모든 사물이 그것을 따를 것입니다."　　三者正則庶物從之矣.

오륜五倫

맹자孟子/등문공滕文公 상

사람에게는 도道가 있다.　　人之有道也

배부르고 등 따뜻하고 빈둥거리며 배움이 없다면　　飽食煖衣 逸居而無敎

금수에 가깝다.　　則近於禽獸.

성인(堯)은 이를 염려하여 설(契)을 사도로 삼아,　　聖人有憂之 使契[28]爲司徒

인륜人倫을 교화토록 하였으니,　　敎以人倫

부자 간에는 사랑이 있어야 하고,　　父子有親

군신 간에는 의리가 있어야 하고,　　君臣有義

부부 간에는 차별이 있어야 하며,　　夫婦有別

장유 간에는 서열이 있어야 하며,　　長幼有序

붕우 간에는 신의가 있도록 하였으니 이것이 오륜이다.　　朋友有信.

---

28) 契(계)=大約也. 契(설)=殷나라 湯의 먼 始祖.

삼사三事

한비자韓非子/충효忠孝

신이 듣기로는 신하는 군주를 섬기고,

자식은 아비를 섬기고, 처는 지아비를 섬긴다고 합니다.

이 세 가지를 따르면 천하가 다스려지고,

이 세 가지를 어기면 천하가 어지러운 것이니,

이것은 천하의 상도常道입니다.

臣之所聞曰 臣事君
子事父 妻事夫.
三者順則天下治
三者逆則天下亂.
此天下之常道也.

이러한 삼정·오륜·삼사는 유교에 이르면 삼강으로 강화된다. 한무제漢武帝로 하여금 유교를 창립케 한 동중서는 공자의 삼정을 '삼강'으로 절대화하여 유학을 종교적인 교리로 만들었던 것이다. 삼강이란 군君은 신臣의 기강紀綱이요, 부父는 자子의 기강이요, 부夫는 부婦의 기강이라는 뜻이다. '기紀'라는 글자는 원래 실 꾸러미의 실마리를 말하고 '강綱'은 그물을 규정하고 고정시키는 기본 틀을 말하는 것으로, 기강이란 벼리 즉 기본 법칙이라는 뜻이다.

이러한 동중서의 삼강은 후한後漢 때 백호관白虎舘 회의에서 유교의 교리로 정착되었는데, 이는 유교의 세계관인 우주일가론宇宙一家論 및 인간소우주론人間小宇宙論에 따른 천하일가의 정치적 이상을 실현키 위한 도덕론이었다. 그러나 삼강은 정치적으로는 공자의 삼정보다 더욱 반동적인 것이다. 공자는 소국연합주의를 지향했고 동중서는 왕권의 강화를 바랐기 때문이다.

백호통의白虎通義/삼강육기三綱六紀[29]

삼강이란 무엇을 말하는 것인가?

군주는 신하의 법이 되고,

아비는 자식의 법이 되며,

지아비는 지어미의 법이 되는 것이다.

三綱[30]者何謂也.

君爲臣綱

父爲子綱

夫爲妻綱.

성리학의 생명윤리

이처럼 유교는 자연과 인간을 하나로 보았으며 식물과 동물과 인간이 똑같은 생명체임을 주목했다. 그리고 그것들이 천지의 품 안에서 운명공동체임을 발견한 것이다. 급기야 성리학에 이르면 공자의 인仁은 인간관계론을 넘어 우주적 자비慈悲로 확대된다. 특히 주자는 『주역』에서 말한 '천지생생天地生生의 덕'인 '원형이정元亨利貞'을 인간의 덕인 '인의예지仁義禮智'와 같은 것으로 보았다. 이는 바로 천天의 낳고 살리는 마음을 사람의 본성으로 본 것이며 따라서 천인합일天人合一이야말로 도덕의 목표가 된다.

주역周易/문언전文言傳(공자 저)

원元은 선한 것의 으뜸이요,

형亨은 아름다움이 모인 것이요,

이利는 뜻의 화합이요,

元者 善之長也.

亨者 嘉之會也.

利者 義之和也.

---

29) 漢初인 AD 79년 白虎觀에서 관료 학자들이 모여 경전을 토론한 것을 班固 등이 編撰함.
30) 綱(강)=벼리.

정貞은 일의 줄기이다.

貞者 事之幹也.

주역전周易傳(정자程子 저)

건乾은 만물의 비롯됨이니

乾者 萬物之始.

원형이정元亨利貞을 사덕四德이라 말한다.

故元亨利貞謂之四德.

원은 만물의 비롯됨이요,

元者 萬物之始.

형은 만물의 자람이요,

亨者 萬物之長.

이는 만물의 열매 맺음이요,

利者 萬物之遂.

정은 만물의 완성이다.

貞者 萬物之成.

주역본의周易本義(주자朱子 저)

'원元'은 생물의 비롯됨이며 천지의 덕이니,

元者生物之始 天地之德

이보다 앞선 것이 없다.

莫先於此.

그러므로 시절로는 춘春이라 하고,

故於時爲春

사람에 있어서는 인仁이라 하니,

於人則爲仁

모든 선善의 으뜸이다.

而衆善之長也.

'형亨'은 생물의 소통이니,

亨者生物之通

만물이 이에 이르면 아름답지 않음이 없다.

物至於此 莫不嘉美.

그러므로 시절은 하夏라 하고,

故於時爲夏

사람에 있어서는 예禮라 하니,

於人則爲禮

모든 아름다움의 모임이다.

而衆美之會也.

'이利'는 생물의 이룸이니,

利者生物之遂

만물은 각각 뜻을 이루되 서로 방해되지 않는다.

物各得意 不相妨害.

그러므로 시절은 추秋라 하고,　故於時爲秋

사람에 있어서는 의義라 하니,　於人則爲義

그 분수를 얻어 화평함이다.　而得其分之和.

'정貞' 은 생물의 완성이니,　貞者生物之成

실리가 다 갖추어져 곳에 따라 각각 만족한다.　實理具備 隨在各足.

그러므로 시절은 동冬이라 하고,　故於時則爲冬

사람에 있어서는 지智라 하니,　於人則爲智

모든 사업의 줄기이다.　而衆事之幹

줄기는 나무의 몸통과 같아 가지와 잎이 의지하여　幹木之身 而枝葉所依

서 있을 수 있는 것이다.　而立也.

생의生意

북계자의北溪字義/인의예지신仁義禮智信(진순 저)

인성에는 인의예지 사덕이 있는데,　人性之有仁義禮智

이것은 단지 천지의 마음인 원형이정의 이理이다.　只是天地元亨利貞之理.

'원元' 은 개개 사물의 생명生命 의지意志이며,　蓋元是箇生意

'형亨' 은 이 생명 의지가 통하는 것이며,　亨只是此生意之通

'이利' 는 이 생명 의지를 이루는 것이며,　利只是此生意之遂

'정貞' 은 이 생명 의지를 저장하는 것이다.　貞也只是此生意之藏.

성리학은 왜 도학인가?

성리학은 공맹의 인륜과 노자의 무위자연의 도덕을 결합하
여 이를 '존천리存天理, 복인성復人性' 이라 했다. 그러므로 공자

의 인의예지仁義禮智는 도덕이 되었고 이후 성리학을 도학이라고도 부르게 되었다. 정주程朱〔송나라의 유가인 정호·정이 형제와 주자朱子를 함께 일컫는다-편집자 주〕는 노자가 말한 자연의 도道를 인간의 본성과 같다고 말함으로써 도의 외연을 확대하여 '성즉리性卽理'로 만들었다. 도에 주관화, 관념화된 이理를 덧붙인 것이다. 그래서 물리物理도 성리도 모두 천리天理이며 인간의 인성人性은 하늘의 천성天性이 된다. 즉 객관적인 천리와 주관적인 인리가 하나라는 것이다. 이것은 공맹의 인륜과 노장의 자연의 도를 통합하는 것으로 이른바 '도리道理'라고 말하는 것이 그것이다.

이로써 노자의 반문명주의를 거부하면서도 그에 기초한 원시반본原始反本, 만물일체萬物一體, 무욕無慾, 무극無極, 허정虛靜을 유학에 도입할 수 있었다. 그 결과 성리학에서 천성 또는 본성을 따른다는 것은 곧 자연의 이理를 따르는 것을 의미하게 되었다.

그러나 노장은 천성을 따르려면 자연으로 돌아가라고 했으나 성리학은 반대로 자연을 따르려면 인성으로 돌아오라고 말한 것이다. 이른바 '복성설復性說'이다. 도가의 자연의 도道가 유가의 인륜의 인仁이 되어버린다. 유가들은 그것을 천인합일天人合一이라고 말한다.

역설강령易說綱領(정이 저)

위로 하늘이 품은 것은 소리도 없고 냄새도 없다.

그 천天의 체현을 역易이라 하고,

上天之載 無聲無臭.

其體則謂之易

그 천의 이理를 도道라 하며,

그 천의 용用을 신神이라 한다.

음양이 열리고 닫히는 것은 곧 역易이며,

한번 열리고 닫히는 것은 변화라 한다.

其理則謂之道

其用則謂之神.

陰陽闔闢便是易

一闔一闢謂之變.

경설經說/권6(정이 저)

음양을 떠나서 다시 도道란 없다.

음이고 양인 까닭이 도인 것이다.

음양은 기氣다.

기는 '형이하' 이며 도는 '형이상' 이다.

성性은 곧 이理다.

이성理性이라고 말하는 것이 바로 이것이다.

離了陰陽 更無道

所以陰陽者是道也.

陰陽氣也

氣是形而下者 道是形而上者.

性卽理也

所謂理性是也.

중용혹문中庸或問/1장(주자 저)

이른바 도道란 성性을 따르는 것뿐이다.

성이 있지 않은 곳이 없듯이, 도도 있지 않은 곳이 없다.

크게는 부자 · 군신 관계에서,

작게는 동정動靜과 먹고 쉬는 것에 이르기까지

사람의 힘으로 하지 않는 모든 것은

각각 당연하고 변하지 않는 이理가 있다.

이것을 도라고 하는 것이다.

蓋所謂道者 率性而已.[31]

性無不有 故道無不在.

大而父子君臣

小而動靜食息

不假人力之爲

而莫不各有當然不易之理

所謂道也.

---

31) 道卽率性(도즉솔성)=循性是循其理之自然爾(성을 따르는 것은 自我의 理를 따르는 것).

이처럼 성리학자들은 노장의 무위자연의 도道를 비난하면서도 한편으로는 그것을 끌어다가 자기들의 유학을 설명하는 데 이용했다. 그 이후부터 막상 도란 무엇인가를 묻는다면 언뜻 대답하기 어려워진다. 그것은 낙관적이고 문명주의자인 공맹孔孟의 유학에 염세적이고 문명해체주의자인 불씨佛氏와 노장老莊을 결합시켜 '도학道學'으로 만들면서 도를 현학적으로 해석하였기 때문이다.

부처는 이 세상의 모든 집착은 허망한 것이라고 가르쳤고, 노장은 이 세상의 모든 담론은 거짓이라고 말했다. 이들은 모두 당시 세상의 가르침과 제도를 거부한다. 그래서 무無와 공空이라고 말한 것이다. 그런데 현학자玄學者들은 이 말을 거부와 해체가 아니라 적극적인 수용과 복귀로 해석함으로써 어렵고 복잡하게 만들었다.

하기야 지배자들은 피지배자들이 알 수 없는 이상한 짓을 하며 권위를 유지한다. 또한 지배자에게 빌붙어 불씨와 노장을 팔아 밥을 먹고 사는 지식계급은 민중이 접근할 수 없을 정도로 어려운 현학으로써만 학문을 독점할 수 있고 고귀한 존재로서의 권위와 그 겉치장으로 이용할 수 있기 때문이다.

그래서 그들은 "지배자들이 말하는 도道라는 것은 본래 없는 것(無)이고 헛된 것(空)이다"라는 본래 뜻을 버리고, "도는 물질적 존재와 인간의 일상과는 아무 상관없는 무無이며 초월적인 공空이다"라고 해석한다. 그리고 나아가 무와 공이 진실이고 세상의 만물과 인간사는 모두 환상이라고 말함으로써 불우한 자들이 자포자기하도록 만들었다.

그렇지만 어찌 무와 공에 진짜 가짜가 있다는 말인가? 이것은 거부나 저항할 용기가 없는 나약하고 비겁한 지식인들이 자신의 은둔을 미화하거나 또는 혹세무민의 종교가들이 남의 재산을 빼앗기 위해 하는 말이다.

본래 도는 사람들이 통행하는 길이다. 그런데 그 길이 민중을 얽어매고 괴롭히는 길이 되었기 때문에 민중을 사랑한 불씨와 노장이 나서서 "저들이 말하는 그 길은 무無요 공空일 뿐 잘못된 길"이라고 깨우쳐 가르친 것이다. 그러나 저들은 그것을 거꾸로 이용하여 도리어 지배체제를 안정시켰던 것이다.

송대宋代에 들어와 유가들은 유교에 노장을 끌어들인 위진魏晉 이래의 현학을 더욱 세련되게 하고자 불교의 심론心論을 끌어들여 성리학을 만든 것이다. 다만 이들은 불씨나 노장처럼 도道를 공空이나 무無라고 말하지 않고 자연의 이치이며 아울러 인간의 이치요 길이라고 말함으로써 인仁과 도道를 결합한다. 인간의 인륜과 사물의 운동법칙을 이理로 통합한 것이다. 나아가 그들은 "공자가 말하는 인예仁禮는 하늘의 도이므로 바꿀 수 없는 절대적인 것"이라고 말함으로써 자기들의 지배 이념을 절대화한다.

그래서 유가들의 예학禮學은 현학玄學이 되었다가 다시 도학道學이 되었고 급기야 이학理學이 되었다. 이 이학을 성리학이라고 말하는 것이다.

논어혹문論語或問/권5/공야장公冶長

인仁이란 마음의 덕이며 하늘의 도리이다.   仁者 心之德而天之理也.

북계자의北溪字義/도자道字

도道는 길과 같다.

사람이면 누구나 행해야 하는 것이므로 길이라고 말한 것이다.

한 사람이 홀로 다닌다면 길이라고 말할 수 없다.

도道의 큰 강목은 모든 사람이

날마다 사용하는 인간관계의 도리이며,

사물이 마땅히 운행하는 조리인 것이다.

그 근원은 모두 하늘로부터 온 것이다.

그러나 노장은 도와 인간과 사물은 상관없다고 말한다.

그들은 도란 천지와 형기를 초월해 있다고 생각한다.

이를테면 도가 태극보다 먼저 존재한다고 말하는 것은

도대체 이것은 천지 만물이 아직 있기 이전에

비로소 어떤 공허한 도리가 있었다고 상상한다.

불가에서 도道를 논하는 것도 대개 이와 같다.

단 노자는 무無를 근본으로 삼는데

불가에서는 공空을 근본으로 삼는다.

천지가 있기 전을 나의 참다운 몸으로 생각하고,

천지 만물은 모두 환상으로 생각한다.

인간의 일이란 모두 조잡한 흔적이라 하여

모두 제거해 버리려 한다.

道猶路也.

人所通行方[32]謂之路.

一人獨行不得謂之路.

道之大綱只

是日用間人倫

事物所當行之理.

其根源皆是從天來.

老莊說 道與人物不相干.

皆以道爲超乎天地形氣之外.

如云道在太極之先.

都是說未有天地萬物之初

有箇空虛道理.

佛氏論道 大槪亦是此意.

但老氏以無爲宗

佛氏以空爲宗

以未有天地之先 爲吾眞體

以天地萬物皆爲幻化.

人事都爲粗迹

盡欲屛[33]除了.

---

32) 方(방)=곧, 비로소.

33) 屛(병)=隱蔽 放去也.

그리하여 한결같이 참다운 공空으로 돌아가야만
도道를 얻을 수 있다고 말한다.
그들은 도가 인간사의 도리道理임을 모르는 것이다.

一歸眞空
乃爲得道.
不知道只是人事之理耳.

앞에서 언급한 것처럼 성리학을 도학道學이라고 하는 것은
유학과 노자를 결합한 현학玄學 이후부터이다. 도가들이 현玄
을 도道라고 했기 때문이다. 그러나 본래 노자가 말하는 도는
유가들의 도학에서 말하는 도와는 전혀 다른 것이었다. 앞에
서 지적한 것처럼 유가의 도는 '인륜의 도'이고 노자의 도는
'자연의 도'이기 때문이다. 그런데 현학에서 '진리眞理로서의
도'를 빌려다가 '가치로서의 도'로 바꾸어놓은 것이다. 공자
가 말한 천도天道의 '천天'은 천제天帝이며, 노장이 말한 천도
의 '천天'은 자연을 뜻한다. 그런데 성리학에서는 '자연의 소
이연所以然' 즉 인과법칙과, '인간의 소당연所當然' 즉 당위법칙
을 포괄하여 이理라고 말한다.

이로써 천륜天倫과 인륜은 하나가 되고, 천심天心과 인심人心
은 일체가 되고 노자의 무위자연은 공자의 인륜으로 통합된
다. 그리하여 단순한 도덕률과 처세술이었던 유교를 형이상학
으로 심화시킨 것이다.

중용中庸/12장
군자의 도는 일상적인 것이지만 은미하다.

君子之道 費[34]而隱.

---

34) 費(비)=散也. 佹也.

천지는 크지만 사람은 오히려 한스럽게 여긴다.　　　天地之大也 人猶有所憾.[35]

군자의 도는 큰 것으로 말하면 천하도 실을 수 없고,　故君子語大 天下莫能載焉

작은 것으로 말하면 천하도 깨뜨릴 수 없다.　　　　語小天下莫能破焉.

군자의 도는 부부를 바르게도 하지만　　　　　　　君子之道 造端乎夫婦

그것이 지극하면 천지를 감찰한다.　　　　　　　　及其至也察乎天地.

유서遺書/권5(정호 저)

하늘은 이理다.　　　　　　　　　　　　　　　　天者理也.

사람과 천지는 한 물건이다.　　　　　　　　　　　人與天地一物也.

이理와 심心은 하나다.　　　　　　　　　　　　　理與心一.

주자전서朱子全書/대학혹문大學或問

천하 만물은　　　　　　　　　　　　　　　　　至於天下之物

각각 그렇게 된 까닭(존재법칙)과　　　　　　　　則必各有所以然之故

마땅히 그러할 법칙(당위법칙)이 있으니 이것을 이理라 한다.　與所當然之則 所謂理也.

---

35) 憾(감)=恨也, 感(動, 荷也).

19 노장의 도덕론

노자의 도道는 무無인가?

　위진시대에 하안, 왕필 등 현학玄學파들은 귀무론貴無論을 주장하며 요순의 무위정치를 주장하는 노장에다 주공의 유위有爲정치를 주장한 공맹을 결합했다. 이들은 노장의 도道를 '무無'라 하고, 공맹의 도를 '유有'라 함으로써 이들의 결합을 형이상形而上과 형이하形而下, 또는 내외內外의 결합이라고 설명한다. 우리 학자들은 모두 왕필의 귀무론을 추종한다. 그리하여 노장은 무학無學이요 불교는 공학空學이라고 해설한다. 그 근거로 『노자』 40장을 제시한다. 노자에서 무無를 독립된 명사로 쓴 것은 이 한 구절뿐이다.

노자老子/40장

　돌아옴은 도道의 운동이며, 약함은 도의 쓰임이다.

反者 道之動, 弱者 道之用.

천하 만물은 유有에서 생기고,

유는 무無(유가 없는 것)에서 생긴다.

天下萬物生於有

有生於無.

왕필의 해석

노자老子/40장 주

높은 것은 낮은 것을 기초로 삼고,	高以下爲基.
귀한 것은 천한 것을 근본으로 하며,	貴以賤爲本.
유有는 무無를 그 쓰임으로 삼는다.	有以無爲用.
이것이 그 되돌아옴이다.	此其反¹⁾也.
운동은 모두 무無로 돌아감을 알기 때문에 만물은 상통한다.	動皆知其所無 則物通矣.
그러므로 돌아가는 것은 도道의 운동이라고 말한 것이다.	故曰 反者道之動也.
천하 만물은 모두 유위有爲로 태어나는데	天下之物 皆以有爲生.
그 유有는 비롯됨이 있으니 무無를 근원으로 삼는다.	有之所始 以無爲本.
유有가 온전해지려면 반드시 무無로 돌아가야 한다.	將欲全有 必反於無也.

하안의 해석

열자列子/천서天瑞 편주篇註

하안何晏은 무위의 도道에 대해 논하여 말했다.	何晏道論 曰
"유有가 유有로 될 수 있는 것은 무無로써 생생함을 의지해야 하며	有之爲有 恃無以生
사물이 사물로 될 수 있는 것은 무無로써 이룸을 의지해야 한다.	事而²⁾爲事 由無以成.
대저 그것을 도道라 하자니 말이 없고,	夫道之而無語

---

1) 反(반)=復.

2) 而(이)=須也, 若也, 能也.

명名이라 하자니 명이 없고,

보려 해도 형체가 없으며, 들으려 해도 소리가 없으니

도는 오히려 그 자체로 온전히 이루어 것이다

名之而無名

視之而無形 聽之而無聲

則道之全爲.

　만약 이처럼 무無가 도道라면, '무가 태극을 낳는다'고 말해야 한다. 다시 말하면 '무극이 태극을 낳는다'는 뜻이다. 그렇다면 "무극이 곧 태극"이라는 주돈이의 태극도설은 틀린 것이 된다. 그런데 도는 근원이므로 다시 다른 말로 분석하고 설명할 수 없어야 한다. 분석했다면 근원이 아니다. 그러므로 노자의 무는 도체道體가 아니라 도를 표현한 형용사로서 '비유非有'의 뜻일 뿐이다. 그런데도 왕필은 다음과 같이 무를 '도'라 하기도 하고, '하나(一者)'라 하기도 한다. 그러나 노자는 도는 하나를 낳는다고 했으니 왕필의 말대로라면 "무가 무를 낳는다"고 말해야 한다. 도무지 왕필의 귀무론은 노자와 어긋난다.

노자老子/42장

도는 하나(太極)를 낳고,

하나(太極)는 둘(陰陽)을 낳고,

둘(陰陽)은 셋(天地人)을 낳고,

셋(天地人)은 만물을 낳는다.

만물은 음기와 양기를 품어

혼륜한 기氣가 조화를 이룬 것이다.

道生一[3]

一生二

二生三.

三生萬物.

萬物負陰而抱陽

沖[4]氣以爲和

―――――――――

3) 一(일)=無極 또는 太極. 왕필은 無로 해석한다.

4) 沖(충)=虛也, 涌也.

왕필의 해석

노자老子/42장 주

만물은 만형萬形이나 하나(一)로 귀일된다.	萬物萬形 其歸一也.
무엇으로 인해 하나로 되는가? 무無로 인한 것이다.	何由致一 由於無也.
무無로 인해 하나로 되었으므로 하나는 무無라고 말할 수 있다.	由無乃一 一可謂無.

논어석의論語釋疑

도는 무無를 말한 것이다.	道者 無之稱也.
통하지 않는 것이 없고, 말미암지 않은 것이 없다.	無不通也 無不由也.
정황으로 보아 도라고 말하지만	況之曰道
고요하여 형체가 없으니 형상形象이라고 할 수 없다.	寂然無體 不可爲象.

그러므로 다음 『장자』의 글은 태초를 무無가 아니라 '무무無無' 라고 말하고 있다. '무무' 란 '무가 없다' 는 뜻으로, 태초는 결핍과 공허가 아니라는 의미이다. 왜냐하면 '무가 있다' 고 말하면, 이미 무가 아니기 때문이다. 이는 자가당착이다.

장자莊子/외편外篇/천지天地

태초에 무無도 없었고 명名도 없었다.	泰初 有無無[5] 有無名.[6]

　　　김동성 : 천지가 창조될 때 아무것도 없이, 있는 것도 없고 이름도 없었다

　　　이석호 : 태초에는 무만 있었고 유有가 없었기 때문에 이름도 없었다

　　　김학주 : 태초에는 무만 있었다. 유도 없었고 명칭도 없었다

---

5) 有(유)=又也. 語助也.
6) 귀무론자들은 "太初有無. 無有無名(태초는 無이고, 無는 無名이다)" 으로 읽는다.

김달진 : 태초에 무가 있었다. 거기에는 유가 없었기 때문에 물物의 이
　　　름이 없었다

안동림 : 태초에는 무가 있었다. 존재하는 것이란 아무것도 없고 이름도
　　　없었다

여기에서 하나가 생겼으며, 하나이므로 아직 형체가 없었다.	一之所起 有一而未形.[7]
이 하나를 얻어 만물이 생기는데 이것을 덕德이라 한다.	物得以生 謂之德.
이때 형체가 없던 것이 분별되고	未形者有分
또 그것이 간단없이 진행되는 것을 명命이라 한다.	且然無間 謂之命.
운동이 멈추어 물物을 낳고,	留動而生物
물物이 생명의 이理를 이룬다. 이를 형체形體라고 한다.	物成生理 謂之形.
형체가 정신을 가지게 되어	形體保神
각각 형상(이데아)을 가지게 되는 것을 성품이라 한다.	各有儀[8]則 謂之性.
성품을 닦으면 덕으로 돌아가며,	性修反德
덕이 지극하면 태초와 같아진다.	德至同於初.
태초와 대동하면 허虛하고, 허하면 크다.	同乃虛 虛乃大.
이를 일러 현덕玄德이라 하나니,	…是謂玄德
태초와 대동함은 위대한 순응이다.	同乎大順.

그러므로 노자가 말한 무無는 완전 결핍이 아니다. 『노자』에
서 이미 말한 무위無爲, 무명無名, 무욕無欲, 무지無知, 무극無極,
무형無形, 무성無聲, 무시無始, 무종無終 등을 총칭한 말이다. 『장

---

7) 一(일)= 一者, 太極.
8) 儀(의)=形象.

자』의 다음 예문에서는 '무' 한 글자를 '무위'의 뜻으로 사용하고 있다. 노자의 무無도 마찬가지로 무위, 무명, 무극, 무시 등을 총칭하는 의미로 보아야 한다. 만약 도를 무無로 보았다면 그처럼 딱 한 번 말했을 리가 없다. 『노자』 전편을 다 훑어보아도 무無를 도라고 주장하는 취지의 글은 없다. 그처럼 중요한 명제라면 당연히 거듭 상론했을 것이다. 만약 노자가 정말 도를 무無라고 말했다면, "존재의 근원적 본체인 도는 존재하지 않는다"는 뜻이 되므로 자가당착이 될 뿐이다. 도道는 실체를 말하고 무無는 실체가 없다는 뜻이므로 "실체는 실체가 없다"는 말이 되기 때문이다.

장자莊子/외편外篇/지락至樂

하늘은 무위이므로 맑고,	天無爲以之淸
땅은 무위이므로 평안하다.	地無爲以之寧.
그러므로 천과 지의 무위가 서로 합하여 만물이 조화한다.	故兩無爲相合 萬物皆化.
형상形象이 없는 듯 어렴풋한데 무(=무위)를 따라 출현하고,	芒9)乎芴乎 而無從出乎.
어렴풋하여 형상이 없는 듯한데 무(=무형)에서 형상이 나온다.	芴10)乎芒乎 而無有象乎.
만물은 끊임없이 번식하되 모두 무위를 따라 증식되어 간다.	萬物職職11) 皆從無爲殖.
그러므로 천지는 '무위'이지만	故日 天地無爲也
'무불위無不爲'라고 말하는 것이다.	而無不爲也.
사람들은 누가 이러한 무위를 깨달을 수 있을까?	人也 孰能得無爲哉.

---

9) 芒(망)=不曉識之貌. 無形之象.
10) 芴(홀)=어렴풋한 모양.
11) 職職(직직)=繁殖貌.

예컨대 '무명無名'의 '무'는 '무규정無規定'의 뜻으로 쓰인다. 즉 '규정할 수 없다'는 뜻이다. 존재의 시원은 드러나지 않고 숨어 있는 것이므로 분별이 있을 수 없다는 말이다. 플라톤의 이데아와 노장의 '혼돈', 『구약성서』「창세기」의 '흑암'이 바로 이러한 '무'이다. 이 무는 분별이 없을 뿐 '아무것도 없다'는 허무虛無는 아니다. 무위, 무극, 무형, 무성, 무시의 '무'는 부정을 의미한다. 헤겔(G. W. F. Hegel, 1770~1831)의 변증법에서는 타자로 소외되는 것을 부정하는 것은 '상대적 무'이며, 자기로 돌아가는 것은 '절대적 무'라고 한다. 대승불교의 '절대 진리'도 같은 것이다.

그러므로 노장에서 무는 어떤 실체를 지칭한 주어로 쓰인 것이 아니라 '무엇이 없다'는 술어로 쓰인 것으로 보아야 할 것이다. 따라서 노자는 도가 무라고 말한 것이 아니다. 그러므로 노자가 말한 '무'라는 개념은 아무것도 존재하지 않는다는 '공허와 결핍의 의미'가 아니라 도는 '일자一者'이므로 '위爲도 극極도 형形도 성聲도 시始도 종終도 없다'는 뜻으로 읽어야 한다.

마치 장자는 이처럼 왜곡될 것을 미리 예견이라도 한 것처럼 분명하게 "도를 유라거나 무라고 말하는 것은 가설일 뿐"이라고 분명하게 지적했다.

장자莊子/잡편雜篇/칙양則陽

다함이 없다느니 그침이 없다 함은	無窮無止
그것이 없음(無)을 말하는 것이니	言之無也

사물에 대해 같은 이치임을 말한 것이다.　　　　　　　　　　與物同理.

누가 부린다느니, 함이 없다느니 하는 것은 그 결과를 말함이니　或使莫爲 言之末也

사물에 대해 끝과 시작을 말한 것이다.　　　　　　　　　　　　與物終始.

도道를 유有라고도 할 수 없고, 또 무無라고도 할 수 없으니,　　道不可有 有¹²⁾不可無

　　김동성 : 도는 본래 있는 것도 아니고, 없는 것도 아니오. 유무를 함께
　　　　　　초월한 것이다

　　이석호 : 도란 있는 것이라고 할 수도 없고, 없는 것이라고도 할 수 없네.

　　김학주 : 도란 있다고도 할 수 없고 없다고도 할 수 없다

　　김달진 : 도는 '있는 것' 이라고 할 수도 없고, '없는 것' 이라고 할 수도
　　　　　　없는 것이다

　　안동림 : 도란 있다고 할 수도, 없다고 할 수도 없는 유무를 초월한 것
　　　　　　이다

도를 유有네 무無네 억지로 이름 붙이면 가설이 횡행할 뿐이다.　道之爲名 所假而行.

　　김동성 : 도라 함은 편의상 가명에 불과하다

　　이석호 : 도란 명칭은 임시로 빌려다가 쓴 것이네

　　김학주 : 도라는 이름은 가정적으로 그렇게 불리고 있는 데 불과하다

　　김달진 : 도라는 이름조차도 거짓으로 빌려서 쓰는 것이다

　　안동림 : 도라는 이름도 가정해서 그렇게 부르는 데 지나지 않는다

누가 시킨다거나(實在論), 함이 없다고 하는 것(虛名論)은　　　或使莫爲

사물의 일면에 매어 있는 것이니　　　　　　　　　　　　　　在物一曲

어찌 훌륭한 도술이라 하겠는가?　　　　　　　　　　　　　胡爲於大方.¹³⁾

---

12) 有(유)=又也.

13) 方(방)=法術也, 謂異道術也.

무와 유는 하나이다

무는 유有의 대칭개념인 비유非有의 뜻으로 쓰인다. '비유'는 '현상적인 존재가 아니다'라는 뜻이다. 존재와 운동은 공간과 시간을 필요조건으로 한다. 그런데 형이상의 보편자는 형체도 없고 시작도 끝도 없다. 이처럼 장소도 운동도 없는 보편자를 '존재의 조건을 갖추지 않은 존재' 즉 '무'라고 표현한다. 그러므로 무는 비유인 것이다. 다시 말하면 유는 무의 출현이고 무는 유의 복귀이다. 결국 유와 무는 하나인 것이다.

그러므로 무는 항상 유의 대칭개념으로 쓰인다. 즉 유가 없으면 무도 없고, 무가 없으면 유도 없다는 것이다. 바꾸어 말하면 유가 있어야 무도 있을 수 있다는 말이다. 그러므로 유도 무도 독립적인 것이 아니라 일물一物의 양면에 불과한 것이다. 숨어 있으면 무라 하고 드러나면 유라고 말할 뿐이다. 다시 말하면 유무는 그 자체가 도의 실체가 아니라 그 도를 표현하는 대칭적인 언어구조일 뿐이다. 도는 독립 유일의 실체이므로 대칭으로 말할 수 없다. 즉 무의 대칭은 유이지만 도의 대칭은 있을 수 없다는 뜻이다. 그러므로 '도즉무道卽無'는 성립될 수 없다.

불교에서 부처를 공空이라 말한 것도 이러한 형이상의 비유非有를 의미한다. 그런데 귀무론자貴無論者들이 부처의 공에 고무되어 노자의 무無를 도체道體로 각색한 것이다. 그러나 공은 '부처가 존재하지 않는다'는 결핍이 아니라 '형이상'이라는 뜻이다. 플라톤의 이데아도 이러한 무의 범주에 드는 것 같다. 『장자』의 다음 글은 유와 무는 형용사일 뿐 어떤 존재가 아님을 말하고 있다. 유와 무가 어떤 존재라면 그 유무가 있기 이전이 있어야 하기 때문에 근원이 될 수 없다. 그러므로 존재의 근원인 도는 유도 아니고 무도 아니다. 도는 무엇이 아니거나 무엇이 없다고는 말할 수 있어도 그 무엇이라고 명칭을 붙일 수는 없다. 도를 '무위'라고 말할 수는 있어도 도를 무라고 말할 수는 없다. 도를 무라고 말하는 것은 『노자』1장의 "도가도道可道 비상도非常道"에 배치된다.

장자莊子/내편內篇/제물론齊物論

시작이 있다면,	有始也者
그 시작이 있기 전의 시작이 있을 것이다.	有未始有始言也者.
또한 시작이 있기 전전의 시작이 있을 것이다.	有未始有夫未始 有始也者.
유有가 있고 무無가 있다면	有有也者 有無也者.
유무가 있기 이전이 있을 것이다.	有未始有無者也者.
또한 유무가 있기 이전의 이전이 있을 것이다.	有未始夫未始有無也者.
잠시 유이다 무이다 하지만	俄而有無矣
과연 무엇이 유이고 무엇이 무인지 알 수 없다.	而未知有無之果孰有孰無也.

또한 『노자』 40장에서 유무의 대칭구조를 보면 무는 도道의 동인자動因者, 즉 반反으로 표현되고, 유有는 도의 작용자作用者, 즉 약弱으로 표현된다. 즉 유무는 도의 운동의 한 단면적 현상에 불과한 것이다. 이때 반反은 '돌아감(歸)'과 '돌아옴(復)'을 동시에 말한 것이다. 무無 쪽에서 보면 귀歸요 유有 쪽에서 보면 복復이지만 결국 하나인 도의 운동일 뿐이다. 『노자』16장

에서는 "귀근歸根＝정靜＝복명復命＝상常"이라고 말한다. 여기서 정靜은 무의 동動이다.

『주역周易』의 복괘復(☳☷)는 양陽(—)인 하늘의 씨앗이 음陰(--)인 땅으로 돌아온다는 뜻인데 이때의 씨앗이 돌아옴은 '유有'로의 운동이다. 그러므로 여기서 '무無'는 '무동無動'인 정靜을 말하는 것이며, 이는 자연의 상도常道인 '복명復命'일 뿐 '허무虛無'가 아니다.

노자老子/16장

허虛를 이룸이 지극하고 정靜을 지킴이 돈독하면	致虛極 守靜篤
만물이 아울러 일어나니,	萬物竝作
나는 양기陽氣가 돌아오는 복괘復卦(地☷☷☳雷)를 본다.	吾以觀復.
만물이 무성히 자라면 각자 자기의 뿌리로 다시 돌아간다.	夫物芸芸 各復歸其根.
뿌리로 돌아가는 것을 정靜이라 하고,	歸根曰靜
정靜하는 것을 천명天命으로 돌아간다고 말하며,	靜謂復命
천명으로 돌아가는 것을 자연의 상도常道라고 말한다.	復命曰常.

유무의 대칭개념은 일자一者와 다자多者의 대칭개념과 조응하는 것이다. 따라서 도道가 존재의 근원이라면 그것은 스스로의 근원이 없는 시원始原이어야 하므로 눈에 보이는 유有일 수 없고, 보이지도 들리지도 않는 형이상의 무無일 수밖에 없다는 것이다. 그래서 다자인 유의 근원을 일자인 무라고 말하는 것이다. 다시 말하면 무란 드러나지 않아 보이지 않는 일자를 말한 것이고, 유란 드러나 볼 수 있는 다자를 말한 것으로 이해

해야 한다. 분별이 없으므로 일자이고, 분별이 있으므로 다자
가 된다. 그러므로 무란 아무것도 없다는 결핍이 아니라 '무유
無有(有 없음)'를 말한 것이다. 무유는 일자인 천문天門이다.

장자莊子/잡편雜篇/경상초庚桑楚

유有는 삶이요, 죽음이요,	有乎生 有乎死
나감이요, 들어옴이다.	有乎出 有乎[14]入.
이처럼 들고나지만 그 형체를 나타내지 않는다.	入出而無見其形.
이것을 일러 하늘 문(天門)이라 한다.	是謂天門.
천문天門은 무유無有이다(유가 없다).	天門者無有也.
만물은 이 무유에서 나온다.	萬物出乎[15]無有.
유는 유위有爲할 수 없다.	有不能以有爲.
유위는 반드시 무유에서 나온다.	有必出乎無有.
그러므로 무유는 유일자唯一者인 무유이다.	而無有一無有.
성인은 이것(唯一者)을 간직한다.	聖人藏乎是.

이처럼 무는 형체(공간)와 시작(시간)이 없는 '무유無有'의
뜻으로 쓰였다. 그러니까 형이하를 유라 하고 형이상을 무라
한 것이다. 즉 도道는 형이상의 존재이므로, 시간과 공간이 필
요조건이 되는 물질적 존재 즉 형이하의 존재가 아니라는 뜻
이다. 플라톤과 아리스토텔레스가 '형상(이데아)'과 '질료'를

---

14) 乎(호)= 語氣辭.
15) 乎(호)= 介詞. □□에서, □□부터.

구분했을 때, 이데아는 무이며 질료는 유인 것이다. 노자가 도를 '혼돈'이라 한 것은 아직 물질이 생기기 이전의 기氣가 엉켜 있는 무규정無規定의 시원을 의미한다.

　예컨대 물질은 유이며, 물질의 운동원리는 무인 것이다. 이처럼 노자가 말한 무는 아무것도 없다는 허무가 아니라 시간과 공간이 없는 형이상의 이데아를 말한 것이다. 즉 무는 질료가 없다는 뜻이지 비물질인 이理와 기氣가 없다는 허무가 아니다.

　주돈이의 태극도설에서 '무극이태극無極而太極'이 바로 이런 개념으로 사용된 것이다. 즉 '무無의 지극한 것이 곧 태太의 지극한 것'이라는 뜻이다. 주자는 이것은 '무형이유리無形而有理' 즉 '형체 없는 것이 바로 이理 있음'이라고 해석한다.

장자莊子/외편外篇/지북유知北遊

광요(빛날이)가 무유無有(有 없음)에게 물어 말했다.	光曜問乎無有 日.
"그대 무유無有는 있는 것이오? 있지 않는 것이오?"	夫子有乎 其無[16]有乎日.
광요는 질문의 대답을 들을 수 없었다.	光曜不得問.
그래서 자세히 살펴보니 그 모양이	而孰[17]視其狀貌
심원한 듯! 공허한 듯!	窅[18]然空然.
종일 들여다보아도 볼 수 없고,	終日視之而不見
들으려 해도 들리지 않고,	聽之而不聞
잡으려 해도 잡히지 않았다.	搏之而不得也.

---

16) 無(무)=有의 否定詞.
17) 孰(숙)=精審也.
18) 窅(요)=深遠貌.

광요가 말했다. "그대 무유는 지극하구나!

누가 이런 경지에 이를 수 있겠는가?

나는 무가 있는(有無) 경지는 알았으나,

무가 없는(無無) 경지는 이루지 못했소.

유가 없는(無有) 경지를 겨우 이룬 나는

무엇으로 이런 경지에 이르겠는가?"

光曜曰 至矣.

其孰能至此乎.

予能有無矣

而未能無無也.

及爲無有矣

何從至此哉.

참고로 혜강 최한기의 귀무론에 대한 비판을 살펴보기로 한다. 혜강은 노자의 무와 부처의 공은 그들이 기氣를 몰랐기 때문에 그렇게 썼을 뿐이니, 두 글자를 모두 기氣자로 바꾸어야 한다고 주장한다. 다만 혜강의 비판은 본래의 노자가 아니라 하안과 왕필이 왜곡한 노자를 비판한 것이다.

추측록推測錄/권2/노씨무불씨공老氏無佛氏空(혜강 저)

노자의 무無와 부처의 공空은

대체로 형질과 막힘이 없는 특성만 보았을 뿐,

우주를 가득 채우고 만물을 재배하며

스스로 존재하는 기氣를 알지 못한 까닭에

처음 시작의 한 칸을 통달하지 못해

끝내는 공적과 허무의 함정에 빠지고 만 것이다.

老子之無 佛氏之空

蓋見無形質無窒礙.

未見其充塞宇宙 裁和萬物

良有以[19]也.

始未達一間

終致空寂虛無之科.[20]

---

19) 以(이)=故也, 因也.

20) 科(과)=坎也, 法也.

추측록推測錄/권2/노씨무불씨공老氏無佛氏空

노자의 이른바 "유有는 무無에서 생기고,	老子所謂 有生於無
찰흙을 이겨 그릇을 만들어	搏[21]埴以爲器
그 무無를 이용한다"는 등의 말은	而用其無 等語
무無 자를 기氣 자로 바꾸면	以其無字換作氣字
그 뜻이 옳게 통할 것이다.	乃不害義也.
부처가 이른바 "산하 대지는 공허하고,	佛氏所謂 山河大地之虛空
웃고 떠드는 것은 빈 병과 같다"고 한 것은	嚬[22]罟[23] 空甁之空
여기서 공空 자를 기氣 자로 바꾸어도 뜻이 불통하지 않는다.	皆以氣字換之 義亦無不可也.
처음에 실오라기의 차이가	始緣毫釐[24]之差
끝내는 천리의 오류가 되어	而終致千里之繆
성실誠實 진정眞正한 기氣를	以此誠實眞正
도리어 공적과 허무로 만들어버렸다.	反作空寂虛無也.

인정人政/권11/공허空虛(혜강 저)

기氣를 보지 않고 공空이라 하고, 기氣를 망각하고 허虛라 하지만	不見氣爲空 忘是氣爲虛.
공허 두 글자는 마음에 대해 말한 것일 뿐,	空虛二字 從心發言而已.
상하사방 우주는 터럭만큼도 공허가 없다.	上下四方 實無一毫虛無.
마음이 영명한 것을 허라 한 것은	以心之靈明爲虛者
기를 보지 못한 데서 나온 것이고,	出於不見氣也

---

21) 搏(박)=두드리다.
22) 嚬(빈)=찡그리다. 웃는 모양.
23) 罟(가)=嘉也.
24) 釐(리)=털끝.

몸이 조화로 돌아가는 것을 무無라 하는 것은

기를 망각한 데서 나온 것이다.

노불老佛처럼 공과 허를 지극한 도道로 삼는다면

허에는 터럭 한 올의 실實도 더하기를 용납될 수 없고

무에는 터럭 한 올의 유도 더하기를 용납될 수 없다.

以身之歸化爲無者

出於忘是氣也.

老佛以空虛爲至道

虛上不容加得一毫實

無上不容加得一毫有.

노자의 삼덕

노자의 삼덕三德에 대해서는 앞서 제1부 6장 '우리 학자들의 노장 왜곡'에서 간략히 언급했으나 다시 정리하기로 한다. 노자는 공자의 '인의예지' 사덕四德을 반대하고 그 대신 삼덕을 말한다. 즉 '자애慈愛', '검박儉朴', '불위선不爲先'이 그것이다. 앞서 말한 대로 덕德은 도道의 집이다. 노자의 삼덕은 '무'가 사는 집이 아니라, 자연의 특성인 '무위無爲'와 생명의 특징인 '유약柔弱'을 살리는 집이다. '불위선'과 '검박'은 자연의 삶이며, '자애'는 생명의 삶이다. 또한 이것은 평등, 무경쟁, 무치, 무정부를 지향하는 공산사회의 삶을 구체화한 것이다.

정치론에서 언급한 대로 도덕론은 무엇보다 그것이 어떤 사회를 지향하는가를 알아야 한다. 공자의 도덕론은 가부장적 천하일가를 달성하기 위한 것이며 반면 노장의 도덕론은 무위자연의 원시공동체를 지향하는 것임을 유의해야 한다.

노자의 자애와 검박은 묵자의 '천하에 남이란 없다'는 천하

무인天下無人의 안락한 생명살이(安生生) 공동체의 도덕론인 '겸애', '절용'과 유사하다. '불위선'은 '천하에 앞서지 않는다'는 뜻으로 공자의 겸양과도 다른 노자 특유의 강목이다. 왜냐하면 천하의 모든 사람이 남보다 앞서려고 하는데 이와는 반대로 말하기 때문이다.

노자老子/67장

사람들은 모두 이르기를	天下皆謂
나의 도는 커서 옛것을 닮지 않은 것 같다고 한다.	我道大似不肖.
크기만 한 것은 옛것과 같지 않음이 당연하다.	夫唯大 故似不肖.
만약 닮았다면 영구히 자질구레했을 것이다.	若肖 久矣其細也夫
나에게는 세 가지 보배가 있어 지키고 보존해 왔다.	我有三寶 持而保之.
첫째는 자애요,	一曰 慈.[25]
둘째는 검박儉朴이요,	二曰 儉.[26]
셋째는 천하에 앞서려 하지 않는 것이다.	三曰 不敢爲天下先.
자애롭기에 함께 나누어 쓰는 용기가 있고(共用)	慈故能勇.[27]
검박하기에 많아질 수 있으며,	儉故能廣.[28]
감히 천하에 앞장서지 않기에 큰 그릇을 이룰 수 있는 것이다.	不敢爲天下先 故能成器長.
지금은 자애롭기를 버리고 나누어 받기만을 숭상하고,	今舍慈 且[29]勇
검박을 버리고 많아지기만을 숭상하고,	舍儉 且廣

25) 慈(자)=부처의 자비, 묵자의 겸애와 같다. 공자의 仁愛는 혈연적이고 차별적인 사랑이므로 자비가 아니다.
26) 儉(검)=묵자의 절용과 비슷하다. 노자는 儉과 素를 공동체와 반전의 조건으로 보았다.
27) 甬(용)=좌전에서 불의에 죽는 것은 용기가 아니며, 共用이야말로 용기라고 말했다(勇 死而不義 非勇也 共用之謂勇 : 左傳/文公2年).
28) 廣(광)=多也.
29) 且(차)=取也, 尙也.

뒤에 서기를 버리고 앞장서기를 숭상하니 죽음의 문이라고 한다.   舍後 且先 死矣.³⁰⁾

대저 자애로우면 싸운다 해도 이길 것이요,   夫慈以戰則勝

지키면 견고할 것이다.   以守則固.

하늘도 장차 그들을 구할 것이며   天將救之

자애로써 보위해 줄 것이다.   以慈衛之.

자애慈愛

노자老子/33장

남을 아는 자는 지혜롭고, 자기를 아는 자는 현명하다.   知人者智 自知者明.

남을 이기는 것은 폭력이요, 자기를 이기는 것은 강포함이다.   勝人者有力 自勝者强.³¹⁾

    김경탁 : 남을 이기는 이는 힘이 있고, 저 스스로 이기는 이는 강하며

    노태준 : 남에게 이기는 자는 힘 있는 자이며, 스스로에 이기는 자는 강
        한 자이다

    도올 : 타인을 이기는 자를 힘세다 할지 모르지만, 자기를 이기는 자야
        말로 강한 것이다

    오강남 : 남을 이김이 힘 있음이라면, 자기를 이김이 강함입니다

자족함을 아는 자는 부유하고, 힘써 행하는 자는 뜻을 이룬다.   知足者富 强行者有志.

자신의 처지를 잃지 않는 것은 영구하고,   不失其所³²⁾者久.

죽어도 잊혀지지 않는 자는 장수한 것이다.   死而不亡³³⁾者壽.

---

30) 死矣(사의)=傅奕本은 '是謂入死門'.

31) 强(강)=暴也.

32) 所(소)=處也, 地也.

33) 亡(망)=忘也.

노자老子/79장

원한이 크면 화해해도 원한이 남는 것이다.

어찌 원한이 없는 것보다 화해가 좋은 일이라고 하겠는가?

그러므로 성인은 채권을 가지고 남을 독책하지 않는다.

그러므로 유덕자는 지불을 맡고, 부덕자는 징수를 맡는다.

천도는 친소가 없으며 항상 선인의 편이다.

和大怨 必有餘怨.

安可以爲善.

是以聖人執左契[34]不責於人.

故德司契 無德司徹.[35]

天道無親 常與善人.

검박儉朴

노자老子/59장

사람을 다스리고 하늘을 섬기는 데는

농부의 절검節儉만 한 것이 없다.

오직 농부의 절검만이 곡식을 되돌아오게 한다.

곡식이 되돌아오게 하는 것을 거듭 덕을 쌓는 것이라 말한다.

거듭 덕을 쌓으면 이기지 못할 것이 없고,

이기지 못할 것이 없으면 그 다함을 알지 못한다.

그 다함을 알지 못하면 가히 나라를 소유할 수 있고,

나라의 어미인 절검이 있으면 가히 장구할 것이다.

이것을 일러 뿌리가 깊고 견고한 기초이며

장생불사의 도라고 말하는 것이다.

治人事天

莫若嗇.[36]

夫唯嗇 是以早[37]復.

早復 謂之重積德.

重積德 則無不克.

無不克則莫知其極.

莫知其極 可以有國.

有國之母 可以長久.

是謂深根固低

長生久視[38]之道.

---

34) 左契(좌계)=부절의 왼쪽. 채권 어음.

35) 徹(철)=古者助法 周改助爲徹法.

36) 嗇(색)=愛濇也.

37) 早(조)=阜(도토리, 열매). 皀(곡식의 향기).

38) 視(시)=活也.

불위선不爲先

노자老子/66장

강과 바다가 온 골짜기의 왕이 된 까닭은

스스로 낮았기 때문이다.

그러므로 민의 윗자리에 있으려면

반드시 말을 낮추어야 하며,

민의 앞에 서려면 반드시 몸을 뒤에 두어야 한다.

그러므로 무위자연인은 위에 있어도 민이 무겁다 하지 않고,

앞에 있어도 민이 방해된다 하지 않는다.

江海所以能爲百谷王者

以其善下之

故能爲百谷王 是以欲上民

必以言下之.

欲先民 必以身後之.

是以聖人 處上而民不重

處前而民不害.

그런데 왕필은 노자의 무위와 은둔의 덕을 '멸사무신滅私無身'으로 해석한다. 이것은 노자의 무위의 덕을 법가인 관자의 '애민무사愛民無私'의 덕이나 유가들의 '멸사봉군滅私奉君'의 덕으로 변질 왜곡한 것이다. 그는 반자연적인 공자의 극기론을 노자의 무위자연론과 같은 것으로 해석한다.

노자老子/38장

상덕上德은 무위(인위가 없음)이니 무위로써 다스린다.

하덕下德은 유위(인위가 있음)이니 유위로써 다스린다.

상인上仁은 유위이되 무위로써 다스리고,

상의上義는 유위이니 유위로써 다스린다.

상례上禮는 유위이니 호응이 없다.

上德無爲 而無以爲[39](也).

下德爲之 而有以爲(也).

上仁爲之 而無以爲(也)

上義爲之 有以爲(也).

上禮爲之 而莫之應(也).

---

39) 爲(위)=治也.

그러므로 팔을 흔들며 잡아끄는 것이다.　　　　　則攘臂而仍之.

왕필의 해석

노자老子/38장 주

사물이 무위하면 사물이 다스려지지 않음이 없고,　　　故物無爲則 無物不經

사물이 유위하면 자유로운 삶에는 만족스럽지 못하다.　有爲則 不足以免[40]其生

그래서 천지는 비록 광대하지만 무無를 마음으로 삼고,　是以天地雖廣 以無爲心

성왕은 비록 위대하지만 허虛를 위주로 한다.　　　　聖王雖大 以虛爲主

그러므로 사私를 없애고 자기를 없애면　　　　　　故滅其私而無其身

사해가 부족함이 없고, 원근이 이르지 않음이 없을 것이다.　則四海莫不贍 遠近莫不至.

이처럼 왕필은 노자의 무위의 덕을 '멸사무신'으로 해석했다. 그러나 이것은 왜곡이며, 임금을 위해 자신을 버리라고 말하는 노예적 봉건윤리일 뿐이다. 노장사상의 핵심은 사私와 신身을 구속하는 것을 무위자연에 반하는 인위로 규정하고 배격한다는 데 있다.

장자莊子/외편外篇/추수秋水

하백이 물었다. "자연이 무엇이고 인위는 무엇인가?"　　河伯曰 何謂天 何謂人.

북해 약이 답했다. "우마는 각각 네 발을 가졌다.　　　北海若曰 牛馬四足

이것은 자연이다.　　　　　　　　　　　　　　是謂天.

말에 굴레를 씌우고 소에 코뚜레를 뚫는 것은 인위다.　落[41]馬首穿牛鼻 是謂人.

---

40) 免(면)=縱也, 放也.

그래서 '인위로 자연을 죽이지 말고,

기교로 자연의 성품을 죽이지 말며,

명예를 위해 이름을 죽이지 말라' 는 격언이 있다.

이것을 잘 지켜 잃지 않으면 자연의 도(天眞)에 돌아갈 것이다."

故曰 無以人滅天

無以故[42] 滅命

無以得殉名.

謹守而勿失 是謂反其眞.[43]

『노자도덕경』에 도덕이 없는가?

남을 이기려 하지 말라

혹자는 나의 주장이 『노자도덕경』에 도덕이 없다' 는 말이니 납득할 수 없다는 힐난조의 질문을 한다. 그러나 이것은 "『노자도덕경』에 왜 공자의 도덕이 없는가?"를 묻는 우문이다. 『노자도덕경』에는 자연의 도덕만 있고 인의仁義의 도덕은 없다.

첫째, 이미 말한 바와 같이 노자의 도덕은 공자의 도덕과 반대편에 있다. 따라서 『노자』에는 공자의 도덕이 없다. 노자가 성인이라고 말한 것은 유가들이 말하는 군왕이 아니라 무위자연의 진인眞人이다. 노자가 말한 도덕은 공자의 인의仁義가 아니라 자연법이다. 그러므로 노자는 공자의 도덕 즉 질문자가 지금까지 알고 있는 도덕을 반대한다. 그래서 『노자』 2장은 "모든 사람이 알고 있는 미美나 선善은 인위적인 것일 뿐 그것

---

41) 落(락)=絡.

42) 故(고)=事. 巧也.

43) 眞(진)=天也.

은 오히려 추한 것이고 불선"이라고 말한 것이다.

둘째, 노자는 강하고 이기는 것을 선이라고 하지 않고 반대로 약하고 지는 것을 선이라고 말한다. 그러므로 강한 자에게 상을 주지 말고 약한 자에게 벌을 주지 말며, 이기는 자에게 상을 주지 말고 지는 자에게 벌을 주지 말라고 말한다. 그런데 우리 모두는 강자와 이기는 자를 위한 도덕률에 익숙해졌기 때문에 노자의 말을 납득하지 못하는 것이다. "남보다 앞서지 말라!", "이긴 자에게 상을 주지 말라!"와 같은 노자의 말은 공자의 도덕에 어긋나며, 자본주의와 시장원리에도 어긋나며, 운동경기 규칙에도 어긋난다.

『노자』 33장에서 "남을 이기는 것은 폭력이요, 나를 이기는 것은 강포함"이라 말한 것은 그것을 말한 것이다. 그러나 우리 학자들은 모두 남을 이기고 나를 이기는 것을 찬양하는 글로 오역하고 있다. 이는 노자의 도덕을 공자의 도덕으로 왜곡한 것이다.

우리 학자들은 문자를 잘못 알았다. 이 글에서 '역力'과 '강强'은 모두 폭력, 강압 등 반자연反自然을 뜻하며 부정적으로 사용된 것인데 우리 학자들은 이를 긍정적으로 번역한 것이다. 그러나 노장은 '역'과 '강'을 선善으로 보지 않았다.

노자老子/55장

조화를 아는 것을 자연의 상도常道라 하고,　　　知和日常

상도를 아는 것을 밝음이라 한다.　　　知常日明.

생명을 더하려는 것을 괴이하다 하고,　　　益生日祥[44]

마음으로 기氣를 부리는 것을 강포함(强)이라 한다.　　　　　　　　心使氣日强.

　　　김경탁 : 마음이 기를 부림을 강하다고 한다 ×

　　　노태준 : 마음으로 기를 선동하는 것을 강행이라 한다 ×

　　　도올 : 마음이 기를 부리는 것을 강하다 한다 ×

　　　오강남 : 마음으로 기를 부리려 하는 것은 강포입니다 ○

사물이 강장하면 늙기 마련이니 그것을 부도不道라 한다.　　　　物壯則老 謂之不道.

　　셋째, 노자는 물처럼 다투지 않는 부쟁不爭을 최상의 도라고
말한다. 그러므로 다음과 같이 약함·천함·낮음을 숭상하고,
강함·귀함·높은 것을 거부한다. 천하가 남이 없는 한가족
같은 공동체에서는 남과 경쟁할 필요가 없다. 우리 학자들처
럼 남을 이기고 남에게 앞서고 남보다 강한 것을 칭찬하는 뜻
으로 오역하는 것은 공산공동체사회의 도덕률을 왜곡하여 잘
난 사람을 숭상하는 왕도사회나 살인경쟁의 자본주의 윤리로
변질시키는 것이다.

노자老子/8장

최상의 선은 물과 같다.　　　　　　　　　　　　　　　　　上善若水.

물은 만물을 이롭게 하지만 다투지 않고　　　　　　　　　水善利萬物 而不爭

남들이 싫어하는 낮은 자리에 처한다.　　　　　　　　　　處衆人之所惡.

그러므로 도에 가까운 것이다.　　　　　　　　　　　　　故幾於道.

---

44) 祥(상)=福也, 妖怪也.

노자老子/36장
부드러움과 약함이 굳셈과 강함을 이긴다.　　　　　　柔弱勝剛强.

노자老子/39장
귀한 것은 천한 것을 뿌리로 하고,　　　　　　　　　故貴以賤爲本.
높은 것은 낮은 것을 기초로 한다.　　　　　　　　　高以下爲基.
그러므로 군왕은　　　　　　　　　　　　　　　　是以侯王
스스로를 사람들이 싫어하는 고아, 홀아비, 불곡이라 호칭한다.　自謂孤寡不穀. [45]

노자老子/40장
돌아옴은 도의 운동이며, 약함은 도의 쓰임이다.　　　　反者 道之動. 弱者 道之用.

노자老子/76장
견고하고 강함은 죽음의 도요,　　　　　　　　　　堅强者 死之道.
부드럽고 약함은 삶의 도이다,　　　　　　　　　　柔弱者 生之道.
뿌리와 줄기처럼 강대한 것은 아래에 있고　　　　　强大處下
잎사귀처럼 부드러운 것은 위에 있다.　　　　　　　柔弱處上.

소외된 자와 함께하라

　나는 『노자』 23장의 "실자동어실失者同於失"을 지금까지 우리 학자들이 번역한 것과는 달리 처음으로 '실덕자失德者에게는 실덕失德을 함께한다' 로 해석했다. 실덕자는 어지러운 자요

---

45) 不穀(불곡)=곡식보다도 착하지 못한 사람.

소외된 자를 말한다. 이들은 사회에서 상을 받지 못하고 벌을 받아야 할 비난의 대상이다. 많은 이들이 이에 대해 납득하지 못하는 것 같다. '어지러움을 다스리는 것이 성인의 임무이거늘 이 어찌 망발인가?' 라고 생각할 것이다. 아마 국가와 국민이라는 국가주의적인 굴레를 벗어나지 못하는 우리들의 의식구조로는 납득되지 않을 것이다. 우리나라 학자들 역시 이 글을 납득하지 못했다. 그들은 하나같이 '실失'을 '실덕失德' 또는 '난亂'으로 읽을 줄 모르고, '물건을 잃은 자'로 해석하였으니 뜻이 통하지 않는 글로 왜곡되어 버린 것이다.

노자老子/23장

들리지 않게 말하는 것이 자연이다.	希言自然.
회오리바람은 아침을 마치지 못하고,	故飄風不終朝
소나기는 하루를 마치지 못한다.	驟雨不終日.
누가 이와 같이 하는 것인가? 천지이다.	孰爲此自 天地.
천지도 이처럼 오래 하지 못하거늘 하물며 사람이랴?	天地尙不能久 而況於人乎.
그러므로 도에 종사한다는 것은	故從事於道者.
도인에게는 도를 함께하고,	道者同[46]於道
덕인에게는 덕을 함께하고,	德者同於德.
실덕失德한 자에게는 실덕을 함께한다.	失者同於失.[47]

　　김경탁 : 잃은 물건에 종사하는 자는 잃은 물건과 같이한다
　　노태준 : 실덕이 있는 자에게는 실덕에 화동한다

---

46) 同(동)=合會也, 共也.
47) 失(실)=喪也, 放也, 亂也, 過也.

도올 : 잃음을 구하는 자는 잃음과 같아진다

오강남 : 잃음을 따르는 사람은 잃음과 하나가 된다

도를 함께하는 자는 역시 도를 얻을 것이요,

덕과 함께하는 자는 역시 덕을 얻을 것이며,

실덕을 함께하는 자는 역시 실덕을 얻을 것이다.

신뢰가 부족하면 불신을 얻는다.

同於道者 道亦(樂)[48]得之.

同於德者 德亦(樂)得之.

同於失者 失亦(樂)得之.

信不足 有不信.

그러나 군왕의 법으로 보면 실덕하여 어지럽다고 생각되는 것도, 자연의 법으로 보면 어지러움이 아니라 자연 그대로의 천리天理일 수 있다. 인간은 자연을 어지러운 것으로 보기가 쉽다. 대체로 냇물과 강물은 꾸불꾸불 흘러 습지를 만들고 있어 밭과 논을 침식하거나 유속이 느려 배를 타고 다니기에는 불편하다. 그래서 어지러운 물줄기를 곧게 만들고 남는 땅을 메워 집을 짓기도 한다. 그러나 이것은 시냇물을 썩게 하고 범람케 한다. 이처럼 자연은 어지럽게 보이지만 어지러운 그 자체가 순리이다.

특히 노자는 무정부주의자이다. 따라서 그의 도덕률에서 국가나 국민은 부정된다. 또한 상벌이란 것도 부정된다. 그는 무위자연을 소망했다. 따라서 그의 도덕률은 국가의 통제나 인위적인 도덕률에 의한 구속을 거부한다.

그는 절대자유와 자유방임을 지향했다. 그러므로 그에게 성인의 임무는 실덕하여 어지러운 자들도 버리지 않는 것이다.

---

48) 樂(락)=帛書本에는 없는 글자이나 王弼本에 나타난다.

불선인不善人도 버리지 않는 것이다. 보통의 도덕률은 좋은 사람은 상을 주어 격려하고 나쁜 사람은 벌을 주고 버린다. 그 벌은 가난과 감옥과 정신병원이다. 과연 그 좋고 나쁜 것은 무엇을 기준으로 정하는가? 그것은 성인 또는 군왕의 법이다. 그러나 노자의 도덕률은 오히려 성왕의 법에 어긋난 나쁜 사람이라고 낙인 찍힌 사람들을 돌보는 것이다. 앞의 『노자』 23장의 "실자동어실失者同於失" 즉 '실덕한 자에게는 실덕을 함께 한다'는 것은 바로 이것을 말한 것이다.

노자는 다음과 같이 묻는다. "사람이 선하지 않다고 어찌 버릴 수 있겠는가?(『노자』 62장)" 이러한 노자에게 도덕이 없다고 탓할 수 있을까?

내 강의에는 노숙자들을 돌보고 있는 분들도 참석하고 있다. 노숙자들 중에는 생을 포기한 사람이 많다. 그들은 일하려고 하지 않으며, 사회에 복귀하기 힘들다. 일반 도덕과 상식에 따르면 일할 의욕이 없는 노숙자들은 선한 사람이라고 말할 수 없을 것이다. 그러므로 당연히 벌을 받아야 한다. 그 벌이 바로 노숙이다. 노숙은 감옥과 같다. 사회에서 격리된다는 점에서 노숙이나 감옥이나 정신병원은 다 같다.

그러나 영국의 러셀은 게으름의 철학을 말했다. 이는 자본주의 문명과 도덕률에 대한 도전이다. 우리는 공자의 봉건도덕과 오늘날 자본주의 도덕률 등 지배적인 담론에 반대되는 자들은 모두 사회에서 격리시켜야 한다는 논리에 찬동할 수 없다. 이것을 다룬 것이 미셸 푸코(M. Foucault, 1926~1984)의 감옥과 정신병동에 대한 새로운 인식이다.

이제 우리는 선하지 않은 자들과도 함께해야 한다고 말하는 노장에게 도덕이 없다고 말할 수 없음을 알게 되었다. 그러므로 노장의 도덕론을 통해 사회의 지배적인 도덕률에 대해 회의하고 비판할 줄 알아야 한다.

다음 『노자』의 글들은 모두 이와 같은 맥락의 글이다. 이를 통해 노자의 도덕이 얼마나 공자의 도덕과 다른지 알게 될 것이다. 지금 서점에 나와 있는 『논어』와 『노자』의 번역서들이 모두 잘못된 것이라고 나무라는 것은 결코 나의 당파성 때문이 아니다.

노자老子/27장

선한 행동은 발자국이 없고, 선한 말은 티를 남기지 않는다.   善行無轍迹 善言無瑕讁

셈을 잘하는 자는 주판을 쓰지 않고,   善數不用籌策

잘 닫는 자는 열쇠를 잠그지 않아도 열지 못하고,   善閉無關鍵 而不可開

잘 묶는 자는 노끈으로 묶지 않아도 풀지 못한다.   善結無繩約 而不可解.

그러므로 무위진인無爲眞人은 항상 사람을 잘 구하므로   是以聖人 常善救人

사람을 버림이 없고,   故無棄人.

항상 만물을 잘 구하므로 사물을 버림이 없다.   常善救物 故無棄物.

이를 일러 만물을 살리는 명이明夷(☷☲)괘라고 한다.   是謂襲明.[49]

         김경탁 : 이것을 전해 오는 옛 지혜라 한다

         노태준 : 그래서 이것을 명명에 들어간다고 한다

         도올 : 이것을 일컬어 밝음을 잇는다고 한다

         오강남 : 이를 일러 밝음을 터득함이라 한다

---

49) 襲明(습명)=『주역』의 明夷(☷☲)卦. 땅속에 감추어진 해를 상징한다. 땅속에 감추어진 해는 지구의 생명을 살리는 존재이지만 드러내지 않는다는 뜻. 襲은 藏의 뜻.

그러므로 선인은 불선인의 스승이며, 　　　　　　　故善人不善人之師

불선인은 선인의 채찍이다. 　　　　　　　　　不善人善人之資

선인을 귀하게 여기지 않고, 　　　　　　　　　不貴其師[50]

불선인을 아끼지 않는다면 　　　　　　　　　　不愛其資[51]

아무리 지혜롭다 해도 크게 미혹될 것이니, 　　雖智大迷.

이를 일러 '생명작용의 요체(要妙)' 라 하는 것이다. 　是謂要妙.[52]

　　　김경탁 : 이것을 미묘한 비법이라 한다

　　　노태준 : 그런데 이것을 깊은 진리라 한다

　　　도올 : 이것을 일컬어 현묘한 요체라 한다

　　　오강남 : 이것이 바로 기막힌 신비이다

노자老子/28장

자연의 소박함을 없애면 도구가 될 뿐이다. 　　　樸散則爲器.

그러므로 위대한 마름질은 자연을 잘라냄이 없다. 　故大制無割.

노자老子/49장

무위자연의 성인은 전범典範이 될 마음이 없다. 　　聖人無常[53]心.

백성의 마음을 자기 마음으로 할 뿐이다. 　　　　以百姓心爲心.

선한 자는 나도 선하게 하고, 　　　　　　　　善者吾善之

불선자에게도 나는 역시 선하게 한다. 　　　　　不善者吾亦善之

덕은 선하기 때문이다. 　　　　　　　　　　　德善.

---

50) 師(사)=바로 앞의 '不善人之師'를 말함.

51) 資(자)=齊(無倦也).

52) 妙(묘)=眇(묘)와 통용. 眇는 成의 뜻이다. 神妙萬物(신은 만물을 생성한다).

53) 常(상)=典法也.

믿는 자는 나도 그를 믿고,

불신자도 나는 역시 믿는다.

덕은 신뢰이기 때문이다.

信者吾信之

不信者吾亦信之.

德信.

다음은 본문에 인용된 다른 학자들의 번역의 출전임

김경탁, 『노자』, 명지대출판부, 1977년

김달진, 『장자』, 고려원, 1987년 초판

김동길, 『주주논어』, 창지사, 1994년 2쇄(1992년 초판)

김동성, 『장자』, 을류문화사, 1974년 16판(1963년 초판)

김학주, 『장자』, 을류문화사, 1986년 5판(1983년 초판)

　　　『논어』, 서울대출판부, 2003년 전정판(1985년 초판)

김형효, 『노장사상의 해체적 독본』, 청계출판, 1999년 1판 1쇄

남만성, 『논어』, 서문당, 1974년

노태준, 『노자』(신역), 홍신문화사, 1979년

도올, 『노자 : 길과 얻음』, 통나무, 2002년 1판 13쇄(1989년 초판)

　　　『도올논어』(1), 통나무, 2000년 1판 4쇄(2000년 초판)

　　　『도올논어』(2), 통나무, 2001년 1판 2쇄(2001년 초판)

　　　『도올논어』(3), 통나무, 2001년 1판 2쇄(2001년 초판)

　　　『노자와 21세기』(상), 통나무, 2000년 2판 9쇄

　　　『노자와 21세기』(하), 통나무, 1999년 1판 1쇄

　　　『노자와 21세기』(3), 통나무, 1999년 2판 1쇄

로버트 앨린슨(김경희 옮김), 『장자, 영혼의 변화를 위한 철학』, 그린비, 2004년

시모무라 고진(고운기 옮김), 『논어』, 현암사, 2003년 초판

안동림, 『장자』, 현암사, 2001년 개정판 4쇄(초판 1993년, 초판 7쇄, 개정판 1쇄 1998년)

오강남, 『도덕경』, 현암사, 2003년 19쇄(1995년 초판)

윤재근, 『노자 - 오묘한 삶의 길』, 나들목, 2003년 초판

이경숙, 『도덕경』, 명상, 2004년 1판

이백순, 『사서해』, 학민문화사, 1997년

이석명, 『백서노자』, 청계출판, 2003년 초판

이석호, 『노자 · 장자』(노자 : 장기근 옮김, 장자 : 이석호 옮김), 삼성출판사, 1982년

임채우, 『왕필의 노자』, 예문서원, 2001년 5쇄(1997년 초판)

차상원, 『서경』, 명문당, 1979년 9판(1971년 초판)

허세욱, 『장자』(문고판), 범우사, 2003년 3판 1쇄(1986년 초판)